重庆作家作品年度选

报告文学卷

重庆市作家协会 编

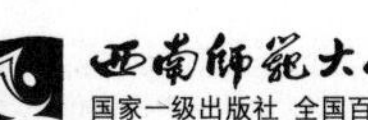

图书在版编目(CIP)数据

重庆作家作品年度选. 报告文学卷 / 重庆市作家协会编 ; 刘东主编. -- 重庆 : 西南师范大学出版社, 2018.12

ISBN 978-7-5621-5805-9

Ⅰ. ①重… Ⅱ. ①重… ②刘… Ⅲ. ①中国文学－当代文学－作品综合集－重庆②报告文学－作品集－中国－当代 Ⅳ. ①I218.719②I25

中国版本图书馆CIP数据核字(2018)第302527号

重庆作家作品年度选·报告文学卷

CHONGQING ZUOJIA ZUOPIN NIANDU XUAN·BAOGAOWENXUE JUAN

重庆市作家协会　编

刘东　主编

责任编辑：张昊

责任校对：李君

装帧设计：闰江文化

排　　版：重庆大雅数码印刷有限公司·张祥

出版发行：西南师范大学出版社

网址:http://www.xscbs.com

地址:重庆市北碚区天生路2号

邮编:400715　市场营销部电话:023-68868624

经　　销：全国新华书店

印　　刷：重庆共创印务有限公司

幅面尺寸：170mm×240mm

印　　张：18.25

字　　数：318千字

版　　次：2019年9月　第1版

印　　次：2019年9月　第1次印刷

书　　号：ISBN 978-7-5621-5805-9

定　　价：72.00元

编委会

总序

Foreword

为深入贯彻落实党的十九大精神和习近平总书记关于文艺工作的重要论述，进一步激发全市广大作家的创作热情与活力，推动重庆文学事业繁荣发展，重庆市作家协会组织编辑了《重庆作家作品年度选》丛书。

该丛书共计六卷，即《重庆作家作品年度选·小说卷》《重庆作家作品年度选·诗歌卷》《重庆作家作品年度选·散文卷》《重庆作家作品年度选·报告文学卷》《重庆作家作品年度选·儿童文学卷》《重庆作家作品年度选·文学评论卷》，汇集和展示了重庆作家近年来在全国各类报刊发表和出版的优秀作品。这既是一次检阅，更是集中的推介，希望通过这一载体和平台，让广大读者全面领略重庆文学近年来的成就和风采。

《重庆作家作品年度选》的选编工作由重庆市作家协会各相关文学创作委员会组织实施，市内外知名评论家也分别予以了点评，在此一并致谢。

重庆市作家协会

2019年3月

序言

Preface

山城故事　时代表达

——2017年重庆报告文学创作述评

李炳银

年来风景异，把酒话桑麻。回忆总结前一年的岁月经历，合计此间的得失收益，是人们的一种常态。在2017年中，重庆的报告文学创作，有怎样的背景、状况与收获，值得关注。这本年选的编选，为人们认识、感受重庆2017年的报告文学创作，认真总结并继续推进，提供了一个很好的机会。

一

报告文学，自20世纪晚期以来，在中国改革开放的道路上，一直发挥着积极健康的促进作用。1978年1月，徐迟的报告文学《哥德巴赫猜想》发表，一时间"洛阳纸贵"，激发出一代人投身"四化"建设的炽热激情。如今，时间虽然已经过去40余年，报告文学的这种健康的表现状态依然持续着。近年来，虽然由于各种因素，一度出现了一些不顾客观事实，任意贬损报告文学的言论,报告文学也没有轻易地改变,放弃自己的坚持,依然在独特的舞台和个性表达领域强势地存在并发挥着价值作用,时常引起社会各方的关注。

这些支持和肯定,使得报告文学创作感受到了一种强烈的引导和鼓励的力量,报告文学创作追求和行动的自豪感与行动的自觉明显增强。正是这些大环境的重要调整,为报告文学如今的发展提供了良好的机遇空间。在研究2017年的报告文学创作时,我们必须看到这点。

在重庆,包括报告文学在内的现实主义题材创作,得到了高度关注与积极扶持。重庆市作家协会学习贯彻党的十九大精神、习近平总书记关于文艺工作的系列重要讲话精神,带领重庆文学界,牢牢把握文艺为社会主义服务、为人民服务这一方针,坚持以人民为中心的创作导向,紧紧围绕创作更多讴歌党、讴歌祖国、讴歌人民、讴歌英雄和讴歌新时代的优秀现实题材作品,推进重庆文学事业繁荣发展。《重庆作家作品年度选》丛书也正是重庆市作协在新时代推出精品力作的新举措,是重庆作家文库中重要的组成部分。

二

重庆是一座有故事的城市,巴国传说、抗战陪都、红岩精神、年轻的直辖市……有太多的东西值得记录和书写。尤其是在报告文学创作被理解和被客观认识评价的环境中,更会有努力滋生成长的建设性表现,在2015年、2016年报告文学创作获取丰硕成果之后,2017年的报告文学创作也出现了收成向好的可喜局面。

关注时代精神,关注当下,关注现实社会生活的存在矛盾和变革的努力,参与焦点话题的讨论和寻找新的方向目标,是中国报告文学创作的优秀传统和重要主题内容。这也是报告文学这种具有真实、现实、理性和文学艺术的独特文体发挥自己个性作用的很好途径与舞台。关于重庆故事的报告文学创作，也很好地体现了这个特点。

成都铁路局重庆车务段荣昌车站值班员徐前凯，因勇救老人右腿被截肢，成为英雄。付世坤的《生死抉择》，以细腻生动的笔法歌颂了这位颇具“重庆精神”的时代英雄。这部中篇作品分为上、中、下篇，上篇丝丝入扣记录铁轨救人的“5秒惊魂”，读来令人惊心动魄，年轻的徐前凯在生死瞬间毫不犹豫地救下铁轨上的老人，右腿重伤后，坚强面对截肢苦痛，婉拒社会捐款，令人动容；中篇讲述了“英雄炼成”，以回顾式的笔法写徐前凯的成长经历；下篇“广为传颂”，写徐前凯英雄事迹经各种媒体广泛传播，被全国人民熟知，荣登“感动重庆”月度人物榜、“中国好人榜”7月榜。作品充分展现了徐前凯这一发乎内心的本能之举，他遵循的正是内心的道德律令，也正是人心中善之端、仁之端的扩展，让人看到了人性本善、人心本暖。

李燕燕的《山城不可见的故事》，是一组关于城市发展和劳动者生活轨迹的剪影，包括：对家人充满温情的残疾商贩、最早入城的“白棒棒”们、火锅与小面、“一辈子只哭一次”的女老板、“棒棒老王”的秘密、精明的家政工、热爱自由的出租车司机，明线暗线相连，一组组劳动者的境遇，一根根隐藏在山城迷雾中以光影形式存在的枝蔓，最终构建成了一个看似分割、实则完整的故事。作者通过多方求证一点点揭开的真相，最终向读者展示了一座新兴直辖市的发展历程，山城人深藏骨子里的倔劲儿和韧性。观一叶而知秋，映射出改革开放40年的不凡历程。作品打破一般报告文学的叙写手法，采取

“以小说笔法与散文气韵记录真实”的创作技巧，同时在结构和铺排上也有新意：从纵向的历史维度来看，作品以祖籍成都的祖孙三代与重庆的因缘际遇开头，堆叠出一种氛围、一种情感、一种色彩，使整篇文章情感更饱满，叙述更有根据；在文中，作者从自我亲历和他人讲述两个角度，于经意不经意间呈现特定历史背景下三代人的命运。一位成都女子与重庆的缘分传奇，和她在文本中正在讲述的那些“不可见的故事”，以及故事之外正在重庆乃至整个中国发生着的数以千万计的人们的生存状况相呼应，由此构成一部作品的宏大视角。

在70多年前的伟大的抗日救国战争中，著名抗日爱国将领冯玉祥将军曾到江津宣传节约捐款献金抗日。庞国翔的《冯玉祥无限感奋的二十一天江津之行》，记录了这一真实发生的历史故事，冯玉祥在江津20多天创下捐款第一、写诗第一的纪录。江津不愧为爱国之乡，不愧为诗歌富矿之地。

1998年9月14日1时17分，伟大的无产阶级革命家、政治家、军事家、坚定的马克思主义者，党、国家和人民军队的卓越领导人，潼南人民的优秀儿子杨尚昆在北京逝世。噩耗传来，其家乡潼南沉浸在一片悲痛之中，故居双江也一片泪海。张渝扬的《杨尚昆三回乡》，从乡亲们的视角，以文字的形式，深切地缅怀了杨尚昆同志的丰功伟绩、赤胆忠心，“朴实如龙多无华，真情似涪水长流”，就像在追忆自己的亲人，倾诉了杨尚昆三次回乡的爱民故事。

钱犁、胡素华的《且看巫峡唱大风——写在第十届“巫山国际红叶节”落幕之际》，以第十届“巫山国际红叶节”为契机，写名扬天下的巫山大宁河小三峡奇景在时代变迁中，如何一步步在众人助力下被打造的过程，

"巫山'旅游人'的品德厚重得似一座巨峰,巫山'旅游人'的心灵美丽得如一泓清泉,巫山'旅游人'的胸怀宽广得似一片海洋"。全篇充满散文气韵。

张仲全的《飞翔在可可西里——中国民间环保组织三江源生态环保记》讲述了中国民间环保组织与三江源生态的故事。20多年来,四川省绿色江河环境保护促进会的成员们傲霜斗雪,栉风沐雨,在雪域高原先后带领500多名壮士,在三江源头和可可西里,在海拔近5000米的地方,建起了两座自然环境保护站,在地球之巅塑起一座座人类大美的丰碑。作品切合今天崇尚环保的主题。

三

各种具有特殊贡献的人物,一直是报告文学的重要关注对象。典型就是个性,就是代表,就是方向。优秀的典型人物,是社会健康存在和发展的优良资源,需要文学给予积极的赞美。报告文学在这个真实描述的过程中具有优势。在重庆2017年的报告文学创作中,这样的优势依然在延伸着。

袁隆平是享誉国内外的著名人物,多少年来,有关他和他亲自主持研究并不断获取成功的杂交水稻的各种消息不绝于耳,有关袁隆平个人的访问记述也非常多。但是,在现有的更多带有新闻报道性的作品之外,仍然很需要有与这个人物作为相匹配的文学报告。郭久麟的《"米菩萨"——袁隆平》,在对历史事实回溯叙述中,真实地还原了袁隆平在迄今89岁的人生岁月中所经历的复杂生活感受和艰辛事业道路。他虽然出身于一个并非底层的家庭,可因遭遇军阀混战,特别是日本侵略中国的战乱而经历了颠沛流离的生活。出于自小认为"吃饭是第一件大事,没有农民种田,就不能生存"

这样稚性简单却也深刻的认识和后来多年的经历，他立下“要想不受别人欺侮，我们中国必须强大起来”以及“让中国人把饭碗牢牢地端在自己手里”等志向。袁隆平一生为追求稻谷新品种而在漫长、艰苦卓绝的道路上攀登，写下了从湘西雪峰山走向世界的崎岖艰难和高伟壮举，也将他的人生信仰、精神情怀真实地镌刻在这样的道路上。

舒德骑的《为了大地苍生》，则写了另一位水稻育种专家、出生于重庆市江津区先锋乡晓堂村的周开达院士的人生传奇。在舒德骑笔下，一位农业科学家的形象立了起来：对自己，周开达生活简单，不在意物质上的得与失；对妻子，他内心有情却吝于言语；对学生和需要帮助的人，他情深义重，尽自己的最大可能帮助他们成才；对水稻育种科研事业，他则是倾尽毕生心血。周老的一生就像他极钟爱的稻穗。前半生攻坚，默默成长，后来取得成功，当选为中国工程院院士，又像成熟饱满的稻穗，仍旧躬身在田里。因为对科研的关注，周老在生活中几乎没有什么爱好。穿着几十块钱一件的“老头衫”，搭个湿帕子跟学生一起下田就是他的乐趣所在。家人说周老不善言辞，学生却称赞他思维开放，这种对比也是一个注脚：他的毕生精力和热情，都投入了育种领域。

鲁迅文学奖获得者、诗人李元胜是一位生物爱好者，凭着发自内心的兴趣爱好结识了一群生物学家朋友，植物学家刘正宇正是其中之一。所以，当《十月》杂志向他约稿时，他以诗人的优美文笔写下了《植物猎人刘正宇》这篇纪实作品。作品讲述了重庆市药物种植研究所刘正宇带领团队，以金佛山为根基，面向大西南，破除各种困难四处寻访植物的故事。经过20多年的努力和积累，他们和本学科的学者们一起，在南川探明了苦苣苔科15个属38个种，还原了一个繁茂而绚丽的植物大家族，发掘了一笔伟大的自然遗产。

重庆文学院顾问、著名作家余德庄的《大医崇德 风范千秋——记重庆医科大学名誉校长钱悳教授》，记录了重庆医科大学名誉校长钱悳教授“大医精诚”的一生。钱悳教授是我国著名的传染病学家，医学教育家。1932年毕业于国立上海医学院（现复旦大学上海医学院），获医学博士学位，留校任教。曾任国立上海医学院附属中山医院内科主任、内科学院院长、附属华山医院院长、上海第一医学院副院长。后调任重庆医学院副院长、院长，重庆医科大学名誉校长。无论是在抗美援朝时期，还是在支援西部建设年代，只要是祖国需要、人民需要，钱悳教授都义无反顾，全身心投入，没有犹豫，没有患得患失。读这部作品，能够深刻感觉到“没有钱悳就没有重医，也不会有重庆卫生事业的今天”。

刘凡君的《“罗牡丹”之歌——记中国实力派画家罗礼明》讲述了中国实力派画家罗礼明不凡的成长经历——一个出身贫寒的农家少年，一个在文殊院端茶倒水的小伙计，一个曾经靠街头摆摊画像谋生的流浪画家，靠着自己的勤奋和努力，以一手精湛的牡丹画，登上了金碧辉煌的艺术殿堂。

罗毅的《全凭一颗赤子心——记中国银监会监管标兵刘相建》，讲述了中国银监会监管标兵刘相建以坚强的毅力和信念战胜肝癌、完成肝脏移植手术，仅仅四个月便重返工作岗位的故事。

四

编选者在征集到的100余篇作品中遴选出精品，编成如今这个选本,可能会有遗漏,但已经呈现了2017年重庆报告文学创作的主体面貌。这个收获的情形,会给人不少的喜悦,但自然还难以使我们感到太多的振奋与满足。可若看看身边前后左右的文体创作,这样的收获也足以令人感到欣慰。若是从更高的期待和实际的可能性来看,我感到,报告文学创作在对于现实社会生活的参与和能动传递的表达方面,还存在着不足。与社会现实的发展跳动节奏联系还不够紧密、在复杂纷纭的现实焦虑交困矛盾现象面前还缺乏精准深刻的参与解释能力、在创作中依然存在简单功利化现象、在文学艺术地表达自己的观察体会过程中自觉的文体追求和精彩独到的叙述表达方面还很欠缺等。这些存在的问题,是需要报告文学作家们认真对待并努力解决的。如果报告文学创作总是只有量的变化,而较少质的突破和跃升,“有‘高原’缺‘高峰’”,那就非常遗憾了。

对于文学创作来说,如今是一个很好的发展创新时机,所有的作家都要珍惜这样的局面。对于报告文学这种依附于社会现实生活的文体来说,中国伟大的建设和发展、重庆直辖20余年的亮点建树,为报告文学提供了丰富的题材对象和情感表达的机会。报告文学能够经历这样的历史阶段,实在是一种幸运。因此,报告文学作家朋友们,一定要响应号召,“深入生活,扎根人民”,在人民的伟大创造实践与收获中珍惜机遇,调动自己的才能,不断创作出足可与这个时代相匹配的伟大作品来!

目录

Contents

生死抉择

付世坤

序章　含泪的微笑

病房里眼泪在飞！高大、健壮、英武、阳光的他，梦里长出了一条腿。

静静地站在病房里，我的眼眶湿润，心底里突然蹦出电影《英雄儿女》的插曲：

“烽烟滚滚唱英雄，四面青山侧耳听，侧耳听，晴天响雷敲金鼓，大海扬波作和声……”

在这个酷热的夏天，在这个英雄的夏天，一个普通值班员的壮举是如此的反响强烈。

在短短的时间里，一个普通人的名字——徐前凯，在巴蜀大地、铁路内外是如此响亮！

2017年7月20日，山城火炉发烫，荣昌骄阳肆虐，重庆气象局已经数次发布高温橙色预警。

当日16时许，重庆市荣昌区人民医院外科大楼13层38号病床房间里，中央空调“嘶嘶”地吐着清凉，洁白的床单，洁净的墙壁，几乎一尘不染的房间过道，衬托出病房的宁静。在这宁静的氛围里，时不时地传来轻轻的欢笑声。

成都铁路局重庆车务段荣昌火车站值班员徐前凯，因勇救老人右腿截肢入院医治以来，其病情一直牵动着大家的心。在病房里，我们看到，和之前相比，徐前凯的精神和气色好了很多，床头的心电监护仪也已经被拆除。据主治医生介绍，徐前凯已经完全脱离危险期，不再需要输血，输液也只是用少量的血塞通帮助活血祛瘀。但是，因为右腿截肢手术创口巨大，伤口完全愈合还需要相当长的时间。左腿肌肉伤得不轻，痊愈还有待时日。

“痛，酸胀，常常下意识去摸、去抠。”右手挥舞着五公斤重的哑铃，徐前凯笑着说，“一直以来喜欢运动，经常踢足球，打篮球，这下躺在床上，很容易长胖。再加之右手必须支撑身体，需要更大的力量。”

徐前凯在医生的指导下，已经开始恢复性锻炼，一方面，坐在床上用哑铃锻炼手部肌肉，为之后拄拐杖提供手臂力量支撑，但因为左手仍扎有输液用的留置针，手部力量的锻炼暂时只能是右手；另一方面，徐前凯已经开始每天一至两次下地拄拐行走，这对他来说是个相当大的挑战，在需要忍受伤口未愈合所带来的疼痛的同时，要克服右腿截肢后，身体、肌肉、神经等诸多的不适应，但坚强的徐前凯每天都在坚持锻炼。

“能下地了！能走几步了！”在父母、伯父伯母、发小等众人的鼓励与围观下，徐前凯咬紧牙关，夹住双拐，艰难前行，汗水，顺着他的额头涔涔而下。

徐前凯身高1.78米左右，有着健壮的身体，帅气、刚毅的脸庞，在身体失重的情况下，他好想如往常般健步如飞。

“慢点儿，慢点儿，少走几步，少走几步！”父母噙着泪水，心疼地劝，“儿子总是觉得自己身强力壮，做什么事情都唯恐落了后。”

“这娃儿坚强，太坚强了，晚上做梦，右脚掌痒，下意识去抠，却抠不着。腿都没有了，哪来的脚掌！”徐前凯伯父徐德明噙着泪水，“侄儿从小就懂事，有礼貌，很坚强，他说他梦到自己长出了新腿。”伯父、伯母家住荣昌，天天都过来陪护。

“越早开始锻炼，才能越早适应失去右腿后的行动和生活，也只有这样，才能让这么多关心我的人放心。”徐前凯笑着说。

背过身去，他悄悄擦拭眼角的泪花。

“我要努力锻炼，争取早点儿好，早点儿回到原来的岗位，恢复原来普通人的生活。”徐前凯静静地望着窗外。

我本想给他们念一念前段时间我写的“记者手记”——《一曲昂扬的壮歌》，但本已哽咽的我，怕忍不住流泪，作罢。

上篇　5秒惊魂

吹笛，吼叫，跳车，冲刺，就5秒，一条腿换命一条！

坚强面对截肢苦痛，婉拒社会捐款……

让时光穿越到1963年11月18日。

这天清晨，欧阳海和战友们行进在京广铁路的两山峡谷间时，满载旅客北上的288次列车迎面急驶而来，突然，一匹驮着炮架的军马受惊，蹿上铁道，横立在双轨之间。

火车撞惊马！

危急时刻，欧阳海奋不顾身，跃上铁路，拼尽全力，推军马于轨道之外，避免了列车脱轨，保住了旅客的生命和人民财产的安全，自己却被卷倒在列车下，壮烈牺牲，年仅23岁。

历史，常常有惊人相似的一幕。

54年，白驹过隙！

“胜哥，快喊人过来，我遭了！”

2017年7月6日15时22分，徐前凯等人开始调车作业。

当日15时49分，当推进车列运行至车站联络线293公里580米处时，突然，意外出现。

此时，天空飘着小雨，小站更加闷热。徐前凯本来像往常一样，握着列车前端的扶手，身子略微往后倾斜，瞭望行进方向的情况。

如果没有意外，他将指挥驾驶室里的司机，顺利把已卸完货的车厢拖离。

正在工作的徐前凯看到在列车前方十多米远的地方，突然出现了一位老婆婆。

徐前凯的第一反应是按下停车按钮，竭力呼叫停车，用力地吹响口笛提醒。列车以大约十公里的时速行驶，即使按下刹车键，依然会继续滑行约50米才会停下。

“让开让开，快点儿让开，撞上来了！”吐出口笛，徐前凯声嘶力竭地吼叫。

老婆婆依然还在铁轨上。

十米、八米、六米……

小雨淅沥，列车奔驰，轮音铿锵，电光火石！

容不得多想，来不及犹豫，说时迟，那时快，徐前凯大吼一声，纵身一跳，飞奔救人。

十年前，在部队，徐前凯的百米短跑成绩是12秒多一点儿，接近国家三级短跑运动员水平。今天，此时，凭借这个速度，他能否赢得了火车，救得下老婆婆？

有的报道说是生死十秒，有的说是七秒，有的干脆笼统说是几秒，2017年7月20日，我又一次观看了监控视频，现场监控画面显示：从15时49分47秒徐前凯跳下车，到49分52秒成功将老婆婆推出轨道，他只用了五秒钟。

这是多么震撼人心的五秒！

吹笛，吼叫，跳车，冲刺，救人……

由于距离太近，徐前凯救人时，右腿在侧身旋转用力时进入铁轨，火车车轮无情地从他的右腿上压过。

现场目击者村民吴开华介绍，当天他正在火车站，隔着几百米都听到有人在大喊快让开，并一直吹哨，抬头一看，火车前一动不动地站着一位穿白色衣服的老人。

“我看到后立马就往那边跑，想过去把老太太拉出来。但是距离太远了，我还没有跑拢，就看见那个小伙子从火车上跳下来，跑过去拉她，第一次没拉动，第二次又上去才把她推出来，结果自己就没跑脱，我亲眼看到火车从他腿上压了过去。”吴开华说，“其实他是可以躲开的，但还是选择了再次救人。”

老婆婆得救了，徐前凯的右腿却被压断了。

“太震撼了！我也调过车，我敢保证我不敢跳，就是跳下去也站不稳，更不用说冲刺、救人！”重庆车务段安全科副科长何芝权回想起当时的情形时仍心有余悸。

“看到那一幕，我的眼泪止不住啊，人在一边，腿在一边，太惨了！但他还在关心老太婆有情况没有。”荣昌站站长李毅眼眶湿润。

“我抬他的时候，都不敢直视他的眼睛。”同事陈周锐说，“怕自己一看就流下眼泪来。”

荣昌区中医院急诊科护士左传容说：“太勇敢、太坚强了，我们要抬他上担架，可他说，你们放下担架，我自己滚进去。结果他一个侧滚翻，就上了担架。”左传容擦了擦眼泪，“真是大英雄啊，这种场面我们见过很多次，但从来没有见过这样勇敢、坚强的人，自始至终，他不但没有掉眼泪，连哼一声都没有。”

在医院的手术室，医生对徐前凯的右腿实施了高位截肢手术。

手术后醒来，徐前凯见到守在自己身边的母亲，第一句话是：“妈，对不起。”

看着坚强、勇敢、懂事的儿子，妈妈的眼泪，止不住啊。

唐俊是荣昌区中医院外一科医师，他参与了徐前凯前期抢救以及截肢手术的全过程。

“我们赶到时，天上飘着雨，现场情况比较复杂。”唐俊介绍，徐前凯整个身子趴在铁轨边的地上，右下肢已缺失，铁轨的碎石子上有很多血迹，一位老婆婆瘫坐在一旁。

初步诊断显示，徐前凯因失血过多，处于失血性休克的状态。“再晚点儿后果不堪设想。”唐俊和同事一边紧张地抢救，一边通知当地血站紧急送血。

外一科护士海云珂是当时“救援团”的成员之一，“当时我看他神态很淡然，双眼微闭，除了面色苍白一点儿以外，看不出受过重创的样子”。

当她对徐前凯进行采血登记时，低声问了一句：“叫什么名字？”

“徐前凯！”声音十分洪亮，让在场所有人都十分意外，“感觉他引以为豪，是那种发自内心的骄傲感”。

“患者徐前凯伤肢离断,残端毁损严重,无再植条件,经上报院领导后,在积极抗休克同时进行了截肢手术治疗。”截肢手术主刀医生黄绍栖说。

徐前凯的手术花了三个多小时,输血1600毫升,才使得他转危为安。

唐俊和黄绍栖说,徐前凯从被抢救到手术完成,大多数时候都十分平静,“没有非常大毅力的人是做不到的”。

转院到荣昌区人民医院的前五天,徐前凯一直在中医院接受治疗,他给唐俊留下了深刻的印象:开朗乐观,性格和心态很好。

中医院的海云珂是负责观察徐前凯生命体征的医护人员,她说,术后同事来探望徐前凯,徐前凯还安慰同事,笑着说:“我很好,昨晚还做了一个美梦。”

“徐前凯是我们小区的!”在徐前凯一家居住的永荣小区,连保安都说从报纸上看到这个消息时深深地感到震撼。

住在徐前凯家对面的吴先生说:“徐前凯虽然很少回来,但平时遇到都会热情地打招呼,这个孩子很孝顺,家教也很好。”

前几天去荣昌区人民医院看望和采访的人太多,为保证徐前凯的治疗效果,家人决定不再接受采访。同时,不少市民和网友希望给徐前凯募捐,还有爱心企业发起了专项资助,但均被徐前凯及其家人婉拒。

“单位给我医疗费,我有工资,爸妈有退休金,所以没必要再给别人添麻烦。”徐前凯说。

其实,徐家的经济条件非常一般,父亲退休金每月3000元多一点儿,母亲的退休金也才2000元出头。

徐前凯的父亲徐荣贵说:“我儿子救人是他认为这件事该做,不是为了别人的捐赠,更不是希望以此来获得什么回报。”

“人家的孩子救我,受这么大罪,不看到他一天天好起来,良心不安啊……”被徐前凯所救的老婆婆叫蔡本善,今年68岁,她两眼噙满浊泪感激地说,“我没得啥子能力,好想帮帮他,我好对不起他。”

蔡本善的听力很差,每句话都需人接近耳朵大声地说,即便这样,每问一句话,往往还要重复多遍。

她尽量清晰地还原当天那一幕。

蔡本善有个朋友,比她大两岁。母亲一辈就是朋友,两人延续着这份友谊,她叫对方姐姐。

事发当天,姐姐的孙女满十岁。姐姐邀她去吃酒,并约定在车站对面接她。

走到车站时,她只顾搜寻姐姐的影子,径直横向穿过铁轨,“我听不到,没看到火车啊”。

在走上铁轨那一刹,突然一股力量叉上她的腰,斜着向上将她托举起,并猛地向前一推。就是这一推,将她推到轨道外的路坎上。

当天被救后,她也被及时送往就近的中医院进行了一系列检查,“我以后再也不去火车站那一片！再也不去了……”

在距铁轨直线距离200米内有一座天桥,如果走天桥,蔡本善可能要多花费20分钟。

“宁愿倒在铁轨上,也不希望小伙儿为我受这样的罪。”事发后,蔡本善曾向姐姐倾诉内疚,如果不去火车站、不抄近路,徐前凯的腿根本不会被压断。

事发次日,蔡本善因伤在医院医治时,曾到徐前凯的病床前磕头感谢,只是徐前凯当时处于昏迷状态中,对此事并不知情。当月12日,她在姐姐的陪同下赶到荣昌区人民医院,看望救她的徐前凯。

蔡本善说,事到如今,徐前凯的父母都没责怪过她,反倒过来安慰她。当天探望结束后,她和姐姐在路边摊吃中午饭。可她想着医院病房里隔着玻璃的徐前凯,心里异常煎熬,半碗稀饭都没吃完。

出事儿后,她说想过轻生,可后来转念一想,别人的好儿子救回了自己,不能再动寻短见的念头,“他为我受这么大罪,他救了我,我一定要好好活下去”。

中篇　英雄炼成

矗立在心中的纪念碑，生活、工作中的榜样，百炼终成钢。

2017年7月21日10时许，火辣辣的太阳炙烤着大地，迎着烈日，我们沿着英雄的足迹，走进徐前凯住过多年的老家——广顺场火车站铁路家属区。

父亲徐荣贵兄弟姊妹五个，个个敬业爱岗，特别是20世纪80年代，三世同堂近十口人挤住在无厕所、无阳台的两居室，他们其乐融融，家族和睦，与母亲开荒种地，拣拾碳花，以补贴家用。这样的家庭无疑给小前凯奠定了朴实、坚韧、勇敢的思想基础。

作为"铁三代"，阳光开朗的徐前凯有着一种英雄情结。"从小，他就向往保家卫国的生活。"父亲徐荣贵说。

"我从小最敬佩的人就是我父亲。"徐前凯说，父亲作为家庭里的顶梁柱，一直是自己崇拜的偶像。

救人后，徐前凯告诉父亲自己不后悔。

"我们老两口也不后悔，人的生命高于一切。"徐荣贵今年62岁，已从铁路上退休两年，他爽朗地说。

徐前凯初中的班主任兼数学老师胡敏今年也是62岁，从事教育工作30多年。"这孩子平时言语不多，很遵守纪律，正义感很强。"虽然徐前凯已从荣昌区永荣中学毕业十多年，但胡老师印象依然深刻。

2017年7月10日，胡敏在报纸上看到徐前凯救人的事迹时非常震撼，对自己昔日的学生能做出这样的壮举，他言语中透露着自豪。

松柏苍翠，绿草如茵，黄葛古树巨伞般遮天蔽日，青松枝上悬挂的朵朵白花，在骄阳的照射下格外耀眼。罗云山烈士的纪念碑就高高耸立在鲜花丛中。

纪念碑就在成渝线广顺场站旁，离车站出口也就50余米，碑上刻有"罗云山烈士永垂不朽"几个大字。2017年7月21日11时许，我们来到广顺场采访时看到的白花，就是人们在清明节扫墓时留下的。

这是铁路烈士罗云山长眠之地，也是徐前凯从小接受教育的场所。

让我们把镜头推向1970年6月12日，这一天，正在广顺场站执勤的铁路公安罗云山发现，飞驰进站的列车已逼近横跨铁路的旅客，为救旅客，他奋不顾身冲了上去，光荣地献出了自己的生命。事后，毛泽东主席对他的英雄事迹做了批示，四川省给他追记了一等功。

欧阳海、罗云山、徐前凯，似曾相识，一脉相承……

李菊芳，罗云山的妻子，尽管已经82岁了，但身体硬朗，思维清晰，谈吐不凡，说起47年前的那一幕，她说"如在眼前"。

"凯凯经常听我讲故事，罗爷爷的事迹早就刻在他心里了。"罗云山牺牲后，几乎每年，她都会被附近的学校邀请去做报告，"凯凯的爷爷和父亲都是铁路职工，我们是邻居，在一栋老式的苏式红房子里，我们相隔也就十来步。"

"我是看着他长大的，凯凯从小就懂事，很有礼貌，经常帮着我们提东西。"李菊芳擦了擦眼角的泪花，"凯凯救人的消息传来后，我很受触动，也为他自豪，这个社会太需要他这样的英雄了。"

"徐前凯应该是受到了我岳父的影响。"方利其是成都铁路公安局重庆铁路公安处荣昌警务区的警长，也是罗云山的女婿。徐前凯救人受伤后，他是第一个赶到现场的民警。

方利其说，徐前凯在广顺场长大，读书后每年都在学校组织下到纪念碑前为烈士扫墓，长期耳濡目染，英雄的形象深深地刻在他的心里。

广顺场站值班员王波也是徐前凯的老邻居。"有一次我看见他爸下班后，他蹲在一边给他爸捏腿，那时候他可能也就六七岁的样子。当时我就感到这孩子不错。这次发生救人的事，我一开始感到惊讶，继而觉得很正常，这是他乐于助人的性格所决定的。"王波说。

"国家财产和人民生命高于一切，当老百姓有难时，大家就该冲上去。"李菊芳很欣慰年轻一辈出了像丈夫那样的英雄，不无感慨地说，"国家应大力倡导凯凯的这种救人风尚。"

同一天，还在病房接受治疗的徐前凯谈起罗云山烈士时，也是激动不已："罗婆婆经常给我们讲罗云山烈士的事迹，那时候我们都还小，开始还觉得是传说，后来读书了，学校每年都组织我们去扫墓，罗云山烈士的形象就逐渐高大起来了。"

徐前凯曾当过两年义务兵，2005年12月—2007年12月在云南省军区边防某连服役，当时的连长叫刘波涛。

“名编壮士籍，不得中顾私。捐躯赴国难，视死忽如归。”现在刘波涛已经是云南省军区边防某营营长，他说，他很喜欢这一句话：“但恨和议一成，国家日削，大丈夫不能以马革裹尸报君父，是为叹耳！”

“这些诗句充分体现了军人大无畏的精神，是军人的职责，也是军魂的彰显。”2017年7月11日，在从新闻中得知徐前凯的英勇事迹后，刘波涛专门打电话慰问了这位曾经是他手下的兵。

人们都说，战友情是世上最真最挚的情，因为在战场上你的命就是我的命。虽然从部队退役后，徐前凯和刘波涛已经多年未见，但彼此间的联系从未间断。

“我和徐前凯一直都通过电话、微信等方式联系，他在工作上或生活中遇到啥子事情都会和我沟通，他就像我的亲弟弟一样。”把徐前凯当作弟弟的刘波涛谈起徐前凯的英雄事迹时不无感慨，“当我得知他奋不顾身地救下老婆婆，而自己却永远失去了右腿时，我很震惊。这不是一般人能做到的，他无愧于一名军人的称号！”

军人，这个称号代表了责任，能给人以安全、给人以向往。2005年12月，时年17岁的徐前凯穿上戎装，走入军营。

部队的训练是严格的，充分考验着一个人的毅力和意志。初入部队的徐前凯由于年龄小、底子薄，在军事训练中算不上优秀，但他有一股不言放弃的韧劲和狠劲。

“我还清楚地记得当年的徐前凯很瘦小，但他很爱运动，部队里经常搞足球、篮球比赛，在这些活动中他都是主力。”刘波涛说。

五公里负重越野是一项日常的军事训练项目，对士兵的耐力和体力都是严酷的挑战。“我们连队所在地都是山区道路，特别是雨天过后，崎岖的山路会变得异常泥泞。”刘波涛说，有次训练下山时，由于地上湿滑，徐前凯不慎崴了脚，但一直没有说出来，而是跟着队伍一瘸一拐地向前跑，“在到终点后，大家才知道他崴了脚，一只脚肿得老高”。

刘波涛说，虽然过去了十多年，但这件事他记忆犹新。

一直努力，不言放弃，性格开朗的阳光士兵徐前凯，在边防连队历任副班长、连部通讯员。

比徐前凯晚入伍一年的现三级士官杨建雄说，老兵徐前凯对新兵很关心，“他当时在连部当通讯员，但经常抽时间到班里来和大家一起工作，像雨季时的山坡坍塌抢修工作等，徐前凯都是带头干”。

军事训练成绩不理想的徐前凯，通过强化自己的训练力度和坚持不懈的努力，成绩一直在提高，退伍时他的军事训练成绩在连队里名列前茅。

“他是尖子兵，各方面都比较突出，而且为人很和气，我们都喜欢和他在一块儿。”杨建雄说。徐前凯由于表现优秀，被调到连部当通讯员，做保障工作，“退伍前，他主动要求到战斗班，站好最后一班岗，以此来完成军旅生涯。”

2007年，徐前凯在军营中光荣地加入了中国共产党。作为一名军人，更是一名党员，徐前凯以身作则地严格要求自己，不管是在军事训练时还是在平时的军旅生活中，他都表现得很突出。

“特别是对新兵，徐前凯非常热情，也很关心。由于很多新兵开始都不习惯军营生活，徐前凯总是抽时间和他们谈心，勉励他们认真训练、积极投身军队事业。”刘波涛说，“徐前凯在部队里为人和气，人际关系非常好。”

刻苦训练再加上与人为善，在徐前凯当兵的两年中，他连续两次获得了部队嘉奖，还有一次获得了“优秀士兵”称号。

在2017年7月11日的通话中，躺在病床上的徐前凯告诉刘波涛自己很怀念部队的生活，“我跟他说，你退伍不褪色，无愧于老连队的士兵”。

2008年9月，徐前凯被分配到遵义车务段工作，历任都拉营站连接员、盘脚营站助理值班员、天台站车站值班员、小寨坝站车站值班员，2016年2月调到重庆车务段。

不为外人所知的是，在遵义工作期间，徐前凯就曾有过一次救人的经历。

2012年6月的一天，盘脚营站Ⅰ道货车通过，正在接车的徐前凯发现70米外有一老人突然横穿铁道。眼见呼啸的列车就要撞上老人，徐前凯立即呼叫紧急停车，列车降速后与老人擦身而过，大家都吓出了一身冷汗。

遵义车务段小寨坝连接员代刚飞曾和徐前凯一起工作过一年多，那时徐前凯是小寨坝站值班员，代刚飞是助理值班员。

在代刚飞眼中，徐前凯对待工作极为认真负责，在遵义车务段工作期间获得了多项荣誉。虽获得诸多荣誉，也受到过多次表扬，但徐前凯从不摆架子，“他待人谦和，无论对方身份如何，都会笑脸相待。帮助人，已经成了他的一种本能”。

“他很会为别人考虑，宁愿自己多付出一些。他就是这样的人，所以救人这件事我们都不觉得意外。”遵义车务段小寨坝站信号员周艺说，徐前凯团结同事、乐于助人，谁家有事他总是第一时间站出来帮忙。

这几天，小寨坝车站的工友都趁着休班的时间，赶去荣昌看望徐前凯，送去他们的关怀与祝福。

“徐前凯很优秀，他的优秀是方方面面的。”重庆车务段荣昌站站长李毅说。

李毅介绍，徐前凯工作积极主动，待人接物谦让有礼，深得干部职工好评。2016年被评为全段季度“‘四优’共产党员”，2017年因“春运”期间的工作而被评为全段“优秀共产党员”。

重庆车务段荣昌站副站长柏英表示：“舍身救人的事情不是徐前凯一时兴起而做的，因为这符合他平时做人做事的价值取向。”

徐前凯说：“我从小的家庭教育就是‘孝’为先，家里所有人都给我这种印象。我当时就是把她当作我的长辈来看待，也没时间去多想。这个就是我的第一反应，希望这个长辈不要因为我而内疚，我只是做了再平常不过的一件事，可能是运气差了点儿。”

热！热！热！2017年7月31日10时许，荣昌大地被红彤彤的太阳炙烤着。

“徐前凯给我印象特别深刻的是他刻苦钻研业务，多次参加技能竞赛并屡获佳绩。”重庆车务段荣昌站站长李毅深有感触地说，“在工作上，他认真负责、踏实勤恳，严格执行作业标准、积极为车站工作建言献策，在车站职工休班、休假之时，曾多次主动要求换班顶岗，任劳任怨，经常利用休班时间参与车站义务劳动，并多次获得段‘安全生产标兵’称号。在单位，他待人谦和、乐于助人，是职工眼里的好同事；在家里，他孝顺父母、尊敬长辈，是父母心中的好儿子。”

2017年7月26日上午，遵义车务段大会议室里气氛热烈，“学习徐前凯同志先进事迹报告会”在这里举行。该段中心站副站长谭维明、小寨坝站连接员代刚飞、南关镇站站长郑远久分别讲述了他们眼中的徐前凯。

“徐前凯勤奋好学，2008年参加工作后，多次荣获段‘安全生产标兵’称号。他积极参加各种技术比赛，2012—2014年连续三年获得全段‘非正常情况下接发列车比赛’助理值班员类第一名。2015年，他被成都铁路局关工委、成都铁路局团委评为‘优秀青年复退军人’。”谭维明回忆道。

当日下午，记者一行来到遵义车务段小寨坝站，倾听了值班员谢仁能的深情讲述，谢仁能再一次描述了自己眼中的徐前凯：“凯哥不仅自己爱岗敬业，而且推己及人、言传身教，带着我们刚入路的青工一起成长。和凯哥共事的经历令我至今难忘。”

2015年7月至8月，遵义车务段举办“非正常情况下接发列车比赛”，小寨坝站抽调徐前凯、代刚飞、谢仁能组成代表队参加比赛。由于当时代刚飞和谢仁能刚入路，业务技能水平低、基础不扎实，徐前凯了解情况后，为他俩制订了“残酷”的训练计划：每天6时天刚蒙蒙亮，徐前凯就打来电话叫醒他俩，这是徐前凯与他俩约定一起读规章的时间。熟读规章一个半小时后，他们才开始实作演练。

“谢仁能，你这里说错了，是17/19号道岔空闲无异状，不是17/19道岔空闲无异状！”

“代刚飞，与扳道员对道的时候一定要横平竖直，力道要足！”实训室里不时传出徐前凯沙哑的声音，连日的训练让他的嗓子都嘶哑了。中途休息时，徐前凯还拿出一些案例题跟他俩一起探讨。“案例题能让我们‘死学活用’。”徐前凯说。

那时他们每天都这样持续到22时，实训结束了，学习却还没有完成。临睡前，徐前凯又专门给他俩准备了“夜宵”：通过微信发一道大题，背下来才能睡觉。经过一个月的密集“充电”，代刚飞和谢仁能在全段2015年“非正常情况下接发列车比赛”中分别取得了信号员类、助理值班员类第三名的好成绩。之后，他俩在2016年全段“非正常情况下接发列车比赛”中又分别获得了信号员类、助理值班员类第一名的傲人成绩。

得知喜讯后，徐前凯比自己获了奖还要高兴，约他俩在今后路局的赛场上相见。

“他带着我们一起成长，凯哥是真正的英雄！”代刚飞动情地说。

下篇　广为传颂

英雄事迹传四方，赞誉潮水般奔流，可他说，他只想回到正常的工作与生活中……

这个夏天有点儿热。

跟火热的夏天一样火热的是，徐前凯的事迹不胫而走，立即感动山城，感动各界，迅速将社会激情点燃。

通过《西南铁道报》《人民铁道》，中央电视台、中央人民广播电台、东方卫视、《人民日报》、《重庆日报》等媒体的广泛报道，徐前凯的事迹为全国人民所熟知。中共重庆市委宣传部、市文明办向全市市民发出“向徐前凯学习”的倡议。中共荣昌区委授予徐前凯“荣昌区优秀共产党员”称号。成都铁路局开展向徐前凯同志学习的活动，连日来，重庆、四川、贵州的数万名铁路职工，迅速掀起学习徐前凯先进事迹的热潮。

2017年7月14日，由中共重庆市委宣传部等部门联合主办的2017年第五期“最美巴渝·感动重庆”月度人物发布会在重庆市荣昌区广播电视台演播大厅举行，徐前凯等十人荣登“感动重庆”月度人物榜。

因徐前凯还在医院接受治疗，徐荣贵代替儿子上台领奖。

在“感人故事”分享环节，徐荣贵数次哽咽：“看到儿子右腿被截肢时，我心如刀绞，但我坚信儿子依然不后悔，假设事情重来一次，他依然会奋不顾身地舍身救人。”全场响起热烈的掌声，也有观众数次抹泪，被徐前凯的事迹深深感动。

作为重庆车务段荣昌站站长，李毅在现场对徐前凯赞赏有加：“他平日工作积极主动，待人接物谦让有礼，深得大家的好评。”

近日，徐前凯被成都铁路局授予“劳动模范”“优秀共产党员”“青年标兵”称号，并记功一次。

活动现场，主持人还宣读了中共重庆市委宣传部、市文明办关于《向徐前凯同志学习的倡议》，开展了“敬英雄、送祝福”签名寄语活动。活动结束后，徐前凯的同事将奖状送到了他的病床前，并向他讲述了颁奖过程和活动开展的情况。

英雄的伤情牵动着铁路职工的心。2017年7月11日上午，成都铁路局党委书记管亚林带着铁路局领导班子和各级组织的关怀，从成都赶赴重庆市荣昌区人民医院，看望慰问了正在接受治疗的徐前凯。

徐前凯住院以后，成都铁路局党委、铁路局高度重视，党政主要领导要求有关部门全力做好相关工作，全力为徐前凯提供就医保障，确保他得到最好的救治。

在徐前凯的病房中，管亚林紧紧握住他的手，向他送上了真挚的问候和深情的祝福，并动情地说：“小伙子，好样的！”看到徐前凯精神状态良好后，管亚林叮嘱他安心养伤。徐前凯低声而有力地向管亚林表示：“我会全力配合治疗，争取早日康复，回到单位。”探望期间，管亚林还看望慰问了徐前凯的父母，感谢他们为铁路培养出了这样一位好职工。

随后，管亚林向负责徐前凯救治工作的重庆医科大学专家和荣昌区人民医院详细了解了相关情况，与有关人员一道对徐前凯的后期治疗、心理辅导、健康营养等工作进行了深入探讨。他感谢医院为救治徐前凯所做的努力，并希望路地双方全力以赴，用最优的服务尽快使徐前凯痊愈。

在看望慰问中，管亚林指出，徐前凯作为一名优秀的复退军人，在工作中一直表现突出，在他身上集中体现了见义勇为、临危不惧的英雄气概，爱岗敬业、勇于奉献的可贵品质，不计得失、乐于助人的高尚情操，不忘初心、敢于担当的坚强党性。相关部门要积极挖掘徐前凯的先进事迹，大力传播正能量，树立铁路职工的良好形象。全路局各级组织要学习好、弘扬好徐前凯同志的先进精神，努力建设一支高素质的职工队伍，全力推动路局改革发展。

2017年7月28日，中央文明办在福建龙岩举行7月“中国好人榜”发布仪式暨全国道德模范与身边好人现场交流活动，共有102位助人为乐、见义勇为、诚实守信、敬业奉献、孝老爱亲的身边好人光荣上榜。其中，荣昌铁路好小伙儿徐前凯榜上有名。

“中国好人榜”是由中央文明办、中华全国总工会、共青团中央、全国妇联联合组织开展的全国道德模范评选表彰活动。2008年，组委会开始在中国文明网上开展“我推荐我评议身边好人”活动。活动开展以来，有一大批解放军现役官兵、复转军人先后荣登“中国好人榜”。在“八一”建军节来临之际，徐前凯勇救横穿铁轨老人的事迹感动了亿万网友。通过组织推荐、网友投票和组委会综合评议，徐前凯荣登“中国好人榜”7月榜。

目前，徐前凯正在重庆市荣昌区人民医院接受治疗。据荣昌区人民医院方面介绍，徐前凯的伤势恢复状况良好，左脚的创伤已开始结痂，疼痛感也在逐渐减轻。“现在没有刚住进医院的时候那样痛了。只是伤口在恢复过程中会发痒，所以晚上休息不好，每晚只能睡四五个小时。我尽量让自己保持清醒，以免不慎抓到伤口，再次感染，所以中午都会睡午觉来保持体力。”徐前凯说。

连日来，徐前凯舍己救人的英雄事迹在重庆地区干部、职工中引起了强烈反响，各单位迅速掀起了学习徐前凯先进事迹的热潮。

重庆车务段荣昌站副站长柏英说：“徐前凯是一名非常优秀的共产党员，工作中勤勤恳恳、兢兢业业，技术业务全面，是一个一岗多能型职工；生活上热情直爽、乐于助人，与同事关系融洽。我也是一名共产党员，而且是一名比徐前凯党龄更长的党员，但在党员先锋模范作用的发挥上，徐前凯走在了前面。生死攸关之际，他用行动生动诠释了一名共产党员的优秀品质，我们以他为荣，向他学习，向他致敬！”

赶水站党总支书记姚代明说：“在生死攸关之际，徐前凯义无反顾、无所畏惧，值得我们学习。我们要学习他在关键时刻临危不惧、不怕牺牲、挺身而出救助遇险群众的高贵品质，学习他奋力一搏践行入党誓言和社会主义核心价值观、新时期铁路精神的可贵行为。”

重庆车务段大足站货运员、共青团支部书记邓叶灵说：“同为铁路年轻一代，当惯了温室里的花朵，看了徐前凯英勇救人的事迹后，我不禁想，若是同样的事发生在我身上，我能做到吗？学习徐前凯，不仅要学习他兢兢业业、脚踏实地的工作态度，更要学习他危难时刻挺身而出、关键时刻站得出来的优秀品质。我是一名共青团员，徐前凯的先进事迹让我更坚定了要成为一名共产党员的信心和决心。”

重庆工务段也掀起了学习徐前凯的热潮。青工罗苇说：“作为党员，我要学习徐前凯舍己救人、不轻言放弃的精神，面对被截肢的现实依旧乐观坚强、为他人着想的品质,他让我知道了合格共产党员的含义。”

青工陈燚说:“本能的救人动作,其实是徐前凯助人为乐习惯的必然反映,因为有一如既往的坚持,才有关键时刻奋不顾身救人的壮举。”

综合机修车间团支部书记赵思权说:“徐前凯作为一名普通铁路职工,练就了过硬的业务技能;作为一名共产党员,他救人时英勇无畏,体现了过硬的思想素质。他不愧为优秀共产党员,是我们学习的榜样。”

重庆机务段、重庆客运段、重庆电务段、重庆车辆段等单位也迅速掀起了学习徐前凯的热潮。

与此同时,成都、贵阳地区的铁路干部、职工也纷纷表示,要以徐前凯为榜样,从身边做起、从小事做起,唱响正气歌、凝聚正能量、激发新活力,为实现西南铁路的发展而努力奋斗。

带着肃敬、带着敬佩,成都地区的铁路干部、职工高度评价徐前凯舍己救人、见义勇为的先进事迹,认为徐前凯的事迹展示了铁路共产党员不怕牺牲、甘于奉献的优秀品质,是大家学习的楷模和榜样。

路局共青团团委书记陈丹说:“我们由衷地为徐前凯感到骄傲和敬佩。我们将通过征文及召开座谈会的形式,号召全局青年共青团员学习徐前凯见义勇为、临危不惧的英雄气概,不计得失、乐于助人的高尚情操,爱岗敬业、勇于奉献的可贵品质,将这股正能量在全局广大共青团员中广泛传播。”

路局人事处(党委组织部)的程颉说:“危难时挺身而出,将生的希望留给别人,将巨大的危险留给自己,在徐前凯身上充分体现了共产党员的先锋模范作用。我们要学习他临危不惧的勇气、挺身而出的胆气、扶危济困的正气。”

路局客运处的蒋天超说:“我们学习徐前凯,就是要学习他热情纯朴、乐于助人的高尚品格,学习他常树行义之道、常怀利人之心、常行助人之事的情怀。”

作为曾和徐前凯一起工作过的同事,28岁的遵义车务段小寨坝站信号员杨玉伟说:“我和凯哥相处最大的感受是,他为人耿直热心、乐于助人。得知他的救人事迹后,我为他感到骄傲,希望他早日康复。”

“我也一直从事调车工作,我打心底里佩服徐前凯的行为。他之所以能成为英雄,是因为他关键时刻敢出手、危难面前勇担当。衷心祝福他。”遵义车务段遵义北站调车长熊治宽说。

贵阳客运段列车员郭瑞林说:“我和他有着相同的年纪和相同的经历。我要学习他热情纯朴、乐于助人的高尚品格,今后要从点滴做起,从身边的小事做起,志存高远、勤奋进取,努力实现自己的人生价值。”

贵阳客运段列车员王胜斌不仅认真阅读了《西南铁道报》上关于徐前凯的事迹报道,更是把报纸带给班组同事阅读。他说:“徐前凯的事迹感人至深、催人泪下,他是我们铁路青工的骄傲。我被他的勇气深深折服,也被他的行为深深打动,对他的敬佩之情油然而生。”

……

生活中,有些瞬间一闪而过,却有着无比沉重的分量。

德国哲学家康德说过:“这个世界上唯有两样东西能让我们的心灵感到深深的震撼:一是我们头上灿烂的星空,一是我们内心崇高的道德法则。”

徐前凯这一发乎内心的本能之举,遵循的正是内心的道德律令,也正是人心中善之端、仁之端的扩展,让人看到人性本善、人心本暖。

刹那间的光华四射,突显善行的价值、良知的分量。

见义勇为、扶危救困,既传递个人美德的力量,更映照核心价值的弘扬。于国家和社会而言,有什么样的价值观就会建设什么样的国家、成为什么样的社会。就个人来说,有什么样的价值观,便会做出什么样的选择、采取什么样的行动。价值观既是内心深处的本能尺度,也体现在日常生活中的坚守,体现在一言一行、一举一动中。

徐前凯危急时刻奋不顾身救人的凡人善行,超越了利己主义的藩篱,何尝不是社会主义核心价值观“内化于心、外化于行”的生动体现?

“发现美,记录美,歌颂美,传播美,是记者、作家神圣的使命。”一想到这里,一首打油诗便情不自禁地涌来:“英雄徐前凯,青春展风采。飞身钢轨边,舍命救老太。从小学英雄,长大成边关。奉献大动脉,处处抒情怀。右腿换人命,英名振四海。”

我多么希望有逆天的奇迹,徐前凯能够重新长出一条腿来!

——原载于《通途》2017年第3期

作者简介

付世坤,成都铁路局新闻宣传中心重庆记者站站长,重庆市作家协会会员。

『米菩萨』——袁隆平

■ 郭久麟

一、“米菩萨”的由来

1995年春天，湖南省郴州市北湖区华潭镇塔水村青年农民曹宏球家建起了崭新的楼房，放起了隆隆的鞭炮。曹宏球在院坝铺开桌子，放上大红纸，对从镇上请来的书法家说：“请你给我家写一副对联。你知道，我出生在1961年那个饥荒的年代。刚出生时，家里几乎已快断炊，我爸只得找来一只破箩筐，包了一件破棉袄，将我扔到路边，看能否被哪位好心的路人捡去抚养。可我妈妈舍不得，她怕那时刻人人都自顾不暇，哪还会捡别人的孩子来抚养？硬是撑起身子去路边把我捡了回来。”

旁边他母亲听着，回忆起往事，轻轻用衣襟揩了揩眼角的泪水：“宏球说的是真的啊！”

曹宏球看了看母亲，接着说：“在我童年记忆里，几乎只有一个‘饿’字。似乎很少吃饱过。几乎天天都吃煮得稀烂的菜稀饭和红薯。直到实行包产到户，杂交水稻开始在家乡推广，家人才渐渐吃饱了饭。所以，我和我妈妈对带领我们改革开放、发家致富的邓小平无比热爱，对发明杂交水稻、给我们带来丰收的袁隆平十分敬重。请你在对联上写出这个意思。”

曹宏球说得很动情，书法家听得十分感动。他喜笑颜开地说：“好！你说出了大家的心意！上联是：发家致富靠邓小平；下联是：粮食丰收靠袁隆平；横批是：盛世太平。”

在乡民们的欢笑声中，书法家纵情挥笔，龙飞蛇舞。一会儿，一副崭新的对联贴上门楣。

曹宏球的母亲看着对联，对儿子说：“宏球啊，这个袁隆平真像米菩萨！他怎么给我们种出这么好的杂交水稻，让我们每亩田都增产一两百斤嘛！”

几个老农民也赞同：“袁隆平真是米菩萨，活菩萨！”

一个农民说：“王老师，这副对联太好了，写出了我们农民心头想说的话。袁隆平就是我们心头的米菩萨！”

另一个农民说：“你给我家也写这样一副对联吧！”

又一个农民也说：“王老师，给我家也写这样一副吧！”

王老师高兴地说：“要得！要得！我给全村每家都写一副，好吧！”

晚上，曹宏球看到自己新修的房子，兴奋地对母亲说：“妈妈，我有一个大胆的想法：我们不是还有六万多块钱吗？我想用这些钱为袁隆平，为你说的米菩萨，雕一尊汉白玉石雕像立在我们院坝前。这样，乡亲们天天都可以看到袁隆平，看到米菩萨了！”

曹宏球的母亲连连点头：“要得，要得！”

晚上，曹宏球给袁隆平写了一封信，表达了对袁隆平的敬意和感激，并希望能给他邮寄几张近照，作为雕塑的参照。但袁隆平很快回信，委婉地谢绝了他的好意。可曹宏球并不死心。他到图书馆去查找了几幅袁隆平的照片，然后参观了几家汉白玉石雕厂，最后来到了河北省曲阳县园林艺术雕刻厂，问业务主任：“雕一尊真人大小的汉白玉雕像要多少钱？”

业务主任说：“按照你提出的规格和要求，雕成一尊汉白玉立体全身人像，起码得30万元。”

曹宏球一下傻眼了：“我全部积蓄才六万多元。看样子这做不成了。哎呀，怎么办呢？”

业务主任见他很为难,就问他:“你是想做什么人的雕塑?”

曹宏球恳切地说:“我们家想为杂交水稻的发明者袁隆平老师塑一座雕像。因为我们太感谢他了!我们村的农民都称他为米菩萨!”

业务主任感动地:“啊,你自己拿钱给袁老师做雕像?你有多少钱呢?”

曹宏球只好如实相告:“我们家刚修了房子,只有六万多元了。”

业务主任和办公室的同志都被曹宏球的精神感动了。业务主任也恳切地说:“你的想法太让我感动了。我去和厂长、书记商量一下,看能不能帮忙解决。”

副主任也说:“对,我们中国人现在吃饱了饭,袁隆平的杂交水稻起了很大的作用啊!他一个农民都愿拿出仅有的积蓄来为袁老师雕像,我们厂出点儿钱也应该!”

不一会儿,业务主任领着厂长来了。厂长握着曹宏球的手说:“刚才,我同书记研究了,觉得你做的是件大好事,也表达了我们千千万万中国人的心愿!我们厂决定赞助你,我们工农结合,一起为袁老师塑像!我们决定,只收你五万元,你留一万块钱回家发展生产。其余的钱我们出!我们决定精选一方上等石料,由最好的师傅亲自执凿,雕像与真人成1:1的比例,取袁隆平蹲于田埂、手捧稻穗、深情凝视的图像,连底座高1.6米,一米又六,寓意‘有米有肉’。”

三个月后,雕像运到村里。那一天,全村几百男女老少争相观看,放鞭炮,扭秧歌,还在雕像前供上象征长寿与祝福的寿桃果品。

乡亲们围着雕像赞不绝口:“这雕像雕得多好啊!人家厂里还赞助了我们!”

上了年纪的农妇高兴地说:“迎回了‘米菩萨’,会保佑大家年年有余,岁岁平安。”

“米菩萨”的美誉就这样传开了。

后来,乡亲们请中共湖南省委书记熊清泉题了“稻仙园”三个字。

无独有偶,造纸术的发明者蔡伦的故乡——湖南衡阳的耒阳市举办科技发明节,新建了一个发明家广场,塑了一些古今大发明家的铜像,其中就有一尊袁隆平的铜像:袁隆平手捧沉甸甸的稻穗,高挽裤脚,仿佛刚从田野走来。

在袁隆平的故乡江西德安,家乡人民在袁隆平广场雕塑了8.2米高的塑像。

袁隆平的母校西南大学,也为袁隆平雕了一尊塑像。

这些塑像反映了亿万农民以及家乡人民和母校校友对袁隆平的支持、尊重与爱戴。

在当代的科学家中,像袁隆平这样受到广大群众,尤其是亿万农民如此崇敬、爱戴的科学家可以说是罕见的!

二、大饥荒的警示

袁隆平的杂交水稻研究是从大饥荒的年代开始的。

袁隆平祖籍江西省九江市德安县河东乡袁家山,1930年9月出生于北京协和医院,是著名产科医生林巧稚为他接的生。九岁时,日寇的铁蹄踏进湖南、湖北,袁隆平随着父母亲逃难到战时陪都重庆。1949年,袁隆平高中毕业,因为小时候参观过一座果园,爱上了园艺,他说服父母,报考了位于重庆北碚的相辉学院农学系。1950年,相辉学院农学系同四川省立教育学院农科系及华西协合大学农艺系合并成立西南农学院(2005年西南农业大学与西南师范大学合并为西南大学)。袁隆平在西南农学院毕业后分配到湖南安江农校教书。1960年,神州大地出现了全国性的大饥荒,袁隆平在学校饿得到处找米糠、苕藤,甚至挖植物的块根来充饥!而学校周围的农民甚至吃草根、树皮、观音土。他还亲眼看到几个人因为饥饿而倒在路边、田埂边和桥底下。素有“两湖熟,天下足”之称的湖南,竟然出现了“路有饿殍”的惨景!严酷的现实使袁隆平受到了强烈的刺激!他深深感到了粮食的重要,知道了“民以食为天”的至理!他想:自己是学农的,祖国和人民培养了自己,当国家粮食出现严重困难的时候,应该刻苦钻研,用先进的科学技术,让粮食大幅增收,解决人民的粮食问题,让人民不挨饿,吃饱饭!

1956年,党中央号召向科学进军,袁隆平曾经带领学生按照苏联农业专家米丘林、李森科的无性杂交理论,搞了三年无性嫁接,把月光花嫁接在红薯上，把番茄嫁接在马铃薯上，希望能培育出新的品种，结果都失败了。嫁接法产生不了新品种！实践教育了袁隆平，他决定走孟德尔、摩尔根遗传学的路，搞农作物的育种。开始，他考虑搞小麦、红薯育种，但搞了一段时间后，发现湖南的小麦产量在全国是最低的，红薯也不是湖南的主要作物，不受重视，没有课题，没有经费，难以搞下去。他在农业科研中认识到，水稻才是湖南和全国的主食，而且，一个生产队长还告诉他："袁老师，施肥不如勤换种，如果你能研究出一种新稻种，让我们亩产800斤、1000斤，那该多好啊！我们的苦日子就熬到头了！"这使袁隆平认识到：农业增产途径很多，培育良种是最重要的！

于是，他开始在农民的大田和学校的试验田中去选择优良的水稻品种。

三、珍贵的灵感

1961年7月的一天，袁隆平和往常一样来到农校的试验田选种。突然，他的眼中发出异样兴奋的光亮：在一丘早稻田块里，有一株形态特优的、"鹤立鸡群"的稻株！他疾步向前，用双手珍惜地捧起它，惊喜地观察着：只见它长得特别好，穗子大，籽粒饱满，十多个近八寸长的稻穗向下垂着，像瀑布一样。袁隆平如获至宝！他推算了一下，用它做种子，水稻亩产量可能会上千斤！而当时高产水稻的亩产量一般只有五六百斤，可以增产近一倍啊！他马上给它做了标记，要把这株禾收藏起来，作为育种的好材料，进一步培育。到成熟时，袁隆平把这株稻株的种子小心翼翼地收下来。在第二年春天，把这些种子播种到田里，袁隆平天天往那里跑，每天观察、施肥、灌水、除草，渴望有惊人的奇迹出现！

但是，禾苗抽穗后，袁隆平大失所望！稻株抽穗早的早，迟的迟，高的高，矮的矮，参差不齐，没有一株像它"老子"那样茁壮优秀。袁隆平感到迷惑不解：为什么会这样？为什么会这样？正在失望之余，孟德尔、摩尔根遗传学的理论像一道闪电照亮了他的心扉：水稻是自花授粉植物，纯系品种是不会分离的，只有杂种第二代才会出现这种分离现象。自己选育的这株水稻，它的第一代那样好，第二代却那样参差不齐，不就是孟德尔、摩尔根遗传学上所说的杂交种子的第二代才可能出现的性状分离现象吗！如果是，那么，它不就是一株"天然杂交稻"吗？袁隆平心中突然一亮，灵感产生了：我去年选到的那株优良的水稻在第二代出现了分离，说明它本身可能是一株天然杂交稻！它充分表现了杂种优势！如果我们人工培育出这种杂交水稻，不就可以大大提高产量嘛！

从1962年到1963年，袁隆平通过人工授粉进行水稻杂交，发现确实有一些杂交组合显示了杂种优势。但是，由于杂种优势只有杂种第一代表现最明显，以后就没有了优势，因此需要年年生产杂交种子。而水稻属自花授粉作物，要杂交，就得先去掉雄花，但水稻雄花很小，而且一朵花只结一粒种子（一颗谷子）。如果依靠人工去雄杂交的方法来大量生产杂交种子，每天能生产多少种子呢？这是长期以来，水稻的杂交优势未能得到应用的主要原因。

那么，怎么解决这一世界性难题呢？袁隆平经过几年的思考、摸索、实践，又向中国农科院著名研究员鲍文奎请教学习，终于找到了解决这个世界难题的方法和途径——那就是培育一种特殊的"雄性不育系"品种，这是一种雄性花粉退化的"女儿稻"，由于它没有雄蕊花粉，要靠外来的花粉来繁殖后代。有了雄性不育系，让它与正常水稻间种，使正常水稻的花粉与其雌蕊受粉，产生杂交品种，实现高产，这就是不育系。但因为新的杂交水稻第二代要退化，又必须研究出保持系，使这种不育系能够不断繁殖。有了不育系和保持系后，还得研究出恢复系，使已培育出的不育水稻能不断繁殖并产生杂种优势，应用于生产。

可是，这种天然雄性不育系的种子在哪儿呢？

袁隆平决定到大自然中去寻找！他开始了一场艰难而漫长的科学试验！

四、苦寻"天然雄性不育株"

1964年六七月份，水稻刚进入扬花的时节，袁隆平请示校长给他调了课，把上午10点到下午3点的课调出来，他好专心到田里寻找水稻"天然雄性不育株"。

早上10点多，他就到稻田里去了，背一个水壶，揣两个馒头，手拿放大镜在水田里一株一株地寻觅着；中午不休息，一直到下午3点钟左右才回家。因为中午正是水稻开花最盛的时候，也是最好选择雄性不育株的时候！他头上顶着如火的骄阳，双脚踩在稀泥中，稻田里的脏水又像蒸笼一样蒸烤着他，而稻穗又像芒刺一样刺戳着他，他赤着双脚，在那又脏、又热、又闷、又蒸、又烤的极其恶劣的条件下工作！从早上到下午，汗水一次次湿透衣背，蚂蟥一只只爬到脚上，蚊虫一群群飞绕身边。渴了，喝一口水壶里的开水；饿了，啃一个干馒头。一天下来，晒得头晕眼花，累得筋疲力尽！每天，他都满怀希望而去，却又一无所获而归！但是，他没有灰心。今天没有收获，还有明天！

这一天，袁隆平在水田中突然中暑了。同他一起寻找不育株的学生小潘焦急万分，赶紧把他扶到树荫下休息，他喝了点儿十滴水，擦了点儿风油精，慢慢地恢复了。他又强撑起身子，再次走进了水田，开始了艰难地寻找。没有任何人给他布置任务，没有任何人给他一分钱报酬，也没有任何人催促他！可是，他总觉得有个声音在催促他！眼前经常出现桥头饿殍的影子，耳边经常响起那位队长的声音："如果你能研究出一种新稻种，让我们亩产800斤、1000斤，那该多好啊！我们的苦日子就熬到头了！"于是，他身上又增添了信心和力量。

历史应该记住这一天！1964年7月5日的午后2点30分，经过了14天的艰苦寻觅，袁隆平终于发现了一株天然雄性不育株！他在大片洞庭早籼稻田中寻找得筋疲力尽之时，突然，一株特殊的水稻吸引了他：花开了但花药瘦得很，里面没有花粉，退化掉了，但是它的雌蕊是正常的。这不就是退化了的雄花吗？他欣喜若狂，立刻将花药采回学校实验室做镜检，发现果然是一株花粉败育的雄性不育株！真是踏破铁鞋，望穿双眼，坚持了14天，终于在拿放大镜观察了14万多个稻穗后，发现了第一株雄性不育株！攻克杂交水稻育种难题，跨出了关键性的第一步！

如果说前三年的攀登主要是精神上的思考，显示了袁隆平敢于探索，敢于创新，并善于从失败中吸取教训，善于抓住一闪即逝的灵感取得突破的精神的话，那么，这十几天的苦苦寻觅，则是体力上、意志上的考验和磨砺！充分显示了袁隆平勇敢坚毅，顽强刻苦，不怕吃苦，不怕劳累，不达目的、誓不罢休的勇毅精神和实干作风！而这些，正是一个科学家、发明家、开拓者、创造者必备的优秀品质！

五、牵上暖心的酥手

袁隆平发现第一株水稻天然雄性不育株后，立即把它移植到他的试验田里，精心培育起来。当年，30多岁的袁隆平经学校老师介绍，同他多年前的学生，也是从事农技推广工作的邓哲相亲相恋了。在袁隆平眼中，邓哲那优美而匀称的身姿，那一对迷人的眼睛和盛满笑容的酒窝，犹如亭亭玉立的山茶花，简直就是一位仙女！袁隆平惊叹怎么读书时没有发现她的美，惊叹她怎么出落得这样有气质，有风韵，这样端庄娴静。他在心里对自己说：这就是我心中的女神！而邓哲看到自己青年时就敬佩的老师，看到他疏疏的眉毛下嵌着的那双明亮而锐利的眼睛，感到他刚毅、正直、果敢、稳重，格外的富有青春的魅力和阳刚之气！她在心中自语：这就是我的白马王子！这天晚上，回到家中，袁隆平抑制不住心中的激情，写下了一首爱情诗："茫茫苍穹，漫漫岁月，求索的路上，多想牵上，一只暖心的酥手。穿越凄风苦雨，觅尽南北西东。蓦然回首，斯人却在咫尺中。"邓哲惊喜地读着这首小诗，读着读着，她的眼睛湿润了，可心里却有说不出的欢喜。从字里行间，她深深感受到袁老师热烈的爱情，更触摸到了他那颗纯洁无瑕的美好心灵。就这样，在双方单位同事的促成之下，他俩结婚了！婚后，他俩相互关心，相互体贴，小日子过得红红火火，恩恩爱爱。

每当周末袁隆平回到农技站，邓哲早已替他烧好了热水，让他洗个热水澡，洗完澡以后，热腾腾的饭菜就端上了桌。过一两周邓哲到学校来陪袁隆平，给他整理房间，他的脏衣服、臭袜子，再也不会堆在屋角很久不洗了。袁隆平感到，不管搞科学试验遇到了多少障碍和艰难，也不管下田劳作有多么辛苦劳累，有了妻子无微不至的照顾，生活都会变得更加有滋味。他同邓哲一样，都钟爱湘西的青山绿水。周末空闲时，他俩就爬到一些不知名的小山上散散步，吹吹风，唱唱歌，欣赏一下山野风景，放松一下心情。他俩的爱情之花虽然绽放得迟了点儿，但花香芬芳浓郁，让他们沉醉流连。他俩的爱情之酒尽管酿造得久了些，但酒味醇正浓烈。在人生的道路上，在攀登科学高峰的崎岖道路上，袁隆平和邓哲携手并肩，伉俪同行……

六、躲过“文革”劫难

1965年夏天，在水稻扬花的季节，袁隆平带着新婚妻子邓哲，又继续在安江农校和附近农田的茫茫稻海中逐穗寻觅雄性不育水稻。他在水田中先后检查了几十万株稻穗，又找到六株雄性不孕植株。他将这些种子采用盆钵育苗，分系单本移栽，每个株系种植一小区，紧挨着种一行同品种的正常植株做对照。在抽穗期用花粉染色法和套袋自交的结实率去鉴定孕性程度，初步的盆栽试验显示，天然雄性不育株的人工杂交结实率可高达80%，甚至90%以上。而且，经杂交繁殖出来的后代，的确有一些杂交组合表现得非常好，有优势。经过这样反复试验，积累了正反两方面的经验和教训，再经过反复分析论证，这一年的10月，袁隆平把初步研究结果整理撰写成论文《水稻的雄性不孕性》，投稿给中国科学院主办的《科学通报》杂志。在这篇论文中，袁隆平正式提出：水稻具有杂种优势现象，要想利用水稻的杂种优势，首推利用雄性不孕性。他还在论文中提出：

我认为，通过进一步选育，可从中获得雄性不育系、保持系及恢复系，用作水稻杂种优势育种的材料。

袁隆平的这篇论文在历史上首次揭示水稻雄性不育之谜，并提出了培育水稻三系（即雄性不育系、保持系、恢复系）的设想与思路。这篇论文于1966年2月发表在《科学通报》第17卷第4期上，不仅吹响了第二次绿色革命的进军号，而且让袁隆平在“文革”初期即将被批斗关押时得以逃脱那场危险的厄运！

正当袁隆平满怀雄心壮志，开始破解杂交水稻这一世界难题的时候，一场横扫神州大地的“文革”风暴迎面袭来。

1966年6月1日，《人民日报》发表社论《横扫一切牛鬼蛇神》。

很快,安江农校贴满大字报:“革命无罪,造反有理”“打倒反动学术权威”“横扫一切牛鬼蛇神”! 破“四旧”,批斗,抄家。学校的党政领导班子靠边站,造反组织上了台,一个接一个自立山头,相互之间争权夺利。而这股邪火,很快就烧到了袁隆平身上!

“向资产阶级知识分子袁隆平猛烈开火!”

“袁隆平引诱贫下中农子女走白专道路,我们坚决不答应!”

袁隆平看着大字报,心中无比迷惑与愤慨。刚好管“牛棚”的人路过,见到他,不怀好意地说:“刚果布,看大字报啊! 我们‘牛棚’已经准备好你的床位了,就等你哪天来了!”

“刚果布”是袁隆平的绰号——因为他一天到晚在田里搞试验,皮肤晒得像非洲黑人一样黑。袁隆平恨恨地瞪了他一眼,心想:果然要蹲“牛棚”了?我关起来不打紧,我的水稻秧子怎么办? 还有,邓哲一个人,孩子那么小,怎么办?

袁隆平赶紧回到家,对妻子忧心忡忡地说:“外面写了我那么多的大字报,我可能要被批斗,关牛棚。”

邓哲听了气愤地说:“凭什么要批斗你! 凭什么要关你的牛棚! 你一天除了上课就是搞科研,你做了什么坏事啦! 真是岂有此理! 你没有做过对不起学校和老师、学生的事,你不怕! 最多把你弄到农村去——我同你一起去当农民!”

袁隆平一听,非常激动! 妻子对他的信任和忠诚,妻子临危不惧的忠勇和气魄,使他增添了力量和信心!

过了两天,袁隆平忽然看到了另外几张更恶毒的大字报,顿时头脑“轰”的一声,像爆炸了一样:“袁隆平篡改毛主席亲自制定的农业‘八字宪法’,罪该万死!”

刚转过身,突然发现对面墙上还有一条标语:

“彻底砸烂袁隆平资产阶级的坛坛罐罐!”

“啊? 要砸我做试验的那些宝贝?”袁隆平更吓坏了! 他一下想起试验田里那些种着雄性不育株的坛坛罐罐! ——可别被人砸了!

袁隆平赶紧向试验田跑去！可是，晚了！晚了！学校水池边的60多个瓦钵全部被打得稀烂！瓦钵里的秧苗，全被踩烂在地，令他痛彻心扉，五内俱焚！他蹲下身去，浑身颤抖着，痛惜地抚着那一根根被蹂躏的秧苗，悲愤地抚着那一块块被打碎的瓦钵，他眼中滴着泪，心中流着血，浑身喷着火！几年的心血，几年的艰辛，多年的梦想，就这样毁于一旦！

晚上，袁隆平的学生尹华奇和李必湖悄悄告诉袁隆平，他们在造反派砸试验田的秧苗前，已把四盆最好的试验苗子，藏在了试验田旁边苹果园水沟里了。

袁隆平和两个学生踏着月色，悄悄去到了苹果园旁边的水沟边，看着那几钵劫后余生的秧苗，袁隆平心里悲喜交集，感慨万端。在他眼中，这些可爱的绿色秧苗，不仅有生命，而且有思想，它们仿佛会说话，会唱歌，能听懂他心中的呼唤。

考虑到自己当时的处境，袁隆平对尹华奇和李必湖叮嘱道："我很可能被批斗，甚至关'牛棚'，万一我被关了'牛棚'，请你们继续照料好这些试验稻秧，把科研继续下去。"

尹华奇和李必湖沉重地答应道："老师，我们一定把科研搞下去！"

袁隆平提心吊胆地等待着什么时候被批斗，被抓进"牛棚"。可奇怪的是，既没批斗他，也没将他抓进"牛棚"，工作组反而要他搞一块晚稻试验田，争取夺得高产。

袁隆平感到万分高兴而又十分不解。半年多以后，他才从撤出学校的工作组组长那儿了解到，原来他那篇关于水稻雄性不孕性的论文寄到北京后，引起了有关方面的重视，他们给湖南省科委和安江农校去函，请两个单位支持，才使他得到了保护，免受冲击，才能继续从事科研工作。

七、不在一棵树上吊死

没有多久，省科委派人前来同袁隆平谈话，说："省科委和农业厅经过研究，考虑到你从事的水稻雄性不孕研究工作十分重要，决定将这项研究收上来，由湖南省农业科学院主管，专门成立一个'湖南省水稻雄性不育科研协作组’，把你调到省农业科学院专门进行杂交水稻研究。你有什么意见？”

袁隆平说：“我谢谢组织上的安排。”

回家后，袁隆平把幼小的儿子和整个家，都留给了妻子邓哲。临行前，他抱着儿子亲了又亲，然后满怀歉意地对邓哲说：“我走了，你的担子更重了！”

看到他的科研工作得到了国家更大的支持，邓哲感到非常高兴，她深情地说：“你到省里去，条件好得多！你的科研会取得更快的突破！你别担心我们！”

袁隆平考虑到湖南一年只能种一季水稻，更靠南的地方却可以一年生产两季甚至三季水稻，可以大大加快杂交水稻的研发速度，同时，安江农校还经常处于混乱状态，科研工作经常受到影响和制约，因此决定每年秋冬两季到南方培育杂交水稻，以缩短杂交水稻的研究周期。

那是怎样艰辛的行程！袁隆平一行三人坐汽车从安江到长沙，再从长沙坐火车到广州。当时出门，要自己带全国粮票，在路上找饭店吃饭、睡觉。汽车、火车都人满为患，连找个站处都很难。幸好，当时广东省科委有一位叫蓝宁的女干部，特别关照袁隆平一行，把他们安排到安静的南海县(现为广东省佛山市南海区)大沥公社农科站，这才使他们得以安心搞试验。

袁隆平召集助手们一起坐下来认真总结几年来的工作。袁隆平说：“这几年来，我们用雄性不育株，先后与近1000个品种和材料做了3000多个杂交组合的试验，可结果均达不到100%保持不育。研究进展不大。这是为什么呢？我思考了很久。在这些年的试验中，凡是用与不育材料的亲缘关系较近的栽培稻做的试验，其保持能力就差一点儿。而与不育材料的亲缘关系稍远的，效果就好一些。我想，我们这几年试验的结果不理想，是不是受到试验材料的局限？是不是因为我们使用的材料亲缘关系较近？”

李必湖说：“嗯，老师说得对！”

袁隆平望着窗外，搔了搔头，振奋了一下，沉着地说：“我们不能在一棵树上吊死！要拉开亲缘关系的距离。要广辟途径，多渠道地寻找和获得雄性不育材料。我们要从亲缘关系较远的野生稻身上寻找突破口！”

两位助手听了袁隆平的发言，非常振奋，齐声说：“老师说得对！可是，哪些地方有野生稻呢？”

袁隆平说："我查了一下，野生稻主要分布在海南、云南、广西等地的偏远地区。今年冬天我们去云南元江进行试验，明年春天到海南进行试验，同时抓紧寻找野生稻。"

八、地震台风步不停

1969年底，袁隆平又带着助手来到位于北回归线北侧的云南元江，湖南已经山寒水瘦，这里却是温暖如春。袁隆平小组租下了元江县农技站的一座无人居住的平房，还租了农技站的水田作为试验田。他们一边整理耕地，一边浸种催芽，一边寻找雄性不育的野生稻。

1970年1月4日的晚上，三人整完秧田回到这间砖砌的平房。屋角里，摆着一只铁桶，一个个装着不同组合稻种的小布袋浸在桶里。

袁隆平说："稻种是12月29日下水的，1月5日，就可以把小布袋挂起来催芽了。"

夜里，袁隆平进入了梦乡。突然，睡梦中的袁隆平感觉自己的床在摇动。他不明白究竟是怎么回事，睁开眼睛，发现房子在左右摇摆，天花板上的石灰开始往下脱落。他敏锐地意识到：发生地震了。他赶快起身，对两个年轻人高喊："快起来！地震了！"

李必湖起来了，跟着袁隆平往外冲。刚跑到门口，袁隆平突然下意识地喊道："稻种！"他转身往屋里冲，李必湖也转身往回冲，他两人不约而同地喊道："稻种！"

尹华奇刚从梦中惊醒，听见他们的喊声这才完全清醒了，他折转身子，抢先提起铁桶往外冲。

三人刚冲出门，一声巨响，房顶上的一大块石灰，紧挨着尹华奇身边落下。

尹华奇吓得吐了吐舌头："好险！"

天亮了，余震不断发生，大地不时摇晃。袁隆平和助手在农技站的水泥球场上围着那只浸着稻种的铁桶，商量下一步的办法。

农技站老支书来看望他们了。他告诉袁隆平：今天凌晨，离元江150公里的峨山，发生了7.7级的强烈地震。受到波及的元江，震级也在5级以上。

他很关心地对袁隆平说："情况已经查明，这里是地震区，十分危险，你们应该赶快离开。"

"离开？"袁隆平指着浸在铁桶里的稻种说，"种子都要下田了，我们怎么能离开？"

老支书知道，这桶里盛着他们几年的心血啊！但是，他更关心三位科技人才的生命安全。于是，他对袁隆平说："稻种交给我们，我们帮你们种下去。抽穗的时候，情况好转了，你们再回来。"

袁隆平对老支书说："我们是搞科研的人，亲口吃梨子，才懂得梨子的滋味。因此，我的意见是不能离开这里。"

李必湖和尹华奇马上同声说："我同意！"

送走了老支书，三个人就在水泥球场上，用塑料布搭起了一个窝棚。水泥地上垫几把稻草，再铺上一张草席，就是他们的床铺。种子该催芽了，他们在窝棚里拴上一根绳子，从铁桶里把一个个小布袋捞起来，挂在绳子上，每隔几小时浇一次水，让稻种在布袋里发芽。

又一次余震发生了，挂在绳上的小布袋，随着大地的晃动在摇摆着。袁隆平三人见了，相视一笑。

地震并没有吓退他们，发了芽的稻种在不时摇晃着的土地上播下了。

秧苗在暖风里长得飞快。由于地震造成的交通中断，粮食供应发生了困难，梦想创造高产、战胜饥饿的师徒三人，面临着饥饿的威胁。没有饭吃，他们就只能天天都吃当地的甘蔗、香蕉。甘蔗、香蕉虽然好吃，当饭吃可不好受，三个人吃得口腔里都磨出了泡。

1970年10月，袁隆平同助手李必湖、尹华奇一起来到天涯海角的崖县南红农场。崖县即后来的三亚，是我国自然风光最优美的地方之一，更可贵的是，这儿属于典型的亚热带海洋性气候，是个天然的大温室，是"四时杨柳四时花"的好地方。所以袁隆平选这儿作为水稻试验基地。崖县相关部门为袁隆平一行提供了住房，提供了土地，提供了生活上的各种方便。

雄性不育秧苗插下没多久，就长起来了，秧苗如茵，青翠可爱。谁想到没过两天，烟波万顷的大海，突然变了脸，顿时狂风大作，浊浪排空，大树被吹倒，房屋在动摇，这样的狂风袁隆平以前还从没遇到过。接着而来的是倾盆大雨。

袁隆平焦急地向助手挥手高喊:“快去看秧苗!”

袁隆平、尹华奇、李必湖和周坤炉等几个人冒雨冲到秧田边,放眼一看,大吃一惊:试验田已变成一片汪洋,大水淹没到膝盖了。很快就会把秧苗卷走!即使不被卷走,秧苗被海水浸泡,也会被沤烂了,一腔心血又要化为乌有!

可是,他们只有几个人,又没有任何工具、设备,怎么把这么多秧苗抢救出来呢?大家都急得团团转!

还是袁隆平急中生智,想到了驻地的门板。他大声地对几个弟子说:“快去把门板卸下来当船!”

弟子们飞快跑回去把门板背来,当作木船浮在水面上,然后泡在齐腰的洪水中将这些秧苗从水田中带泥挖出来,抱到门板上,再小心地把装满秧苗的门板从漫进大水的秧田中抬到公路上,转移到了安全的地方,躲过了又一次浩劫。

几天后,风暴过去了。南红农场的试验田里,袁隆平带着助手们把抢救出的秧苗再次插进田里。几天后,秧苗慢慢又茁壮成长起来了。

九、找到了“野败”

秧苗长起来后,袁隆平对大家说:“我们又去寻找野生稻吧!”袁隆平带着助手们深入黎家山寨询问老农,在荒凉的山野沼泽池塘和田里到处寻觅。由于精力过度集中,又粗又长的蚂蟥爬在他们的腿肚子上,胀鼓鼓的吸饱了血又掉了下来,他们却全然不知,腿肚子上还流淌着鲜血,身后留下了带血的脚印。

几天后,袁隆平要到北京去拜访鲍文奎研究员并查阅资料,了解国际水稻育种研究的最新进展和动态。他要求李必湖和尹华奇等助手在照顾秧苗成长的这段时间里,多向周围农民和农场的技术员了解野生稻的分布情况,抓紧在附近一带多做野外调查,争取尽快找到野生稻。

袁隆平到北京后,袁隆平的助手李必湖在试验基地与南红农场技术员冯克珊聊起了野生稻,他问冯克珊:“你是本地人,你可知道,你们这个地方,哪里有野生稻?”

冯克珊是当地人,他用海南话问:“你说的野生稻,是不是那种亚哥(野禾)?我们这里好像有。”

李必湖又问:“什么亚哥?我不明白。你把这两个字写给我看看。”李必湖寻根究底。

冯克珊在纸上写了“野禾”二字。

李必湖大喜:“对对对,海南人叫亚哥(野禾),就是野生稻啊!小冯,我们正要找它。你能带我去找找吗?”

冯克珊摸着脑袋想了想说:“听说有个地方,是块很少有人去的沼泽地,我想,那里可能有亚哥(野禾)。我带你去看看吧!”

李必湖坐上冯克珊的牛车,来到一号公路紧靠铁路的涵洞旁边。李必湖下车一看,这里果然有一块大约有200平方米的沼泽地,乌黑的淤泥上,杂草丛生,各种蚊蝇在水面上乱飞。这块荒凉的地方,看样子很少有人涉足。走到沼泽地边,李必湖看见杂草中好像真有野生稻。他知道,野生稻与栽培稻不一样:它的株型匍匐,茎秆细长,叶片狭窄,穗头短小,穗上长有长长的红芒,野性十足。他急忙脱掉鞋子和外裤,就要下去。

冯克珊忙说:“这水太脏、太深,还可能有眼镜蛇,危险!”

李必湖见了野生稻,就像见到盼望已久的情人,哪里还管它危险不危险,径直往沼泽地里走。沼泽地黑乎乎的乌泥喷着臭气,冒着气泡,漫过膝盖,各种蚊蝇乱绕着他飞。他一心只顾寻找沼泽地中的野生稻。他发现这些野生稻一朵一朵的花,雄蕊都是正常的,而这并不是他要找的。他要的是雄蕊败育的野生稻。李必湖贪婪地睁圆大眼,一株一株仔细查看其特征和性状。猛然,他敏锐的眼光在一朵野稻花上停住了。跟着袁隆平老师进行长期的实践和钻研,李必湖已练就了非凡的辨别力——这就是雄蕊败育的野生稻!只见它的花药细瘦,呈火箭形,色浅呈水渍状,没有开裂散粉。

李必湖急切地走向前,要去挖这株野生不育稻,大腿一下就陷进了更深的污泥之中。他顾不得危险,弯下腰,伸出双手插进泥里要将野生稻的根部抠出来。这时,那水草深处的各种虫类受了惊吓,“呼呼啦”乱飞乱跳,在他脸上、腿上、手臂上乱叮乱咬!粗大的水蚂蟥也一弓一弓地叮住他的双腿饱吸血浆。他无心驱赶这些虫子,使劲挖这篼野生稻。突然,他似乎感觉到一种危险的气息,他脸一侧,只见一条两尺多长的水蛇就盘伏在他身边的一片草丛里，伸出可怕的头在向他吐着信子！这可把李必湖吓了一跳。他想把水蛇赶走，可是赤手空拳，怎么办？他只得把手中的泥团向水蛇砸去！水蛇受了惊，一溜烟走了。李必湖这才松了一口气，双手再次更用力地插进污泥中，为了不损伤它的根须，他小心地把根蔸周围的泥土全部抠了出来！

李必湖回到沼泽地边的路上，轻轻放下手里捧着的“宝贝”，脱下身上的衣服，把它包好，徒步将稻蔸搬回试验田。

还没到驻地，李必湖就欣喜地大喊：“找到野生稻啦！找到野生稻啦！”

尹华奇与罗孝和迎了上去，接过野生稻，拿着放大镜反复检验。罗孝和开怀大笑：“是野……野生稻，而且是我们正需要的雄蕊败育野生稻！”

尹华奇搂着李必湖的脖颈，欢呼跳跃：“我们终于找到啦！”

他们初步推断，这很可能是一株雄性不育野生稻。在显微镜下它的花药也呈规淡青白色，与试验田里的不育株的花粉一样。

然后，他们把它同“广矮”栽植在一小块空地里，等待袁隆平回来做最后的鉴定。

袁隆平接到电报后，立即赶回崖县南红农场，放下行李，立即对这株野生稻进行仔细观察，反复辨认，高兴得激动地喊起来：“妙！妙！妙！野生稻，千千真万确的雄蕊败育的天然野生稻！”

袁隆平说：“这是一株典型的花粉败育的野生稻，我们就把它命名为‘野败’吧！”

李必湖高兴地：“好！就叫‘野败’！”

袁隆平兴奋地拍着李必湖的肩：“必湖啊！你可是立了大功啊！”

李必湖憨厚地笑了。

袁隆平对李必湖说：“现在，我们要抓紧把这株‘野败’种好，用我们试验田里仅有的正在抽穗的籼稻品种广矮3784与‘野败’杂交。”

李必湖说：“好！我一定好好做成！”

十、把“野败”无偿提供给大家

一连五天，李必湖身不离试验田，眼不离杂交稻。烈日当头，他耐心地坐在特制的水田工作凳上，守候着“野败”开花。每当“野败”开一朵花，他便小心地用镊子夹着栽培稻的花朵与其杂交，并在小本上记录。共杂交八个组合。最后得到了五粒种子，真是比金子还珍贵！

第二年，袁隆平同李必湖把这五粒种子种在试验田中，精心料理。

“野败”杂种抽穗了。袁隆平和李必湖在田里观察。袁隆平对李必湖说：“太好了！这‘野败’就是稀罕，它结出的种子都是雄性不育，且能够保持下去。也就是说，其后代都是雄性不育株。我们终于看到曙光了！”

李必湖说：“真是太好了！”

袁隆平说：“现在，我们已经从‘野败’中转育出了不育株。但是，不育株在生产上并没有直接利用的价值——因为它不能结稻谷！还必须进行精心的转育工作，把野败中的不育基因转入栽培稻，进而培育出生产上需要的不育系、保持系和恢复系，才能产生强大的增产作用。”

李必湖问：“我们下一步该怎么办？”

袁隆平双手挠着头，思考着，说：“中国有两万多个水稻品种，要想从中筛选出理想的品系，单靠我们几个人的科研小组，要用很多年的时间，而且效果不一定好。为了早出成果，赶在日本、美国之前出成果，出大成果，我想把我们‘野败’研究的新成果向湖南农科院和中国农科院报告，向全国农业科研人员公开，全面动员水稻科技工作者都来攻关。”

袁隆平的这个想法，显示了他胸襟的开阔和无私奉献的精神。这对杂交水稻的研究成功确实起了很大的作用。

袁隆平的想法得到了上级的支持。很快，中国科学院业务组副组长黄正夏同志到海南，召集在海南搞“南繁”的有关省份和科研单位召开会议，号召大家搞协作，同袁隆平一起跟班学习，参加杂交水稻试验，加快研究进程。

会后，先后有广东、广西、江西、湖北、上海、新疆等八个省（直辖市、自治区）的30多位同志，到海南南红农场湖南基地向袁隆平跟班学习，参加试验。于是，一向冷清的南红农场一下子变得热闹起来，全国十几个省（直辖市、自治区）的科研人员浩浩荡荡地汇聚到这里，开展杂交水稻三系配套的协作攻关。

袁隆平和科研组的同志热情地欢迎大家。把他们几年来从事雄性不育研究的经验教训和艰苦获得的“野败”资料无偿地分享给全国十几家单位的科研人员。

白天，袁隆平在试验田里手把手地给来自全国各地的科技工作者讲授水稻杂交的操作技术。晚上，袁隆平在寝室挂上小黑板，给大家讲授培育杂交水稻的理论课，把自己多年积累的知识毫无保留地传授给他的同行们。

袁隆平还亲自下厨，给大家煮鱼汤面吃。袁隆平讲课思维敏捷，语言生动，且风趣幽默。来自全国各地的年轻人都喜欢听他讲课，也喜欢和他开玩笑。他永远保持一颗童心，性格非常随和，走到哪里，哪里便有欢声笑语。

“野败”的星星之火，形成了杂交水稻研究的燎原之势。袁隆平无私献出的珍贵种子，成为全国农业科技人员共同攻关的可靠保障，从而大大加快了杂交水稻的研究进程。

很快，袁隆平与周坤炉、李必湖、尹华奇、罗孝和等一起，育出了“二九南1号”“威20”等不育系和保持系；江西萍乡农业科学研究所的颜龙安、文友生等，利用“野败”进行杂交，获得种子，育出了“珍汕97”不育系和保持系；福建的杨聚宝等利用袁隆平赠予他们的种子，育出了“威41”不育系和保持系！又经过一年多的努力，全国杂交水稻研究协作组终于在1973年从东南亚的一些品种中选育出了具有较强恢复力和较强优势的恢复系。

杂交水稻冲破了三系配套关，又面临应用时的优势组合及制种难题。袁隆平又带领科研人员，克服重重障碍，攻克了优势组合关及制种关。

十一、大面积推广杂交水稻

杂交水稻研究成功后，就面临着怎样将科研成果转化为生产力，怎样在生产中推广应用的问题。

杂交水稻闯过了三系配套关、优势组合关及制种关之后，在中共湖南省委、湖南省农科院的领导下，开始在湖南、广西、江苏、广东等省份陆续试种，取得了突出成果，普遍增产20%到30%，有的甚至成倍增产。但是，怎样在全国大面积推广呢？

1974年11月初，在南宁杂交水稻科研协作会上，袁隆平与时任湖南省农科院副院长的陈洪新、陈一吾反复研究了这个问题。他们认为：经过10年努力，杂交水稻研究取得了较好成果，现在面临着如何推广应用的问题。第一，杂交水稻是高科技产品，其科技含量高，在推广中应首先注意杂交稻繁殖、制种、栽培三个环节互相依存，紧密衔接，环环扣紧；第二，推广杂交水稻是一项复杂的系统工程，杂交水稻繁殖、制种、栽培必须有强有力的技术服务体系作为支撑，必须层层培训好技术骨干，建设一支过硬的技术推广服务队伍；第三，推广杂交水稻是一个涉及面很广的庞大工程，牵涉面广，工作量大，既要协调好农业、科研、教学、推广、种子、植保等单位的关系，又要组织好农业、粮食、财政、商业、交通运输等部门的通力协作。这些都必须有强有力的组织领导，实行有权威的统一指挥，才能完成。

于是，袁隆平、陈洪新积极向国务院汇报。1975年12月22日，时任国务院第一副总理的华国锋在中南海小会议室听取了关于杂交水稻工作的汇报，做出了指示：全国推广杂交水稻碰到了困难，要即刻解决。他当即拍板：中央拿出150万元人民币和800万斤粮食指标支持杂交水稻推广；由农业部主持立即在广州召开南方13省(直辖市、自治区)杂交水稻生产会议，部署加速推广杂交水稻。

根据华国锋的指示，1976年1月，全国首届杂交水稻生产会议在广州召开。南方13省(直辖市、自治区)的农业厅长、农科院长和杂交水稻科研骨干参加，会议商定和落实了全国大推广的第一年繁殖、制种、示范栽培的生产计划。

杂交水稻，从此以世界良种推广史上前所未有的发展态势在中国大地上迅速推开。1975年南方13省(直辖市、自治区)的杂交水稻种植面积才370多公顷，1976年就一下子跃升到13.87万公顷，继而于1977年迅猛扩大到210万公顷，到1991年已达到1760万公顷。

十二、攀登永不停止

随着三系法杂交稻的培育成功和在全国的大推广，粮食产量大大提高。袁隆平的名字也很快传遍神州大地！

但是,在这巨大的成绩与荣誉面前,袁隆平却第一个站出来,对杂交稻"一分为二",指出三系法杂交水稻的缺点和不足。并提出要搞两系法杂交稻。当时有研究人员发现了特殊的光温敏不育株,在长日照条件下,表现完全雄性不育;在短日照条件下,则表现可育,能自交结实。袁隆平敏锐地发现可将这种光温敏不育株应用于杂交水稻育种和制种上,就可以一系两用:在长日照高温下(夏季)可用于制种;在短日照低温下(春、秋)可用于自身的繁殖,因而能省掉保持系,简化繁殖、制种程序,使种子成本下降。

袁隆平对杂交水稻育种的这个新的战略设想,被人称为"袁隆平思路",同国家"863"计划不谋而合。袁隆平审时度势,及时向国家提出了两系法杂交水稻研究课题,国家立即将这个课题确定为"863"计划生物工程中的第101-1号专题。袁隆平被指定为该专题组组长和责任科学家,组织全国16个科研单位协作攻关。

袁隆平指导他的学生、助手们在稻田中寻找光温敏不育系株,这就像当年寻找"野败"一样。安江农校毕业留校的年轻教师邓华凤按袁隆平的指导,艰苦地在水田中探寻,终于在安江农校籼稻三系育种材料中,找到了一株光温敏核不育水稻。邓华凤将这一发现向袁隆平汇报后,袁隆平立即赶赴安江农校的三亚基地,亲临田间,进行观察和指导,要邓华凤精心地培育好这棵稻株,等结实之后再拿到湖南去繁育,争取第二年能够进行技术鉴定。

邓华凤在安江农校精心培育这棵光温敏不育株,其后代一直表现稳定。在安江盛夏高温和长日照的条件下,不育株和不育率均达到了100%;而在这天之前或之后抽穗扬花的,则全部表现为雄性可育,还能够自交结实。经专家检测,一致同意把它命名为"安农S-1"光温敏核不育系。

会后,袁隆平对李必湖说:"我非常高兴,你在十多年前,在27岁时发现了'野败',为三系杂交做出重大贡献;现在你的助手邓华凤也在20多岁时,发现了'安农S-1',给两系法带来了希望。这显示了杂交水稻事业发达兴旺,代有传人!"

李必湖高兴地说:"这都是您精心指导的成果!"

袁隆平支持邓华凤申报国家科技奖,而自己,却坚决谢绝大家的好意,不但不挂第一个的名字,甚至整个奖项也没挂他的名字,而让邓华凤等年轻学者走上领奖台，显示了他培育和支持青年科技人才的胸怀和气度。

从1986年至1995年宣告成功，两系杂交稻和三系杂交稻相似，也历时十载。又一个不寻常的十年，袁隆平和团队成员们付出了多少智慧、汗水和辛劳！

两系法成功之后，袁隆平没有止步，他又大胆提出了超级杂交稻研究计划。超级杂交稻，就是水稻超高产育种。它是近几十年来不少国家和科研单位的重点项目。1981年日本就率先提出开展水稻超高产育种，把水稻亩产提高到800公斤；国际水稻研究所于1989年启动了“超级稻”育种计划。但是，到1996年，日本和国际水稻研究所并没有实现他们的计划。

袁隆平决定挑战这一国际科研难题。他根据多年研究经验，提出了具有独创意义的两系法亚种间杂种优势利用与优良株型相结合的超级杂交稻育种的技术路线。他于1996年立项了超级杂交稻研究计划，提出杂交稻产量指标：在同一生态区两个百亩以上的示范片，连续两年的平均亩产，第一期从1996—2000年达到亩产700公斤；第二期从2001—2005年达到亩产800公斤。

经过多年的艰辛努力和创新探索，袁隆平带领科研人员，提前一年实现了第一期和第二期目标，在两个百亩以上的示范片，连续两年的平均亩产达到了700公斤和800公斤！

2004年“两会”期间，袁隆平又向温家宝总理提交报告，提出了第三期超级杂交稻攻关计划，提出大面积每亩产量900公斤的目标。这个目标实现后，袁隆平又于2012年立项第四期亩产1000公斤的超级稻育种计划，已被农业部批准。经过袁隆平和科研人员的共同努力，2015年，全国不少试验田传来百亩亩产过1000公斤的好消息，标志着第四期杂交稻攻关取得了重大胜利！

现在，袁隆平正在向第五期超级杂交稻攻关目标（大面积亩产1070公斤）挺进。从1996年提出两个百亩以上的示范片，连续两年的平均亩产达到了700公斤，到2015年平均每亩达到1000公斤，袁隆平带领他的团队，几乎是每五年攀上一个高峰，把杂交水稻产量引上世界的高峰，几十年来一直引领着世界，造福中国和世界人民。

2016年,袁隆平已经86岁了,可他还在为实现"禾下乘凉梦"的理想而耕耘不已。

十三、成立"杂交水稻研究中心"

一个春意盎然的早上,时任中共湖南省委组织部部长给袁隆平谈话,他说:"组织上考虑到要充分发挥科学家的作用,考虑到你对党和人民的重大贡献,经研究,想让你担任省农业科学院院长,正厅级。"

出乎他意外的是,袁隆平竟毫不犹豫地谢绝了:"对不起,我不能接受这个职务。"

部长大吃一惊!他没想到袁隆平居然会拒绝这样高的地位、待遇和荣誉:"为什么?"

袁隆平回答道:"我这个人不适合当官。倘若当上官,整天文山会海,哪里还有时间搞科研?"

部长更感到难以理解,对他劝说道:"省农业科学院院长,是正厅级高干,请你担任这个职务,是党组织对你的关心、爱护和重视!你担任这个职务,就有相应的较高的工资待遇、生活条件和工作条件,再说,当农业科学院院长与你从事杂交水稻科学研究并不矛盾,都是搞业务嘛!"

"领导同志,院长我可当不了啰,省农科院那么大一个摊子,我怎么顾得过来?要我当院长,就意味着要我离开杂交水稻的科学研究。"袁隆平继续推辞。

部长也被他感动了,他考虑了一会儿说:"你可是知识分子的杰出代表,如果你不能得到重用,我们对领导、对人民也没法交代,这样吧,农科院名誉院长,你总可以当吧!"

袁隆平对这个提议实在无法拒绝,只好表示:"我确实不能作任何实际工作,只能以全部身心投入科研。请领导理解。"

最后袁隆平就当了湖南省农科院的名誉院长。以后,袁隆平不得不当了湖南省政协副主席、全国政协常委等,不过他和组织还是定下了"约法三章":除了特别重要的会议之外,一般活动一律不要通知袁隆平参加,即使通知了,他也可以不参加!

这就是袁隆平，视权力为过眼云烟，视“官帽子”高薪厚禄为不必要的累赘，极力避开了权力、名位、金钱、利碌、人事纠纷、人情世故对他的影响和干扰，把自己全部的精力、智慧、才华和心血完全地投入杂交水稻的研究，才取得了这样辉煌的成就！

袁隆平不愿当官，但湖南省建立杂交水稻研究中心，请他当“中心”主任，他却愉快地同意了，并把“中心”办成了世界一流的农业科研学术机构。

1983年春天，湖南省科委主任在办公室接待了袁隆平，告诉他说：“为了搞好杂交水稻科研，湖南省科委报国家计委批准，拨款500万元，建立了‘湖南杂交水稻研究中心’。组织上决定由你担任研究中心主任。”

听到这个消息，袁隆平感到十分惊喜。他回答道：“作为一名党外人士，长期以来我只是负责具体技术工作，从未挑过这么重的担子。但是，这项任命表明了组织上对我的信任，我感到肩负了一份重大的责任。我愿意接受这项任命。但是，我仍然只想承担具体的科研和技术工作。希望组织上予以理解和支持。”

“中心”成立后，办得影响最大的一件事是1986年10月在长沙召开的世界首届杂交水稻国际学术讨论会。这次国际学术讨论会是由国际水稻研究所与湖南省科学技术协会、湖南杂交水稻研究中心联合主办的。与会人员为来自美国、日本、菲律宾、印尼、印度、墨西哥、斯里兰卡、英国、泰国、马来西亚、孟加拉等20多个国家及中国24个省（直辖市、自治区）的专家、教授200多人。

袁隆平在会上做了题为“杂交水稻研究与发展现状”的学术报告，提出了今后杂交水稻发展的战略设想。

国际水稻研究所还向湖南杂交水稻研究中心赠送了纪念匾。匾上用中英两种文字刻写着：

国际水稻研究所荣幸地祝贺第一次国际杂交水稻学术会在湖南杂交水稻研究中心召开。这里，通过袁隆平教授和其他中国科学家卓越的研究以及有关人员艰辛的劳动，使杂交水稻应用于生产成为现实。我们祈望，湖南杂交水稻研究中心成功地发展成为杂交水稻研究和培训的国际著名中心。

会上，国际水稻研究所所长斯瓦米纳森博士风趣地对记者说："'山不在高，有仙则名；水不在深，有龙则灵。'长沙在世界上的知名度很高，一个很重要的原因是湖南省农业科学院、湖南杂交水稻研究中心在这里。袁隆平先生多次来国际水稻研究所指导工作，我们非常感谢他的帮助。国际水稻研究所十分珍惜与该中心的合作，并期望将来加强这种合作。"

菲律宾原农业部副部长、菲律宾大学副校长乌马里博士在会上发表热情洋溢的讲话，他说："中国有句古话'上有天堂，下有苏杭'，但对水稻科研工作者来说，应是'上有天堂，下有长沙'。因为，杂交水稻研究中心就在长沙，这里是各国杂交水稻科研工作者的'麦加'圣地。如果你没有见过'杂交水稻之父'袁隆平，那么，说明你的科研旅途才刚刚起步。"

世界首届杂交水稻国际学术讨论会以后，湖南杂交水稻研究中心还先后举办了五次规模较大的国际学术研讨会或论坛。

"中心"主持承担国家攻关计划、"863"计划等国家重大项目以及多项省、部级课题的研究工作。在选育三系法杂交水稻新组合、开展两系法杂交水稻育种、探索远缘杂种优势利用等方面，"中心"都做了大量工作。"中心"的发展遇到几次很好的机遇，江泽民总书记和胡锦涛总书记都曾亲临指导。连续四任总理李鹏、朱镕基、温家宝、李克强都非常重视和支持杂交水稻研究中心建设，前后以总理基金项目的形式，拨款9000万元。

"中心"已成为享誉国内外的杂交水稻研究与开发机构，为我国和世界粮食安全做出了重大贡献。

十四、第一项农业专利转让给美国

袁隆平的杂交水稻研究成功后，不但给广大农民带来巨大的效益，他被人们称为"米菩萨"，而且其成果传输到世界很多国家，被各国人民称为"杂交水稻之父"。

1980年，湖南省农科院通知袁隆平到长沙，农科院院长对他说："1979年，美国西方石油公司下属的圆环种子公司总经理威尔其访华时，我国农业部赠送杂交水稻种子给威尔其带回去进行试种，这些种子表现出了明显的优势，比当地水稻良种增产30%以上。这引起了威尔其浓厚的兴趣，威尔其此后多次来华，与我国种子公司签订了在种子技术方面进行交流和合作的原则性协议，并代表美国圆环种子公司与中国种子公司签订了'杂交水稻综合技术转让合同'。合同规定：中方将杂交稻技术传授给美方，在美国制种。可以说，这是我们在世界上做成的第一宗知识产权交易，还是跟世界头号强国美国做成的。这开了一个好头！"

袁隆平热烈地响应说："邓小平说得太好了——科学技术是第一生产力！只要重视科技，中国一定会很快赶上去的！"

院长说："对于刚刚打开国际交往大门的新中国来说，杂交水稻种子堪比小球博大球的'乒乓外交'。根据协议，美方要求中方派人到美国进行技术指导。组织上决定由你带队去美国做技术指导。一是因为威尔其点名要你亲自去，二是因为只有你去，组织上才放心啊。"

1980年5月9日，圆环种子公司总经理威尔其与公司的几位专家在机场迎接袁隆平一行。袁隆平一走出机场出口，便看见了欢迎自己的标牌，就率先向威尔其走去，用英语问道："您好，请问你们是圆环种子公司吗？我们是中国来的。"

威尔其见袁隆平身材瘦削，脸庞晒得黑黑的模样，以为他是翻译，只是轻轻地同他握了握手，然后转身向站在他身后的大腹便便、戴着眼镜的陈一吾伸出手，对他又是热情拥抱，又是亲热贴脸，口里还一连声地欢迎："您好，您好，袁先生。我是圆环种子公司总经理威尔其。您是我的偶像……"

陈一吾显得十分尴尬，袁隆平与杜慎余不由得笑了。陈一吾忙给他解释："威尔其先生，您认错人啦！刚刚与您握手的那个才是袁隆平先生，我们都是他的助手。"

威尔其立即连声道歉说："啊，不好意思，不好意思。袁先生，请原谅！请让我再次向您表示崇高的敬意和热烈的欢迎。您将是我们公司最尊贵的客人和朋友。我衷心地祝愿您在美国工作和生活得愉快！"

说着，他再次握住了袁隆平的手，并紧紧地拥抱、贴脸。

袁隆平说："谢谢您的热情迎接，威尔其先生。您认错人是完全可以理解的，许多中国人也经常把我认错。我是一名水稻专家，长年在田间搞试验，所以又黑又瘦，人们都叫我‘刚果布’，意思就是非洲黑人。”

当天晚上7点30分，圆环种子公司为中国专家准备了一场晚会，圆环种子公司总裁约翰逊、总经理威尔其、公司全体员工以及公司附近大学的教师、学生也来了。

袁隆平同陈一吾、杜慎余被当作贵宾安排在前排，与约翰逊及威尔其位置相邻。一会儿，只见主持人说：“今天的晚会，是为中国杂交水稻专家特意准备的，请他们也上台表演一个节目，让我们欣赏一下中国的艺术，好不好？”

袁隆平和陈一吾、杜慎余三个人一下全紧张了，袁隆平见陈杜两人都不敢登台表演，只好请工作人员送来一把小提琴，走向演奏台，鞠了鞠躬，演奏出早期美国电影插曲《老黑奴》……会场上的美国人，一时之间全被带进了流畅的旋律之中。曲毕，掌声、赞美声顿时响起……

三个月后。袁隆平等三人站在田埂边，一眼望过去全是沉甸甸的金黄色的谷穗，像瀑布一般，到处都是丰收的喜悦。袁隆平说：“才三个多月的时间，我们种下的杂交水稻已经长得这么好了。丰收是肯定的了！”

威尔其情不自禁地感叹：“袁老师，真没想到，杂交水稻品种在去年增产33%的基础上又提高了很多很多。用中国话来说，您真是我的福星，是我们公司的财神爷！”

袁隆平客气地说：“别客气，下一年度我们可以专心攻克如何把人工扬花改为机械扬花了。”

庆祝杂交水稻在美国成功种植的新闻发布会在农场举行。专程赶来同袁隆平见面的哈默博士走来。哈默博士年过九旬，头发花白，但仍然精神矍铄，双眼散发出商人特有的智慧与倔强，他一见到袁隆平就热情拥抱，开门见山地说：“袁先生，非常欢迎您来我们公司指导工作。我是中国人的老朋友了，去年邓小平先生亲自接见了我。我今天看到，杂交水稻在美国也发展得很好，我本人衷心希望您的杂交水稻可以成为我们之间的一座友谊桥梁。”

袁隆平谦虚地说：“谢谢哈默博士，我们祖国现在正需要像您这么有胆识、有魄力的人去发展。我对您久仰大名，今天有幸见到您，是我的荣耀！”

哈默博士摆了摆手，说：“不不不，袁先生，您太谦虚啦。是我，是我要感谢您的杂交水稻为公司带来的无限商机。站在商人的立场来说，您的杂交水稻将带来一个新兴的产业和一个遍及世界的巨大市场，将提供千千万万的岗位，解决很多人的就业，同时也将带来千万亿美元的财富，这些财富将超过十个西方石油公司的规模，而您更是创下了造福人类千秋万代的功德。你们中国的科学家非常纯粹，毫无功利心，我非常景仰。你们的精神境界，用我们西方的价值观念是无法理解的。要知道，如果您自己经营，光是中国市场就足以使您成为第二个洛克菲勒。"

袁隆平真诚地说道："哈默博士，您去过中国，那您肯定知道，是人民养育了科学家，科学家理应全心全意为人民服务，科学家的发明和成果，也理应是国家和人民的。您的远见卓识我非常钦佩。"

十五、杂交水稻覆盖全球梦

随着杂交水稻在中国和美国等国越来越有名气，20世纪90年代，联合国粮农组织开始把杂交水稻作为各水稻生产国增产粮食、解决粮食短缺问题的首选战略项目。联合国选择15个国家给他们提供经费，推广杂交水稻。粮农组织聘请袁隆平为首席顾问，聘请袁隆平的助手等为该组织的顾问。袁隆平曾先后多次到印度、越南、菲律宾、缅甸、孟加拉国等国进行技术指导和接受咨询，为这些国家建立起了一套发展杂交水稻的人才与技术体系，袁隆平和他的助手先后提供了50多个杂交水稻组合在南亚和东南亚进行试种推广。

1990—1993年间，袁隆平连续三次去印度，行使联合国粮农组织首席顾问的职责。

袁隆平第一次到印度时，印度已在学习中国，大力发展杂交水稻，建立了杂交水稻项目网的十个中心。袁隆平去到印度后，多次考察了他们这些中心及其试验基地，针对印度科学家研究中遇到的问题给予指导和帮助，为他们献计献策。经过袁隆平的指导、考察和论证，为印度培育了一些新的杂交组合，增产在15%—30%以上，为印度实现杂交水稻大面积商业化发展献出了一份力量。

1992年10月22日，袁隆平第二次去印度，带着毛昌祥、邓小林两位助手。

印度农业部领导对袁隆平说："我们热烈欢迎你！我们印度需要杂交水稻技术，因为杂交水稻是增加稻米产量的最佳技术，可以提供更多的粮食。"

这一次，对方安排袁隆平三人住在五星级宾馆。

袁隆平对对方说："为了工作方便，我们就住郊区的印度国家水稻研究所的招待所吧。"

对方说："那儿没有空调，只有风扇和蚊帐，而且蚊子多，你们还是住五星级宾馆吧！"

袁隆平坚持说："我们还是住招待所吧！那儿离工作地点近。"

袁隆平和助手们住在招待所，果然蚊子厉害。他们只能晚上躲在蚊帐里工作。

晚上，灯光昏暗，有一次袁隆平拉开抽屉，冷不防突然间从里面窜出许多条小眼镜蛇来，吓得他大叫一声："啊！有蛇！"

邓小林赶紧一手把袁隆平拉开，一手去捉蛇。蛇在地上乱窜，吓得袁隆平胆战心惊！看着邓小林他们几个年轻人终于捉住了这八条眼镜蛇，袁隆平不禁倒嘘一口冷气："好险啊！"

毛昌祥说："这儿条件太恶劣，我们搬一下吧！"

袁隆平恢复了平静，说："检查一下，没有毒蛇了，我们还住这儿吧！"

他们每天自己洗衣服，做饭则由水稻所安排的一个师傅负责。他们三人天天泡在被阳光晒得滚烫的水田里面，亲自动手摆弄杂交水稻，观察、记载、选种、赶花粉，忙个不停。时常顶着高温烈日，一干就是好几个小时，令印度人非常惊讶与钦佩。

印度一位工人对袁隆平说："你们中国专家顶呱呱！我们印度等级非常森严，高级别的研究人员是不下田的，也不会自己动手做具体事情的。他们只需要带着助手和田间工人，在田边上指挥就行，再让助手告诉工人，工人再下田把研究人员需要的东西弄上来。"

印度一位研究人员对袁隆平说："你们应该守我们的'规矩'，不要这样拼命自己动手干活。"

袁隆平说："我们的科研都是自己亲自干。这样才能掌握第一手资料。"

印度的科研人员受到感染，也跟着袁隆平一起干农活。那位劝袁隆平不要自己动手的研究人员后来也参加了农田劳动，受到工人们称赞。他高兴地对袁隆平说："袁老师，你们不但带来了中国的杂交水稻技术，也带来了中国人勤劳朴实的精神。"

30年来，为帮助世界各国提高粮食产量，袁隆平带领他的助手和团队，大力向世界推广杂交水稻。目前正在研究杂交水稻的国家有20多个；在生产上大面积种植的国家已经有七个，它们是印度、孟加拉国、印度尼西亚、越南、菲律宾、美国和巴西。2013年它们种植的面积共计600万公顷，平均每公顷产量比当地优良品种高出两吨左右。正在推广杂交水稻的国家还有巴基斯坦、埃及、马达加斯加、利比里亚、墨西哥等。

为了更好地向世界各国推广杂交水稻，袁隆平本着"发展杂交水稻，造福世界人民"的宗旨，先后受联合国粮农组织、国际水稻研究所、中国农业部和中国商务部等机构的委托，在湖南杂交水稻研究中心先后举办了60多期杂交水稻国际培训班，为亚洲、非洲、拉丁美洲约60个发展中国家培训了3000名左右的技术人员。在这里接受培训的许多学员，大多成为杂交水稻技术专家和骨干，他们把中国的杂交水稻技术带到了他们各自的国家，在广阔大地上生根开花。为了适应技术普及与培训之需，袁隆平于1985年编写了《杂交水稻简明教程》，同时翻译成英文，为国内外想了解学习杂交水稻技术的人士提供了方便。

全世界种植水稻的国家有110多个，除我国外，目前全球每年水稻种植面积有1.2亿公顷。据统计，杂交水稻已在全球20多个国家种植，近年全球年种植杂交水稻总面积达到了数百万公顷，但杂交水稻的推广面积占全世界种植水稻的面积尚不足2%，而平均每公顷比当地良种增产两吨左右，因此，杂交水稻在全世界的未来发展空间非常大。

2015年4月，在大片稻田边，在金灿灿的水稻瀑布面前，袁隆平给我讲起了他的禾下乘凉梦和杂交水稻覆盖全球梦，他唇边洋溢着慈祥的笑意，兴奋地说：

"日有所思，夜有所梦。我曾梦见杂交水稻的茎秆像高粱一样高，穗子像扫帚一样长，籽粒像花生米一样大，我和助手们一块在稻田里散步，在稻穗下面乘凉……我把这个梦称为'禾下乘凉梦'。1999年，我又做了一次梦。那时我们到云南去验收一块高产田里的品种。我们去的头一天，我就做了梦，这次不是一株水稻了，而是梦见一棵大树，哎呀，上面全部结有花生米那么大的稻谷，那个树好大啊！树冠半径有30—40米，我好兴奋！这是我的杂交水稻覆盖全球梦，也是我追求的目标。"

十六、大师情怀　百姓心态

2015年，我受袁隆平母校西南大学邀请撰写《袁隆平传》，几次到三亚、长沙采访袁隆平院士。采访期间，袁隆平还亲笔为我写了一首《励志诗》，赠送给我：

山外青山楼外楼，科学探秘永不休。
成功易使人陶醉，莫把百尺当尽头。

这首诗充分显示了他在学术道路上勇于探索，敢于创新，不断超越自我，永远奋进不止的精神，体现了他的大师情怀。

同时，袁隆平又有一份百姓的心态。

他不愿当官，不会也不愿做生意。他不懂经济，对股票也不感兴趣。他平生最大的兴趣就是杂交水稻研究。他把搞农业，搞农业科研当作毕生的理想和追求，在农业研究中找到了最大的乐趣！他觉得他的工作是非常有意义的，对国家、对老百姓都是大好的事情！所以，一旦有好的苗头，有好的新品种出来，再苦再累，心里面也感到很快活，很欣慰！

袁隆平主张丰富、健康、愉快的生活。他认为自己生活很丰富，工作也很愉快，能为国家、为人民做出自己应做的贡献是最愉快的。他的工作就是他生活的一部分。80多岁了，他还坚持看书、学习、工作，他除了看自己专业范围内的书，还看其他方面的书，大概每周有三天看业务书，三天看其他方面的书。他认为脑子要多用，脑子越用越灵活。他自豪地说："现在看来，我脑筋还管用。"

袁隆平生活朴素。他对高楼大厦不感兴趣，对西方的金钱世界也不感兴趣。他对钱看得很淡然：钱是要有的，没有钱是不能生存的；但钱的来路要正，不能贪污受贿，不能搞什么乱七八糟的事情，不能为富不仁。同时，他还认为，钱是拿来用的，有钱不用等于没有钱。但是该用的才用，不挥霍不浪费，也不小气不吝啬。钱够日常开销，再小有点儿积蓄就行了。拿那么多钱存着干什么？生不带来，死不带去！在生活上他不讲求名牌，只要穿着合适、朴素大方就行，哪怕几十块钱一件的衣服都行。他每年在海南三亚"南繁"期间，都要买上好几件仅三五十块一件的衬衣，他觉得这样的衬衣美观大方，还是棉质的，透气，下田的时候穿起来方便，不用担心弄脏了，好得很。袁隆平主张生活要有规律，要讲求健康的生活，饮食上他主张定时、定量，每天三餐，以素食为主，多吃米饭和红薯等粗粮，少吃一点儿鱼、肉。补药从来不尝，粗茶淡饭，适当营养，只要卫生和营养就行了。

袁隆平说："一个人活这一辈子，首先，心态要好，要乐观一点儿，开朗一点儿，豁达一点儿，这是很重要的。不要为点儿小事情发愁、计较，也不要为了追逐名利去花心思，否则你稍微有点儿挫折就受不了。……不要把名利放在第一位，要把事业放在第一位。把名利看得淡一点儿，或者很淡，就不会为名利所累，就不辛苦。如果把名利看得很重，就辛苦，为了名利去搞研究，一遇到挫折就要泄气，就会有负担的。"

袁隆平很会工作，同时也很喜欢运动，很会"玩"。他年轻时喜欢游泳、打球、唱歌、拉小提琴。读书时游泳得过大奖，大学时是合唱队的成员。袁隆平年纪大了，还喜欢欣赏和唱唱经典老歌，比如《喀秋莎》《红梅花儿开》，他还能用俄语唱《莫斯科郊外的晚上》，用英语唱《老黑奴》等歌。

他的爱好很多。他是象棋高手，很多年轻人都不是他的对手。而且他下象棋喜欢和高手下。大家看他要输的时候，就会给他支着儿，他要是败了，就会一巴掌拍在出招人的脑袋上："臭小子，乱支着儿！"然后仰面大笑，他爽朗的笑声会感染场上的每一个人。在繁忙的工作之余，袁隆平还喜欢找几个工作伙伴打麻将，但他从来也不赌钱，谁要是输了，那就钻桌子。

晚年，他又爱上了气排球。在杂交水稻中心的家属楼旁，有一块空地，他和学生们动手在那里建了一个气排球场。每当吃完晚饭，他走出家门，就会喊上两声："打球了，打球了！"随着他的招呼声，从旁边的家属楼中就会走出一帮球友，打起气排球来。2015年6月初，我在杂交水稻中心看袁隆平比赛气排球，没轮到他和邓哲上场时，他和邓哲真的是规规矩矩地坐在观众席上看年轻人比赛。而到了他俩上场时，立刻就生龙活虎般地活跃在场上了。

袁隆平在比赛完后笑着对我说："我现在是80多岁的年龄，60多岁的身体，40多岁的心态，30多岁的肌肉弹性。"他还说："不会休息的人，就不会工作，不会锻炼的人，也不会工作，一个人的事业成功与否，与他的身体好坏成正比。"

修身养性淡泊明志，乐观潇洒身心愉快。经过几十年的修炼，袁隆平真正达到了这样高的人生境界！

——原载于《时代传奇人物》2017年创刊号

作者简介

郭久麟，四川外国语大学教授，中国作家协会会员，重庆市作家协会主席团成员。

植物猎人刘正宇

■ 李元胜

一

1999年初夏的一天。雨后的重庆市药物种植研究所，空气中回旋着香樟树叶的浓烈香气。资源室负责人刘正宇和同事们正为即将开始的野生重点植物资源调查做最后的准备。马上，他们就要出发，在这个多雨的季节，从重庆南部的金佛山出发，去往重庆最北端的城口县大巴山区。

艰苦的山区考察就要开始了，同时，一个相对陌生的自然宝库之门也在徐徐打开。对一年有200多天都在山上度过的刘正宇来说，虽已成了家常便饭，还是忍不住喜悦之情。看上去，这和以前的无数次出发并没有什么区别。但是，一个从北京打来的电话，给这次出发赋予了特别的意义。

电话是著名植物分类学家、中国科学院植物研究所研究员李振宇打来的，他得知老伙计刘正宇要去城口搞资源调查，激动不已，赶紧打电话来提醒他，城口可不是个简单的地方，特别是消失百年的崖柏，一定要利用这个机会重点调查。刘正宇和李振宇，植物圈内戏称为“南北正(振)宇”，都是中国式的植物猎人，李振宇在苦苣苔科植物等领域贡献非凡，他们共同发现过很多新的物种。李振宇还有一个身份是中国濒危物种科学委员会委员，这个委员会是国家在1981年4月正式加入《濒危野生动植物种国际贸易公约》后，于1982年在中国科学院作为履约的科学机构而成立的。所以，李振宇关注的视野远比他自己擅长的领域广阔。

崖柏！刘正宇被这个电话传递的信息深深迷住了，他一边检查行装，一边陷入了沉思。

崖柏，柏科，崖柏属，鳞叶，小枝扁平排列。雌雄同株。雄性球花单生枝顶，具多数雄蕊，花药四个；雌球花具三至五对珠鳞。球果当年成熟，为长圆形或长卵圆形。种子革质扁平，两侧有翅。作为世界上最珍稀的裸子植物，崖柏在白垩纪曾繁盛一时，遍及全球，随着地球气候环境发生剧变，不能适应的大量古生物相继灭绝，而崖柏的树龄极长，可活数百年，而且能在水土缺失的岩石缝里生存，所以凭借其顽强生命力，艰难存活了下来。当然，其种群和数量也严重减少，已是地球上极为罕见的活化石物种。

崖柏近年来成为国内文玩圈的新宠，大红大紫，其实多数不是崖柏，包括所谓泰山崖柏和太行山崖柏，都是侧柏而已。目前崖柏属仅有五种。另外四种分别是：北美地区有北美香柏和北美乔柏，东亚有日本的日本香柏、生活在朝鲜和中国的朝鲜崖柏。这四种因为物种珍稀，都实现了园林化种植，被较好地保护着。而中国大巴山的崖柏，从中文名看，还是崖柏属的属代表，却命运多舛，生死未卜……

1892年，法国传教士法吉斯只身来到大巴山腹地的城口地区传教，很多传教士都同时是旅行家和博物学家，法吉斯则是一位专业修养很高的植物爱好者，喜欢在传教之余采集植物标本，到1900年回国时，他已收集到5000多个植物标本。他在城口东南部咸宜溪（海拔1400米处）的石灰岩山地首次采集到崖柏标本，回国后被巴黎自然历史博物馆收藏。

之后的百年间，植物界多次有人寻找崖柏，却始终没能再次看到它的踪影，更没有植株和新标本的出现。1998年，世界自然保护联盟正式宣布崖柏从地球上消亡。我国相关部门也将崖柏从《国家重点保护野生植物名录》中抹去。

而像李振宇等中国重要的植物学家,对此是无奈又很不甘心的。如今,既然有了一次涉及城口的重要植物资源调查,怎能错过对崖柏的寻找?关于植物的这个百年悬疑,太重要了。这个神秘的物种是否仍然存在,这次一定要搞个水落石出!刘正宇下了决心。

决心下了,但莽莽大山、茫茫林海,他们一行五人(其中两个为城口县林业局员工)如何大海捞针,找到法吉斯采摘过的这种植物?百年来,谁也没有见过真正的崖柏,他们几个更是连标本都没有见过。

崖柏属里,和崖柏最接近的是朝鲜崖柏,两者的区别只是鳞叶小枝下面有无白粉,中央之叶有无腺点。最简单的方式看起来是,从外形上找到小枝整齐排列成平面的柏树,是崖柏的概率就很高。当然,这个方式的重要缺陷是,侧柏也有类似的特征。所以,找到这个外形特征,如果还能排除侧柏,那么概率就很高了。如何排除呢?最简单的方法就是找到果实,看它的形状,特别是看它的种子,是否有着一对侧翅。有,那就是崖柏。他们就只能这样根据已有物种资料的描述去寻找了。

开始调查的时候,事情进展得出奇顺利。他们刚到蓼子乡,一个乡亲听完他们要寻找的植物特征后,非常肯定地说:"有!"按照乡亲的指引,他们攀爬上一处山崖,来到乡亲所说的"崖柏"跟前,发现这只是一株柏木,柏木属物种,也就是人们最常见到的普通柏树。

刘正宇一点儿也不感到意外,由于崖柏属植物与松科、柏科庞大的物种有着很多类似的特征,像松树的果实,像柏木的枝叶,对没有经过植物分类训练的人来说,误认概率很高。

随着进一步走访调查,他发现,当地人说的崖柏,只是长在崖子上的柏树。村民只是觉得长在那些陡峭的悬崖上的柏树更有韧性,并没有能力去区别它们各自的不同。所以生长在崖壁上的柏木(普通柏树)、高山柏、香柏、刺柏、侧柏都被当地人统称为崖柏。

一天,在城口西边的河鱼乡,刘正宇和考察队员们锁定了一种柏树。扁平的鳞叶小枝,符合崖柏的特征。这种柏树长在很高的崖子上,为了采到有果实的枝条,他们小心地往上慢慢攀爬,不断接近着目标。

路过的老乡看到他们爬那么高，惊叫起来："你们爬那么高干啥？危险！石头是松的，摔下来就没命了！"

的确，他们脚下的石头很松动，走过时，不断有小石块滚落。他们没有后退，只是更小心地继续前行。非常幸运，他们从目标柏树上还真采到一枝有果实的标本。

刘正宇拿到手里仔细看了看，心里一凉。果实形状不对。这不是崖柏，这是侧柏。

又一天，在白芷乡（后来并入双河乡），他们发现一条河的对岸生长着疑似崖柏的树。河水湍急，为了安全，他们手拉手集体过河，结果在水深处，队伍一摇晃，人体链条断了，有两个队员被急流冲走，大家一阵惊呼。好在有惊无险，他们被急流冲到河的一侧，只是湿了衣裳。

几经周折，柏枝采到了，刘正宇又一次仔细研究。果实形状不对，还是侧柏。这样的惊喜，紧接着再失望，已经重复了好几次。崖柏，真的存在吗？

在大巴山腹地的茶树村的一户人家。村民一听他们找崖柏，笑了，说："以前我们这儿多得很，都用来修屋和打家具了。"

他们在屋前屋后仔细察看，村民还真没吹牛。他家用的梁柱、门板等木料还真不同于别的柏树。据了解，这些高大的柏树都是长在崖子上的，被砍伐后会直接从几十米的高空落下，但是它们韧性极好，没有摔断。用斧头去敲它们，会感觉到木材的极好弹性。和其他柏树的最大不同是，它们的耐腐能力也很惊人，村民用作猪圈材料，20多年后依然保存完好。村民还视崖柏为最好的寿木，很多家都会为老人备下一些。

这些木材有可能就是他们要找的崖柏！刘正宇判断。在这个村继续了解，才知道，由于崖柏树形挺拔，20世纪70年代至80年代，附近村民开始大量砍伐，盖房打家具。一位村民说，就连他家的饭桌，都是在山上捡别人砍剩的崖柏材料加工而成的。那棵崖柏，砍了两天才倒。不过，那些年之后，当地人再也没见到崖柏的身影。

当地的一位护林员介绍说，崖柏的繁殖能力较差，据他的调查，杉树被砍，根部或树桩会重新发芽，但崖柏不会。刘正宇分析古老的树种一般与周围生长的小环境存在密切共生关系,崖柏幼苗时期要依靠小环境中的微生物帮助汲取养分,一旦周围环境遭到破坏,将会降低甚至丧失繁殖能力。

他们决定向大山深处继续挺进,特别是人迹罕至的地方,没有人类的砍伐,或许有崖柏侥幸存活下来。

他们深入到了岚天乡的黑老拔原始森林。身着迷彩服,头戴红帽子的刘正宇左手拿弯刀,右手持棍,沿着一条山道独自前行,一路采集着植物标本,不知不觉和后面的队员相距已有几公里。他眼前出现了一个用树枝和杂草搭成的窝棚,里面无人,视线范围内的物器仿佛新石器时代野人用的。此地已接近这个山头的山顶,眼看天色不早,冷风四起,刘正宇只好回头下山。

没走多远,前面竟出现了一头强壮的黑熊。只见它全身乌黑,下颌略有白毛,两只耳朵倒是圆圆的有点儿萌。刘正宇心中一惊,但并没有立即转身逃走。他知道示弱的结果可能会更惨,后背大开地逃跑,反而会刺激起野兽的杀戮本性。他拼命保持冷静,身体纹丝不动地站在原地,静观其变。

见陌生的闯入者如此镇定,黑熊不由一怒,呼地站了起来,它的身躯高过了刘正宇,这是个示威动作,表示它是强大不可欺的。刘正宇仍然保持不动,右手的棍和左手的弯刀,也传递出不太好惹的信息。黑熊站了一阵,有些迟疑,几分钟后它选择了避让,离开小道,缓慢地走进了林子,连头都不回。此时,刘正宇长长地出了口气,已紧张得浑身是汗。

就这样,刘正宇带领考察队,搜索了城口县内的蓼子、明中、燕麦、白芷、双河、厚坪、明通等乡镇的任河、前河流域一带的陡坡峭壁,仍然一无所获。

一转眼三个月过去了。其间经历的辛苦一言难尽。交通不便,是他们遇到的最大困难,不少地方要步行两天才能到。就是通车的地方,也未必顺利,堵车是常有的。那时的城口县,不比现在,有高速路和快速通道与主城区连接。他们有次从万源进城口,途中须翻越八台山,结果在山上遇到大堵车,被整整困了三天。公路两边的农民家里能吃的,都被困在途中的司机和旅客买完了,最后大家连未成熟的苞谷和苞谷杆都分食了。那时也没有手机,单位和城口县林业局都同他们失去了联系,他们就这样在八台山“失踪”了三天。

1999年10月15日,看起来又是普通的一天。他们来到了城口东南边的明中乡的龙门村。这又是一个从县城需要步行两天才能到达的边远村子，四周的植被保存非常完好。在和村民交流时，一位村民说他见过他们要找的崖柏，而且这附近的山里就有。得知这一信息，他们又兴奋起来，沿着山谷仔细寻找。

没多久，刘正宇就在溪边发现一株柏科植物。小枝排列成扁平面，鳞片较大，深绿色，从未见过，更没有类似的标本。他马上警觉起来，这，很有可能就是崖柏。他把枝叶揉来闻了闻，空气中悠悠泛起一股类似于苹果的香味，这和其他柏树可不一样！

仅仅这样是不够的，他需要带果的枝叶。而这棵柏树上没有果，由于花期已过，它也没有了雄花。想起和村民交流时，村民非常肯定地说，这种崖柏不结果，他从未见过它的果实。难道它们真的不结果？

他们扩大了搜索范围，在视线范围内，发现小河对岸的崖壁上有不少植株，和这棵很类似。兴奋的他们，甚至顾不上脱鞋，来不及考虑衣裤是否被打湿，就扑了过去。

一个来自城口林业局的考察队员敏捷地爬上了树，从背后抽出弯刀，砍下一小段树枝，扔了下来，还说："与下面那株一样，没有果。"

刘正宇接着树枝，拿到手里翻来翻去地看，忽然发现有果，但很小，只有黄豆那大。他恍然大悟，原来这种柏树的果实很小，要仔细看才能发现，怪不得乡亲们说没见过结果。从果实和里面种子的形状，他判断这就是崖柏。

蹚河回来的时候，刘正宇紧紧抓住树枝高高举起，不顾自己衣裳湿透，却唯恐标本有闪失。队员们个个欢天喜地，有说有笑，三个多月的焦虑及疲惫一扫而空。

稍稍平复了一下激动的心情，刘正宇就打电话给李振宇。突如其来的好消息，让李振宇又惊又喜："赶紧把标本寄到北京来吧。"

从明中乡出来的刘正宇，带着这一份特别的植物样本，匆匆赶到了离城口县最近的万源火车站，连夜踏上了开往重庆的火车。第二天，就把标本快递给了北京的中科院植物研究所。

几天后，李振宇收到标本，他立即邀请植物研究所的裸子植物专家傅立国共同鉴定,傅立国认真研究了标本,很肯定地说:“这就是崖柏!”

傅立国还让他的一个博士研究生,把标本带到了法国,请国外同行把它与法吉斯百年前采回的标本进行了详细比对。没有问题,这就是崖柏。

1998年被世界自然保护联盟宣布灭绝的崖柏,就这样通过中国植物猎人的百日追踪,奇迹般地被找到了。消息一经宣布,立刻在学术界引起了震动,很多报刊都第一时间进行了报道。

崖柏找到后,对它的种类分布的调查仍在继续。刘正宇和考察队员又以崖柏再次发现地为圆心,扩大区域进行了拉网式搜索,在咸宜乡葛藤村的密林中,又发现了高大的崖柏群落。随后,开县(现重庆市开州区)也发现了崖柏。而其他报称有崖柏的四川万源和重庆其他区县,则被陆续排除。从地图上看,5000多株崖柏目前仅生存于重庆城口县和开县交界的一字形山岭的两侧,其实只有一个很小的区域。

2003年,大巴山南麓的城口县境内136017公顷的区域,被划为重庆大巴山国家级自然保护区。该自然保护区属于森林生态系统类型,主要保护对象是亚热带森林生态系统及其生物多样性、不同自然地带的典型自然景观以及典型森林野生动植物资源。保护区内有维管束植物210科3481种、陆生野生动物139科656种,其中有珙桐、红豆杉、独叶草等国家一级保护植物和40种国家重点保护野生动物。专家分析说,该保护区能迅速成为国家级,很大程度是因为区内崖柏的野生群落在1999年被刘正宇和他的队友们发现。

二

金佛山北坡脚下有一条河,叫龙岩河,它聚集了北坡和东坡的溪水,有足够的实力和耐心,不慌不忙地向山外蜿蜒流去。当然,山洪暴发的时候,它没有这么安静,很多巨石和泥土会被它裹挟而下。三泉镇所在的那一个平坝,很可能就是在遥远的年代,这样慢慢淤积形成的。

就在这个平坝里,1937年,重庆市药物种植研究所的前身——国民政府行政院赈济委员会创办的垦殖区成立了,办事处就设在三泉镇。1937年,卢沟桥事件爆发,抗日战争进入了最悲壮也最激烈的阶段。大量难民和伤员涌进西南后方，如何安置他们成为一个巨大的问题。金佛山的垦殖区就是这样出现的。

1942年，随着战事的继续，日本鬼子在东南亚开辟新的战场，切断了通往中国的运输线，战场上急需的药物奎宁昂贵难求。农垦区便由种粮食改为栽种常山。这是一种绣球属的常绿灌木，快开的花蕾像一堆带点儿紫色或蓝色的珍珠，开花后有点儿肉肉的质感。在救治疟疾病人的时候，常山的根因含有常山碱，可以阻断疟原虫与蛋白结合，从而替代奎宁。常山有一定副作用，有小概率出现呕吐，体弱者更有危险。但是在战火纷飞的年代，救命为上，这点儿副作用已经顾不得了。金佛山垦殖区就改名为农林部中央林业实验所常山种植实验场。

刘正宇的父亲刘式乔，湖南人，本来在金陵大学学化学，后来改学农学，从国立中央大学农学院农艺系毕业后，1942年29岁的他追随自己的老师留美博士植物学家孙醒东，从学校来到三泉，成为常山种植的关键性人物。抗战期间，这个实验场植物和农学专业人士高密度聚集，留学归来的博士就有20多个。

不过，即使种植的任务紧急，安置难民更重要，生产并不能顺利进行。实验场的工人经常无缘无故就失踪了，因为国民党军队也会在这一带抓壮丁，他们也不会管你是农民还是工人，抓了就走。经常受这种惊吓，其他的工人有时也一哄而散，避难远去。刘式乔经常面对空无一人的农场叹气，满腔科学救国的热血没地方洒。

1947年，刘式乔和同事们在实验场常山苗圃建立了药用植物标本园，这是我国最早的药用植物园。

1950年，南川解放后，刘式乔一直负责常山种植试验场的管理工作。作为专业性人才，他在中药材栽种以及对野生药用植物的识别与采集方面积累了丰富的经验。受父亲的影响，刘家的孩子们自幼就对野生植物有着浓厚的兴趣。作为最小的儿子，刘正宇就出生在这样的家庭里。

刘正宇读五年级的时候，突发重病，患脑膜炎昏迷不醒，医生都准备放弃了，一家人陷入了绝望，在家里，从外地匆匆赶回的父亲，因关切太深，慌乱中束手无策。

这时，一个白发苍苍的邻居，在旁边喊道："刘场长，你们哭啥，赶紧想办法嘛。"

刘式乔这才如梦初醒，让家人强行扳开小儿子的嘴，把平时家里备的一款提气开窍的药，冲成药汤灌了下去……小正宇终于慢慢睁开了眼睛，后来病也逐渐好了。

刘式乔从未说过这服药的成分，很多年后刘正宇觉得那服药应该有麝香、人参什么的。但这件事情在当年传得很神，人们都说他用的是金佛山灵芝草熬的汤，那是当年一个传说中的仙草，此草有起死回生的功效。传说得太多，刘正宇都相信了，他去向父亲求证，忙碌的父亲一笑了之，不置可否。他总是太忙，顾不上照顾自己和家人，更顾不上回答这样的离奇问题。

能不能自己去寻找灵芝草呢？刘正宇心里闪过这样一个念头。自此，他和小伙伴最喜欢的一件事，就是去附近的山野里寻找灵芝草。

一天，在一个叫千佛岩的悬崖上，刘正宇和小伙伴们发现了一种生长在悬崖绝壁上的翠绿色植物，它开着金黄色的花朵，一串串的，在阳光下晃动。这是不是就是灵芝草呢？大家都兴奋起来，想尽了各种办法，要把它采下来。

用竹竿捅，扔石头去打，掏出了弹弓射击……折腾了半天，终于打下来一片叶子，这叶子晃晃悠悠落进了水里。刘正宇从水里把叶子捞上来。阳光下，这叶子果然与众不同，还有一层银色的细绒毛。

找到灵芝草喽！小伙伴们簇拥着刘正宇，刘正宇则紧紧攥着这片叶子——传说灵芝草可是遇土而入，落到地上就会消失的。

"灵芝草？"刘式乔从儿子手里接过叶子，笑了，"这世界上没有一种叫灵芝草的植物。"

"啊！没有？"刘正宇非常意外。

看到儿子这么沮丧，刘式乔举着这片叶子，安慰他说："虽然这不是什么灵芝草，但这也算得上是一种仙草啊，它的药用价值可大呢。它的名字叫干岩矸，是苗药（苗族世代相传，南川的苗族历史十分悠久）中的打门药（打门，四川方言意为关键），对治疗各种胸痛腹痛很有效。"

"干岩矸，苗人药，治腹痛，似圣药。"自此，刘正宇深深记住了这一种神奇的植物。干岩矸(正式中文名毛黄堇,紫堇属植物)的镇痛作用的确是惊人的。刘正宇和小伙伴,响应学校号召,学雷锋做好事,遇到赶场天,就带上干岩矸,有腹痛的人就给他们服食,效果真的很好,服后很快就不痛了。当然,也闹过一个笑话,他们遇到一位腹胀呻吟的妇女,送药给她,人家吃后一点儿也没好转。刘正宇很困惑,回来问父亲,父亲详细询问后哈哈大笑——原来,那是一位临产的妇女。

父亲虽然没时间详细教自己的儿女,但生活在这样的环境里,耳濡目染,孩子们都有了一些药用植物识别基础。刘正宇自己发明了一个办法,在家里牵了些绳子,采回刚认识的植物就把它们整齐地挂起来,反复认,强化记忆。这办法很管用,让他记住了附近很多有用的植物。

有一件事情证实了刘正宇兄妹们的生存能力。

1967年,妻子病重,刘式乔慌乱把她送往重庆,又送到武汉,后又辗转送到北京。非常幸运的是,中国刚有了第一个妇产专科医院,妻子得到中国妇产科学奠基人林巧稚的亲自救治,转危为安。不过,求医的过程花了一个多月时间,远远超出他们的想象。出门时,刘式乔给了在家的三兄妹15斤粮票作为口粮。

15斤粮票能维持几天?就按三人每天只吃一斤粮,也只能供15天。15斤粮票以及家里的粮食很快就用光了。但是刘正宇的二哥刘镇湘一点儿也没着急,甚至没有向父亲单位和邻居们求助的意思。他带着刘正宇和妹妹刘碧波上山挖葛根、野山药、蕨根,田边采各种野菜,下溪河捉鱼、捉青蛙、抓螃蟹……溪谷众多、物种丰富的金佛山给他们提供了取之不尽的食物。龙岩河等地,溪蟹太多了,兄弟俩不计大小,满载而归。蟹可不只是用来吃的,最大的用处是熬制出结晶的食盐,这也是父亲教给他们的绝技。有了盐,所有的食物就味道美美的了。兄妹三人自行救助,顺利地坚持到了父母归来。看着离别近40天,家里仅有15斤粮票的三个小孩都还健康地活着,父母抱着他们三人大声痛哭。

受“十年动乱”影响,刘正宇就读的初中停学了,他成了附近生产队的非正式知青,天天上山挣工分。复课后,他重新读初中,毕业后,才成了正式知青。那个时候,家里的日子已经很不好过了。身患高血压的父亲虽然仍是场长，但白天劳动，晚上被批斗，剩下的时间熬夜搞科研，主编《四川中草药栽培》一书。

刘正宇劳动之余，还想着采些治疗高血压的草药给父亲。但父亲对自己的病情并不看重，他给刘正宇安排的是：采对编书有参考价值的药用植物样品。有一次，刘正宇采到了治疗高血压的草药，兴冲冲回到家，却没有时间去采父亲指定的标本。父亲大怒，把草药直接从家门扔了出去。

现在想起来，父亲那段时间略偏执地沉迷于科研工作，多半是为了转移被无辜批斗的郁闷心情。但是这样的精神折磨和超负荷的工作，已经压垮了这个优秀的植物学家。1972年10月6日，刘式乔在田间劳作时突然倒地，再也没有醒来。

刘正宇回忆起父亲给他最后的叮嘱，是学好药用植物学，报效国家。第二年，在相关机构的积极安排下，刘正宇进入了四川省中医药研究院中专附属学校中药专业学习，毕业分配的时候，品学兼优的他放弃了留校工作的机会，从重庆义无反顾地回到了金佛山，回到父亲生前的单位工作。

那个时期，三泉仍是交通极不方便的山区，不要说去大城市重庆，就是去地区所在地涪陵，乘坐公共汽车也要花上整整一天时间。

刘正宇做这个决定是经过深思熟虑的。搞药用植物研究，在他能去的地方中，哪里还有比金佛山更好的地方。金佛山位于重庆南川东南，横亘300余里，海拔2238米，处于北亚热带、山地温带，在第四纪冰川和山岳冰川期，免受北方大陆冰川的直接侵袭，成为古生植物的避难所。更难能可贵的是，金佛山在石灰岩地区有着极为少见的优美葱郁的天然植被，而该区域特殊而复杂的生态环境使其成为特有古稀植物的生态载体和演进舞台，这里许多不同地质年代出现的植物和不同区系成分的植物常常混合在一个植物群落里，珍稀孑遗和特有植物异常丰富。金佛山有着5000多种植物，是我国最著名的植物资源宝库之一，搞植物研究的人无不视其为发现新物种的乐土。山区虽然艰苦，却有他最需要的资源。

就这样，他回到了父亲工作过的地方，从事着父亲热爱的物种调查和药用植物栽培工作。1981—1983年，他又先后到四川大学和云南大学生物系进修，用了两年半的时间跟随中国著名蕨类植物专家朱维明教授学习植物分类。从小追随父亲学习植物知识，从小在金佛山进行野外采集识别的刘正宇，经过植物分类的系统学习，自此走上了植物学研究之路。

在这条路上，刘正宇的考察，远不局限于金佛山或重庆的大巴山等植物资源丰富的山区。他以金佛山为根基，面向大西南，四川的贡嘎山、米仓山、岷山、二郎山、大风顶，贵州的大娄山、乌蒙山、梵净山，云南的横断山、哀牢山，都留下了他寻访植物的足迹。

三

1978年，刘正宇参与了金佛山的经济动植物调查，这次长达多年的调查对金佛山及周边地带的有经济价值的动植物进行了一次系统的记录。

南川县城边火葬场的一棵大树，引起了刘正宇的注意。这棵树，树龄约200年，当地人称为“水冬瓜”。“水冬瓜”本来是桦木科植物桤木的别名，但是南川人把树叶近似的灯台树等好几种树都称为“水冬瓜”。这棵“水冬瓜”很特别，树叶与已知的树木都对不上。刘正宇当时连它是哪个科的都不知道。更奇怪的是，尽管一年之中他多次探访，都始终没能看到它的花。最后，他采到了果实：黄色，苹果大小，多数呈椭圆形。有人试吃过，说味道还不错。果实和已知的树木还是对不上。年轻的植物学家被难住了，一筹莫展。

1981年秋天，去云南大学学习的刘正宇，带了一份特别的标本，就是这棵“水冬瓜”的枝叶和果实。他本来以为，在植物学家成堆的云南大学，这个让他困惑了几年的问题会迎刃而解。

但是事情并不这么容易。第一位看这份标本的老师，从叶子和果子看，判断是木兰科，建议他把花采到再来进行准确的鉴定。刘正宇按照木兰科的分类特点，仔细进行了比对，困惑更深了。木兰科的叶互生，这和标本一致，但是托叶落后应该有环状落叶痕，而标本的落叶痕并不是闭合的环状。刘正宇对木兰科的结论不太同意。

利用一个机会，刘正宇把标本带到了中科院昆明植物研究所，找到了著名植物学家吴征镒院士。吴征镒是中国发现和命名植物最多的人，还提出了被子植物的新分类系统，堪称是中国植物学的奠基人、中国首席植物猎人。

吴征镒果然名不虚传，他饶有兴趣地研究了刘正宇的标本，直摇头说："不是木兰科，不是木兰科。"他说刘正宇多年来找不到这株植物的花，其实是因为它是隐头花序，肉眼根本看不到。"具体的种我就不知道了，但这肯定是桑科植物。你应该去贵阳找张秀实。"吴征镒的点拨让刘正宇眼前一亮。

1982年暑假，刘正宇带着标本赶到贵阳，造访中国桑科植物专家、就职于贵州生物研究所的张秀实女士。张秀实拿到标本，大吃一惊，说："南川怎么会有这种植物！"让张秀实震惊的原因，是她初步判断这是波罗蜜属植物，这个属的植物只生长于热带，怎么会出现在亚热带的南川？由于果实标本被压扁平后，无法进行更精确的种类鉴定。她略一沉吟，立即叫来儿子——一个优秀的植物手绘家，让他跟着刘正宇去南川，眼下正值七八月份，正是果期，如果能再次采到果实就好了。

苹果大小的果实采到了，拍照、画图，一切顺利。张秀实很快确定了这就是一种木波罗，而且很可能是新种，一种能在亚热带生存的新种。但是张秀实和学界仍有疑问：这棵树在南川的原始森林和普通山林里都未有发现，孤立的一棵生长于人口稠密的地区，很难说它就是南川的原生物种，有可能它只是外来植物，因为各种机缘偶然适应了当地的环境。

必须要找到这种木波罗更多的野生群落，排除人为传播的可能性。这成了刘正宇给自己的一个新的任务。他相信这就是南川的原生植物，因为他仔细研究过那棵树的四周，发现很多落下的种子已经顺利地长成了小树。它们如此适应本地环境，不像是外来物种。

他首先以发现的这棵木波罗树为圆心，制订了一个区域搜索计划，搜索了从县城到水江之间的区域，再逐步扩大。这一寻找就是很多年，在做所有的野外调查时，看到有形似的树，刘正宇都会认真看看，是不是他要找的木波罗。许多年过去了，一无所获。难道整个南川就只有那一棵木波罗树？难道它真的是外来物种？刘正宇一想到木波罗，就耿耿于怀。

1988年的一个上午，刘正宇和同事们在南川石莲乡采集植物标本，沿着一条青石板路走着，前面是古老的陡溪桥，不远处是孝子河，满眼翠绿，景致迷人。

突然，脚下的一片树叶引起了他的注意。他捡起来，仔细看了看，不由一阵心跳——这很像木波罗的叶子啊。由于多次采集木波罗树的标本，又带着去昆明去贵阳，他对木波罗的叶子太熟悉了。

他抬头四顾，奇怪了，四周并无木波罗树。

莫非是从高处吹来的？他把目光落在更远的地方，有一处山崖，崖壁上有一棵直直的树，很像是木波罗。他们来到崖前，仰头看看，根本无法采下树枝。只好迂回，从旁边慢慢走上山崖，离树叶相对近些了。他们掏出弹弓，打下来一些树叶——这可是从幼年就练出来的本事，如今成了植物猎人们的秘技。

“这就是一棵木波罗树！”刘正宇喜不自胜地把玩着手上的树叶。这么高的山崖上，只能是原生植物了，谁会这么费力地把种子丢到绝壁上？

他们沿着青石板路继续向前，走到芝麻湾一带，又发现了七棵木波罗大树。它们都有着笔直的身姿。就在那个区域，接下来他们又发现了更多的木波罗。

电话里，张秀实得知刘正宇在野外发现木波罗群落后，肯定地说，没问题了，这就是一个新种，而且是罕见的能在亚热带区域生存的木波罗。

1989年，定名为“南川木波罗”的新物种论文，在专业植物期刊上发表。2004年，南川木波罗被《中国物种红色名录》确定为“极危”物种，比国家一级保护植物，著名的活化石银杉、水杉等濒危物种还要高一个等级。

南川木波罗，不仅是一次植物学意义上的重要发现，更有巨大的经济潜力。木波罗，又被称为面包树，在世界很多地方，是作为木本粮食来源进行栽培的。由于它们只能生存于热带地区，这一粮食获取方式，一直和我国无缘。南川木波罗，富含可溶性糖、氨基酸、果酸、钙、维生素C、铁、蛋白质等，从营养结构来看，已经具备了作为粮食的基本特点。这种树没发现明显的病虫害，连果实也能在自然环境中相对长时间地保鲜。此外，南川木波罗树形优美，有观赏性，是相当漂亮的乡土树种，如果兼作绿化和木本粮食，价值就更大了。

在石莲乡发现南川木波罗后，刘正宇和同事们在南川各地又不断发现了新的群落。奇怪的是，植物宝库金佛山，反而是木波罗发现的一片空白。

这个疑问，最后刘正宇还是找到了答案。他们最终在北坡找到了不少南川木波罗，但它们都是被砍伐后重新从树桩长起来的。所以原因也就很明显了，由于木波罗树形笔直，非常好用，从而成为森林砍伐的首选，而木波罗结果却需要八至十年，树形高大，不易攀登，不易采到果，也就在一波波标本采集中被忽略过了。

继金佛山发现南川木波罗后，重庆的綦江的东溪、巴南的圣灯山、永川的张家山也陆续发现了南川木波罗。不过，在重庆之外，到目前为止还没有任何发现报告。

那棵城里的南川木波罗，因为生长在坟地间，可能因为忌讳，砍伐的人们放过了它。这是它的幸运，也是整个南川木波罗的幸运。正是因为孤悬生存于人群密集区的它，整个珍贵的南川木波罗群落才浮出水面，成为万众关注的宠儿，继而得到了很好的保护。

南川木波罗的发现过程，是一个坚忍的过程，长达十年的追踪才有了震惊世人的结果。相比之下，另一个重量级的发现——南川茶就来得全不费功夫了。

1978年，刘正宇跟随业师谭士贤研究员到南川德隆乡进行物种调查，临近中午时，他们来到华林村一村民家里休息。村民高高兴兴给他们泡茶吃。一边聊着天，一边看着村民泡茶。

刘正宇突然觉得有什么不对。这茶茶气旺盛，味重回甘，远胜于以前喝过的茶，而茶叶也远比一般茶树叶大。“老乡，这是什么茶啊？”

“嘿，这是野生大树茶。”村民得意地说。

“大树？有多大？”

“很大，岁龄也有上千年的。”

同行者都惊呆了。他们明白这个事情的分量。

一行人不由分说，要求村民带他们去找野生大茶树。步行两三个小时后，他们面前果然出现了高大的乔木形的茶树，高达10米，树冠直径达到14米……一个极有经济价值和植物史价值的物种，就这样喝一碗茶，就顺便找到了。

不久，广州中山大学的山茶科植物专家张宏达教授，根据他们采集的标本，确认这是茶属的新发现物种，并命名为南川茶。张宏达被称为普洱茶之父，因为他订正了阿萨姆茶原产地为中国，并命名为普洱茶。

南川茶的生存条件比其他川茶要苛刻得多，它一般生长在海拔1300—1800米的高寒地带，属川茶的原生茶种，最大的一株被称为“茶树鼻祖”，对低温有很强的适应能力，能历经寒冬而安然无恙。南川茶的抗病能力也强于普通茶树，没有发现明显的病虫害。南川茶的生命周期也相当长，数百年的茶树，仍然有着旺盛的生长能力，每年能产鲜叶50千克以上。

南川古茶树群落的发现，对人们研究茶的来源有非常重要的意义。而南川茶本身，也因具有极好的品质，身价倍增。

四

1983年7月，根据卫生部的工作安排，刘正宇协助，由业师谭士贤研究员带队，前往酉阳县，寻找能提取青蒿素的植物资源。

青蒿抗疟，是1969年起，屠呦呦领衔的课题组从2000多个源自古籍和名医的抗疟方里筛选两年后才锁定的。1972年，屠呦呦的团队成功析出高效、速效、低毒的青蒿素结晶，这是人类抗击疟疾转折性的事件，不可一世的疟疾病魔终于有了克星。

青蒿，来自蒿类植物，但蒿类植物种类极其繁多，中国的蒿属植物，即使不包括分出去的绢蒿属，也有170多种。即使在筛选中被锁定的可能含有青蒿素的蒿类植物，也因地域不同，青蒿素含量并不稳定，甚至时有时无，给青蒿素的规模生产带来了很大的问题。

而在酉阳，有民间医方“一把苦蒿可救疟”流传，而且多位中医确有治疗疟疾的手段。他们用的苦蒿是什么？是否含有青蒿素？是否能由此找到富含青蒿素的蒿类植物的优质种质资源？这正是此次调查必须回答的问题。

当地人说的苦蒿，包括了苦蒿、茵陈蒿、艾蒿等多种蒿类，哪一种才是抗疟有效、含有青蒿素的，要找到并不容易。

在他们的走访中，发现两种情况。一是有的民间医生，对究竟哪种蒿类有效，其实并没有把握，所以介绍的蒿类植物，可信度不高。另一个情况，则是他们都是世代相传，秘方传子不传女，是他们家族赖以为生的知识和祖训。所以，他们不愿意把掌握的植物信息讲出来。常常一个方子里，涉及多种中草药，其实有用的只有一味，单药方同样有效，多开一些不痛不痒的药，只是为了把真正有用的药藏起来。

刘正宇还试过，在买回的草药包里，找出是哪一种蒿，但是药材切得很细，不管他如何瞪大眼睛，又摸又闻，还是认不出是什么植物——此路不通啊。

植物猎人们遇到了一个新的难题，并不比在野外寻找更容易，那就是如何攻心。

酉阳有个宜居乡，是以前进入龚滩，进而进入乌江流域植物完好区域的必经之道。宜居乡街市的河对岸，有个姓罗的医生，都说他救治疟疾有一套。刘正宇他们，只要路过宜居乡，都会专门过河，到罗医生家里拜访，加深感情。但罗医生嘴很紧，只要涉及药方和具体的药，就闭口不言。去了几次，一无所获。

又一天，他们又来到罗医生家，细心的刘正宇，听到罗医生的父亲在咳嗽，声音异样，他不禁皱起了眉头。这听上去不是普通咳嗽啊，像是肺部的问题。

面对刘正宇的询问，罗医生叹了一口气，他父亲得的是痨病(肺结核)，而且咯血严重，他也束手无策。

大家继续聊别的。刘正宇的思绪却飞得很远，他想到了一个方子。

这个方子的得来还说来话长。

刘正宇从小就经常上金佛山采标本，在当知青时，更是偏爱上山的活——生产队有些药就种在山上，一般人嫌辛苦不爱去，但他每次都争着去，把它当成识药的好机会。去的次数多，自然和山上唯一的歇脚处——林业系统的金佛山竹林经营所常打交道。慢慢地，认识了以前在金佛寺、凤凰寺当和尚的王和尚，这位僧人还俗后就在所里当留守人员。王和尚在前辈和尚那里，学了不少治病救人的方子，多数源于苗医。

懂事的刘正宇，每次去山上，都会给王和尚带些盐、米等生活用品。次数多了，两人结下了很深的交情。

那个时候，山上野猪很多，常来刨食王和尚种的洋芋。王和尚不杀生，从来都是和母亲和平地把野猪赶走就是。野猪也熟悉了这个套路:没人赶,就偷吃;有人赶,就悻悻而去。有一天晚上,王和尚不在家,母亲颤颤巍巍地单独去驱赶野猪,那野猪却是个势利的家伙,见身强力壮的王和尚不在,不但不走,反而冲向老太太。正巧,当晚刘正宇他们也住在那里,听到人呼猪叫,冲了出来,这才救下了老太太,当时,她已被野猪顶翻在沟里,如果没有人出来的话,非常危险。

刘正宇和王和尚的交情由此更深了。前几年,王和尚觉得身体不行了,估计时日已不多,就把平生收录的药方全部传授给了刘正宇。这些药方,少数抄写在本子上,多数口授。“金山老鹳草,红崩白带不能少。”“又咳又吐,离不开水杨柳。”……刘正宇都仔细地全部记下了,他发现,苗医里,很多是单方治病的,非常神奇。

此时,他终于想起了王和尚传给他的一个单方:“金山岩白菜,肺痨好得快。”

金山岩白菜,又名牛耳朵,苦苣苔科唇柱苣苔属植物,叶片肉肉的,花朵优雅美丽,花期从4月直至7月,是金佛山引人注目的野花。在王和尚口里,金山岩白菜,是苗药里的八大特效药之一。刘正宇在研究中还发现,同属的不少植物,都有相似的药用成分。

“有一个单方,你们愿不愿意试一下?”他给罗医生说。罗医生接受后,怕弄错草药,刘正宇又带着他去山野间寻找和采集牛耳朵,并详细告诉他服用方法。

两周后,途经宜居乡。刘正宇照例过河去拜访罗医生。这一回,罗医生高高兴兴,因为父亲服用金山岩白菜后,已不再咯血,症状减轻了不少。还没等刘正宇问,罗医生主动开口了,他治疗疟疾用的是本地产的紫茎的黄花蒿!

紫茎黄花蒿就这样被锁定了。刘正宇他们采集的酉阳黄花蒿样本迅速传到北京。屠呦呦团队检测后惊喜地发现,这批黄花蒿里的青蒿素含量很高。奇怪的是,以前也检测过北方的黄花蒿,却没有发现青蒿素。原来,不同地区的黄花蒿还真不一样。他们进一步发现,一过了黄河,黄花蒿就不含青蒿素了。看不见的青蒿素,竟然在同一个物种上,有自己偏好的地理位置。

即使是同一个地方的黄花蒿，晴天和雨天、上午采摘和下午采摘时的青蒿素含量也有区别。当然，开花前后也有区别，含量最高时是花蕾初现时。

好消息传到了调查组，他们的使命并没有结束。在长达数月的田野调查中，他们发现黄花蒿原来有着很多变种，以茎来区别，有青茎、黄茎、紫茎，以叶来区别，还有大叶、小叶。他们不仅要分别收集样本，还要研究它们的分布、生长习性，因为接下来的人工栽种是规模生产青蒿素必然的一步。他们采集的样本多达400多个。

调查结束不久，北京的消息传来了。酉阳的野生紫茎黄花蒿，是全国蒿类植物中青蒿素含量最高的。酉阳黄花蒿由此天下闻名。

南方的黄花蒿含青蒿素，所有的青蒿却不含青蒿素。这是一个最终被证实了的事情。看上去特别错位。青蒿素，应该改名为黄花蒿素？屠呦呦还很认真地研究考证了从《神农本草》开始的青蒿之误，原来从东汉初年的《神农本草》，经唐代的《唐本草》再到明代的《本草纲目》，把不同形态的青蒿（其实是同一个物种），逐渐分成了两个物种：青蒿和黄花蒿。中医实践中及市场上的中药材里，青蒿多数实际上仍用的是黄花蒿，少数为牡蒿和茵陈蒿。就是说，还不算用错。但是《本草纲目》的误分，诱导18世纪的日本植物学家小野兰山犯下了更严重的错误，把另外一个没有药用价值的物种命名成了青蒿。然后，中国近代的植物学家接受了小野兰山错误的重新命名。青蒿不含青蒿素，就是这么来的，当代植物学命名的青蒿在历史上压根儿就没有被医家用过！这错误的命名，也给大家寻找青蒿素增加了很多周折。

五

20世纪80年代初，刘正宇由四川大学转往云南大学进修，这是老师朱维明安排的。

朱维明是中国著名的蕨类植物专家，他发现了一个蕨类新属和很多新物种。朱维明的老师，则是中国蕨类植物学的奠基人秦仁昌院士。在秦仁昌、朱维明的鼓励下，刘正宇对蕨类植物也产生了很大的兴趣。

蕨类植物研究，在中国植物学界，相对算是冷门。所以，当时全国各地的很多蕨类植物，由于没有专家指导，一直处于未被探索的空白地带。金佛山也不例外，很多蕨类植物，从来没有进入过人们的视野。有两位中国顶级的蕨类植物专家做靠山，刘正宇开始了对金佛山蕨类植物的重点考察。

1982年夏天，正是刘正宇对采集金佛山蕨类植物兴致高涨的时候。中科院植物研究所王文采院士的研究生傅德志也来到了金佛山。傅德志已开始毛茛科特别是人字果属植物的研究，后来就成为毛茛科专家、中科院华南植物园负责人。陕西华南虎事件中，傅德志作为质疑华南虎为假虎的打虎派领袖人物名噪一时。

两人一拍即合，决定一起上山采集植物标本。为了发现更多的新物种，刘正宇把探索的区域规划在金佛山人迹稀少的区域，由南向北，直到德隆至合溪之间。这一带交通相对艰难，人类活动困难，植被也比较好。

在山上转了几天，果然，刘正宇采集到很多蕨类植物标本。傅德志则专注于人字果属植物标本的采集，也收获不小。

这一天，他们走到一个岩壁下，一抬头，就看见一簇小白花在头顶微微晃动。

“人字果属的！”傅德志一眼就认了出来。

这基本上是一个绝壁，怎么上去呢？“管不了那么多了，来，上！”个子高高的傅德志蹲了下来，拍了拍自己的肩膀。刘正宇踩着傅德志的肩膀就上去了，上去后，找到立足点，又把傅德志拉了上去。

两个青年植物学者都是“拼命三郎”，就这样冒着危险，互相支持着，慢慢攀爬上了绝壁，终于采摘到了人字果属植物的标本。

这时候，两个人才发现麻烦了，上去容易，下来却危险万分，那微微凸起的石窝，往下走的时候根本够不着。刘正宇很自然就想起一首儿歌：小老鼠，上灯台，偷油吃，下不来。两个人就这样被困在了绝壁上。

等待是没有意义的，这里离最近的村庄都有两天路程，可能等上一个月也不会有人经过。傅德志和刘正宇争着探路往下走，都不愿对方冒险。傅德志探了一段后，刘正宇就抢了过来，先往下行。已经接近地面了，他没有想到，危险也到了眼前。

在他往下慢慢伸脚，寻找支撑点的时候，一下踏空了，整个身体失去了支撑，右脚滑进了两块石头的夹缝里。全身的重量都在腿上，而其中一块石头薄如刀刃。结果就是，他的腿部相当于被锋利的刀猛地劈下，骨头立即露了出来，伤口外翻，血肉模糊。动脉血管也被切断，鲜血喷涌不止。

傅德志一见这状况也慌了神，帮助刘正宇止血，又在背包里摸药。傅德志本来是带了不少药的，但那时山里人家都缺医少药，几天下来，他把好多药都送给了沿途的村民。他终于摸到一瓶，来不及细看，就朝伤口倒了进去。这药奇怪，到了伤口上后，血反而流得更厉害了。“你用的什么药啊？”刘正宇问。傅德志这才仔细看药瓶，居然错用了蛇药。

傅德志赶紧背起刘正宇，到溪边先把蛇药洗掉，他急中生智，把自己的白衬衣脱下来，撕成条形，捆扎在大腿上止血。经验丰富的刘正宇，尽管行动不便，也在附近岩石上找到了庐山石韦，又名大石韦，这是水龙骨科石韦属植物，有着修长结实的叶片，背后密布孢子。山民视之为能救急的金枪药，紧急时，直接可替代绷带包扎伤口，用有孢子的那一面，还可止血消炎。他用大石韦把伤口包扎好，血勉强止住了。傅德志扶着刘正宇，两人开始下山。走几步，又停下来休息一下。

那条山路，崎岖难行，怕伤口出血，他们也不敢动作太大。有好几次，刘正宇觉得虚弱得已经不可能从山上下去了。但只要稍微感觉好点儿，他又强撑着往山下走。两个人用了两天一夜，才艰难地来到有人居住的村庄附近。此时，由于天气炎热，伤口已经感染。

正在田里劳动的合溪镇村民刘福元，看到受伤的他们，二话不说，放下手中的活，从傅德志手里接过刘正宇就背了起来，大步流星，直奔自己家里。当时天色已晚，根本不可能再步行几个小时到镇上去了。

非常幸运的是，危在旦夕的刘正宇，总算是命不该绝，刘福元的妻子是赤脚医生。到家后，刘正宇已昏迷不醒，脸色惨白。皮肤有些部位由青转紫。碰巧刘福元的小女儿刘娅发烧生病，所以家里有葡萄糖和生理盐水。刘嫂简单处理了一下创口，把家里仅有的一瓶云南白药，小心地倒上去，马上又开始给刘正宇输液。

第二天清晨，夫妻俩用洗衣的搓板加背篼，把刘正宇捆扎在刘福元的背上。刘福元平时背200斤都能健步如飞，但此时高一脚低一脚，非常吃力。同行的傅德志，一路上给刘福元点烟揩汗，给他鼓劲儿。走了近四个小时，他们终于到了合溪街上的医院，医生清创后，研究所领导派来接应的车也赶来了，病危的刘正宇被转往重庆西南医院治疗。刘正宇这才从死神手里侥幸逃脱。而刘福元分文不收，默默地赶路回家了。

这一趟上山，虽然凶险无比，蕨类植物标本倒还采集了不少，里面有三个物种被秦仁昌确认为新物种。秦仁昌感慨它们来之不易，于是，把其中一种植物，命名为正宇耳蕨。这是一种石生植物，喜欢长在阔叶林里的石灰岩石缝里，外形像京剧里的翎子。中文名直接使用人名，还是比较罕见的。只有秦仁昌院士才敢这么不拘一格，用这种方式奖励这位专业、无所畏惧的植物猎人。后来，他索性把另一种蕨，又命名为刘氏鳞毛蕨。

两个多月后，伤还没好完的刘正宇又上山了，继续重点采集蕨类植物标本。

刘正宇后来多次寻找刘福元的家，他还记得刘家门前有溪沟，溪沟上有独木桥。直到第六次，才找到了自己的救命恩人。两家人自此保持着密切往来，好得像亲兄弟。当年刘福元家十分贫困，劳动一年，倒欠生产队40多元，如今一家已今非昔比，仅养殖的野猪和香猪，就布满了一个山沟，足足有2000多头。

几年时间里，刘正宇靠着自己的一双脚，踏遍了金佛山的角落，基本摸清了金佛山蕨类植物的家底。金佛山也真不愧是植物基因宝库，通过刘正宇的采集和初步鉴定，80多个蕨类植物新物种被发现，引起了国内植物圈的不小轰动。

作为热爱金佛山的植物猎人，刘正宇受伤是经常的，他自己的总结是两年一次不小的伤。而他的无畏似乎更出名。

前面提到，刘正宇在小道上和黑熊狭路相逢，静定自如。其实他还有过更胆大妄为的事。

那是20世纪70年代初的时候，刘正宇和两个小伙伴从金佛山上下来，路遇一只成年老虎，刘正宇想都没想就捡起一块石头掷过去。老虎吓了一跳，加紧几步，却也并不离开山道，仍在前面走着。在刘正宇的率领下，三个人一路吆喝，一路掷石块，赶了老虎一两个小时。

老虎终于怒了，回身来长啸一声，一时山崩地裂，发怒的老虎身体似乎刹那间也大了一倍。三个年轻人吓了一跳，连连后退。还好，此时，他们已接近洋芋坪（位于大河坝以上，狮子口下方），那里有不少劳动的人，听到虎啸，全部吆喝起来。老虎这才有所收敛，下道钻进了丛林。

当晚，他们在洋芋坪住下。早晨，人们发现，有虎的脚印，绕屋一周，还在他们的窗前有所停留。难道老虎对追赶它一两个小时的人，还很好奇？

那时虎患还很严重，在三泉附近时有发生。有正在犁田的两兄弟，被老虎双双咬死。有一个快出嫁的姑娘，割草时被老虎袭击身亡。还有一只老虎，误入一家人院内，跑不了，被打死送到研究所来，刘正宇还记得，虎皮剥下来很宽大，可容几个小孩子坐在上面玩。所以，刘正宇赶虎的事，人们津津乐道。

和胆大比起来，他的生存能力也是非常强大的。在山上寻找新的物种，忍饥挨饿，风餐露宿是家常便饭。

有一次，刘正宇和同事小周上山调查一种珍稀植物川黔紫薇，城市里的紫薇很多，而金佛山的这种稀有的原生种，仅有六枚雄蕊，曾被西方植物学家单独成立一个属，叫阿丽花属，由于模式标本毁于二战，今人再未见到，连开花的照片都没有。调查的进展并不顺利，干粮都消耗完了，他们才在山沟里发现这种植物。遗憾的是，这株川黔紫薇，花已经开过了。没法采集标本。

刘正宇略加思索，就做了决定，继续顺着山沟上山。这个山沟海拔不高，川黔紫薇花期刚过，如果现在能在高海拔地方再找到川黔紫薇，有可能正逢花期。而如果因为干粮耗尽撤走，这一年就失去机会了。

他们连夜顺着山沟往上爬。渴了，就喝口溪水，饿了，就在溪水边洗把野菜下肚，要是还不过瘾，就捉溪水中的螃蟹生吃。两天后，他们在坡上找到了一棵高大的川黔紫薇，正逢花期，野蜂成团地在树冠上飞。和高大的树干比起来，川黔紫薇的花是相当精致的，白色的花瓣，黄色的花蕊，仿佛成团的黄白色丝绸。川黔紫薇的花找到了！

他们欣喜地狂按快门。

六

苦苣苔科植物是一个多姿、艳丽的大家族，多为草本，共有2000多个物种。我国是苦苣苔科植物的大国，拥有400多个物种，更重要的是，其中90%都是我国的特有种。苦苣苔科植物生存能力强，耐阴，花朵优雅耐看，颜色绚丽，具有极高的园艺价值。部分源自非洲和美洲的苦苣苔植物，成为国际园艺界的当红花卉，在国内市场也随处可见，比如非洲堇和岩桐的园艺品种，已成为都市里的新宠，而我国的苦苣苔科植物却仍然隐于深山，有的甚至连基本的物种情况都还没掌握。

金佛山拥有丰富的苦苣苔科植物，而且有的(如金山岩白菜)一直被当地人视为良药，用来抗击病魔，但金佛山的苦苣苔科植物的物种，很多年来一直未被摸清。

中科院植物研究所研究员李振宇，师从王文采院士，作为中国苦苣苔科植物的专家，多次来到金佛山，每次都满载而归。金佛山，在他的眼中，是苦苣苔科植物的富矿。李振宇第一次来，还是研究生，由刘正宇陪同在金佛山中转悠数天。自此每次李振宇到来，都是刘正宇陪同，刘正宇因此学到了很多苦苣苔科植物的知识，两人也成为苦苣苔科植物考察方面的长期合作者。

1995年，刘正宇在距三泉镇不远处的千佛岩上，发现了一种很像金盏苣苔的植物，采到标本后，他在所有资料上找不到完全符合其分类特征的物种，后来他与苦苣苔科植物方面的学者潘开玉教授共同发表了这个新种，取名为南川金盏苣苔。金盏苣苔属的植物都有着精致而美丽的花朵，花朵小，颜色深而且富有变化。从视觉上说，在苦苣苔科植物家族中显得特别精灵古怪。这个属还有一种模式植物也在重庆，那就是城口金盏苣苔，就是本文前面提到的那位法国传教士法吉斯在百年前发现的。刘正宇团队对苦苣苔科植物的研究和探索热情被进一步鼓舞起来了。

几年后，李振宇主持了由国家自然科学基金资助的《中国苦苣苔科植物》的编写工作，根据国外同类图书的经验，为方便读者和研究者，他决定尽可能多地收录苦苣苔科植物的生态图片，特别是这些物种开花时的照片，因为很多植物的细微区别就在于它们的繁殖器官。刘正宇团队对这个项目给予了最热情的支持。

这本书还真离不开他们。南川的苦苣苔植物繁多,国内某些苦苣苔代表性物种的模式植物标本就采自金佛山,如川鄂粗筒苣苔,这种植物长在岩石上,与叶片相比,花朵相当硕大,拍出来应该很漂亮。还有鄂西粗筒苣苔,最早也是在南川发现的。

刘正宇还有更积极的想法,结合这次系统拍摄,把南川的苦苣苔科植物家底搞清楚,说不定这过程中还会有很多物种发现:物种的新分布,甚至新物种的发现。于是,在那个期间,他们不仅根据这类植物的花期专程跟踪拍摄,在进行其他植物调查时也会兼顾这项工作。

果然,这一摸底,还真不得了。在重庆、四川都还是空白的一个神秘家族,苦苣苔科石蝴蝶属慢慢浮出了水面。

1887年,植物学家奥列弗在湖北西部一处阴冷的岩石上,发现了一种从未见过的植物,叶片全部贴着岩石,排列得也很奇特,整齐得像几层同心圆,仿佛孔雀开屏。这个物种的分类特点,明显区别于所有已知植物家族。他不得不为这株植物建立了一个新属。石蝴蝶属就是这样问世的。这个植物后来得名为"中华石蝴蝶"。

随着中外植物猎人的逐渐发掘,中华石蝴蝶其实并不孤单,石蝴蝶属一共发现了27个种,4个变种。不过,这个属的中国戏份很重,其中有24个种和4个变种都仅在中国有分布,越南、印度和缅甸各有一种。

2014年,刘正宇在金佛山东麓鱼泉谷河找到了黄斑石蝴蝶,这是在重庆新发现的物种分布,这个种是2010年由"60后"植物学家苟光前等人发现的,模式植物在贵州。黄斑石蝴蝶很有意思,在白色花朵上,像是用画笔很随意地点上去了两小团黄色。其他的石蝴蝶,还真没有类似的画风。

不过,特别令人惊喜的发现是在合溪,就是刘正宇大难不死的地方。那是金佛山与贵州连接的地带,已成为刘正宇重点关注的区域,他认为,在交通相对困难的那一带,有许多未充分探明的物种。上次救治他的刘福元的家,也成为他进山出山的必去休息站。

就在那个山沟,同他受伤的山崖紧挨着的一处山崖上,刘正宇发现了一种特别的植物,很像石蝴蝶。它长得非常娇小精致,叶子为菱形,排列得非常紧密。它整个身体紧贴在岩石上，远看还以为是苔藓。比较让人意外的是，和多数苦苣苔科石蝴蝶属植物喜欢潮湿的生长环境不一样，它就长在一个溶洞的岩壁上，靠近洞口，扎根在干燥的石缝里，根本不可能享受到雨水。也就是说，它能在干燥的地方存活下来。

初次发现的时候，这棵植物有果无花，刘正宇凭借叶和果的特征，判断它就是石蝴蝶，但究竟是什么种，还需找到它的花。

一年过去了，又一年过去了。这种仅比苔藓植物大一点儿的娇小植物，一直被刘正宇团队关注着，跟踪着。说来奇怪，一次次地按照它可能的花期去考察，就是看不到花。

夏末的一天，刘正宇他们又来看望这个不可捉摸的“小朋友”，意外地看到了花蕾，花茎还蜷缩着，上面有米粒大小的蓓蕾。原来，它是秋天开花的！在苦苣苔科植物里，这的确是太罕见了。怪不得年年来，年年不遇——它只是还没开。

9月下旬，刘正宇终于看到了它的花，纯净的紫色，花朵喉部没有任何斑点。这应该是一个新种，悬挂在他心里的疑问终于落地了。这种第一次出现在人类视线内的物种，最终得名合溪石蝴蝶。合溪石蝴蝶要求的环境非常苛刻，生长地方要干燥，空气湿度却要比较大，这使它的生存空间格外小。此外，它的种子无翅，无法凭借风力，飞到合适的环境中去。刘正宇团队在调查中发现，合溪石蝴蝶群落的总数量不过100株左右。

和合溪石蝴蝶的发现历经多年往返深山的探寻不一样，南川石蝴蝶的发现纯属偶然。

离重庆市药物种植研究所不到一公里的千佛岩，因为发现了南川金盏苣苔，成为刘正宇和同事们经常光顾的地方。为了《中国苦苣苔科植物》的编写需要，正值南川金盏苣苔的花期时，他们再次来到千佛岩，拍完后，顺便扩大搜索了这一带。

千佛岩下就是龙岩河，在距河水不远的潮湿的石缝里，发现了一种苦苣苔科植物，很像石蝴蝶，卵形的叶片重重叠叠，并不太有秩序的样子。他们仔细观察，没有发现花。

由于距单位不远，他们反复去观察这个陌生的植物群落，夏末终于碰到了开花的时候。花瓣是淡紫色，至花喉部分渐变成黄色，如果有阳光，看上去像一盏盏小灯，很漂亮。当地人一直认为这花就是石头开的，所以称它们为石上花或石头花。

不过，碰到开花，却很难采到合格的标本，因为花茎短，根又长在石缝里，用通常的拔出的办法，不容易得到完整的植株。第一次采集后，发现标本不合格。他们再去时，花竟已经谢了——它的花期只有短短的一周。“没办法了，明年吧。”刘正宇叹了口气。

第二年，他们干脆连植株带岩石一起敲下，再慢慢把石蝴蝶分离出来，这才得到合格的标本。它被取名为南川石蝴蝶。

后来，刘正宇团队再接再厉，2016年在重庆与贵州的交界处，又发现了一种新的石蝴蝶，他计划取名为渝黔石蝴蝶。三个新种，一个新分布：隐藏在金佛山细小皱褶的石蝴蝶家族，就这样逐渐揭开了神秘而美丽的面纱。

经过20多年的努力和积累，刘正宇他们和本学科的学者们一起，在南川探明了苦苣苔科15个属38个种，这真是一个繁茂而绚丽的大家族，更是一笔伟大的自然遗产。

——原载于《十月》2017年第5期

作者简介

李元胜，中国作家协会会员、诗歌委员会委员，重庆市作家协会副主席，重庆文学院专业作家。

山城不可见的故事

■ 李燕燕

很长一段时间，我困惑着：非虚构作品，究竟应为自己而写，还是为读者而写？直到我与这些活生生存在着，却被山城雾气遮蔽的故事直接碰撞，思绪累积，一天清晨，望着对面艰难爬坡的密集车流，突然发觉这个游走了14年的城市，其实我并未真正熟悉。至此方才悟出，从事实中生发而出的非虚构作品，应该以我的理解和方式，原原本本讲述给我的读者，个中滋味，他们自己去辨析。

——李燕燕

山城光影

2003年6月18日上午11点20分，经过成渝高速四个半小时的旅程之后，23岁的我背着大包、拉起箱子出现在陈家坪汽车站。山城入夏后的灼辣空气与长途大巴尾气混合而成的热浪直扑脸颊。“哎呀，重庆这个天气才不得了哦！”一个操着成都方言的女人说，附和着许多絮叨，更吸引来了拉客者的注意:“大姐,怕热就不省那几个钱嘛,嗨,刚好还差三个位置,这个妹儿,一起,马上就走!”而我,在一片嘈杂中,顾不上理会其他种种,眼睛不受控制地打量这个在父亲口中反复出现,我却第一次来的城市:高低起伏,坡坎交错,各色车辆在没有自行车道的狭窄马路上拥堵穿行,两侧大厦林立。谈不上好恶,却觉得来这里终究是缘分。

20世纪60年代,爷爷在山城某理工科大学电机系执教。爸爸从10岁起,从成都来到重庆,在爷爷身边长大。父亲口中,尽是快乐的时光:儿时他坐过江缆车,觉得好玩,便来回坐;灾荒年,他和爷爷一块在松林坡的院子里养兔子;到了大学生改善伙食的月底,他会在中午开饭前把长长的尖头铁丝伸进食堂的窗户,叉窗边大学生饭桌上的酥肉;红卫兵“大串联”,他和10个同学一起步行到璧山已经半夜12点,经过水田边一片乱坟堆,11支手电竟然齐刷刷熄了……其他人告诉我:跟过苏联专家的爷爷1964年开始便不能教书了,每天晚上必定唱二两“跟头酒”,偶尔喝点儿他们送的江津老白干。1976年,爷爷在西南医院手术,打开腹腔,由胃部生出的恶性肿瘤于有限的空间里挤得满满当当,两个月后,爷爷病逝。去世前两周,唯一能下咽的食物,是分居成都的奶奶托爸爸带给他的酸豇豆炒牛肉末,去世时他的床前只有爸爸。我所知道的是:因为家庭成分只能念中专下工厂的爸爸,几番辗转后回到成都,遭遇坎坷。而我,仿佛在冥冥中依着什么召唤,又孤身前来重庆,像是一条洄游的鱼。

也在2003年,阔别重庆20多年的爸爸,和我一起回到松林坡。站在他们父子俩住过的小楼前,身形愈加佝偻的爸爸又是一番对往事的感慨,却不包含半句怨言。故事的真相,早就被时间吞没改造。

缘分归缘分,我还得重新认识这座城市。游走14年,山城在我眼中,在我脚下,可那只是雾气中隐现的浮光掠影。

初来乍到,我在住处附近的家具店买床,坐着轮椅的老板冲我笑:“小妹,四川那边的吧?”我不知深浅地点头,还告诉他我现在的单位。“哟,那单位好啊,那儿的人都开私家车,每天早上前头路口堵得动不得。”他递过一片湿纸巾给正在拿手拭汗的我。我用1000元买下一张不到1.5米的“实木床”,那是我一个月的工资。两个月后,我从床腿隐蔽的蛀洞里惊讶地看到里面的空心，愤怒油然而生。待我翻出购货单据，行走如风拐进那个巷子，隔着一段距离，却看见那家店贴着“清仓转租”的告示，卷帘门闭了一半，坐轮椅的老板和妻儿围坐在旁边五金店一侧。走近，正要发作，却看见一只眼睛紧闭凹陷的女人，正把切了三刀的一小牙西瓜，用力掰开，中间的两瓣分别递给女孩和男童。十一二岁的女孩咬了一口：“妈，又沙又甜，就是太少了。”“少？晓得不，西瓜八角钱一斤，不贵嗦？”女人咬了一口手中三角形的瓜块，就只剩下一点儿淡红。不到三岁的男童嘴里咀嚼着瓜瓤，汁水顺着嘴角流到罩衣上，坐着轮椅的男人一手捧着略大点儿的三角形瓜块，一手掀起男童罩衣一角，给他擦嘴巴：“吃得完不？吃不完早点儿说。”五金店吹出的空调凉风让他们很是惬意。注意到我站着看他们，男人扭过轮椅，愣了半晌，然后一脸真诚憨厚地问道：“小妹，我那个实木床睡起还可以噻？生意不好，我们清仓甩卖，里头东西都打五折，看你还要点儿啥？”曾经构想过如何和奸商撕破脸维护自己的权益，可临了只是淡淡地摇头，然后离开。

重庆火锅融合着浓厚牛油的浓香，流窜在城市的每条巷子每个角落。40摄氏度的高温，让空调的凉气在锅底旺火和翻腾红汤的联合抵制下，已经完全不能发挥作用，一桌桌食客汗流浃背却兴趣盎然，桌上除了山城啤酒便是更新换代却依然滋味醇厚的江津白酒，敬酒划拳的吆喝声构成了山城餐馆的独特景观，让人联想到这座城市原本是长江边的大码头，码头自有码头的文化。外貌老旧的“7字头”中巴，屁股喷着黑色尾气，大摇大摆地穿行在两旁密密排列着不同火锅招牌的街道上。时而野蛮地越过块头比它大一圈的公交，时而抢在红绿灯交接的一刹那，从停滞的车流中率先冲出，然后一路遥遥领先。“7字头”中巴会毫无征兆地在任何一个簇拥着人群的街口停下，扯着沙哑嗓音的女人蓬乱着头发，露出系着褐色腰包的上半身——

“嘿，还有座位，快上，一块钱！到哪儿？红旗河沟，要到要到！”

“唧个没得空调啊？热得很！”

“真的有座位，你站在这方当然看不到，跨上来一步嘛……那儿最后一个，有个凳子那点儿……凳子也可以将就坐哈嘛！”

“哎呀，日头下等车好恼火哟！给你说嘛，465在上清寺那边已经堵起了，不要等了！”

最终，女人会抢也似的推搡几个男女上车。中巴不关车门，便一溜烟跑了。那几个被抢上车的乘客发现，狭窄的过道上扔着两三个塑料凳，车里已经挤得热气腾腾。不过只需一块钱，真的可以将就下，也就一小会儿。女人接过零散的几块钱，直接塞进腰包，到下个街口，一个猛刹，女人又直接把半截身子探出车门，迅速拖走一个客人，也许还包括到山城不久的我。

对山城越熟，越让人捉摸不透，虚实难测——仿若一棵枝干丰密的大树，时代是生长故事的土壤，叶片却是重重雾气，缭绕着树上那些大小小小的故事。

依据山城的特殊地势，拿着一根"棒棒"来城市讨生活的"力哥"们，爬坡上坎肩挑背磨，作为城市发展的见证者，背影渐渐模糊。眼见起码600斤重的一大堆文体器材要从脚边挪到700米外的礼堂，我有些犯愁了，因为大门外那群聚在树荫下蹲着等活的"棒棒"，几年前就消失不见了，说是市中心商圈生意好做点儿。"找'白棒棒'嘛，他带起十几个棒棒在附近找散活，这是他的名片。"做楼道清洁的阿姨递过一张设计精美的名片。按名片上的号码拨过去"叫活"，不到半小时，"白棒棒"带着三个人来了，人手一根套起结实绳索的"棒棒"，外搭一架简陋拖板。700米的距离搬600多斤重的东西，"力钱"200块，一分不得少。

"妹儿，你这个可以报账嘛。""白棒棒"说。谈妥，"棒棒"们把器材分成几个批次，一一用绳子绑好，或抬或拖，"一二三，起！"棒棒们喊着号子。来回两趟，11月的天气，眼见汗珠顺着额角往下淌。干完活接到"力钱"，"白棒棒"招呼那几个人："走，晚上去弄点儿小酒。"

因为家里地少人多，"白棒棒"1981年便来重庆干这行。2000年以前，每天至少接30单活儿。"那时候洪崖洞真正的吊脚楼还没拆，我们就在那儿租房子住，十几个人一间屋，搭伙买菜做饭，或者在外头吃几毛钱的'棒棒饭'，硬是凑角角钱块块钱把老婆娃儿养起了。""白棒棒"自豪地扬了扬挽起衣袖的手臂，我看到一串烧伤疤痕就突兀在那里，深红色很显眼。岁月在"白棒棒"口中似乎格外轻松。现在他举家搬到重庆，儿子开了自己的汽车修理店，女儿嫁给一个做生意的温州人，"白棒棒"和老婆在沙坪坝半月楼附近买了套二手房。"说实话，我算脑筋灵活的。现在做棒棒都挣不到钱，有些一个月就挣几百块。单靠这个过活，太苦了，不晓得那些人心头啷个想的。目前我做这个，纯粹为了挣几个零花钱，也顺便健身……”“健身”两字刚出，三个在一旁喝矿泉水的“棒棒”呵呵直笑。

一种生活隐藏一种故事。一位同龄的出租车司机告诉我，开出租车的感觉“非常自由，像一只断线的风筝”。一个傍晚，我拦到了一辆“空车”状态的出租车。没待拉开车门，戴着帽子看不清脸的司机便劈头问我：“你到哪里？不去三峡广场和解放碑哦！现在6点了，很堵的。”“我去磁器口。”“可以，上车！”

我对司机挑目的地提出了质疑，可她甚至头也不回：“要态度端正？去找专车，你要坐出租就这样了。”我还想说什么，一侧目，却看见女司机帽檐下如绒毛般才生出的头发，前窗镜面显出一张惨淡的脸，眉毛和头发一样，细白异常，这样的惨淡是病气——我甚至看见她短袖下隐隐露出的PICC管，这应该是个刚结束阶段性化疗的肿瘤患者。开出租，抑或为了维持生计，抑或为了证明自己生存的价值？身体能支撑吗？

虽然未必能看清，我却坚持行走着观察城市，企图用更亲密的方式接近它，试着揭开光影下那些埋得深深的东西，那些城市成长的内核与印记。

重庆女人，一辈子只哭一回

三年前的一个夜晚，武隆仙女山。我和一个女记者裹着租来的棉大衣，坐在峡谷一侧，观看三面环山的实景演出《武隆印象》。记者带着报社交代的任务，我则纯粹是“瞄一眼”的心态——“印象”系列风格相近，都由一些“主题单元”构成，歌舞煽情，能赚到“跟团”旅行者热烈的掌声。只是，这个《武隆印象》所有的对话都是纯正的重庆腔，倒让我觉得颇接地气。随着演出推进，高潮篇章“哭嫁”来了：吊脚楼上，投射着一对母女长长的身影。老妈妈为天明就要嫁给长江纤夫的女儿梳头，沧桑的声音，伴随低低抽泣，响彻山谷：“我的妹儿，痛痛快快地哭一回吧，今后就要当起家扎扎实实过日子了。生活艰难，把牙咬起，啥都不要怕，咱们重庆女人，一辈子就哭这一回。”这段台词让我心头一热。坐在一旁的女记者扭过头来，眼圈红红：“刚才老妈妈那几句话戳到了我的心头。”我拍拍她的肩膀，却注意到她身边坐着个妆容精致而雍容的中年女人，浓黑睫毛下的丹凤眼有些透亮，正自言自语：“重庆女人一辈子只哭一回，说得太好了。”

她就是罗姐，女记者的一位商界朋友，在记者三寸不烂之舌的煽动下自己开车过来寻找机会，当晚并未与我有交集，所以谈不上认识。为了几句商业打造的台词动真情，这也有些造作了吧。山城的女老板特别多，大胆泼辣，但也会在某些时刻窥见她们的“不自然”——“装”，还是真情流露，不得而知。

两年后，那个女记者已转行做新媒体，在她发起的一次晚宴活动上，我正式认识了罗姐。和看演出时一样，罗姐妆容非常妩媚，上翘的眼角在黛青眼线的映衬下格外有神，粉红的嘴唇自带笑意，高挑的身材胖瘦恰到好处，完全看不出这是一个1958年出生的当时已将近60岁的女人。菜肴丰盛的大圆桌旁，围坐着记者利用广博人脉邀请的各路朋友。“生意很大”的罗姐匆匆与我互留电话后，就像一只轻盈的蝴蝶，翻飞在那些带着“长”“总”等头衔的人士身旁。有些无聊的我，拿起“江小白”玲珑的酒瓶，上下把玩。“不要小瞧江津白酒哦，它跟茅台、洋河一样，都是上好高粱做的，只不过发酵时间长叫‘大曲’，江津白酒发酵时间短，属于‘小曲’。放在过去，大领导都要喝的。”罗姐端着酒杯突然出现，侃侃而谈。

“罗姐做江津白酒起家，涉足过很多行业，身家上亿，到现在也没结过婚。”宾客散去，记者朋友对我说。几天后，我突然接到罗姐打来的电话，邀请我帮忙撰写她们公司的宣传片脚本，要求很高，酬劳丰厚。我觉得这活儿不难，点头应允。

很快，我的电子邮箱就收到了她秘书发来的大堆公司资料。我总有些不甚了解的地方，去拨罗姐的电话，可打过去要不没人接，要不刚响一声便被挂断，过会儿，一条短信映入眼帘：“正忙，请与秘书联系。”半个月后，总算完成了脚本初稿。过了两天，我收到罗姐的短信：“稿子已看完，周三上午可以详谈吗？”

“我的很多想法，李老师，你没有表达出来。”罗姐拿着一叠打印稿，表情认真。她的身后，是一大缸火红游动的鹦鹉鱼。随后三次改动，在那间游动着火红鹦鹉鱼的宽敞办公室，罗姐用平和的态度、不同的措辞执着同样的观点。

看着那张妆容严整的脸,我想,或许这位女强人并不懂得文字的东西,只是牵强地去拔高某些虚空的东西。比如,一些出生在20世纪五六十年代,靠着"第一桶金"发迹的"企业家"们,通常最愿谈及"企业文化"。做文字的人到底是有个性的,我想着实在不行这活儿就不做了。刚要开口,罗姐说:"李老师,周末我想邀请你参加公司的拓展训练,或许能有直观的感受。你看可以吗?"本来应该拒绝,但我下意识地点点头。

武陵深处,虽是盛夏,却也凉气袭人。罗姐带着大家住进山里一栋三层农家小楼。自由组合,两三人一个房间。罗姐和我在一个房间。入夜静谧,我躺在床上读着一本小说,罗姐从浴室直接走了出来,我的目光立刻聚焦到她的胴体上——周身一丝不挂,白皙肌肤贴满荷叶朝露般的水珠。我不是第一次看见在年轻同性面前如此有自信的女子,但我依然惊艳不已,这哪像一个年近六旬的女人的身体!乳房挺拔丰满,腰肢纤细优美,臀部饱满上翘,让我顿悟节制自律对美貌的终极意义。

她掏出旅行包中的两个小瓶,打开,玫瑰精油的香味立刻弥漫整个房间。拿起一个瓶子,倒出粉红的流膏,从头面开始,上上下下涂抹全身,接着第二个瓶子。涂抹着两层精油的美好肉体在昏黄的灯光中闪烁着点点光芒。山风顺着半开的窗户溜了进来,我把身上的被子又裹了裹,望着兀自坐在桌前的罗姐:"你,不冷吗?""有点儿,但我这里有抵御寒气的好东西。"罗姐扬了扬手里的一小瓶白酒。她轻轻抿了一口,扭过头:"李老师,你会不会觉得我这老家伙太妖艳了?"我摇摇头:"爱美之心人人皆有。"

"当女人就得漂亮。人没有下辈子,既然只有这短短一百年,就必须要活好、活精彩,做什么都不要后悔。"罗姐缓缓地披上浴巾,那一小口江津白酒让她有些微醺。围绕着"生死""女人""值不值",我与这个年龄堪比父辈的大姐深谈下去,慢慢放开。

山风吹拂着罗姐额角的碎发,某个时候,那个在田间蹬着辆高大的男式自行车的罗幺妹回来了。"我的小名叫幺妹,在重庆江津出生、长大。"

起伏的丘陵间散布着金灿灿的稻田,稻谷的香味四处飘荡,农民们正紧张地忙于收割和晾晒,村落深处不时传来打谷机欢快的轰鸣声。那是1979

年的初秋时节，21岁的罗幺妹用力蹬着刚买两个星期的上海“凤凰”牌自行车，那是辆男式自行车，“到底家头男娃儿多些”。她紧握车把、极力平衡，倾斜着身子，甚至没法好好坐在座垫上。自行车把头，挂着一条用结实稻草穿腮的大草鱼。1979年初秋时节我才出生，而梳着两条齐腰长辫子的罗幺妹，已经是乡头最好看、最能干的妹子了。隔着时空，听着罗姐的讲述，我慢慢融入了“幺妹”的生活。

那条大草鱼是幺妹一大早去镇上赶场买的，中午幺妹的未婚夫要来家里吃饭。从去年开始，赶场天的集市就愈发热闹了，卖的东西多，赶场的人也多。像大圆桌似的树桩子上，摆着带皮的肥肉和宽宽的大刀，那是卖肉的大刀，“那刀有现在一本杂志那么大，那么厚。还有啊，我们买肉都买得肥，肚里油水少”。猪身上最大的骨头，连着冒着白气厚厚的冻肉，一刀剁下去，就整齐地裂开了。那时，人们都愿意和卖肉的胖大嫂套近乎，因为就算干部打扮、拿再多的肉票，都可能买不到她藏在案板下的那块“五花”。卖青菜的人都长着一双红肿的手，指甲缝里满是污泥。卖蛋的摊子上是一个用竹筐背着孩子的年轻女人，她小心地把打碎了的蛋放在一边，每个买蛋人必须买两个碎壳蛋，罗幺妹听到卖蛋女人清脆的声音：“大家搭着买，谁也不要吃亏，谁也不要占便宜。”

“‘割尾巴’割了那么多年，养鸡的不多，那时候鸡蛋金贵着呢。”看着我疑惑的样子，罗姐轻轻一笑，把那缕被山风吹乱的发卷拢回耳后。物资匮乏的年代里，乡镇集市里挤满了抢购的人。买到东西的，脸上放着光回家。

此时幺妹弯腰蹲在猪肉摊旁，挑拣着大木盆里鲜活的鲤鱼、草鱼。肉摊那个穿着花色灯芯绒外套，上头满是油渍的胖大嫂正细细打量着幺妹身上薄薄的深绿色毛衣，打趣道：“幺妹儿，你这是捡城里哪个老表的衣服穿？看起不合身啊？”

“我夏天去重庆城买的毛线，自己织的，穿起舒服！”幺妹指着一条最大的鱼，“就它了，陈哥，帮我套上。”

“哟，那鱼三斤多重！妹儿出手是阔了，以后也不指着你老汉的那些票了啊。”大嫂捏起柿饼咬了一口，看着幺妹架起崭新的自行车，把大鱼栓到车把手上。

“家头来客了？再割点儿肉？”

“下次嘛！”

随着车轮碾压乡间小路的泥泞，离水不久的草鱼还时不时扭动一下身子。路过自家的菜地，罗幺妹将自行车立到一旁，徒手去掰两颗肥大的莴苣，再熟练地薅下一把藤藤菜。“莴苣的叶子可以煮汤，莴苣头打下皮，切成块儿加点儿豆瓣烧着吃；藤藤菜的叶子拿来凉拌，空心的杆子切小段和豆豉一起炒，香得很。”

前面池塘边的几间瓦房就是幺妹的家。罗幺妹的父亲是镇里有编制的小学老师，母亲是地道本分的农村妇女。“父亲家里世代教书，住在村里，也要种田的。家里七个兄弟姊妹，灾荒年饿死了两个。我底下那个弟弟，1961年的时候可能两岁，下午就动不得了，爸爸晚上9点抱着他往镇里找医生，我死死牵着爸爸的衣角跟着他跑，还没到镇里，小弟弟就没有呼吸了。”排行老五的罗幺妹对于贫穷有着深刻的记忆。在旁人看来，罗幺妹是个“有心机的女子”，做事总有自己的章法。她坚持学文化，念书到小学毕业，“初中要到县城读，每年有块把钱学费，还要带粮食”，只好放弃了。从16岁开始就断断续续有人上门提亲，可幺妹像头犟驴一样，逼着父母一一回绝，渐渐成了村里少数20岁还没出嫁的妹子，“跟我一起耍的几个女娃儿，到1979年，娃娃都拖了两个”。

中午的餐桌上，坐着罗幺妹的家人，还有从镇里中心校过来的未婚夫。幺妹喜欢有文化的人，未婚夫是父亲学校里的同事，比幺妹大一岁，从师范校毕业的，高大白净，话不多。幺妹从灶房把一大盆滚烫的干烧草鱼端到桌上，他体贴地从口袋里掏出帕子为幺妹擦拭手指上溅到的汤汁。那个初秋的中午，合着外面丰收的热闹，罗家饭桌上的人都满脸带笑。

生活已经向他们展露笑脸。那时，家庭联产承包制在农村全面推开，幺妹家的九亩地，种着水稻、蔬菜和橘子，去年丰收的成果变成了那辆“凤凰牌”自行车。而脑子活络的罗幺妹还帮着县里一个亲戚在农村收购土货，拿到城里去卖，“地里长的几乎没有成本的东西，在城里要管几毛钱呢！”拿着那些赚来的“零用钱”，罗幺妹第一次去了重庆城，在那里的国营商店买下了一大团含着羊毛纤维的毛线。那天在饭桌上,也议定了罗幺妹的婚期——第二年的秋天。

“那时候,城里结婚有缝纫机、收音机,黑白电视机也开始有了。”还有一年,罗幺妹想要让镇里中心校那间婚房里,充满现代化的气息,让自己的婚礼,在村里人见证下风风光光。

“我一心想要多挣点儿钱。”现在已经快60岁的罗姐叹了口气。

改革开放伊始,遍地都是机遇。只要你想赚钱,只要你脑子够灵、眼光够准、胆子够大。“供不应求”与“政策空隙”共同构成了抬眼可见的商机。

那时,人们已渐渐有了一些余钱,去买烟酒糖等过去不敢奢望的副食。价廉物美的“江津老白干”在川渝一带赫赫有名。务农的罗幺妹开始通过那个搞收购的亲戚,直接从酒厂的销售员那里,弄个十来件“江津老白干”。“我没有本钱,所以都是先拿出去卖,然后再付钱,但每次都能赚上一笔。”从江津坐着破旧的客车到重庆火车站,在那里,像特务接头般拿到货物,遮掩一番后直接搬上通往成都的火车——那种需要摇晃一个昼夜的绿皮火车,买了站票的罗幺妹就蹲在车厢接头处的那堆东西旁边。

“家里人知道你在干什么吗?他们不担心你的安全吗?”我问。

“他们知道我跟着那个亲戚在学做个体,我从小野惯了。”罗姐说。

那时重庆往成都方向的火车班次并不多,像罗幺妹这样长相漂亮、个子高挑却又“行踪诡异”的女子很容易被人盯上。1980年5月23日,罗幺妹一生都不会忘记的日子。入夜,伴着哐当哐当的车轮与轨道的碰撞声,大概快到内江了吧,倚着那堆东西,幺妹昏昏欲睡,除了外面偶尔探射进来的灯光,车厢里一片黑暗。

忽然,一股刺眼的光亮让她一下子从刚开始的梦境中惊醒过来。“盯了你好长一段时间了,给我老实点儿。”眼前站着两个穿制服的男子,一胖一瘦,20多岁的样子,正拿手电对着她。罗幺妹依稀记起,两个人是这几节车厢的乘务员,白天反复在这附近走动,半年来也常常碰到。明暗之间,他们的眼神带着丝丝邪气。

“你们,你们要干吗?”

“把那个麻袋解开,让我们检查下里面有什么名堂。”

年轻姑娘挣扎着,奋力护住那十几件白酒。瘦子一把拎起她,紧靠着车壁:“还敢嚷嚷,我把警察叫来!”胖子解开麻袋:“嗬,原来这里头果然有名堂!”“胖娃,把这些拖到乘务室。你,跟我们走一趟!”瘦子一把抓住罗幺妹的手臂,使劲推搡着这个因为恐惧而瑟瑟发抖的姑娘。

“胖娃,你看,人赃俱全,咱们怎么处理她?”

“没,没有,大哥,我只是带着这些酒去成都看亲戚。”

“看亲戚?这么多酒?还回回带?骗瓜娃子嗦?你就是去成都倒酒的!”

“真的,真的没有,大哥,放了我吧!”

“哈,这就是典型的投机倒把啊!”

“是啊,把这女的交给警察,让她坐牢……”

“不要,大哥,这些酒送给你们喝。求你们饶了我,我才21岁。”

“嘿嘿嘿,饶了你当然可以,这些酒也可以原物奉还……解决方法还是有的……妹儿,你悄悄的,不要闹哈!”紧闭的乘务室里,昏黄的灯光下,两个乘务员一点点儿靠近惊恐万分且脑子一团乱麻的罗幺妹。胖子一下拉熄了顶上的灯泡,“猴子,把她拖到那头,从后面抱着,我先来!”“胖子,快点儿……哎哟,你竟然咬我,打死你,小心我叫警察来抓你……不许叫!”

时隔35年,飘荡着异味的混乱的车厢,狭小肮脏的乘务室、两个男人和那个可怕的夜晚,快60岁的罗姐依然能清晰地回忆起其中每一个细节,每一句话。她表情平静地叙述,仿佛在说别人的事情,只是偶尔看到她精巧的嘴角在轻微抽动。

“他们是流氓,你怎么不大声呼救啊?”我震惊之余,大声责怪。因为就在乘务室的旁边,横七竖八都躺着人,或许睡着,或许正竖着耳朵听里面的动静——两个不怀好意的猥琐男人和一个年轻漂亮的农村女孩。

“国家刚刚放开,哪些事能做哪些事不能做,并不清楚,因为没有具体的政策。很多时候,人家说你有罪你就有罪,还会连累家人。”她说。那个充满卑劣、强暴、屈辱和痛苦的夜晚,罗幺妹紧紧咬住自己的嘴唇,一直咬到满口腥味。

天亮了,成都站终于到了,和以往一样,罗幺妹扛着自己的货物下了火车。一个头上包着白帕的女人追着罗幺妹:"馒头咸鸭蛋,要不要哦……"罗幺妹走得飞快,她身后车厢里那个狭小肮脏的乘务室中,沾满处子鲜血的床单被团成一团扔在角落里。瞅着一声不吭独自离去的农村妹子,心满意足的一胖一瘦两个乘务员,换好衣服又开始了新一轮的工作。

一个星期后,在成都彭县(今彭州市)的小旅馆里,罗幺妹拿着一叠崭新的人民币,习惯性地又一一点了一遍,拿出针线缝在被扯烂的内衣上。做好这一切,她突然扑倒在旅馆散发着浓烈霉味的大花被子上恸哭,直到眼前一黑,栽倒在地。

"从那时到现在,我再也没有哭过。"再次回到江津,罗幺妹径直找到未婚夫,退掉婚约,用自己的积蓄退还了全部彩礼。镇里中心校的操场上,那个22岁的满是书生气的年轻男人最后一次试图拉住罗幺妹的手,可她触电般连退两步。

"明哥,我出去这大半年,真的开了眼界,我不想窝在这里一辈子,我要进城去。我们各自有各自的脾气,各自有各自的生活……明哥,你肯定可以找到一个能和你一起持家过日子的女娃儿。"

罗幺妹公然退婚,在江津城郊那个传统的小镇一时间成为头号新闻。父亲气得病倒,母亲在家门口狠狠打了女儿两个耳光后,在围观的乡亲面前发誓,从此再也不管女儿的事。

"妹儿,算了嘛,不要闹了,给你妈老汉认个错,规规矩矩地把婚结了。"舅妈挽着罗幺妹的手臂。在20世纪80年代初的农村,退婚是顶大的丑事,会招来无数风言风语和唾沫星。无论面对怎样晓以利害的劝导,就像那个被毁灭童贞的夜晚,罗幺妹紧紧咬住嘴唇,一言不发。

"呵呵,人家女子长得乖,又能赚到钱,要捡高枝飞了。"离开的人群中有人刻意压低了声音。幺妹听见了,嘴唇动了动,却终究什么也没说。

"罗姐,你一直没把火车上发生的事告诉家里人吗?"我问。

"不能告诉,也没有必要。"她说。

"那你真的舍得那个快要跟你结婚的男人吗?"

"他是个好人,跟我不合适。他和我耍朋友之前,连女娃儿的手都没碰过,和我在一起两年,他都没胆亲我。"

“你，后悔过吗？去成都卖酒？”

“不后悔，路都是自己选的。我那次哭过以后，就晓得今后自己要扛起所有的一切了。”那瞬间，我突然想起在山谷里看到“哭嫁”那一幕时，罗姐泪光闪闪的样子。

随后的日子里，已无牵无挂的罗幺妹依然坐着那列绿皮火车去成都周边贩酒，每一次都平平安安地赚到了钱。或许，她已经不再是从前那个罗幺妹，她明确知道自己的目标是什么，所以，可以隐忍下更多的东西，“李老师，我当然会继续碰到那两个人了，什么样的故事我不想说”。

几年后，“白酒贩子”罗幺妹在重庆的沙坪坝区闹市租了一个不大的铺面。那时的夏天，重庆街头巷尾到处叫卖着酸梅汤和方方正正的大雪糕。罗幺妹指挥几个从乡里来的小伙子、乖妹子，既卖凉面、冰粉、稀饭、炒菜，也开始给周围那些赶不上食堂饭点的工人，还有个体户“订制”饭菜。对，那就是最早的“盒饭”——在1985年，最早就意味着赶上了最好的商机。1986年，罗幺妹成为“万元户”，她买了电视机、冰箱、洗衣机、录音机，她烫着发，穿着从广州买回来的服装，是重庆城里打眼的时髦女子。1986年冬天，幺妹的父亲去世，她赶回家时老屋空空如也，父亲临终嘱咐她的母亲和哥姐：“我闭眼睛也不要看见她，我不花她的钱。”母亲在父亲葬礼后就搬到二哥那里。多年在外的她，回乡没见着一个亲人，最后跪在父亲墓前沉默了两个小时，却没有掉下一滴泪。

她送最早的“盒饭”，最先在主城经销品质优良的“荣昌猪肉”，开起第一家“私人超市”，面积不大，却让重庆市民发现：原来买东西可以不用隔着柜台，可以不看售货员的脸色，可以随心挑选想要的物件……到了1992年，34岁的罗幺妹已经拥有了三个超市、两个中高档餐馆、一个摩托车配件厂、两个高档白酒经销部和一个四层楼的旅馆，成为“第一批富起来的人”。可她几乎没有谈过男朋友，围绕着生意，妖娆地微笑，周旋在饭桌酒局之间。她最爱喝的酒，始终是江津白酒。2000年，她的母亲遭遇了一场车祸，她把重伤尚有意识的母亲从县里接到了重庆的大医院。当时农村人没有任何医保，天天都是上万元的治疗费用，罗幺妹承担了一切。一周后，母亲心肺衰竭，“我紧紧抓着妈妈的手，她嘴唇颤抖，努力挣扎，像是有话要跟我说，眼泪从她肿得只剩一条缝的眼睛里大颗大颗地往下掉”。母亲终究一句遗言也没留给她。

“砰”，披着浴巾的罗姐起身关掉了半开的窗户，让一切回归现实。她平躺在窄窄的床上，声音有些沙哑：“李老师，希望我今天给你讲的，对你理解我的理念有所帮助。”

“对不起，我们今天聊的这个话题让你难受了。”我抱歉地说。

“在我开口说这些的时候，早已能坦然面对了。”她说，“作为一个女人，我知道自己这辈子或许失大于得，但我毕竟亲身经历了这个社会最重要的变革期。”

“你让我知道独当一面的重庆女人曾有过怎样的磨难。”我说。

“李老师，如果你愿意，也可以把我的故事写出来，真实地写出来，不要夸大，也不要美化。让个人的历史留下来，就是对一个时代最好的纪念。”罗姐突然说。

次日，大木花谷，灿烂的阳光，花田里摇曳生姿的虞美人。在这样一幅天然构图中，数十个身着白色、黄色T恤的年轻人正在进行一项叫作“驿站传书”的“拓展训练”。我分明看到，罗姐那张接受过“微整形”、妆容精致得几乎看不到岁月痕迹的脸，却对着那群欢笑的青年男女——那群刚从校园踏入社会、会为高昂的房租发愁的孩子，露出深深羡慕的神色。

完成罗姐公司的宣传片脚本之后，我又专程去了一趟江津，为了更完整地记下一个“只哭一回”的重庆女人的故事。

那个“镇中心校”已经更名为“江津第×中学”了，在那里，我见到了“明哥”。夕阳下，这个58岁的男人，正独自带着五岁的孙儿，绕着操场散步。虽然他身姿已不复挺拔，依然能看出年轻时的帅气。“明哥”坦然地与我聊起了罗姐：“至今我仍无法理解她为何突然解除婚约，有人说她当年在外面勾勾搭搭，但我始终不信。幺妹是个有情义的人。”1999年，“明哥”的妻子“王姐”患了食道癌，在重庆城里住院治疗，罗姐帮忙联系手术医生、找护工，又为他们垫付了十万块医药费，“每次她都说，钱的事儿不打紧，有了再还，可连一分钱也不肯要”。

罗幺妹从小长大的村子，如今已是城区的一部分。那里有大超市、服装店、美发店、银行、江湖菜馆、火锅店，还有社区幼儿园。花园广场上，几个60岁上下的大妈正在调试音响，准备夜幕降临之后的“坝坝舞”。

“罗幺妹啊，我认识，她是我的小学同学，重庆顶有钱的女老板。”一个身材发胖、头发花白的大妈告诉我，“一个女人，要混成她那样不简单。”

“她年轻的时候长得好乖的，捧着她的都是城里那些大老板、大领导。她妈死的时候，陪着她回来的听说是个铁路局的领导，胖得连走路都没个样。说是在一块儿好多年，但那男的家里没离掉，到底也没个结果。”一个看上去更讲究些的大妈凑过来说：“做生意的资本，人家是全捞到了，火车皮值钱的。”“是啊，那么厉害的姑娘儿，当年怎么会甘心嫁个教书匠。再说了，一般男人也降不住她这样的。”“呵呵，那就是个人精儿。”谈论起“罗幺妹”，几个大妈兴趣盎然。

“铁路局”和“胖领导”让我陡然想起1980年5月那个改变罗幺妹一生的夜晚。只是，每个人的历史，曲曲绕绕，能够隐藏太多的秘密，难辨对错。

在小街的转角处，因为中风而腿脚不便的罗家大姐告诉我，2000年，“明哥”家的“王姐”因为食道癌不治去世，母亲为了促成“明哥”重新与幺妹在一起，匆匆地在星期天早上往镇里赶，在离中心校还有一条街的位置，被一辆小货车撞到。

“这件事，母亲头天晚上跟我商量过，说幺妹这些年不容易，年龄也大了，还是老实人可以照顾她。”大姐说，“可我马上就表明了态度，不要把他俩硬凑一块儿，他俩不合适。”

“罗姐知道这事吗？”我问。

“那就不晓得了。从父亲去世起，我们就不大跟她来往，包括现在，我们几个兄弟姊妹跟她也很少来往。可是，只要听说哪个屋头有事儿，她一定会帮忙的。”大姐说。

不论罗姐知不知道母亲最后用尽全力想要说出的是什么，她再也不可能回到从前。而“明哥”，在妻子去世后，始终没有再娶，独自带着儿子生活了这么多年。

那天回沙坪坝的时候，罕见的秋季暴雨正有力地冲刷着这座山城，街道、隧道都被雨水淹没，汽车被堵在路上熄了火，我坐在无法动弹的公交车里往外看，漫天银针直往下坠，豆大的雨滴不断敲击车窗。仿佛，一个女人正在用力恸哭，因为，她忍了太久。

棒棒老王

碰到老王，非常偶然。

那段时间，因为一家杂志社的约稿，在山城已经热意沸腾的6月，我刻意穿着从柜底翻出的一身旧裙装，在解放碑附近的商圈四处找棒棒进行采访。

那是2014年，曾经带起十几个棒棒接“力活”的“白棒棒”，已经被开了三家汽车维修店的儿子叫回家带孙子。

罗姐20世纪80年代中期在沙坪坝中心地带“三角碑”经营最早的盒饭生意时，或许比她还先进城的“白棒棒”们，已经用沉重蹒跚的脚步把这座城市烂熟于心。天蒙蒙亮，“白棒棒”们跟随罗姐的指引，用那根扁担粗细的竹棒，一前一后挑着大捆蔬菜或带着后腿的小半边猪肉，颤颤悠悠地踩着石条梯坎向上，朝着抬头可以看见、门边灶上蹲两口烧开的大锅的铺面进发。棒棒们的业务范围很广，大到货主的家具家电，小到提不动的米面，价钱也是随口喊，三言两句便将价钱敲定，货主在前面“打甩手”，棒棒扛起货物紧相随，山城人可不怕棒棒把东西拿跑。到了中午12点，大锅里的土豆烧肉和萝卜肥肠熟了，罗姐的帮工把它们一碗碗盛出来，配着大蒸笼里舀出的米饭。不远处，“白棒棒”们蹲在屋檐下，贪婪地嗅着香气，手捧盛着藤藤菜的大碗，大口吞咽拌着猪油、食盐的“棒棒饭”。有时，罗姐会把舀剩的几种烧菜混在一起，装在一个大碗里，端到那几个围在一起吃饭的棒棒跟前。

“姐儿，谢了哈！”“有啥事尽管给我们打招呼！”“大姐义气，我们记得了！”“白棒棒”们很感激。下午，他们的身影又出现在了人群中，精瘦的身躯负着重。你想他们“出力”，只需立时大声一呼：“棒棒！”“来了来了！”几个声音抢着回答。不过几秒，他们就站在你的面前。

20世纪80年代初到山城的“白棒棒”终于休息了，棒棒们在城市中渐渐隐去。高楼有电梯，旧屋的居民也大多搬出了梯坎之上隐藏的小巷。肩挑背磨的“力哥”们，是山城无名的建设者和见证人，当年轻的直辖市渐成规模，时代又无言地让这些奉献者隐退。所以，大多时候，出现在我视野中的棒棒看似很闲，如果天气好，有的三五成群打扑克，有的背靠大厦外墙打盹。偶尔碰到有人提着几大袋东西，有些吃劲儿地从商场走出来，那些前一秒还聚焦在要事或本来眯缝着的眼睛,会一下游移到那人的脸上,观察他的嘴唇会不会启动:“棒棒!”然后或团或单的十几个着旧夹克或军迷彩的棒棒便一拥而上:“这里!这里!”如果货物够大够多,便能有几个人分享这个活儿。和过去一样,价格依然没有规定,全凭着棒棒掂着货物重量喊价,货主靠着社会处世经验还价。议定价格,棒棒吆喝着干活。

山城的棒棒已剩得不多,所以这样浮于面上的采访进行得很不顺利。

那天,我到解放碑大都会背后的一个超市买了一些零碎的东西,出门,立在阴凉处一个花坛旁,查看收银条。冷不丁,边上一个低沉的声音响起:“妹儿,要不要帮忙?”一回头,见花坛边坐着一约莫40岁的男子,穿着蓝底格子衬衣,面目干净瘦削,若不是看见一根绑着粗红绳的竹棒正卧在他身旁,很难看出这样秀气的男人是个棒棒。

“哦,不用了,只有一点儿东西。”我说。与此同时,我看见那张脸上闪过些许失望的神色。

“现在的活儿不好找哦!”男人自言自语,一边抬手擦汗,一边看向前方一个停下脚步、正咕噜灌着可乐的少年。

我捕捉到这个渴望的眼神,从购物袋里掏出一瓶“七喜”汽水,递给男人。男人接过,道了一声“谢谢”,便拧开瓶盖,不疑有他地喝了几大口,然后抬头一笑:“谢了哈!”他的两颗门牙明显是假牙,白得过分,旁边露着银白的金属丝,显示着假牙的劣质。

我直觉这是个有故事的人,于是,坐下来,一番套近乎,得了个“好人”的印象,便与那男人有了一番交谈。然而,男人讲的故事却着实普通——他叫老王,46岁,年轻时在部队当过两年义务兵,想留部队没留成,只得回农村。种地收入不行,为了多赚点儿钱,进了城。又因为无一技之长,只好卖力气。只是,老王说,曾有一个仓库看他人老实,加上1.75米的个头身强力壮,打算以月薪2000元聘他去守仓库,这可比常常一月收入不到1000元的“力哥活”强多了,但他考虑再三还是拒绝了。“那活儿不自由。”他说。我有些奇怪:“既然进城了,到底是自由重要,还是挣钱重要?”话未出口,看那个叫老王的男人一脸欲言又止的模样,我只好打住。

转眼秋凉，那篇关于棒棒的稿子，怎么写我都觉得牵强，正纠结，无意间却瞥见一个叫“何苦”的退役军人“潜伏”棒棒群一年拍摄的纪录片花絮：一个棒棒被雇去帮人家通卫生间的下水道，本想借助工具，却被雇主喝止——这么通，不行，必须用手掏！于是镜头中的那个棒棒卷起衣袖，慢慢把手伸向黑乎乎的下水道……看到这里，我突然顿悟：像蜻蜓点水那样的即时采访，远远没有走进他们的生活，我的写作只能用“空洞”二字表达。于是，决定放弃这次约稿。

事实上，有的交集特别诡异。

周末，我喜欢在解放碑附近活动，那里的小巷隐藏着重庆最美味的平民小吃。那天，我走进熟悉的面馆，看见了老王——是的，是老王。他侧过脸来的一瞬，我就感觉此人特别面熟。他咧嘴笑着，露出两颗特别扎眼的假牙，我立刻确认了。老王穿着一身褐色的外套，领口有些崩线，脸面刮得很干净。他听见我的招呼，有些惊讶。

“我，李老师，想起来了吗？”我指着自己。

“哦，”老王点点头，“李老师，你也到这里吃面啊？”

这时，我注意到，在老王的身旁，还站着一个女人，粉红的薄呢大衣，掩饰不住岁月的侵袭。我的直觉是，她至少比老王大五岁。女人不自然地拉了拉老王：“吃啥子面？”

“还是老样子嘛，你吃杂酱，我吃素小面。”老王说。

“啥时候你大方点儿，请我吃碗牛肉面。”女人望着沸腾面锅旁的一大盆红烧牛肉。

老王见我站在旁边，下意识地把手伸进兜里，然后面露尴尬。

我往前跨了一步，笑着说：“这样吧，我请大家吃牛肉面。毕竟难得碰到，碰到有缘。”

三个人坐到一张桌子上，我坐在他们对面。几乎无交集，相对自然也无更多言语。只是，女人一会儿夹起一块牛肉放进老王碗里，“我吃不完，你吃一块”，一会儿又挑起一夹面给老王。面相不甚般配的两人，眼神却不时相撞，一种叫作温暖的东西在蔓延。他俩吃得很快。望着对面两只空空的碗和略显局促的眼神，我主动说：“没事，你们忙去吧。”“好，那我们先走了，我一会儿还要去送个货。”老王拉着女人一边匆匆起身,一边连连道谢。

“棒棒跟那女的看起来像两口子吧?”目送两人离去,微胖的老板娘一边上来收碗,一边神秘兮兮地小声说。老板娘给了我这样一个值得道德批判的版本:老王和女人——根据我的“音译”暂且叫作小方,是一对姘头,小方是个专门做“开荒清洁”(新房装修后第一次扫除)的。最让人震惊的是,老王的老婆是个疯子,和这对姘头住在一起。

“你,有老王的手机号码吗?”听完老板娘的讲述,我忽然问。就像那些“多此一举”的好事者,当对方执着于深挖她所说的别人的隐私时,她便逃也似的避开了。

听说棒棒这行也有行规,每个人都有划定的接活儿范围,不按规矩来是不行的。我想,既然上次能在那个超市旁边碰见老王,想来他的活动区域就在附近。于是,连续几天,我得空就在附近转悠,终于在一个门店前看到正和一群棒棒哄抢生意的老王。被挤在圈子外围的老王最终没有抢上那单货,正悻悻,回头看见我,一下认了出来,便摸着头笑了。

一番寒暄后,我问道:“大哥,可以到你家里去看看吗?”他有些惊诧和犹豫:“李老师,这方便吗?”我指指身边的助手,一个20来岁的男孩子,随即摸出一张100元的钞票递给老王:“打扰大哥工作了。”老王摇摇头,径直把我捏着钱的手挡了回去:“李老师是个热心人,你们要不嫌弃,就跟我走吧。”

跟着老王,从前方的大马路拐进一旁的支路,从支路边不起眼的一侧,上了一段将近70级的石板台阶。眼前是一条颇具年代感的小巷。小巷两侧是一些工厂在20世纪修建的灰色宿舍楼,在历年风雨侵蚀下,陈旧得让人忘记——这里,也是最繁华的渝中区的一部分。

“这里租金便宜。”老王看穿了我眼中的东西,解释着。

常年积水的小巷布满青苔,它们的存在让我不时脚下一滑。为了稳住,我走得一摇一摆,步态很是滑稽,同行的男孩则眉头紧锁。在一栋砖木楼旁,老王停住脚步:“到了。”片刻,又补上一句:“屋头条件不好,莫要见笑哦。”但我想错了,老王并不住在这个砖木楼里,而是一旁搭建的一处小平房。平房外的“偏偏”下,我上次看到的女人套着围裙,正用罐装液化气做饭。一块用从旧家具上拆下来的木板搭成的桌台,搁着拆开的超市塑料包装盒,上面,有覆盖了两层的标签，下面一层是“瓢儿白4.2元”，上面一层是“瓢儿白2.5元”，是超市甩卖滞品的价格。

那女人见了我们，点点头，神情淡然，她所有的专注，似乎都凝聚在锅底那点儿泡沫正渐渐散去的焦黄菜油上。

老王领着我们进了屋。这间不到十平方米的屋子里挤满了箱柜瓶罐等各色杂物，最显眼的是一架木床和一个行军床，木床与行军床之间有一层布幔相隔。等走近布幔，我才发现，行军床与墙壁之间的狭小空间里竟还蜷缩着一个极其瘦小的女人。

“娟儿，有客人来了。”老王上前弯腰拍拍她。

这个叫娟儿的女人抬起头，看着眼前的几个陌生人。娟儿很白净，一双大眼睛里流露出的惶恐与迷茫让她异于常人。

“这是我的堂客。”老王搓着手，做了介绍。

我刚想问什么，却看见老王拿起桌上的一盒纯牛奶，插上吸管，递到娟儿的嘴边。娟儿不说话，把脸别过去。“乖，喝点儿牛奶，这个有营养。”老王试图把娟儿的脸扳过来，岂料娟儿竟“哇”的一声大哭起来，继而大声喊叫、手脚乱舞，老王一把抱住她，从行军床的床腿上捞起一根绳子，迅速地绑住娟儿的双手，然后轻轻拍打着她的后背，直到她安静下来。

“她脑子不好使，为了她，我才出来的。”

老家在梁平的棒棒老王和妻子娟儿，靠着耕种养殖，曾经在农村衣食无忧。可是最常见的婆媳矛盾，却让倔强又爱认死理的娟儿喝下了农药，虽被救下却精神失常。少了一根顶梁柱的老王家，日子一天不如一天。2000年，老王把独生女儿交给老人，自己带着妻子到了重庆城，想要在城市里找到新的希望。没有一技傍身，却需要“自由”以方便照顾妻子的老王，选择做了“最后的棒棒”。

15年里，老王在朝天门搬货时摔掉过门牙，在雇主家里被训得胆战心惊，也吃过一小坨猪油炒一大锅白菜撒上一大把盐的“棒棒饭”，可幸福的日子终究没有到来。如今活儿更少，一月收入三四百元是常事。

“赚多赚少都能过，一万元有一万元的活法，100块有100块的活法。人家吃好菜，我就晚上到超市买打折菜，人家喝好酒，我就喝跟头酒，人家抽中华，我大不了不抽烟。”老王望着屋外另一个女人忙碌的背影，一阵感叹：“幸亏还有人帮衬着。”

那次离开时我站在巷口，回望那条地上铺满青苔的小巷，神情竟有些恍惚。

半年后，我在那家小面馆又碰见了老王。这次，他独自一人，头发有些花白。我请他吃了一碗牛肉面，像上次一样，他吃得很仔细，却不那么有味。

“你的那位朋友呢?”我小心翼翼地问。

“她男人进城了。”老王顿了顿，“她男人是木匠，有手艺的，她跟着去做装修了。”他没有抬头。

老王告诉我，过段时间，他和妻子要回去了，重庆城不是他们的久留之地。他们的女儿已经嫁人，在婆家独当一面，打了好几次电话，要他们都回乡。

之后，我依然常常到解放碑，依然常常到那家小面馆吃面，但真的没再见到老王。问起老王“找活领域”的同行——那些大多时候闲着的棒棒，他们三五成群围在一起，蹲在行道树下往地上起劲儿甩着纸牌，头也不抬：“好久没见到他了，大概干别的活路去了。”“那人比我们有些文化，就是人怪，不爱跟我们摆谈的。”看来，老王是还乡了。

2016的猴年春节刚刚过去，随着外来者的逐渐回归，解放碑的繁华，再次被川流不息的人群装点。今天，“城里人”愈加承认一个现实：不管你心里有多不屑“区县农民”，那些人却俨然已成为你生活中不可或缺的存在。就像临近春节，城里人采集年货的热情理应让店铺忙碌，可相反，卖着必需品的小店却关起门来，好多想买的东西买不着。早晨想去楼下吃碗小面，却赫然看见店门紧闭，门口贴着的一张A4打印纸讲得分明：本店2月4日开始休息，正月初八(2月15日)恢复营业，恭喜发财！直到那些虚浮着喜庆的假日不知怎样溜走后，经过楼下，看见几张面上斑驳的方桌正陆续摆出，才觉得生活又进入了正轨。

就在市政工人攀着梯子摘去行道树上的灯饰，我再度穿行于解放碑的繁华之时，却突然接到了一个本地打来的陌生电话。“我是老王，李老师还记得我吗?”很突兀，老王回来了。没想到，他还留着我的电话。那号码是我上次写在纸片上硬塞给他的，曾以为早被扔到某个角落了。

从那通电话到再见老王，又相隔了一个月。期间，不是我有事，就是他有事。

见面，是在渝中区棉花街水产品批发市场的那栋大楼。斜坡下，大楼车库入口，老王穿着一身黑色的制服，帽子戴得端端正正，一板一眼地登记着进出车库的货车车牌。打过招呼，老王站起来，面向我，低眉笑着。一阵浓重的鱼腥味袭来，我不禁紧皱眉头，有些反胃。

“李老师，正中午，不嫌弃的话，我请你吃顿饭吧，也表达下我的谢意。”老王说。何谢之有？我很是奇怪。许多疑团挡在心里，到底没有直接挑明。

踏进棉花街一个主营江湖菜的小餐馆，老王顿了顿，迈进店门，然后径直走到靠里的位置，挪开宽敞的那一边的椅子，方才转过身，脸上满是谦恭的笑容：“李老师，坐这里行不？”“可以，可以。”我赶紧走过去，坐下。

老王从残留着水渍的桌上拿起菜单递给我。接过油腻腻的一片塑胶纸，看看老王那不容置疑的目光，我只得硬着头皮点了小炒肉和青菜豆腐汤两道菜。

“嘿，李老师，别跟我客气！小妹，还有个水煮肉片！”老王一面把菜单递给服务员，一面叫着加了道荤菜。

“李老师，你是个女同志，不喝酒的，来，以茶代酒，谢谢！”老王举起盛着老鹰茶的杯子。

“不是，你有什么要感谢我的？”我疑惑着。

“没什么，李老师，就是谢谢你在我困难的时候关心我。这次总算有了好点儿的工作，头个月的钱也发了，回请你吃顿饭。城里人那样对我的，就只有你了。”老王有些羞怯地笑着，露出了白得显眼的假牙。

前一年接到女儿的口信后，老王思量着，城里头物价越来越高，当力哥赚不了几个钱，小方也跟老公搞装修去了，真不如回去。原本也曾打算，与妻子娟儿回到老家就再不出来，可回到老家一看，那曾经被娟儿引灶火时烧过、十几年没人管的土坯房早就没法住了。老王的母亲跟他大哥一块儿住，大哥当年接下老王家的地，如今改成一个大果园。他们听见老王把“疯婆子”带回来，甚至连见都不愿见他们。

“那娟儿有娘家人吧？”我问。

“我老丈人几年前跟着儿女搬到县城去了，一大家子人呢……再者，以前的旧思想，嫁出去的女儿泼出去的水……”老王说。

“可你大哥的果园用的是你的地，你有权要回来。”我说。

“要回来？怎么要？人家好歹帮我把女儿拉扯大了，人家都没让我给女儿生活费……再说，我感觉也干不动庄稼了。”老王说。

所以，老王只能带着妻子，暂时住在女儿家新盖的楼房一旁的旧屋里。当然，那旧屋是她婆家的。

老王认为，这确实不合适，但也没办法，他没有儿子，只有一个女儿。只能先住下，再从长计议。

老王的女婿在镇上开着一个小店。老王的女儿不但漂亮，还很能干，管理着屋里四个池塘和一大堆鸡鸭，里外一把好手，在家里的确能说得起话。女儿的婆婆是个寡妇。起初还好，虽然那个婆婆一直言语冷淡，却还相安无事，毕竟大家各住各的，只是在一口锅里吃饭。老王看得紧，娟儿没怎么出格，吃过镇静药一副痴痴呆呆的模样。谁知半个月后，娟儿再次犯病，这次很厉害，她冲出屋子躺在院坝上大哭，甚至拿起砍刀想要砍倒院子里的核桃树。隐忍已久的婆婆终于与女儿大吵，这之后，婆媳之间便摩擦不断。慢慢的，女婿脸色开始不那么好看了，女儿也越来越没底气。大半年后，女儿来到老王屋里，支支吾吾地提出让他们两口子自己做饭吃，说罢还把1000块钱塞给老王。

“哎，我女儿太委屈了，她为难得很，她妈连人都认不出来倒还好，我心头难受啊！”老王一直觉得自己对女儿有亏欠。本来，女儿打小聪明伶俐，不到一岁就会说话，老王觉得女儿将来读书一定是块好料。后来女儿一直跟着他母亲和大哥生活，初中没毕业就出去打工，才20岁就回来嫁人了。

几天后，老王告诉女儿，自己决定还是回城里讨生活。女儿没有挽留，但趁着县领导“蹲点”调研政策落实情况，天天坐乡里反映，最终替老王两口子办好了“新农合”保险，乡里派车把娟儿送到了精神病院接受规范治疗。

多年的负担一经卸下，老王轻松了许多。但“多挣一点儿钱”的想法依然紧迫，毕竟，他和娟儿还要生活，将来还要攒钱养老。

老王想过找我帮忙，但又觉得与我素昧平生，终于没有开口。他还是给小方打了电话。年前小方和丈夫正在棉花街附近的小区做装修，碰巧得知水产市场正在招聘保安，便推荐了身强力壮的老王，而老王也愿意春节就先过来值班，事儿就成了。

“现在不用看管病人，也不像原来那样要求时间自由了。”老王笑笑。

不知不觉，一顿饭快吃完了，我忍不住抛出了我想问的问题：“小方，你们还在联系吗？”

老王低着头吞咽，半晌才回答：“小方是个好人，我们不是他们想的那样。”

老王第一次告诉我关于小方的事情。认识小方，是在老王带着娟儿来到山城的第十个年头。小方给一户雇主做“开荒清洁”，“棒棒”老王为那家人搬家电。为了把空调外机搬到雇主指定的位置，便挪了下雇主孩子提过来的鸟笼，一不小心，竟把笼门碰开，里面的八哥乘机飞走了。这下，雇主孩子哭叫起来，雇主拉住老王，非要他拿500元赔“会说话的鸟”。看不过老实巴交的农村汉子一个劲儿向人道歉告饶，在一旁擦玻璃的小方走过来为老王解围：“他也是不容易，才做这行工作。他做错事确实不该，但一个棒棒真的拿不出那么多钱，老板就得饶人处且饶人吧！”一番“讨价还价”，小方掏出200元借给素昧平生的老王，才化解了这场麻烦。

那200元钱，老王想尽办法还给了小方，两人的生活开始交集。小方比老王大六岁，两人先是以姐弟相称，随着交往的深入，很多东西竟慢慢发生了改变。终于有一个晚上，老王留住了打算像以往那样默默离开的小方。在娟儿身旁的那铺床上，隔着一个布帘。尽管，他们的外形那样不般配。

“我们真的很谈得来。在一起那些年，她和我一起照顾娟儿，把有营养的东西都让给娟儿吃。两年前女儿结婚，她悄悄买了上千元的礼物，以我的名义送出去。没有她，最困难的那几年不晓得怎么过去。”在老王的口中，小方也是个可怜人，“她男人很早以前上房梁做工摔伤了，从此失去了生育能力，所以小方那样大的年纪也没儿没女。小方能干，她男人也很能干，我叫他哥。”老王说，“不过现在我们各自有各自的生活，以前不该发生的事，我们就当从不曾发生。娟儿永远是我的堂客，小方永远是我的好大姐。”

这些就是生活的真相。与幸福隐退的“白棒棒”不同，老王是“最后的棒棒”，他的身影也即将消失于山城的浓雾中。“像我们这样生活的很多。我们跟蚂蚁一样，如果不抱团活着，恐怕早就死了。很多故事我们不说，就藏在心里。”这是我最后告别时，老王的一番话。

重庆小面

火锅，自然是山城的美食名片，展现在起伏的大街两旁。而街道的转角或不起眼的小巷深处，则隐藏着能调动山城人真正味觉的食物——小面。

小面是发源于重庆街头巷尾的一款特色面食，一般按有没有臊子来分。没有臊子的素小面调味料很是丰富，一碗面条全凭调料来提味儿——大红袍花椒、辣椒油、豆瓣酱、甜面酱、猪油、大葱、生姜、大蒜、盐、白糖、芝麻酱、酱油、香油、碎米芽菜、熟花生米、榨菜等近20种。有臊子的则是杂酱面、牛肉面、肥肠面、豌豆面、酸菜肉丝面等。一碗重庆小面麻辣当先，面条劲道，汤鲜而味厚。不论高低贵贱，都会往那露天搁着的凳子上一坐，“饿虾虾”盯着，一碗热腾腾、红艳艳的面条被跑堂小妹直接搁在汤汤水水还没来得及擦的桌子上，周遭是不认识的食客，就在一角跟陌生人“拼桌”。要是赶上没桌子，又着急，就直接从小妹手头接过面，从边上抽来一个塑料凳，端碗吃。

“调料倒还是那些，面条看起也差不多，但是怎么配，比例如何，怎么炒制，门道多得很，连制面条，各家都有自己的招，所以味道儿才有高低之分啊！”解放碑那家小面馆的微胖的老板娘告诉我，“我逗是土生土长的重庆人，我都54了，四岁就吃素小面，那个麻辣劲儿硬是医得好风寒感冒的。我小时候根本就没火锅一说，只有连锅汤、毛血旺，八几年了那种牛油红汤的火锅才流行开来。要我说，小面才是我们重庆最地道的小吃，还必须是那种只加调味料和菜叶子的素小面。”老板娘13岁就跟着在国营饭店做厨子的父亲学手艺。在她看来，如今的各色臊子小面，就像浮华世道，本来简单纯朴的美味，却刻意花哨起来：大块的红烧牛肉、豌豆肉末组合的“杂酱”、泡椒炒制的鸡杂，五花八门。从2013年开始，小面也排起了座次，比如“前十强”。饶是这样，老板娘也合着客人的胃口，做得一手好臊子，且还说：“《舌尖上的中国》怎么就拍了那个‘摊摊面’，到我这儿尝一尝，就知道这没挂‘前十强’的店，味道儿在全重庆前三都没问题。”

“那是，强不强在其次，关键是味道。”一个正在碗底扒拉细碎鸡杂的“回头客”附和道。

“老板娘，你的牛肉面也太抠了点儿，三两面才五坨肉，价钱还涨了两块。较场口去年年底新开的那家店，有七八坨牛肉，大块大块的。”另一高个小伙开口了。

“那你啷个要来我这儿吃呢?”老板娘用戏谑的口吻反问。

“人家还不是来照顾你生意嘛。”我说。

那家店我知道。靠近较场口日月光广场，在主干道旁，位置很好。店名取得巧——“放心面”，招牌下面九个小字:放心油、放心肉、包放心。

“啥都放心，呵呵，就是不知道客人放心他们的味道不。”老板娘说。

我是认识那家“放心面”的店主的。

2013年3月，我在渝北区买下一套140平方米的二手房，面积较大，只能像这栋楼的其他住户一样，每周请人打扫。初时，我找物管联系了专业家政公司，“140平方米? 一平方米两元，每次”。对方没有一点儿讨价还价的余地，是靠湖的别墅区客户吊高了他们的胃口。而热心邻居介绍的“持证家政工”要价不菲且对打扫时间有着严格的要求，一轮下来只得作罢。最终，我在楼下“相中”了他们夫妻俩。

我家楼下除了酷热的盛夏，常年坐着一排提着桶等活儿的“做卫生的”。与棒棒不同，“做卫生的”大多是中年妇女，还有一些是夫妻或母女。他们通常来自区县或城乡接合部，有的曾是国企工人。他们的桶里，装着毛巾、抹布、窗刷、洁厕灵等清洁工具，业务包括“开荒清洁”以及每周提供一次打扫的包月服务。与专业家政不同，他们的价格很灵活，一般会“结合实际”。本来，我不是很信任这种没有任何认证的“家政工作者”的，但经济状况让我只能到楼下尽量寻找可靠一点儿的。那天，夫妻俩恰好就坐在那一排人中间，话很少。两人看上去也就40来岁，个子不高，面相憨厚，是让人一看就心生好感的那种。

“140平方米，每个月打扫四次，240元。”他们报了价。价格确实很合适，我和他们一拍即合。

第一次打扫，男人直接趴在地板上，用拧干的宽大抹布仔细擦着，女人则转动着窗刷把窗角最微小的蛛丝也抹去了。第一回付过工钱,男人开始用我家许久没用过的旧拖把滴着水直接拖地,而女人则几乎没再使用窗刷,取而代之的是一块旧抹布,蘸上清洁剂,直接擦玻璃。再后来,我发现先是屋子角落然后是桌子下面,都蒙上了厚厚的灰,因为他们只抹面上能一眼望见的地方。摔坏了东西,他们会一声不吭地将原物拼装到一起。比如一只陶瓷小猪,粗看没有什么,凑近一点儿,能发现一道从头到脚的裂纹,一碰才发现,这是碎了的两半合在一起的。当然那些东西也只是小玩意儿,我心粗,发现时已隔了许久,再委婉地问起夫妻俩,他们会异口同声地回答:“啊? 不知道啊!”屋里只住了我一个人。当我向他们提出建议,“不要把清洁剂直接喷到厨具上”或“能不能先把阳台上的枯叶捡去再泼水”,他们总是一脸诚恳的微笑,答应得好好的,事实上却没有一点儿改变。

他们住在巴南区的城乡接合部,拥有城镇户口。以前双双在一家集体所有制小厂上班,十几年前厂子被私人老板买下,被裁员的夫妻俩才开始到主城打工。夫妻俩接的活儿并不多,常常看到他们从我家出去,便在楼下无所事事地东转转、西看看,会逗留在房屋中介门前很久,甚至与“黑鸭子”的店长聊上一会儿。事实上,对于那些自个儿出来“做卫生的”,时间特别宝贵。一个140平方米上下的屋子做两个小时清洁,从早上7点开始,有人一个上午连做三家。这家刚刚结束,便小步快跑,飞奔到一站地远的公交车站,准备做下一家。不是夸张,楼上请的人就是这样。

慢慢的,我从提意见到自己跟着他们一块儿做清洁。偶尔,那女人还会提示我:“哎,刚才你抹的那个梳妆台还有好几根头发丝呢! 快去收拾下,风一吹,屋里到处都是。”后来,我决心在这对夫妻做完第三个月的第四次清洁,就结账不让他们干了。可还没来得及开口,女人就一边蹲在地上,用破了几个洞的抹布卖力擦地板,一边同我拉起了家常:“李老师,我的儿子今年考大学,前天却查出肾上有问题,哦,对了,是尿检发现的,说是蛋白尿,还要折腾大笔钱去给他看病。女娃子也不争气,屋头紧起钱供她读书,就在肿瘤医院边上那个医药高专毕业,眼见要‘专升本’,却坚决不读了,非要和男朋友结婚。”我说:“朋友可以先谈着啊,干吗非得结婚呢?”她顿了下:“死女子把肚子弄大了，让她去打掉又死活不肯。”于是，我只得把准备许久的委婉又刻薄的话硬生生咽回肚里。

打那之后，夫妻俩干活又恢复到最初的状态，或许处于生活危机中的他们真需要这些收入。没想到四个月后，在我已经与他们熟悉到可以托付钥匙的时候，他们却直接向我辞了工，说是要回“老家”了——不是他们住的地方，而是巴南区一个偏远的镇上。家里唯一的老人上了年纪，动不了，他们必须回去照顾。女人还告诉我，老人是她老公的后妈，没有亲生儿女，到他们屋里也40多年了，看着她老公长大的。

“养恩大于生恩。我们夫妻好歹背着子女的名分，这点儿孝道是肯定要尽的。”女人接过我结给她的工钱，收拾桶里的东西。

去年12月，我突然接到那女人发给我的一条短信，是关于“放心面”开张，欢迎新老朋友前去捧场的群发信息。我一向懒于清理手机号码，所以都两年过去了还一直留着女人的号码。虽然惊讶于这样一条信息，无法想象夫妻俩从“非专业家政工”到“面馆老板”的大幅转身，但作为一个资深“吃货”，本身也愿意尝尝新开张的小面。

差一刻钟到中午12点，那家所处位置十分优越的面馆，人声沸腾，桌桌爆满，有她发消息请来捧场的，有专来品味的食客，有路过吃饭的行人。瞥见的几张面孔我都感觉熟悉，像是我家附近看到过的。除了三个小工，他们的儿子、女儿、女婿都在帮着跑堂。“放心面”确实颇有特色，就算一碗素小面，也洋溢着繁多调料搭配出的鲜香，更带着古老的味蕾回忆。或许，这就是解放碑那位微胖的老板娘所说的可以治疗风寒感冒的小面吧。

见我来了，夫妻俩抽空过来跟我打招呼。趁着男人照看灶台，女人聊起他们的创业经过，语气颇有些洋洋自得：“说起来还是我的眼光准。”

那年，夫妻俩回去照看的老人——那男人的后妈，自打老伴十年前去世后，没有血缘关系的四个儿女各自有家，谁也不愿意照顾她，甚至屡次为老人的赡养费相互推诿，大打出手。“她自己没得生，到底没有血缘，所以老百姓才讲养儿防老嘛!”女人说。

80多岁的老婆婆单独住在漏雨的老屋里，平时一个人生活，吃着低保，不想一个雨天去地里摘菜时却在田埂上把腿摔折了。在村委会，为了怎么“排班照顾”，几个兄弟又吵得不可开交。消息传到在主城打工的夫妻俩那里，事情峰回路转，夫妻俩表示要回老家照看老人，那几个兄弟破天荒地表示愿意每个人出点儿钱给他俩。毕竟照顾个动不得的老人还是件苦巴巴的差事。

“我跟那几个兄弟想得不一样。李老师你不知道，老太婆年轻时能干得很，她原先是巴县(重庆市巴南区前身)街上的，之前还在县城开过面馆，手艺好、生意好。因为小时候整天帮别个洗衣服挣钱，站在冰冷的河水头，结果后面没得生育才遭离了，40岁跟了我老公他老汉。这把年纪，这些经历，虽说老太婆明面上啥都没有，说不准还悄悄攒着什么呢。再说，我们回去主要是帮一个远房亲戚照看养殖场，也不是专门伺候这太婆，最多把我们自己吃的匀她一点儿，也要不了多久。”说话间，她显然已经忘记当初向我辞工时讲的那般情义。果如那女人所料，不得动弹、天天喊疼的老人不到一年就去世了，临终前把贴身的钱和藏在破枕头里的几个戒指给了夫妻俩，更把家传的调辣椒油、做小面的秘方传给了他们。

“哈，真的有‘秘方’?!”我很惊奇，因为总有些不真实的感觉。

“当然是‘秘方’了，要不生意会这么好。”那女人说得不容置疑。

潮湿、散发着死亡气息的床头，不识字的老人坐起身，翕动着干枯的双唇，一遍遍重复着那几味关键的香料、分量和炒制方法，那是她过去周而复始的生活，打着印记镌刻入骨，至死也不会忘记。夫妻俩在她最需要的时候出现，足以让她忘却以前所有的冷漠与不快。老人85岁了。十几岁时，作为卑贱的女孩儿供养金贵的兄弟，她与母亲在冰冷的河水里洗衣裳，甚至月经都没有了；两个兄弟一一成了街上的“棒老二”(流氓)，父亲只好把做小面的秘诀教给14岁的她，又带着她到巴县街上开面馆，供养全家；15岁嫁人，前夫巴着她，用她做一碗碗面条一点点儿积累的钱，在乡下又买了几亩地，却为她不能生而把她狠心抛弃，那年她刚满20岁；40岁嫁到有四个儿女的家里，忙乎几十年，却因为没血缘而一切成空。这时，只要有人对她好，哪怕一点点儿好，也值得掏心掏肺，把作为生存之道的小面配方传给他。

夫妻俩先是回到城乡接合部开了一个小面馆，生意兴隆，“一年时间差不多赚到了在乡头修两栋小楼的钱”。转而又投入血本到最热闹的市中心开店,全家上下一起出动。“羡慕死其他几个兄弟了。”女人说。

天气寒冷,在他家女婿的推荐下,我又要了一碗店里的新品“可乐姜汤”,麻辣小面配温暖浓郁的姜汤,确实很“巴适”。“素小面5元,可乐姜汤10元一杯,一共15元。”原来饮品的价格是小面价格的两倍。

可是,不知何故,最近我再去的时候,“放心面”已经没有做了。“我也觉得奇怪,听说他们生意很好啊。”解放碑那位微胖的老板娘说。

我想,夫妻俩或许又盯上了更好的机会吧。

断线风筝

2016年6月初的一个傍晚,和去年从江津返回一样,下着瓢泼大雨。我站在爷爷曾执教过的某理工科大学门口,用手机上的“滴滴出行”叫车,却大半天没有应答,公交车更是没见踪影。山城的交通秩序越来越规范,可到这样的极端天气,也让人偶尔怀念起十多年前大街上横行无忌的“7字头”,利益的驱使让私人承包的破烂中巴克服一切困境向前,所以大热天和雷雨天“7字头”会第一个出现在焦急的等车人面前。

终于,银白水幕中现出黄色的车身、微红的标志,慢慢近前,果然是一辆空着的出租车。我连忙招手,车子减速,缓缓滑到跟前,刻意避开了我脚下一大片水洼。

车里,戴着眼镜的司机注意到我手中正滴水的雨伞,示意我先把收起的伞放进窗边垂挂着的竖式口袋里,那应该是他自制的。车窗紧闭,车里有恰到好处的冷气和清新的气味。

“到哪里?”这时司机才开口。

“去江北机场,接个晚上9点的飞机。”我答。

“还早,只要雨天里高速不堵车的话。”司机开始掉头。起先一路沉默,还是司机打破了这个局面。

“姐儿,你在大学工作?”

“没有,只是在那里参加一个培训班。”

“我对那个大学比较熟悉。小时候住在附近，常常去那里游泳。父亲有个毛杆朋友（从小玩大的朋友），他爸原来是电机系的副教授，跟过苏联专家的博士，可惜得癌症死在‘文革’快结束前。我都没见过。”

我有些惊讶，父亲在爷爷去世后调回成都，刻意与重庆这边的人和事切断了联系，虽然也常常提及关于山城的往事。但有一些缘分却非常神奇，就像我2003年不顾一切来到这个爷爷度过半辈子、于我却陌生的城市。

“我知道你说的这个人。”我讲，“看起来我们是同龄人，我们的父辈自然也是同龄人，多多少少会听他们谈起。”

“这个教授不算惨，他病死在‘文革’结束前，只是他的儿女享受不到他的照顾，现在大学教授多厉害！对了，你看那边的石门大桥。”他伸出搭在方向盘上的右手挥了挥，大雨造成的浓厚河雾中，右侧那座过江大桥时隐时现。

“就在大桥边上——那时是渡船码头，我父亲一个初中同学的父亲，是个国民党起义军官，20世纪60年代初从码头上跳了下去。”他说。

我知道这段故事，我父亲曾对我讲起。甚至，在通往中梁山的公交车上，我也听到坐在前排的几个年纪与父亲相仿、我并不认识的长辈，谈论这段往事，言辞激烈。20世纪60年代中期，离那场空前浩劫来临还有几个月，一个接受隔离审查快一年的国民党起义军官，趁着看管的人放松警惕，在夜色中走上嘉陵江边的渡船码头，跳进了寒气刺骨的江水里。那个年代，“畏罪自杀”罪加一等，军官的幼子、成绩优异的15岁少年立刻被赶出重点中学的大门，下放到农村劳动，直到父亲被平反，才落实工作到电机厂。中梁山电机厂这座始建于1927年，主要生产无线电收发报机、研制电动机和变压器的国有企业，已于2008年破产，如今留存下来的，除了地图上的地名，还有往昔的工厂大门，以及来自于父辈们的回忆。

“你父亲那个初中同学现在怎样了？”我问道。

“应该在电机厂破产前就退休了吧。我只见过他一两次。”司机说。

大雨倾泻，车辆缓慢地在内环快速路行进着。

“跑出租累吧？”我问。

“只要心不累就好。说来奇怪，现在这行竞争这么激烈，钱也不好挣，但我只要发动起车，感觉就像是在飞翔，像一只断了线的风筝那样飞翔。”他说。

“那根断掉的线是什么？”我突然很好奇。

“大概是父辈的价值观，父辈原本的期望吧！”沉吟片刻，这位叫伟伟的出租车司机回答我。

大伯父去世后，伟伟的父亲成了家里的独子，初中毕业便在重庆钢铁厂工作。“那个时候，在大型国企当工人，腰杆子挺得直哟！”我的母亲跟我说。“单位”，从年轻时母亲就常常挂在口中的词，带着一种归属感。如今“单位”早已改制，可逢年有“工会的人”来看望，她总会预先做好准备，桌上摆满各色糖果。

在重工业发达的山城，钢铁厂绝对是一块“金字招牌”。伟伟父亲在这里牢牢扎下根，按着家里老人的叮嘱，规规矩矩上班，听领导的话，远离“运动”，娶妻生子。

“我爸曾在20世纪80年代初拿到自考文凭，擅长舞文弄墨，区委宣传部想要调他。”伟伟说。

“这是好事啊，说不定能改变命运。”我说。

“可他不去。因为人家告诉他，区委那边暂时不能分房，他怕一调走，厂里就把我们住的闷罐房子收回去。”伟伟说。

20世纪90年代，山城掀起了国企改革的大潮，伟伟的妈妈——与那个带着“吃烧白”的愿望默默死去、只留下白骨的下岗女工同在纺织行业，1994年便揣着三万块钱，离开了奉献22年的工厂。母亲的下岗，使得父亲有理由在钢铁厂稳住“铁饭碗”，有惊无险地度过了数次“下岗裁员”。

与电机厂、纺织厂、灯泡厂等大量倒闭、改制不同，钢铁厂在市场经济逐渐放开之际，大胆地进行“钢材自销”，盘活了企业，几番“转型”后越做越大，最终成为显赫的钢铁集团。伟伟父亲虽没有下岗，但“很爱较真、不懂变通”的性格，也让他在关系复杂的大型国企里成为一个“边缘人”。

在一家高档海鲜酒楼里，已经从钢铁厂下岗八年、如今经营着文具和酒店用品生意的工友，邀请伟伟全家吃饭，想让父亲辞职出来一块干。那顿饭，父亲几乎不怎么说话，更不怎么动筷。

“一盘蒜蓉粉丝蒸扇贝就那个请的人吃了两只，石斑鱼更是只夹了几筷。一出来我爸就嚷着，太难吃了，腥臭，显摆啥，当年那小子就是厂里挨收拾的刺头。”伟伟说。

“那你爸同意出来做生意吗?”我问。

“他会同意? 他反而劝人家还是要挂个单位，说自己干不稳定。”伟伟说。

“那你爸也太求稳了。”我说。

“不叫求稳。我爸所有的安全感，都来自单位，离了单位他不知道该怎么办，哪怕再难受也得在那儿待着。”伟伟说。

2001年，在单位已经完全处于夹缝中的伟伟父亲被迫“内退”，从那时开始，工龄32年的他每个月拿1000元出头，连续拿了将近八年，期间物价翻倍，退休金却几乎不动。到了2009年夏天，伟伟父亲戒掉了抽了大半辈子的烟，父亲母亲会为多买了一斤西瓜而争吵。

“妈妈常常会羡慕从政府机关正处位置退下来的小舅爷，他一个月拿6000，经常跟小舅婆坐着飞机到处旅游。妈妈说自己跟了爸一辈子，连飞机都没坐过。”伟伟说。

“你爸那脾气能受得了?”我问。

“我爸一屁股坐在沙发上，一脸黯然:他这辈子运气不好，就为了家里人，牺牲了当公务员的机会，牺牲了挣大钱的机会。”伟伟说。

2001年夏天，伟伟连续读了三个“高三”，第三次高考落榜。“认命”的父亲腆着脸到单位找领导，最终以“接班”的名义为伟伟找了份坐办公室的“正式工作”，可是伟伟拒绝了，不论父亲痛骂、威胁还是哀求，“我真的不想再走我爸的老路，在‘单位’这样一棵树上吊死。我想自己出来闯闯，见识下人生的各种可能”。伟伟说。

整整两个月，父子俩对峙着，谁也不肯让步。哪怕父亲突发心绞痛、急救的时候也一直念着这件事，可伟伟紧抓着父亲的手，始终不发一言。最后，母亲流着泪对丈夫讲:“你啊，倔了一辈子，这次就依娃儿一次嘛，娃儿大了，我们不可能管他一辈子，如果他错了，今后后悔的是他自己。”伟伟看到，父亲第一次在他跟前哭了，抽泣着，肩膀一耸一耸，哭得像个孩子。

伟伟是从父亲手中接过一万块钱的。

“你用这一万块来做了什么?”我问。

“开了一个火锅店，就在家门口，店面很小，只摆得下六七桌。请不起好点儿的火锅师傅，自己也不懂配料、炒料这些，味道儿就不怎么好，再加上那时人太小，容易轻信别人，进的肉啊菜啊都遭人烧（骗）了的，全部是高价。做了三个月就关门了。”伟伟说。

在一个个冷清无客的傍晚，伟伟父亲沉默地坐在店堂的椅子上，偶尔会帮伟伟出点儿揽客的主意。最后，让伟伟关掉火锅店的也是父亲。父亲说：“生意做成这样也没啥意思了，别往坑里扔钱了，去学个技术吧。”

这次伟伟听了父亲的。他在亲戚办的驾校学车，拿了A照。那是2003年，就是我到山城的那年，私人承包的“7字头”中巴遍街都是，大街小巷随意停留揽客，虽是薄利，但非常来钱。伟伟想向父亲要钱去承包一辆“7字头”，可父亲断然拒绝了，说那玩意儿是城市交通不规范的产物，早晚要被取缔，干不长还容易出事儿。这次，还是下岗后一直在私人公司打杂的母亲偷偷拿了四万块给伟伟。

“开‘7字头’的感觉，就像开赛车，一路飙车。”三年的时间，伟伟每天赶超着公交车、出租车，在毒日头或暴雨下与同行争抢着街边的散客。“三年还是赚了不少，顺便还开了个小超市。”2006年，伟伟母亲左乳的包块被确诊为癌，小超市因为附近开了沃尔玛，生意萧条，也只能关门。

“那天，我到医院楼上去拿化验报告，下来时看见大厅里报账核算窗口前排着至少20多米远的长队。父亲搀着做完第二次化疗的母亲，就站在末尾。父亲身体单薄弓着背，而母亲戴着一顶白色的帽子，遮挡掉得稀疏的头发。”伟伟说，“那一瞬间，我有一种感觉。”

“你后悔自己当初不要‘铁饭碗’？”我问。

“不是。我突然觉得应该更好地活着，快乐地活着。否则，对不起父母忍着痛亲手剪去风筝上的那根线，放飞了我。”伟伟说。

伟伟三年间赚到十万块钱，他拿出六万给母亲治病，剩下四万，加上贷款，接下了别人转手的一辆出租车，成为一个出租车司机，一直到现在。今天，他的父母都还好，他的儿子已经六岁了。

“哎，这么一路说着话，不知不觉雨都停了，雨刷还挥着呢。哦，前面就是机场了。”伟伟说。

“按说，说话会分神，不安全的。”我笑着说。

“我们开出租的就是喜欢跟乘客聊天，不然，整天开车，太闷了。”伟伟说。

“开了这么多年车，你考虑过换个职业吗？”我问。

“没有想过，最多鸟枪换炮，加盟专车，这几天我正考虑这事呢。我喜欢开出租车，就算有一百个缺点，但每天在城市飞翔的感觉，真的很好。”伟伟停下车，机场已经到了。

——原载于《北京文学》2017年第1期

作者简介

李燕燕，重庆市作家协会会员，重庆市纪实文学研究会副会长。

『罗牡丹』之歌

——记中国实力派画家罗礼明

■ 刘凡君

2017年7月7日早上，外面下着大雨，笔者与画家罗礼明突然相逢在公交车的过道上，我们惊奇地打量着只有一面之交的对方，两个既熟悉又陌生的人因缘相会，共同走进了对往事的回忆与对未来的期盼中……

——作者题记

一

一个出身贫寒的农家少年，一个在文殊院端茶倒水的小伙计，一个曾经靠街头摆摊画像谋生的流浪画家，靠着自己的勤奋和努力，终于登上了金碧辉煌的艺术殿堂，成长为中国实力派画家，2008年被中国文学艺术联合会授予"共和国艺术家"称号……

2017年6月8日，对于罗礼明来说，是一个喜庆的日子，他收到了新加坡中新文化交流中心的邀请函，他将在新加坡举行的名家书画艺术展中举办个人画展。

迄今为止，罗礼明已经多次去过新加坡进行艺术交流。他想利用这个平台，让中国的传统文化走出国门，传播到五湖四海……

沉甸甸的邀请函像一只“和平鸽”，将一声声祝福与赞美，铭刻在了罗礼明坦荡而沉稳的心里……

我与罗礼明在风雨中前行……

我们走进巴南龙洲湾金源御府小区一幢很普通的住宅，在一楼一间房门前，罗礼明一边开门，一边很平静地地告诉我：“我的工作室共有三个，分别在南山、南彭和金源御府。”

金源御府的工作室由客厅改造而成，很大，呈长方形。一张大约五米长，一米二三宽的桌子横放其中。上面铺了一层深绿色的毛毡，右面集中放置各种画具、颜料与左面作画的地方进行了严格的分区，从这一细节看得出，罗礼明是一位很严谨的画家。

推开客厅通向阳台的门，窗外，依然是夏雨潇潇下个不停，粗犷的雨水慷慨而恣肆地淋湿了绿地茂盛的草地，也把小区的羊肠小道上的石板冲洗得洁净如镜，空气瞬间变得清新起来；一会儿，雾气升腾，行人与飘散的细雨一同包裹在自然界的怀抱里；一会儿，外面的景致在人眼里，又呈现出一片如诗如画的意境……

我与罗礼明正对坐着，第一次正面打量这个浑身上下充满艺术灵感的成熟的男人：身高在1.78米左右，皮肤白皙，相貌俊朗，鼻梁坚挺。交流时，嘴角带有浅浅的微笑，语言简洁，语速平缓，一双温和而聪慧的眼睛里，流露出一种饱经风霜的坚强。给人总的印象是书生意气，待人和蔼且正能量十足……

“你不是学院派？”我提出了一个敏感的话题。

罗礼明爽朗地笑了起来，说：“我是自由派！”罗礼明端起茶杯喝了一口水，道：“正因为我不是学院派，所以，创作起来没有那么多框框，而多了一些自由的空间，多了一些创新的思维！”

为了更深入了解罗礼明的艺术探索之路，我查阅了一些资料。资料上记载了罗礼明为了登上一座座艺术的高峰，克服了一个又一个困难。他在20

岁之后，重新走进学校，走进知识的海洋，如饥似渴地吸收营养，不断丰富自己。他虚心求教，艰难游学，先后师承于吕凤子大师的弟子李冰泉、著名书法家魏功钦、“牡丹仙子”刘元红、齐白石嫡系传人王东常等。

罗礼明在艺术的世界里游刃有余！

我感慨罗礼明的聪明与智慧在于，他善于汇集各位大师、巨匠之长，众采百家之精华，尤其吸收了齐白石笔墨雄浑滋润，色彩浓艳明快与张大千画风工写结合，重彩、水墨融为一体的精髓，逐渐形成了罗礼明独特的画风。

我问：“你到处拜师学艺，大概花了多长时间？”

“十年！”罗礼明肯定地回答。

“这十年，我边拜师，边学习，边作画。”罗礼明低下头，沉浸在对那段艰难而幸福时光的回忆中，“这期间，我专攻国画，尤其擅长写意花鸟、人物、山水，主攻写意牡丹，旁涉水粉水彩、油画等画种。”

我插话：“也许就是这十年，让你对牡丹情有独钟，与牡丹结下了不解之缘？”

这时，罗礼明起身走到工作台前，对我说：“我画一幅牡丹给你看！”

我顿时兴奋起来！

罗礼明将一张四尺对开的宣纸铺开，双手压住宣纸的两边，气韵神聚，思考片刻，仿佛一幅栩栩如生的牡丹画已跃然于心中。枝干、绿叶、红花在他手中像一个个音符，悠扬婉转，绚丽灿烂；像一首诗，虚实相间，立意幽远；花蕊微微翕动，花香徐徐四溢；像一支歌，娇艳而不失庄重，性感而不失矜持。整个画面既形象地再现了画家忠贞不渝的家国情怀，又表达了画家对今天幸福生活的珍惜与讴歌，以及对明天生活的憧憬和美好祝愿！

此时，蒋大为的《牡丹之歌》在我耳边婉转地响起……

罗礼明勤于笔耕，终得佳绩！

30年来，罗礼明的许多作品被新加坡、美国、加拿大、英国、澳大利亚等30多个国家及地区的机构及各界人士购买和收藏。他精心绘制的周恩来肖像，被美国夏威夷周恩来和平研究院收藏。

罗礼明的国画写意牡丹《雍容华贵》入选“纪念邓小平诞辰110周年全国名家邀请展”；国画《万紫千红》在“纪念中国人民抗日战争胜利65周年美术作品展”中荣获金奖。

罗礼明通过孜孜不倦的努力，已经成为深受群众喜爱的中国实力派画家，以至业界授予罗礼明“罗牡丹”的雅称！

2017年3月11日，香港卫视连续三次邀请罗礼明拍摄“爱一生　画一世”，展现“人与城，人与花，画与花”的故事，节目播出后在海内外引起了巨大反响。

但有谁知道，在罗礼明成功的背后，他又付出了多少心血和汗水呢？

二

他从父亲的言行中，看到了一个男人对家庭的责任与担当；他从父亲弯曲的背影中，想到了一个男人直面人生的坚强；他从父亲临终嘱托的交代中，领悟到了一个男人不靠天不靠地、自立自强的精神……

1966年，罗礼明出生在重庆江津一个名叫吴滩的村庄里。一家三代与土地为缘。罗礼明上有一个哥哥、一个姐姐，下有一个弟弟。全家人靠着父母一年四季种植的庄稼维持生计。

在罗礼明的记忆里，每当农闲时，父亲就会冒着生命危险，到附近的小煤窑下井挖煤挣点儿钱，养家糊口。

有一年，小煤窑瓦斯爆炸，煤渣飞进了父亲的眼睛里，因抢救不及时，父亲的一只眼睛失明了。

父亲长期在阴冷潮湿的井下，一双脚得了关节炎，更为严重的是父亲得了硅肺病。

在罗礼明印象中，父亲平时不苟言笑，总是板着脸，很忧伤，他为一家人的生存而忧虑。父亲的眼睛里，始终充满了对家庭生活的焦虑与渴望，但父亲总坚强地把痛楚揽给自己……

1986年，享年60岁的父亲带着忧虑与遗憾，带着叮嘱与期待，离开了人世，离开了他日夜挂念的妻子和孩子……

这一年，罗礼明才20岁。在为父亲举行的简单的葬礼中，他牢记父亲临终前对孩子们的嘱托：像男人一样，要有尊严地活着！

父亲一走，家里的日子每况愈下。

哥哥当兵去了，姐姐出嫁了。家里农田没人种，罗礼明与母亲、弟弟相依为命，以务农为生。

为了生计，罗礼明利用放暑假的机会外出打工。他跟随一位亲戚，到贵州桐梓县铁路上打短工。

他换过铁路枕木。早上3点钟就起床，3点50分出发上班。一根枕木几十斤重。还没干完一上午，就累得腰酸背疼。

他抬过“连二石”。罗礼明学着“抬工”们的样子，将一条毛巾打湿后拧干，搭在肩头上。又将抬杠放在湿帕子上，弯腰，挺胸，与“联手”踩着脚步，遇到前面的路有积水，就把号子喊将出来：“天上明晃晃，地上水荡荡！”

他还砌过墙。学着师傅的模样，和水泥，劈砖，砌墙，但看似轻松的手艺，在罗明礼看来却是很复杂。

他还干过技术含量很低的“收破铜烂铁”。这项手艺在于你敢不敢喊出声。第一天出门，在熟悉的地段，他喊不出口，自然没有物质回报。

他还打过爆米花，做过江津米花糖……

若干年后，这些生活的素材，成了罗礼明一笔宝贵的精神财富，为罗礼明日后的绘画创作奠定了艺术基础；为他选择题材提供了源源不断的艺术资源；为他认识世界、观察世界，提供了解决问题的方式和方法……

机会永远留给有准备的人！

当风和日丽的春天来临之际，罗礼明走进了成都文殊院茶楼，又开始了他的打工生涯。

文殊院位于成都市青羊区，香火旺盛，是四川省佛教协会和成都市佛教协会所在地。茶馆很大，约莫有上百张桌子在院里排开，桌子是木头的，椅子是竹制的，喝的茶是盖碗茶。

茶馆，是个小社会。喝茶的，谈生意的，聊天的，相亲做媒的，三教九流，样样都有。

一天，文殊院门口围了一群人，罗礼明也从人缝往里打望。只见一位青年画家正在给一位小姐画肖像。不一会儿，一幅栩栩如生的肖像画就完成了。中午来喝茶、聊天的人越来越多，画像师就越来越忙，一天下来，满载而归。

连续十几天,画像师都要来文殊院为顾客画像。罗礼明每天都要抽出空闲时间站在画像师的身后,聚精会神地看画像师运笔的技法。渐渐地,平静如水的罗礼明,心中涌荡起一种类似孤岛求生的波澜!

学绘画,我行吗?

曾经,罗礼明12岁时,在街上看到一位老头在画像,很感兴趣,站在那里不想离开。一双稚嫩的眼睛看着老头画完了画,才慢慢地移开。当时,罗礼明心里想,如果我有一天也像这位师傅一样,画得这么好,又能挣钱养家糊口,那该多好啊。

但机遇,擦肩而过……

三

罗礼明不埋怨生不逢时,不埋怨父母无能,不埋怨自己运气不好,他始终相信,在人生的道路上,总有一扇通向幸福的大门为他敞开着!

也许是上天再次为单纯无助的罗礼明开了天眼,把美好的祝愿与走向明天的方向,再次规划好,送给善良、诚实且坚强的罗礼明!

令人欣喜的是,罗礼明把握住了这次改变命运的机会!

罗礼明与画师认识之后,知道他是重庆璧山人,名叫叶小龙,家乡与罗礼明出生地江津相邻。两人 见如故。

两人关系熟了,叶小龙中午、晚上就将画板放在罗礼明住地。通过与叶小龙的交流,尤其是看着叶小龙认真地坐在竹凳上为客人画像,罗礼明的手在发痒,他想起儿时拿着树丫在院子的泥土上涂鸦的情景,想起曾经在街头看着一位老人为路人画像的情景,罗礼明的内心产生了跃跃欲试的冲动!

一天中午,利用叶小龙的休息时间,罗礼明带上画板,坐在了茶馆一角,很快,一位姑娘成了第一位画像的模特儿!

这时,一双清澈的眼睛,带着惊讶的神情,越过众人的肩膀,上下打量着这位来自茶馆的小伙计。画完了,姑娘拿着画,嘴里直说:“像,真的很像!”姑娘给了罗礼明五元钱。

接着,又有人坐在了模特儿的凳子上。

罗礼明不小心一抬头，看见了人群中的叶小龙，有些尴尬地收起画板："对不起，小龙，我，我……"

叶小龙拨开人群，走上前紧握罗礼明的双手："真行啊你！想不到你画得这么好！"

接下来，两人配合着为客人画像。

晚上，两人在小屋内把酒当歌。罗礼明要拜叶小龙为师，叶小龙不干："就年龄，你比我大，我叫你哥，绘画，我们相互学习，还是称兄道弟罢了！"

在叶小龙看来，罗礼明是为绘画艺术而生的，对绘画艺术的悟性极高，如果放弃绘画，太可惜了。但要靠绘画求生，还是有些差距。而今要做的是走进课堂，丰富自己，重新系统学习！

1987年，罗礼明、叶小龙一同走进四川新都画院美术学校学习，之后，又走进了四川美术学院国画高研班……

从此，罗礼明的艺术道路一片平坦……

回眸走过的路，罗礼明在脑海里将永远记住如著名画家王禅等那些曾经帮助过他的人，是他们在他面临艰难的选择时，为他指明了奋斗的方向；为他实现艺术梦想，给予了无私的帮助；为他战胜困难，给予了无穷无尽的力量！

感谢父母，是他们含辛茹苦把罗礼明培养大，养育之恩，终身报答。

感谢叶小龙，是他把罗礼明带上了艺术的道路，从此改变了罗礼明的人生轨迹。

感谢家人，罗礼明22岁成家之后，是贤惠、厚道的妻子支持他立业，夫妻俩相濡以沫，经受住了生活的考验。如今，他们拥有一个幸福的家，还有一个懂事的女儿。

感谢自己，正是生活的磨难，为他塑造了自信、自立、自强的品格。

感谢社会，罗礼明多次积极参与关爱留守儿童慈善活动，捐赠画作参与拍卖，为留守儿童献爱心。为了传播正能量，罗礼明积极为中小学生开展书画培训，至今已经培训了海内外学员200余人。为了献出一份爱心，罗礼明专门为贵州一位素不相识的白血病患者，创作《梅竹双清图》一幅，鼓励他战胜疾病。为了开展各种文化交流活动，他成立了工作室——圣丹书画苑，接待国内外来宾，为巴南与世界和国内其他地区人民的友好交流，搭起了友谊的桥梁……

2017年7月25日，罗礼明从新加坡回国后，又马不停蹄地投入艺术创作，他想让“罗牡丹”之歌，唱响巴南，唱响重庆，唱响全世界！

——原载于《企业家日报》2017年8月3日

作者简介

刘凡君，重庆市作家协会会员，巴南区作家协会主席。

全凭一颗赤子心

——记中国银监会监管标兵刘相建

■罗 毅

我是从申报监管标兵的材料中，看到刘相建的名字的。材料不长，显示了刘相建年近半百，担任监管科长多年，从事银行监管工作已经28年有余的履历。主要事迹不外乎是勤奋好学、爱岗敬业、踏实工作、业绩突出、清正廉洁等等。

也有传言说刘相建是个老实巴交的人，木讷，不太爱讲话，有时候是"三脚踢不出个屁"。为保险起见，我与分局徐局长通了三次电话。老徐说："其实在我们基层，相建这种默默无闻的'老黄牛'还是比较多的。刘相建性格确实比较内向，也没有什么特别的爱好，偶尔出去爬爬山、钓钓鱼，就算是雅趣了。节假日喜欢玩自驾，或远或近的，带上家人转一转，看看祖国的大好河山。要说工作，那是一把好手。监管执法，动起真格来，有时候有点儿六亲不认。你想咱们中国是个人情社会，查处问题，谁会高兴？能够不讲情面，敢抹下面子，真考验咱们的党性。再说辖区也就这么大，大家低头不见抬头见，熟人、朋友一大堆，对各个渠道来的说情者，相建还是蛮有智慧的，能推就推、能顶就顶，甚至甩个白眼，委实得罪了不少人。这样的同志，要是他无胆识、无底气,敢这样？这样的同志,不树成典型,说不过去呢。”“好吧,既然分局党委认准了,算数!”我于是放心地挂了电话。刘相建的名字,从此深深印入我的脑海。

这是2014年的事。

最终的结果是:中国银监会重庆监管局永川分局监管一科科长刘相建被中国银监会党委评为年度监管标兵,成为该分局组建以来第二位获得省部级荣誉的先进人物。

未承想到一年后的夏天,刘相建的身体出了状况。

8月的重庆,酷暑难耐,气温总是在40度上下徘徊,典型的“桑拿天”。刘相建请了公休假,携妻带子去东北避暑。一家人一路走来,本该开心快乐的旅行,却变得异常难受。望着空中白晃晃的日头,刘相建感到头晕目眩,疲惫、厌食、腹部肿胀、下肢水肿的症状,接二连三地出现在他身上。

一丝不祥的预感掠过心头,这应该不是中暑。风油精抹在头上、藿香正气水喝进肚中,根本没有反应。一个大男人,哪里会平白无故出现水肿？该不是休假前没日没夜的“两加强、两遏制”现场检查太累,积重难返？转念又想,人吃五谷杂粮,哪能不生病呢。刘相建对老婆张小琴说:“咱们还是回去看看医生吧,明年再找机会出来旅行。”身为乡村医生的妻子点点头,心头却“十五只吊桶打水——七上八下”。农村有老话说,“男怕穿靴,女怕戴帽”,老公脚部肿胀,肯定不是啥好事情。嘴上却还是一直安慰丈夫:“没事的,也许是你 个人开车累到了。”

回到永川的当天,他们就去了重庆医科大学附属永川医院检查。很快,检查结果出来了:门静脉高压、胃底静脉曲张、中度贫血、乙肝肝硬化失代偿期致腹部积水、双下肢水肿……最终医生要求:立即住院治疗,做进一步检查。

平素连伤风感冒都很少的刘相建,打量着手中的诊断书,不敢往深处想。医生解释说:“乙肝肝硬化失代偿期,就是通常说的肝硬化,晚期。”

肝硬化晚期？瞬间,一团巨大的阴影袭上心头……会不会是肝癌？

谈癌色变的当下,有谁会对癌症会无动于衷!

医院拍摄的CT胶片显示,相建的肝上,有一个$1.0\times1.1cm^2$的疙瘩,疑似肿瘤。是不是原发性肝癌,还需做进一步检查。

2014年8月17日,刘相建拖着尚未消肿的身体,与妻子张小琴来到西南医院,做肿瘤全身断层显像检查,未发现肿瘤细胞。小琴正在高兴,肝胆外科专家又仔细地查看了他们随身带来的CT胶片,一双眉头始终紧锁着,然后,悄悄把小琴带到一旁:“我判断你爱人是原发性肝癌。肝硬化到了晚期,切除已经没有任何意义。唯一的救治办法是尽快肝移植。不然,存活期不会超过一年。”

专家尽量用轻缓的语调说出,小琴听了却似晴天霹雳。医学结论,容不得有丝毫怀疑。本身是医生的小琴,当场吓得痛哭起来。从妻子的哭声中,刘相建已经明白了八九分。大难临头!两口子泪流满面,浑身冰凉,互相搀扶着走出医院大门……

坐在回永川的长途大巴上,夫妻俩无语凝噎。忽然,小琴想起了肿瘤全身断层显像检查的结果,那可是目前重庆最为先进的诊疗仪器,为何就没有发现肿瘤呢?会不会是医生弄错了,也许是专家看走眼了呢?刘相建决然地摇了摇头:“不会的,人家是西南医院肝胆外科的主任医师,权威啊。既是专家,肯定会为他的结论负责。我们,还是面对现实吧。”

回到永川,刘相建继续住院,一边用药消除肝腹水和下肢肿胀,一边观察那体内小疙瘩的变化发展如何。躺在病床上,刘相建思绪万千,辗转反侧,有时候竟彻夜难眠……

该死的癌细胞,早不来迟不来,偏偏在人生的黄金时段来,我怎么就这么倒霉呢。多年的银行监管工作,已是顺风顺水。多少金融风险,能逃得过我练就的火眼金睛?单位领导看重,同事们信任,多少次领军担纲主查,防范和化解了无数风险,完成了多少课题调研……眼下正是现场检查的节骨眼上,我却被病魔放倒在这里,不甘,不甘,不甘啊。但是,病来如山倒,这不是头疼脑热,是肝癌啊,难道我的生命,会就此止步?一切的一切,都将画上终止符?分局领导和医生,开导我要积极面对,但如何面对?若是换肝,有合适的肝源吗?手术“开膛破肚”,风险巨大,术后的排异,终身服药,这无底洞般的医治费用,从何而来?如果硬撑,不换肝,那肝硬化已临晚期,也怕是离大限不远了吧。如果那一天真的来临,年事已高的父母、还在上学的孩子,怎么办?怎么办?怎么办?

分局的徐局长、刘副局长领着工会的同志们来到医院看望,这已是他们第三次来慰问病榻上的刘相建。领导和同事们拎来水果，送上慰问金，简短的问候，如清风送爽，慰藉了刘相建的心田。徐局说："相建，工作上的事，你就别再惦记了，安心养病，战胜病魔，我们与你共进退。"

"谢谢领导，谢谢同志们！"抑制不住感激的泪水，刘相建紧紧握住曾经朝夕相处的局长的手。

一个月后，为观察病情的变化，刘相建来到重庆医科大学附属第二医院，再次进行增强CT检查，发现肝上的小疙瘩已经达到2.0×2.8cm²。短短一个多月，这个面目可憎的家伙疯一般生长。肝胆外科主任说："小刘，这肯定是肝癌无疑。赶紧抓紧时间做移植吧。如果肿瘤过大，移植的效果会很差，且复发的可能性更大。"

此时的刘相建，已经变得很冷静。求生的欲念，让他下定决心：我还年轻，家庭、孩子、单位都还需要我。虽然身处最基层，也没有做出多么宏伟壮丽的事业，但我一生钟爱的，就是这个银行监管的工作啊。不，我不能就这样撒手离去。死马当作活马医吧，肝移植，或许还有一线生机。

刘相建与妻子商量后，加入了一个移植QQ群。通过电脑、手机与群成员交流，对肝胆移植的基本知识、肝源行情、医疗机构做深入了解。当得知武汉大学中南医院在这方面具备较多优势时，他们迅速与该院取得了联系，报名等候肝源。10月4日，他们又与成都华西医院取得了联系，前往该院咨询病情。就在刘相建与妻子驱车前往成都途中，接到了武汉大学中南医院的电话，告知有肝源并要求其立刻前往。夫妇俩兴奋起来，车停成都，飞抵武汉。

皇天不负苦心人。刘相建第一时间赶到了武汉大学中南医院，迅速配型，情况非常良好，立马进入术前准备。

2015年10月5日下午6时许，刘相建被推进了手术室。无影灯下，武汉大学中南医院移植中心主任王彦峰教授亲自主刀。经过教授、医生、护士团队近六个小时的生命接力，移植手术顺利完成。

刘相建从麻醉中醒过来。此时，病肝已经切除，一个鲜活健康的肝脏进入体内，刘相建获得了新生。其间，价值三万余元的白蛋白、丙种球蛋白、凝血霉、乙肝免疫球蛋白等药物，源源不断地输入刘相建体内。脱离危险后，他又被转入ICU监护。又过了三天，他被送入普通病房护理。经过12天的治疗恢复后，他于10月22日办理了出院手续。

九省通衢的武汉三镇，有著名的龟山、蛇山，有名闻中外的黄鹤楼、归元寺、古琴台，有碧波荡漾的东湖风景区，这些，都曾让热爱旅行的监管人心向往之。此时此刻，刘相建夫妇哪里还有心思去游览这些风景名胜呢。回家吧，回家，伤口尚未拆线，身体依旧虚弱，张小琴搀扶着刘相建，离开了医院。

接下来的故事，让人振奋。

"换肝人"近乎执着地遵守医嘱，防止排异反应、感冒和术后感染。喝酒、抽烟、熬夜这些不好的生活习惯，早已扔到了九霄云外，按时服药，准时休息成为常态。同时，刘相建开始运动，从在小区里缓慢行走、慢步行走开始，发展到每天晚上围绕永川区神女湖快走八九公里。当体力恢复到一定程度后，刘相建竟驾车出行，带着家人去贵州高原旅行，履行了一年前许下的诺言。

刘相建生病住院和换肝成功的消息，迅速传到了重庆监管局，传到了中国银监会，会、局领导或亲自到医院看望慰问，或委托工会组织，向刘相建伸出援手。分局党委多方"救助"，不仅把在乡村从业的张小琴调到城区工作，以方便她照顾病人，而且想方设法为刘相建解决了一笔医疗费，较好地缓解了换肝、治疗带来的燃眉之急。

2016年春节过后，做完肝脏移植手术刚刚四个月的刘相建，出现在分局局长办公室，"局长，我已经恢复得差不多了，还是准许我回来上班吧。同志们千万不要认为我是个'换肝人'，我从农村出来，知道什么事儿大，什么事儿小，能分担，就应该分担，大家都忙，我能做一点儿是一点儿。"

……

一晃半年过去了。重返工作岗位的刘相建，身体吃得消吗？正欲询问，却又看到了他单位报来的优秀共产党员事迹材料——拖着病体工作的刘相建，参与了辖内"双录"工作和非银行金融机构与中资银行开展展业合作情况调研，撰写的直报件获得市局领导批示。他调研辖区内小微支行运行模式及运营情况、永川区房地产"假按揭""零首付"有关情况、小微企业"融资难、融资贵"等工作，撰写的《土地储备管理新规对辖区内银行业有四个方面影响》《建议加强对融资性首付的风险排查和防范》等调研信息，相继被银监会《监管工作信息》(2016年第32期)、重庆银监局《监管信息与调研》(2016年第8期)采用。此外,刘相建还率队对重庆银行大足支行关注类贷款进行现场检查,对重庆三峡银行大足支行、中国邮政储蓄银行永川支行、邮政局永川支局电信网络新型违法犯罪检查进行现场督察。除此之外,他还手把手教授青年职工现场检查技巧,在检查方案拟制、查前培训检查要点及方法、检查业务指导和问题把关上,当仁不让地发挥骨干作用……

“想不到,完全想不到!相建这把老骨头,经得熬!”老徐在电话中风趣地说。我心愉悦,全凭一颗赤子心啊,刘相建,不容易,不简单!我们为他点赞!

——原载于《中国金融工运》2017年第9期

作者简介

罗毅,重庆市作家协会会员,中国金融作家协会会员。

冯玉祥无限感奋的二十一天江津之行

■庞国翔

1944年3月24日，国民政府陪都重庆的《大公报》发表了资深记者于淼采写的一篇通讯，通栏的大标题赫然醒目："我们都跪下了！"在这大标题下还有一个副标题是："白沙镇献金大会记"。

这篇1500多字的通讯，将江津民众在冯玉祥组织的献金大会上倾囊支持抗日的动人场面描写得淋漓尽致。接着，该报又发表题为"赞扬江津人"的文章，歌颂江津人民热忱爱国的义举。两篇文章在全国上下引起轰动，江津成为全国学习的榜样。江津县(今重庆市江津区)及其所属的白沙镇，成为当时中国人民心中"最爱国的集镇"。

1943年，中国人民抗日战争到了最艰难的时候，时任国民政府中央委员会副委员长、国民党中常委、一级上将的冯玉祥在后方组织"献金抗日运动"。这年3月5日，冯玉祥从陪都重庆乘火轮溯长江而上，到江津组织开展"节约献金抗日"活动。在这个远离重庆130里的滨江小县江津，他几乎每天都感动着，江津的这些人这些事，在他的脑海中留下了永远不可磨灭的印象。在这21天里，冯玉祥将军有两件事创了纪录。

第一件事是号召节约献金。

《节约献金打破一切纪录的江津县》，这是冯玉祥所著的《川南游记》中一篇文章的标题。

1943年3月5日下午3时，冯玉祥和夫人李德全乘坐火轮抵达江津通泰门码头。县长肖振宇(肖烈)率国立九中校长邵建工等各界名流在此迎接。冯玉祥是高官，来江津的消息是公开的，江津百姓知道他是大名鼎鼎的抗日英雄，也知道他来江津是为抗日募捐，因而对他犹生敬意，男女老少站满街头，欢迎冯玉祥将军的到来，有的还燃放起了鞭炮。冯玉祥平易近人，他走在大街上，不时向老年人问安，不时摸摸儿童的头和脸蛋，大家都感到这个“大人物”非常亲切，说他是“平民将军”。从3月5日到15日，冯玉祥在江津广泛接触民众，接待各界人士，到各机关、学校、企业等处开会，发表演说，宣传节约献金抗日，还主持成立了由县长肖振宇任会长的江津献金分会，决定将重庆三大文化区之一的江津白沙镇作为献金试点。

15日晚，冯玉祥到达白沙镇后不顾车船劳顿，次日一早他就深入各机关单位和老百姓家中座谈，议定19日在长江西河坝举行白沙镇节约献金万人大会。

19日这一天，冯玉祥很早就起床，洗漱、用餐后徒步从住处沿着青石板街面走到用鹅卵石铺成的江边小道，这里就是白沙镇举办的民众献金大会会场。各校学生、各界民众团体高举旗帜，在激越铿锵的鼓乐声中兴高采烈地向这里集中。“为抗战——献金！”“为救国——捐献！”“四万万同胞团结起来，把日本鬼子赶出去！”等红红绿绿的大幅标语在和风丽日中飘扬。各路人马汇集后，县、镇官员以及各社团代表依次上台就座。大会还特邀热心慈善事业的知名人士邓蟾秋老人和专程从泸州赶来的美国军官罗斯在主席台就座。这是一次规模宏大、气氛热烈的群众大会。

当主持人宣布“白沙镇民众献金大会开幕”后，冯玉祥将军做了简短的讲话。接着，在铿锵的鼓乐声中，民众抗日献金开始。学校组的各校派出两名学生，抬着用来盛法币的大盘子依次登上主席台，恭恭敬敬地呈给冯玉祥。冯玉祥笑容可掬地站立在主席台中央，一边接过盘子，一边说：“谢谢，谢谢！”一次次的献金，迎来一阵阵掌声。司仪站在台口，抑制不住内心的激动，用他那清脆响亮的嗓音向人们报告:女师院20万、女师附中12万、国立17中4万、大学先修班64万、省立川东师范30万、省立重庆女师16万、县立白沙女中15万、私立聚奎中学30万、私立新本女中65万……

随着一阵阵热烈的欢呼声,大学先修班同学以竞赛的口吻提出:增加10万,夺取学校组第一名。接着,女师附中齐呼:我们增加11万;聚奎中学师生则高声说:我们也增加11万;国立17中表示:全体师生免食一天,将餐费献给国家抗日。最后司仪高声宣布:学校组献金总数近300万。接下来是妇女组、士绅组、机关法团组、银行组、工厂组、商会组……依次上台献金。

"商会组60万元——"司仪话音刚落,会场里有人突然齐声高呼:"少了,少了,太少了!"霎时,从会场的四方八面传来一浪高过一浪的呼声:"商会组——增加! 商会组——增加! 商会组——增加!!"商会组缄默不语。这时,有学生提议:每校派出五名代表,到主席台前跪求商界增加献金额。于是,各校推选的代表迈步到主席台前,整整齐齐地向商会组跪下。商会组答应"增加10万",但大家仍不满意,台下一齐呼喊:"200万! 200万! 200万!"商会组的代表又默不作声了。突然,一个学生代表跃上主席台大声疾呼:"同学们,为了抗日救国,我们在场的全体学生,向商会下跪,恳求他们为抗战捐献,为拯救我们的祖国献金! 商界同胞,叔叔阿姨们,我们跪下求你们了!"话声落地,一万多名大中小学学生齐刷刷跪下。此刻,青山无语,江水哽咽……

面对一万多名下跪的学生,人们鼻孔一酸,眼眶里涌出滚烫的泪水。冯玉祥走下主席台,边拭泪边对大家说:"你们的热诚、你们的忠心,哪怕铁打的心、钢铸的心、石做的心,都会感动的。"

一万多名学生仍跪在沙滩上,一个学生代表坚定地说:"商会不加钱,我们不起来!"学生们的呼声,在白沙镇上空震荡,在长江畔回响。见此僵局,冯玉祥站在台前,无限感慨地讲道:"出钱的多少,是和知识的多少有关的……我们爱国救国,要本着各自的良心!"看着黑压压的一大片跪着的情绪几乎失控、痛哭流涕、哭喊着"我们不做亡国奴、我们要爱国"口号的学生,商会代表大步走向冯玉祥,表示愿意献金200万元。司仪高声宣布:"商会组增加献金200万元!"学生们这才站立起来。

接下来是自由献金。街上的洗衣老婆婆们组成一支自由献金队,依次上台,献出她们为人洗衣积存下来的钱:一元、两元、五元……14人刚好凑满100元。一个衣衫褴褛、又瘦又脏的乞儿,跑上主席台献出他当天讨来的五元法币。人力车夫、搬运工、小商贩、抗战伤病员都来献金……一张张纸币、一个个铜板、一块块手表、一支支自来水笔、一件件衣服、一双双皮鞋……捐到主席台上,学生们再没有钱捐了,就脱下罩衣、大衣、毛衣……有的男学生只剩下衬衣了。有个矮个子女学生,把脚上的皮鞋献出,光着脚丫。大学先修班的哥哥姐姐们把她举起来,全场一阵高呼。

大会从早上一直延续到下午3点,仍有零星的农民从远方陆续前来义捐。目睹学生和民众慷慨解囊、踊跃献金的义举,冯玉祥连忙叫大会主持人宣布散会:"会,不得不散了。不散,献出衣服、鞋子的学生们会着凉生病的。"

次日,天还没亮,冯玉祥就乘下水船风尘仆仆地赶回江津,他要在县城参加这里的献金大会,白沙镇献金大会的盛况已传到县城。在县城的会场上,白沙镇献金的情景再度出现,工商界、银行界、军界、学界、妇女界和当地士绅纷纷解囊,你捐1000元,我捐一万元,互相竞争。随后,十几个洗衣妇女每人捐款100元;赶场农民拿出卖菜刚得到的钱;被服厂女工献出刚领的薪金;某学校工友捐出结婚积蓄的800元钱。最感人的是一个不满十岁的叫花子跪到台上请冯玉祥收下他乞讨来的十元钱。冯玉祥含着热泪把它高高举起,大声宣布:"这十元钱胜过富翁们的几百万元。"在场的人见状,无人感动,无不流泪。太太小姐们倾囊相捐,金银首饰、戒指、珠宝装了好几箩筐,捐款数额直线上升,一下就超过预定的3000万元。

这里还有一个小插曲:冯玉祥在江津县城和白沙镇的献金大会开始前曾走访各单位,县长肖振宇和白沙聚奎中学、新本学校的师生提出:希望能将所捐之款购置能从天上打击日本鬼子的战斗机,将飞机编为"江津一号""江津二号""聚奎号""新本号"等,冯将军是个性情中人,将江津百姓的这一要求,向蒋介石发了电报。蒋介石回电只有两个字:"很好。"

冯玉祥在《最爱国的镇市——白沙》一文中称这次献金大会是"令人永远不能忘却的伟大盛会"。他说:"学校组的献金总额达到了320多万元,单凭这个数字就赛过了自贡市、压倒了乐山县。”他还说:“在归途中,美军朋友罗斯先生抑制不住激动的情绪,湿着眼圈对我说,他真是深深地受到了感动。”

冯玉祥在《给爱国朋友的第七封信》中写道:“江津在爱国救国上,过去出兵出钱出粮出力不落后于人,这次献金抗日,不仅不落人后而且超居人前,打破了以往各县节约献金的一切纪录,超过了成都市。只要全国民众均如江津捐献之热烈,胜利马上即可到来。”

第二件事是诗兴如泉涌笔端。

冯玉祥只读过一年零八个月的私塾,11岁当兵。在军营里,他喜欢看些武侠小说和《三国演义》之类的书。因为买不起笔,就在一根细竹筒的一端缠上麻,蘸着黄泥在洋铁片上练习写字。他一生都在探索救国救民的道路。作为一个著名的爱国将领,在军事上堪称英雄。但他好学不辍,数十年如一日,即使在戎马倥偬中仍手不释卷。他常说:“活到老,学到老;学到老,学不了。”冯玉祥爱写诗,称自己所写的诗为“丘八诗”,照他的说法:“我是一个军人,是个兵,将这个‘兵’字上下拆开,就分成‘丘’和‘八’两个字,就是‘丘八诗’,就是大兵所作的诗。”

冯玉祥的“丘八诗” 针砭时弊,爱憎分明,切中要害,通俗自然,雅俗兼备,真实易懂,不拘格调。全是有感而发,质朴如话之句,是亦诗亦史的口语诗体。他曾自谦地说:“我的诗,粗而且俗,和雅人们的雅诗不敢相提并论。”其实,他的诗是自成一体,独树一帜,既具有唐代大家白居易的遗风,又有著名民间诗人张打油的风格,这种诗风诗格在文学这个大花园中是必不可少的一枝,有了它,文学的大花园才更加多姿多彩。例如他早年写的《锄地》:

炎炎烈日高,父子同锄苗。
儿子体强壮,终日不辞老。
老父忙不息,汗在禾下滴。
筋骨瘦如柴,把锄无气力。
锄苗锄草又松土,农民工作多辛苦。
两眼睁睁望收成,收得谷子归债主。
印子钱,最凶残,

铲去吸血虫，生活始得安。

冯玉祥的“丘八诗”可谓众人皆知，妇孺喜欢，在基层读者和贫民读者中有一大批“粉丝”，周恩来称冯玉祥为“丘八诗人”，他对冯玉祥说：“丘八诗始为先生所倡，兴会所至，嬉笑怒骂，都成文章。”郭沫若也题诗赞扬冯玉祥“丘八诗章石点头，气塞苍溟歌益壮”。茅盾则说冯玉祥是“文章入伍，文章下乡”。冯玉祥在文艺界还有一定的地位，他以“丘八诗人”的身份，加入中华全国文艺界抗敌协会，被选为“文协总会”理事。冯玉祥一生中共创作了1400多首诗歌，为我国文学史留下了独具一格的奇葩。

从1938年冯玉祥来到重庆，到1946年离开，这八年间，正是冯玉祥诗歌创作的黄金年段，他的大多数诗歌都是这八年间创作的。冯玉祥来江津开展“节约献金抗日”这21天，又将自己的诗歌创作推向了最顶端，形成了自己诗歌创作的最高峰期。这虽有他长期积累的因素，但更主要的原因是令他异常振奋的江津人、江津事激发了他的创作灵感，每天他都诗如泉涌，激动不已。白沙献金大会后，“晚十时上床，无论如何睡不着，起来写了五首丘八诗”：

之一：青年跪地哭，请君快救助；献金救国家，不作亡国奴。

之二：青年跪商人，请快救沉沦；财富千千万，敌来化浮云。

之三：青年捐衣服，为复我国土；不畏饥与寒，雪耻最为主。

之四：青年血泪哭，赤诚复国土；流血作警钟，同胞齐御侮。

之五：白沙献金多，热烈如荼火；各地皆如是，一定能救国。

冯玉祥真不愧是一个高产诗人。从3月5日到江津至25日离津去泸州，冯玉祥写诗多达42首，平均每天创作两首。这是一个多么大的数字，如果没有深厚的文学功底想必是很难完成的。

冯玉祥一到江津就深入学校、商店、工厂、教堂、乡村、社团等，走进寻常百姓家，宣传抗日救国。他天天都被感动着，诗泉不断，墨涌笔尖。他走到哪儿，就写到哪儿，见到什么就写出什么，怎样想就怎样写。船过小南海，他就写出《小南海》;见鼓掌,就写出《鼓掌》;见开会,就写出《开会》;到医院,就写出《医院》;到训练所,就写出《训练所》;到被服厂就写出《被服厂》;到福音堂,就写出《福音堂》;到学校,就写《国立9中》……他看到学生们正在集中吃简便粗淡的午饭时,心里非常难过,写出《午饭》一诗:

学生用午饭,我去仔细看。
素菜两半碗,不咸亦不谈。
有的有办法,猪油带一点。
有的带辣椒,为是下点饭。
怎能说营养,面黄脸上看,
这是国魁宝,不应这样办。
社会应发动,国库实有限。

3月23日早上,冯玉祥起床后散步到长江边,看到几个妇女跪在江边石滩上洗衣,手和脚都被冻得通红,于是,他又口占了一首《洗衣女》:

妇女洗衣跪江边,不但手疼腿亦酸。
富贵女流不知此,还说江景使人宽。

冯玉祥还将许多在节约献金中涌现出的典型人物写成了诗:《于翔女士》《肖县长》《凌先生》《甘江》《郑玉清》《号兵李泽金》《李治帮》《老太婆》《四位先生》等。这些诗,情感真挚,用词朴实,通俗易懂,不拘形式,喜乐哀怒均成诗,并迅速流传到民间。

3月24日,也就是冯玉祥25日要离开江津的头一天,江津"武昌艺专"校长唐业精、教授唐一禾在乘"民惠轮"去陪都重庆参加全国美术会议途中发生沉船事故,唐氏兄弟双双遇难。噩耗传来,冯玉祥无限伤感,立即写下了《武昌艺专》《民惠轮》两诗,深情悼念这两位爱国美术家和教育家。

冯玉祥,作为一个战火纷飞年代的高级将领,在江津21天创作出42首诗歌,且首首挺,诗诗新,可谓新意迭起,意境万千。这样的创作水准和数量,不仅在古今中外的军旅诗人中无人能及，就是在中外文学史上，也是罕有的。

——原载于《文史精华》2017年第11期，原标题为《冯玉祥21天写诗42首筹款1600万》

作者简介

庞国翔，重庆市江津区文联主席、作家协会主席，重庆市作家协会全委会委员。

且看巫峡唱大风

——写在第十届『巫山国际红叶节』落幕之际

■钱　犁　胡素华

2016年11月下旬的一天，距第十届“巫山国际红叶节”正式落幕还有一些时日，也是巫峡中难得的一个晴天。

上午10时许，从新近打造的“瑶台”景观拾级而上，站在高处鸟瞰大江东去，高峡平湖如染，江水似海洋一般湛蓝。深冬本是寒风呼啸的季节，可眼下让人感受到的却是火一样的热情，放眼峡江两岸，漫山遍野经过霜风雪雨洗礼过的红叶，似炽热的火焰，无遮无掩地在百里峡江蔓延、升腾；似飘忽的祥云，在“神女”身旁轻轻地柔柔地起伏、尽情舒卷；又似大海掀起的阵阵狂潮，裹挟起惊天的涛声，浩荡东去，一泻千里。

若非一层挨着一层、一浪高过一浪雾幔的遮掩与阻隔，我恨不得张开双臂，与近在咫尺的“巫山神女”尽情相拥，与她一起融入这片写满真情、写满爱恋、写满神话的浪漫世界之中。

正当如醉如痴、奇想云游之时，耳畔再次传来那久违而又亲切的歌声：“满山那个红叶啊似彩霞，彩霞年年映三峡……”

歌声由近及远，由清晰而模糊，把游人的思绪一下子带到了20世纪80年代初那个遥远的岁月。

一

一条静静流淌的大宁河，让三位国家旅游局长诗兴大发。他们饱蘸浓墨写下的诗行，使得大宁河小三峡由此流金淌银，誉满全球。

（一）

这是一条静静的河流，一条至今也没有航标的河流。

它从现今渝东与鄂西接合部的千山万壑间一路走来，悠悠荡荡，一路轻歌曼舞，低吟浅唱，显得是那样地轻松、洒脱、自如与悠闲。

它来得漫长，来得久远，也来得有几分神秘。自打它由山间小溪集结成势，越过千山万壑，穿过莽莽丛林，闯过无数险滩恶流，化作一条温顺的小河从远古走来，一路流经巫溪，流向巫山，流入长江，最终扑入大海的怀抱，谁也没有认真地考察过，它究竟流自哪朝哪代，哪年哪月，至今也没留下可供参考的准确记忆或时代符号。

这就是中华人民共和国版图上的大宁河！

可就是这条多年以前还名不见经传的河流，以前又总是与流经地黎民百姓的贫穷与苦难相伴而行。

尽管那时的山还是那一座座山，美得让人发癫发狂；水还是那一道道水，秀得使人入心入梦，可生息繁衍于大宁河两岸的人们“日出而作，日落而息”，他们不企求、也不敢企求这条河流能给自家命运带来多少改变，更不会想到这条河流日后会跃登“大雅之堂”，把它的名字与全世界连在一起，让大山大岭之外、大江大河之外、大海大洋之外的人们也怀着朝圣般的心情踏上这方山水；他们更不会想到，这条静静的河流日后会变成一条流金淌银的河流；就连他们祖祖辈辈吃腻了的红薯、洋芋、玉米这些当地人称“三大坨”的玩意儿，在“勾勾鼻子蓝眼睛”的外国人那儿会一下子变得身价百倍，一根再普通不过的煮玉米棒子，几个刚刚出炉的烤红薯、烘洋芋会从外国人手中换回美元、英镑、欧元等花花绿绿的现钞。

清代诗人傅家瑜曾给巫山留下一首不朽的诗句：“万峰磅礴一江通，锁钥荆襄气势雄。田野纵横千嶂里，人烟错杂半山中。”

如果说这首诗的前两句写下了巫山、巫峡的磅礴与气势，显出了诗人的大手笔、大气魄，那么，后两句则更是入木三分、恰到好处地描写了巫山当时僻野、贫穷的地理概貌与生活场景。如果将后两句的描写“移位”于当今中国改革开放前的大宁河小三峡两岸的崇山峻岭间，也显出几分真实与贴切。你看那大宁河两岸的高山深壑间，壁陡的山梁上看不到像样的良田沃土，看不到五谷飘香、牛羊成群的富庶与殷实，而是东一块、西一坨零零散散的“巴掌田”“鸡窝地”；偶见悬崖上、山腰间几间茅屋飘荡起缕缕炊烟，那可不是文人笔下乡愁的记忆，而是当地人实实在在的贫穷与困苦的标识。因了一个“穷”字，他们缺衣少食，他们自卑自弃，他们观念落后，他们行为保守。他们祖祖辈辈穷惯了，也穷怕了。他们就像是做了错事的懵懂小孩，在外人、在大人面前总觉得矮人三分，抬不起头，直不起腰……

终于有那么一天，他们看到山脚下这条河流终于变得不再寂静，人们从国内其他地方、从外国坐着马达声声的游船闯进了这片世外桃源，从他们看到这一弯美山秀水兴奋得如醉如痴的脸庞，到山里人一时还听不懂的那一连串“OK”“哇”之类的赞语声，当地人方才明白：这条河流变了，这个世道也变了！

从那时起，他们开始把自家的命运与这条河流的命运联系起来。他们开始怯生生地走下河滩，用一身使不完的力气为外地人、外国人撑船拉纤；他们立在山头或峡口，扯开嗓子与外地人、外国人一起放歌、对歌；他们甚至拖家带口在峡区河滩上寻一空白处搭起帐篷，支起锅灶，为南来北往的游人烹煮可口的美食；他们也支起小货摊，将峡中河滩上的小石子捡来当作“纪念品”，学会了与游客们讨价还钱……

（二）

草堂春睡足。

历史老人注定要让这条沉睡的河流走向苏醒。当然，这种苏醒需要天时、地利与人和。

回顾20世纪70年代末80年代初，我国发生了一系列震惊世界的重大事件，这一系列重大事件带来的是春风徐来，冰雪消融，万物复苏。中华大地上又一次百花盛开，桃红柳绿，生意盎然。

这是一个当地人永远也忘不了的日子。

1979年6月21日，几位来自北京、上海、重庆的“重量级”作家、诗人、画家、艺术家，在当地人毫无思想准备的情况下，从巫峡口乘一只“柳叶舟”逆流而上，来到了大宁河小三峡深处。

这群人中，有赫赫有名的雷加、杜宣、姜彬、菡子、梁上泉、周月华、郑伯侠等人。

来的那天，正值盛夏酷暑，天气特别炎热。可无论天气多热，也挡不住大宁河小三峡给他们心灵深处带来的诱惑与震撼。他们一进入峡区，由于两岸及水上的风光太美太绝，尽管汗珠子牵线般地往下流，湿透了衣衫，用来擦汗的毛巾换了一条又一条，可他们手中的相机和画一刻也没有停下。

他们不停地照，不停地写，不停地画，经过一整天的实地采风，诸如“天泉飞雨”“赤壁摩天”“观音坐莲”“龙门峡”“巴雾峡”“滴翠峡”这些别致高雅又生动形象的名字便从他们的指缝笔墨间流淌出来，传承至今。

紧接下来，一篇篇散文、诗歌、摄影作品便陆续出现在国内一些影响深远的报刊上。其中给人留下深刻印象的，是那篇刊载于《四川日报》的游记散文：《不是三峡胜似三峡》。

他们的盛夏之旅为下一步大宁河小三峡走向全国、走向世界做了最为原始、最为有力的铺垫。

1981年春深时节，时任国家旅游局副局长万复来到大宁河小三峡考察后，兴奋不已，当即挥毫写下了这样的诗句：

两岸无石不奇秀，悬岩有水尽飞花。
且看九龙盘玉柱，更喜观音裹轻纱。
赤壁摩天无觅处，天泉飞雨独一家。
自古桂林甲天下，尔今应让小三峡。

作为一位诗人，他的诗文采飞扬，激情荡荡，极具感染力；作为国家旅游局的领导，他见多识广，阅历丰富，他对一地一域一景一观的评点和定位，极具权威性。从他笔下流淌出的不仅仅是发自内心的对大宁河的由衷赞叹，更向全国旅游业界传递出这样一个“画外音”:桂林山水美不美?肯定美!但万事万物都得有个比较,有比较才能做出鉴别,“各领风骚数百年”嘛!但即使你再奇再美,对不起,从现在起,你该让让贤、挪挪位了,应当“让位”于大宁河小三峡了!

不知是不是因为万复先生以一首诗的形式给大宁河小三峡打了“满分”而引起的连锁反应,反正,他的佳作刚一问世,以著名报告文学作家、《哥德巴赫猜想》作者徐迟及著名老作家公刘为首的50多位全国知名作家、艺术家一行便来到小三峡考察采风,并忙里偷闲与当地文化界人士亲切座谈;紧接着,天津、上海、广东等全国11省(市)的80多名诗人代表团也来到小三峡挥洒激情并集体赋诗:“曾经沧海难为水,除却宁河不是峡;五岳归来不看山,宁河归来不看峡!”

无独有偶。就在万复先生考察小三峡并为这里留下美好诗句一年之后,时任国家旅游局局长韩克华又踏上了巫山这片热土。经过一番实地考察之后,他挥笔题诗,为小三峡唱起了赞歌:

舟行小峡更奇观,赤壁摩天横云端。
悬崖栈道多险峻,群猴林中舞翩跹。
俯视清流见彩石,仰首峡谷赏飞泉。
自古人道三峡绝,岂知天外还有天。

韩局长的一首诗颠覆了多少年来人们对大自然形成的三峡景观的认知。

“自古人道三峡绝,岂知天外还有天!”这“天外之天”不就是大宁河小三峡吗?

这首诗与万复先生“自古桂林甲天下,尔今应让小三峡”有着异曲同工之妙。

斗转星移,光阴如梭。就在前两位中国旅游界“掌门人”相继为巫山小三峡留下墨宝之后,也就是国家正式确定大宁河小三峡对外开放的第八个年头,又一位时任国家旅游局局长刘毅乘兴而来,泛舟清流,放眼青山,再一次赞美了大宁河小三峡:

大三峡雄小三峡秀,双峰奇伟如诗胜景。

国家旅游局的三位局长如此钟爱同一方胜景，绝非一时心血来潮，偶然为之。他们都是在饱蘸心血，为大宁河小三峡这条普通而又非凡的河流奉献出无价的、无形的“广告词”。

从某种意义上讲，万复、韩克华、刘毅就是时间最早、级别最高、影响最大、效果最佳的大宁河小三峡的“形象代言人”。

他们都以相同的心境、相近的语言在不同的时间和地点为这里日后成为“中国旅游胜地40佳”和国家“5A级景区”投下了无声的、庄重的一票。

（三）

追溯大宁河小三峡命运的最先转机，是1982年初秋的10月。

命运转机的标志来源于中央的两个“红头文件”：一个是10月9日，国务院、中央军委发文，正式批准巫山县为全国首批乙类对外开放地区及首批对外开放景点；另一个是11月8日，国务院发文，正式批准大宁河小三峡为全国第一批国家重点风景名胜区，这份文件还对大宁河小三峡景区景貌做了如是描述和注解：“长江支流大宁河小三峡，山清水秀，奇峰壁立，林木葱茏，猿声阵阵，饶有野趣。”

中央的文件就是命令，更是机遇。

文件的威力在这座古老的山区县城引起的震撼、激动、兴奋自不必说。然而，向世界敞开巫山这道尘封闭塞了千百年的山门，是一件盛事，但绝非一件易事。

一时之间，全县上上下下战战兢兢，如履薄冰，生怕在哪儿出现什么闪失，哪怕是一丁点儿瑕疵也不能出现。

可是，接下来上级交办的第一个任务就把巫山人推上了风口浪尖。

1983年的日历刚刚翻到2月28日，时任巫山县外事办主任的龚源鼎被通知到原四川省万县地区（今重庆市万州区）参加一个重要会议。会上要求，一个由美国、英国、法国、德国、日本、西班牙、加拿大等九个国家和地区组成的多达84人的高规格长江三峡沿线旅游景观考察团，将于5月7日乘坐“神女号”游轮对巫山小三峡进行实地考察。参与此次考察的还有上海、江苏、湖北等地旅行社的总裁、副总裁。

时间不等人。距考察团到来的时间也就两个半月,70多天。

这次考察涉及长江沿线13个重要旅游景点。接待任务完成得好坏直接关系到大宁河小三峡的命运。

当时的巫山,对“旅游”这个名词尚有几分陌生,旅游接待的条件更是一片空白,一张白纸。

没有游船,没有餐厅,没有休息场地,没有抽水马桶。可以说,除了大宁河小三峡这近乎原始状态的好山好水可以体体面面地接待客人,其他一切都是那样的捉襟见肘。

上级的要求太过严密,太过认真,也太过细致,在一些具体问题上,动辄上升到“国格”“人格”“外事纪律”的高度,把人们的神经绷得好紧、好紧,毕竟“外事无小事”嘛!

可是巫山人天生就有那么一股子犟劲儿、倔劲儿,越是办不到的事越要把它办到,越是难办的事一定要把它办好。这就是当年人们常常挂在嘴边上的那句老话:“有条件要上,没有条件创造条件也要上!”

为了完成好这次接待任务,上至县委书记、县长,下到县上相关部门的领导干部,以及考察团沿线必经之地的乡村干部都紧急地行动起来。

为了解决“行”的问题,没有游船,县交通局长亲自督阵,将以前只能靠人工拉纤的四条“柳叶舟”经过重新设计,改造成舒适、平稳、快捷的动力游船,安上窗玻璃,装上木地板,摆上布沙发,也算是体面有加,不落俗套。

为了解决“食”的问题,没有现成的餐厅,他们就腾出双龙区公所一间陈旧的大会议室,将四壁粉刷一新,装上大吊灯,挂上花花绿绿的窗帘,又新打造了十张大圆桌,并从万县市(今重庆市万州区)购回100多把藤椅配套使用。还特地从外地购回崭新的餐具、茶具以及餐巾、桌布、卫生纸,看上去,这个临时搭建的餐厅已经颇具档次了。

为了解决“拉”的问题,他们就将与临时餐厅一墙之隔的双龙小学一处厕所排干,撒上石灰,驱除蚊蝇,既除臭又防潮,然后请几位当地木工到外地学习,仿造城市宾馆的式样,安装了十来个男女蹲位。

经过一番打造,“内部环境”总算有了个眉目。可一提“外部环境”的整治,大家又未免有些头疼起来。

说到外部环境，就不得不提及小三峡对外开放前夕的那个双龙场。

双龙场位于巴雾峡与滴翠峡之间，系双龙区公所所在地。虽地域狭小，却也算得上当地的“政治经济文化中心”。说它是“中心”，外地人叼上一支香烟，可沿着这条狭长的街巷走上三圈而香烟还未熄灭。场上除了区公所外，只有邮电所、供销社、粮站、工商、税务几间黄白相间的“洋房”稍有点儿模样，场的东头则是篱笆墙、小茅棚的杂居之地。杀猪的，卖肉的，剃头的，开小饭馆、杂碎店的以及一间小诊所占据了街道两旁几乎所有的空间。

街面坑坑洼洼，一副老气横秋的模样。除了偶见三三两两的山民背着些许山货到场上换回一点儿盐巴、煤油、火柴之类的生活必需品，街头行人稀少，冷冷清清。唯有场上居民喂养的肥猪当街大摇大摆地拉着野屎，偶见几只野狗旁若无人地张扬着性事。

垃圾散乱，污水四溅，蚊蝇横飞，是这个场貌的真实写照。所以，人们又将这里称为“烂泥街”“猪屎街”。

为了不给国人丢脸，体体面面地迎接这次考察，有关部门特地制作了120块水泥预制板，给场镇东头两条长年累月自然形成的污水沟完整地加了个“盖”，并严格要求当地居民切实做到游摊归位不占道，肥猪归圈不敞放，污水归流不乱泼，外宾到来不追随，总算有了点儿“形象”，有了点儿“章法”，让小镇人从此悄然告别昨天。

在注重“硬件投入”的同时，相关方面也不忘加强“软件建设”。为了让人们在外宾面前既热情友好，以礼相待，又恪守规矩，不卑不亢，县上专门印制了数万册待客礼仪规范手册，发放给街道、乡村以及在此次接待中需与外宾直接接触的船工、餐务等诸多人员，要求大家照章行事。

1983年5月7日上午，一个上百人组成的庞大的中外旅游景观考察团破天荒地走进了巫山县城。

这天，巫山城万人空巷，人山人海的县城大街连同嘉宾们途经之地的小三峡两岸，形成自然的夹道欢迎之势。

好些远在乡下的农民也带着干粮，扶老携幼来到县城，争相目睹这祖辈以来见所未见、闻所未闻的“西洋景”。当人们第一次见到这么多“勾勾鼻子蓝眼睛”的外国人，脸上露出的是一种纯朴、自然、友好的笑，一种憨憨的、甜甜的笑。

小城人的热情、友好、纯朴及小城人脸上的笑容让远道而来的外国客人宾至如归，内心十分满足。

长达九天的考察之旅结束后，考察团在湖北武汉以匿名投票的方式对本次考察的所有景点进行评比。

巫山小三峡成为此次评比中唯一一个获得全票通过的景点，表明巫山小三峡获得了考察团全体成员的一致认同。

考察团给出的最终评语是：巫山人民热情好客，让他们享受到了高规格礼遇；小三峡风景奇特、美丽，在众多景点中独一无二，小三峡风高浪急滩险，刺激够味儿，特别符合西方人的旅游兴趣；小三峡接待地菜肴美味可口，特色浓郁，尤其是“宁河腊鱼”“水口钮丝面”让人终生难忘……

考察团最后一致确定：大宁河是一处完全可以确定的对外国人开放的旅游景区！

喜讯传来，巫山人睡了一个甜甜的安稳觉。

二

县委书记慧眼识珠，一片司空见惯的小红叶在他的精心策划下，在巫山小三峡掀起三峡大地前所未有的“红色浪潮”，经久不息。

（一）

从1983年5月7日那次“大考”算起，巫山旅游业这艘“航船”不知不觉中已走过30多年极不平坦的历程。

航船行进之中，随着三峡这大山大水的脾性和规律，既有过顺风顺水的一路高歌，也有过偶遇惊涛骇浪时的惊心动魄。

令人欣慰的是，巫山人在漫长的实践中，逐渐认识到了这样的脾性与规律，掌握住了这样的脾性与规律，驾驭惯了这样的脾性与规律。

就在此次考察结束之后，国家旅游局给巫山下拨20万元专款，在双龙场修建了专事接待的双龙宾馆。当年10月开工,次年4月正式竣工。整个宾馆890多平方米,餐厅、卫生间、休息室一应俱全。

经过层层报批和核准,大宁河小三峡于1985年正式对外开放,接待“组团式”的外国游客。当年一共接待“巴山”“神女”“峨眉”“扬子江”等旅游专轮140个航次,接待中外游客4.5万多人。

党和国家领导人,国际国内文化要人、知名人士,纷纷踏上这片土地。

大宁河不再是一条静静的河流。

为了满足日益增长的中外游客接待需求,中共巫山县委、县政府于1986年10月正式组建了巫山县旅游局,专事旅游接待工作。

巫山这道沉重的山门一经打开,经过上上下下长达30多年的苦苦求索,到21世纪之初,全县的对外开放提高到一个新的水平,旅游事业的发展从无到有,从小到大,由弱变强,呈现出风生水起的局面。

一碗“旅游饭”让巫山人吃得有滋有味,回味无穷。

巫山属于典型的山区县,山大坡陡,地广物稀,资源匮乏,一穷二白。中华人民共和国成立以来,历届中共巫山县委、县政府的领导为了让全县人民早日摆脱贫困,走上富路,劲儿没少使,力没少出,操碎了心,熬白了头,累弯了腰,其情日月可鉴,其志有口皆碑。

为了山区经济的发展,他们提出过“以粮为纲”,可就是那散布于千山万壑间的“巴掌田”“鸡窝地”又能指望它能打下多少粮食?滴滴汗水换来的多是食难果腹,衣不蔽体;他们提出过“以林为主”,就按当今生态涵养、建设绿色家园之大计,也算得上是超前思维、前瞻决策了,可毕竟“远水难解近渴”,“口号”一提数年,可人们似乎一觉醒来,发现“山也还是那座山,梁也还是那道梁”,唯有困扰与纠缠他们多年的那尊“穷神”仍远远没有离开;他们也曾在发展地方工业上小试牛刀,开办过卷烟厂、淀粉厂、磷肥厂、水泥厂,结果都因为资金的匮乏、人才的匮乏、技术的匮乏或市场行情的变幻莫测,有的无疾而终,有的半途而废,唯一的卷烟厂曾是全县财政的“顶梁柱”,可又因行政体制的调整,被有关方面上收。

当巫山人从维护大局和整体的利益出发,将多年来为自己打造的“钱袋子”和用胸口焐热的“乖孩子”拱手相让时,心头总有那么一点儿愤愤的、酸酸的感觉。

过去的总得让它过去，让一切的一切从头再来吧！

巫山人就凭着一种风吹浪打不回头的倔劲儿，凭着咬定青山不放松的韧劲儿，在特定的历史背景下，选定了旅游业这个可以长远发展的终极目标，一路走来，走向远方，百折不回。

（二）

"搞旅游也不会是一帆风顺的。在任何时候、任何情况下都会遇到困难，一波三折、'螺旋式'上升、'波浪式'前行都属于正常的范畴。"巫山县旅游部门负责人如是说。

既然是"启蒙"，就必然要交足"学费"；既然有"兴起"，就意味着有"衰落"；既然要"发展"，就必然要在发展中去完善和提升，最终方能实现真正的"崛起"。

纵观巫山旅游的发展史，就是巫山人在前进的道路上不断地转变观念，发展自我，提升自我的艰难历程。

在进入21世纪之后的那段岁月，三峡大地上发生的一连串重大事件都对整个三峡旅游产生了直接的影响，三峡旅游出现了新的拐点和走向。

江水陡涨，高峡成湖。仅从旅游的角度看，三峡成库似乎没给巫山人带来更多的兴奋和惊喜，反而增添了几分沉重与忧虑：由于江面的大幅上升，长江三峡沿线许多新景观应运而生，一部分游客开始"喜新厌旧"，另谋"新欢"，造成了小三峡部分客源的流失。

特别重要的是，随着中国乃至世界旅游业的蓬勃发展，不少游客对以前那种优哉游哉坐船观景式的旅游方式已开始厌倦。随着人们生活节奏的加快，他们需要选择一种更为刺激、宣泄、惊险的旅游方式，一种与大山大水"零距离"接触的"自驾游"成为新宠，游客们纷纷舍弃"水路"走"旱路"。

就在三峡渐成平湖之时，我国以高速公路及高速铁路为标志的现代化交通网络也迅速形成规模，人们对这种方便、快捷、直接的旅游方式更加青睐，并由此引发了旅游业的重新"洗牌"。巫山人发现，随着几条高速公路的开通，重庆境内的金佛山、仙女山等以前比较冷僻的景点一下子变得红火起来，倒是三峡沿线几条"老牌"的景点显出几分落寞与冷寂。即便在渝宜高速连通巫山之后，人们想象中的那种客流滚滚而至的现象也没有出现。

加上1998年亚洲金融危机留下的阴影，再加上一度时间甚嚣尘上的“告别三峡游”的舆论误导，三峡旅游业不复之前的盛况。

还加上三峡成库后，那些个引人入胜的激流险滩不见了，那些个玲珑剔透的小桥流水不见了，那些个柔枝拂水的万千绿竹不见了，那些个人工拉纤、一步三回首的原始古朴也不见了。

总之一句话，三峡“水上游”的火爆场面恐怕已然是明日黄花、旧梦难圆了。

巫山旅游开始出现可怕的低迷。巫山“旅游人”遇上了前所未有的挑战。

中共巫山县委、县政府以及有关方面也同时感受到了一种“兵临城下”的警醒与危机。

“山重水复疑无路，柳暗花明又一村。”就在社会上纷纷质疑“巫山这杆旅游兴县的大旗到底还能打多久”的关键时刻，2006年11月下旬，初来乍到的中共巫山县委书记的一个意外发现，却给巫山旅游业注入了新的内涵与活力，及时拨正了巫山旅游发展的航向，使巫山人对旅游事业的发展重新燃起了希望的火焰。

这个意外的发现与惊喜，源自巫山早已漫山遍野却又被人们见惯不惊的那片小小的峡江红叶。

（三）

旅游毕竟是撑起巫山经济社会发展的一棵大树。这棵大树历经历届中共巫山县委、县政府的精心浇灌和悉心栽培，正在变得根深叶茂，谁也不愿意看到它黯然倒下。

刚刚就任的中共巫山县委书记管洪自然清楚这棵“大树”在巫山人民心中的分量，他深知呵护与努力，继续使其茁壮成长为遮天蔽日的“参天巨树”所要肩负的责任与使命。因此，他心中的那份愿景与急迫可想而知。

上任不久，他便开始着手对巫山旅游面临的新形势、新机遇进行重新审视与研究。

当年陪同管洪一起考察的巫山县相关领导清楚地记得当时的情形：那

天，书记在巫峡两岸不停地走，不停地看，走了一路又一路，看了一程又一程。最终，他的目光落在巫峡两岸大片大片的红叶上。

“说来也巧，那年巫山的红叶似乎来得特别地早，也特别地红。说句实在话，我作为巫山人，也从未见过巫山的红叶是如此美丽，如此娇艳，简直红得像一团火焰，让人睁不开眼。也许是这年冬日的阳光特别充足的缘故，也许是经过风霜雪雨浸润催生的缘故，也许是这些红叶从此将要‘红运’高照、走出三峡、走向全国的缘故，所以它红得正是时候，红得恰到好处。”有人如是说。

这一路考察下来，巫山红叶在管洪心中有了明确的定位：要充分利用这漫山遍野的红叶作为三峡成库以后重振巫山旅游雄风的一张有效的“名片”，打开巫山旅游的思路，拓展巫山旅游的市场，补齐巫山旅游的短板，做好做足未来巫山旅游这篇大文章。

中共巫山县委、县政府及全县上上下下很快达成了共识。

不久，“一江碧水，两岸青山，三峡红叶，四季云雨，千年古镇，万年文明”这条新颖别致的广告语通过中央电视台“飞入寻常百姓家”，越过五大洲、四大洋……

如果说，巫山红叶原本就是那样的天生丽质，那么，接下来的一条电视新闻就正好为她锦上添花。

2006年12月上旬，重庆卫视在《重庆新闻联播》中播发了由巫山电视台记者肖光礼拍摄的一条《巫山：满山红叶似彩霞，迷倒众多摄影家》的电视新闻，以巧妙的构思、新颖的角度、丰富的素材、迷人的画面一下倾倒了全国观众。

这条长达1分30秒的电视新闻在重庆电视台播出的当晚，时任中共重庆市委书记汪洋立即做出指示：三峡工程蓄水，水位抬高之后，一个新的美景出现了，要加大宣传力度，把巫山红叶作为长江三峡一个新的旅游品牌来打造。

三天之后，重庆卫视又破例在《重庆新闻联播》中重新播发了这条新闻。

紧接着，中央媒体又转发了这条新闻。

看到这条新闻，山东一对年轻人为了追逐三峡红叶这漫山遍野红色浪漫的情调，毅然决定把婚礼举行地改在长江三峡。面对高峡平湖，面对女神瑶姬山盟海誓，开始了漫长的婚姻之旅。

一片平时在当地人眼里并不新鲜的红叶，经新来的县委书记慧眼识珠，竟在一夜之间脱胎换骨，身价百倍，成为人们争相追捧与颂扬的“精灵”，一下子走红大江南北。

时任中共重庆市委宣传部副部长周勇，2006年到2007年连续两次到巫峡观赏红叶，在他的那篇《江山红叶》散文诗中，以诗人的激情、飞扬的文采将一片红叶描写得那样的出神入化，洒脱超然：

哦，三峡红叶——藏匿千年的精灵！

一片纯朴厚重的红叶，一湾浓妆淡抹的三峡。

这一刻，我忽然发现，我们需要重读新三峡，发现新三峡，进而发展新三峡；

2007年冬，我又到三峡，再见峡江红叶。

天下红叶，并无二致，无非是秋日之作，以红惹人。

然而这一刻，站在峡江边上，十二峰下，瞿塘峡中，我似有新悟：

峡江红叶有男儿的雄壮。

重峦叠嶂，莽莽苍苍，如长城连绵，逶迤千里；

虽身在荒野，却雄心万丈，如斜阳西沉，铁血雄浑。

三峡红叶有女儿的柔美。

红，是她的本色，

秋，是她的本季。

卓尔不群，俏不争秋，寒冬绽放，

为肃杀的冬日挽住秋天的斑斓，为不舍的峡江拥留温暖的光芒，翘首迎望新春的曙光。

三峡红叶有傲岸的气质。

虽为草芥，却不甘平庸；

伫立悬崖，傲视大江；

三峡红叶有执着的精神。

壁立于神女峰下，执着地守望，看江流千古，演绎吟哦。

不弃不离，不急不躁，不卑不亢，一份信念存于心中；任世事沧桑，终是英雄的寰宇。

三峡红叶，吮吸大江精髓，依傍石壁千仞，独具山魂水魄。

雄视古今，环顾世界，舍我其谁？

美哉，三峡红叶，江山之美。

壮哉，红叶三峡，江山品格。

这首散文诗后被谱成歌曲，广为传唱；2008年入编人教版七年级下册《语文读本》，传承后人。

此后，生长在巫山的另一位“土著诗人”写下的一首《巫山红叶》虽不及周勇先生的作品那般文采飞扬，气势磅礴，却也把巫山红叶的品性特征描写得形象生动，恰如其分：

你的出身并不高贵/山间“黄栌”是你乳名/当你混迹于荆棘丛中/谁也不会多瞧你一眼/你从不与大地万物争宠/也不卖弄你的盎然葱茏/越是贫瘠的土地/越是陡峭的山崖/就越是你的安身立命之所/人们都说，把你放在手掌之间/你酷似一枚钱币/可在你身上/却怎么也闻不到一点儿铜臭/唯有体内散发出/淡雅的清香/每当春回大地/万里山河百花盛开/你却躲在荒山野岭深处/让人忘却了你的存在/可一到深秋或是严冬/当万物萧瑟悄无声息之时/你却抖擞精神/披上鲜红的战袍/点燃漫山遍野的火焰/把一方寂静的土地搅个地覆天翻/你赶在春风复苏之前/着一身华贵雍容的衣衫/与霜雪为伍/与寒风为伴/青山绿水是你最深的依恋

加上20世纪80年代初流行于世的《等到满山红叶时》那首电影插曲“满山红叶啊似彩霞，彩霞年年映三峡”的超凡魅力，使得巫山红叶声名远播。

中共巫山县委、县政府做出一个重要决定：于2007年深秋举办首届“巫山国际红叶节”（以下简称“巫山红叶节”）。

就在首届“巫山红叶节”正式启幕之前，这个“小精灵”早已通过各种有效的途径，“飞”出了三峡，“飞”进了中国第四个直辖市的大街小巷、车站码头，人们早已感受到了这股来自三峡深处的强烈“红色冲击波”。

县上经过调整的旅游发展思路是：山水结合，水陆并进，文旅融合。

自首届“巫山红叶节”落幕之后，这里每年都要举办一次“巫山红叶节”。

由于思路领先，运筹得当，“巫山红叶节”常办常新。与“巫山红叶节”相伴而来的，是“重庆市森林旅游节”“神女旅游文化节”等文化因素的大融合。

如果你上网搜索，就会发现巫山红叶已成为与北京“香山红叶”齐名的中国南北两大知名“红叶品牌”。同时，巫山红叶也开始成为巫山旅游转轨变型的有力推手。

有人做过这样的统计：从2007年举办首届“巫山红叶节”算起，到2015年一共九届“巫山红叶节”，整个巫山就接待了专为巫山红叶而来的游客3000余万人次。给巫山带来的旅游综合收入就是30亿元的真金白银。

更为重要的是，由于红叶这一“精灵”的横空出世，竟然一下子改变了旅游业界的思维定式和经营空间：以前每到冬季，长江沿线许多旅行社、游船公司便纷纷打点行装“猫冬歇业”了，人要冬休，船要检修；而2007年之后随着一年一度“巫山红叶节”的举行，三峡旅游也由“冷冬”变为“暖冬”、“冷线”变成“热线”了。“巫山红叶节”期间，巫山城里常常是“一床难求”“一车难停”“一票难买”。见到巫山红叶这般“火爆”与强劲，各路船家纷纷披挂上阵，重上征程。他们冬日里载着乘兴满满的游客，载着游兴未尽的欢笑，把三峡旅游再度搅得个热火朝天。

看到这一幕又一幕的惊奇，人们放眼大江两岸，发自内心地赞叹：巫山红叶真是功莫大焉！

三

一群矢志不渝的“旅游人”，倾洒火红青春一腔热血点染江山，他们前赴后继做出的奉献，赢得了影响中外、流传后世的无形口碑，光彩照人。

（一）

斗转星移，世事沧桑。

纵观前后数十年巫山旅游从无到有、由弱到强的历程，从发生到发展，从推进到延伸，从低端到高端，这一切的一切都离不开人，尤其离不开为这一事业默默奉献、捧出热血丹心的一群“旅游人”。

提起巫山“旅游人”，就不得不提及巫山旅游业最初的“掌门人”、实际的操作手和顽强的开拓者龚源鼎。

早在20世纪80年代初，一位在宣传文化战线奋斗了十多年的英年才俊，被领导一眼看中，把他放在旅游业还处于一张白纸状态的负责推进巫山旅游发展的岗位上。

也许，在一般人的心目中，旅游局长是个“美差”“肥缺”，隔三岔五可直上云天，在全国乃至世界各大旅游景点之间飞来飞去，山光水色，海浪沙滩，绿树迎风，住有宾馆酒楼，食有生猛海鲜，行有靓车游轮，一天到晚过着神仙一样的日子，好不惬意，好不快活，让人羡慕还来不及。

可是，龚源鼎这旅游局长当得百般地清苦和寒碜。

对于工作上的千头万绪，他从未叫过苦、喊过累。可是当时“一穷二白”的工作环境使他感到了十分的无奈：没有人手，连他这局长在内，仅有两名工作人员；没有地头，靠在县城一隅租下的一间24平方米的小屋，“寄人篱下”长达数年；没有办公桌，一枚公章只能随身携带，在包里揣了三年之久；有人戏称他“公章局长”，他也笑而不答，权当作一种“享受”。

生活上的“低标准”他倒毫无怨言，可“外事无小事”，他在工作中接触到的都是高标准，严要求，来不得半点儿的疏忽与马虎。他在任上首次奉命高规格接待，便是1983年5月7日那次上百人的中外旅游景观考察团，由于热情周到细致，百密而无一疏，最终巫山小三峡在长江沿线13个旅游点的综合评比中获得唯一一个“满分”，使得他如释重负，由此信心满满。

为了打造适合接待中外嘉宾的外部环境和配套优良的硬件设施，紧接着，他又开始着手兴建双龙宾馆。为了节省每一个“铜板”，在长达七个多月的时间里，他同建筑工人一起吃住在工地，劳动在工地，由于满身沾满了灰沙泥浆，他常常被人误认为泥瓦匠；没有建筑石灰，他就地取材，在大宁河边自建石灰窑，由于要观察火候，他常常蹲在石灰窑旁几个小时不挪窝，又被人误认为烧窑工。

双龙宾馆按期建成后仅仅两年多，他又自力更生，在没有任何资助的情况下，在巫山县城建起了当时堪称一流的巫峡宾馆，使县上对外接待条件日渐成熟。

为了保证在对外接待中不出任何闪失，身为县旅游局长的龚源鼎，凡有接待任务，总是坚持最早一个进入小三峡，送走客人后最后一个离开小三峡，设身处地地为中外游客释疑释惑，提供服务，整日忙得脚不点地，头昏脑涨，浑身酸痛。

为了让客人进得来，看得懂，记得住，经过多年的观察、提炼和总结，他先后编写出版了《小三峡之旅》手册及《名城巫山·旅游史话》，洋洋洒洒数十万言，将巫山的历史沿革、人文景观、神话传说讲了个透透彻彻，明明白白。让前往小三峡的中外游客带得走，传得开，留作纪念，回味无穷。

谁都知道，龚元鼎是位地地道道的"拼命三郎"。凡是熟知他的人，都知道他对待工作一向一丝不苟，认真负责，遇事不推不诿，不拖不拉，常年的工作习惯使他养成了非常好的行事作风。

在他担任旅游局长的那段岁月，国家还没有明确提出"生态涵养"这个概念，可龚源鼎却把小三峡的生态建设与环境保护看得比生命还重：是他，最先向县上有关部门报告，给大宁河小三峡沿线村民供应燃煤、化肥，免征农业税，从根本上杜绝当地农民毁林开荒的行为，同时还为整个峡区配备了40位长年护林巡逻员，时时处处管护着景区的一草一木，从而使得小三峡两岸青山常在，绿水长流；是他，千方百计找到一个科学的"平衡点"，为了让峡区群猴不践踏农民的庄稼，就要使它们自身"衣食无忧"，如此才能与人类化"敌"为友，和谐共处，他建议县上每年划拨充足的猴粮，并确定专人按时投放到群猴出没的要道和景点，只要送粮人一声"哨令"，猴子猴孙们便会钻出荆棘草丛，吃饱喝足之后，还不忘向中外游人扮鬼脸，攀树林，有时还会顽皮地向游船边扔来一颗小石子，常常引来一船惊喜和欢笑。而今，这里的"猴氏家族"已发展到1000余只，成为招徕中外游人的一道独特风景线。

为了迎接更大规模的中外游客，1989年双龙宾馆开始扩建。为了保证工程进度和质量，1月29日上午，龚源鼎爬上工地脚手架检查建筑质量，没想到，脚下一滑，竟从四米多的高处"咚"的一声重重摔倒在地，当场昏迷不醒，不省人事。由于双龙场上医疗条件极其有限，在场人弄来一点儿三七片强行让他吞服止痛，然后又搭乘一条运煤船将他送到县医院，诊断结果：他的左肩胛骨破裂成了三块，肋骨摔断了七根。

医生只得用夹板、钢针将他控制在病床之上。就在他刚刚苏醒时，却使出全身力气给身边工作人员交代：工程不能停，工人要系好安全带，要随时检查脚手架是否安全……

可他感到庆幸的是：尽管身上多处受损，可大脑还没受伤。于是，他请人找来纸笔，每天从病床上强撑着坐起来不停地写。住院20来天期间，一份长达三万余字的长江三峡及大宁河小三峡旅游解说词终于脱稿，成为日后导游解说的最佳蓝本。

住院20来天后，他就不顾院方劝阻，坚决要求提前出院。面对这样一位"工作狂"，医生只得违心地同意他的请求，答应他出院"边治疗，边工作"。可就在他忍着伤痛坚持出院的第二天，他又出现在双龙宾馆扩建的工地上，出现在中外游人络绎不绝的小三峡中。

自从1982年实际担负起巫山县旅游的领导重任，到1998年从领导岗位上退下来，龚元鼎在旅游岗位连续干了16个春秋。

当他近日与笔者交谈，提起这16个极不平凡的岁月时，他显得十分平静："要说我个人为此还感到有几分欣慰、几分自豪的话，那就是我曾经为它倾注过心血的大宁河小三峡在中外名气更大了，它已摘取'中国旅游胜地40佳'的桂冠，也获得了国家'5A级景区'的殊荣，就连日本前首相中曾根康弘也为它写下'天下绝景'，原国务院总理李鹏也欣然命笔，称它为'中华奇观'；1991年，我个人也被国家旅游局等部门授予'全国旅游行业先进工作者'称号。对这一切的一切，我已知足了。我现在已是70多岁的老人，回顾自己这些年所走过的路，所做过的事，我感到无愧于巫峡这方山水，无愧于大宁河小三峡这条河流，无愧于生我养我培育我健康成长的巫山这片沃土上的乡亲父老！"

这，就是一位旅游工作者吐出的心声。

犹似大宁河岸的巨石，朴实无华；亦似小三峡里的清流，寂静无声。

青山遮不住，日夜向东流。

（二）

巫山“旅游人”的品德厚重得似一座巨峰，巫山“旅游人”的心灵美丽得如一泓清泉，巫山“旅游人”的胸怀宽广得似一片海洋。

自从20世纪80年代初巫山对外开放时算起，在长达数十年的对外接待工作中，巫山人都秉承这样一个理念：无论你来自哪个国度，无论你身居何方，只要你前来观光旅游，在这里都会受到同样的尊重，享受同样的礼遇。

他们始终牢记一句话：在国外嘉宾面前，巫山“旅游人”就是友好的使者，和平的象征，勤奋、勇敢、正义的化身。

1995年10月，一艘满载英国、德国游客的小型旅游船在游完小三峡返回巫山港的途中，因机械失灵，只好停靠在龙门峡与巴雾峡之间的东坪坝等待救援。天色已晚，前不挨村，后不着店，客人们十分地焦急。

在接到求援信息之后，巫山县旅游局龚源鼎、宋开平一行四人带上50多条毛毯和充足的食物，开了两艘小型旅游船，朝着离县城20公里外的东坪坝赶去。

这是一条没有航标的河流。船上灯光照明设施全无。他们灵机一动，买来十多支手电筒，一齐打开，绑在船头船尾，当作“指路明灯”。这次夜航沿途要经过白水河、银窝滩等数道险滩激流，即使在大白天，再老道的船工经过这里也是如履薄冰，何况是在伸手不见五指的漫漫长夜。

晚上8点多出发，到达游客们被困的东坪坝已是深夜12点。困守在小船上的几十位游客忽然瞧见小三峡下游河面上“飘”来几束灯光，晃动的“星星”由远而近，他们开始欢呼：“我们的‘救星’到了，我们的‘救星’到了！”

几名工作人员给客人们一一递上充饥的食品和御寒的毛毯，安顿完毕已是凌晨1点以后。

不一会儿，船舱里的客人已进入甜蜜的梦境，而巫山旅游局前去救援的四名工作人员却在瑟瑟秋风里，在船外一直守候到黎明……

第二天早上，当这批客人被送到巫峡口，圆满地乘上“西陵号”游轮踏上归途时，他们向巫山旅游局的几名工作人员伸出大拇指：“中国人了不起，是你们一夜的坚守，让我们感受到了比这高档游船上更多更大的温暖！”

别”。这是一个特别的人群:“发现新三峡”近20人的中外专家考察团。

这是一个特别的祭奠仪式:没有纸灰飞扬,没有袅袅香烟,唯有在场人那一张张凝重的脸和一颗颗沉甸甸的心。人们面向“神女景区”那条由江边一直延伸到山顶的步道,脱帽肃立。

这是一个见所未见、闻所未闻的被祭奠的群体:一群因兴建“神女景区”而被活活累死的骡子。

就在考察团正式到来之前,中央新影国际传媒有限公司董事长、《新三峡》总导演杨书华先生就从巫山县人大常委会主任口中听到这样一个感人至深的故事:

2013年,因为要在“神女景区”修建12个观景平台和长达3000多米的人行步道,为了保护景区的自然生态环境,尽量不让一草一木受到损坏,先是由施工单位给出每搬运100斤建材可得100元工钱的高价,从城里邀来30位长年从事体力劳动的民工,可他们仅仅朝上搬运了一趟,就集体辞工不干了。没办法,施工单位派出专人跑遍毗邻的几个县,找回30多匹骡子。没想到,由于负担沉重,道路太过崎岖,有的骡子被人赶着一步一步艰难地前行,竟累得直喘粗气,口吐白沫,最后头一歪,脚一软栽倒在地,再也爬不起来……

就这样,神女景区的几千米人行步道虽是按期完成,给上山观景的游人增添了方便和游趣,可一批骡子却因此为人类献出了生命。

听到这个故事,杨书华先生内心受到极大的震动。他决定要在“发现新三峡”之旅的日程中,为这批死去的骡子举行一个既简朴又隆重的特别祭奠仪式。

为了表示对“骡子精神”的尊崇,人们当即你200、他300地自发捐赠了三万多元,并建议县上选取适当的时候和地点塑起一组“骡子群雕”,以供后人纪念和追忆。

这个特别的“祭奠仪式”相信会在人们的记忆中挥之不去。

可是,在巫山旅游业发展的漫漫旅程中,人们已知的和未知的,又何止这样一种“骡子精神”!

巫峡口上的文峰公园,是当地人品味巫山历史文化的一个最佳去处,也是巫山这座山水港湾旅游新城的天然观景台、瞭望台，还是观赏巫山红叶最便捷、最直接的观景长廊。

公园建成后，由于山道崎岖，悬崖陡峭，加上沿途乱石遍布，荆棘丛生，没有一条较好的人行梯道相连，人们要从巫峡口登临文峰观，瞭望巫山城十分地艰难，多少人到此望而却步。

这一反映巫山旅游的小小“短板”被县人大代表们看在眼里，想在心头。

就在2011年1月举行的巫山县十五届人大七次会议上，由巫峡代表团率先提出的一份“关于修建文峰健身步道的建议”立即引起共鸣。中共巫山县委、县政府高度重视，县人大常委会将其列为当年“人大代表在行动”要解决的十件民生实事之一，并立即向全社会发出修建文峰健身步道的倡议书，吁请社会各界人士为这一公益之举献出一片爱心，增添一份力量。

倡议书情真意切，言辞滚烫，一下子把全县人民的意志转化为高度统一的行动。县城97岁的王国璋老人带头捐款1000元；年仅三岁的小朋友谭宸宸也从积钱罐里捐出了200元长辈们过年时给的压岁钱；一位叫伍早尧的市民全家五口，每人捐出200元，在不太长的时间内，社会捐款达263.5万元。

经过周密的筹备，一条长1700米、宽2.4米、总投资500万元、2936级的健身步道仅用了一年多点儿时间就大功告成。现在，当人们从这里拾级而上，可近观巫峡两岸的美景，可眺望远山近岭红叶的绚丽，还可俯瞰浩浩大江日夜东流之气势。

正如当地人为这条步道写下的一篇“纪事”中所描述的那样：“登高览胜，凌云抒胸，正养天地浩气；拾级聚足，赏红观绿，不负山水美名。”

这条路被当地人称为“人大代表路”。

四

一条环环紧扣的“旅游链”，好似一条金钱串起的璀璨明珠，历经险滩激流磨砺的胆识，凭借精心谋划、运筹帷幄决胜千里之外，化险为夷。

（一）

纵观巫山旅游近些年的发展态势，说它“前有堵截，后有追兵”，一点儿也不为过。

且不说“重庆周边游”带来的金佛山、仙女山的蓬勃崛起，就像两座“大山”压在巫山人的心头，就是近在咫尺的云阳龙缸、奉节天坑地缝、巴东神农溪、开州汉丰湖、万州大瀑布等地旅游开发的力度和势头令巫山人一刻也不能放松，一点儿也不敢小觑，一个新形势下的“乌龟与兔子赛跑”的寓言故事正在三峡内外不断上演和翻新。再加上实际工作离重庆市领导在调研推动长江经济带发展时提出的“着力推进以巫山为中心的巫山—奉节—巫溪旅游板块发展，全面提升三峡库区旅游业发展水平，带动更多群众增收致富”的总要求还有不小的差距，三峡库区旅游“金三角”资源的整合与利用也还需做出进一步的探索与努力。

但是，人们欣喜地看到，近些年巫山旅游业无论遭遇到什么样的艰难险阻，遇到什么样的大风大浪，巫山人都会脸上无惧色，胸中有良谋，脚下有方寸，超前谋划，前瞻决策，往往能在要害关头出奇制胜，一颗“棋子”、一个“妙招”走活一盘棋局，运筹帷幄，决胜千里，转危为安，化险为夷。

十多年前，在整个三峡旅游还处于低迷的大背景下，巫山人却围绕一片小红叶做起了振兴旅游的“大文章”，不仅使巫山旅游绝处逢生，走出低迷，而且还推动了全县旅游业的转轨变型。

为了改变巫山旅游“过境游”、游客来也匆匆去也匆匆的现状，巫山决定从加快基础设施建设、扮靓一座旅游新城入手，让旅游者由“匆匆过客”变成引得来、留得住的“常住宾客”。对于此事县上可是既动真情，又动真格。

光顾过2007年首届“巫山红叶节”后来又连续多年“故地重游”的人士用新奇的目光打量巫山之后，发现每年都会从这儿看到新的变化，感受到新的神奇。

一座新城靓丽多了。以“神女大梯道”为中轴线，将平湖路、广东路、净坛路紧紧相连，彼此连通。宽敞笔直的滨江大道两旁绿树成行，遮天蔽日。满城灯饰古色古香，别具一格。每当入夜，一座江边县城流光溢彩映衬着高峡平湖，如梦如幻。近几年崛起于县城周边的朝云公园、暮雨公园、文峰公园、望霞公园既传承和再现了巫山的历史脉络，又为巫山的未来融入了新的文化内涵。

食住行游方便多了。在吃的方面，巫山高中低档餐厅已发展到900多家，到巫山不仅可以大饱眼福看美景，还可大饱口福品美食，白天，曲尺的纽荷尔脐橙、黛溪老磨坊粉条、大昌的雪枣、红椿的庙党及水口钮丝面，你可尽情地买，尽情地吃。傍晚，南山一条街飘香的烤鱼、小巷深处的腊猪脚炖土鸡可让你吃得“只享今生，不思来世”。在住的方面，县城大小宾馆、酒店、旅馆里的床位已由首届“巫山红叶节”时的3000多张发展到今天的7000多张，其中三星级以上的宾馆、酒店有20家，农家乐500多家，其中星级农家乐60余家。在交通方面，建有重庆至巫山的高速公路417公里，湖北宜昌到巫山的高速公路173公里，县城到各主要景区道路全部实现了硬化，游人不再受攀缘之苦，受颠簸之累。在观景路线方面，增加了多样性和选择性，游客既可乘车上山，随新建的景区公路盘旋而上，一览众山红叶于眼底，亦可饱览三峡红叶于两岸，还可徒步在山间红叶小道与红叶亲密接触，在红叶中寻找诗的灵感，在红叶丛中享受摄影的快感，还可采撷几片红叶标本，制作成精美的节日贺卡，连同相思，遥寄远方情人。

车辆拥堵少得多了。头几届“巫山红叶节”期间，由于客源的猛增，巫山县城连续几年“一票难买”“一床难求”“一车难停”。为了走出这种尴尬局面，巫山县先是加强城内自身交通整治的力度，引导市民不乱停，不乱放，不乱调头，不乱鸣笛，文明行车，礼貌让车，宁可让自家的车辆受一些“委曲”，也要为外地游客车辆的顺畅出行挤出一定的空间。同时，在有条件的地方千方百计地增加停车位，到目前为止，县城室内外停车位已增加到4000多个，大大缓解了“停车难”的压力。更加令人欣喜的是，为了增加城市人口和外来旅游者的容量，三年前，巫山已启动江东新城的建设，这个位于巫峡口上渝东第一门户的移民新城，将以更加绰约的风姿展现在世人面前。城市常住人口也将增加到20万人。人们更有理由相信：巫山江东新城崛起之时，也就是整个巫山县城告别一车难停、拥堵不堪历史的宽松和畅之日。

文旅融合精彩多了。2016年11月18日第十届“巫山红叶节”开幕的当晚，由重庆市歌舞团承办的开幕式文艺晚会，以“巫山·因爱而生”为主题，通过红叶串起一个遥远的神话传说、一个凄婉的爱情故事、一个永恒的爱恋主题，使与会观众从中感受到一幅幅历史、山水、城市和人民的剪影。11月14日至27日，在“神女景区”开展的以“爱上红叶，恋上巫山，神女景区，升级狂欢”为主题的音乐文化周，将具有巫山特色的民俗文化、经典山歌、神话故事、精品歌舞一起搬上新近打造的柳黄路沿线的广阔舞台，雅俗共赏，引人入胜，有效地弘扬和传承了巫山红叶精神。中华全国总工会文工团以巫山为背景、以红叶为元素创作的精品话剧，在北京民族文化宫大剧院成功进行首场公演后，在“巫山红叶节”期间，原班人马又在巫山影剧院展开连续三天的巡演，效果极佳。12月11日在巫峡口举行的长江三峡国际越野赛，分52公里越野、9公里登高、两公里健身三个项目展开，赛事开展当日，巫峡口上观者如云，人声鼎沸。

行到巫山必有诗，行到巫山必有情，行到巫山必有爱。在第十届“巫山红叶节”期间，这里别出心裁地组织了一系列以“爱”与“情”为主题的系列文旅活动，打造了一个个寓意深远的“红叶爱情之旅”，组织起30个“爱情旅行团”和8个“爱情自驾游团”登上巫峡山巅，人们相依相偎，“红叶传情，山盟海誓”，步入不寻常的人生新阶段。此外，还从外地定向选择了30对“红叶新人”，到“神女之乡”举行“神女赐福神圣婚礼”。再就是游人们面向“神女峰”，庄严地许下“执子之手，与子偕老”的爱情承诺。

由于人们纷纷笃信“巫山红叶”将会使得他们一生“红运高照”，近年来，来自天南地北的男男女女，都有些迫不及待地朝着巫山这方山水，奔着艳丽的峡江红叶、奔着这浪漫的色彩、奔着这火红的命运一路走来，不停步，不回头，始终在一起，在路上……

（二）

自从20世纪80年代初巫山旅游兴起之后，无论当时处在一种什么样的条件和背景，围绕如何把巫山旅游产业做大盘强，历届中共巫山县委、县政府的领导都亮出了自己的妙招，使出了浑身解数。比如“旅游兴县”的提出，比如“旅游富县”的实施，比如打造巫山旅游不夜城、不夜港的构思，比如泛三峡旅游、打造三峡旅游超市的设想等，这些思路或妙招经过不断碰撞和升华，在实践中显得更加成熟和理智，对推动巫山旅游这艘“大船”破浪前行，产生了巨大的作用和影响。他们不争论，不彷徨，不停步，一届一届接着干，一届一届加力干，使得巫山的旅游业不断地超越自我，上档升级，不断地脱胎换骨，走向新生。

在第十届“巫山红叶节”开幕后几天，笔者一行走进巫山县长曹邦兴的办公室，听了他在一幅“巫山旅游发展态势图”前的一番侃侃而谈，我们实打实地领略到了巫山旅游发展所表现出的宏大气势。

“巫山是长江上游重要的生态屏障，旅游业是巫山发展的重要支柱。未来，我们将建设以巫山为中心的长江三峡旅游目的地，建成‘一城两轴三片’的全域旅游示范区。”

曹邦兴十分平静地展开了他的深思熟虑，并把我们的注意力一下子聚焦在“一城两轴三片”的发展战略上，“所谓‘一城’，就是依托高唐、江东、早阳三个城市组团及琵琶湖、凝翠湖这两个湖面，建设山水港湾旅游新城，把县城打造成长江三峡旅游‘金三角’服务中心。所谓‘两轴’，一是以长江沿线为‘轴’，打造世界级山水峡谷、高峡平湖、云雨奇观旅游精品；二是以大宁河沿线为‘轴’，打造亲水观光、民俗风情体验和三峡腹地原生峡谷群落，建成全国独具特色的生态旅游观光长廊。所谓‘三片’，就是北部峡谷群落旅游片区、东部神女文化旅游片区及西部远古科考旅游片区。再过两年，也就是到2018年，我们力争实现全县年接待游客1500万人次，旅游业对全县GDP的综合贡献率达15%以上，旅游新增就业20%以上，旅游税收占地方财政税收10%左右，因旅游发展直接受益的农民达20%，全县20%的建档立卡贫困户通过旅游业的发展实现脱贫。”

巫山旅游发展的远景规划是如此令人震撼。接下来，曹邦兴谈起下一步如何将这些远景规划变成可实现的目标，“为了把巫山真正打造成有特色、有温度、有记忆的生态美丽巫山，我们将大力开展‘蓝天、碧水、宁静、绿地、田园’五大行动，把巫山这方好山好水以及这里的好文化、好红叶变成丰富的旅游资源，把绿水青山变成金山银山，我们将着重推出这样几个举措来确保美好蓝图的实现：一是打造精品景区，提档升级小三峡、小小三峡国家“5A级景区”品质，推动大宁湖、大昌湖旅游资源综合开发，不断丰富旅游业态，强力推进神女景区建设，打造长江南北水陆环线，按照“5A级景区”标准打造当阳大峡谷，推动文峰观、大昌古城、巫山博物馆等一批“4A级景区”创建；二是建设三级游客服务集散中心，在县城江东新区建设县城游客集散中心，相关乡镇建设游客服务中心，为自驾车游客提供规范引导和信息服务，同时在国道、省道、县道等交通主干道两侧规划建设100个驿站中心，为游客提供‘一站式’咨询、休息等标配服务；三是培育特色风情小镇，形成‘一镇一特色’‘一镇一风情’‘一镇一产业’的新格局；打造特色民宿，合理开发利用农村闲置房屋和老百姓自住房，将文化创意与民宿打造相融合，使之形成具有历史记忆、乡愁氛围的特色民宿，重点推出特色民宿‘三峡院子’。在今年的‘巫山红叶节’期间，“三峡院子”已开始迎客，投入使用，其目的就是要使游客体验到‘人在旅途，处处是景点，路路是景观’的全域旅游新形象”。

全县的旅游发展蓝图与下一步的实施步骤并非凭空想象。

前些年，巫山红叶的出现同样显得形单影只。

没想到，用了仅仅几年的工夫，巫山红叶好似生出了翅膀一样，由高山“飞”到了平地，由峡谷“飞”出了山野。

一时之间，县上纷纷接到各地飞马传报：“我们这里发现了红叶，面积大、品质好。”“我们这里也发现了红叶，色彩更为斑斓，品种更加奇特。”于是，在巫山全县的土地上，就先后冒出了建坪红叶山、官渡红叶坡、大昌红叶寨、庙宇红叶沟、抱龙红叶谷……

一个又一个与红叶相关联的景观、景点，就这样掀开了“红盖头”。

一片红叶给巫山旅游以先机和灵感，从而拓展了巫山人推进旅游业发展的思维空间，进一步拉开了巫山全域旅游的崭新格局。

于是，经过县上统一筹划，一个以“春赏花、夏避暑、秋观红叶、冬滑雪”为特色的乡村旅游的序幕徐徐拉开：曲尺等地的江北李花、官渡等地的江南菜花，大溪等地的樱桃花，大昌等地的郁金香花，一年四季花开不败，一年四季果香四溢。同时，以望天坪、梨子坪、红椿大坪为代表的高山旅游避暑区、以葱坪为代表的高山湿地旅游区、以朝阳坪为代表的高山草甸和原始森林旅游区，一个接一个走出“深闺”，浮出“水面”。

这一个又一个特色乡村旅游点的出现，让那些祖祖辈辈被一个“穷”字压得喘不动气、伸不直腰的山区农民得到了实惠，看到了希望，体味到了旅游业的兴起可以让他们尽快脱贫致富，奔向小康的幸福生活。

当阳乡忍子村因山道阻隔，以前连一头猪也赶不下山。2014年，随着当阳大峡谷连接湖北神农架的56公里旅游公路的开通，忍子村当年就新建起20多家“农家乐”。当地村民说：“改革开放这些年我们肚子吃饱了，身上穿暖了，现在一家人经营一处农家乐，一年下来挣个两三万元的票子已不是什么新鲜事儿了。”

笔者在县上刚刚投入巨资打造的神女景区柳黄路旁，见到一位名叫黄彪的巫峡汉子，他年轻时应征入伍，在祖国边疆前哨当兵五年，学到了一手好厨艺，但以前并无用武之地，退伍后在广东沿海闯荡十多年，还是一身行囊，两手空空。2016年他瞅准柳黄路开通的机遇，在景区开办了一家“农家乐”，时运陡转。从“巫山红叶节”开幕那天起，他每天要办20多席，最多一天有30席接待游客，由于手艺不错，给客人品尝的又多是烘洋芋、菜豆腐、腊猪蹄之类地道的农家菜，这里经常是座无虚席，有时还需提前预订。问起收入，他笑笑说：“以前在外打工，一个月最多挣3000来元。可我现在只要稍稍努力，一个月下来的总收入比过去一年辛辛苦苦挣的还要多。”

个山上山下、峡谷内外、山间田园、平湖水面组成的“旅游交响曲”正在巫峡大地这个广阔的舞台上奏响。

（三）

笔者在2016年“巫山红叶节”期间前往巫山采访，正遇上县旅游局领导班子的调整交接。

本想同新来的局长见上一面，聊上一聊，听听他对巫山未来旅游业发展的一些高见，可他初来乍到就为工作上的事儿外出奔波忙碌去了，一去就是数日，虽然我们内心很遗憾，但也只能作罢。

采访刚刚卸任的前旅游局局长税华倒是如愿以偿。虽然几十年未曾谋面，以前只知道他大学毕业后一直在旅游部门工作，自2003年接过巫山旅游发展的“接力棒”，他就开始担任巫山县旅游局副局长、局长、党委书记，后来因县旅游局与县风景管理局合二为一，他就一直局长、书记“一肩挑”，有力地扬起了巫山旅游这片风帆，在风云变幻的旅游市场上打了一个又一个的难仗、恶仗、险仗，被人称为三峡旅游业界的“年轻少帅”。可这次一见面，却看到这位年仅40多岁的“少帅”头发早白了一圈。这让笔者不禁感叹：看来，巫山县旅游局长这个活儿不容易啊！

个中甘苦只有天知、地知、税华知，还有从巫山旅游部门一路走来的新老“旅游人”知。

刚刚履新巫山旅游发展集团董事长的税华将“巫山旅游发展集团”诞生前夜的经过与未来发展的走向做了如是描述——

“2016年9月30日，巫山县人民政府与重庆渝富集团、重庆市旅游局签署了一个共同打造巫山旅游发展升级版的框架协议：由重庆市和巫山县分别成立旅游文化投资平台公司，重庆、巫山市县两级投资平台公司与重庆渝富集团按2:8(巫山县占20%，渝富集团占80%)比例共同出资，发起成立巫山旅游发展基金，基金规模为25亿元人民币，用于巫山县整个旅游项目的开发、建设。由于平台一开始就显示出巨大的魅力，万达集团、海南航空、中国青年旅行社等全国知名企业，纷纷注入资金进入这一平台。

“巫山旅游发展集团将形成这样一个新的基本架构，在集团统领下的有：专事景区开发建设的开发建设公司，将景区游船、观光车、索道、观光电梯全部纳入其内的交通服务公司，将文峰观、朝云公园、三峡院子等涉及旅游文化资产项目一起划拨集团旗下的文旅类子公司，再加上景区管理公司、旅游商品开发公司，这样形成“五驾马车”共同拉动的巫山旅游发展集团，并与重庆渝富集团中新基金联合成立运营公司，为下一步在沪深主体板块挂牌上市进行前期的铺垫和准备。

“这家新的旅游发展企业完全按照股份制企业的模式实行公司化运作，股权平行，由政府相对控股。运营公司成立之后经过半年运行，将旗下优质资产逐步实物入股，然后‘借壳上市’。这种体制机制的改革，将会从根本上扭转以前旅游开发中存在的资金、人才匮乏的困局。使得巫山全域旅游开发和以巫山为中心的长江三峡旅游‘金三角’的打造得以有序推进。”

就在此次巫山采访之行即将结束之际，刚刚落幕的第十届“巫山红叶节”传来好消息：自11月18日开幕到12月底闭幕，整个“巫山红叶节”期间巫山境内各景点共接待海内外游客42.6万人次，同比增长12%；实现旅游收入3.9亿元，同比增长14.3%，创下历届“巫山红叶节”的历史新高。

此次巫山之行，我们对巫山旅游的采访收获满满，对巫山旅游未来的发展态势信心满满。

临行前，笔者想与税华有个约定：什么时候我们再重走巫峡路？

只见这位年轻而又老成的“旅游人”抬手指向巫峡两岸的巍巍群山、高峡平湖的浩浩大江：“等到满山红叶时！”

——原载于《时代报告》2017年第2期

作者简介

钱犁，重庆市作家协会会员、万州区作家协会副主席；胡素华，重庆市作家协会会员。

为了大地苍生

■舒德骑

这是一粒稻谷种子的传奇。

也是一位水稻科学家的人生传奇。

几千年来，围绕着土地和粮食，在人类居住的这个星球上，不知发生了多少杀戮和战争。“国以民为本，民以食为天”，这是两千多年前，我们的祖先告诉他们的子孙们的一个最根本的生存道理。古往今来，无数仁人志士，为了天下的太平，为了大地的丰收，为了芸芸苍生远离饥饿，人间不再出现饿殍盈途、易子相食的悲惨情景，他们穷尽毕生心血和智慧，努力实践着这一伟大而朴素的夙愿。

在当代中国，一个农民的儿子，他的人生就在创造着这样的一个奇迹。他的名字叫——周开达。

饥饿寒冷童年梦

云帐铅灰，风寒露冷。

一个孱弱的少年，放学后从一个叫“观音堂”的学校出来，踽踽行走在乡间的小路上。走过几道田坎，他艰难地爬上了回家的那条山道。他已经一天没吃东西了，肚皮早就饿得贴着脊梁骨了。走着走着，他眼睛发黑，腿脚沉重，一路不断地扶着路边的小树，好不容易才爬上了眼前的山坡。

路湿苔滑，这条每天上学都要走过的林间小道，今天似乎变得特别漫长，好像没有尽头。爬上坡顶，他实在走不动了，只好抱着书包，在一个避风的凹地坐了下来，昏昏沉沉地靠在一棵树上歇息。暮鸦归巢，路上早已没有了行人，四处静悄悄的，只有阴冷的风呜呜地吹着，像有人在耳边凄凄哭泣——是的，最近村里老是死人，经常都有大人小孩这样哭泣。

不一会儿，他抬头朝山下望去，只见稀疏的树丛间，掩映着几块高低错落的薄田，草黄山瘦，田野杂芜，一派萧索的景象。这个时候，原本该是农人们收工回家吃饭的时辰了，然而那一座座低矮破败的草屋里，没有人声，没有狗吠，也没有一户人家房顶在冒炊烟。

这个地方叫先锋场，位于重庆江津境内。

这个孱弱的少年，名叫周开达，他出生在这里一个贫穷的山坳里。

江津，位于川东地区，因地处长江要津而得名。这里水源丰盈，雨量适中，日照充沛，很适宜庄稼生长。寻常时节，这里朝可见那连绵起伏的稻禾在风里摇曳，暮可闻渔夫在大江上悠然唱晚。这块依山傍水的土地，原本历史厚重、人文荟萃，本该是物产丰饶、民富境安——然而，留在周开达童年记忆中的，却是伤心和哀痛。

在周开达出生的年代里，军阀连年混战，天灾人祸频繁，整个地区被弄得满目疮痍，民不聊生。在他出生后不久，不但发生了“九一八”事变这样的人祸，还接连发生了几十年不遇的罕见天灾。

《江津县志·大事记》载，1948年，这里先遭夏旱，后遭水灾，土地大部撂荒，田土大面积减产，有的地方竟然颗粒无收。时四川政府公报称：“川东灾区先是赤地千里，继而沦为泽国。庄稼无收，政府无力赈济，几月以来，贫民口食一为酒糟，二为芭蕉头，三为草根树皮，四为白鳝泥(又名观音土)。其中江津永兴场、几子场灾民多食泥土，更有饥民‘易子相食’的骇人传闻。”

真是行船偏遇顶头风，屋漏偏遭连天雨。

第二年，江津继续大旱，届播种之期仍无透雨，田土龟裂，种不能下，庄稼依然无收。“城乡贫民朝不保夕，以草根、树皮、土块为食。以致饥民或四散逃荒，道有饿殍，或占山为匪，断聚掠粮……”

“那时，虽然我人还小，但湾子里和邻近村里的人挨饿的情形，饿死的人抬到坡上去掩埋的场面，我一辈子都忘不掉……”周开达长大成人后，回到家乡搞试验田时，想起了当时的情形，神情黯伤地对村民们说道，“那时，我家里也没什么吃的，吃的都是什么树叶、草根、芭蕉头之类的东西，有时虽能拌上一把米糠或酒糟，即便这种粗食，我们几弟兄每顿也只能分到一小碗……更多时候，没有吃的，就只能挨饿。在冬天的夜里，那又冷又饿的滋味，实在难熬啊……”

这样刻骨铭心的记忆，在一个儿童心灵中留下的伤痕可想而知。

那几年，周开达他们湾子里，以及附近的村子里，都在不断地死人。据《江津县志》载，永兴场等地界上，连树皮草根都被人剥挖殆尽，有的村庄饿死的人竟有十之三四。由于当时死的人太多，埋葬死人时竟找不到几个有劳力的人来抬。

周开达有一年回到家乡，还和乡亲谈起他记忆中的一件事情：当时湾子里有个年龄比他小两岁，名叫“黑串儿”的小孩子，有一年春天，饿得实在不行，吃了几块大人用艾叶和白鳝泥揉成的“粑粑”。这孩子将这东西吃下后，肚皮胀得像鼓一样，拉不出屎来，那嘶哑痛苦的哭叫声，让人听了心中发怵。大人见此情形，也束手无策，哭天无路。那时，穷人得了病是进不起医院的，除了挖点儿草药敷衍外，唯一的办法就是拖。这个叫“黑串儿”的孩子拖了没几天，竟给活活胀死了！

饿！饿！饿！年幼的周开达和村上的人一样，几乎天天都在饥饿中挨着难熬的时光。

为什么地里总是长不出庄稼，人们总是要挨饿呢？为什么老天爷就不能发点儿善心，让这世上少饿死一些人呢？在那些饥饿的日子里，年幼的周开达总是这样问他的父亲。

"庄稼人只能是靠天吃饭啊！只有盼望风调雨顺，才能少饿死一些人啊！"是啊，有什么办法呢？父亲阴郁地看着瘦骨嶙峋的儿子，只能这样回答他。

是的，周开达小时候就经常和伙伴们唱着这样一首童谣："天老爷，发善心，娃娃不吃丝茅根；天老爷，快落雨，保佑娃娃吃白米……"

但是，要想娃娃不挨饿，要想娃娃吃白米，除了要靠天老爷外，还有没有其他办法呢？那时，小开达经常坐在山坡上，望着眼前干涸杂芜的田土和那稀稀落落的庄稼，想着他无尽的心事。

此时，暮色渐渐浓了起来，寒风依然呜呜地吹着。小开达昏沉沉地坐在山坡上，把目光从远处收了回来，落在了半山坡一堆新鲜的黄土堆上——难道，今天村子里又饿死人了吗？想到这里，他不由得打了个寒战。

不行，无论如何都要走回家去！

天上飘起了雪雨，天就要黑了。小开达扶着树干站了起来，不由得裹了裹破烂单薄的衣裳，紧了紧裤腰带，挪动着沉重的双腿，沿着那条湿滑的小路，一步一步往坡下走去——他不能在这个无人知晓的地方冻死饿死。他要回家去，家里毕竟还有一堆柴草，能给他带来一丝温暖。

是的，人的一生，刻在童年和少年心底里的痕迹最深。周开达年幼时的这些遭遇，对他后来执着于农业科学研究，立志要让天下的穷人远离饥饿，让这人世间少饿死一些人，或许有着深刻的影响吧！

阴差阳错学农业

1933年4月，周开达出生在当地农村一个耕读世家里。

周开达的祖上，在元末明初时为避祸从江西逃到江津定居。他的祖父早年读过几年私塾，在乡里还算有一些文化，很受乡人尊重。他的父亲名时习，字鹏飞，从小天资聪颖、勤奋好学，按周家"耕读传家"的祖训，时习少小时由父亲教他读书，13岁时，应邀替江津飞龙庙作祀文，因文章锦绣而语惊四座，受到当时的县令和学政褒奖，将文章收归县衙留存而显露声名。因为有了名声，时习长大后，在场上开办了一家私塾教授蒙童，同时租赁了当地地主的几亩田土，半教半耕养家糊口。

时习共育有五男一女，周开达是他第五个儿子。几个儿子年幼时，皆由他进行启蒙教学。“一娘生十子，十子各不同。”周开达从小性格比较内向，不善言辞，但他聪慧伶俐、慎思敏行，同时继承了父亲勤奋好学的优点，从三四岁起，那些《三字经》《百家姓》之类的启蒙教材，他一学便能记能写，还能流畅背诵下来，所以深得父亲喜爱。

稍大，父亲的学识已经不能满足周开达的求知欲望，加上此时江津新学兴起，先锋场虽说是个乡场，但那里的新学堂里除了教授国文，还教授数学、物理之类的课程。鉴于此，父亲便送他到场上一个叫“观音堂”的学校读书。

“三更灯火五更鸡，正是男儿读书时。黑发不知勤学早，白首方悔读书迟。”周开达背着书包上学的第一天，先生就给学生们讲解了颜真卿的这首《劝学》。那时人虽小，周开达虽不能完全弄懂古人的良苦用心，但基本的意思他还是清楚的。

性格内向的周开达，却偏偏天资聪颖，加上又有父亲从小的启蒙教育，他学习刻苦，学业优异。先生教他识的字，他几乎过目不忘；先生教的物理、地理之类的课程，他同样学得扎实，所以深得先生赏识。一位陈姓先生曾在他的评语中这样写道：“开达同学天赋聪慧，勤勉努力，记忆能力、反应能力极强，若能持之以恒、一以贯之，将来当堪大用也！”

“书山有路勤为径，学海无涯苦作舟。”在开达读书期间，父亲也是经常这样教诲他们弟兄几人的。

旧时的学生生活虽单调枯燥，但又最使人难忘。

在开达读书时，学校里已有个别思想比较进步的先生，特别是那位给他下评语的陈姓先生，除了对学生进行启发式的教育，教给学生各方面知识外，还对学生进行一些浅显的思想教育。他曾告诉学生：“你们这代人，生下来就别想过好日子。这是为什么呢？因为你们生下来就遇到军阀混战，遇到饥荒灾年，遇到日本人侵略中国，要把我们中国人当亡国奴，民族面临着生死存亡的危机，国家苦难深重。你们现在读书，就要想到将来长大了该干些什么。”

是啊，将来长大了该干什么呢？

“余致力于国民革命，凡四十年，其目的在追求中国之自由平等。积四十年之经验，深知欲达此目的，必须唤起民众及联合世界上以平等待我之民族，共同奋斗……”

那时，每天一上学，全体学生都要聚集在学校门口，背诵孙中山先生的遗嘱。孙中山先生的遗嘱，虽然有些深奥，却对全体国民寄托着殷切的期望。特别是那位陈姓先生讲的孙中山希望人们“要立志做大事，不要做大官”的教诲，对周开达人生的影响最大。

1948年，周开达初中毕业了。是回家种田，还是继续读书，成了摆在他面前的一个两难问题。当时，国家正处在内战时期，社会动荡，物价飞涨，民不聊生，周家的生存境况也一天不如一天。1946年，国民政府发行金圆券还不到一年，江津的米价每市石(50公斤)就由7.5元涨到26亿元，上涨了约3.5亿倍，简直创下世界通货膨胀之最。工商业陷入崩溃的边缘，市场倒退到以物易物的境地，老百姓更是苦不堪言，生活在水深火热之中。这一年，因民不聊生，米价陡涨，江津相继发生数起抢米事件。1946年6月27日，全城32家米店被饥民抢劫一空，军警开枪打死打伤数十人。

周开达当年以全县前几名的优异成绩，考取了当地有名的江津中学。这所中学办学历史悠久，师资力量雄厚，在川东乃至全川都声名远播，当时全国著名的“白屋诗人”吴芳吉，就曾在这里任过校长。后来新中国的开国元勋聂荣臻元帅、在北京与李大钊先生一同走上绞架的谭祖尧、吴平地等人，都是从这个学校走出去的学生。

可是，当周开达接到江津中学的录取通知书时，他又喜又忧，陷入了非常矛盾的境地。他怀揣着这份录取通知书，在江津城的石板街上走来走去。从内心讲，他实在太想进这所著名的中学读书了，但他又清楚地知道家里生活的窘境，父母根本就交不起那每年六七石大米的学费。回家去种田吧，他又实在不甘心。就这样，在江津街上徘徊了大半天后，他来到江津县立农林园艺职业学校，报考了这所学校——究其原因，这所学校的学生基本都是农民子弟，因是半农半读，每周至少有三个半天的劳动实习课，学生们须要下田进行劳作耕种，所以学费十分低廉。

只要还能读书，对那时的周开达来说，已经十分满足了。

“娃儿，你懂事了。我晓得你想进江津中学读书，但我实在没有办法啊！行行出状元，去学农业也好，将来也算有一技之长维持生计。”父亲看了看他带回的两份录取通知书，最后只好这样遗憾地告诉儿子。

1948年9月，周开达扛着铺盖卷，到了江津城。一进校门，墙上那“立志务农，勤学苦练，爱人以德，体恤苍生”的校训便映入他的眼帘。

难道，自己真的一辈子就和农业生产有缘，一辈子就要以犁田耙田、栽秧打谷为生吗？周开达站立在学校门口，望着墙上的校训，陷入了久久的沉思——罢罢罢，立志务农也好，勤学苦练也罢，如果真在这里学到了本事，能让田地里多产一些稻谷，多收一些红苕，能让天下苍生少挨些饥饿，让所有人都能吃上饱饭，这其实也是一件天大的好事啊！

爱情稻种皆丰收

川东的盛夏，骄阳似火。

烈日下，周开达正在进行着红苕的栽培育种。

1951年7月，周开达学习期满，从江津县立农林园艺职业学校毕业了，分配到了江津德感当生产助理员。在那里，他成天上山下乡跑村串户，进行着征粮购粮、农业普查和指导农户进行栽种的工作。此时，江津地界上还不太安宁，新生的农村政权和征粮工作队，时常会遭到国民党残兵和土匪的袭击。

尽管当时社会还不安定，但初出学校的周开达，已怀揣着一个梦想，希望有朝一日能培育出高产的红苕种来，尽快为农民解决饥饿问题。为什么周开达刚开始要研究红苕的栽培，而不是水稻呢？其原因很简单，红苕的栽培相对容易，且产量很高。江津这地方，自清乾隆年间由当时的县令曾受一从江浙引进苕种以来，红苕已成为当地农民的主要食粮。但200多年过去了，由于当时引进的苕种品种单一，品质退化，产量已经一年不如一年了。

早晨黄昏，夏去秋来。

正当年轻的周开达在苕种培育上取得了一些成效之时，1953年10月，《江津日报》上登载的一则简短消息，让他眼前一亮，甚至有些激动起来。这则消息称，湖南一位农业劳动模范栽种双季稻喜获丰收，亩产竟然达到了600

多斤。好啊,如果江津这地方栽种的水稻,亩产也能达到600斤以上,那全县该增产多少粮食啊!湖南和四川基本处于同一纬度,土地和气候条件也相差不多,人家栽种的水稻亩产能达到600多斤,而在江津地区,当时水稻的亩产最高也就三四百斤,在某些山区,亩产只有一二百斤。

周开达夜不能寐了。

这则来自湖南的简短消息,触发了周开达从事水稻研究的想法。在搞红苕和水稻研究之间,他对水稻的研究似乎更有兴趣。红苕毕竟是舶来品,而水稻在中国,至少也有六七千年的栽培历史,且大米是中国人特别是南方人几千年来的主要食粮——可要搞水稻研究,该从什么地方开始呢?那时政府实行的还是供给制,对于一个刚参加工作的学生来说,他既没有钱,更没有任何参考资料与实践经验,该怎么办呢?

周开达这个人,言语虽说不多,但他生性倔强,只要认准了的事情,就是十头牛也休想将他拉回来。

春天来了,天气渐渐转暖了,育种的季节到了。周开达不知从哪里找来一些瓦罐水缸,摆在了他宿舍外的坝子上。瓦罐水缸里装着水土,他精心选来稻种,就在这些瓦罐水缸里孕育起来。就在这些瓦罐水缸里,周开达开始了他初期的水稻育种试验。

在周开达的细心呵护下,种子发芽了,芽孢长大了,到了秧子可以移栽时,他挑选了双河乡罗盘村的一块水田,一个人来到这里,亲自犁田耙地、挑粪施肥,栽秧除草,无论早晨黄昏,还是盛夏酷暑,都像照顾宝贝一样照顾着这些秧苗。

几个月过去,稻秧开始拔节了,稻子开始抽穗了,稻穗开始扬花了。这时,他冒着夏日毒辣的太阳,光着脚站在稻田里,一株一株地仔细去雄授粉。虽几经挫折,但他毫不气馁,凭着浓厚的兴趣和百折不挠的精神闯过了第一关。秋后,他果真收获了一些谷穗长、籽粒较多的稻谷。就这样,经过连续两年的选种育种,他已经积攒了一些育种的经验,并收获了几束优异的稻种。那时,他设想通过稻种的筛选培育,最终实现田间的稻谷增产。这样试验的结果,使他看到了科学种田的力量,让他看到了田间稻谷增产的一缕曙光。

就在周开达不声不响地进行着他的试验时,他的言行举止,以及他执着的钻研精神，感动了一位在区里分管教育工作的钟姓领导。

“小周啊，我看你年纪也不小了，就知道成天泡在田里、书里，恐怕也不是个事儿啊！”一天，这位钟姓领导来到周开达的试验田里，关切地对他说道，“你也该考虑一下个人问题了啊！”

周开达听领导这样一说，放下手里的秧苗，只是抬头羞涩地笑了笑，是啊，从学校出来，他每天只是忙着走村串户，种田看书搞试验，仔细想起来，自己年纪还真的不小了，在他的同学和同伴中，有的孩子都在满地跑了啊！为了这个事儿，父母不止一次念叨过他。

“我给你介绍一个吧！”钟姓领导认真地对周开达讲道，“我给你介绍的这个姑娘，就是打着灯笼也不好找啊，她不但出生在书香门第，很有文化，在学校教书，人家还是个共产党员呢！”

“算了吧，既然人家条件那么好，能看得起我吗？”

“小周啊，你的条件也不错嘛，你同样也有文化，又积极要求进步，人也踏实肯干。”这位领导说，“我看，你们还是找个时间见见面吧。”

“我的家庭条件差，而且，又不是共产党员……”周开达嗫嚅着回答。

周开达对领导说的也是大实话。自新中国成立后，他的父亲不能再教书了，只好回到农村参加劳动，家庭生活比较困难。从政治条件来讲，按他的现实表现，入党应该是没有问题，区上的共产党员干部杨辉宗等人，都曾郑重地向组织上推荐他入党，但因周开达的大哥在新中国成立前曾当过乡上的保安队副队长，给他入党的事造成了极大的障碍。

“家庭条件差，那是可以改变的嘛，你不是共产党员，还可以争取啊！”钟姓领导摆了摆手，打断了他的话，“就这样，你们找个时间先见个面！”

在钟姓领导的安排下，周开达和那姑娘见了面。

岂知，周开达和这个叫李仁恕的姑娘见面后，竟是十二分的满意。他一反平时的矜持和羞涩，主动地给李仁恕写了一封信，信中委婉地表达了他的爱慕之意。在那个青年人都在追求政治进步的年代里，这个叫李仁恕的姑娘，在征求了他父亲的意见后，给周开达的回信竟然只有几个字：你把入党申请书寄来！

这个李仁恕，真的还算“有心计”。因为那时的人，在写入党申请书时，不可能写虚假的东西，自己的家庭情况、入党动机、现实表现更不会对党组织有丝毫的隐瞒。入党申请书上的内容，就是一个年轻人家庭和个人真实情况的写照！

一来二往，两个年轻人心生爱意，走到了一起来了。

1956年初，周开达和李仁恕在江津举行了简单的婚礼，结为了伉俪，就这样，在他们以后半个多世纪的婚姻生活中，无论聚少离多也好，贫困疾病也罢，灾祸挫折也好，失败成功也罢，他们相濡以沫、互敬互爱，共同携手走过了平淡而又不平凡的人生。

特别能吃苦的学生

巍巍大山，莽莽森林。

天全县，位于四川盆地西缘山区。这里，地处二郎山东麓，青衣江侧畔，是红军当年经过并建立政权的地方，这里除了那条连接川滇藏的茶马古道外，还是川藏公路的必经之地。

1958年2月，周开达与100多名四川农学院的师生，来到天全县思经乡劳动锻炼。一路跋山涉水来到这里，走进山沟举眼望去，这里的山，比江津的山要大几十倍；这里的天，要比江津的天小上百倍。一条崎岖险峻的山道，掩映在树丛荒草之中，一头连着山的这边，一头连着山的那边。这里真够偏僻的啊！

1956年8月，新婚不久的周开达，为响应当时提出的“为提高干部文化素质，抽调一批干部进行学习培训”的要求，结合自己的专业，报考了四川农学院，当年9月，他以优异的成绩被四川农学院农学专业录取。接到录取通知后，他背起背包，随身携带着几年来在田地里精心培育的几束稻种，告别了父母妻子，来到雅安学习。

雅安，巍巍的蒙顶山在这里耸立，蜿蜒的青衣江从这里流过，虽说它原是西康省的省会，可自从撤省归属四川以后，这里其实只是个边远的小城罢了。

来到学校之前，周开达就怀揣着一个美好的梦想，想借用学校的师资力量和科研条件,继续进行他的稻种培育和水稻栽培。可来到这里还没安定下来,一场席卷全国的"反右"斗争就开始了,无一例外,整个学校的师生都被卷入了这场运动之中。面对无休无止的批判和斗争,周开达无论如何也想不明白:往日学识渊博的老师,怎么突然之间就成了被批判的对象;往日受人敬仰的专家教授,怎么一夜之间就成了被人唾弃的"右派分子"? 运动还没结束,1957年底,中央决定,全国知识分子(含在校大学生)都必须分批下放农村劳动锻炼改造思想。

美丽的梦想在残酷的现实面前破碎了。看来书暂时是读不成了,搞试验也暂时没有机会了,周开达只好把从家乡带到学校的稻种封存起来,随着100多名师生来到大山之中接受劳动锻炼。

时隔几十年,周开达当年的同学、四川农业大学水稻研究所退休教师田彦华先生是这样回忆当时的情形的:

1956年9月初,来自四川、重庆、云南、贵州的270名新生,成为川农独立建院后的首届学生,在偏僻艰苦的雅安开始了大学学习生活。当时,我和周开达不在一个班,和他相识是在1958年2月。

1958年元月底,学院党委决定在全院四个专业抽调120名学生和五名老师(李实蕡教授也在此列)率先下放天全县思经乡民主村等六个地方。周开达成了农村初级合作社的一名新社员,与农民"同吃、同住、同劳动、同生活"锻炼达11个月之久。

周开达在农村锻炼这段时间里的一些往事,至今都还深深地留在我的记忆里。

1958年,正处于我国"三面红旗"和"大跃进"年代。全国都在修建"土高炉"炼铁炼钢,各地建成数以万计的"土高炉"。天全县以思经乡鱼泉村为重点修建"小高炉"炼铁点。修建"土高炉"需要砖块,砖从何来,只能从远离鱼泉村五公里外的民主村搬运。当时没有公路,在崎岖的山路上,全靠人工往返五公里进行搬运。乡政府与指挥部决定抽调农民和川农学生参加运输,并决定参加背运砖块的人,每天至少要往返七八次(约40公里),一次负重80斤(15匹砖),周开达当时也在运砖的这个行列中。

参加运砖的人每天早晨天不亮就要出发，到天黑了才能收工。有时遇到下雨路滑，任务完不成，还必须打着火把继续搬运。在搬运砖块过程中，别人每天完成指挥部规定的任务后，早已累得趴下了，可周开达为了接受劳动锻炼，改造好自己的思想，他却每天要在那崎岖的山路上往返十次，每次负重100到110斤(约20匹砖)，来回行程大约50公里。所以在竞赛的光荣榜上，他天天榜上都有名，并多次受到指挥部的表扬，充分显示出他在劳动锻炼中的态度和成绩，成为众多同学学习的榜样。

两个月的"大炼钢铁"，以"得不偿失"而告终，同学们又回到了下放时所在的村组农民家参加秋冬播种。到了11月初，当地农村提出了"高产放卫星"的口号，农学专业60位同学全部参加了以"以深耕为中心、亩施万斤肥、小麦亩产超千斤"的试验田劳动。大家每天挖地背肥料，这样的劳动时间有一周左右。在争分夺秒搞竞赛活动中，周开达曾创造了从距百米之外的牛圈到试验田一次背320斤草粪(牛粪和青草在牛圈中经牛踩压后的有机肥)的纪录，因而在当地引起轰动——要知道，在当地就是最强壮的农民也只有两三个人可以达到这一水平啊！由此我们再次目睹到了他的风采和他对劳动的态度。

在整个劳动锻炼过程中，民主村党支部书记杨大忠给予周开达很高的评价，他多次说道："老社员应该向新社员学习。"我们还是第一次听到农村基层的书记对川农学生做出这样的评价。一直到当年11月20号，下放劳动锻炼的同学才得以返回学校……

白日有光，夜晚无灯。

周开达在天全县山区劳动锻炼的那些艰苦的日子里，和当地农民一样，吃的是红苕苞谷，住的是茅房猪圈。在这里，他目睹了山区农民劳作的艰辛，目睹了农民生存的艰难。他看到当时那里的农民基本还处于刀耕火种，在山坡上广种薄收的情景。看到农民们脸朝黄土背朝天，终年辛劳还难以求得温饱，他的心里很不是滋味。他曾对同学讲道："这里是革命老区，这里的人民为革命做出了巨大牺牲，可新中国成立好几年了，他们的生活却还这样艰难，真叫人看了难受啊！"

在和当地农民“同吃、同住、同劳动、同生活”的日子里，年轻的周开达和他们建立了深厚真挚的友谊。这种看似萍水相逢的友情，随着时间的推移，绝大多数人恐怕早就淡忘了，可意想不到的是，周开达和他们的这种友情竟延续了半个多世纪！

周开达是个重情重义、关心他人胜过自己的好人！不论何时何地，他待人谦和，对他人好胜过对自己。不说其他，他家的保姆全香，就是他50多年前下放到天全县农户家“阿哥”的后代，他们两家几十年如一日，像一家人那样亲。许多年来，周开达一家人都在资助全香的子女及其几个侄女读书，这是水稻研究所人尽皆知的事。他们结下的这种朴实而真挚的情谊，真是令人敬仰！在当年下放山区锻炼的100多个师生中，他算是最讲情重义的一个典范，从这点上就可以看出他的人品和本色。

老同学田彦华先生在回忆周开达的文章里如此说道。

刻骨铭心的伤痛

天色阴霾，淅淅沥沥的雨滴，疲惫地打着屋檐下那叶枯萎的芭蕉。

雅安，有着雨城之称，民间素有“天漏”的说法，它是四川降雨最多的区域。从天全县锻炼回到雅安后不久，很长时间以来，周开达的心情就像那窗外连绵的阴雨，潮湿糟糕到了极点。

在“大跃进”的年代里，各地的浮夸风也越刮越烈。

周开达从小生在农村，长在农村，学的是农业搞的也是农业科学研究，他是个说老实话做老实事的实干家，他知道，这些报道明显脱离了实际，背离了科学，是在哄瞒上级。但是，他只能将这些天方夜谭似的奇闻看在眼里，除了保持沉默外，他还能在口头上表示一丝怀疑吗？要知道，这时“反右”运动刚刚结束，稍有不慎，就有可能招来横祸啊！

还有，在离开江津的这些日子里，家乡不断传来的消息，更是让他越来越感到焦灼不安，但更是无可奈何。

神圣的科学殿堂，实在容不得半点儿虚伪的亵渎。

周开达的母亲在1957年因病去世了。他的父亲年纪也大了，且体弱多病，早已不能上坡去挣工分了。老人家也同全村人一样，每天都在饥饿中艰难度日，从早到晚就眼巴巴地等着食堂“开饭”。就这样，他老人家一直熬到了1960年。可让周开达做梦也没想到的是，就在这年春天，67岁的老父亲竟在遭受村人的羞辱后，活活给气死、饿死了！

就在这年青黄不接时，饿得饥肠辘辘的老父亲，一天正坐在院坝晒太阳，突然看见邻人的一只鸡不知从哪里刨出一个红苕，正在院坝里啄食。饿急了的老父亲没往深处想，起身就从鸡喙下捡起那个红苕，在柴火灰里烤熟后，填喂了自己空瘪的肚皮——岂不知，他的这一举动，被人看见后报告给了生产队干部，说他偷吃了生产队的红苕种！

这还了得！在那个饥荒的年代里荒唐的事情总是层出不穷。要是换了别人，恐怕就为这样一个红苕种，就会被扣上一顶“破坏农业生产”的帽子，就会立即叫来几个民兵，一根绳索给捆到公社去斗争！好在周开达父亲年纪太大，好歹也算是个读书人，生产队干部没有捆他、打他、斗争他，只是不分青红皂白地将他训斥一顿后，叫公共食堂扣掉他的口粮，两天不给他饭吃！

老人有口无法辩，有冤无处申！他一辈子教书育人，好歹也算一个读书人，最看重的是自己的名声，最看不起的就是那种鸡鸣狗盗之辈，他一辈子受人尊重，是那种宁肯饿死也不吃嗟来之食的人，哪里受过如此侮辱！生产队干部走后的几天时间里，他躺在床上一言不发，不吃不喝，只是将两只浑浊的眼珠死死地盯住昏暗的屋顶。儿孙们从食堂打回一点儿东西来，省下半碗稀羹或半个红苕给他，他连看也不看一眼，更不用说张一下嘴了。

“你好歹也要吃一点儿东西啊，我们大家都省一口，熬过这两天就好了。”儿孙们不断地劝慰他、哀求他。

“我自己惹的事自己负责，这不关你们的事。”老人眼睛还是死死地盯住屋顶，半天不说一句话。到最后，他只从牙缝里挤出几个字来，“我，清清白白活了一辈子，最咽不下去的就是说我‘偷’这个字！……”

无论儿孙们如何劝慰他，甚至跪地哀求他，老人从那天起，就是不肯进一口食，不肯喝一口水。就这样拖了三四天，拖到第四天凌晨，老人带着冤屈、含着哀怨离世了。老人离世时，早已形销骨立、瘦骨嶙峋、不忍目睹了……

父亲离世的原因和离世的消息，刚开始几个哥哥并未告诉周开达。一来想到他这时临近大学毕业，学习紧张，怕他过分伤心，影响学业；二来那时除了通讯落后外，交通也非常不便，从雅安到江津路途遥远，他三两天不一定赶得回去；三来哥哥们也知道，那时全国都处在饥荒之中，周开达即使回来，生产队里也没有他那份口粮啊！再说周开达那时也是自身难保，自上学以后，他体谅国家困难，主动放弃了他应该享受的干部带薪学习工资，只拿学校一般学生的助学金，经济上也是非常困难的。

一抔黄土，掩埋了这个倔强的老人。坟头上萋萋摇曳的荒草，在那荒谬的年代里，仿佛在久久地述说着这个老人心中的冤屈和不平。

作为家里最小的、最受父亲疼爱的儿子，周开达后来知道父亲死亡的原因和离世的消息后，想到自己年迈的父亲竟然会为一个红苕而遭受如此屈辱，并因此含恨死去，他心中的悲凉和伤痛，那是可想而知的。他后来回到家乡，一个人来到父亲坟前，只是默默地跪在那里，没有哭泣也没有哀号，只是望着坟头上那早已枯萎的荒草，无声无息长久地流着眼泪——没有人知道，他向冥冥之中的父亲诉说了些什么，交流了些什么。

“科学是对狂热和狂言最有效的解毒剂。”在以后的岁月里，作为一个农民的儿子，一个从事农业科学研究的人，周开达为什么会几十年如一日拼死累活、淡泊名利、默默无闻、忍辱负重地从事他的水稻研究，其实都不言自明了。那就是，为了更多像他父亲那样的父老乡亲，不再遭受他父亲那样的屈辱，不再遭受他父亲那样残酷的命运。

雪上加霜的日子

天有不测之风云，人有旦夕之祸福。

父亲的死，留在周开达心中的伤口还没有结痂，他的心却又被人捅了一刀，被捅得鲜血淋漓。

1960年，周开达从四川农学院毕业了。他由于品学兼优，有着扎实的农业基础知识和丰富的实践经验，并且长期担任班级干部，受到学校领导和老师的青睐，留校工作。由于不善言辞，他就被分配在农学系遗传教研组担任教师。

其实那几年，周开达在农学院众多的学生中，早已如囊中之锥脱颖而出，在学校的农业科研和学习实践中，早就显露出了他超常的才华。1959年春，在劳动实习过程中，他和同学就已经开始进行水稻的高产试验。当时，周开达请教了自己的导师杨开渠教授后，一反寻常固有的耕作方式，创造性地提出“深耕不打乱土层、分层次施肥”的高产栽培技术。可惜，尽管他和同学们付出了艰辛的努力，但因高杆水稻品种（雅安铁杆芦）产量增加潜力小、抗倒性弱等因素，粮食产量有所增加，但尚不尽如人意。

通过一系列的生产实践，周开达从中总结出“要遵循作物生长的规律，结合科学施肥，主观愿望不等于能获得良好工作效果”的经验教训。在后来的教学和实践中，他还会常常借用原学院院长杨允奎教授说过的一句话，来告诫自己的学生：“要想成为一个育种专家，你必须首先成为栽培专家。”

1965年，组织上根据他的专长和个人要求，又把他从农学系遗传教研组调到了学校稻作研究室，专门从事水稻教学和研究。

周开达像他父亲一样，是个内心倔强，不肯轻易流露自己情绪的人。正当他强烈地抑制着心中的悲痛，埋头进行着教学和科研时，家乡又传来一个让他震惊和痛心的消息：他最敬重的三哥周开弟，因犯“组织反革命集团罪”，被逮捕关进了监狱！

说起来，这又是一件在那荒唐的年代里荒唐透顶的事。这件事因为与本文的主旨粮食问题有关，也与主人公的命运有关，还真不能略过不提。

周开达的三哥周开弟，虽说具有和周开达一样的天资和才华，但他的性格与兄弟周开达截然不同：周开达性格内向，谨言慎行，很少与人争锋，崇尚埋头做事；而周开弟呢，则性格外向，能说会道，敢想敢干且锋芒毕露，就是他的这种个性，在那“以阶级斗争为纲”的年代里，让他惹下一个惊天的大祸来！

1964年春节，周开弟从他工作的四川井研县银行回家乡过年，他见农村这些年集体生产费时费工，粮食不但没有增产，反而一年不如一年。到了冬天，田里不能种水稻了，却让它荒废着。坡头田坎上，本应种些胡豆豌豆之类的作物，却也让它荒芜着。当地的老乡们虽然熬过了“三年自然灾害”，可粮食对他们来说依然很金贵。公共食堂虽然下放了，但村民仍然在挨饿。周开弟不知从哪里听到有人曾提出过“包产到户”的说法，有的地方甚至已在悄悄试行。于是他不甘寂寞的天性使然，就在农户中宣传“耕者有其田”的主张，提出应该实行“包产到户”的做法，并鼓动生产队应该给社员下放田坎，鼓动农户们在种高粱的空地里套种红苕，在荒芜的冬水田里种植油菜，在田坎土壁上栽种胡豆豌豆等，然后自种自收。

他的这些主张，得到当地农民的拥护，有些人在得到生产队的默许后，竟偷偷开始干了起来。如此惊天的大事，哪里瞒得住当地公社的耳目！他们闻讯后如临大敌，不但派人拔掉了农民种在田坎土壁上的庄稼，还马上将此事报告给了县里。

于是，他们通过井研县公安局，一根绳子就把周开弟捆了起来，押回江津审讯。在周开弟的精神和身体受尽摧残后，他们最后竟无限上纲上线，给他定下了“阴谋组织‘农民党’，煽动农民单干，妄图破坏农业生产和集体经济”的罪名，被判刑送到劳改农场进行改造（被关押十多年，直到粉碎“四人帮”才得以平反释放）。

三哥被逮捕判刑的消息传到周开达这里，使他的处境更是雪上加霜。自1951年他参加工作后，不知写过多少回入党申请书，可都因大哥的历史问题而搁浅，而今三哥又成了“现行反革命”，他在政治上的“进步”更是遥遥无期了。好在妻子李仁恕和他结婚后，对周开达的个性和人品更加了解，夫妻感情笃深，从未在他的入党问题上责难过他，和他不弃不离地渡过了那些难过的日子。

“志之所趋，无远弗届，穷山距海，不能限也。志之所向，无坚不入，锐兵精甲，不能御也！”周开达在“观音堂”读书时，父亲曾用这句话告诫过他。几年来的这一连串打击，并没有击倒周开达，只是他更加沉默寡言，更加谨言慎行，更是埋头于自己的教学和科学试验，用行动来证明自己对事业的忠诚，在繁忙的工作和疲惫之中暂时忘却这些令他伤心的事。

在水稻研究所从事科学试验的日子里，无论是寒冷的初春，还是酷热的盛夏，周开达都亲自犁地耙田、挑粪施肥、栽秧割谷。为了能有一个好的身体来支撑自己的事业，他坚持每天早上用冷水洗澡，每天坚持爬山跑步，锻炼身体。

周开达在水稻研究所几十年时间里，四处奔波，超强度工作，能经受住几次失去亲人、无数试验失败的打击，除了他那坚强的毅力之外，和他有一个强健的身体也是分不开的。我记得，1963年4月，在雅安工会组织的长跑比赛中，以雅安羌江路工人俱乐部为起点，跑到金凤寺公园山顶，全程约6000米，周开达当时代表学校参加这次比赛，在数百名参与者中夺得冠军。第二年，他又参加了这项比赛，又获得了亚军，由此可见他的身体素质是非常好的……他后来之所以晕倒在中国工程院的讲台上，实在是和他这几十年来，经历了太多的劳累和艰辛有关……

采访时，学校一位退休老领导曾这样告诉我。

卧薪尝胆闯禁区

赤日炎炎，像要把大地烤焦，枯萎的草丛中，只有夏蝉在嘶嘶鸣叫。这个时节，水稻扬花了，周开达头上搭着一条湿毛巾，既可遮阳，又可擦汗。从早到晚，他来到田里，扔掉拖鞋，赤脚立在田里作业。

按要求，水稻抽穗开花前要一株一株套隔离袋，扬花时要一穗一穗观察花粉，逐一记录。每次观察花粉都必须在中午太阳最毒辣的时候进行。常年在太阳下暴晒，周开达被晒得像个从非洲来的黑人。

1965年，学校的李实蕡教授从非洲马里共和国援外结束回国后，担任了稻作研究室的主任，他从西非带回那里的水稻品种(冈比亚卡等)后，将研究方向从以水稻栽培为主转向以水稻育种为主。由于周开达在下放天全县参加劳动时，就和李实蕡教授分在同一个小队，周开达不声不响、吃苦耐劳的秉性，李教授是看在眼里喜在心里，凭着一个科学家敏锐的眼光，他认准周开达是个搞科研的优秀苗子。返校后，周开达的种种表现更是赢得了李教授的信任。李教授从国外回来后，就明确指派周开达参加水稻育种工作。从此，周开达便开始了他的杂交水稻研究。几乎就在同时，湖南的袁隆平也正在进行着杂交水稻的研究。只是他们一个是通过野生稻败育的“野败”同籼稻进行杂交，一个是通过地理远缘籼亚种内品种间的水稻进行杂交罢了。

其实,对于杂交水稻研究,国际上的水稻研究权威们早做过结论:“因水稻、小麦等自花授粉作物没有杂交优势,所以杂交水稻不可能成功,即使成功了也无优势。这,是一个禁区。”

还有,就冈比亚卡品种与籼亚种内品种间水稻的杂交来说,日本人和菲律宾人其实早就投入过巨资,进行了多年的研究,但因均未获得成功而放弃。

周开达经过无数个日夜的思考,对国际上权威们的这个武断的结论表示怀疑。他坚信,原来的杂交水稻不增产,是因为它们的亲缘太近,人们还没有真正破解它内在的奥秘。“只要远缘的水稻杂交成功,增产应该是必然的。创新是农业增产的唯一途径,即使我的研究失败了,也可以给后来者留下经验和教训。”他抱着破釜沉舟的勇气,决心要闯一闯这个研究领域中的禁区。

刚开始,他的杂交水稻研究项目在国内也受到过一些人的质疑,有人甚至认为这是劳民伤财、得不偿失的研究,绝不会有什么结果。但他靠着坚定的信心和有说服力的数据,逐渐获得了同行的认可和支持,最后学校决定由他牵头组建了杂交水稻攻关协作组。

“民主忠实于社会法典,科学崇尚的是自然规律。”其实,周开达在做出这个大胆的决定之前,就有过太多的实践和探索。而今,业界大多数人只知道冈型、D型三系杂交稻培育成功使周开达闻名天下,但他之前的许多发明创造却不为人知。仅以1970年前的一件事为例:当时,周开达凭着扎实的功底,通过不断实践,在品种杂交的方法上取得了相当大的进展。他将“传统、繁杂、效率低、结实少”的“温汤杀雄法”改成“剪颖去雄法”,称之为“花前快速剪颖去雄法”,这一成果就曾在四川省科委主办的刊物上公开发表并被广泛采用,供众多育种者无偿使用。实践早已证明这一方法的科学性和实用价值。由于是非个人署名,许多人至今不知道这是周开达的发明。

1969年,周开达在从事的常规育种工作中,发现了数个高不育的水稻杂交后代,按常规要求应予淘汰。但善于逆向思维的周开达,却把“不育”这一不利性状看成使水稻易于杂交的有利因素。自此,凭着顽强的毅力,他闯入了籼亚种内品种间杂交培育雄性不育系研究的国际禁区。

可是,树欲静而风不止。正当周开达的杂交水稻研究初见成效时,却又陷入绝境。这时，随着“文化大革命”的飓风卷来，局势越来越混乱，周开达的杂交水稻研究被人指责为“不务正业”“妄想沽名钓誉”，造反派砸了他搞科研的坛坛罐罐，拔掉了他田里培育的秧苗，在横遭几次批斗后，勒令他从此不能再搞这样的研究。

在那些屈辱的日子里，在那些寂寞的早晨黄昏，周开达搞科研的权利被无情地剥夺了，他整日无所事事、食寐难安，只能每天来到水稻试验田边，成天孤独地坐在田坎上，无言地盯着被拔掉秧苗的杂芜稻田。没有人知道他此时到底想了些什么。或许，他想起了自己儿时饥饿的情景，想起为一个红苕而饿死的父亲，想起为了能让乡亲们吃饱饭而蒙冤入狱的三哥，想起当年在天全县劳动时，那些还生活在饥馑状况下的老区的乡亲们……当然，这些都是后来人们对他的揣测罢了。

总之，在盘算了一些时日后，当造反派们对他的监控稍有松懈时，他又找来一些坛坛罐罐，找了几小块儿僻静的水田，像搞地下工作一样，又开始偷偷摸摸搞起他的育种试验来。

这时，周开达的第三个孩子降生了。周开达原本育有一儿一女，他早和妻子商量好，准备用“岁寒三友”的松、竹、梅来给孩子取名。最小的这个孩子，按顺序应该取名为“周晓竹”。但此时，他否定了原来的想法，别有深意地给这个孩子取名“周晓禾”。

在那艰难的日子里，对孩子名字的一字之改，蕴含着他在水稻育种方面太多的期望，寄托着他人生最大的理想。这辈子一定要将杂交水稻搞出来！如果自己不能完成这个使命，那他寄希望于自己的儿子来完成。如果儿子不能完成，那他寄希望于自己的孙子。他相信，就如愚公移山一样，只要子子孙孙挖山不止，就一定能够挖掉横在面前的“太行山”和“王屋山！”

横下心来渡苦海

沧海横流，惊涛拍岸。

前面就是茫茫的大海，大海那边就是此行的目的地——海南岛。

为加快育种进程，从1972年起，周开达担任学校稻作研究室领导以来，一年中都要分别在雅安、南宁和海南岛等地种三季水稻，用他们行内的话说，去南方育种就叫作“南繁”。

然而，此时此刻，周开达焦灼地站在码头上，望着越来越昏暗的天空，望着烟波浩渺的大海，听着远处传来的风暴尖啸声，他不禁想起佛家超度众生的那句话：苦海无边，回头是岸。

是啊，这些年来，周开达用扁担挑着两个箱子，南来北往，不停奔波，他那风尘仆仆挑担奔走的形象，真有点儿像《西游记》里到西天取经的沙僧。他这些年来的经历，真有点儿像《敢问路在何方》里所描述的那样“翻山涉水两肩霜花，风云雷电任叱咤，一路豪歌向天涯，向天涯……一番番春秋冬夏，一场场酸甜苦辣……”的情景了。在他肩挑的两个箱子里，一个铁皮箱里装着育种所需要的材料和种子；另一个木箱里装着他简单的衣服和干粮。为了赶时间，有时连泡种都是在火车上进行，一到目的地，就马不停蹄开始播种。

“以前我们去海南岛都是坐火车，大家背着种子、生活用品和四川豆瓣酱出去。有时买不到坐票，周老师也和我们一样，在火车上一路站到湛江。但他从来没说过一声苦，这些在他看来都很正常。”周开达的学生、水稻研究所所长李平如是说。

“我父亲由于长年累月在太阳下劳作，全身晒得油光水亮的，水泼在他皮肤上根本沾不住，一泼就干。”儿子周晓禾这样描述他。

“他啊，他那个样子，穿着一件破旧的老头衫，人也晒得黢黑，完全就是个老农民，最多像个生产队长。”夫人李仁恕曾这样评价他。

“他没有一点儿知识分子的样子，更没有一点儿大科学家的架子。说他像个农民一点儿不假，但他比农民要辛苦得多！在田地里，他既要动手，还要用脑。普通的农民是日出而作，日落而歇，而他的工作就像流浪汉一样没日没夜。他，最多只是个高级农民而已！”采访中，周开达的挚友杨辉宗先生如是说。

蜀国的晨霜，巴山的夜雨，广西的季风，海南的烈日。是的，这些年来，每当周开达汗流浃背，挑着两个破箱子走进车站或登上轮船时，人们总是用异样的目光盯着他，都以为他是个逃荒的农民，或是个南下打工的木匠，哪里知道他是一个从事农业科学研究的专家！有时，火车上的列车员或轮船上的服务员，还把他推来搡去的，甚至还大声地呵斥他，不是不让他的箱子上车，就是说他行李超重要罚他的款。

对于人们的误解，周开达总是一笑了之。多年来，唯一让他感到忧虑的是，自从涉足杂交水稻研究后，他犹如一个茫茫沙漠上的跋涉者，头上顶着的是干焦的烈日，脚下踩着的是滚烫的流沙，疲惫、饥饿、干渴，有时甚至是心力交瘁，但无论怎么往前走，似乎总是看不到前面的绿洲，似乎漫长的途程永远没有尽头。

难道，杂交水稻真像国外权威们所认定的那样，是不可能繁育成功的吗？即使繁育成功，也是没有价值的吗？这十多年来，伴随着日月星辰，伴随着寂寞孤独，他早出晚归、殚精竭虑，忘记了白天和夜晚，忘记了春夏和秋冬，从未有过一丝懈怠，在稻田和实验室里试验、试验、再试验，然而，总是失败、失败、再失败！

这是一场对人信念与勇气的考察。

这是一场对人韧性和耐性的考验。

"在科学的道路上，从来没有平坦的大道可走，只有在崎岖的山道上不畏艰险勇于攀登的人，才有希望到达光辉的顶点。"是的，只有百折不挠的忍者，才有可能到达他心中的圣地；只有经过艰苦卓绝的奋斗，才有可能创造科学的奇迹。周开达在一开始进行这项研究时，就明白这个道理，也有足够的心理准备。在从事这项研究过程中，他曾用一个科学家的精神来激励过他的学生，这个科学家就是爱迪生。

是啊，自己的失败又算得了什么呢？

收音机里说了，台风即将到来，渡海轮船已经停航。周开达站在码头上，一阵海风扑面而来，他的心胸豁然开朗。眼前这湛蓝浩瀚的大海上，不是已经亮起指引航向的航标了嘛！不正在打开天地间未知的一扇天窗嘛！退一万步说，即使前面是无边的苦海，此时也没有任何人、任何力量能动摇周开达要到达彼岸的决心和信心！

燕雀焉知鸿鹄之志哉！

当夜，狂风大作，海浪滔天。周开达就和两个学生住在了渡口临时搭成的窝棚里，精心保护好他们随身带来的稻种，熬过了一个无眠的夜晚。

一生只做两件事

“少小离家老大回,乡音无改鬓毛衰。儿童相见不相识,笑问客从何处来。”唐人贺知章的这首诗,真切地描绘出周开达几十年后回到家乡时的情形。

这些年来,他实在太忙了,难得有暇回到家乡来。1969年出生的小儿子周晓禾,在他的童年记忆里,大多都是父亲匆匆回家,又匆匆离开的背影。由于在家的时间实在少,周开达的妻子李仁恕曾跟他开玩笑,让儿子喊他“叔叔”。一段时间里,少不更事的小晓禾,还真是这样叫他父亲的!

1981年,周开达负责全省杂交中稻蓄留再生稻技术推广项目,由于当时江津是重点推广县之一,在检查验收时,也就是这年秋天,周开达回到了这块生他养他的土地。一踏上这块土地,望着那熟悉的山山水水和一草一木,抚今追昔,他真是感慨良多。是啊,自己离开这里时,还是风华正茂的青年,而今却是两鬓斑白的中年人了。

江津,这块令他魂牵梦萦而又刻骨铭心的地方,曾经给过他温情和温暖,也曾经让他寒冷和饥饿。而今,虽说这里的农民实行家庭联产承包责任制以后,基本解决了温饱,但周开达还是希望他的研究成果能早日在家乡落地生根,给农民们带来更大的丰收,让乡亲们能打下更多的粮食,尽快改变家乡的面貌。

经过十多年的艰苦努力和系统研究,这时的周开达终于闯进了杂交水稻这块禁区,他和湖南的袁隆平先后打破了国际水稻研究权威们“杂交水稻不可能成功,即使成功了也无优势”的断言。

限于篇幅,恕笔者略去那些枯燥烦琐的研究试验过程。

20世纪70年代中后期,周开达潜心研究的杂交水稻遗传、育种理论与技术,已取得了令人瞩目的成果:他首创了籼亚种内品种间杂交培育雄性不育系方法,培育出冈型、D型系列不育系及系列杂交稻;提出了“亚种间重穗型杂交稻超高产育种思路”及“重穗稀植栽培技术”;创造了“光敏不育系生态育种方法和技术”,解决了四川及长江中上游地区两系杂交稻育种的难题,并发掘与创建出具有固定杂种优势特性和具有早代稳定特性的特异种质,为探索杂种优势利用新途径奠定了基础。其中,他的“地理远缘籼亚种内品种间杂交培育水稻雄性不育系的方法”，获得了国家发明一等奖。这一项创造性的技术发明，得到了袁隆平院士的高度赞誉和认可。

到了20世纪70年代末，周开达培育的冈型雄性不育杂交水稻在四川等省迅速发展和推广。一年后，试点地区水稻亩产已近千斤，平均每亩增产约30%。这种变化是惊人甚至是革命性的，意味着仅在当时按8700万人口计算的四川，新水稻品种就可以多养活两千多万人。

几年之后，周开达研制的冈型、D型杂交稻与袁隆平研制的籼型杂交水稻，已成为全中国种植面积最广的水稻品种。即使在今天，周开达研究的冈型、D型杂交稻在长江中上游地区及贵州等地仍在广泛种植，约占全国水稻种植面积的三分之一，并远播东南亚和非洲地区。

截至2000年，试验田的粮食产量应该还要扩大一倍，只是没有证明材料支撑，以前的材料全部是各地农业部门出具的。这以后，冈型、D型杂交稻推广3.048亿亩，增产稻谷228.58亿公斤，创社会经济效益320亿元。周开达也先后获省部级以上成果奖23项，被誉为“西南杂交水稻之父”。业内人士中肯地评价道：“在杂交水稻培育中，东有袁隆平，西有周开达。”

但周开达就是周开达，他永远是农民的儿子，永远保持着自己的本色，在成为国家有突出贡献专家、全国先进工作者、四川省劳动模范，乃至1999年被推选为中国工程院院士、作为国内科学界代表登上天安门参加中华人民共和国成立50周年庆典观礼后，他依然朴实厚道，脚踏实地，谨言慎行，十分低调。

“我一辈子平常得很，其实只做了两件事。一是‘育种’，二是‘育人’。”他对自己的一生曾这样谦虚地总结道。

1976年12月，周开达的冈型、D型杂交稻协作组，在海南岛“南繁”期间，由他与孙晓辉、黎汉云等人，发起成立了一个民间水稻协作组织，将“产、学、研”融为一体，其成员单位遍布南方诸省100多个种子公司和育种机构，成立20多年，规模庞大，是全国少有的。在冈型、D型杂交稻科研协作和示范推广中，它所发挥的作用是无法估量的，这一成就将载入史册。同时它培养了大批农业科技人才，周开达的助手、学生中，成为国家级专家的人就达七人。国家、省部级学术带头人更是遍布西南。

1981年,为了防止“三系”亲本的退化而影响水稻的质量和产量,在周开达的倡导和组织下,编著了“杂交水稻三系配套提纯技术程序”科普丛书,此项技术在全国普遍推广,这为当时杂交水稻的推广在理论上充实了基础知识,对提高杂交水稻的质量和产量发挥了重要作用,做出了有时代意义的重要贡献。

早在1995年,他研究的重穗型杂交水稻在验收时,亩产量就曾达到1000多公斤,在攀枝花等特殊生态区,精耕细作之下甚至取得了1082公斤的最高产纪录。

青山依旧,大江浩渺,田野里一派丰收的景象。1981年,周开达来到当年他工作过的江津德感,望着金色稻田里那沉甸甸的稻穗,望着农民在稻田里喜获丰收的情景,他感到十分欣慰,便建议在当地建设一个杂交水稻试验站。

周开达的老同学曹辉鹏帮他四处奔走,终于于1986年在这里建起了一个试验站,试验站旁边还有20多亩试验田,原本担任双河乡农技员的杨德林被指定负责这个试验站,成为周开达在江津工作的伙伴。此后,他几乎每年都回到家乡指导这里的试验。每次来,他都直接奔往试验站,从不惊动当地的领导。来到这里,他依然穿着他那件破旧的老头衫,亲自犁田、挑粪、栽种、收割……

当地一位曾经经历过旧社会的饥荒和“三年自然灾害”的80多岁老农,曾紧紧抓住周开达的手,颤声这样对他说道:“周教授,你搞出了杂交水稻,让田地增产,让我们农民都能吃上饱饭,你就是天底下最大的救命菩萨啊!……”

周开达闻听此言,眼含泪水,只是轻轻地摇了摇头:“应该感谢党,感谢这个社会……”

是的,在中华人民共和国成立50周年时,在全国表彰“为新中国建立和建设做出杰出贡献人物”时,江津这地方,受到表彰的只有两个人。一个是当年在周恩来的直接领导下,从事党的地下工作,为党组织筹措了大量活动经费的“红色资本家”肖林;另一个就是中国工程院院士、农业科学家周开达,对周开达的表彰词是:“为人类谷物做出卓越贡献的中年专家”。

尾　声

他轻轻地走了，正如他轻轻地来。

2013年7月20日，周开达病逝于成都华西医院。

2000年，他在北京一次院士大会上做学术报告时，突发脑溢血晕倒，随后被紧急送往医院。曾任国务委员兼国家科委主任的宋健闻讯对有关方面指示："一定要让周开达醒过来，他脑袋里装的全是国家和人民宝贵的财富！"

是的，周开达的"产量再进一步提高""我国水稻口感超泰米计划""无融合生殖水稻""提前进行转基因水稻研究""让农民不再为杂交水稻的种子发愁"等研究，有的正在实施之中，有的设想还没有实现啊！

然而，现代医学也有无能为力的时候。周开达在病床上整整躺了13年，最后他带着未竟的事业，也给中国科学界特别是种业界留下了深深的遗憾，轻轻地走了。

他在贫困中出生，在饥饿中长大，在艰难中活着，在安详中离去。在他80年的生命旅程中，他没有真正享过一天"福"。有人说，周开达似乎就是专门为了解决天下苍生的饥馑而降临到这个世界的，而今，他完成了上苍赋予他的使命，轻轻地走了。

苍松、翠柏、挽联、青纱，构成了一个庄严肃穆的画面。他身上覆盖着鲜红的中国共产党党旗，静卧在鲜花翠柏丛中。"一生躬耕为大地苍生，华夏神州颂英名恩德"的挽联，正是对他一生的真实写照。

噩耗传来，举国无不悲恸。

很多党和国家领导人都以个人名义送来了花圈，对周开达院士逝世表示哀悼，对家属表示慰问。

袁隆平、张启发、傅廷栋、熊远著、陈焕春、邓秀新、谢华安、朱英国等几十位院士送来了花圈，深深缅怀周开达。

周老师，您不该就这样走了 / 您怎么忍心留下年迈的师母 / 让她一个人孤独地面对生活 / 她需要您的搀扶 / 更需要您的陪伴 / 周老师，您不应就这样走了 / 留下悲伤的儿女 / 他们多么希望再给您沏杯茶，揉揉肩 / 周老师，您不该就这样走了 / 留下这么多弟子学生 / 他们多么希望能再听到您的谆谆教诲 / 还有稻田 / 金灿灿的稻穗希望得到您双手的爱抚 / 还有小路 / 希望能听到您坚实前行的脚步声 / 啊，周老师，您就放心地走吧 / 您毕生追求的未竟事业 / 毕竟有了后来人……

周开达一生育人育种，稻种满天下，桃李满天下，他的学生邢少辰研究员含泪写下的这首《周老师，您不该这样走了》，代表了他所有的弟子和学生的心声。

“理论知识，你们已经学了很多，但还有一本厚厚的书需要你们去读，就是稻田之书。水稻品种选育不是读书读出来的，而是在稻田里干出来的。要理论结合实际，在实践中得出真知。”这是周老最后留给他的学生们最真诚的教诲。

——原载于《中国人物传记》2017年第5期

作者简介

舒德骑，中国作家协会会员，曾任江津区作家协会主席。

大医崇德　风范千秋

——记重庆医科大学名誉校长钱惪教授

■ 余德庄

一

在重庆医科大学（以下简称“重医”）幽静的图书馆大楼前，耸立着一尊简朴的青铜塑像，铜像的黑色大理石台基上镌刻着这样的文字：钱惪（1906—2006），著名传染病学专家，重庆医科大学名誉校长。

在铜像前方不远处，有一株虬曲苍劲、枝繁叶茂的黄葛树，这是重医初建时钱惪带领创业者们种植的纪念树，树下安葬着他的骨灰。再往前看去，重医楼宇错落、生机盎然的宽阔校园尽收眼底。

钱惪是重医目前唯一的名誉校长，也是唯一获准身后将骨灰安葬在校园中的人。

这座声名日隆的医学殿堂何以会给予老人这样的尊崇和殊荣？

“没有钱惪就没有重医，也不会有重庆卫生事业的今天！”

这是笔者在重医采访时听得最多的一句话。退休赋闲的老教授们这样说，忙碌中的教职员工这样说，莘莘学子也这样说，不同性别、不同年龄、不同身份的重医人都这样说，没有异议，不闻杂音！

中所表现出的忧国忧民之心、惜才爱才之情感动了所有的人。原本以为难度不小的组织动员工作进行得异乎寻的顺利，几乎所有被选中的同志最后都表达了同一个态度：愿意追随钱院长，到国家最需要的地方去建功立业！多年以后还有人回忆说，钱院长真是爱兵如子又心细如发啊，为了使所有的人都能轻装远征，我们想到的事情他想到了，没有想到的事情他也想到了，之后就亲自协调督办，一个一个地解决落实。在大家眼中，他既像是领导，又像是兄长和父亲。他说的话，大家都觉得靠谱、暖心！

这次大规模内迁所定下的专业人员和管理人员，当时都是身处各个关键岗位的骨干，为了不至拔了萝卜留下坑，做到走留兼顾，经沪川两地协调，决定根据新校建设的轻重缓急，分批分期地内迁。这样钱悳就肩负起既要考虑重医新建，又要考虑上医善后的双重重任，从1956年打前站的第一批人马启程起，他就一直处于上下奔忙、两头操心的状态。

按照钱悳的计划，所有的搬迁工作均应在1957年中期完成，届时他将和最后一批离沪的同志一起奔赴重庆。然而一场突如其来的全国性政治运动使这一实施中的计划戛然告停！按照上级的指示，他和未走的同志全部留沪参加运动。钱悳一边参加运动，一边做好随时搬迁的准备，同时也关心着已经迁往重庆的同志，要他们相信群众、相信党，经受住考验。

1958年春，运动终于告一段落，可以心无旁骛地前往重庆了！不想就在钱悳整装待发之时，一个出乎意料的变动却摆到了他的面前：根据四川方面的建议，卫生部同意安排一位刚从中央调到当地的老同志接任暂代院长的陈同生，出任新建的重庆医学院院长，原来内定由他接任院长一事搁浅了！陈同生院长在向他披露这一消息时也告诉他，出于这个原因，他可以选择留在上海，而且组织上也会理解。钱悳知悉事情的前因后果后，心头虽有微澜，却并无他念，但听到后面这句话时，坐不住了。他激动地说："感谢组织的关心！但我已经动员这么多同志去重庆了，事到临头我这个当排头兵的却变卦了，这怎么说得过去呢！个人担任什么职务不重要，党和国家的需要才是最重要的。请组织上放心，这个任职变动不会影响我去重庆的决心，也不会影响我的工作热情，我仍然要去，坚决要去！"

他听说当地安排的那位名叫周泽昭的院长是一位曾在中央保健局工作过的延安老干部，更是感奋地说：“我在上医有幸遇上了你这位新四军的老战士，去重庆又有幸遇上了这样一位老延安，这都是可遇而不可求的好事啊，我还有什么意见呢！”

陈同生动容地说：“老钱啊，我知道抗战时期你就去过重庆，那一次是为了挽救国家危亡，这一次是为了支援国家建设，两次都是为国效命啊！”

老院长的话拨动了钱惪的心弦……上海是他的事业发祥之地，条件优越、人脉广泛，加上各级领导熟悉信任，可以说个人的事业发展正处于顺风顺水、大展宏图的极佳时期，而且他的老父和众多亲戚都在上海，内迁重庆则意味着一切都得重新起步。但献身新中国的建设和祖国的医学事业，为缺医少药的西部民众雪中送炭的一腔宏愿和激情，压倒了所有的私念和疑虑。在他的心中，为党分忧，本分所在；为国效命，责无旁贷！

钱惪的夫人张聿秀时任上医护校教师，作为一个现代知识女性，她理解丈夫的追求，作为相处多年的伴侣，她也深知丈夫的禀性，但作为一个母亲，她对膝下两个正处于成长关键期的儿子的教育问题，也另操着一份心。当她从领导口中得悉，学院决定钱惪的上医副院长职务可以保留三年，三年中他可以在任何时候回上医复职时，不禁怦然心动。她鼓起勇气向丈夫谈了一个想法：是否可以让她和两个孩子暂时留在上海，三年后再看情况最后决定去留。这件事钱惪事先并未告诉妻子，见她已然知情，只好敞开话题说道：“对组织上的关怀，我很感激，但这更加坚定了我去重庆的决心！现在那边各方面确实都面临着很大困难——万事起头难啊！现在最需要的就是决心和信心！如果我悄悄留了后路，还能带领大家义无反顾地去完成这项重大的国家工程吗？至于两个孩子，小时候吃点儿苦、受点儿磨炼，对他们将来的成长也不是坏事。总之，开弓没有回头箭，破釜沉舟，举家内迁，重医就是我们的新家！”

妻子心悦诚服地认同了丈夫的想法。在任何情况下总是以国家为重、事业为重，这就是她无怨无悔地相伴多年的丈夫！她钦佩他、尊重他，也从来没有拖过丈夫的后腿。

之后，陈同生以一锤定音的口气问道：“老钱，这一去……真没有什么想法吗？”

钱惪答道:“有! 那就是鞠躬尽瘁,不辱使命!”

两位相知甚深的老同事目光交汇、紧紧握手。

三

1958年夏秋时节,钱惪在办理完这次大规模内迁建校的各项重大事宜,交代完自己之前负责的所有工作之后,怀着对上海母校的眷恋和对新生活的憧憬,辞别了留沪的亲人,带着夫人和儿子溯长江而上,举家迁往重庆。客轮起航后,他久久地凭栏眺望,在心头默默地与这一方给了他生命,也给了他那么多难忘的人生履历的江南故土告别。当客轮航行至江阴地界时,凝望着远处的江堤岸树和房舍田畴,一股浓浓的乡愁蓦然袭上心头,他仿佛看见了那一幢坐落在江南水乡深处的青瓦小屋、自己倒映在湖汊间的青少年时代的身影和从那里走向社会的人生足迹……

1906年5月,钱惪出生于江苏省江阴县(现江阴市)一个耕读传世的秀才之家,尽管家境贫寒,父亲却对子女寄予厚望,希望他们刻苦读书,将来能有所作为,光宗耀祖。他亲自授课,并施以“头悬梁、锥刺股”的严苛要求,稍有不逊便“戒尺伺候”,为此几个孩子都没少吃苦头。排行老大的钱惪自幼聪明好学,深受父亲器重,但对成天只是闭门死读经书感到厌倦,对外面介绍现代科学知识的书刊则很感兴趣,经常偷偷阅读。父亲对此极为恼怒,只要发现便施以体罚,钱惪身上经常被打得青一块紫一块的,但事过之后,依然我行我素。父亲怒火中烧,干脆中止了他的学业,送他到镇上的一家布店当学徒。当时的所谓学徒,不过是从店务到家事都要随叫随到的小帮工,从早到晚,在老板的吆喝支派下,钱惪上下门板,扛包取件,洒扫除尘,招呼顾客,从每天店铺开张一直忙到关门打烊,收工后还得为老板家里劈柴生火、看护小孩、洗衣服、涮马桶……只有晚上回到店铺搭床守夜时,才有一点儿可以自由支配的时间,这也就成了钱惪饱览群书、神游世界的最为舒心惬意的时刻。一盏半明不暗的油灯,不知伴随着少年钱惪度过了多少个不眠之夜。天文地理、医著药书、生物进化、人类起源等古今中外的文化知识都是他涉猎的对象。没有了父亲的强制,他反而开始认真地阅读领略中国传统文化的精髓,对于儒家文化中“修身、齐家、治国、平天下”的济世抱负和古代圣贤“先天下之忧而忧，后天下之乐而乐”的为人之道，以及“立身之道贵在不求于人而有助于人”的传世家训，都有了更为深切的理解。他不甘自弃的苦读精神终于传到了父亲的耳朵里。三年后的一天晚上，当父亲悄然来到那家已打烊的布店外，透过门板缝隙亲眼看到了儿子挑灯夜读的情景后，终于动了恻隐之心。他叫开门，红着眼睛问儿子：“还想上学吗？”儿子一时泪如泉涌，呜咽回道：“想……”

心怀愧疚的父亲将钱悳送进江阴南菁中学就读。这所在当地颇有名声的中学以“忠恕勤国”为校训，是一座尊重传统却不守旧的学校，要求学生熟读经典，匡正身心，同时开设了各种传授现代科学文化知识的课程，物理、化学等教科书更是采用的英文原版，这在当时的中学教育中，可谓凤毛麟角。而这恰恰是最令钱悳欣喜和激动的。钱悳在南菁中学如鱼得水，奋发苦读，几度寒窗，不仅文化知识打下了坚实的基础，体魄和志趣也得到极大的锻炼和陶冶，成为一个胸怀“不为良相，便为良医”志向的青年学子。

1925年，钱悳以优异的成绩考取江苏医科大学预科。与学法律当律师、学政治走仕途等炙手可热的专业相比，医学在当时属于冷门，报考的年轻人并不多，他做出这样的抉择，是事出有因的。美丽的江南水乡，千百年来却是血吸虫病等传染性寄生虫病蔓延夺命的渊薮！钱悳从小就耳闻目睹了血吸虫病流行所造成的那种千村薜荔、万户萧疏、全家死绝没人埋的悲惨景象。他立志要向这个为害乡梓的病魔宣战，让父老乡亲摆脱这个逃无可逃、躲无处躲的千年梦魇！

两年后，钱悳随该校毕业班并入国立第四中山大学医学院(后改为中央大学医学院、国立上海医学院)，并选定内科传染病学为主攻方向。他寒窗五年，于1932年以各科全优的成绩获医学博士学位。先前与他选择同一专业的四位同学，“硕果仅存”的只有他一人。他先后受聘在上海同仁医院、南京中央医院担任内科总住院医师和主治医师。尽管他胸怀报国之志和拯民之心，且在内科尤其是传染病学上造诣日深，但在那个国家积弱积贫、外患内忧、政府无暇也无心顾及民生疾苦的时代，他的满腹学问被束缚于大都市的象牙塔里，难以服务于真正缺医少药的广大民众，更难以报效身陷疫区的父老乡亲。这使他内心里充满了痛苦，时时刻刻都在期盼着国家能慢慢好起来，然而眼巴巴地等来的是更大的灾难。

随着淞沪抗战爆发和上海失守，江南大片国土陷入日本侵略者的魔掌。南京危在旦夕，中央医院奉命准备紧急撤离，然而就在这个时候，传来了令他悲恸莫名的噩耗：

日寇进犯江阴前夕，当时在家乡小学任教且已有身孕的妻子刘席珍和钱悳的二弟、二弟媳、五妹四人一起逃离家乡，但父母难舍祖居的老屋，执意留守在家中。四人在逃难途中闻悉鬼子杀人放火、无恶不作的情形后，十分担心两位老人的安全，决定冒险回家将他们接走。不料行至半途，在一个名叫祝塘的地方，与一支日寇先遣队遭遇被扣！日寇以他们拒绝“与皇军合作”为由施以酷刑，四人坚贞不屈，痛骂日寇。敌恼羞成怒，将四人残暴杀害，然后烧房焚尸。日寇窜离后，当地乡民在废墟里发现了四人被烧得面目全非的遗骸。父亲闻讯赶到祝塘，通过一具女尸身上残留的衣衫布片认出儿媳的身份，进而辨认出二弟、二弟媳和五妹三位亲人。钱悳闻知噩耗，匆匆赶回江阴。面对家破人亡的惨剧，他痛彻心扉。料理完妻子和弟弟、弟妹的后事，他挥泪泣别父母和家乡亲人：山河破碎，何以齐家？国家兴亡，匹夫有责！

后来钱悳的父亲钱朕联痛定思痛，写下一篇名叫《四德殉国记》的文章，记述四位亲人惨遭日寇杀害的经过。文章传到大后方，被选入中学课本。据说当时老师朗读这篇课文时，教室里常常是一片哭声……

钱悳匆匆赶回南京不久，便与医院的同事们一起踏上了漫漫内迁之路。在抗日救国的高昂热情激发下，这支从当时中国最高等级的医院里走出来的医疗队伍，一路跋山涉水，历尽艰险，从南京到南昌，到长沙，到贵阳，最后到达大后方重庆，在远郊的高滩岩重新挂出中央医院的牌子，成为抗战大后方的医疗救助中心。在这个历经危难和生死考验的过程中，钱悳不知疲倦地救死扶伤，从内科代理副主任做到副主任、代理主任。长时间的超负荷工作和营养不良，使他出现了综合疲劳症状，但只要一走进病房，疲惫的双眼立即变得炯炯有光！人们称道他精力过人，实际上他是拿命在拼啊！

他后来回忆说:“那时候人手少,设备也差,从各地转送来的伤员和病人又多,工作起来真是不知白天黑夜!也是年轻吧,饿了扒几口饭,困了和衣躺上一会儿就没事了。大家都一样,心头好像也没有什么个人的想法!”

1941年,国立上海医学院辗转迁移到重庆,在歌乐山深处安顿下来。钱悳立即与之取得联系,在上医和中央医院之间建立起联手合作关系,他本人亦受聘成为上医副教授。当时上医的条件异常艰苦,所有师生员工都吃一样的糙米饭和红薯杂粮,都住在竹篱糊泥为墙的简易棚房里,对他这个教授的唯一照顾是晚上读书或写教案时特许使用两根灯芯的桐油灯!但他对这一切都毫不介意,一手育人,一手救人,一门心思全都扑在工作上,在从歌乐山到高滩岩之间的崎岖山道上,不知留下了他多少来去匆匆的身影。

四

轮船在大江上不舍昼夜地破浪前行,悠然的汽笛声令钱悳思绪绵绵,又不禁回想起十多年前太平洋上的那次归国旅程……

1944年,日本的败象渐显,大后方开始出现多年未有的乐观情绪。或许是出于对他多年工作奉献的认可,钱悳获得了一次赴美国波士顿大学医学院进修的机会。美国高度发达的经济社会和波士顿大学优越的学习环境,令他大开眼界,却也让他更加思念多灾多难的祖国。他如饥似渴地学习,同时无时不在关注着国际反法西战争和国内抗战局势的发展,期待着早日学成归国,回报乡梓。

1945年8月15日,日本宣布无条件投降,中国人民14年的浴血抗战终于取得了完全的胜利!钱悳兴奋得彻夜难眠。当时进修正好告一段落,他归心似箭,决定立即束装启程,返回祖国。

在驶向祖国的海轮上,他对自己此番归去所想开展的工作,做了无数的思考和规划,其中最急迫的就是建议政府采取切实措施,遏止和消灭正在南方大规模蔓延的血吸虫疫情,这不但是国家战后重建所必须做的,而且关乎中华民族的生存和未来!

不料刚踏进国门,他便被当头泼了一盆冷水!出现在他面前的并非是他所想象的一个浴火重生的充满希望的国度，而是一个愈加黑暗混乱的魍魉世界！“接收大员”们“五子登科”，从上到下贪腐成风，百业萧条，物价飞涨，民生疾苦愈加深重，连原来的一些事业有成的同僚也面临失业或陷入典当度日的窘境。尽管他仍然“不识时务”地向有关方面提交了自己的防疫灭害的设想和实施方案，结果却不出所料，全被束之高阁，根本无人理睬。到后来上医亦陷入困境，无力支付员工薪水，连像他这样的教授竟也落到养家糊口都成问题的地步！

一些学生眼见老师家里断了炊，悄悄送去了一些米，他沉痛地说：“国家坏到这种程度，连教授都有饿死之虞，老百姓还怎么活啊！”他将米退还给学生，在饥馑中依然坚持传染病学研究，思索血吸虫病的治疗和根除之道，然而最终仍只能坐困愁城，眼睁睁地看着广大疫区继续着瘟神肆虐、哀鸿遍野的惨剧！

一唱雄鸡天下白！中华人民共和国的建立，不但给了钱惪崭新的人生，也给了他一展抱负的天地。据普查，当时全国有近五分之一的人口受到血吸虫病的威胁，其中尤以南方为甚，上海周边池塘湖泊密集，青浦县(今青浦区)、嘉定县(今嘉定区)等几十个县都是血吸虫病的高发区，曾经富甲一方的鱼米之乡，“无人村”“寡妇村”“罗汉村”(腹胀肚大如鼓)和“棺材田”比比皆是，其状惨不忍睹。

“瘟神”不除，民不安生！在人民政府的号召下，他像一个枕戈待旦的战士，奋不顾身地冲向防治血吸虫病(以下简称血防)战斗的第一线！

迎头便是一场前所未有的遭遇战！当时华东军区的野战部队正为准备解放被国民党军盘踞的沿海岛屿进行大规模的水上训练，然而不久即出现了原因不明的发烧、拉肚子的群体症状，排查的结果指向了同一个罪魁祸首：血吸虫病！消息惊动了中央。整个上海市医疗系统都紧急动员起来，千余医务人员赶赴嘉定、太仓等疫情爆发区。钱惪被陈毅市长亲自任命为血防大队治疗顾问，与同事们一起废寝忘食地投入到这场只能取胜而且必须速胜的恶战！

当时治疗血吸虫病的药物只有酒石酸锑钾，这种静脉注射药剂需要高纯度的葡萄糖溶液配伍稀释，但因当时遭受国外封锁，国内一时无法找到大量的葡萄糖。部队领导万分焦急，来电询问是否可以想别的办法。钱悳经过缜密考虑，决定试用生理盐水代替葡萄糖溶液！这个大胆的想法使一些从事血防多年的同事十分担心，因为这样做意味着要突破国际医学界已沿用了几十年的用药规范，而锑剂的毒性极大，静脉注射药量稍微把握不当或小有偏差都可能酿成重大医疗事故，尤其是并发蜂窝组织炎引发大面积溃烂，严重时就会出现急性心源性脑缺血，导致病人猝死，而且几乎无法抢救！大家都不明白一向以严谨细致著称的钱悳教授何以会突然变得如此"胆大妄为"！有些原本就感到给部队官兵治病责任非同一般的同事劝告钱悳："我们毕竟是刚从旧社会过来的知识分子，万一有个闪失，你我担待不起这个责任啊！……"

钱悳的态度却十分坚决，说："军情如火，不容贻误。这不叫胆大妄为，而叫迎难而上，特事特办。生理盐水和葡萄糖溶液在药理上相近，并非是水火不容的两种东西，完全可以一试。但为了确保安全有效，可以先在我们医务人员身上做试验，我排第一个！"

有同事又提出为防万一，可否适当减量用药，一步步地来。钱悳却表示时不我待，坚持要在确保有效药量的情况下进行试验，他对大家说："大家放手干吧，出了问题我负责！"在钱悳的带领下，整个团队同心协力，废寝忘食地投入紧张的工作，经过反复试验、观察、对比、研究，得出了完全可以用高纯度的生理盐水取代葡萄糖溶液与锑剂配伍进行静脉注射，达到同样治疗效果的结论，同时对于锑剂中毒所致心脏和肝脏中毒也研究出了行之有效的解救措施。

按照国际通行的锑剂治疗血吸虫病规范，一个疗程需要20天以上才能确保达到治愈效果。钱悳研究血吸虫病多年，早就发现这个20天的所谓金科玉律过于保守，认为完全可能在更为精准给药并配以各种辅助治疗手段的同时予以调整、缩减。他亲自带队下去做临床试验，并再三告诫大家，缩短治疗时间不能以降低治疗质量为代价，人命关天，必须慎之又慎，一切都需要通过科学证实，来不得半点儿马虎。在他的带领下，经过团队的反复试验和最终验收，将原来的20天疗程一举缩短为15天，后来又进一步缩短为10天，并总结为“锑剂治疗血吸虫病十天疗法”进行大规模推广。在短短三个多月的时间里，治愈染病的部队官兵逾万人。

由于钱惪的特殊贡献，中国人民解放军三野九兵团授予他“理论与实践结合的为人民服务的模范教授”称号，并受邀出席了首届全国工农兵英模代表大会，受到毛泽东、周恩来和朱德等中央领导人的亲切接见。钱惪感触万千，他更深地懂得了只有将个人的事业追求融入整个国家建设的伟大事业中，才能获得真正的价值和意义！

未久，朝鲜战争爆发，全国掀起了轰轰烈烈的抗美援朝运动。钱惪主动请缨参加抗美援朝医疗队，担任上海医疗二队副队长，星夜开赴东北齐齐哈尔，展开对抢送回国的志愿军伤病官兵的救治。因伤病员大多是身负重伤或身染重疾的官兵，工作量超乎寻常，加上一时不能适应当地天寒地冻的自然环境，医疗队的许多同志不久就病倒了，钱惪反复感冒，发烧咳嗽，周身酸软，不思饮食，上级领导和同事们多次劝他适当卧床休息，都被他婉言谢绝。他说：“我不能躺下！志愿军战士在前方舍生忘死地保家卫国，负伤生病后经过多少人千难万险的护送才送回国内救治，我能躺得住吗！”他以极大的毅力坚持工作，却总觉得自己做得不够。在夜以继日地救死扶伤的同时，他还对部队医护人员进行培训，使所在部队医护人员的专业素养普遍得到提高，后来成为组建解放军某军医大学的骨干。

一批又一批志愿军伤病员在钱惪和同事们的精心治疗下得到康复，钱惪的心灵也一次次地为官兵们在战场上奋勇杀敌的事迹和伤愈后即要求重返前线的决心所感动，尤其是一些共产党员身上所显现出来的那种赤胆忠心和无私无畏的精神，令他非常钦佩。当他得知在弹雨横飞的战场上，冲锋在最前面的总是共产党员，撤退在最后面的也总是共产党员，许多写了入党申请书但还未正式成为一名共产党员的战士在面临生死考验的时刻，都会向党组织表达一个同样心愿：如果我“光荣”了，希望被追认为共产党员！一个强烈的念头在钱惪的心底萌生了，他也要像这些共产党员和战士一样，怀着最崇高的人生信念去生活和战斗！

在一个通宵不眠的夜晚，钱惪伏案灯下，写下了自己的第一份入党申请书，决心以此为起点，接受党组织最严格的审查和考验。

由于钱惪的出色表现，他荣立了抗美援朝二等功。

从东北回到上海不久，又传来沈阳地区发生大规模洪灾的消息。钱惪再度请缨率队北上，在风雨和洪水中展开医疗救护。洪水完全退去后，他和同事们一直坚持到所有受灾地区的防疫工作全部完成方才撤离。

再次返沪后，钱惪放弃了组织上安排的休假，全力投入血防工作。由于学养深厚、贡献突出，他被卫生部血防委任命为全国血吸虫病防治委员会副主任兼临床组组长，不久又受命主持编写具有重要医学临床价值的《血吸虫病防治手册》(以下简称《手册》)。这是他早就有心要做，却一直苦于没有条件实施的工作，如今终于如愿以偿，令他备感鼓舞。同时他也深知，这是一项一字之差都可能影响很多病人的康复乃至生命的工作。在编写过程中，他参阅了大量相关的中外论著，并将自己多年来用酒石酸锑钾治疗血吸虫病的实践经验进行了认真的总结，真正做到了下笔三思，慎之又慎，达到了“论必有据，措必可行，效必确切”的高标准。为了检验和推广《手册》，他一次又一次去各省份特别是严重疫区检查指导工作，普及血防知识，辅导医务人员，深入河边溪畔、田间地头、村舍农户进行疫情考察，与民众一起下水挖沟，清淤灭螺……为推动血防工作，真正达到了忘我的境界。有一次他应邀到无锡为血防培训班学员授课，行前突然得悉母亲在杭州病逝的消息，一边是恩重如山的慈母，一边是翘首以待的学员，牵心挂肠中，他想到母亲从小教育他“精忠报国”的往事，最后强忍内心的悲痛如约先去无锡为学员们讲了课，然后才风尘仆仆地赶到杭州，在母亲的灵柩前长跪不起……

《手册》的推广和实施，将我国的血防工作推向了一个新的阶段，血吸虫病死亡率大幅降低，其中疫情最重的江苏省的血吸虫病死亡率就由原来的0.16%降低至0.02%！即便是在全球的血吸虫病防治史上，这也是一项了不起的成就！

1951年，钱惪当选为上海市劳模。是年上海举行国庆大游行，当上医的游行队伍举着钱惪的画像敲锣打鼓地步入上海跑马厅(即现在的人民广场)国庆主会场时，群众中爆发出热烈的掌声。

在此前后，钱惪还作为主要担纲人之一参与了全国统编教科书《传染病学》的编写，先后三易其稿，为这部中华人民共和国成立后第一次由国家审定的填补空白的高校医学教材的问世，做出了开拓性的贡献。其后他还与刘约翰主编了《实用血吸虫病学》，与王其南等主编了一系列重要医学书籍。

1955年，钱悳在党旗下庄严宣誓，成为一名光荣的共产党员。他无比激动，决心要用自己的一生来践行自己的誓言。

而今，已年过半百的他，就要离开这片连心的家乡故土和所熟悉的一切，奔赴遥远的大西南，去那座出门就得爬坡上坎的山城，投入一场白手起家、重新创业的新战斗了。人说"年过四十万事休"，而此时他的内心里却像脚下奔腾的大江一样，澎湃着迎接新挑战的汩汩豪情！

船抵武汉后须等候换乘小船进入川江，他们一行暂歇于武汉医学院（现华中科技大学同济医学院）招待所。就在这时，他接到一封由卫生部发来的加急函电，内容简单明了：拟调他到卫生部履任新职，如果认可，即可从武汉直接赴京，重医方面的善后工作由部里出面协调处理。

一石激起千层浪。能到卫生部工作，在当时不但是莫大的荣誉，也意味着工作和生活环境的巨大改善，然而面对着这个多少人梦寐以求的机遇，钱悳在不事声张中做出了决定：说明情况，婉辞盛邀。他对妻子说，我说过要为重医的建设贡献余生的，那边一大摊子事在等着我，同事们也都期待着我去和他们一起战斗，我怎能自食其言、半途而废呢！

换乘的小轮船进入川江，在奇峰耸峙、江流急湍的三峡中艰难上行，有些太过险恶的江段，轮船憋足了劲儿也只能在原地打转，不得不靠岸上的钢缆绞盘拖引，俗称"绞滩"。在陡峭的崖壁栈道上，还依稀可以看到成排成串的纤夫奋力拉纤的身影。

有同行者惊呼："这完全是在水上爬坡啊！"

钱悳笑道："这就叫人往高处走，水往低处流啊！"

有人搭话："钱院长任何时候都是这样乐观豁达，让人佩服！"

钱悳只是笑笑，没有回话。

其实，钱悳的心头远没有表面这样轻松。尽管当时重医已经正式挂牌招生，打响了头一炮。附属医院同时开始接待病人，社会反响也不错，有关方面亦多有肯定，可谓双双实现开门红。但所谓外行看热闹，内行看门道，作为这一切的幕后规划者和推动者，他深知这仅仅是一个说得过去的起步，远不是如有人所说的“已然打开局面”。对于重医未来的发展，他心中早已有了一个近期、中期和远期分步实施的宏伟蓝图。眼下的情况不过是近期蓝图的第一步而已！各种各样的困难、千头万绪的工作，都还有待去一一克服和解决！别的不说，现在袁家岗的新校址，基本上还是一片杂草丛生的荒坡，大多数员工只能暂时挤住在城内的一家儿科医院里，从那里到袁家岗的上班路上就得折腾个把小时。一些无房的年轻同志，只能将就居住在农户的土房中或者临时搭建的草棚里。白日里蛇虫出没，夜晚间老鼠乱窜，吓得女同志们半夜不敢睡觉。至于有些同志不适应当地的气候和饮食，与当地同事、病人存在语言交流障碍，有些同志在与本地同事交往时，有意无意地显示出某种优越感而影响了彼此的团结，一些在上海属于很普通的生活习惯，却被一些本地同志视为“资产阶级生活方式”等问题可谓比比皆是。而他作为这支上海支内队伍的领头人，也还有个与当地委派的领导同志如何团结共事的问题等。而一切的一切，他都必须去面对，去担当，去思考，去解决！

江轮小泊秭归时，钱悳特地登岸去拜谒了屈原祠，向这位他所景仰的伟大爱国者表达崇敬之情。在屈原祠里，他的目光久久地停留在三闾大夫的著名诗句“路漫漫其修远兮，吾将上下而求索”上，他清醒地意识到，自己所肩负的使命，真的是任重道远！

五

重医为钱悳一行的到达举行了一个简朴而隆重的欢迎会。先期抵达重庆的上医人员簇拥在老院长周围，百感交集地倾诉着自己的感受：“老院长，我们还以为你会丢下我们不管了呢！结果上海留你你不留，北京要你你不去，却心甘愿地来这里和我们一起吃苦受罪，是我们连累你了！”

钱悳乐呵呵地说：“我们之间谁连累谁啊？你们不都是听了我的动员才来的吗！如果你们当中有人后悔了，我现在就向他道歉！”

有人笑道：“你来了，我们就不后悔了！只是，你这么大的年纪，又有这么高的声望和待遇，却执意要来这里，到底图个啥啊？”

钱悳环视着大家朗声道:“图个啥?就图跟大家一起创这个新业,建这个新家啊!”

有人红了眼圈,说:“老院长,说实话,这两年,虽然您在上海,我们在重庆,但时时都能感觉到您对我们的关心和牵挂,但终究人不在跟前,还是会想念的啊!现在您来了,我们的心也就安了,不去东想西想了!”

钱悳也动情地说:“你们是开路先锋,是大功臣啊!你们的辛苦和付出我都知道,看到你们一个个都晒黑了,很多人也能吃当地的饭,说当地的话了,一些同志手上还起了老茧……说实话,我很感动,也很自豪。有人说,上海是十里洋场,是冒险家的乐园,但我要说,上海也是中国产业工人的大本营,更是中国共产党的诞生地!我们上医人不属于前者而属于后者!当然,我们来到这里,是要团结来自五湖四海的同志的。抗战时期我在重庆工作过,对重庆人耿直豁达的性格和吃苦耐劳的精神都留有深刻的印象,重庆人还有一个禀性,就是不排外!我们要在党的领导下,和衷共济,同心同德地去开创共同的事业!不管是上海人、重庆人,还是来自别处的人,现在我们都有了一个共同的称谓:重医人!重医就是我们共同的新家园!”

热情而真诚的话语激起满堂掌声,也温润了大家的心,无数双泪花闪动的眼睛,仿佛都看到了重医的希望和未来。

之后,周泽昭院长感慨地对钱悳说:“你的到来不但使上海的同志们吃了定心丸,我心里也踏实多了。今后我们就好好分工合作,齐心合力地把建设重医这件事情干好吧!”

周泽昭在医学上颇有造诣,但因长期在中央保健局工作,自感在创办医学院校和管理公众医疗上比较欠缺经验,在院领导分工时,就主动提出希望钱悳能在这上面多有担待。钱悳本身就是想来做工作的,所以也没有计较名分之类的事情,毫无怨言地在事实上将这两副担子都一肩挑了。

钱悳在很短时间内走访了所有上医内迁的同志和从各地聚集来的同志,嘘寒问暖,关心备至,同时征求他们对基础教育、科系设置和门诊、住院治疗方方面面的见解,然后集思广益,在校领导会议上,提出了“认准方向,突出重点,以老带新,教医互促,打好基础,全面发展”的办院规划。就是要争取在几年的时间里，夯实教学、科研和临床三大领域的基础。引领和带动学院的全面建设，努力实现后来居上，尽早跻身省重点，再经过一段时间的努力，进入全国医学高校的先进行列。

强大的师资队伍特别是经验丰富的专家教授，是办好高等医学院校的基石。在刚过去的那场政治运动中，从上海来的不少专家学者和重要的业务骨干被打入另册，一些人害怕沾边受连累，不敢大胆留用他们。钱悳却站在共产党员的党性立场上，态度鲜明地提出：一定要争取留下这批人，做到人才不流散，并在政治上关心他们，发挥他们的一技之长，引导他们为社会主义事业建功立业！在他的力主之下，重医在运动中被戴“帽子”的绝大多数专家和业务骨干都先后得以返回学校继续发挥所长，在各自岗位上做出了积极贡献。这一重要举措，也为重医的未来发展，留下了一批栋梁级的宝贵人才。

特别难能可贵的是，钱悳对这些蒙冤受屈的同志并非只是着眼于临时的“利用”“救急”，而是从党和人民的根本利益出发，真正做到了“在政治上多关心，工作上要信任，人格上不歧视，有成绩要表彰”。当年，重医赴四川温江对一种突发的无名流行疾病进行调查巡诊时，一位姓范的“戴帽”学生在工作中不幸染病去世。钱悳对此非常痛惜。他面含悲戚地来到饭堂，大声地向聚集在那里的师生们说：“向同志们报告一个噩耗：今天上午，小范同志经抢救无效，不幸去世了！他是为了农民兄弟的健康，为了我们国家的医学事业而牺牲的！我们不应该忘记他！”这个饱含感情的宣示和褒扬措辞令所有在场的人都为之一震，继而从内心里升起一种对面前这位无私无畏的老院长的由衷敬佩之情。多年以后，当时在场的人在追忆起这件往事时，仍记忆犹新，感佩不已。

在钱悳的努力下，重医的各基础教研室和临床科室很快就汇聚起一批事业有成的专家教授，也凝聚了一批朝气蓬勃的青年才俊，初步形成了一支年龄结构相对优化的师资队伍和专业门类较为齐全的学术梯队。他们在设备不足、资料不全、条件简陋、生活艰苦的状况下，奋力进取、默默奉献，在教学、科研、医疗三大领域均取得了令人鼓舞的成就，为重医的起步和发展，奠定了坚实的基础。

尽管钱悳肩负着繁重的组织领导工作,却从来没有忘记自己的学者本分和专业求索,他一直兼任着传染病教研室主任之职,坚持参与教学、科研和医疗一线的专业学术活动。在他的倡导和推动下,基础和临床各科室坚持两周举办一次学术讲座或大型病案讨论,积极务实地参加四川省和重庆市有关学会的各种学术活动,在全校逐渐形成了浓厚、严谨的学术氛围,而他个人则既是活动的组织者,又是平等的参与者,更是以自己深厚的学养和丰富的经验,成为众望所归的引领者。

笔者在采访中听一位老教授谈到他年轻时在传染科参加过的一次至今仍记忆犹新的病案讨论会。当时传染科收治了一位病情表征极像细菌性痢疾的病人,根据各项医学检验指标,专家会诊确定为细菌性痢疾,但对症治疗效果不佳。在讨论会上,钱悳经过反复询问病史,分析病案,认为病人所患极可能是肠伤寒。当时争论非常激烈,但最后通过病理解剖,证明了钱悳的诊断完全正确。大家感慨:“姜还是老的辣啊!”

钱悳到重庆不久,即被委任为四川省血吸虫病研究委员会主任。鉴于传统锑剂只能通过静脉注射进行,且血吸虫对该药也逐渐产生了抗药性,他一直十分关注非锑剂的抗血吸虫病新药的发展。当他得悉血防846(六氯对二甲苯)不但疗效高,而且具有体外杀虫的作用时,立即组织重医的传染病学、化学、生化、药理、病解、寄生虫学和放射医学等教研室的40余名教师、医生、技术员进行联合攻关。在整个研究试验过程中,他不但是总指挥,也是总监督,对每次试验从药品剂量、水质纯度到每一个步骤都严格把关,一丝不苟,经过反复试验、论证、确认,最后成功地将该药由静脉注射改为口服,疗程也由20天缩短为7天,而且治愈率大大提高。在试验推广过程中,曾发现部分病人服药后产生血尿现象。钱悳十分重视,亲自组织考察调研,后来发现这种现象多发生在祖籍为湖南、湖北和广东的病员身上,经过遗传学和细胞学研究,发现是由这几个地区的病人普遍存在的一种遗传性血红细胞畸形所致,后来经过采取相应措施,成功地解决了这个一度令人迷惑不解的医学难题。

这一重要成果被认为在血吸虫病治疗史上具有划时代意义,先后获得了四川省科学大会奖、四川省重大科技成果奖，并在全国推广使用，使重医一举成为全国血吸虫病防治中心之一。

在这次联合作战成功的基础上，钱悳决定将感染科和流行病科两个教研室合并成传染病科重点教研室，达到了“1+1 > 2”的效果，新科室逐渐形成了以他为实际主导，由刘约翰、王其南、张定凤三位知名教授分别领衔支撑的寄生虫、抗生素和肝炎三大领域，集教学、科研和治疗为一体的高水平团队，为重庆、四川乃至整个西南的广大病患解除病痛和灭除血吸虫病、钩虫病、肝炎、阿米巴痢疾等严重传染性疾病做出了重要贡献，传染病学亦一举成为重医第一个“国家级重点学科”。

历史见证了钱悳的远见卓识和务实进取精神。

六

前进的道路并不平坦，甚至充满荆棘坎坷。

就在钱悳心无旁骛地投入重医的建设，为改变重庆和西南地区医学事业的落后状况而奋力拼搏之时，意想不到的“麻烦”却已找上门来。1959年，他因对批判“右倾机会主义”持保留态度而招致批评，被迫放下手中的工作去“参加学习，提高觉悟”。眼见刚呈现出良好开端的各项工作，尤其是他直接领导的一些重要科研项目受到影响，他忧心如焚，不得不将相关工作转入“地下”，悄悄地过问和指导。好不容易得以“过关”回到工作岗位，接踵而来的“三年自然灾害”，又使重医的发展陷入更为严重的困境。由于经费骤减、物资奇缺，基础科研难以为继，终至全部停顿，大部分人员都被抽调去充实人命关天的临床，包括钱悳本人在内。人们每天都看见他身穿白大褂出现在附属医院里，或坐诊或巡房或参与病情讨论，而且和普通医护人员一样轮流值夜班。

即便在这样的情况下，钱悳也没有丧失建好重医的信心，总是对大家说：“艰难困苦，玉汝于成，我们不能无所作为，坐等形势好转，而要千方百计地挖掘潜力，克服困难，为将来的进一步发展做好准备。”医学检验是医学治疗不可或缺的重要手段，没有精准高效的医学检验就不可能有精准高效的医学治疗。钱悳一直非常关注医学检验科，按照原来的规划，在医疗系和儿科系建立之后，就应该轮到建立医学检验系，但当时维持医疗系和儿科系已经十分吃力，再建检验系显然不现实，何况上面还一直在施以各种压力！钱悳不得不忍痛叫停了建立医学检验系的议题，但与此同时又采取了一个暗度陈仓、后来证明是极为重要的举措，即将流行病科的实验室与医学检验科的实验室合并，达到了在不追加任何投入的情况下，既充实和加强了检验科的力量又提升了感染科实验手段的双赢结果。

正是这一重要举措，使医学检验科不仅在当年没有停下实质性的发展脚步，也为挺过"十年动乱"积聚了力量。后来医学检验学在钱悳一以贯之的关心和支持下，一步步发展壮大，成为人才济济、硕果累累的重医第二个"国家级医学科"，并在这个基础上发展为医学检验系和检验医学院，成为"全国医学检验专业理事单位"和全国最早的"博士学位授权点学科"。当然这是后话了。

随着灾害的持续，更为严重的情况出现了：因为长期营养不良，许多医护人员，包括从上海来的不少业务骨干都患上了水肿病，钱悳一家包括他自己在内都患上了营养不良性肝炎。当时国家对他这样的高级专家每月都有一些肉、蛋之类的"特供"，但钱悳从未去领取、购买，坚持与大家一起同甘共苦。有一次老伴儿悄悄去买了一点儿"特供"的肉食回来，他发现后竟发了火，说："全国人民都在忍饥挨饿，全校师生们都在系紧腰带共渡难关，我们凭什么要搞特殊！"老伴儿此后再也没有买过。发到他手里的"特供"票，大多都送给了一些身体状况更差或家有老人、孩子的同事。多年后一些同事对此仍感怀不已，说这已不是"相濡以沫"，而是在单面地"解衣推食"啊！

一次学校后勤部门想办法弄回来一批鱼，按每人一条分发给教职员工。钱悳回家后发现自家分得的两条鱼个头比较大，不免心有疑惑，悄悄去一般教职员工家中察看，发现自家果然是受了"关照"之后，立即将鱼提回去要求换成跟大家同样斤两的。后勤的同志辩解说，这并不是搞什么特殊，而是考虑到他年事高，担子又这样么重，需要加强一下营养而已。但他坚持不允，说如果不换，他就一条不要。后勤人员只得按他的要求办了。临走时他还特别嘱咐："今后不能再做这样的事情！"

在最困难的时候，一些同志不约而同地聚到钱惪的家中，希望他能出面向政府要点儿钱改善生活。钱惪听后心情沉重地说："大家的心情我理解，但现在政府的担子已经够重了，就像一个哺乳的母亲，她自己的奶水都已经没有了，我们再去索要，就只有挤血了！"一席话说得大家喉头哽咽，不再吭声。之后，钱惪将自己原来所交党费从每月50元增加到100元，并开始带领全家在自家后院里开荒种菜。他亲自挖土播种，浇水施肥，管护除草……劳动的汗水换来了丰收的果实，看着满院的白菜、南瓜、红薯、茄子……全家都喜不自胜。但在第一次收获时，他便让两个儿子将绝大部分蔬果都无偿送给了学校食堂和动物房，后来也一直坚持这样做。学校食堂和动物房收到蔬菜后，都如实写上收条交孩子们带回，以便今后"统一结算"。当形势终于好转，无须再送菜时，家里积攒的收条已达数十张之多。钱惪全部收集起来付之一炬，从此不再谈及此事。

在那些艰难的日子里，钱惪除了承担着繁杂的校务工作外，仍一如既往地关注着医学前沿科技的进展，也一直未停止过相关的学术研究，从基础到临床，从西医到中医都是其关注的范围，先后在降低治疗伤寒的氯霉素剂量，阿米巴肝脓肿的治疗方法等方面提出了具有实用推广价值的重要见解，一些重要成果后来先后获得全国科技成果奖和科学技术奖。他也依然坚持常年带师生下乡巡诊调查，特别是对水网密布，血吸虫病、钩虫病等寄生虫病为害甚烈的川西疫区去得更多。排查血吸虫病人和血吸虫卵携带者，必须从大便中检查是否带有血吸虫的尾蚴。这项工作从大便标本收集、清洗、盐水过滤、显微镜观察、尾蚴计数，一个环节都不能马虎，而且一做起来就是成百上千份，因为工作枯燥且又脏又臭，极易产生厌烦情绪，他总是耐心细致地进行示范，要求大家严格按照规范做出每一件标本的检验结果，以不漏过一个可能的病人。针对疫区病人居住分散、流动性大、给药困难的状态，他又积极协助地方建立血防站，做到适时就近给药、观察，极大地改善了治疗条件和效果。

然而"树欲静而风不止"，随着从上到下"阶级斗争"愈演愈烈，"文革"的风暴骤然来临，大专院校成为首当其冲的蒙难之地。在"怀疑一切，打倒一切"的狂热口号煽动下，刚刚从"自然灾害"的阴影中走出来步入发展正轨的重医校园里，"牛鬼蛇神""走资派""反动学术权威"的帽子铺天盖地，大批老干部、老专家乃至一般的教职员工被抄家揪斗，游街示众，整个学院陷入一片恐怖混乱之中。钱惪也被写了大字报，遭到无端的非难和攻击，就在红卫兵准备大动干戈，召开揪斗大会，将"走资派"和"资产阶级反动学术权威"的两顶大帽子扣在他头上示众之时，时任院党委宣传部长的军转干部张丕德挺身而出，向红卫兵头头们慷慨陈词："钱惪老院长确实是个大学者、大专家，但他到底是属于哪个阵营的人，同学们应该是心头有数的吧！别的我都不说，只说一件事：从他入党之日起，就自觉自愿地以超过规定的十倍之数上交党费，在国家最困难的三年灾害时期更是将其增加到每月100元，直到现在依然如此！大家扪心自问：世界上有这样热爱党的'走资派'和'资产阶级反动学术权威'吗？……"一席话说得红卫兵们哑口无言。

在整个"十年动乱"中，面对重医满目疮痍的严峻现实，痛心疾首的钱惪，却抱定"守土有责"的决心，即便是在校园成为武斗战场，教学大楼成了两派对垒的阵地时，仍不顾个人安危，坚持不离开学校，还经常去探望留校的教职员工，慰勉大家说："派性不得人心，动乱不会长久，大家一定守护好重医！"王其南教授回忆说："我那时还只是传染科的一名普通医生，钱惪老院长去我家看望我的次数，比我去看望他的次数还多！"在山城武斗最激烈之时，学校的薪资来源中断，教职员工中出现恐慌，钱惪知情后，毫不犹豫地将家里的全部积蓄倾囊借出，帮助大家渡过难关，稳住了人心。同时，尽管"知识越多越反动"的谬论甚嚣尘上，他却一刻也没有停止治学思考，依然力所能及地进行着医学研究，仅针刺麻醉的镇痛效果一项研究，就在理论和实践两个方面同时取得了重要成果，并在后来获得全国科技大会表彰。

七

噩梦终于过去。改革开放的春风吹拂神州大地，也吹进了重医校园。然而就在百废待兴，各方面的工作都需要正本清源、重新起步的时候，受到国内一些内迁人员或机构在平反纠错、落实政策时，纷纷返回原单位或原籍贯地的影响，重医也出现了这样的异动，尤其是一些在历次政治运动中遭受冲击和委屈的同志，包括一些专家教授，先后有数十人以各种理由离开重医，其中包括一些当年追随钱惪从上海来重庆的教职员工和业务骨干，还有不少人也在明里暗地打听或联系出走事宜。广大师生员工忧心忡忡，因为他们知道重医方方面面的业务在很大程度上就是靠这批上海来的老专家、老教授在支撑，如果他们离去，无异于釜底抽薪，将使重医成为一个名存实亡的空壳，不但会错失眼前的大好发展机遇，而且在相当长的时间内都难以恢复！上级领导部门则既想留人，又感到棘手，因为从政策层面来讲，这些同志想返回上海也都是事出有因，合理合法的。

稳定人心，留住人才，特别是各方面的业务骨干，成为关乎重医还能不能继续办下去的紧迫大事！钱惪及时召开了全院教职员工大会，并发表了掏心掏肺、振聋发聩的讲话。

在大会上，钱惪向从上海和全国各地来的同事们提了一个问题："大家当年是因为什么来到重医的？"

见台下沉默不语，他自问自答："至少上海的同志我是了解的，不就是支援内地，建好重医，为山城和四川人民造福吗？而当时大家所抱定的是什么样的决心呢？不辱使命，不当逃兵，不给上海人民丢脸！是吧？……这些年，大家做出了不少贡献，不少同志也遭受了这样那样的不公待遇，受了一些委屈，但难道这就可以成为我们自食其言的理由吗？何况是在委屈得以纠正，苦难成为过去的今天！退一万步讲，这些委屈和苦头能够怪罪重庆人民吗？上海和全国其他地方不也一样经历过这些劫难吗？为什么要以离弃重庆作为'报复'？同志们，这不公平，也不厚道啊！想到这一点，我就觉得特别难受，特别对不起重庆人民。有一段历史，在座的可能有些同志知道，有些同志不知道。抗战时期，上医被迫内迁，沿途辗转流浪，在哪里都没能待下去，最后总算在重庆落了脚，并安定下来。当时从全国各地转移到重庆的人员多达百万之众，当时重庆就这么大个地方，就那么一点儿产出，但重庆人民敞开胸怀，宁愿自己吃糠咽菜，也没有任何一点儿排外举动，没有赶任何人走啊！我们上医当时就是这样被重庆人民接纳的啊！如果上医没有熬过那几年，恐怕早就不存在了！没有了上医，哪里还有我们这些上医人？同志们，我们要懂得知恩图报，不能忘恩负义啊！在座的不是共产党员也是接受党多年教育的同志，历史的使命和机遇已经摆在面前，我们不扛起来谁来扛啊！我个人先在这里表态：坚决留在重医！也希望大家都留在重医，我们一起秉承初衷，把重医办好！……”

语重心长的一席肺腑之言，不但感动了所有的人，也振奋了大家的心，会场上的一片沉默变成一片唏嘘，话音未落，脑外科专家朱祯卿已挺身而出，大声道：“生是重医人，死是重医鬼！我现在当众表态：从今往后，决不再提离开之事！”

在座的许多人也都动了感情，纷纷表态响应，会场上原本凝重的气氛为之一扫。

医学检验科的陈宏础教授是钱悳一手栽培的人才。年轻时他原本是上医华山医院的一名普通技术员，因为对医学感兴趣，考取了上医，却因轻度色盲被改送华东师范物理系就读。情急之下他向钱悳求援，钱悳为小伙子对医学的挚爱所感动，经实地考察证明其轻度色盲对观察显微镜确无影响之后，亲自写信给上海市招办玉成其志，使陈宏础终于如愿以偿。他毕业后留校任教，也是当年坚决追随钱悳到重庆创业的积极分子之一，后来在重庆结婚成家时，钱悳特意送去“锦绣河山”被面一幅，以“祖国到处都是我的家”相勉励。他深有感触地说：“说实话，落叶归根，人之常情啊！钱院长已是70好几的老人了，他不思念家乡吗？而且副院长一当就是20多年，做的却是院长的事，要说走，他理应是头一个！更何况以他的名望和人脉，只要回到上海，哪个大学和医院不抢着要啊！所以他站出来这样一表态，大家都无话可说，无颜再闹了。这就叫榜样的力量！在这些年的风风雨雨中，钱悳在重医就跟定海神针一样，只要他一出面，什么风波都可以化解，什么纷争都可以摆平！真是这样的。”

但当时钱悳并未就此了事。过后，他来到一些确有这样那样的具体困难的同志家里，一个个地了解情况，做细致的工作。临床检验诊断学专家康格非的妻子已定居香港，并已在那边为他找到了待遇不错的对口工作，封封书信催促他赶快去香港团聚。钱悳反复找他谈心，希望他能留下来发挥一技之长，和大家一起共同建设重医，终于坚定了他留校创业的决心。后来他和妻子相互砥砺，为办好重医医学检验科和后来的检验医学院做出了重要贡献。

留下的许多老师都说：“当年我们之所以没走，完全是被钱惪的献身精神和人格力量征服了！如果当年他不到重庆来，许多人都不会来。如果他走了，许多人都会跟着走——可以说，钱惪在关键时刻再次拯救了重医！”

1978年，钱惪众望所归地被正式任命为重庆医学院院长，他带领全校师生员工，夙兴夜寐，拨乱反正，在“十年动乱”的废墟上二次创业，砥砺前行。

当时学校面临的最大困扰就是经费严重不足，想办法自行创收，政策又捆着手脚。巧妇难为无米之炊，姓了一辈子钱，却对钱一直很不在意的钱惪，不得不放下身段，一次次地亲自到卫生部和省里争取财政支持，但常常都是空手而归。当时经费比较充裕的交通部和冶金部都有意将重医收归为其直属院校，这样就可以一劳永逸地解决学校发展所需的经费问题，但省政府又不同意。钱惪忍不住当着有关领导的面说了一句分量很重的话：“不放手，不让走，但要放在心上！”

或许真是这句话起了作用，在后来的年月里，上面拨给重医的经费逐年增加，重医也一分钱掰成两半用，厉行节约，勤俭办事，总算挺过了那一段最艰难的日子。

早在大学被砸烂关门的“文革”期间，钱惪就坚信作为人类科学文化和精神文明传承、探索和推进的重要场所，大学是非办不可的，并且深入地思索过在我们的国家办好大学尤其是医科大学所面临的问题。1982年，因患老年白内障不得不在家休息的钱惪，借助着放大镜一字一句地写出了《从重庆医学院谈我国的高等教育》一文，指出当时在我国医学高等教育中亟待解决的一些重大课题，强调医学教育必须强调质量，注重培养学生的医德操守和严谨认真的医风，并从理论和实践两个方面打下良好的基础，向社会提供能适应各种环境和能够不断自我更新知识的大批合格的医务人才。文章发表后，在全国高校特别是医学院校和医学界中引起强烈反响，被称为“有胆有识，有理有据，高屋建瓴，切中时弊”的办好医学院校的“必读”之文。

在抓好学校建设的同时，钱惪在学术研究上亦是老当益壮，进入丰硕的收获期，前后共发表有重大价值和影响的论文和著作20余篇(部)，还先后应人民卫生出版社之邀，主编了《临床症状鉴别诊断学》，应上医之邀，参与了

《实用内科学》的编写，并担任国家科学技术委员会医学专业组成员，高等医学院校医学专业教材编审委员会委员，中华内科学会副主任委员和重庆市科协主席等职务，并兼任《中华医学杂志》和《中华内科杂志》编委、副主编和主编。尽管年事已高，誉满杏林，老先生还是秉承多年的惯例，不管是任职或兼职，都兢兢业业地参与实际工作，从不要有名无实的空衔。无论是对他所主编的刊物还是参与编撰的著作，也不管是自己所写还是他人所写的文稿，他总是逐章逐句地认真推敲，每个专业术语，每个标点符号都力求准确无误，真正做到了一丝不苟、字斟句酌。即便是对一些很有名望的大学者大专家的文稿亦是如此，甚至要求一再重写的事情也并不鲜见。多年来，经他审读、修改、定稿的同行和学生的论文和著作超过千数！经常有原作者感到他付出的心血实在太多，请求他在已完成的著作或论文上署名，他却总是婉辞不就，称自己只是做了分内的事情。当这些同行的论文获赞或获奖时，他甚至比自己获赞获奖还高兴，特别是对于自己的学生所取得的成就和成功，更是喜悦溢于言表，经常说："青出于蓝而胜于蓝，这就是我们这些办教育、当老师的人最大的寄望，也是对我们的最好回报啊！"

八

有道是，危难之际看大节，细微之处识人品。钱悳的一生，不但在国家有难、公域急需之时，真正做到了赤子丹心、奋不顾身，在日常的工作和为人处世中，其所表现出的高尚德行，同样令人感怀敬佩，有口皆碑。

1980年，从重庆科技界传出的一个捐赠消息，成为市民们茶余饭后热议的一大新闻，为了支持市科协礼堂的建设，重医的一位老教授无偿捐出了家中收藏多年的30余两黄金！当时刚从"文革"的阴影中走出来的市民，仍普遍拿着几十年不变的低工资，而被压抑多年的物质欲求却已打开了闸门，"向钱看"以空前的速度成为许多人的处世信条。而黄金，这个世界通行的硬通货，尽管许多人尚无缘一见，却已然是大家心目中的财富象征！毫无疑问，30余两黄金，对于当时的大多数国人来说，无疑是一笔金光耀眼的巨大财富！而这个人却在挥手之间将其无偿捐献给了国家！对于此事，伸大拇指的人当然很多,但瞠目结舌者也不少,有人甚至断定捐赠者“肯定‘有病’”,甚至戏谑“怕是疯了吧!”

但在重医校园里,对此事的反响相对平静,因为大家都知道黄金的捐赠者就是他们的钱悳老院长,而老先生做这类事情,大家早已司空见惯。

在这个热点新闻的当事人钱悳的家里,更是保持着台风眼般的平静。整个捐赠事宜从提出到决定,简单得令人难以置信!那天钱悳回家对儿子说:“市科协礼堂因缺钱上不了马,我想把家里的那点儿黄金拿去捐了,你看怎么样?”儿子回答:“我没意见,你再问一下妈吧。”钱悳便转身去找老伴儿张聿秀商量此事。家里所藏的30余两黄金是钱悳从医几十年一点一滴地积蓄下来预防万一的“老窖”,在以持家为念的老伴儿心目中,那是轻易不能动的。但面对丈夫的提议,老伴儿也并非完全没有思想准备,但还是轻言细语地提醒他:“家里就这点儿值钱的东西,万一遇上三灾两病的怎么办?”钱悳说:“我们都有固定工资,也享受公费医疗,以后退了休也都有养老金,我看这点儿东西很难再派上用场了,捐给国家多少还可以发挥一点儿作用。”老伴儿说:“你就没想到留一点儿给儿孙吗?”钱悳说:“我不是早就对你说过,人贵独立,儿孙切忌仰靠父母。我们供子女读书,让他们学到知识,这是应该的。俗话说,有薄技在身,胜过万贯家财。如果儿孙养成坐享其成的德行,反而会堕丧其志!刚才我已问过元恕,他支持!”老伴儿说:“那就捐吧!”

后来听说工程款缺口巨大,钱悳又追捐了部分现金。

不管在学校内还是在医学界里,大家早就有一个共同的认知:他们的老院长,这位姓钱也应当不缺钱的学界泰斗,一辈子却始终没有学会一件事,就是如何为自己和家人花钱。他的钱最大的用途只有三个:上交党费,捐献公益,资助他人。所以有人一直感慨:“钱院长真像是从月亮上下来的人!”

每月100元的党费,这是雷打不动的。学校内的任何公益捐助,他总是名列前茅的捐助者。社会上的捐助活动,只要让他知道或遇上了,从来不会绕道而过。至于随机性的捐助,那就更是难以计数了。每次下乡做医学普查和巡诊,给农民看病时,他总会问一些病外的话题:家里负担重不重?生活怎么样?遇到确有困难的人,他便会直接掏钱相助,并认为这并不是所谓的同情和怜悯，而是一个从医者应有的仁爱之心。至于某地遭灾受难，贫困山区办学困难，农民家庭因病返贫，农村少年家贫失学，甚至异国他乡遭受灾害，都是他慷慨解囊的事由，工资捐光了，捐稿费、奖金、津贴……只要是钱，拿到什么捐什么，这只手进那只手出，难得有在口袋里焐热的时候。身边的师生为此经常提醒他："俗话说，死水不经瓢舀，这样下去你的工资很快就没有了啊！"他却总是乐呵呵地回答："这个月没了，还有下个月呢，没事儿！"

有人笑谓，这个工资级别在重医最高的老先生（他是新中国成立以来重庆仅有的三个一级教授之一），可能也是重医最早的"月光族"吧！

多年来家人对钱惪所享有的"高薪"几乎没有什么感觉，家庭的日常开支一直是靠老伴儿不多的工资在维持，一家子过着与普通职工无异的俭朴生活。家里的床榻桌椅都陈旧简陋得令人难以置信，摆放着一套老式木沙发的小客厅，就是他日常接待本校师生、学界精英、政府官员乃至外国友人的最佳场所。一灰一蓝两套卡其布中山装，一双圆口老布鞋，几双补了又补的袜子，就是他穿了一辈子的行头。一日三餐杂粮米饭，素菜清汤，在家里早已习惯成自然。他的两个儿子平时很少得到什么零花钱，更遑论沾他这个院长老爹的光了。钱惪的两个儿子读中学时住校，当时学校的伙食比较差，每到周末同学们都盼着回家大吃一顿，以解口舌之馋，但他们回到家所面对的，却是与学校几无二致的粗茶淡饭，因此有时不免发发牢骚，这时父亲却总是告诫他们："你们到乡下去看看农民吃的什么，要懂得知足！"因周末照样公务缠身，钱惪经常外出，忙完后回家常常只能凑合着热热剩菜冷饭囫囵吃下，儿子们看在眼里，热在心里，后来也就很少再发这种牢骚了。

钱惪生前在重医工作了几十年，他却没有因私用过一个公家的信封、一张公家的信笺，给同事、亲戚写信一律用废纸的背面。考虑到他写信大多涉及公事，有一次学校办公室主任亲自给他送去20个公用信封，也被他断然谢绝。他因公出差的票据和看病的医药费，大多都被他揉成团扔进了废纸篓。

20世纪80年代初他出任院长时，省教育厅曾拨专款为他修建住房，图纸已经设计完成，准备开挖地基了，钱惪知情后，却直接出面坚决制止。他和家人一直心定神安地住在几间旧房里。国家安排的老专家外出休养，他总是因为工作忙，极少前往享受。遇有难得的出国访问交流机会，他总是尽可能地让给相对年轻的同事，说他们将来的工作时间更长，出去学到东西能发挥更大的作用。

钱悳无疑是有地位也有性格的人，但凡是与他相处过或打过交道的人，不管是病人、同事、朋友、学生、员工……都能从老先生的言谈举止中感受到一种发自内心的尊重和善意。从医数十年来，无论病人地位高低，富贵贫寒，他从来都是一视同仁，不会在任何病人面前摆谱或表现出一丝烦躁，即便是对一些比较难缠的病人，也同样是做到“人到、口到、心到”，耐心细致地检查诊断，提出妥帖的治疗方案。他查病房时，总要让护士带上毛巾，在测体温或听诊时给病人盖上，怕他们受凉。有病人或读者来信问医问药，他总是尽量详实地给予回答，或转请有关医生回复。有同事委托他代办事情，他总是尽心尽力，无论是否办成，一定会给予回复。同事出差或出国了，他会爬几层楼去看望他们的家属，问询是否有事情需要帮忙。同事遇到困难或者有了思想疙瘩，他会主动上前关心，帮助解决和化解。甚至同事闹家庭矛盾或者两口子吵架之类的麻烦事情，他也照管不误，而且每每让各方心服口服。以至大家都异口同声地说：“清官难断家务事，但在重医，只要钱悳一出面，矛盾再大也会化解，因为大家都知道他公正无私，处事公正，都服他。”

不过在一些具体事情的处理上，钱悳也有一些在旁人看来太过“较真”的时候，笔者在采访中偶悉了老先生的几个逸闻：

20世纪80年代初，钱悳的学生张治道先生从美国给他致信，提出愿意资助10到15名重医的教师赴美进修。当时这种机会非常难得，知悉此事，许多人都跃跃欲试。钱悳却把选人的决定权全部交给了学校的附属医院和基础部，连一个机动名额都没有留下。校外办主任对他说：“这个事本身就是冲着您来的，您的两个儿子都符合条件，至少应该去一个吧！”钱悳却挥挥手道：“有本事自己去考，没本事不要指望我！”拒绝给两个儿子任何“关照”。对父亲的禀性早就习以为常的两个儿子，对此都安之若素，自始至终没有在此事上表现出任何“非分之念”。一些当事人至今仍感慨系之，说：“无欲品自高，大公威亦重，钱院长之所以在重医有这么高的声望和感召力，不是偶然的啊！”

他的学生和多年的好友，上海医科大学（前身为“上医”现为复旦大学上海医学院）教授刘裕昆20世纪90年代初来重庆出差，离渝前去探望他，离开时因时间较紧，请钱悳派了一辆公车送他到机场。在路上他接到钱悳的电话，老先生告诉他，按照学校的接待规定，他须自己支付车费。此事传回学校，一些人感到老先生这样做未免太得罪人，而大多数员工却评论说：“这才叫公私分明、以身作则！”当事人刘教授则因为这件小事，对自己的这位师长愈加敬重，并时常以此自勉、勉人。

那几年，在重医学生会所做的“你最喜欢的老师”的民意调查中，钱悳始终名列前茅。他获得了全院师生的衷心爱戴。

九

1983年，钱悳从重医院长任上退休，两年后，受聘为重庆医科大学名誉校长。钱悳曾连任第四届至第七届全国人大代表，第八届再次当选后，他以自己年事已高为由，主动写信辞去了代表资格。

钱悳刚退休后的一段时间里，重医的不少干部甚至领导班子成员仍习惯性地来向他请示、汇报工作或要求对某些具体事项进行干预或施加影响，但都被他一一回绝。他恳切地说：“支持新班子的最好行动，就是放手让他们干！”同时也表示：“不干预工作，但要保留观点，尽到一个普通共产党员的责任和义务。”

耄耋之年的钱悳心里依然装着重医的现在和未来，关注着祖国医学事业的发展，在其退休后的20多年里，他难能可贵地真正做到了既谨守本分，又退而不休，将生命的余热毫无保留地贡献给了改革开放的新时代。

很长一段时间里，人们隔三岔五便会看见一个身材瘦高、鬓发如雪的老人从被大家习称为“山上”的重医家属区缓步而下来到校园。他会悄无声息地出现在教学楼或图书馆里，时而在墙报前驻足观看，时而在教室外悉心聆听，时而在图书馆里向偶尔目光相遇的师生含笑点头或低头问询一点儿什么，脸上流露出一种十分满足、如饮甘露般的神情……这个时候，许多学生会把他当成一位尽管年事已高却依然心系莘莘学子的老教授。他也会不时出现在学生食堂或宿舍楼里，看看伙食怎么样，问问饭菜是否可口，关心被褥是否暖和、水电是否正常等琐事，发现有同学欲将尚可食用的饭菜倒掉或刷碗洗衣时爱用长流水，他会温和地上前劝止……这时候许多学生会油然想起家里禀性难改的老祖父……发现地上有遗弃的垃圾秽物，他会默默地蹲下身子一点点儿地捡拾干净。发现有人攀摘花木或践踏草坪，他会急切上前阻止……这时候学生们会以为是遇上了某位退而不休的校园老花木工或特别较真的老年环保志愿者。

随着时间的推移，重医的规模越来越大，认识老人的师生却越来越少，但老人依然故我，如同和煦的春风般出现在校园的每一个角落，成为重医的一道独特而温馨的风景。

不过老人也有拧紧双眉的时候，如有学生乃至青年教师行为失范的情形被他撞见却又不听劝告，那就得领教“二月春风似剪刀”的滋味了。重医校园和附属一院之间有一条马路，因车辆来往频繁，学校专门在这里架设了一座过街天桥，从早到晚桥上摩肩接踵的行人和桥下穿梭来往的车辆各得其所，令人赏心悦目。然而煞风景的事情也不是没有：不时便会有人在桥上“天女散花”，乱扔弃物，甚至以此取乐，让来往行人为之注目。老人对此十分气恼，有一天终于让他逮到一个“现行”。面对老人的批评，那位学生认了错，下桥将扔掉的垃圾捡起扔进了垃圾桶。老先生后来找到学校的分管领导，就这件事情严肃地谈起教书育人问题，他说：“学校培养学生，传道授业解惑缺一不可，其中传道也就是育心养德是首要的，对我们医学院来说尤其应该如此！从医者要有悬壶济世之心。如果我们的学生连起码的公德意识都没有，将来出去如何能为社会民众服好务！我们有责任把这个工作做好啊！……”那位领导同志心悦诚服，当即表示要立即采取切实措施，强化此项工作。

钱惪之所以能在桥上逮住那位学生的“现行”，除了因为他很关注此类事情外，也因为他经常过桥到对面的医院去。这座和重医同时挂牌的附属临床医院是重医的一扇窗口，重医的办学理想、教学质量、育人成果全都可以在这里得到检验，一些新的病症和新的课题也常常是由这里首先发现和提出的。钱惪对其的牵挂和重视可想而知。许多当事人都回忆说，老院长在桥两边的态度是有微妙差别的，在校园里特别是在那些新生面前，他更像一个和蔼可亲、循循善诱的长者，但在附一院里他成了一个明察秋毫、一丝不苟的严师。原因很简单，附一院是直接服务于病人的，人命关天，岂能掉以轻心！并且附一院的人多半与他熟识，不少扛大梁的主治医生和部门负责人还是追随他多年的老同事。

来到附一院，钱悳会在门诊和住院两大部门的各科室到处走动察看，也会跟当班的医生护士点头打招呼，道个辛苦，但其最关切的则是收治病人的情况，有无疑难病患和处理不当的病例乃至医疗事故等，一旦发现问题就绝对不会放过，非得追根溯源，弄个水落石出不可。如果当班医生诊疗有困难，他就会要求组织会诊或亲自介入，直到解决问题。如果发现有医护人员对病人态度冷漠或粗疏失职，他会立即严厉批评，一点儿不留面子。他也会时不时地查看一些年轻医生或护士所做的临床记录和病历，如果发现有语焉不详、敷衍塞责的情况，便会立即叫来当事人，举出众多因一字之误致人死命的重大医疗事故相警示，往往会让对方惊出一身冷汗，记上一辈子。所以很多年轻的医护人员，对老先生都是又钦敬又畏怯，既希望多得到他的耳提面命，又害怕有错被他揪着挨训。

然而只要一面对病人，即便是老先生刚发过火，也会立马变得温暖如春，关怀备至。不管在任何一个地方，只要老先生发现有急难危重的病人，总会上前探询详情，向相关科室提出治疗建议。如果发现有病人需要住院治疗却因床位紧张住不进去，他会直接出面要求医院想办法腾出病床。看到因经济拮据付不起医药费的病人，他则会当场解囊相助……这类事情实在太多太多，大家都习以为常了。老先生的儿子回忆说，自己还在上小学时，有一次去医院找父亲，发现他正蹲在过道里与一个躺在担架上的病人说着什么，然后就从口袋里掏出钱给病人，又关照再三，方才离开。他想到父亲平时生活节俭，在用钱上非常“抠门”，就好奇地问父亲为什么要拿钱给这个人，父亲回答说：“他从很远的地方来，需要帮助。”

钱悳常说：“医学事业，性命攸关；救死扶伤，职责所在。对病人关心、细心、尽心，是每一个行医者的本分。做医生的对患者绝不能有施恩者的心态，从根本上说，医患关系是一种基于高度互信的平等合作关系。再好的医生，如果没有病人的配合,也无法‘妙手回春’。病人言听计从地把自己的身体暴露给你,把难与人言的隐私告诉你,甚至把自己的生命都负托给你,这需要多大的信任啊! 所以我们做医生的对病人也得有一分感激之心才是!”

钱惪越到晚年越是看重学生的品行养成,如果在路上某位学生与他迎面相遇却视若无睹,他会立即停下,非常认真地质询:“为什么见到师长不主动打招呼?”如果对方表示不知道他是老师,他会立马自我介绍:“我叫钱惪……”当对方大感意外或表达歉意后,他还会及时叮咛上一句:“大学生应该有起码的敬老尊贤的文明教养,医科大学的学生对待老弱病残人士更应怀有一种特别的关注和关爱之心,你们将来能不能做一个好医生,这是第一课,也是第一关!”

多少年后人们才有所省悟:这些看似细枝末节的“较真”,所表现出的不仅是老人“不因善小而不为,不因恶小而为之”的高风亮节,还蕴含着一个老教育工作者百年树人的远虑卓识!

十

1998年,92岁高龄的钱惪做了肾癌切除手术,康复中又发现心脏有问题,不得不安了心脏起搏器,身体已明显地不如以前硬朗。但他仍不改退休多年养成的习惯,成天这里走走,那里看看,关心师生,关心学校,关心病人,关心医院,关心社会状况,关心国家大事……当然也关心儿孙,难得有真正清闲下来的时候。即便后来连续发生两次癫痫、昏厥,却依然故我,永远有关不完的心、做不完的事……直到98岁高龄时,才因肾脏等全身多器官衰竭,住进重医附一医院,就此一病不起。

行医了一辈子,钱惪对自己的身体状况心知肚明,从住进医院开始,就为自己可能因难以康复而长时间占据公共医疗资源而十分不安,提出回家休养不成,又提出要由他本人支付两位护理人员(其中包括前文所提到的陈曼丽教授)的工资,医院当然不会同意,称只是按照他的病情和应享受的待遇所做的正常安排。陈曼丽教授对他说:“您为我们操心操劳了一辈子,我来为您做这么一点儿事情还不应该吗?”但他仍在兹念兹,总觉得自己是在白白耗费国家的资源。

钱惪再次住院的消息牵动了全校师生员工的心,许多人都想前往探望,期盼能为老先生做一点儿什么事情,不少部门也做了集体慰问安排。老先生知情后非常着急,与医护人员商议,决定谢绝一切看望和慰问。师生员工们都理解老人的心情,不得不克制着内心的挂念,默默地祝愿老人早日康复。

躺在病床上的钱惪,依然一如既往地关心着、牵挂着外面的世界,从长期处于超负荷状态的医护人员到依然看病难、看病贵的普通百姓,从各系各科的人员配备、学生人数的增长到贫困学生的安排……无论身边的亲人和医护人员怎么告诫和劝慰,要他少操心,多静养,以积蓄体力与病魔抗争,却怎么也无法使他真正进入他们所希望的那种无所事事的状态。

2005年6月13日,是钱惪99岁诞辰。老先生事前一再叮嘱,届时谢绝一切探望祝寿活动。但这不能消弭全校师生员工和医卫界同行对他的挂念。那一天,自发前来看望祝寿的师生挤满了他所住病房外的廊道,无论院方怎么劝告也不愿离去。当躺在病床上的老人得知他们中有受伤拄着双拐前来的,也有马上就要从这里前往机场出国的师生时,终于动容破例让大家进去探望祝寿了。人们压抑着内心的激动,井然有序地进入病房,簇拥在老人的病床前。重庆复旦大学校友会的六位校友送上祝福的鲜花,师生们挂上了千纸鹤,送上了生日蛋糕。在向老人表达问候和祝福后,大家齐唱《生日快乐歌》。当两个学生捧着插满寿烛的蛋糕,请老人许下心愿时,病房里骤然安静下来。在大家期待的目光中,老人沉吟片刻,然后用略带上海腔的普通话说道:“愿每一个医生护士对病人的照顾更加精心!”话音未落,掌声四起,久久不息。这是钱惪在其漫长的一生中极少有的一次祝寿,也是最后一次生日许愿。这一天,所有有幸在场的人们,都见证了一颗终生不渝的医者仁心!

2006年,钱惪将年届期颐。当人们对这位“仁者寿”的老人充满钦羡时,躺在病床上的他却对自己的“无所事事”越来越难以忍受,经常向医护人员叨念,不愿再这样“拖累大家”,并开始频繁地交代后事:“一切从简! 记住啊,要从简……”

元月21日上午9时许,正躺在病床上小寐的钱惪,忽然睁开眼睛喃喃自语道:“该走了,该走了……”仅仅十分钟之后,老人便安详地溘然长逝,走完了他充满追求、奋斗的百年人生。

按照钱悳的遗嘱，他的老伴儿和儿子将复旦大学上海医学院(原上医)、上海华山医院、重庆市科协和重医等生前所在单位敬送的全部慰问金2.6万元，分别捐赠给重庆开县(现更名为开州区)挖煤资助学生的乡村小学教师刘念友和重庆合川区的34名贫困小学生。他的骨灰分成三份，两份分别安葬在重庆医科大学和复旦大学上海医学院(原上医)的校园里，一份洒向祖国的江河大地。

百年辞世而又功德圆满，是为喜丧。因早有思想准备，钱悳去世后，重医校园里并没有出现大悲大恸的情景，更多的是无所不在的深切缅怀和追思。那些天，许多人都不约而同地说起一件已过去了好几年的“小事”：已届95岁高龄的钱悳像往常一样在校园里转悠时，发现一排公用自来水龙头多有滴漏，便上前一一拧紧，不料因地面湿滑猛然摔倒，嘴唇重重地磕在水槽上，顿时血流如注……送医后，伤口足足缝了13针！其后两三个月，老人都无法正常进食。大家都感慨系之，说那是老校长在用自己的血来教育大家啊！

而今，老先生又用自己的百年人生，让我们懂得了什么叫作无私奉献、鞠躬尽瘁！什么叫作俯仰天地、无愧无悔！

1935年，爱因斯坦在纽约罗里奇博物馆举行的居里夫人悼念会上所发表的著名演讲《悼念玛丽·居里》中说：“在像居里夫人这样一位杰出的人物走完她的一生的时候，我们不要仅仅满足于回忆她的工作成果对人类已经做出的贡献。杰出人物对于时代和历史进程的意义，在其道德品质方面，也许比单纯的才智成就方面还要大。即使是后者，它取决于品格的程度，也远超过通常所认为的那样。”

钱悳的一生也完全配得上这个评价。他的博大情怀和崇高品德，已经融入重庆医科大学的校魂！

钱悳去世的同年10月，重庆医科大学隆重举行了50周年校庆。在来自海内外的历届重医校友和在校师生的热切瞩目中，随着帐幕徐徐揭开，钱悳的青铜塑像背衬着他生前亲拟的“严谨、求实、勤奋、进取”的校训，栩栩如生地出现在洒满校园的阳光下，他用深情而睿智的目光注视着如潮水般涌来的几代重医人，仿佛在说：“无论你们身在何方，我永远和你们在一起！”

悬壶济世，岂无继乎？大医崇德，风范千秋！

——原载于《中国作家（纪实）》2017年第8期

作者简介

余德庄，中国作家协会全委会荣誉委员，重庆市作家协会荣誉副主席，重庆文学院顾问。

飞翔在可可西里

——中国民间环保组织三江源生态环保记

■ 张仲全

引　子

根本没想到，在采访一个民间环保组织——四川省绿色江河环境保护促进会(简称“绿色江河”)的日子里，它能不断地让我振奋，使我感念。20年间，他们傲霜斗雪，栉风沐雨，在雪域高原先后带领500壮士，在三江源头和可可西里，在海拔近5000米的地方，建起了两座自然环境保护站，在地球之巅塑起一座座人类大美的丰碑……

“长江英雄”恋上三江源

金秋十月，成都平原已让人感到深深的凉意。当“绿色江河”负责人(会长)杨欣出现在作者面前时，他仍穿着一件深蓝色的短袖T恤，从这一点上就能看出他身体的壮实。那满脸深长而又花白的络腮胡，罩住了近半个面孔，鼻梁上挂着一副金边眼镜。由于常年奔走于青藏高原，裸露的脸庞上隐隐可见两块拳头大小的“高原红”。

杨欣带我走进“绿色江河”设在成都市区一个小区七楼的办公室。未进办公室就被张贴在门上的藏羚羊、藏野驴、野牦牛、白唇鹿等青藏高原特有保护动物的图像所吸引。三室一厅的办公室比较简陋，最吸引人眼球的是各种大大小小的奖杯和荣誉证书。他除了获得国内外的数十项生态环保奖励外，还被评为“中国十大民间环保杰出人物”“全国十大社会公益之星”“2006绿色中国年度人物”。他领导的“绿色江河”也先后获得了共青团中央等五部委的“环保志愿者生态建设大奖”，阿拉善SEE生态协会和大自然保护协会颁发的“长江源区生态保护奖”，以及中国户外金犀牛奖“最佳公益环保精神奖”等奖励数十项。

众多荣誉透露出其不平凡的经历，也述说着他们自然环保之路的坎坷与艰辛……

杨欣1963年出生在四川成都，从学校毕业后，分配到四川渡口市（现攀枝花市）一家企业当了三年会计。他说他的长江情结和在三江源从事民间环保的举动，主要是受了尧茂书和杰桑·索南达杰的影响。

尧茂书是原西南交大电教室摄影员，四川乐山人。摄影职业为他提供了“行万里路”的机会。20世纪80年代初，尧茂书决定要在美国人组织的长江漂流队到来之前，自费乘橡皮艇漂流长江全程，结束“长江自古无人漂”的历史。1985年6月，尧茂书和其三哥带着“龙的传人”号橡皮艇和大批行装，历经艰难险阻，到达长江发源地——格拉丹冬雪山脚下，计划用100天左右，漂到长江入海口。由于其三哥的假期有限，在漂至沱沱河后离他而去。后来，尧茂书独自驾艇继续向通天河漂去。7月24日下午，尧茂书在漂流长江1270公里后，在直门达下游几十公里处的金沙江中触礁遇难，时年35岁。当年，《辽宁青年》《当代青年》等五家媒体组织读者投票，推荐尧茂书为1985年“中国青年十大杰出人物”之一。共青团四川省委授予他“首漂长江、献身祖国的优秀青年”光荣称号。中共四川省委追认他为中共正式党员。

尧茂书的壮举引发举国轰动。他的行动揭开了长江漂流的第一页，并掀起了一股漂流长江的热潮，也唤起了当代中国民间的环境意识。受其影响，许多中国人认为中国的河流要由中国人来漂流，至少首先要由中国人来漂流。这时中国改革开放刚刚开始，不少人还把由谁来首漂长江上升到民族的高度、国家荣誉的高度。

1986年，四川一家机构组织了长江科学考察漂流探险队。有着几年摄影和探险经历的杨欣，经过一番努力，时年23岁的他成为当年长江科学考察漂流探险队主漂队员中最年轻的一员，并兼任摄影师。为赶在美国人的前面全程漂流长江，完成20世纪最后的伟大征服，他和他的队友们填写了生死状，背负着民族的希望，义不容辞地走向长江源头。

当他们辗转数千公里进入长江源头的最后一个小镇——雁石坪后，再跟着运盐的牦牛队，忍着强烈的高山反应，经过六天的艰苦跋涉，终于来到格拉丹冬雪山脚下，踏上万里长江的源头。

在那里，杨欣看到了长江第一滴水。烈日下，冰川融化、滴水汇聚，好像母亲的乳汁，无私而丰沛，在众多冰川的消融中，形成了长江最初始的源头——沱沱河。在这长江源头水系之间的宽大河滩上，大自然的鬼斧神工让这里成为世外桃源和高原净土。水丰草美的河滩上，上百只藏羚羊在悠闲地吃草，待人靠近，成群的藏羚羊开始奔跑，尘土飞扬，场面壮观得就像非洲草原上奔跑的角马。这里还有蓝色的天空、苍茫的大地、淳朴的牧民。一切都显得陌生而神秘，这天恰好是6月5日，也是世界环境日，兴许是命中注定杨欣要走上长江源生态环境保护这条路。

在这次惊心动魄的长江漂流中，杨欣经历了800里无人区的艰苦磨难，金沙江急流险滩的疯狂蹂躏，虎跳峡的生死抉择，好几次都是死里逃生。但还是有十名勇士献出了年轻的生命。

在付出了惨重的代价后，杨欣一行完成了首次全程漂流长江的壮举。这一年，杨欣凭着那一幅幅惊心动魄、荡气回肠的照片搬回了一台大彩电，这在当时算是很高的奖励了。那年头，普通老百姓要存好几年的钱才能买回一台彩电。

长江漂流，使杨欣进一步认识了长江，也结识了一批对长江有着同样情感的朋友。漂流结束后，在成功的兴奋中，一帮年轻人围绕长江又编织出一个又一个梦想，但实现这些梦想并不那么简单。几次围绕长江的活动失败之后，现实生活使他不得不收起梦想。结婚、生子、带孩子，一转眼时间就过去了四年。

这期间，杨欣对长江还是那么思恋，那么执着。随着时光的推移，杨欣心中的信念愈发坚定：长江漂流死了那么多人，而我还活着，活着就不能苟且偷生，就得做事，而且是做对长江、对人类有意义的事！

总有一股无形的力量在驱使杨欣。直到1991年，他把儿子交给退休的母亲看管后，又开始着手编织他的长江梦。在进行了两次长江支流的探险拍摄后，1993年，他又随一支探险队进入长江源头的唐古拉山、沱沱河、通天河进行探险考察和拍摄。随着一次又一次的探险经历和实地拍摄，他们的野外经验和社会经验丰富起来，一项集漂流探险和电视专题片拍摄为一体的探险拍摄活动开始酝酿。杨欣试图借助商业运作组织一次长江源的商业探险和电视拍摄，从一个探险家的角度来展示长江源头的神奇和美丽，让观众通过镜头了解长江源、热爱长江源，同时也希望这部电视片能获得一定的商业回报，再进行长江及其支流的探险、考察和拍摄，使长江考察、探险、电视拍摄形成一个良性循环，在有生之年完成整个长江流域的考察和拍摄，让中国人和外国人都通过镜头了解中国这条伟大的河流。

随着对长江的深入了解，杨欣便有了常人少有的长江情结。他开始关注这个区域，特别是三江源区和可可西里地区。他知道，这里不但是长江的源头，而且还是黄河、澜沧江的发源地，拥有“母亲河之源”“中华水塔”“地球之肾”的美称，也被联合国教科文组织誉为世界四大无公害超净区之一，在世界上最长的十条大江大河中，有三条就发源于此，是中华民族乃至全人类难得的高原湿地。

熟悉地理和去过长江源区的人都知道：三江源及可可西里位于青藏高原腹地，是全世界唯一的平均海拔5000米的高原准平原。这里宽400余公里，长约500公里。莽莽昆仑山，巍巍唐古拉山，以及巴颜喀拉山和可可西里山将其拥抱其中。群峰环绕中，长江源流以正源沱沱河、南源当曲河、北源楚玛尔河三源为主的诸水构成的扇形水系，发育其间，流域面积约14万平方公里。长江就是从这里开始了它的万里征途，润泽着华夏大地的半壁江山，哺育着流域两岸亿万百姓。长江源地区的生态环境状况关系着整个长江流域的环境质量，也关乎人类的共同家园。

去的次数越多，杨欣为长江做点儿什么的想法也越成熟：三江源区及可可西里地区是个人烟相对稀少、相对封闭的神奇区域，从表面上看，有冰川、雪山，有河流、草原；从植物分布形态上看，这边是峡谷，那边是草原，还有大量的野生动物，是中国目前大型兽类动物种群数量最丰富的地区（不含鸟类）。但这里的生态极其脆弱，自然生态环境亟须保护。

后来，杨欣又四次踏上长江源区。他好似着了魔一样追寻着三江源之美。但是，每一次前往都深深刺痛他的心田——三江源区正以惊人的速度失去她美丽的容颜，人们野蛮的掠夺和过度的索取使可可西里这位美丽的少女千疮百孔。

在长江正源沱沱河源头姜古迪如雪峰前，直觉告诉他这里的雪线在升高，冰川在消退；在这海拔5000多米的长江源头，本是荒无人烟的地方，但呈现在他眼前的牧民帐篷一年比一年密集，最近的一户人家距离冰川只有两公里，人类活动的侵蚀已经逼近了海拔5500—5600米的永久雪线。这里以前是野生动物的聚集地，当年漂流长江时，他常见上百只的大群藏羚羊和其他野兽在觅食或奔跑。由于非法盗猎，三江源的野生动物种群也在急剧减少，到1994年，杨欣见到的最大的一个藏羚羊群只有11只。特别是在通天河畔，当年水草丰美，驴羊成群，放眼望去，满目青绿，一派生机，而到了1994年已经成为连绵沙丘，在北岸已形成长达40公里的沙化带。也就几年的时间，南岸山坡上的草场也在迅速退化，沙丘的形成是早晚的事。

更有数目庞大的拓荒者和对大自然的掠夺者让杨欣揪心。“可可西里有黄金！”20世纪80年代初这一消息像长了翅膀，很快吸引了众多的挖矿寻金者蜂拥前往。有关资料披露：西宁附近一个村子有两个农民去了趟小有收获后，全村上百人马集结前往，半路就死掉八人。即便如此，黄金梦仍让大批人铤而走险。据说，可可西里的淘金者最多时有十万之多。

这里的生态极度脆弱，一旦遭到破坏，极难恢复。可以想象，十万挖山大军，他们在这里要摧毁草地才能挖土取金，要猎杀动物才能得以生存。十万淘金大军是多么“气吞山河，雄壮有力”。由于对鼠类天敌的大肆捕杀，使得鼠害已在这片土地上泛滥成灾。一些专家学者看见这些被破坏的高寒草原痛心得直掉眼泪。

杨欣的心在和母亲河一起流血。

他困惑、苦恼。他早上一睁开眼想到的就是长江,思索着如何为长江做点儿有益的事情,就连晚上吃饭谈论的话题也离不开长江。

这时,影响杨欣事业和人生走向的另一个人物出现了,他就是杰桑·索南达杰。

杰桑·索南达杰,1954年出生于青海省治多县索加乡,藏族人,曾担任青海省玉树藏族自治州治多县委副书记,1992年起任治多县组建的西部工作委员会(西部工委)书记,可可西里地区的生态保护成为他的主要工作。

可可西里地区生长着适应青藏高原恶劣气候的藏羚羊。藏羚羊是国家一级保护动物,但有不少盗猎分子铤而走险去猎杀,以换取巨额利润。1994年1月18日,索南达杰他们抓获了两伙偷猎者,共20人,缴获七辆汽车。从人道主义出发,索南达杰派两个人押送受伤的偷猎者乘小车连夜赶往500公里外的格尔木治疗。自己和另一名工作人员则押送18个偷猎者和七辆汽车随后返回。半路上,索南达杰乘坐的汽车轮胎坏了,等修好赶上车队时,偷猎分子已将工作人员打昏捆绑起来,还抢回了曾被索南达杰他们收缴的枪支,并将子弹上膛,六辆汽车排成弧形开着强光对着索南达杰。索南达杰毫不畏缩,一人与18名持枪歹徒进行枪战,打死一名歹徒。一名盗猎者的子弹打中了他的大腿动脉,直到流尽了最后一滴血,索南达杰始终保持着端枪射击的姿势。可可西里零下40摄氏度的严寒把他冻成了一尊雕像,在他身边的两辆卡车里是1800多张藏羚羊皮。1996年5月,国家环保局(现为生态环境部)、林业部(现为自然资源部林业和草原局)授予索南达杰"环保卫士"的称号。2005年,陆川执导的电影《可可西里》,其主角日泰便是以索南达杰为原型的。

对,就从保护藏羚羊开始,就从三江源的自然生态环境保护做起。杨欣在探险考察路上,被索南达杰的故事久久震撼着,特地改道前往索南达杰的灵堂凭吊,下定决心要把他未竟的事业继续下去。后来,他们建设的第一个自然保护站的名字就是以"索南达杰"命名的。

找省委书记去

志向一旦确立,立马付诸实施。

做环保需要钱,那时内地经济贫乏,人们的环保意识也不强。谈到环保只停留在打扫卫生、植树造林和不采摘公园花朵这类话题上。

杨欣决定要做三江源和可可西里自然生态环保工作后,首先去的是深圳。他想,深圳是改革开放的窗口,那个地方富裕,一定能募到钱。

自然生态环保如何做,特别是民间环保该如何操作,在当时的中国是没有现成教材的。

杨欣最早要推广的活动名叫"保护长江源,爱我大自然"。他在深圳宣传过程中,无意中看到香港电视节目里面有一个公益广告,其中有一则文字是"保护濒临灭绝的野生动物"这个标题,下面署名是"世界自然基金会"(WWF),留的是个对方付费电话。杨欣就打电话咨询他们,把三江源遇到的问题,并想用搞个活动来解决这个问题的想法告诉了对方。对方说,野生动物和环境保护需要一个长期计划。

一语惊醒梦中人。那就是一个活动解决不了问题,需要一个长期的计划来推动这个地方的保护进程。这个时候,杨欣决定要建一个自然保护站,就在青藏高原的可可西里,因为他要继续索南达杰的未竟事业,他想保护那里的藏羚羊。

杨欣在一个简陋的房间里很快写出了开展自然生态环保的计划书。

命运的安排仿佛就是要成全杨欣,成全他的生态环保事业。这时,深圳世纪文化传播公司的负责人让杨欣去工作。杨欣说:"我要在可可西里建保护站!"他们回答:"行,我们给你提供基本的费用,你去跑吧。"为此,公司专门成立了公益事业部。这是1995年初的事。杨欣在这家公司待了两年,就专跑这个事情。

三江源在青海,杨欣于是去了青海省的西宁市。因为在深圳接受了一些新的观点,做任何事必须要有政府的批文。他到青海游说,就是希望青海省政府给他一个文件,允许他来做自然生态环保。杨欣是以深圳公司的名义去的,他想以公司公益事业部的名义去影响当地、去说服政府。

可到了青海才知事情远不像他想象的那么简单。他先后找了一系列单位,但没人敢接招。

在没招的情况下,杨欣回到旅馆,随手拿起酒店的公共电话号码册,无意中看到了外地驻青海的记者站的电话。新华社、人民日报、光明日报等的号码都有,他就挨个打电话,说了他的想法。记者们比较敏感,感觉新鲜,都主动上门来和他聊,都觉得好。但杨欣问他们有什么办法时,他们也没有。一个记者说,在青海这地方要解决这问题只有找一个人——省委书记。杨欣犹如抓住了一根救命稻草:“你能否引见一下?!”“不便引见,你自己去找吧。”这位记者只提供了时任青海省委书记的秘书的信息。

在一个寒风凛凛的下午,杨欣来到了青海省委,在收发室登记后,便很顺利地到了常委楼。常委楼也只是个老头在看门:“你找谁啊?”“找高秘书。”“有约吗?”“没有。”“没有约怎么能找啊? 你等等!”杨欣于是就坐到这个类似收发室、传达室的地方等候。门卫是个五六十岁的老头,杨欣也是走南闯北之人,见过世面。听了老头两句话,断定他是四川人,于是就攀起了老乡。聊了一会儿,“老乡”自己就觉得不好意思了:“我给你打个电话哈!”电话一通,高秘书听说有人要找,问“谁啊?”杨欣一下抢过电话,说他来自深圳,把想法说了之后,希望能够见他几分钟。杨欣感觉高秘书在电话里愣了一下:“你稍微等一会儿哈。”等啊等啊,一等就是两个小时。

两小时后,杨欣随着高秘书到了楼上办公室,把想法说了后,高秘书也觉得好。杨欣说:“别人说了,这事情,只有省委书记能拍板。”高秘书说:“你这是好事,你先回去,把旅馆电话给我,你等着,我帮你约。”就这样,杨欣在旅馆度日如年地等着。到了第三天,高秘书终于打来电话:“赶快过来。”杨欣立即飞奔而往。高秘书一再强调:“10分钟啊,10分钟,10分钟!”杨欣连说:“好、好、好。”

在尹克升书记办公室,杨欣首先给尹书记讲他的漂流经历,尹克升说这个好。杨欣然后把他拍摄的作品给尹书记看。尹书记说:“这个好啊,但你从来没跟青海合作过啊。”杨欣如获至宝:“这次就是来同尹书记合作的嘛!”于是他就和盘托出:“我想在青海考察、建站,想推动野生动物的保护,然后就是希望您能够给个批文，然后我去影响社会，帮助当地的反偷猎组织，寻求社会的帮助，等等。”尹书记说：“这是好事，我们应该支持。”杨欣说：“能不能写个条，该找谁去？”尹说：“我在青海从来不写条，但是你该找谁就找谁，连这个都不支持，除非他厅长、秘书长不想干了。”书记此话一出，多日焦虑的杨欣终于吐出了一口长气。

杨欣首先是找到了省政府的副秘书长，副秘书长很快就出具了公函。意思是让省环保局和农牧厅把此事协调好，直接出批文。很快，环保局和农牧厅两家就商量好了，给杨欣出了个公函，意思就是允许他在青海做自然生态保护这个事情，政府要支持。

青海之行，拿到了盖章的东西（上有环保局和农牧厅的大印）。拿到这个东西不等于拿到了钱，只能说青海这地方允许你来做这个事。

为了拿到这张纸，杨欣在青海待了近两个月。

拿着青海出具的公函，杨欣去了北京。他在北京通过两个月的努力，也拿到了一张纸，是国家环保局出具的。

他是如何拿到的呢？杨欣一下飞机，就参加聚会，然后到各种场合去演讲。不断地认识人，媒体也帮着宣传。去时还让青海省环保局给国家环保局写了封信，杨欣拿着信找国家环保局，然后又通过各种渠道去认识国家环保局的一些人，最后就提出希望国家环保局出具一个公函，至少是表态支持这个事情。通过努力，事情有了着落，但公函不是国家环保局出具的，而是国家环保局自然司出具的。这是1995年底的事了。

拿着两张盖章的纸回到深圳，再找到深圳环保局，深圳环保局也出具了一个函。杨欣就凭这些东西成立了一个临时机构，他申请了印章，并到银行开了户。当时的名字就叫“保护长江源，爱我大自然”活动筹委会，这就是“绿色江河”的前身。

合法性有了，杨欣就去寻找捐赠和赞助。杨欣在拿到青海和北京的批文后，虽然在北京还搞了个新闻发布会，规格也较高，时任国家环保局局长解振华也参加了，时任国家环保局副局长王玉庆也到了，原中国科学院（以下简称中科院）副院长孙鸿烈院士、青海省环保局的局长也到了，还找了不少记者来发消息、造声势。做了这些铺垫后，他以为回到深圳拉赞助会容易一些，结果还是拉不到。

在四处募捐中，杨欣还不能提可可西里，因为很多人还不知道有这个地方。他想，提长江源吧，大家都知道长江吧。于是就有人说，保护长江你来深圳拉什么赞助哟，你应当去上海、武汉、重庆这些长江沿线城市拉赞助。我们深圳属于珠江流域，你保护珠江，我们给点儿钱可以。那时地方意识还是比较强的。

努力了几个月，没有一分钱，怎么办呢？

人世间很多事情就是那么富有戏剧性。1996年初的一天，杨欣翻开报纸，看到了当时深圳市新上任的市长叫李子斌，是从北京来的，再一看他是清华大学毕业的。这个信息让杨欣突然想到一个人物——梁从诫。

梁从诫是中国第一个民间环保组织——北京“自然之友”的会长。杨欣拿着青海省的批文到北京跑批文时与其相识，因志趣相投，相谈甚欢，很快成了好朋友。梁老先生经常说：“杨欣，我能帮你做点儿什么，你尽管说！”梁从诫的父亲是清华建筑系的梁思成，也是著名学者梁启超的孙子，其母是林徽因。父母亲都是清华大学的名人，在国内很有影响的大人物。杨欣打电话给梁从诫，希望他能来深圳见一下新来的李市长。梁说，他过两天正好要去深圳。事后才得知，梁从诫是到境外讲学后改道去深圳的，这令杨欣十分感动。

杨欣为了把事情做得稳妥一些，专门把电话打到了市政府办公室，说李市长有一老熟人要来拜访，顺便提了一下梁先生他老爷子的名字。市里很重视，名人之后，市长接待，杨欣陪同。也许是清华情结的原因，市长和梁老可谓一见如故。李市长还说在清华时，梁老的同学是他的辅导员，并听过梁老的父亲——梁思成先生的课。就是这一次与市长的见面，杨欣得到了30万元的政府拨款。那时能从政府把钱要出来，许多人都感到惊讶。

30万如何开支？宣传和基础调查同时做。要建站，在哪里建？这需要科学的考察、论证。于是杨欣就组织了科学考察队，这应该说是中国民间组织第一次对三江源及可可西里地区的生态环境进行综合考察。20多号人，很大的规模。其中有中科院西北高原生物研究所的、青海省环境科学院的，还有深圳市环保局的、青海省环保局的。再就是新华社、人民日报、中央电视台、光明日报、工人日报、科技日报、中国环境报以及羊城晚报和深圳各家报社的。到了青海，书记省长都接待，出发时也是省长主持的仪式。到了地方，由于当地都穷，县领导怕请吃饭，都跑了。杨欣他们就自己出钱吃饭、住宿。走了一圈，目的是让专家讲草场退化问题、沙化问题、野生动物的问题，然后由媒体进行报道。最后就是自然保护站的选点，经过专家充分论证，就选在青藏公路2952公里处。

青藏公路(国道109线)的2952公里处，是可可西里地区最好的草场，也是青藏公路两侧藏羚羊每年产羔季节迁徙时穿越的必经地带。在这里，只要天气良好，目光可及面积超过4万平方公里。在这里，昆仑山的冰雪融水奔流而来，在清水河汇集，一路流淌经过脚下又向东出发汇入长江北源——楚玛尔河。杨欣将保护站选址在这里还有一个最主要的原因，它地处青藏公路上的不冻泉与五道梁之间，靠近长江北源楚马尔河畔，扼守着盗猎者进入可可西里藏羚羊聚集区的两条主要通道。

奠基日选择在科考行程之中的最后一天，即1996年5月27日。

上午10时，“绿色江河”促进会会长杨欣在众多新闻媒体和科考人员的见证下，摘开基石的红布盖头，和随行人员一道，用铁锹将一块写有“索南达杰自然保护站·奠基”字样的奠基石半埋于此。

在这海拔4500千米的地方，含氧量不足内地的一半，别看空气稀薄，可寒风咆哮的劲头时常让人恐惧。此时，狂风卷着漫天飞雪，撕扯着它可以撼动的一切。杨欣用力睁开双眼，望着地上随风流动的沙石，回想起为建立这个中国第一个民间自然保护站所走过的路程，顿时热泪盈盈，感慨万千……

其实，这只是一块石头立在这里。可你别小看这块石头，杨欣从漂流长江，想为长江做点儿事，到决定建立自然生态保护站并奠基，可是耗去了他整整十年时间。

一本书建起一座站

奠基仪式虽然搞了,可深圳市政府划拨的30万元经过一圈考察已分文不剩。

奠基以后,杨欣心想这次应该能够筹到钱了吧！但结果回到深圳后,还是筹不到款,他当然也不可能向市长第二次要钱。半年很快过去,每当回想起当时从中央到地方的媒体,整版整版的报道,还有他在媒体面前承诺要建的保护站、招募志愿者等目标一个都没有实现时,心里十分着急。

那时改革开放刚开始,商场大腕和企业老板们宁可对歌唱明星和体育赛事一掷千金,也不愿意往环保上投入一丁点儿钱。那个时候企业需要的是直接宣传,当然更谈不上公益、社会责任这个高度。

此时,千里之外的可可西里,作为我国一级保护动物的藏羚羊还在遭受残暴屠杀。索南达杰保护站仍然只是一块石头"立"在那里,静静地等待着,默默地期盼着杨欣的到来。

危难之际,杨欣还不时接到索南达杰的继任者扎巴多杰在酒后打来的长途电话,催问保护站何时能建。扎巴多杰每次都在诉说他们在可可西里巡逻和反盗猎的艰难,希望在可可西里能有一个保护站让他们扎营。这样,队员们在巡逻期间就不会成天睡在冰天雪地里,藏羚羊的生存状况也将得到改善。每当此时,杨欣恨不得自己去卖血,还打算去长江虎跳峡做商业漂流,不惜以自己的生命来换取大众的支持,来告慰死去的长漂队友。

正当杨欣一筹莫展之际,一个做卡通书的书商找到他捐了1000元钱。这个书商说:"其实你能筹到钱!""怎么筹?""你有这么丰富的经历,有长江漂流、有索南达杰的经历,你完全可以写本书,我帮助你出版。出版以后我们一起帮助你卖,然后,你用获得的书款去建站,哪怕你建个小木屋,也证明你在做!"

是啊,只有证明你在做,才能得到别人的理解与支持。书商的一席话使杨欣茅塞顿开。

可是杨欣不擅长写作。他说,他的写作水平就是个高中生水平。这可如何是好？但写书在当时也不失为一个办法！杨欣过去有个好习惯,就是喜欢写日记,几乎每天写,写了十几年。他主要写长江漂流和历次的考察。于是他把过去的日记找出来,逐篇地修改、打磨。就这样,在一张只有三条腿的破桌上,杨欣居然就写成了一本书,取名叫《长江魂》。

也许是杨欣的执着与坚守感动了上帝,上帝给他关上一扇门时,已悄然另外给他打开了一扇窗。

他和那个卡通书商一块找到岭南美术出版社,由于该书插图比较多,很符合这家出版社的胃口。当时第一版就印刷了三万册。看来,并非所有的人都那么看重金钱和名利。当笔者要求杨欣提供帮助他出版第一本书的那位书商的姓名时,杨欣很遗憾地说,书商朋友一直不同意在文章中提及他的名字。

书出来了,如何卖出去呢?如何才能有知名度和影响力呢?杨欣找到了曾经参加过他新闻发布会的时任国家环保局副局长王玉庆。杨欣说:“我要建站,没钱,环保局也没钱,我写了书要卖出去才有钱,我想把首发式放在国家环保局。”

王副局长满口答应:“可以,我们拿出一个会议室,我们帮你邀请媒体!”那时国家环保局刚搬到新办公楼,一切都显得那么清新。

首发式这天,在崭新的会场内,王副局长不但亲自来了,还把自然司和宣教司的司长都叫来了,同时还邀请了几十家媒体。出版时,杨欣在这本名叫《长江魂》的书籍封面上还专门加上了这样一段话:“当你拥有这本书的同时,你已经为长江源的自然生态环境保护献上了一份爱心。本书的销售和义卖收入将全部用于长江源头第一个民间自然环境保护站的建设。”

在首发式上,杨欣讲话完毕,王玉庆副局长就站起来说:“每年都有很多作者送我书,我都接受了。唯独杨欣送的这本书我得买!”当时主席台上专门设有一个捐款箱,王玉庆于是将100元人民币放进了箱子里(此书定价23元)。随后,北京“自然之友”负责人梁从诫教授也站起来说:“我今天带来1000元钱,我要买20本书。但要请杨欣签上名,我拿回去在‘自然之友’义卖,卖的钱还捐给他。”这样一来,在场的所有人都纷纷掏钱购买,包括前来出席首发式的记者。次日,还有报纸用上了“王副局长和梁从诫‘哄抬书价’”的标题。后来,王玉庆在接受央视采访时说:“一个民间组织到国家环保局搞新书发布会，杨欣是唯一的一个，此后再也没有过。”

在北京的日子，梁从诫带着杨欣先后去了清华、北大、人大等地演讲义卖。后来，杨欣自己也去了成都、重庆、武汉、上海以及广州、深圳等许多地方的学校演讲义卖，并参加了成都的书市展览，甚至还去了香港演讲卖书。这样一来，就有了影响力，一些书店的销售渠道也介入了。在义卖的过程中，中央电视台的“读书时间”专程上门采访，引起了更大反响。

三年后，杨欣又出了一本画册——《长江源》，当时定价280元一本。这时，一家名叫美国纽约人寿国际公司的单位出现了，这家单位连同书籍和画册购买了1400多套，花了36万元。对方没要书，只是在书的扉页上盖上了“纽约人寿国际公司赠阅”的蓝色印章，然后分送给有关学校。在图书义卖方面还有许多故事。其中，王石在看到朋友送给他的这本书后，还专门把杨欣找去，不但自己捐了一万元，还陆续动员他的朋友们捐了30万。

已经出版两本书的杨欣很有名气了，再后来，他又出版了一套《中国长江》画册。此书有中英文对照说明，30多万字，1000多张图片，重达十斤。

当然，杨欣在第一本书义卖后，就有了一定的资金，他便开始保护站建设的准备工作了，他还用没有销售完毕的书籍作抵押，向厂家定做保护站的建筑材料。所以说，中国民间第一个自然环境保护站是靠一本书建立起来的一点儿都不过分。

为了天地间的云鸟

杨欣所建的保护站，从外表看虽然像个活动板房，也是用板材建成的，但这种板材与我们平常见到的板材是两个概念，若把这种板材的两端支起来，上面全部站满人都不会变形。杨欣说，这个站已建了近20年了，至今依然很结实。保护站后面建了一座高28米的瞭望塔，设计使用寿命是100年。

杨欣写书卖书虽然很艰辛，但在建保护站上花钱丝毫不吝啬。别看这个保护站，它可是集中了很多的高科技。板房的钢材是中国建造南极站的材料。当时国内只有两个地方能生产这种材料：一个在深圳，一个在北方的某城市。建站的这些建筑材料全部来自深圳，是从几千公里外把它们专门运过去的。这里配备的是当时世界上最好的太阳能和风能发电站。太阳能板是德国制造的,逆变器是美国制造的,取暖锅炉是意大利产的,而且还有用海事卫星上网的通信设备——海事卫星电话是挪威产的。

在杨欣心目中,只有把当时最好的东西集中到这里来,项目才能持续开展,才能坚持下来。正是有了这个自然保护站, 才让更多的人了解并进入可可西里,它为外界了解可可西里搭建了桥梁,也成为保护藏羚羊最前沿的反盗猎基地。

索南达杰自然保护站全身的红色基调,在天寒地冻中随时给人一种温暖之感。它是当地最漂亮的房子,也是青藏线上最让人瞩目的建筑。在雪域高原中,它像一束永不熄灭的红色火焰,顶风斗雪,顽强燃烧。

其实,杨欣在1995年开始举办"保护长江源,爱护我大自然"活动时,就希望能够注册一个正式的民间机构来开展他的环保事业。然而,要审批一个筹集资金的民间组织的难度是可想而知的,就是在20多年后的今天也是十分不易的。杨欣先后在工作地深圳和户口所在地成都递交了申请。事隔几年后,鉴于杨欣在自然生态环境保护上做出的成绩,四川省环保局在1998年下了批文,1999年初,杨欣凭此在四川省民政厅正式注册,组建了"四川省绿色江河环境保护促进会"(简称"绿色江河")。以后活动都以"绿色江河"的名义开展了。

"绿色江河"把保护站建在这里,最主要的目的就是保护可可西里的藏羚羊。那些年,每年都有不少于两万只藏羚羊被猎杀。

在这里有必要说明一下,为什么有那么多人要去猎杀藏羚羊。藏羚羊身上长着优质的羊绒,据有关资料显示,由藏羚羊身上的绒制成的一种披肩在西方国家称为"沙图什"(意为"羊城之王")。三头藏羚羊的绒才能织成一条围巾或披肩。藏羚羊的绒非常细,其直径约为11.5微米,是克什米尔羊绒的四分之三,是人发的五分之一。沙图什十分轻巧,一件重量仅百克左右,它可以在一枚指环中轻松穿越,故又称"指环批肩"。别看它轻巧,但保暖性极强,有一种夸张的说法,用一张沙图什包起一枚鸽子蛋,就可以孵化出小鸽子。20世纪末,沙图什产品在国际市场上每条就高达数千美金,折合人民币数万元，贵比黄金。据报道：有一年，印度查获藏羚羊绒800千克，而这些全都来自中国，仅这一批走私品背后就有上万头藏羚羊惨死在盗猎者的屠刀下。如果照此速度，藏羚羊将很快灭绝。

藏羚羊的存在对生态有何意义？科学家是这样解释的：任何一个区域，它所形成的生态圈、食物链都是经过进化而来，都是经过大自然的选择而生存下来的。环环相扣，如果某种野生动物消失，那整个生态圈子就会被打乱。加之，藏羚羊是我国青藏高原的特有物种（后来还被推举为奥运会的吉祥物），它的灭亡，意味着三江源的生态链和自然环境将很难恢复。

可可西里还是中国大型野生种群最丰富的地区。藏羚羊是个代表物种，除此之外，还有国家一级保护动物野牦牛、藏野驴、盘羊等。如果没有这个站，保护藏羚羊的基地得建到200公里以外的格尔木市。

这个保护站守住了青海境内进入可可西里的主要路口，这里虽然没有围墙，但盗猎者若想从其他地方进入，就会被沼泽、雪山、河流阻碍。在保护站的瞭望塔上，肉眼能看到的直线距离可达100公里，地面目标约看清20公里。后来，他们还专门配备了天文望远镜，观察效果特别好，在没有障碍物的情况下可将青藏高原的磅礴恢宏、源头冰川的蜿蜒迤逦、数万平方公里的可可西里以及三江源区一览无余，尽收眼底。

杨欣告诉笔者，保护站一建好就有了震慑作用，再也没有从这里进去的盗猎者。

建立保护站，还真不是一朝一夕的事。这个保护站从1997年9月开始建站，到2000年完成。前后用了四年时间，他们边建边用边完善。首先建好了房子，其次建了瞭望塔，然后铺地板，最后才建发电房屋。杨欣比喻为贫困年代的年轻人结婚，今天买个锅，明天买个勺，家当是一件一件置办的。

在海拔4500米的地方建立保护站真不容易。在那里是找不到民工的，如果单靠卖书那点儿钱连人工费都不够。这就全靠志愿者的投入和奉献了。志愿者从何而来？

首先是建站志愿者。说起来很多人可能都不相信，建站的第一批志愿者主要来自一个国防厂矿，是由技师组成的专业队伍。这些来参加中国第一个民间自然保护站建设的志愿者，心里特别高兴。谢晓辉、朱永、方雷和何国雄都是特殊军工企业的工程师。朱永说："因为我们工作的性质，环境保护在我们心里的分量就更不一样了。这次参加义务建站，对自己的灵魂来说犹如一次洗涤。"

后来建设瞭望塔，"绿色江河"就找到青海省环保局，请他们到送变电公司协调几个志愿者，送变电公司也很乐意地派出技术工人作为志愿者来配合。如此专业的施工人才哪能建不好一个小房子?！难怪杨欣很自豪地说："当地许多房子要不了几年就有开裂、沉降、倾斜等不同程度的走形，但保护站的房子近20年未发生任何变化，有很多人对其中的奥秘很是不解，要求把保护站的地基挖出来看看是如何建的，为何这么多年风吹不歪，雪埋不倒。其实没有奥秘，一靠材料好，二是专业精。"

这些建房建站的人全是志愿者，自己出钱买车票，长途跋涉背着铺盖、带上锅碗来干活，而且没有任何报酬，结束时只是带着一条洁白的哈达就回去了。他们的心灵就像高山上的雪莲、圣洁的哈达，心底无私、洁白无瑕。

建站初期，由于医疗保障不到位，户外工作量较大，保护站对志愿者还有许多严格要求：如不准洗脸、不准抽烟、不准喝酒、不准刮胡子，连刷牙都不许——据说在高原刷牙极易导致牙龈出血，要么血流不止，要么牙龈发炎。

由于保护站是边建、边用、边完善，在建站初期，守护藏羚羊的志愿者生活是十分艰苦的。由于没有保暖设备，志愿者在室内盖上四五床棉被仍感觉十分寒冷。好不容易睡着了，可第二天起床却不那么容易——盖在表面的棉被变成了一块块坚硬的冰盖，从被窝里钻出来要么小心翼翼，要么请人帮忙。

那些日子，志愿者最害怕的是上厕所。特别是晚上，若遇大风来袭，突然卷起粪坑的"千堆雪"，会让人满身"挂彩"，狼狈不堪。

建站初期，除了肉和米可以正常食用外，任何时令蔬菜都是好看不好用。胡萝卜、西红柿、生鸡蛋看着新鲜，烹饪时根本敲不开，好不容易做出来，完全不能吃，因为早就被零下几十度的严寒冻坏了。

尽管这样，还是有一批批的志愿者，为了人类的共同家园，为了心中的理想信念而前赴后继、薪火相传。这里不但有夫妻，还有兄弟，更有父子兵。四川某一地级市有两兄弟，其父本是房地产老板，可谓家有万贯，但兄弟俩先后都把到可可西里、三江源当志愿者当成历练人生的好机会。深圳警察邹卓钢不但自己当了多年志愿者，还动员女儿也加入这个行列……多年来，先后有500余名志愿者来到高原之巅，塑造起一座座人类大美的丰碑。

写稿期间，笔者采访了正在三江源做义工的志愿者黄昕宇、林茹竹。她们二人的回答让人感觉很有意思。从小在厦门长大的黄昕宇现在北京工作，她来三江源的目的比较新奇。她说："北京的雾霾太重了，主要是来换个环境透透气。"而就读于香港城市大学的林茹竹则是把"绿色江河"作为一个新奇事物来看待的，她说："作为民间组织的'绿色江河'几十年来发展顺畅，与政府互动良好，很是少见！"她想寻找个中缘由。两名志愿者虽然目的各异，但从一个侧面反映了人们对美好自然环境的向往。"绿色江河"几十年的发展历程也表明了，只要是为了人类美好的共同愿景，你的付出就会有所回报，事业才能做得顺，走得远。

"绿色江河"对志愿者回到地方后是有要求的，那就是至少要开展五次以上的自然生态环保宣传，让环保理念更加深入人心。军旅作家金辉，不但作为志愿者参与了第一座保护站建设的全过程，此后还多次撰文报道可可西里和三江源的生态环境状况，多次到北京的学校开展长江生态环境保护宣讲，1999年还参与策划了长江源环保纪念碑的建立。

"绿色江河"除了在专业队伍里寻找志愿者外，还在大学生里面招募志愿者。记得1998年杨欣在大学演讲时，演讲完了后就宣布要建保护站，要招志愿者。许多大学生热血沸腾，所到之处，窗户外都贴着人在听演讲。

那时招募志愿者可谓百里挑一，千里挑一。一听说可可西里要招志愿者，学生们纷纷报名。杨欣委托北京语言大学的肖立老师负责北京高校的志愿者招募工作。肖立对志愿者的体能十分看重。要报名吗？先上操场，男的5000米，女的3000米跑下来再说。肖老师亲自卡时间。后来，还把招录的志愿者学生拉练了几个月，然后送到保护站。1998年，保护站共招募了16名大学生，这些来自北京、成都、广东的大学生，在建设中国民间第一个保护站的过程中，在氧气都不够用的地方，执锹、挖土、砌砖、扛包样样都干，毫不逊色。

2000年10月,“绿色江河”开始招募第二年的志愿者,只有30个名额,每月两人(7—8月份多一点儿)。那时没有网络,招募信息都是以新闻稿件的形式发出去的。在北京的招募工作是委托“自然之友”承办的,报名时拥挤得简直不能正常工作了。在成都也是如此,电话放下去就响,放下去就响,以至于有人建议:“不用电话行不?就让他们发传真来吧!”

其实这么多无私志愿者的涌现,正说明了当时的年轻一代自然生态意识已开始觉醒,他们用自己的行动去唤醒更多的民众,为环保事业献出友爱,播撒爱心。

助藏羚羊平安

中国民间第一个自然保护站索南达杰自然保护站的建立搭建了三江源、可可西里和外界的桥梁,让更多的人开始关注三江源,关注可可西里。它成为一个品牌,也成为中国民间参与自然生态保护的一个标志。同时还影响和加快了可可西里、三江源自然保护区的建设,直接影响了中国大型工程青藏铁路的环保决策。

首先是对青藏铁路建设施工环保决策的影响,影响速度之快令人无法想象。在青藏铁路刚刚开始建设的时候,“绿色江河”的志愿者们赶巧正在做青藏公路沿线100公里范围内的野生动物种群数量调查,由于青藏公路和青藏铁路是平行的,在青藏铁路开工之前,“绿色江河”就向青藏铁路建设指挥部、国家环保局提出了分时间段施工和营地建设的建议。

为什么要发出如此建议呢?因为藏羚羊的正常迁徙与繁殖直接相关,除个别地区的个别小群体外,绝大多数藏羚羊都有长途迁徙集中产羔、产羔后返回原栖息地的习性。

藏羚羊,可可西里的精灵,面对青藏高原恶劣的自然环境毫无惧色的它们,在面对人类构筑的公路铁路时显得特别的恐惧和软弱。

最典型的是在青藏铁路开工的第二年,保护站的工作人员和志愿者发现青藏铁路的施工对楚玛尔河附近的藏羚羊迁徙存在影响。提出了每天停工两个小时,时间持续十天,给这个区域留下短暂的宁静,让藏羚羊通过的建议。

当志愿者们发现迁徙的藏羚羊群在施工现场附近徘徊、观望等待过路的情况后，往上逐级报告是来不及了。这天中午，杨欣与广东志愿者王中元拿着报告找到施工单位。有关领导一看就很为难："7—8月份是我们施工的黄金季节，冬天不能施工，一旦停工，我们的损失相当的大啊！""藏羚羊被挡在那儿过不去，如果你们不做这个决定，将影响藏羚羊的迁徙，这个问题相当严重。"杨欣说完扭头就走。走了之后，他们想去拦车，去阻止施工。但令杨欣他们没有想到的是几个小时之后，工程指挥部的副指挥长就拿着文件来了："我们全线将按照保护站提出的建议，每天停工两小时。你看，这是我们的文件。"

正是这一建议，为众多的藏羚羊顺利穿越铁路建设工地创造了条件，使得它们能够顺利迁徙、产羔。

青藏铁路建好后，保护站的志愿者李光和袁峰最先发现了藏羚羊的迁徙通道。原来，铁路部门设计的通道有问题，藏羚羊不从设计通道经过，而是选择了一个恰恰不是通道的地方——从一条干涸的河床上的桥梁（五北大桥）下通过。

藏羚羊好不容易穿越铁路下方，但又被前面的公路拦住了。

藏羚羊在高寒地带的生存能力是顽强的，但它们在人类活动面前是渺小的。杨欣曾在《南方周末》发表了一篇题为《藏羚羊心中永远的裂痕》的文章，生动而真实地再现了几十只藏羚羊为了跨越十米宽的青藏公路用了近一个小时的情景：

首先是一群约有60余只的藏羚羊群正战战兢兢地接近公路，每当青藏公路上汽车呼啸而过时，靠近公路的羊群就赶紧掉头逃离，待汽车走远后，再接近公路，汽车来了又跑……来往无数次后，繁忙的青藏公路终于有了暂时的平静。一只胆大的母羊爬上了两米多高的路基，站在路边四处张望，跟在后面的羊群不知何故，突然又吓得掉头狂奔。还是那只勇敢的母羊率先踏上了黑色的沥青路面，但动作格外谨慎缓慢，每一步都在试探，像是生怕踩上地雷一样，藏羚羊面对公路就像面对一条悬崖上的钢丝，一盆滚烫的炭火，更像非洲角马迁徙途中面对一条布满鳄鱼的河流，路基上的羊足足几分钟不敢踏上公路。

第一只羊总算过去了，当脚一离开公路，立刻就恢复了藏羚羊的本性，以惊人的速度跑下路基，狂奔到远离公路的安全地带。接着一只又一只藏羚羊效仿着慢步跨上公路，期间不少胆小的藏羚羊受各种因素惊吓，不时又从路基上跑回去，甚至到了公路中间，也有往回跑的，但看到大多数的藏羚羊都在坚定向前，回头的羊又都立刻返回，公路上一片混乱。

最后，大部分藏羚羊跨过了公路。剩下几只小藏羚羊实在是连走上路基的勇气也没有，望着公路另一侧的羊群，绝望中向着相反的方向跑去。

它们的母亲没有忘记它们。走过公路的羊群中，有三只母羊突然间扭头返回，又艰难越过公路，向逃走的孩子们追去。

三只母羊很快追上了各自的孩子，并带着小羊再次接近公路，其中两只母羊成功带领自己的孩子跨过公路，追上羊群。最后一只小羊站在路基上，怎么也不敢踏上黑色的路面，任凭母羊来回在公路上引导、鼓励。

就在这时，一辆小汽车从远处飞驰而来，母羊望着迎面而来的汽车，顽强地站在公路一侧。汽车没有减速，在最后的瞬间，母羊才绝望地丢下自己的孩子，冲下路基，带着惊吓和悲伤狂奔而去……

那只小羊，则在惊吓中跑向另一侧，随着几只没敢跨过公路的小伙伴慢慢消失在遥远的天边……

由此可以看出，人类活动对高原自然生态和藏羚羊迁徙的影响是多么严重。

许多过往司机、游客和环保人士都知道，每年都有不少的藏羚羊因迁徙路过青藏公路，而被汽车撞击身亡。由于青藏铁路与公路是平行的，为了加速藏羚羊的通过进程，保护站的志愿者们就到青藏公路上去拦车，让藏羚羊通过。每天，监测点的志愿者看到藏羚羊穿越铁路下方后，靠近公路有过路迹象了，就用手势和对讲机招呼公路上的志愿者拦车。车拦下来后，志愿者上去对司机说："藏羚羊要过公路，请你们稍微等一会儿。"并送上平安符等小礼品，让司机一同观看。这个举动影响很大，后来中央电视台把卫星直播车开到了现场，做起了藏羚羊过公路的直播节目。

藏羚羊分布在三江源及可可西里十分广大的地区，其迁徙产羔时间分别在每年的6月和8月。青藏铁路和公路把通道切断，一边是三江源，一边是可可西里。三江源的藏羚羊要长途迁徙跨过青藏铁路、公路迁徙到可可西里去产羔，产羔后，种群打乱，基因交换，重新组合，这些母羊就带着小羊重新返回。当然，这个种群打乱，也不是固定的，有时一群过去十多只，返回的有十只、八只，都有可能，当然返回时又吸引了其他种群的羊。两次跨越青藏公路和铁路，保护站的志愿者们就找到时间段，通过拦车的方式，让其安全通过。

随着环保理念的深入，政府比以往任何时候都更重视对自然生态环境的保护。青藏线要修青藏高速公路，设计单位特地把杨欣给请去了，聘为他们的环保顾问。由于在三江源区，特别是可可西里一带，现有的青藏铁路距公路都比较近，一般只有200—300米，对藏羚羊迁徙有着火车和汽车的双重叠加影响。但藏羚羊真正通过的地方，是个开阔的地方，是两路拉开了距离的，中间还有小山坡阻挡，藏羚羊需要一个具有缓冲地带的地方。找到这个特点之后，在青藏高速公路建设中，杨欣力促高速公路在这个区域，要与铁路和老青藏公路拉开距离。杨欣说，距离拉开之后，青藏铁路修建的没被使用的迁徙通道可能会被藏羚羊重新使用。因为高速公路一通，以前老青藏公路的车就少了，环境自然就安静下来了。杨欣还提出来在藏羚羊迁徙期间，对藏羚羊通行路段的老青藏公路实行封闭，可以采取免费通行方式让老青藏公路的车辆全部驶上高速公路，过了这十多公里再下来走老青藏公路的建议。这样，在没有青藏公路车辆影响的情况下，青藏铁路没有被利用的野生动物通道可能会被藏羚羊全部使用，通行区域和路径大大增加。

对于“绿色江河”来说，索南达杰自然保护站在2003年就完成了他的使命。2003年1月1日，“绿色江河”把这个站整体交给了青海省可可西里国家级自然保护区管理局，包括所有设备和资产全部移交，分文不取。

当杨欣决定要移交保护站的时候，有些志愿者很不理解地说，我们辛辛苦苦建立了一个保护站，那么多志愿者为之奉献，甚至还有志愿者在可可西里无人区开展环保工作时，因汽车抛锚被困而付出生命的代价。现在保护站有影响了，可可西里有影响了，我们如果坚守这个保护站，款项来源将会方便很多，我们的影响力也会更大。为什么就把它放弃了呢？

不理解，许多志愿者不理解！杨欣告诉他们：“我们当初建站的目的是什么？最终就是为了推动政府建立国家级自然保护区，让政府来承担他们的职责，现在我们的目的达到了。我们不是不管这里了，是因为三江源头还有许多没有被人关注和需要保护的区域。”

其实，“绿色江河”当年在可可西里建好索南达杰自然保护站后，这个保护站就一直是“绿色江河”志愿者与青海省可可西里国家级自然保护区工作人员在共同使用，数年过去了，政府对这里的重视和投入也在逐年加大，“绿色江河”作为一家民间组织开辟新的环保项目也在情理之中。

冰川上的来客

保护站移交后，“绿色江河”并没有停止它的自然生态保护事业。2005年，“绿色江河”开始了长江源头冰川考察工作。这一做就是六年。

这是当时应对气候变化、冰川消退这一热门话题，“绿色江河”所开展的一项公益科考活动。那时期，人们经常谈论的是南极冰山要融化了，北极冰盖要融化了，格陵兰岛的冰川要融化了，以至要融化多少，海水要上涨多少，哪里的人要成为生态难民。人们还十分关注阿尔卑斯山还能否滑雪，关注乞力马扎罗山还有没有雪……相反，很少有人关注我们自己的冰川，而长江是世界上所有大江大河中源头冰川数目最多的河流，人们只知道长江源头的冰川，不知道它还有雀儿山、四姑娘山、玉龙雪山、哈巴雪山、贡嘎山等冰川融水汇入。“绿色江河”希望通过关注长江源头的冰川，然后来影响社会，希望通过对长江生态的关注，推动公众践行低碳生活理念，应对气候变化。

冰川考察不是一件容易的事，需要专业的人才和科学的态度。蒲建辰，中科院寒区旱区环境与工程研究院（2016年整合为中科院西北生态环境资源研究院）研究员，负责撰写长江、黄河、澜沧江、怒江冰川编目的冰川学家，他是杨欣当年长江漂流的搭档，自然被杨欣拉进考察队，担任首席科学家，数次前往长江源头的冰川实地考察，确定那里的冰川的变化程度，为长江源冰川退缩提供数据支持。四川大学的教授徐君是专门从事藏区可持续发展研究的，她的研究区域也与三江源区部分重叠。于是她也加入了冰川人类学调查，之后与“绿色江河”开始了长期合作。她说，冰川融化是世界气候变化的指示器,生态移民是人类适应气候变化而做出的调整和改变。

考察不是观光,有时也与危险相伴。2005年那次冰川考察,杨欣一行就在三江源被暴风雪困了好几天,他们抓住天气转好的一线生机,毅然回撤,躲过了死亡劫难。事后得知,在那场暴风雪中,附近一支石油勘探队有15人遇难。

在"绿色江河"办公室,杨欣打开电脑,他过去拍过很多图片,他将有关冰川的图片全部翻出来,可以看到这些年长江源头及三江源冰川的变化——在这16年时间里,长江源头冰川消失的长度达2000米。

2000米这个数字是如何得出来的?是通过16年前图片与现在冰川位置实景的叠加,确定16年前冰川前沿的所在位置,以此为基点,用激光测距仪测量至现在冰川前沿的距离,从而得出2000米的数据。杨欣在考察中,每次都要选定很多个参照点,每次拍摄都要与以前的照片进行对比,还要用尺子、绳索测量变化。考察队还通过对航拍、卫星图片、遥感图片等资料的收集、分析和论证,并得到专家认可的结论。

关注冰川,更要关注冰川地区人和动物的生存。"绿色江河"还开展了生态人类学的调查。这个项目他们一做又是六年。

志愿者熊杨生长在重庆涪陵区的长江边上,从小对长江在有着深厚的感情。他对冰川退缩和气候变化给长江源区的生态影响十分关注,自2003年参加了"绿色江河"组织的"长江源生态人类学田野调查"后,几乎参加了"绿色江河"后来开展的所有项目。

如今,熊杨每每回想起那段经历仍十分感慨。那时,他常常独自面对着朝霞映照下的,如梦如幻如天堂般绚丽的沱沱河发出感叹:"河水在脚边缓缓流淌,它倒映着雪山,是那么美!我渴,嘴唇干裂,可河水不能喝,我只能默默地落泪……"因为这长江源头乳白色苦涩的河水,当地人和保护站的志愿者们喝了后就腹胀肚疼。

后来,唐古拉山附近的牧民告诉他们,自1985年发生在长江源的那场大雪灾之后,草场仍是那样的草场,可多年前能够长到70公斤的绵羊,现在只能长到40公斤了。

熊杨心想，也许羊也常常忍受着饮水、食草后的阵阵腹痛。但羊不会说话。

为了搞清楚这个事情，他们来到长江源头沱沱河气象站，这个中国国家基本气象站的监测资料显示：随着气温升高，极端气温发生的频次增加，降水形态发生变化，降雨增多，降雪减少，强降水日出现的频次增多。

他们还到沱沱河及长江北源楚玛尔河支流清水河提取水样送往深圳专业水质检测机构化验，才得知水样中以汞为代表的重金属含量超过生活饮用水卫生标准安全界限。四年后，熊杨和志愿者们再次从相同河段取水送至成都专业水质检测机构化验，结果仍是氯化物含量及放射性指标超过生活饮用水卫生标准安全界限。两次水质化验结果对比显示：相同河段不同季节水质差异较大，进一步分析发现：水质变化与气象条件对应。长江源区冬末春初的5月，冰川开始融水，河流渐渐解冻，此时水中矿物质含量较低；然而，入秋后的9月，夏季降雨对表土冲刷、侵蚀形成的含有重金属的河水仍然流淌。

经过科学分析还发现，近20年，长江源区地温、降雨、蒸发上升，多年冻土上限下降，短根茎植被退缩，土壤沙化。风蚀、水蚀造成的水土流失使第四系松散岩层出露，促使水体矿化。总之，全球气候变暖的负面效应已经在青藏高原长江源区逐渐显露，局部地区人为影响（采矿、工程建设、过度放牧等人类活动）加快了生态恶化和环境污染的速度，草原上的动物及原住民生存受到了影响。

熊杨于2011年12月代表“绿色江河”在南非德班世界气候变化框架会议边会上通报了上述情况，引起了国内外高度关注。

在开展以上科学考察的同时，“绿色江河”还针对青藏铁路、青藏公路两侧的垃圾进行了专门调查，这个调查一做就是八年。杨欣说，将这三个调查（冰川、生态人类学、垃圾）成果汇集到一起发现，冰川这个问题是他们很难解决的，只能呼吁。那就是：适应与减缓两者同等重要。

让江源圣地更洁净

由于人类活动范围不断扩大和影响程度不断加深,长江源区已经不是原来意义上的无人区了。随着当地人口数量的增长,在政府的扶持下,这一地区的牧民开始逐步定居。青藏公路建成后,外来人口不断进入,在青藏公路沿线已经形成数个人口相对集中的镇级建制居民点,人类活动的影响逐渐成为当地环境改变的主要因素。20世纪90年代以前,在青藏公路线上,每当走进一个集镇,就仿佛置身于一个垃圾场,午后的大风更让垃圾四处飞扬,牛、羊误食垃圾而亡的情况时有发生,日益增多的垃圾已经影响到当地居民的生活和长江源区的生态环境。同时,随着进入青藏高原的国内外游客逐年增多,垃圾引发的环境问题也影响到了当地旅游业的发展。这是"绿色江河"用了八年时间,先后招募40多名志愿者得出的调研结论。

对于在生态人类学和垃圾调查过程中发现的问题,他们能做的是要建立一个保护站,以保护站作为基地,解决三江源的垃圾问题,至少要为青藏高原的垃圾处理问题做出示范。

于是,"绿色江河"建设的第二个保护站——"长江源水生态环境保护站"2011年开始修建了。保护站建在唐古拉山镇边上的东北侧(属于青海省格尔木市),主体建筑300平方米(不包含太阳能发电站以及仓库)。主建筑里有展厅、餐厅、咖啡屋、办公室、洗手间、医务室等。

杨欣特地把开工的日子选在世界环境日6月5日这天,次年9月装修全部完成(因这里冬季和春季都不能施工)。保护站的建筑材料全部来自北京,随着科技的发展进步,该站的材料比第一个站好多了。"绿色江河"将索南达杰自然保护站移交后,如今,这个保护站仍是中国民间唯一的自然生态环境保护站。这里可以容纳18个人食宿。在保护站内一个普通房间,其室外温度在零下30—40摄氏度的极寒条件下,室内仅需一个1000多瓦的取暖炉,温度就可达到18摄氏度,室内外有50摄氏度的温差。在当地,民房是很少开窗的。由于保护站房屋保温的原因,他们开窗很多,主要原因在于它的玻璃是三层的,保暖效果特别好。这里有太阳能发电机,还通了市电,太阳能的电用完后能自动切换成外部电源(市电)。保护站保持着365天24小时全天候的自来水供应。为了保证冬天供水，他们特地给每根自来水管包装上加热的带子，以便冬天供水。

保护站平时有3—5人驻守，夏季，项目集中实施期间常常有超过30个人在这里居住，志愿者经常打地铺（第一个站最多时也有20多人居住，连展厅都用来打地铺了）。

长江源头还是有人居住的，只是人烟稀少而已。这里的垃圾来自两方面：一是游客；二是随着运输的便捷、工业产品的廉价，大量的物资就上了青藏高原，包括三江源。问题是现在所有的物资，大大小小都有包装，而且主要是塑料包装。还有，牧民也接受了现代消费理念，他们当中的一些人特别喜欢喝饮料，吃方便面，这种包装也相当多，于是大量的包装垃圾留在了三江源地区。

这里面积广袤，长江源水生态环境保护站雇有一个工作人员，他们家的草场就有24万亩。然而，他们家还不算最多的，最多的人家超过100万亩。他们那儿平均100亩草地才能养活一只羊，于是牧民住得相当分散，他们消费后的垃圾也十分分散，垃圾收集是政府用行政手段无法完成的。“绿色江河”通过冰川调查、人类学调查、垃圾调查发现，城镇垃圾好办，可由环卫机构的工人和车辆解决，但分散的牧区就没能力解决这个问题。他们对广袤牧区的垃圾处理提出了一个新的理念：分散收集、长途运输、集中处置。

第一步，如何实现分散收集？“绿色江河”对招募的志愿者进行培训以后，让他们走进牧区进行宣传。有时还走进牧民家里，有时参加各种规模的赛马会。

杨欣带着志愿者给他们讲：“你看，这些垃圾啊，你们到处乱扔，不好！”

“我爷爷的爷爷都是这么扔的！”

“你们爷爷的爷爷扔的是什么垃圾啊？有塑料吗？没有。有瓶瓶罐罐吗？没有。他们扔的是牛粪、炉灰、骨头，这些垃圾不是被狗啃了就是被自然稀释了。现代垃圾的危害就不同了，你扔在草地上面草长不好，扔在水里面，污染水源，牛羊吃了会生病，可能会死亡。现在不是经常发生这种情况吗？”

“那我们把他烧掉！”

“燃烧会产生一种气体，是癌症的主要元凶，如果被你们呼吸了会生病，到大医院都看不好，不是吓唬你们。”

“那你们说怎么办吧。”

“我们教你，进行垃圾分类，你们把那些外来的垃圾分类。你们自己也有牦牛，有摩托车，甚至还有汽车，你们到镇上来买卖东西时，就把垃圾带出来，带出来十个矿泉水瓶子，我给你一瓶矿泉水，带来十个方便面盒子我给你一盒方便面，带来十节废旧电池我给你四节新的。”同时还送上他们印刷的宣传册，上面有如何进行垃圾分类和处理的方式方法。

用垃圾换食品、换物品，老百姓当然愿意了，就这样把垃圾置换出来了。到目前，长江源水生态环境保护站每年收到的塑料和其他各类垃圾有十万件之多。

置换出来的垃圾就要打包。保护站专门制作了便于自驾车携带的小垃圾袋。一有游客参观，就问他们愿不愿意带走一袋垃圾？这样对游客的素养也是一种认可。保护站还在游客的车上贴上环保的标识，同时还在微信、微博上进行宣传。如车牌号为渝A×××××的车从长江源带出一袋垃圾，为长江源生态保护做出了贡献；川A×××××某月某日带着垃圾又出发了……

其实，旅客带走的只是小部分，只是一种宣传和理念培养而已。要实现垃圾的长途运输还得依靠大型车辆。到青藏高原的车辆，不管是来自四川、青海、甘肃还是云南，都有个共同特点是单向运输(即返空)。返空时运输价钱就很低了。塑料瓶在城里是捡不到的，都被收荒匠捡完了。而且塑料瓶和易拉罐是暂储垃圾的主要部分，这些拉到城市卖5分钱一个，一车废旧垃圾至少能在城里卖500元，能卖钱的垃圾就这样远离了青藏高原长江源。若遇不能卖钱的垃圾该如何处理？那就首先进行分类，比如让牧民将不能实行远程运输的垃圾进行填埋，纳入当地的市政管理系统，然后用能够卖钱的垃圾给予奖励赠送。保护站就这样做到了垃圾停留时间短，基本无积压。

杨欣用手指着一幅照片告诉作者：“这个小孩，是来自广东佛山的游客，他们开了一辆车，当晚住在了唐古拉山镇上，晚上就过来参观。志愿者讲得比较好，小孩子很激动，争着要运垃圾，于是带了两袋回去。第二天一早就有人敲门，开门一看，又是这个小孩。小孩说，今天我们收拾了行李，留出的空间，还可以带走几袋垃圾。最后这个小孩他们带走了七袋垃圾。那个高兴劲头一直定格在我的相机里。”

每次到这里的游客，听了宣传后，特别是那些小孩子，都争相要带垃圾。究竟有多少人带走了垃圾，他们记不住，也记不完，因为每天来来往往很多人。如果真记住了，那么证明保护站的宣传不成功，游客的环保意识和保护人类家园意识还有待进一步增强。

杨欣说，现在他们基本上都是找军车顺带运垃圾下山。青藏线上有运输部队，他们也要搞军民共建，他们不但不收保护站的钱，还将垃圾出售后的钱返给保护站。时常有部队的同志来问保护站："需要我们做什么?"当保护站真有需要时，只一个电话，部队的返空车就会过来，战士们主动与志愿者一道装车，把垃圾运走。战士们到格尔木市将垃圾卖出后，再把钱带到保护站。

在这里，不用找地方上的大车司机来运输，因为仅靠人民解放军的返空车辆就足够了。让小车顺带运垃圾，主要是一种理念的传播。

保护站的工作是游客来了就宣传，牧民来了就收垃圾、换东西，然后分类打包，再联系运输。有时也到牧区进行宣传。

幸福的鸟儿

"绿色江河"在唐古拉山建设第二个保护站期间，一个当地藏族老太太来到工地反映了一个新问题："听说你们这里是在建一个保护站?""是的!""那你们保不保护我家后面的大雁啊?""什么大雁?"老太太说了半天，杨欣也没弄清楚是什么鸟。后来在翻译的帮助下，才知那鸟是斑头雁。老太太说："很多人来捡鸟蛋，有附近的，也有远道而来的，他们都开着汽车，有的还穿着制服，你们管不管啊?"

杨欣想管，可这怎么管呢? 他打开电脑，不查不要紧，一查吓一跳。斑头雁因头顶有两道黑色的带斑而得名，已被世界自然保护联盟列入濒危物种红色名录。美国《国家地理》在2012年五六月份的网站上有这么一段话：科学家最新发现，斑头雁为世界上飞得最高的鸟。它们能8小时飞越平均海拔6000多米的喜马拉雅山脉，其飞行高度可达9000米，特地从印度来到中国青藏高原进行繁殖，每年4月飞来，当年10月携幼鸟飞越喜马拉雅山脉返回印度。

美国《科学》杂志还刊登文章分析了斑头雁为什么飞得那么高，科学地分析了其中的道理。可想而知,它在国际上的重视度是比较高的。

这事还真该管管,但如何管呢?距保护站50公里的地方,有一个斑德湖,只有4.5平方公里,其中有三个小岛,杨欣带领志愿者考察,共发现1178只斑头雁。

如此小的面积,就容纳了这么多的珍贵大雁。杨欣心里盘算着该如何做才有好效果。

很多人不是喜欢“最”吗?什么“最高”“最远”。好!于是“绿色江河”就围绕“最高”来做项目。随后,“让我飞得更高,守护世界上飞得最高的鸟,呵护我们身边的野生生命”,这样的宣传口号在当地随处可见。他们专门邀请了歌手汪峰来义务演唱,演员胡歌来呐喊助威,主题也是“让我飞得更高”。并让当地老百姓一块儿参与进来。这一下,方圆几十公里乃至上百公里的人们都知道了,斑头雁是国际保护鸟类,在全世界都是了不起的大雁。

“绿色江河”通过调研得知,斑头雁的繁殖地不仅仅有斑德湖,在距保护站70公里的杰比湖,和距保护站60公里的通天河的一段长达10多公里的断岸上,都有斑头雁繁殖和孵化。

斑头雁繁殖期容易受到天敌及人类的干扰破坏,“绿色江河”于是对斑头雁迁入、结伴、交配、产蛋、孵化的整个繁殖过程进行观察、守护。他们不但在斑头雁繁殖区域安装了视频监控器,还在上述三个地方分别设置了野外营地,配备了无线电通信设备。同时向全国招募、安排志愿者在斑德湖、杰比湖、通天河口安营扎寨,日夜守护,并通过媒体向大众进行保护宣传。

在营地守护的日子里,生活无疑是艰苦的。每个营地一般配有两名志愿者,由于斑德湖的斑头雁数量较多,特意安排了四名志愿者。志愿者一般一个月一换,但为了形成生活和工作上的传带和适应机制,后半个月就有新来的志愿者与上一批志愿者共同工作,学习守护经验和野外安全生活知识。

来自深圳的邹卓钢是守护斑头雁志愿者中的一员,地点在杰比湖。每天早上九点半和下午六点他都要环湖面观察斑头雁活动情况和清点斑头雁数量,其余大部分时间是在帐篷里看监控。小小的帐篷就成了他和队友生活的主要地方。

帐篷虽然能够保暖,但只有十多个平方米,里面除了打地铺和安置行军床的地方,还得安放烧火做饭的土炉子。生活用水从湖里取,尽管有时也带有一些湖底腐根,但只能凑合用。用电靠太阳能,有时充电器坏了,晚上只能靠手电和手机照明。做饭烧水取暖靠到野外捡牛粪,遇上雪天牛粪潮湿不好起火,还会弄得一脸两手全是粪渣。

几个野外营地都没有网络或通讯信号,手机基本功能只是听听MP3,对外沟通靠的是每天定点使用的无线对讲机。此外,在这高原4600米以上,除了要适应缺氧环境,还要适应气候变化。"高原的天,孩儿的脸",说变就变。隔三岔五大风雪,积雪过膝。经常出现大风沙,刮得帐篷直摇晃,微细的沙子从门缝往里灌,身体没有哪个部位没沙子的,早上从睡袋钻出来,眼睛鼻子先要抖一抖才能张开,嘴巴嚼一嚼总能发出"渣渣"声。

来自中国地质大学(武汉)的志愿者李斯扬主要从事后勤保障工作,每五天给三个营地送一次补给。他告诉笔者,以前听说斑德湖旁边的斑德山上修了个信号塔,开始有信号,后来也没了。据说有几个志愿者思念亲人心切,满怀信心地拿着充满电的手机爬上山顶,虽然偶有信号出现,但最终也是扫兴而归。

阳光普照时对志愿者们来说是心情极佳的时候,但这时还不能忘了防晒保湿,因为这里的紫外线极强,空气非常干燥,弄不好脸掉皮、唇开裂……

尽管条件和环境很艰苦,看似无聊的生活却因对生命的守护而变得有意义。往年,在斑头雁繁殖期间,居住在沱沱河的当地群众因不知情捡食的鸟蛋不下2000枚。实施守护和宣传后,在沱沱河再也没有发现有人捡食鸟蛋。

志愿者们总会把这里的苦日子当成美的享受。

美丽的杰比湖就像镶嵌在广袤大地上的翡翠,清晨太阳从湖边喷薄而出,光芒四射,无边的大地和披着白纱的群山从沉睡中苏醒,顿时换上金黄中泛着玫红的衣裳,湖面百鸟腾飞,草地上的小动物纷纷从沙洞探出脑袋,志愿者在这时也会步出帐篷,伸展被睡袋裹了一夜的身躯,揉亮眼睛……湛蓝的天空、洁白的云朵,清澈透亮,再没有烟霾……夕阳西下,暖阳流泻,草地泛着金黄,湖面冰雪化开了的水面显出深蓝,微风轻抚,波光粼粼,斑头雁、棕头鸥、凤头䴙䴘、赤麻鸭等群鸟觅食游戏其中……当漫天飘雪,湖泊大地山峦银装素裹，洁白无瑕，让人内心无比的宁静。即使狂风乱作，风沙四起，也让人能感受到大自然壮美的力量！

营地守护的日子很漫长，简单的生活，让时间变得缓慢，缓慢得可以让人好好地咀嚼日子。阳光明媚的日子，他们坐在帐篷门外，对着湖面，一边晒太阳，一边发呆，或一边看书，一边反思人生，总之，数着时间一分一秒地过。飘雪的日子，他们有时会来到湖边，任凭片片雪花飘落在头上、脸上、肩膀上……看着湖面和大地一层一层曼妙地披上白纱，数着时间一分一秒地过。有风沙的日子，最好就待在帐篷里，尽可能堵严所有缝孔，捂实衣服，静静地听着风沙如何撼动帐篷，如何肆虐大地，数着时间一分一秒地过。

没有成果的守护是让人惋惜的。童光明也是斑头雁的守护者，他的守护地点在通天河的一片断崖处。这片断崖长十多公里，高有几十米，下面是奔流不息的通天河水。他是摄影爱好者，听说这里小斑头雁孵化出来后有跳崖的情况，他想弄清楚。但在那里守了一个月，留给他的只是满脸的沮丧。因为他只看见悬岸上一个又一个鸟蛋被大嘴乌鸦偷吃，自己却只能“隔岸观火”，毫无办法。根本就没看见一个孵化成活的，也就更没有跳崖的了，一张想拍的照片也没拍成。他不明白那些斑头雁为何会选择这个地方来孵化幼鸟。

沮丧时，他就一个人望着天空，看云卷云舒，对着星空，放飞心情，无聊时就自己与自己、自己与动物“对话”，洗涤心灵。

不管日子如何，志愿者邹卓钢每天上午下午，都为自己煮一杯咖啡，再用蓝牙小音箱播放几段心仪的乐曲。然后再抱一抱、逗一逗两个多月大的小藏狗丹丹，日子也就更添一些乐趣。

原来，日子也可以过得这样的悠闲，这样的轻松。没有烦琐的事务，没有电话的干扰，没有人情世故的往来，没有社交应酬，没有匆匆忙忙，没有患得患失……这样的日子完完全全属于自己。在邹卓钢心中，这样的日子，艰苦但有意义，看似无聊却细致悠长，空旷而美妙的大自然，是他生命中非常值得珍惜、值得守护的！

邹卓钢是深圳的一名警察，已近退休年龄。自2004年在“绿色江河”做志愿者后，他不仅每年都要前往那里担负志愿者工作，还动员自己的女儿邹盈也成了“绿色江河”在三江源的环保志愿者。他说:“我和志愿者们守护的,不只是斑头雁,还有与我们和睦相处的生灵,以及我们心中神圣的属于自己的一片领土,守护的是我们自己的生命!”

几年坚守成效显著。经考察,仅在斑德湖的斑头雁第二年就从1178只增加到2000只,第三年有2500只,第四年(即2015年)达到了2700多只。据相关资料报道,目前斑头雁全球种群数量不到七万只,这么一个小地方就集中了约3%的数量。这样的成果是每年近20名志愿者在这里轮流守护的成果,也离不开媒体的广泛宣传和当地百姓的广泛支持。

如今,再也没有人去捡拾斑头雁的鸟蛋了,很多地方机构也纷纷关心起这项工作来了。青藏铁路的公安人员在巡线过程中,发现一只受伤的斑头雁,就主动送到保护站救治……

冬天来临,大雁告别。每当成群集队的斑头雁呈“人”字形或“V”字形展翅高飞,离别青海,重回故园时,它们总是发出高亢而洪亮的叫声,像是对善待动物的人们表示由衷的感谢,又好似对“绿色江河”志愿者们的眷恋。

好一个雪豹家园

这个故事,也是关于自然生态环保的,这是当地一个牧民找到保护站来反映的情况。

杨欣指着电脑上的卫星地图说,这条河叫通天河,地处青海省玉树藏族自治州境内。在这个弯曲的地方,不是小河沟,而是大峡谷。杨欣经常说,这个通天峡谷不是一个国家公园,而是一个世界公园。这个峡谷有300多公里,里面孕育了丰富的野生动物、宗教文化。

2013年6月,一个牧民环保人士找到保护站说这个地方要修水电站了,你们管不管?此人说的这个地方叫烟障挂大峡谷,是长江的第一个峡谷。是真的吗?杨欣上网一查,有关部门确实有这个远期规划。如果电站成功修建,回水就有100多公里,不仅淹没面积比较大,关键是对三江源的生态影响可能是灾难性的。来人很着急,也很信任杨欣:“现在还没有建,你有什么办法说服他们不建吗?”

一个民间组织，要想阻止一个水电站的建设，难度可想而知！杨欣又不忍看到这个牧民兄弟失落，便问："这里面到底有没有东西？""有，当地老百姓都说，这里面有雪豹！"杨欣说："我要把它调查清楚！"

雪豹是我国国家一级保护动物，也是全球美丽而濒危的猫科动物，它是促进山地生物多样性的旗舰物种，是世界上最高海拔的显著象征，是促进跨国界的国家公园或保护区建立的环境大使，是健康的山地生态系统指示器。

雪豹在山地生态系统中非常重要。能找到雪豹当然好说话，杨欣决定找雪豹。但老百姓都说看到过，可都拿不出证明材料。"绿色江河"组织于是决定在那里做峡谷调查。峡谷调查难度比较大，那地方距保护站240公里，后面那段是没有路的。另外，峡谷里面如何进去？用什么调查方法？哪些科学家参与？加之目前手头又没有多余的钱，还不能大张旗鼓宣传。钱、车辆、船只、设备等一系列问题摆在杨欣面前。

首先需要动物学家。以前有一个科学家的博士论文是基于在可可西里的科学考察完成的，后来去了南京农业大学当副教授，此人专门研究青藏高原野生动物，叫连新明。杨欣电话找到他就直截了当地说："这个项目没有钱，并且很艰苦，你愿不愿做？还有你身体条件许可不，有没有高原反应？"十年前，连新明在可可西里考察过藏羚羊，他的博士论文就是在杨欣的索南达杰自然保护站周边完成的。连新明一听，不假思索地回答："我愿意，我对那里有感情，我抽时间来做！"

其次要对动物底端的初级生产力——草原进行考察，于是又需要找植物学家。四川大学有一个教授，叫唐亚，他与"绿色江河"合作了很多年，曾在联合国教科文组织的山地研究中心做了六年的项目首席科学家（工作地点在尼泊尔）。他不但愿意加入，还动员了他的四名学生参与（其中两名已经毕业分别到了云南大学和成都大学任教，还有两位分别在他门下攻读博士和硕士学位）。这就构成了强大的植物考察团队。

最后还涉及人与生态的关系，还必须要把历史沿革、环境和人的关系说清楚，就涉及人类学。杨欣又找到了有着长期合作关系的四川大学中国藏学研究所的徐君教授。徐教授虽为女性，但巾帼不让须眉，她也带着她的两名学生如期前往。

这是专业团队的构成。

2014年5月2日，“绿色江河”在峡谷口建立了营地，即一号营地。

想要进入深谷高山里面去考察，就得拥有最先进的设备——云台摄像机。这种摄像机可36倍变焦，能360度旋转，上下90度移动，还挂有两个红外灯，夜晚最远拍摄距离可达120米，并且还能无线传送，最远可达两公里，工作人员可在室内(帐篷)遥控。

云台摄像机比较昂贵，每台价格达三万元，可钱从哪里来？一个成都市民叫杨键，是成都一家生产高清摄像头的企业法人代表，他在看介绍长江英雄的电视报道时，得知杨欣几十年如一日在艰苦的环境中，在经济那么困难的情况下，一直坚守着自己的信念，守望着自己的事业，保护着人类共有的家园时，禁不住潸然泪下，感觉自己有责任和义务参与进去。次日他就来到了“绿色江河”在成都的办公室，一下子捐赠了15套云台摄像机，包括无线发送设备。后来，杨键还带去了两位技术员工担任志愿者。

有了设备，还得安装到悬崖上去啊！这就需要专业攀岩人员。于是他们又从上海、杭州找来了攀岩团队。

其中有一个来自上海的志愿者名叫童岗，他是从事室内设计的，在“绿色江河”第二个保护站建设中，他不但给保护站免费进行了室内装修设计，还将自己的装修队伍带到了三江源头，硬是在那里坚守了几个月，整个工程完工后才撤离。从那以后，童岗每年都要到三江源区去做一段时间的志愿者。其实他还有一个职业就是户外攀岩教练。攀岩走壁是他的拿手好戏。为了更好地完成任务，他此次带上了所有户外攀登装备，连能充电的冲击钻都带上了。把摄像机器安装在雪豹出没的峡谷深处、悬崖岸边自然难不倒他(由于地理条件限制，此次携带的15套云台摄像设备只安装了8套)。

设备有了，安装的人有了，但电从哪里来？没有电再好的设备也是摆设。杨欣又与志愿者金辉一块，到河北保定找到了中国知名的太阳能光伏发电公司英利集团。该集团也很重视环保工作，他们捐一半卖一半(每套价格约为5000元)，20套太阳能电池一下就筹齐了。保护站随后还通过网络和上门联系等方式，招募了得力的工程技术人员前往安装、调试。这些人都是以志愿者的身份前往的，都自己出钱购买车票或机票前往科考现场，包括带领科研团队的教授们。

都说打仗就是打后勤，但科考也是考后勤了。首先需要能够从沼泽地和河流里穿越的车辆。保护站只有三台车，最老的车辆已有20年的车龄了。杨欣东找人、西找人，最终是上海的一家公司和四川乐山的两家公司捐了购车款，为此他们新购了三台“猎豹”，加上原有的三台，总共有六台车辆做保障。车有了，但还得要人开。于是他们又挑选了驾驶经验丰富的四名司机来当志愿者。

车的问题解决后还得要船。地方车辆只能进到峡谷附近的一号营地，里面只能靠船运输才能进入三公里外的二号营地。几十号人吃住行都得靠水上运送。“绿色江河”自己仅有的一条漂流小艇肯定不能担当重任，他们又想办法购置了漂流艇和冲锋舟。

船要驶过峡谷中的惊涛骇浪，要进得去、出得来，而且天天要行驶，这就要求驾驶本领必须过硬。

杨欣当年漂流长江时有个搭档，叫冯春，是长漂队员中目前唯一还在漂流的人，现在在青海省玉树藏族自治州旅游局做漂流顾问，请他来做教练准没错。冯春一到，驾船难题迎刃而解，并且他还教会了一些志愿者和保护站的工作人员驾驶漂流艇和冲锋舟的技术。

科考期间需要源源不断地运送物资。杨欣说，你要让现代都市人在高寒无人区的峡谷深处与世隔离地待下去，物资得充分保障。那里成天野狼号叫，野兽出没，还有当地人曾被棕熊攻击的传闻。为了保障二号营地留守人员的安全，他们特地布上了防熊网。为了保障科研开展，他们做到了每人有床睡觉，晚上有热水洗脸、泡脚，还能吃上热菜热饭。后勤的保障除了送煤气罐，就是送油盐蔬菜和肉品，最多时达到十多种蔬菜。在保护站里永远是一菜一汤，但在科考营地伙食是不限量的。

这里的志愿者也是一月一换，考察时间先后花了四个月。所有志愿者和科考人员到达营地后的吃住行都由保护站负责。而且医疗保障也很到位，在考察团里面，还有一个很著名的高山病医生，她叫寒梅，是个藏族女志愿者。她给每个营地都指导配备了医用氧气和必备药品。当然少不了通讯，营地的大功率对讲机信号覆盖整个峡谷,卫星电话保障对外联系。

到达科考营地后,动物学家就沿着河流做调查,沿着山体寻找雪豹的踪迹。然后下图,把区度分出来。志愿者们就根据区位划分安装设备和红外照相机。这种照相机是触发式的,只要动物一到,就会被自动记录下来。红外照相机一旦被触发,就是三张连拍,并有30秒视频自动记录。志愿者每隔几天就要去取卡换卡。去时要把电脑带上,把数据导入电脑,再把卡装入拍摄器材。

等待的日子是特别难熬的。时间一天天过去,当一些志愿者心里越来越没底时,四川大学的唐亚教授却胸有成竹。因为从生物环境上看,结合周围地区环境,以科学的态度分析,这是一个值得研究的地区。因为这是中国少有的能够在如此近距离看得到如此数量的野生动物的地方。

那些日子,专家和志愿者们除了焦急地等待外,就是在峡谷中看激流远逝,观丛林鸟草,赏云雾缭绕,望空天明月。

"来了!"杨欣指着电脑中的一幅幅照片说,"这是狐狸,这是狼,这就是雪豹。雪豹是在一个月后出现的,因为安静下来了,它才出来。这里熊也多,狼也多,这是国家一级保护动物白唇驴,这个是马麝,这是岩羊——雪豹的主要食物。终于一一出现,雪豹的照片多了,可谓海量。"

拍到了图片和影像还不能说明问题,你要说明这儿有多少雪豹才行。于是他们对拍摄到的尾部照片进行重点关注,专家们对每张雪豹照片的尾部进行分别鉴定,根据豹纹与人的指纹一样具有唯一性的特性,区分出个体,从而确定峡谷中雪豹的数量。最终,科考成果出来了:这里有国家一级保护动物雪豹9—14只。

这个结论是由中华环保基金会、环保部(现生态环境部)对外合作与交流中心邀请专家进行联合评审后给出的。评审意见上,专家组组长,原中科院副院长,中科院院士孙鸿烈亲自签名。中国顶级的动物学家、植物学家都参与了评审,他们对这个项目都给予了极高的评价。当时,《中国国家地理》用了20个页面来报道"野生动物的最后天堂"。这样一来,各种各样的宣传开始出现了,其中,中央电视台新闻频道用了59分钟来报道这次考察。连《外滩画报》《证券时报》也有报道:这是我国目前发现并公布的雪豹种群数量、密度最大的地方。这个结果影响了青海省的政府部门对水电站项目的批复。

省委领导看到这个消息后责成省发改委进行调查。省发改委负责人说："我们没有批这个项目，也绝不会批这个项目，你们能否给我们正面报道？""好啊！"杨欣终于松了一口气，他明白，目的达到了，正如斑头雁一样，没人再会去再碰它。

……

收笔之时，"绿色江河"500壮士的故事仍在我胸中回荡。浊浪汹涌的通天河谷、广袤高耸的连绵雪山、洁白逶迤的剔透冰川、奔驰而去的藏羚羊群又呈现在我眼前。我仿佛又来到了青藏高原，进入了可可西里，飞到了三江源头，又看见那里的鸟儿在翩翩起舞、自由翱翔……

——原载于《中国作家(纪实)》2017年第1期

作者简介

张仲全，中国作家协会会员，中国金融作家协会理事，中国报告文学学会青年创作委员会常务委员。

杨尚昆三回乡

■张渝扬

自1925年离开家乡，杨尚昆先后赴苏联留学，参加上海工人运动、苏区突围、万里长征、太行抗日、转战陕北和主持中央办公厅工作，投身于无产阶级解放事业和社会主义建设事业之中，一直无暇回乡。可是，杨尚昆始终思念着生他养他的故土，想念着勤劳智慧的乡亲，多次萌发了回乡看看的念头。

1979年9月10日，时任广东省委第二书记的杨尚昆欣闻潼南二块石电站第一台机组剪彩发电，特致电祝贺。家乡发电这一消息，对于刚从十年内乱中解脱出来的杨尚昆无疑是一个喜讯。

1985年11月，到重庆视察工作的杨尚昆和夫人李伯钊在渝州宾馆接见潼南县委书记和县长时，关切地询问家乡情况，言谈之间，无不流露出对家乡的眷恋，并透露出他不久将回乡的信息。

一

在杨闇公牺牲60周年之际，杨尚昆终于回到家乡。1987年3月30日下午，杨尚昆在全国人大常委会副委员长廖汉生、幺弟杨白冰和四川省委书记杨汝岱、重庆市委书记廖伯康、市长肖秧的陪同下，在杨闇公当年办公的“小白楼”旧址，为重庆“三三一”惨案文物资料陈列馆开展剪彩。

杨尚昆仔细地观看着每一件展览实物，当他看到杨闇公被害入殓的照片时，神情悲愤，久久伫立。

其后，当车队驶进潼南，望着沿街两旁自发聚集的群众欢迎队伍，杨尚昆不停地向车窗外挥手致意。他对前来迎接的潼南县党政军领导人说：“今天终于到了潼南，我已经三天三夜没睡好觉了。”

杨尚昆不顾旅途劳累，一下车就在县委书记的陪同下，健步登上去往县委招待所的石阶，兴致勃勃地观赏在绿荫掩映下的县城新姿，高兴地说：“现在的潼南不错嘛……”

4月1日晚8时，杨尚昆步行去潼南剧场，观看纪念杨闇公烈士殉难60周年的文艺晚会。身着中山装，外穿藏青色外套的杨尚昆在省、市、县领导陪同下，从县委招待所沿着正兴街一路走来，高兴地向候在街道两旁的父老乡亲招手问好。随着热烈的掌声，杨尚昆步入剧场，观看了潼南川剧团、县文化馆和古溪农民乐队演出的现代川剧《杨闇公》选场《两江情》、声乐套曲《热血丰碑》等具有浓烈乡土气息的节目。家乡剧团的精彩演技、优美的川剧唱腔、精心设计的唱段，引起了杨尚昆对革命引路人闇公四哥的怀念。

尽管杨尚昆曾留学苏联，几十年征战南北，但他那一口浓重的重庆方言一点儿未改。笔者有幸参加了纪念杨闇公烈士牺牲60周年那场文艺晚会，至今还清楚地记得，当听完《双江花生米颗颗香》的民歌后，杨尚昆对同是四川老乡的省委书记杨汝岱说：“双江花生米安逸得很。”在听完古溪农民乐队的演奏后，他又问道：“真的是农民吗？”知道这些上台演出演奏的真是农民后，杨尚昆高兴地说：“演得不错嘛！”尤其在演出结束后，杨尚昆的一番乡音对话，更是深深刻在大家心中。当身旁的同志提醒他演完了，杨尚昆说：“怎么？就没得了？不是还没演完嘛。”在上台接见演员后，他高声招呼大家说：“来来来，大家都来照个相，都来，都来。”合影后，他又操着乡音问道：“照够了没有？”演员们高兴地答道：“照够了！”杨尚昆又对陪同观看的省、市、县领导同志说：“潼南的演出硬是要得哟！”

4月2日，在杨闇公烈士陵园的揭幕典礼上，杨尚昆怀着崇敬的心情和大家一起在杨闇公烈士像前默哀后，在庄严的《国际歌》声中，特地向他亲爱的四哥、革命的引路人杨闇公烈士像深深三鞠躬，并和廖汉生代表邓小平为杨闇公烈士墓敬献了花圈，杨尚昆再次向四哥的墓三鞠躬。他缓缓绕墓而行，深情地抚摸着邓小平题写的“杨闇公烈士永垂不朽”的墓碑。

这次杨尚昆回乡，也留下“仰缅先烈，寄望后人，书赠家乡人民”的题词，他还特地在杨闇公烈士像前亲手栽下一株铅笔柏，以寄托他对杨闇公烈士松柏精神的崇敬之情。

在参加完尖山子杨闇公烈士陵园揭幕仪式之后，杨尚昆终于站在阔别62年的双江古镇旧居门前。他乡音未改，一口一个“邮政局”地叫着说：“我和四哥杨闇公等兄弟姐妹们就是在这里度过少年时代的。”

杨尚昆的旧居坐落在双江北街，是两幢前店后院、双重四厢的清代木结构建筑。左面一幢是杨尚昆父亲杨宣永(淮清)的，右面一幢是叔父杨宣蔚的。因为在清末民初，这里曾设过邮政代办所，所以人们习惯称它为“邮政局”。

在父老乡亲纷纷问候“尚昆好”的欢乐气氛中，杨尚昆满脸笑容，拱手抱拳向乡亲们致意：“乡亲们好！乡亲们好！”

一进街口，杨尚昆就对杨白冰等人说：“原来这里有座栅栏门，一到晚上就要上锁关门，整个双江就像是一座没有高墙的城堡。”

一进旧居的中堂，杨尚昆对解说员说：“不用介绍，这个地方我熟悉得很。”他指着挂在中堂正中的“清白传家”匾说：“‘清白传家’是杨家传统，这块匾是老祖宗杨震传下来的，还有一块‘四知堂’。”据史载，东汉大官杨震，一生清白廉洁，曾提拔一秀才当县令，县令半夜送来黄金叫杨震收下，并说没有人知道。可杨震却说：“天知、地知、你知、我知，当官的要给儿孙们留下清白的名声。”这“四知”即名传天下的“杨震拒贿”之典故。

之后每次回乡，杨尚昆一走到“清白传家”匾下，都要向家人问道：“你们知道为什么要在这儿挂这块匾吗？这是杨家的传家宝。中宣部编的书中都把杨家这块‘清白传家’匾的故事编进去了。”他接着对县纪委书记说：“要搞看到家乡的巨大变化，杨尚昆欣喜不已，他激动地对前来迎接他的领导们说：“变化真大啊！高楼这么多，跟从前大不一样，我都认不出来了！”

在绿树葱茏的杨闇公烈士陵园，杨尚昆为四哥献上写有“闇公烈士千古”的花圈，深情地绕墓一圈，在敬爱的四哥四嫂墓前鞠躬默哀。

在春意盎然的双江旧居（这里已辟为老年活动中心），杨尚昆向排成长龙般长队的欢迎人群挥手致意。他来到后院的橙子树下，与乡亲们促膝谈心。每次回乡，杨尚昆都要在这里举行座谈会，他关心教育，不但亲临学校看望师生，还先后为潼南县双江中学、双江镇中心小学、闇公中学、双江镇中学题写校名。这次回乡，他专门请来了四所学校的校长坐在前排，还给校长们作揖，拜托他们搞好家乡的教育事业，并与校长们合影留念。

杨尚昆时刻关心着家乡的建设，关注民生。第一次回乡时，他看到家乡的经济还很落后，心中很是不安，他对乡亲们说：“我出去62年了，什么事都没给家乡办，甚至连一本书都没有给你们，我很惭愧啊！”他转而又对领导们说：“潼南的经济要发展必须走出去，去学习别人的先进经验……”这次回乡，他在听完双江的老干部们反映的乡情民意后，又恳切地对时任市长蒲海清说：“你们当市长、当领导的把工作做好点儿，他们（群众）的日子就要好过一点儿。”

在杨尚昆的关心关怀下，潼南化工厂建起来了，涪江大桥架起来了，广播电视差转台修起来了，潼南人翘首以盼的民用天然气也通了。每次回乡，看到家乡日新月异的变化，杨尚昆都非常高兴。他把对家乡的厚望和深情寄托在字里行间，为家乡变化留下“潼南奋进”“弘扬先辈革命精神，振兴烈士家乡经济”“涪江大桥”“潼南电力大厦”等墨宝。

三次回乡，杨尚昆来去匆匆，只在潼南住了短短的三夜五天。1997年4月3日上午8时，杨尚昆怀着依恋挥手和乡亲们告别，他深情地对乡亲们说：“明年，我还要回来看望大家。”然而，一年后的1998年9月14日，杨尚昆与世长辞，留下了家乡人民对他的无尽思念。

——原载于《百年潮》2017年第8期

作者简介

张渝扬，中国作家协会会员，重庆市作家协会全委会委员，潼南区作家协会副主席。

重庆作家2017年报告文学作品存目

标题	作者	出版情况
豪放与婉约的变奏——司徒亮教授创建重医附一院妇产科纪实	阿蛮 疏影	收入报告文学集《溯江而上，一路高歌》，重庆出版社，2017年4月
什么样的医生是好医生——著名外科专家林春业在重医	阿蛮	同上
“朱脑壳”的神奇传说——神经外科专家朱祯卿重医创业纪实	阿蛮	同上
一片冰心在重医——著名心血管内科专家林琦的故事	阿蛮	同上
一个年轻人的奋斗篇章	樊家勤	收入报告文学集《筑梦山城》，中国文化出版社，2017年2月
始于“霍乱时期”的神圣选择——记传染病学专家刘约翰教授	吕岱	同上
血液拓荒牛——记从大西洋彼岸回来的吴茂娥教授	李显福	同上
为骨科而生——吴祖尧教授孜孜追求的一生	李显福	同上
无悔的选择——记挑战化学毒素的专家郑伟如教授	李显福	同上
暖人的热忱——母婴“守护神”毕婵琴教授	李显福	同上
毕生的追求——记李宗明教授的极致人生	李显福	同上
提灯女神照亮护理之路——记重医附一院护理创始人卢惠清	李显福	同上
榜样的力量——记重医附一院首任院长左景鉴教授	李显福	同上
董绍贤：一位麻醉专家的诗意人生	许大立	同上
王鸣岐：倾尽心血为苍生	许大立	同上
忠诚的誓言	张望	收入报告文学集《警徽荣耀——全国公安系统英雄模范立功集体报告文学集》，群众出版社、中国人民公安大学出版社，2017年7月

编后记

受重庆市作家协会委托，市作协报告文学创作委员会负责编选《重庆作家作品年度选·报告文学卷》。在规定时间内我们共收到101篇稿件，150余万字。按照市作协制订的编选标准，经过反复筛选、取舍，我们最终精选了12篇作品，近31万字，16篇存目(其余系未发表，或2017年之前发表或出版)。入选的基本标准为：作品在2017年发表或出版，字数不超过3.5万字；每位作者只入选一篇；对书写的人或事而言，非有偿写作；政治标准和艺术标准相统一。

整体上而言，作为非虚构文学体裁，报告文学的创作十分敏感。近年来，囿于一些限制，还为一些作者利用这种文体搞有偿写作背锅，轰动效应早已不在，表面的“繁荣”下有种凋敝的苍凉。可喜的是，我们一些作家在报告文学创作上仍然找准了方向、题材和着力点，对历史、现实的人和事进行了充满激情的书写，发挥出了报告文学应有的功能和作用，这些作品具有相当的质量和耀眼的亮点。本卷是对他们辛勤探索和创作收获的一次检阅。

编者心中秉承对文学的热爱与敬畏，编选过程只认作品不认人，但编者与作者之间，作家与作家之间的文学理念、欣赏习惯定然存在一定差异，难免留下遗憾，希望作品未能入选的作家、作者们给予充分的理解和谅解。

需要说明的是，入选作品尽管均已面世，但文字上的错漏、重复不少，知识性、常识性错误也存在，编者在筛选中和选定后，耗费了大量精力进行勘误和校正。同时，受篇幅所限，入选文章同已发表版本均有所差别，不再一一说明。尽管如此，编者限于时间和精力，仍然将最后把关、完美制作的重任留给了出版社和责任编辑。在此，编者并代表所有入选作品的作者，向他们致以衷心的谢意！

编者

2018年7月13日于大学城

橡树下的男孩

[法] 阿涅丝·勒迪歌 著　　李湘容 译

DANS LE MURMURE
DES FEUILLES QUI DANSENT

Agnès Ledig

河南文艺出版社
·郑州·

图书在版编目（CIP）数据

橡树下的男孩 / (法) 阿涅丝·勒迪歌著；李湘容译. -- 郑州：河南文艺出版社, 2022.3
ISBN 978-7-5559-1280-4

Ⅰ. ①橡… Ⅱ. ①阿… ②李… Ⅲ. ①长篇小说－法国－现代 Ⅳ. ①I565.45

中国版本图书馆CIP数据核字（2021）第267593号

橡树下的男孩

著　　者　［法］阿涅丝·勒迪歌
译　　者　李湘容
责任编辑　李亚楠
责任校对　王　宁
特邀编辑　窦维佳　孙宁霞
策　　划　读客文化　021-33608320
版　　权　读客文化
封面设计　陈绮清
出版发行　河南文艺出版社
印　　刷　河北鹏润印刷有限公司
开　　本　889mm × 1270mm　1/32
印　　张　11.5
字　　数　277千
版　　次　2022年3月第1版　2022年3月第1次印刷
定　　价　48.00元

纳塔内尔

我终于可以把这本书献给你

以此纪念你的勇气和你的快乐

以此赞颂你顽强的生命力

即便你已将之抛掷身后

你是否相信，川涧之水，林中之木，
无话可诉时，却声如鼎沸？
你是否会将海风，认作那吹笛艺人？
你是否相信，汹涌澎湃的大海，
愿日日夜夜张开它的嘴，
只为在一片虚无之中吹入一股潮湿之音，
若不是它的呼喊，其实只是只言片语，
它便会在狂舞的飓风下，大声咆哮？
…………
不，万事皆有声音，万物皆有芬芳；
万事万物都在漫无止境地倾诉；
那美妙的嘈杂声中必定饱含思想。
上帝创造每种声音时，必定已将言语铸入其中。
世上的一切，如同你我，都会低吟或高唱，
万事万物都在诉说。那么，现在你知道为什么
万事万物都在诉说了吗？请仔细听好，那是因为，
风、水、火、木、草、石，万事生长，万物有灵。

维克多·雨果，《黑暗的诉说》
《静观集》，1856

序

他是带着一棵树的灵魂来到这个世上的。

那个照看他的男人对此深信不疑。从他们第一次去树林里散步时起，男人就发现了。当时的他还那么小，才一个月零几天。阳光游离在树梢，空气里散发着甜美的味道，和风轻轻吹着。男人把襁褓中的婴儿放在肚皮上，仰天躺在满地的树叶里，一起静静欣赏那漫天飞舞的落叶。

还是婴儿的他，睁着又大又圆的深蓝色眼睛，如同吃奶般痴迷地看着眼前的景色，竟能连续看上一个小时。要不是怕孩子的母亲担心，得早点带孩子回去，男人多希望这美妙的共处时光还能长点、再长点。悠远的目光让他显得有些恍惚，仿佛置身于一个平行世界。在这个孩子身上，男人看到了人与树的交融：树液与血液，树皮与皮肤，树干与躯干，树瘤与眼睛，树叶与发绫，一切都融合在了一起。在这棵两百多年的古橡树脚下，这个年轻的男人经历了一生当中最美丽的时刻之一。这个孩子与橡树的第一次接触，是如此静默，却又分明在倾诉着彼此，见证这一切的男人在那一刻感动不已。也许他们终于认出了彼此，又或者是终于团聚了？

接下来的岁月也在不断地印证着这个事实：这个孩子对大自然，尤其是对橡树无比依恋。不管在白天还是夜晚，无论是在三伏天的阴凉还是数九的寒冬，不管是在雾天还是雨天，无论清晨还是日暮，他们在林间的小道上久久徜徉。森林里蕴藏着万千奥秘，他们每次都会带回一些新发现和新秘密。

每次散步回来，他们的内心都会归于平静。

然而有一天，一场突如其来的暴风雨猛烈地降临在这片树林。男人和孩子都未能幸免。

目 录

1
意外来信

2月2日，星期三

斯特拉斯堡　检察官办公室

记录员迈着利落的步子，走进了检察官办公室。她紧抿双唇，下巴前倾，微微弯着腰，在检察官面前做出恭敬的样子，这样的恭敬，检察官平日里是无福消受的。她手里拿着当天的信件，信离手的时候像是用了很大力气，显然有些不情愿。

“是个仰慕者写来的呢，检察官先生。”她边说边把信封递给他。

“您是怎么知道的，约瑟琳娜？”

“一看就是女生的字迹，信封反面的名字也证实了我所说的，是个叫安娜艾尔的姑娘，再加上她在‘私人信件’这几个字下面用直尺画了横线，还用黄色的荧光笔标出来了，您还要我继续说下去吗？”

“您这是在生气吗？”

“我可没生气。”她硬生生地回了一句，扭头就走了。

“我差点儿就信了。”他故意抬高了音量想让她听到，而此时的她早已走到了走廊尽头。

检察官在办公桌前坐下，看到约瑟琳娜方才顺便送来的文件在桌上堆成了山。他把文件推到一边，拿起裁纸刀，沿着信封褶皱处麻利地裁开，心里嘀咕着，这会是一封什么样的私信呢？这事儿可真稀奇。

谁会是我的仰慕者呢？

*

塞莱斯塔，1月31日

尊敬的共和国检察官先生：

冒昧给您写信，还请见谅。我是您以前的学生（两年前，您曾经给医药系大三的学生上过一门法医学大课）。

我有一些关于司法体系的问题想要请教您，不是出于工作上的需要，只是为了满足我的写作爱好。事情是这样的，工作之余，我经常会坐在电脑前写书。我的第一本书已经在一个地方出版社出版了。虽然算不上销量惊人，但看到它出现在本地书店的书架上，我已经非常高兴和自豪了。目前我正着手写第二部作品，确切地说，是一本侦探小说。但关于侦查程序的开展，我有一些细节还不太确定，因此特来询问。我会在这封信函的附件中向您详细陈述我的疑问。

希望您会接受我的请求，解答我的疑问，也希望这不会太耽误您的工作，我知道，您必定公务繁忙。

如果您不能回答，我也完全理解，届时我将会去寻求其他人的帮助。

感谢您百忙之中抽空阅读我的信，抱歉，打扰了。

尊敬的共和国检察官先生，请接受我最崇高的敬意！

安娜艾尔·德慕兰

塞莱斯塔县罗索路 47 号，邮编 67600

*

检察官扫了一眼附件，那些问题十分刁钻。虽然在不知道故事背景的前提下问题显得有些抽象，不过真要回答起来也就只需片刻而已。此时电话铃突然响了起来。

“什么事，约瑟琳娜？”

“我们得去审判庭了，现在不走的话就要迟到了。需要为您先准备好咖啡吗？”

“好的，咖啡先备好吧，我马上就来。您可真是像母亲般无微不至啊，还是说，您也是我的仰慕者？”他还在问着，脸上已经扬起了微笑，他太知道这些话会产生什么效力了。

果然，电话那头传来啪嗒一声，电话被挂断了。

检察官经过约瑟琳娜的办公桌时，她一直用余光打量着他，这目光比以往更加犀利。她左边的眉毛高高挑起，像是在向人诉说着脸上的不解。

“约瑟琳娜，别再这么打量我啦。是因为那封信吗？那只不过是我之前的一个女学生想要了解一些司法知识而已。”

“需要我帮您回信吗？我想我应该能胜任。”

“不用了，我会回的。这样我也可以换换脑子。”

“是啊，还能让您落下更多工作呢。”她继续回道，然而他早已消失在隔墙后面。

“哦，对了，”他又折回来说道，“如果您心血来潮，想要找到这封了不得的信的话，我已经把它收在我的挎包里了。”

说罢他用左手在刚刚提到的挎包上拍了拍，像是为了让说过的话更有信服力似的。

就好像约瑟琳娜是那种为了打探消息，会去信件堆里面随意乱翻的人……

然而检察官说的也不无道理。约瑟琳娜就是那种只要发现一丝微弱迹象，就会质疑到底的人。她的脑子就像一颗不停旋转的螺丝钉，一直要转到挖出答案的那一刻才罢休。

她总是充满了无法克制的求知欲。

2
已回复

每个礼拜六晌午时分，安娜艾尔总会背回来满满一大包的面包、奶酪、水果和蔬菜。一起带回来的，还有市场上热闹的气氛。广告灯牌里长年累月地大肆宣扬，一天吃五种蔬菜或水果可以预防疾病，可是从来没人提及微笑的作用。这个年轻姑娘私下里认为，时常微笑对于健康的重要性丝毫不亚于蔬菜水果。因此，她在挑选菜贩摊位时也把微笑作为一个选择标准，那些总是摆着臭脸或是爱管闲事的菜贩是一定要避开的。走在市场熙熙攘攘的人群中，她总是特别不自在。在她前面的那些滚轮小拖车常常毫无征兆地掉转方向，害得她冷不防地打个踉跄。即便如此，今天她还是腾出时间来赴这每周之约。如今，她已经能辨认出一些菜品出众的当地小菜农了。今天要买的东西有些特别，因为晚上她要为闺密们准备一顿美味的晚餐。她们是初中时候的老相识，从那以后就再也没有疏远过彼此。尽管工作以后她们离得有些远了，但每年还是会相聚好几次。她们每次聚会都还能找回当年的欢乐，一样的疯狂大笑，一样的感动。今晚的聚会约在了安娜艾尔家里。

她把买回来的东西放进冰箱里整理好。一边整理一边又回想起，她今天在市场上不得不再一次耐着性子，忍受别人打量她的目光。终有一天，她会习惯这一切吗?

准备晚饭之前，她坐在厨房的桌子前，开始拆看今天收到的信件。突然，在两封广告信的中间，她发现了一封抬头写着法庭的信件。竟然如此迅速！会不会太快了点，她在心里嘀咕。对方回得这么快，想必是拒绝了她的请求，理由不外乎是没有时间，或是她问的问题毫无价值吧。其实她早就后悔写信给他了，他应该会觉得这是件很可笑的事吧。安娜艾尔拆开信封，展开信纸，惊讶地发现这竟然是一封手写信。

*

斯特拉斯堡，2月3日

德慕兰女士：

关于您问我的问题，答案都写在了您之前寄来的那张纸上。

希望我的回答能给您一些启发。不过对于其中某些问题我还有些疑问，因为我并不了解您这项虚拟调查的所有情况。如果有需要的话，请尽管联系我。

我十分明白写书出版的艰难。如果我的专业知识能给您的小说带来帮助，我也会感到非常高兴。

感谢您的信任。

女士，请接受我崇高的敬意。

赫维·勒克莱尔

共和国检察官

3
天使的呼吸

孩子终于睡着了。与病魔的斗争让他疲惫不堪，然而在身边年轻男子的陪伴下，他又感到十分安心。幸运的是，他依然能像孩子一样睡得如此安稳踏实，依然可以做着无法被现实侵蚀的泡泡般的美梦。可是，只要一睁眼，他便又要面对这残酷的现实。

他从来没有要求过什么，也从未做过恶。他甚至还没有完全明白，究竟是什么样的病魔在吞噬自己的身体。可是愉快的玩耍、无忧无虑的日子和大人们对实情的隐瞒庇护着他，使他还能够睡得如此安心。

他默默地接受了这一切，丝毫没有抗议，尽管这一切如此不公。这些事就这么发生了，就这么强加在他身上，他别无选择。

他很想念那些追逐着云朵的风，那些树，还有屋顶上的积雪；想念会唱歌的瓢虫和溪流；想念屋门口的沙堆和在上面滚来滚去的玻璃球；想念他最喜欢看的在空中飞舞的肥皂泡；还想念朋友们，想念安娜贝拉——总之，他想念童年的一切。

托马斯看着他的小脸，那仿佛是精心描画出来的线条轮廓。他的眼皮紧闭着，看起来那么安静，嘴角还挂着单纯的微笑，肚皮随着呼吸的节奏一起一伏。连呼吸都如此安静，只看得到起伏，却听不到声音。托马斯仿佛在被单底下看见了天使的模样。

啊！上天啊！求你不要如此不公。

或至少，不要来得这么早。

他还有一辈子要活啊！

还有。

一辈子。

4
嘎吱作响的齿轮

2月9日，星期三

作为一名记录员，约瑟琳娜忠心耿耿，且工作效率高得可怕，这也是为什么很多检察官都想把她留在身边。长期以来，她兢兢业业，确保着检察官办公室的正常运转，如同机器一般，发出嗡嗡的轰鸣声。这样的轰鸣声与秩序和高效并不相悖，相反，它是一切正常的征兆。她总是井井有条，万无一失，对细节有着十足的掌控。这些品质使得检察官在工作中可以高枕无忧，同时也让约瑟琳娜有了一种位高权重的感觉。

然而，只需要一粒细沙，就能让机器里的滚珠轴承发出吱吱嘎嘎的声音。一粒细得看不见的沙子就能让这台打磨得光亮如新的机器发生故障。比如，一封信的到来。

“又是您的仰慕者写来的！”约瑟琳娜把信放在桌上时说道，语气里透出一半柔和、一半尖酸。

“您认出她的字迹了？”

“百里挑一，过目难忘啊。”

“确实啊，她的字写得很好看，不过还是没有您写得好……”

“您这是在收买我！”

“这可真奇怪。我为什么要收买您呢？”

“因为您已经结婚了。这还需要我提醒吗？”

“哎呀，约瑟琳娜，这都是什么无稽之谈。她只不过是想咨询一些信息而已。”

“您嘴角挂着的那抹微笑……我太了解你们男人了。”

“真是这样吗？”

“没错。您瞧，我可是为您好才提醒您的。”

“那您觉得，她长得会不会跟她的字迹一般好看呢？要是这样的话，我真希望她还有别的问题来问我。”检察官戏谑地打趣道，在记录员的怒火上又浇了一壶油。

约瑟琳娜耸了耸肩，回到自己的办公室，一副稀松平常的样子，仿佛只是冷淡地结束了一段无聊的谈话。事实上，第二封信的到来已在她心中燃起了熊熊怒火，烧得仿佛肠子都绞在了一起。她耸肩不过是为了遮掩这些。

如今她也学会了演戏。

*

塞莱斯塔，2月6日，星期天

检察官先生：

感谢您如此迅速的回复，您真是太客气了。

您给出的答案已经很明确，不过确实还存在一些疑点。应您的热情邀约，我冒昧向您提出更多问题。

听闻您乐意帮助我写作，我真的特别开心。自然，我也会在小说最后的致谢当中提到您。

检察官先生，请接受我最崇高的敬意。

安娜艾尔·德慕兰

*

检察官把信合上，嘴角泛起一丝若隐若现的微笑。也许这就是方才记录员提到的那抹微笑吧。他抬起头，恰好迎上了约瑟琳娜的目光。为了激怒她，他故意笑得更欢了。

目的显然达到了，约瑟琳娜生起了闷气。她当然知道心里的这把怒火是如何烧起来的，却不知该如何浇灭它。

不过倒也未必……

5
微妙游戏

显然，收取法庭来信已经成了安娜艾尔每周六的惯例。检察官又一次以惊人的速度回复了她。莫非对于能帮助她写小说，他的确感到很荣幸？又或许，他也有写作的爱好，这也曾是他未竟的梦想？还是单纯地出于好心呢？

*

斯特拉斯堡，2月10日

德慕兰小姐：

同上周一样，您会在附件中看到我的回答。

司法概念有时是很复杂的，希望我已经解释得很清楚了。

至于小说后面的致谢，您不一定非要提到我，我做这一切都是心甘情愿的。话虽如此，若我的名字能出现在一本小说上，我自然也会觉得无比自豪。虽然我现在已经不写东西了，但好些年前，我也曾醉心于写作，也曾时常在我的职业中寻找灵感。遗憾的是，我从未得到过出版的机会。

况且，共和国检察官的日常工作也实在乏善可陈。我在想，如果能帮助昔日的学生，促进她的写作事业，也算是给这乏味的日子添上了不同寻常的一笔。现如今，司法机构对那些违法犯罪的人并没有多少震慑作用，您只需看看那高得吓人的惯犯率就能明白。我也因此时常觉得自己无用，但您的来信让我深感宽慰，让我觉得自己还有一番用武之地。

我得向您坦承，看完您的两封来信，我都忍不住笑了起来。并不是因为信的内容滑稽可笑，而是我的记录员对此做出的反应令人惊讶。她假装毫不在意，可我分明感觉到了她的盛怒。

您可能会因此觉得我粗鄙不堪，竟这般嘲弄她。但至少，作弄她多疑的性格还能使我笑一笑，而能让我笑的事情可真不多见了。因此我也很感激您，在寻求这些问题的答案的时候想到了我。

如果您还有其他问题，请尽管来问我。我很好奇约瑟琳娜在看到您的第三封信时，究竟会作何反应。

祝好。

赫维·勒克莱尔

*

塞莱斯塔，2月13日，星期天

勒克莱尔先生：

再次感谢您的帮助。很高兴我的信件能把您从日常的乏味工作当中解脱出来，也给您带来用武之地。我也确信，我们国家的正常运转，离不开您的功劳，您可千万不要觉得自己无用。说到用处，您可能无法想象您的帮助让我省下了多少研究时间，为此，我万分感激。

在您的帮助下，我将得以更好地在我的故事中铺展司法情节，这也会让我的故事更可信。虽然，我万万不想再打扰到您，但您上次的有些回答让我有点儿吃惊，也跟我之前设定的情节背道而驰。能否请您再次确认或者解释说明呢？

祝好。

安娜艾尔·德慕兰

附言一：您的记录员对我的第三封信是如何反应的呢？

附言二：希望我不会像她一样，被人如此作弄。

*

斯特拉斯堡，2月16日，星期三

德慕兰小姐：

反应激烈。

我的记录员对此反应十分激烈。尽管她试着控制自己，然而没用。我也不是没有向她解释您的来意，可她应该还是想歪了。

的确，您提到的那个点，与您剧情的发展有所相悖。不过这也并不奇怪，这是一个司空见惯的误解。在法律的殿堂里，这个问题要另当别论。我在附件里做了更详细的解释，您看看是否更加清晰明了。

我得向您坦承，我有些小小的沮丧。您认识我，而我却对您一无所知，总有一种在对着空气说话的感觉。这真是令人懊恼，知道你的谈话对象是谁总是令人更加舒畅的，不是吗？

您是不是那种容易给人留下深刻印象的学生呢？

希望我已经解答了您上次的疑惑。

其实我更希望还没有完全解答完，也许是还想见信展颜，又或许是想继续测试一下我的记录员。

赫维·勒克莱尔

6
齿中之沙

约瑟琳娜开始数起那一粒粒的细沙。在她的仿羊皮垫纸下面，藏着一张纸，上面记录着每一封信到来的日期。她早已养成了记录每一项日程的习惯，绝不允许任何细节从眼皮底下溜走。

当沙子不断积累，汇成沙丘，终有一天，会高到令人无法逾越。

可千万不能让她走到这一步。

*

塞莱斯塔，2月20日，星期天

勒克莱尔先生：

恐怕要让您失望了，我并不是那种令人过目不忘的学生，在学校里也并无任何出彩之处。您在上封信里提到记录员的反应，着实让我觉得好笑，这倒也正合我意。并不是因为我的生活跟您一样，被各种或伤心或吓人的卷宗给填满了，而是因为几周前，我做了一个下颌手术，我的外科医生要求我进行一些颧肌康复训练。

我之前也从未想过自己会被检察官逗笑。因为乍一想，很难想象出一个面带微笑的检察官。我承认，这个想法很愚蠢，您肯定也只是个普通人。只是我对您的印象仅限于课堂里的那些片段，所以说我眼中的您也谈不上有什么幽默滑稽的地方。

附件里依旧是几个小问题，在这以后，我就不再继续叨扰您了，至少不会那么快来打扰您。

盼复。

此致

敬礼！

安娜艾尔·德慕兰

附言：您呢？也是需要给下颌做复健吗？还是需要一些乐趣？

*

今晚，约瑟琳娜一直在办公室里磨蹭着。检察官一个小时前就已经下班了。趁他不在，她正在他的电脑上拾遗捡漏，想找出一些蛛丝马迹。再说了，反正家里也没有人等她回去。

她熟知那些调查的手段和伎俩，绝不会让区区一个女学生欺负到她头上来。坚决不能放任这样一个女学生在检察官完美运行的办公室里兴风作浪。经过这么多年的苦心经营，她才有了跟检察官之间的良好默契，绝不能容忍这个女学生插一脚。有了姓名、地址、医药学专业这些信息，她就不信找不出想要的东西来。

然而，她不曾料想，这件事比她想象得更加困难，她的怒火也因此越烧越旺了。

7
气氛安宁

好些日子里，托马斯经常一个人哭起来。他把脸贴在枕头上，哭得那么安静。泪水缓缓滑落下来，浸湿了他的绒布枕巾。冰冷的忧伤渐渐消融在这温软的布料里。

没有倾吐，也没有暴怒。或者说，他把一切都埋藏进了心里，因为心里明白，喊出来也没有用，没有人会倾听。他心里有的只是对命运的怒吼，还有对于复仇的迫切渴求。一开始，托马斯在报复心中反复煎熬，可是要报复谁呢？在这件事里，谁都没有错，错的是倒霉的运气，错的是所有不利因素都汇集在了一起，错的是这个社会以经济利益发展之名做尽蠢事，却从来没有人问过这一切对于人类是否有害。谁都没有做错，而与此同时又是所有人的错。那到底要找谁泄愤呢？

再说，为什么要报复呢？托马斯很快就认清了现实，报复并不能平息他心中的怒火。于是，他宁愿在林间的小路上，在树林里，在水塘边，在凤尾草堆里，让心中的愤懑慢慢消散。广袤无垠的大自然，对于世间的一切情绪无动于衷，却把那拂面而来的一缕缕清风、那飒飒作响的树叶和遗世亘古的安宁，毫无保留地返还给世人。他把心里的暴怒和愤恨都化作了一幅幅美丽的图画，把它们交给西蒙，好让他忘却这一切：输液，恶心，腹部、后背和大腿的疼痛，他忍受了一周又一周，一天又一天，一分又一秒。一个8岁的小孩本不该经历这些，西蒙却不得不直面这一切。

为何这一切不能降临在一个坏人身上呢？至少还能让他在世上少作点孽。然而世道就是如此荒诞，越是坏心肠的人，越是得到庇佑。老天如此不公。

托马斯要保护的人，是他的西蒙，他亲爱的弟弟。血肉交融，他们的心也紧紧连在一起。这个年轻的男人下定决心，要让西蒙摆脱残酷的现实。至少在每天入睡时分，能让他在梦里尽情雀跃，为他洗净这一天的疲惫，忘却明天的烦恼。

西蒙在口罩里深深吸了一口气。脸上被遮得严严实实，只露出两只眼睛。握着躺在病床上的孩子的手，托马斯在眼里挤出笑意，然后说道："你知道吗，我们的收容所工程进展得很顺利呢！我一有空就会去那里添砖加瓦。但我还是希望你赶快出院来帮帮我。你还记得我们是怎么想到这个主意的吗？"

"当然了！那天我们在村口的地里发现了一只受伤的大雁，然后我们就把它带到了鸟类收容所，就在里德沼泽那里。你当时还跟我说，如果我们屋后林子里的其他动物受伤了，我们也可以把它们带到那里去。"

"没错！你知道吗，昨天晚上我听见它们的声音了。"

"那些大雁吗？"

"是啊，它们正往北边的自然沼泽地飞呢。要飞到挪威、瑞典、芬兰那边去。你在这里没听到吗？"

"没有，我什么都没听到。医院里太吵了。"

"那等秋天它们再次出发的时候，我们一起在家里听吧，反正它们一年会迁徙两次。"

"总是飞来飞去，它们不会嫌烦吗？"

"没办法啊。天寒地冻的时候，它们得找个适宜的地方过冬。"

“那它们怎么能飞得了这么远？”

“因为它们非常勇敢，也很坚韧。它们可以一口气飞六百公里，且连续十个小时不间断。”

“哇，就像妈妈跟我们出去度假时，可以十个小时都不用尿尿一样。”

“大雁们可以在天上尿尿。毫无疑问，这对它们来说倒是个很方便的事情。不过话又说回来，汽车又不用扇动翅膀，只要有汽油就能自己开动。大雁们可就没这么轻松了，它们就像在跑一场马拉松。不过呢，它们也有自己的一技之长。你还记得两年前的一天傍晚，我们看到的那群大雁吗？它们在天空中排成了一个‘V’字。打头阵的那只大雁在前面迎风砥砺前行，而其他大雁则正好利用了前方那只大雁扇动翅膀所产生的气流涡旋飞行。若是头雁孑然独行，花费的气力肯定会更小一些。”

“领头的那只大雁一定得要非常强壮吧！”

“打头阵的时候，它一定得用力飞。不过它们也会经常轮换岗位，就像环法自行车赛的那些自行车选手一样。而且，大雁们之间也非常友爱。最弱的那些往往飞在最后面，这样它们可以保存体力，而那些比较强壮的大雁，就在前方为整个迁徙行动引航掌舵。”

“我就像那些体弱的，现在正飞在后排呢。”西蒙叹了一口气说道。

“很快你就可以打头阵了，我相信你。对了，我有没有跟你讲过《尼尔斯骑鹅旅行记》的故事？”

“讲过了，但是没关系，我还想再听一次。”

“好咧。那你赶紧钻到被窝里去。竖起耳朵仔细听，我们马上出发去瑞典喽。”

8
一次轻抚

2月24日，星期四

医院的等候室看起来就像个贫民窟。安娜艾尔想到自己的处境，觉得这倒也算是十分应景。好不容易轮到她问诊了，她却把机会让给了排在后面的一对夫妇。他们是带着孩子来的，那孩子已经哭得声嘶力竭。反正她也不赶时间。她的手提包里，总是适时藏着一本好书，还有她的笔记本。每次有灵感闪现的时候她都会马上记下来。那些灵感有时是针对下一本小说，甚至是下下本小说的。经过了这几个月的事情，她早已习惯了医院的一切。在这里，病人指的不仅仅是生病的人，也是有耐心的[1]人。

在超过实际预约时间两小时之后，年轻的姑娘终于在洛伦兹医生的办公桌前坐了下来。不一会儿，医生手臂下夹着厚厚的一沓卷宗走进来。显然他还有一二十个病人要接待，“赶时间”几个字全都写在了他的脸上。他用力地跟她握了握手，透出满身的充沛活力，脸上却似笑非笑。这位医生的态度谈不上令人讨厌，只是看起来总是

1 法语中“病人”与“有耐心的”为同一词patient。——编者注

一副有事要忙的样子。

“您感觉怎么样啊，德慕兰女士？”

“还行。”

“您已经习惯了是吗？”

“老实说，我也没有别的选择，只能习惯。”

“这话不假。不过您也许还是会碰到一些困难。”

“身体上来说，还算好，我已经不怎么摔跤了。只是心理上，我还是没能恢复过来。”

“您在看心理医生吗？”

“是的，我在看心理医生。”

“您觉得有帮助吗？”

“我也不奢求些什么，只希望能够维持现状，只是现在我的心理状态还是有些不稳定，如果您想问的是这个的话。”

“不介意的话，请躺到检查台上吧，我帮您检查一下。”

安娜艾尔照做了。这位医生不是个热情洋溢的人，可还是得承认，他的医术是经得起考验的。毕竟，她来这儿是为了恢复健康，而不是为了找乐子。

秘书处门前取医保卡的人，排起了长龙一般的队伍。自从发生意外以来，这张小小的卡片就显得不可或缺、无比珍贵。安娜艾尔好不容易从队伍当中挣脱出来，取回了医保卡，走到医学医疗中心下面的停车场，却又经历了路上重重的塞车。等她在家门口停好车的时候，已经是三个小时以后了。不过她还是很庆幸，医生并没有给她平添烦恼，没有在她已经不容乐观的健康状况上，再蒙上一层阴影。进门时，她顺便取了信件。

嗯？

又是一次下颌复健吗?

她急急忙忙走进公寓，在沙发上坐下。她的猫也迫不及待地跳上了沙发。每次她需要坚强的时候，她的猫都会适时出现在她身边，就像一根坚定不移的拐杖。她本来很想对“牛轧糖”说，这封信对她来说很有可能也会像一根拐杖一样一直支撑着她，只不过它应该会生气。于是，她乐此不疲地把手指伸到它乱糟糟的毛里，摸着它毛茸茸的脖子，感到这团毛球因为受到主人的轻抚而兴高采烈地抖动身子。

因为一次轻抚而兴高采烈。

她有多久没有感受过这样的颤抖了呢?

*

斯特拉斯堡，2月22日

德慕兰小姐：

请查收我的解答。答案有点长，没办法，司法世界总是那么复杂。

得知我的来信会让您嘴角微扬，真是让我倍感惊讶和高兴，尤其是知道这还能帮上外科医生的忙。不过您跟我说的到底是真话，还是只是为了让我理解而打的比方?

至于说我呢，我没有需要复健的下颌，不过一些乐趣倒是很有必要。如您所说，我不过是个普通人，与其他人没什么两样。我的记录员不是个爱开玩笑、疯狂作乐的典型，所以她也很难让我过得更开心。我甚至怀疑正是由于她，我才过得如此循规蹈矩、索然无味。现在她筛查我的信件时，我开始观察她的反应。当她翻到某一封信，紧紧抿住嘴角，继而发出一声掩饰不住的叹息时，我便知道，是您又来信了。

要是您没有什么特别显眼的地方，我肯定没法回想起您是谁。所以，似乎也只能由您来解决这个问题了。下次来信的时候，附上一张简单的照片如何?

我能问问您在哪个药房做药剂师吗？想必您现在已经毕业了吧。

您不一定非得回答我的问题。也许，现在是我在打扰您了。

盼复。

奉上我最真诚的问候。

赫维·勒克莱尔

共和国检察官兼下颌康复教练

9
共同颤抖

对他来说，他们之间的感情并不是基于血缘关系，而是基于相互喜欢、相互陪伴的美好时光，基于他们总是在同一个频道上，能够互相理解。他们的融洽对这个家也有着重大的意义。

已经三月初了，天气依然有些许寒冷。托马斯出门上班前，把自己裹得严严实实。到了被发动机焐热的工作间里时，他会把外套脱掉，在出发去工地的时候又把自己裹严实，到医院的时候又脱掉，如此周而复始，不厌其烦。他很快就明白了，只要外面穿上厚夹克，戴上粗毛线帽、面罩和手套，里面只需套一件T恤衫就可以了，就算是结冰的天气也一样。而西蒙住在隔离病房里，早已失去了刮风还是下雨的概念。要知道，从前不管天气怎样，托马斯每周末都会带上他去树林里转悠好几个小时。

医院里的医生、护士都在纳闷儿，托马斯才27岁，这么年轻不太可能是一个8岁孩子的父亲。然而，看着他每天下午准时来医院，一直待到小孩睡去才离开，这也有点太过殷勤，这些表现让所有人都忍不住猜疑。

于是他模糊地解释了一番，并未提及过多的细节。

重组家庭，以及年龄差异等。

他们是半血缘关系的兄弟，然而兄弟情谊不打折扣。

他没有提及他的父亲是在斯特拉斯堡欧洲议会工作的一名专家，也没有说出父亲爱上了比他小二十岁的女助理的故事。这些与他人又有何干呢？不过是个平淡无奇的故事，只不过这个故事没有像通常人们看到的那样，在苦苦拖延之后黯然消逝。那些千篇一律的故事里，通常有一个不愿意离开妻子的男人和一个厌倦了等待的女助理。他的父亲克里斯蒂安是真的很爱克洛蒂尔德，克洛蒂尔德也很爱他，更愿意为了他忍气吞声。克里斯蒂安不想因为这件事而冒险，去扰乱他唯一的儿子的心绪，于是一直等到托马斯成年有了稳定的生活以后，他才决定放弃一切，放手一搏。如今，儿子托马斯已经在一家木工厂工作一年了，老板待他很好，薪水给得也不赖，还许诺将来会在公司里给他提供一个职位。原配妻子丝毫没有察觉到这一切的来临，虽然她知道，克里斯蒂安的目光早已不在自己身上停留，可她却从未发现，原来他已经看向了别处。这件事对她来说，无疑是一个沉重打击。可她害怕的，不是失去他们之间的爱情。这份感情早已失血过多，变得苍白无味。她更多的是害怕失去眼下优渥的生活。成年生日这天，托马斯刚刚吹灭了蜡烛，克里斯蒂安就宣布，下周他将永远离开这个家。不管他的妻子如何大声叫嚷，如何要求得到解释，只换来了一句“我烦透你了”。最后，他还不管不顾地加上一句“我早就烦透你了”，斩钉截铁的态度，早早地便把挽回局面的路给堵死了。

十一个月以后，西蒙就出生了。

托马斯也有了自己的公寓，就住在离他工作的木工厂不远的地方，而且他的住所离这对新婚夫妇的住所也只隔了几条街而已。很快，托马斯就喜欢上了他的弟弟，这喜欢来得如此快，又如此强烈。再加上他的父亲总是在外出差，所以他也常常过去给克洛蒂尔德帮忙。生下孩子后的几个月，克洛蒂尔德患上了严重的产后抑郁症，

24 年前她自己的母亲也有过同样的遭遇。所以，托马斯经常在下班以后去照顾西蒙。当时的西蒙还是个小不点儿，托马斯把他放在婴儿背带里，一开始是抱在胸前，没过多久就背到背上，然后带着他去纳布瓦和弗兰肯堡城堡周边看树叶、看溪流，不论严寒酷暑，也不管是天晴还是下雨。托马斯总觉得，无论是下雨、下雪还是刮风，这些都不应该成为阻止人们出去的理由，反倒应该是一种邀请，邀请人们用另一种眼光去发现森林的奥秘。一小时又一小时，一天又一天，一年又一年，他们在崎岖陡峭的小路上行走。他教会了西蒙辨认林子里的树木，教他倾听鸟儿的欢唱，欣赏夜晚的天空，甚至还会带他在树林里露营。他们会睡在厚厚的睡袋里，躺在漫天的星光下。等到天光微亮的时候，再一起欣赏黎明的天空。就这样，他们之间建立起了坚不可摧的情感。这份情感如此深厚，以至于为了不离开西蒙，托马斯选择了就近的工作。他原本有机会去萨瓦省一个具有创新活力的优质企业里工作，但他觉得自己当下已经很幸福了。况且如果看不到西蒙，他也会难过。

得知诊断结果时，他先是觉得震惊，然后是悲痛，继而又感到害怕。而所有这些情绪都被消化吸收以后，现在他脑海里又萌生出建造小动物收容所的计划。西蒙曾经那么心心念念地想把它建起来，他也希望借此把大自然带到弟弟的病床前来。带着弟弟走到大自然里去已然是不现实的了，现在这样的状况已经持续了好几个星期，很有可能还要持续好几个月。

当时的他还不知道，在未来风雨飘摇的日子里，西蒙还将遭受什么样的伤害。而他们所深爱的那片树林，又会给他带来怎样的安慰。

10
焦急等待

“您好，检察官先生。这是您今天的信件。”说完她还戳在办公桌前，像是在犹豫要不要离开。

“还有什么事吗，约瑟琳娜？您忘了什么东西吗？”

“看来她对您的爱慕之情也没持续多久嘛！”她的话里几乎带着一丝骄傲，“这都一个星期了，您的女学生再也没有来信。”

“她正在度假呢，”他立马反击道，“如果您还要继续查探我的信件的话，去度假的人可就要换成我了：让您在我的眼前消失几天，对我来说就跟度假一样。赶紧回去干活儿吧，约瑟琳娜，您今天的工作可不少吧？”

“抱歉，我不是有意要冒犯您。您要来杯咖啡吗？”

检察官拿起那沓厚厚的信件，抓起一支笔，目光落在纸上停留了片刻，这才开始处理起信件。他边写边想，到底是约瑟琳娜幼稚可笑的游戏让他心里泛起了一丝对来信的渴望，还是说他真的喜欢上了与昔日学生的信件往来？

*

斯特拉斯堡，3月2日，星期三

德慕兰小姐：

草草写下这封信，想请您帮个忙。刚才我不得不向我的记录员撒谎，说您正在度假，以此来解释为何这周没有收到您的来信，这样我才换来了片刻安宁。她现在就像狗仔队跟踪明星一样，时刻监视着我的信件。

您是遇到什么事了吗？发生什么意外了吗？

其实仔细想想，这一切也很可笑，您又没有义务要给我写信。但是我承认，我一直在等。也许是因为您刚好提醒了我，那些已经被我遗忘太久的需要：工作中（也许也是我的生活中）缺失已久的乐趣。

希望我的上一封信没有冒犯到您，也希望您在收到这封信的时候不会觉得唐突。

更希望您一切安好，没有发生任何意外。

真挚的祝福。

赫维·勒克莱尔

邮差瞭望者

11 抗争的记忆

3月6日，星期天

从西蒙住院的第一天起，托马斯、克洛蒂尔德和克里斯蒂安就把一切都安排妥当了。医生从一开始就给他们打了预防针："这个过程将会很漫长，你们不能在医院里过夜，因为这里的床位不够。还得要小心保住你们的工作，你们会很需要这份工作。"自从患上产后抑郁症以后，年轻的妈妈就再也没有重拾先前在欧洲议会里的助理工作。如今他们一家人在纳布瓦筑起小窝，她也选择了在离纳布瓦不远的一个小镇里做起了市政厅兼职秘书。

克里斯蒂安只要一有空就会过来，但是他经常出差，所以也难得能守在儿子跟前。于是他只好周末的时候来补偿，有的时候一整天都陪在儿子身边。至于托马斯，他也征得了老板的同意，允许他根据探病时间来调整工作时间。老板同意托马斯将工作改成兼职，还提出根据项目的完成情况来给他报酬的建议。这样，相比其他员工，他有了更灵活的工作时间。与此同时，他还可以管理自己的客户和项目，也可以随意支配木工厂的所有设备，正好各得其所。当然，他的工资也少了一大截，但是托马斯并不介意勒紧裤腰带过日子。只要还能吃饱，还有地方住，还付得起去医院的汽油钱，其他的一切都不重要。

每天早上克洛蒂尔德都会在西蒙醒来时赶到医院，帮他洗漱，陪他玩一上午，中间还会不时地被医护人员打断好几次。但这也使得她可以随时跟进了解儿子的身体状况。中午刚过，她便要离开，在车里啃一个三明治就算解决了午饭，然后沿着高速公路一路开到市政厅，去把秘书处的门打开。有的时候，西蒙会跟辅导老师、体育老师，偶尔还有小丑演员一起度过一个下午。因为他的哥哥托马斯要到下午四点左右才会来，而他来了之后就会一直等到西蒙睡熟才离开。有了托马斯的帮忙，克洛蒂尔德也得以自由支配晚上的时间。她在晚上打理家务，或者跟出差在外、只身待在地球另一端的克里斯蒂安煲一会儿电话粥，然后便早早上床，准备第二天早起，六点钟再出发去医院。

这样的安排看起来天衣无缝，但是生活在这样的节奏中依然令人疲惫不堪，在外人看来，甚至会觉得这太疯狂了。可是有什么办法呢？他们三个人都不忍心把西蒙一个人孤零零地留在医院。晚上他们不能守在他身边，对西蒙来说，已然是孤单得可怕了。

这个星期天，托马斯跟父亲提议，晌午的时候来医院接替他，这样他就能回去跟他年轻的太太待上一段时间。现在的她依然很脆弱。几个星期前，她才刚刚遭受了这劈头盖脸的打击，又要在几天之内适应这么快节奏的时间安排。战胜产后抑郁才不过几年时间，她的心理依旧敏感。

西蒙讨厌医院里黏稠的橘黄色漱口水，可也没有办法，口必须得漱。刷完牙，穿上睡衣，等最后一位护士在交班之前来查看完毕后，西蒙这才钻进了被子里。他正等着托马斯讲他最擅长的故事，边等边习惯性地用大拇指揉搓着自己的头发。这时，一大撮头发掉落在他的手掌心里。他惊恐地看了哥哥一眼，而此刻，托马斯正拼命地忍住泪水，想尽办法去缓和这悲情的一幕带来的痛苦，情绪却死死地堵在胸口。就在今晚，就在此时，在床头灯苍白暗淡的光线里，该发生的还是发生了。化疗会摧毁一切，包括头发。西蒙大哭起来。刚来医院的时候，他也曾见过一些小朋友在走廊里跑来跑去开心地玩耍，他们的脑壳光亮得如同剥了壳的鸡蛋。只是他不愿意相信，有一天自己也会跟他们一样。孩子们总会有一些奇思妙想，可是现实却不尽如人意。

“你知道吗，头发会重新长出来的。”

“如果它们长不出来了呢？”西蒙抽泣着说。

“肯定会长出来的，就跟树一样，每年冬天它都会掉叶子，到了春天，就会有新叶子长出来。那些新叶是嫩绿色的，可好看了。长出了新叶子，这棵树才会长高呢。”

“它们掉叶子也是因为吃了药吗？”

好奇心一下占了上风，眼泪也止住了。西蒙用睡衣的衣袖折角擦拭着脸颊，虽然说话还有点抽抽搭搭的，但已经明显平静下来了。

“树跟人还是不一样，树掉叶子是为了让自己变得更强壮，因为掉下去的叶子可以滋养它的根部，还可以保护它免受寒冷的侵袭。树就像人的身体一样。在你的身体里有很多的血管，里面流动着你的血液，这些药物就通过输液管进入你的血液里。”托马斯一边说，一边指着从西蒙的T恤底下伸出来、一直延伸到吊瓶的输液管，“树呢，也是一样，它的体内也有很多经脉，在里面流动着的，是它的树液。这些经脉分布在各处，甚至在树叶里面也有。如果冬天它依然保留这些叶子的话，树液会结冰，然后形成一些气泡，从而堵塞住经脉，于是叶子就会变成枯叶死去，有时甚至整条树枝都会枯死。这个现象叫‘冬季栓塞’。人也一样，也有可能发生栓塞，这是同样的道理。”

“那我掉头发，是不是因为栓塞呀？”

“你掉头发是因为吃了药，你的身体需要这些药来治疗你的病痛。你看，冬天里那些树看起来好像什么也不干，实际上呢，它们正在休眠，也正好利用这个时机，好好地治愈这一年来的小伤小痛和其他疾病。你现在也是处在同样的阶段。等你的春天到来的时候，头发自然就长出来了，我向你保证，到那时你会变得更加强大。你瞧，不管在什么季节，那些树都会把腰杆挺得笔直。”

“城堡旁边的那棵树就不一样，你还记得吗？它弯得太厉害了，我们甚至都可以躺在上面。”

“记得，我知道你说的是哪棵，可它依然活得好好的呢。每年春天都会长出满满一树的叶子，到了秋天就又都落光了，接着它又长出更多新叶。即便长得有点歪了，它也一直在生长着。有个叫塞内克的老哲学家曾经说过：‘只有经历过暴风雨的洗礼，一棵树才能变得更坚强，因为在与之抗争的过程中，它的根系历经重重考验，因此而变得更加牢固扎实。’”

“什么意思？”

“你正在经历的这场暴风雨会让你的根系变得更稳固。等你的病好了，你一定会变得更加强大的。你从小就喜欢观察那些树，喜欢抚摩它们，喜欢爬上去坐在上面玩耍。你总喜欢躺在树下看风中飞舞的树叶，一看就是几十分钟。现在你的树叶落下去了，但这是为了让你的病好得更快。好了，现在把眼睛闭上吧，我来给你讲一个神奇的故事，一片不愿意离开树妈妈的小树叶的故事。”

12
微微颤抖

3月7日，星期一

有时候，当我们见到赫维·勒克莱尔，会很想握住他的手，想带给他一些活力，好让他能精神抖擞地起床，因为家里的早餐，早已不能给他任何期待；我们会想让他睁开眼看看，自己从事的行业还是大有用处的，因为如今的他，只看得到丝毫不把刑罚放在眼里的惯犯，就算是被监禁也毫不在乎，这也让他怀疑自己的职业毫无用处……我们会想劝他不要乘坐公共交通工具去上班，可是有什么用呢，他已然迟到了。

就像今天早上，我们会很想抓住他，握住他的手，告诉他日子会越过越好的。

今天早上赫维还是从床上爬起来了，因为他别无选择。到办公室的时候，他含糊地跟记录员打了一声招呼。约瑟琳娜却是早就到了。她端坐在办公桌前，跟检察官确认道，一封来信正静静等待着他。这信封比往常的更大一些，上面依然是安娜艾尔娟秀的字迹。啊，终于有了一个好消息，可以让他暂时忘却其他烦恼。更令他欣慰的是，信封就摆在桌上，约瑟琳娜竟然没有对此做出任何出格的评论。上次的事应该是给了她一些教训，又或者，她已经改变了策略：以退为进，先让这条大鱼掉以轻心，然后趁其不备，再一网打尽。

赫维·勒克莱尔边拆信件边想，作为共和国检察官，跟一个昔日的女学生通信，难道就是如此不堪的事吗？要说这件事情本身其实是没有错的，只不过，他如此翘首以盼地等着邮差的到来，已是不争的事实。从一开始他就知道，这些信件往来并不是那么单纯无害。本来他们的往来可以仅限于礼貌的信息交流，然而却有其他东西掺杂在这些信件里。他也好，他的女学生也好，都不再单纯。莫非这一切都是默契，是他们共同的写作爱好，抑或只是他俩之间的游戏？他觉得自己就像是在杂货店里偷糖果的小孩，当老板转过身去的时候，他把手伸进了糖果罐，像一个带着犯罪快感的小贪吃鬼。除了约瑟琳娜这个背后长着眼睛的杂货店老板娘，又有谁会责备他呢？如果真的从中孕育出一段感情，不去考虑后果的话，也许是一次令人愉悦又充实的美好邂逅呢？

*

塞莱斯塔，3月4日，星期五

勒克莱尔先生：

若您认为给我写信会打扰到我，那就大错特错了。我很乐意读您的信，就像我热衷于给您写信一样。只是您提出的问题让我有点不知所措。我需要时间思考。并不是因为那些问题太直接或太大胆，只是我一时下不了决心做出回答。

而且，这个星期我也确实很忙。我去看了一套小房子，办了一些手续，想把它买下来作为我的住处。回头我再跟您详细聊。我一眼就看上了它，心里想着，既然如此，就不应该让这个机会从眼皮底下溜走。

关于您说的照片的问题，我也想过了。我能理解，因为不知道我的样子，您心里多少会有一些不安。（但是真的有必要知道吗？）所以我决定给您寄一张我们全年级的集体照片，也许您会从中认出我来。

关于法国司法，我暂时没有其他新问题了。当然这也不代表以后都不会再来叨扰您。我的写作计划还需要更多进展，才能知道会不会遇上别的疑问。

若真如此，您还会乐意帮助我吗?

期待您的来信。

安娜艾尔·德慕兰

附言：抱歉，让您久等了。

*

赫维把信重新折好，心里喜悦和恼火参半。他随手抓起一本信纸，潦草地写起了回信。时间紧张，一会儿他就要赶去审判庭。今天上午要审理的案件还没有完全记住，一会儿只能利用在过道里踱步的时间来熟悉一下情况了。再说，还有约瑟琳娜可以帮他，她在这件事上总是如此出色。

*

斯特拉斯堡，3月7日，星期一

亲爱的安娜艾尔：

您真是太残忍了。我怎么可能从一张有47名女学生的集体照片上面认出您来？（没错，为了让我的话更有说服力，我已经数过了——这应该也算是职业病吧。）至少可以在您的头上贴一张小纸条或者画一个光环呀。您真是太残酷了，因为我将不得不等待您的回复，而我天生就不是个有耐心的人。您到底是其中哪一个？

关于我提出的那些不得体的问题，我要向您致歉。只是我实在不知道询问您在哪间药房工作会冒犯到您。需要我借一个熨斗来抚平我给您带来的不快吗？我太太有一个很好的熨斗，是有一次母亲节她向我要求的节日礼物（我宁可她向我要求体验一次山崖跳伞）。因为只要我穿着有一点点褶皱的衬衣去上班，她就会受不了。我跟她解释说，只要在车里坐五分钟，那些褶子就又回来了。但是她固执地认为，人们可以轻易地分辨出晾晒的折痕和穿出来的褶子。她绝对不能允许作为一名检察官的我穿着没有熨烫好的衬衫出现在审判庭上。

您也一样，能够轻易分辨出晾晒的折痕和穿出来的褶子吗？天可怜见，您可千万别说能啊！

再次抱歉给您带来不快。

奉上我真诚的友谊。

赫维·勒克莱尔

您的防皱专家

附言一：您完全不必抱歉让我久等了。

附言二：我不知道该拿您的信件怎么办。当然，我想把它们保存下来，可是我的记录员是个一流的侦探，鼻子比用来找松露的猪鼻子还灵敏，更何况她从一开始就给您贴上了一个“仰慕者”的标签。她正时刻警备着，脚掌呈八十度前倾，仿佛闻到了风中松露的味道（此松露非彼松露）。如果我把信放在挎包里，那就有可能会被我的太太偶然翻出来。她会觉得奇怪，为什么这些信会出现在一个检察官的挎包里，而且信里还夹着一张照片。而且一旦您告诉我照片里哪个是您，她还会看到上面有我专门为您画的光环。您有什么建议吗？

附言三（今天要破纪录了！）：我会回答您所有的问题，即便您不回复。

*

赫维把信封密封好，写上早已烂熟于心的地址，在办公桌的第一个抽屉里翻出一张邮票，打算亲自去一趟邮局。他偶尔也想去感受一下这样的悸动：一旦把信塞进信箱，就再也没有任何东西能阻挡它去到收件人的手里了。

约瑟琳娜看着他拿着信封走远。才刚刚收到信，竟然就已经写好了回信。这个小把戏让她愠怒，一想到至今仍然没有发现年轻药剂师的任何蛛丝马迹，她心里就更加不快了。毕业生档案、社交网络，她都翻了个遍，没有“罪证”，也没有任何身份信息。

至今一无所获。

也罢，她总会有其他办法。

对顽疾得下狠药，眼下的问题，是找不到温和的解药了。

13
抛媚眼的房子

3月12日，星期六

安娜艾尔坐在父母家的老沙发上休息。扶手上的灯芯绒布面已经有些磨平了，深陷在沙发里，让人感觉身处一个鸟巢中。这个沙发承载了她父母之间的所有故事。它见证了这对夫妇年轻时的温柔爱抚，见证了他们买下这所房子时的由衷骄傲，见证了孩子们的出生，见证了彩色水笔留下的污渍，见证了成天瘫在沙发上的十几岁的儿子，以及车祸发生后安娜艾尔度过的好几个星期、好几个月的恢复期。倘若这个沙发能说话，它一定是他们最好的日记。

父母正在厨房里忙碌着，他们一边准备晚餐，一边聊些有的没的。虽然听不清他们谈话的内容，但依稀能听到他们的低声浅笑。这样的笑是那么稀松平常，像标点符号一样，点缀在两个相爱的人的交谈中。在她眼里，父母就是一对模范夫妻。从小在这样的氛围里长大，她也梦想着能遇到一份如此简单真诚的爱情。这么多年来，他们当着她的面争吵的次数，扳着手指头都能数得过来。他们总有说不完的话，总是互相倾听、互相尊敬，他们有着同样的爱好、同样的渴望和同样的奋斗目标。他们总是陪在她的身边，让她很安心，并总在她需要的时候适时地出现。她很喜欢来父母家，他们就住在布赖滕巴赫的高地上。在这个可爱的小镇上，有一所正待出售的房子。这里将是她的理想居所，是她唯一的安宁港湾，因为在这里，没有人会对她另眼相看。

她又看了一遍检察官的来信，记了一些笔记，好让小说的调查得到进一步展开，同时她又有些失望，因为没有发现新的法律问题可以问他。总不能为了给他写信而硬想出一些问题吧。

不过，是不是一定要有问题问他，给他写信才算名正言顺呢？毕竟，现在是检察官有很多问题要来问她了。尽管有一些问题让她感到尴尬，但是这又怎么能怨他呢？他怎么会知道自己是不愿意公开身份的。仔细想想，在普通人看来，他问的不过是些无关紧要的问题，他看起来是在关心她，应该不想伤害到她。而她本以为，这次的冒昧求助将仅限于几次技术问题的交流。

她觉得不快，是因为与检察官之间的通信开始变得频繁，人们可能会对此颇有微词。这样的想法会很自然地在另一个女人的脑海里萌生，不管是用来找松露的猪，还是“褶子灭绝者”。她们会这样想也是完全可以理解的。而她，又是否做好了准备去冒这个风险，跟一个男人开始一段前途未卜的故事呢？

但是，检察官的来信开始让她眉头舒展、心情愉悦，尤其是最新的这一封，给她带来了莫名的快意，甚至是巨大的宽慰。她感觉自己好像刚刚从一个遥远的不毛之地回来，重新回到了人类文明的怀抱。

听天由命吧。如果事情变坏，停止一切总还来得及。现在生活正在朝她微笑，她也不想视而不见转身拒绝。从现在起，她要去拥抱生活了。

那所向她抛着媚眼的小房子，不正是新生活即将开启的另一个暗示吗？晌午的时候，她带着父母一起去看了这套房子，虽然没能进去，但好歹在外面转了一圈，大致看了外观。这原本是一个老太太的房子，现在她搬到养老院去了——去了那里的老人很少能回来。为了支付养老院的房租，老人的孩子们别无选择，只能下定决心把房子卖掉。房子的售价已经是极低的了，因为他们的母亲一辈子都满足于这所战后房子的现状，认为自己已经过得足够舒适，并未对房子进行太多修整。想让另一个年代的年轻人住进来，这所房子还需要做大量的修缮工作。安娜艾尔一眼就看中了这所房子，毕竟她需要的是一个属于自己的窝，而不是一座城堡。这里的一楼有一间小小的主室，隔壁就是一个功能齐全的浴室，楼上的谷仓还能置办出一个简单的卧室。不过在签下合同之前，还得叫个技术人员过来看一下。所以她约了一个工匠这周过来看看。中介在征得卖主们的欣然同意后，把钥匙借给了她。他们也很高兴，这么快就有了一个感兴趣的买家。

年轻的安娜艾尔看起来是如此无害，人们很容易就会相信她，对她的真诚不持半点怀疑态度。

然而……

14
林中的精灵

3月13日，星期天

“你为什么在树林里画了一个‘A’字呀？”西蒙看着哥哥贴在窗上的素描画问道。他的小脑袋耷拉在枕头上，怀里还抱着他的毛绒娃娃。

“这可不是我画成这样的，是村子里高处的那些树本就长成了这样。它们就长在通往我们收容所的小道上，就在你很喜欢走的那条小路的弯道后面，每次你为了超过我都会走那里抄近路。我只不过是照着树的样子画出来给你看而已。等你出院了，我带你去看看那些奇形怪状的树吧，到时我再告诉你一些鲜有人知的秘密。你知道吗，每一片树林里都会有好几十棵不同的怪树。你只需要走出大路，走近了瞧就能发现。这两棵树现在缠在了一起，它们在一起共生。”

连续好几个星期，托马斯每到周日都会到林间的小道上走走，就这样一个人走，一直走到他们的收容所那儿。每次他的路线都不一样，有时是从村子高地那边走，有时是绕着弗兰肯堡城堡走。那些路他已大步丈量过无数遍，早已烂熟于心。与他为伴的，只有一本素描本、一支铅笔和一块橡皮擦，偶尔他也会想画彩画，便还会带上他的蜡笔盒。

他不时随意找个地方停下来，深深呼吸，再静静等上一会儿。他就这样目不转睛地看着四周，然后慢慢放松下来，放松到几乎忘记了其他一切阴郁。又或者，他只是将那些千丝万缕的思绪再好好整理一遍。那些好的、坏的、给他鼓励的、让他害怕的、甜美的、愉快的，抑或是痛苦的记忆，他全都在脑海里再看过一遍，然后把那些黑色的念头尘封在抽屉里，好让其他的想法得见光明。人生海海，总会经历一些不好的事情，但也会经历一些好的事情。就像牛反刍一样，我们要于静谧处，闭上双眼，把那些生活里甜美的花朵反复咀嚼，这才是真正的生存之道啊！

托马斯沉溺于这种生存之道已经良久。当然，想让它行之有效，少不了时刻不停的练习，也少不了他为人处世的态度、自身的性格，以及一颗天生就乐观向上的心。如今的他们挣扎在这暗黑的潮涌里，这些品质就显得更加意义重大了。

这一切，都只是为了要活下去。

他把那些树、石头和鸟儿都画下来，有时也画松鼠、画蜘蛛、画溪流，画周围所有能动的东西。这都是生命呀，老天！这些熙熙攘攘的生命！他画着画着，便清空了思绪；画着画着，便把愤怒和害怕都消化在了肚子里。下午的时候，他回到家中去洗个澡，然后匆匆赶到斯特拉斯堡，去接替他的父亲或者克洛蒂尔德，顺便把他散步时画的素描画贴在监护病房的玻璃窗上。病房里，护士们总是在忙忙碌碌地准备着医护用品，来探病的人们都必须穿上干净的一次性的防护服，因为他们来自一个过于肮脏的世界。就这样，小西蒙看着那些画，听着托马斯的睡前故事，仿佛与哥哥一起置身于树林里。既然他没法再走到树林里去散步，那就让树林走过来吧。这个方法，比反复咀嚼花朵还要管用呢。

“为什么它们在一起共生啊？”小西蒙又问道。

“其中的一棵树可能是被一次暴风雨给动摇了根基，倒向了它旁边的那棵树。有时候，这些树还没有被完全连根拔起，倘若如此它们就还能活下去，只不过是朝着另一个方向开始生长而已。这棵歪树的枝干开始慢慢摩擦到旁边那棵树的树干，就这样不断地摩擦，一直到枝干和树干的树皮都被蹭掉了，慢慢地它们就融合在了一起。日久天长，这两棵树开始交换它们的树液，从而长出了新的共同的树皮，而原本高出来的那一小截树干呢，最终也会掉落下来。你看，这就是A的那条横线。因为它们原本是互相斜靠着的，树顶就形成了一个三角形，这便是A的那个尖角。这就变成了被一座小木桥联结起来的两棵树。”

“那倒是便宜了那些松鼠。”

“是呀，而且这两棵树变得更加坚固了。它们的根系不再是单独一个，如今它们有了两个间隔足足一米的根系，就像两只深深扎进泥土里的巨人的脚。”

西蒙对哥哥微微笑了一笑，看得出笑里满是疲惫，却又是那么安宁。他的头顶光光的，一整个礼拜他都在不断地扯下一把又一把的头发。他自己解释道，这是为了不让头发掉得满床都是。这样反而安逸了，不然还会惹得头痒。还有寥寥几根头发顽强地残留在他头上，然而只怕也顽强不了多久了吧。

尽管不能下床，每天下午，他父亲还是会花上很长一段时间帮他在床上挪动锻炼。这是为了让他的肌肉还能悄悄地保存一些活力，好让他在出院的时候还能正常行走，或至少还能瘸瘸拐拐地挪动。这场病生得不轻，但所有人都死死地守着一丝希望。达摩克利斯之剑[1]如此

1 “达摩克利斯之剑”又称“悬顶之剑”，源自古希腊传说，比喻时刻存在的危险。——译者注（本书脚注若无特别说明，均为译者注。）

沉重，而那悬着它的线却如此脆弱。活在这剑下的人们，倘若没有了希望，只怕早就疯了。

“那到时你还会记得那些你独自发现怪树的地方吗？以后带我去的时候，你还能找到吗？”

“那当然了。”

孩子的眼睛开始慢慢眯成一条线：药物作用以及与恶性细胞的抗争都让他疲惫不堪。又或许，在一个又一个漫长的星期里，被关在病房里无所事事的这种状态更加令人疲惫。好在今天他是高高兴兴地睡着了，心里还在畅想着能马上跟哥哥去树林里漫步，去探寻那些隐蔽之处的树的奥秘。对于托马斯来说，这个微笑弥足珍贵。看到西蒙能这样安详地入睡，真是比金子还珍贵。这样的安详是每个孩子都应该得到的啊。看着他轻轻地坠入梦乡，托马斯俯身在他耳边轻声说道：

“你和我，我们两个就像这幅画一样。这场病就像一阵暴风雨，虽然它动摇了你的根基，但是还有一条坚固的枝干把我们两个联结在一起。我们一起来画一个‘A’字，‘A’是‘Amour’[1]的‘A’，就像我们之间的感情，不管发生什么，它都会战胜一切。我永远是你身边的那棵大树，我会永远用我的枝干支撑着你。我向你保证，你永远都不会倒下的。晚安，明天见。愿精灵们把你带到丛林之上。”

他把门轻轻合上准备离开。在去更衣室换衣服的时候，他经过了医护室，跟护士打了声招呼。到家之前，他可以听一路音乐，好让自己从这忧虑重重的无菌世界里逃脱出来。到家以后，他就着一块奶酪吃几口面包，又要马上投入工作当中去。马上就要开工的几个工地还有很多文件要处理：平面图、报价单、发票。若是所有这一切都

1 Amour，法语单词，意为“爱，感情”。

可以不依靠他自动运转，他还能好过一些，可是这又何其艰难，他依然没有办法达到期许，月底的时候总是不能按时完成交代下来的任务。他也不是没有尽力，可是比起他的弟弟，那些楼道、更衣室、地砖如今都显得如此微不足道。托马斯已经连一天不去医院看他的弟弟都做不到了。一天见不到他，这日子就是虚度，就仿佛失去了色彩，兀自变成一部忧伤的黑白无声电影。他觉得自己不该过这样的日子。

托马斯想对得起度过的每一天。

他想做一个称职的哥哥。

他还想做弟弟坚实的枝干，就像“Amour”的“A”一样。

15
无关紧要的褶皱

“您的老学生问题可真不少呢！”记录员假惺惺地笑着宣告。

“唉！我说，约瑟琳娜，您到底是哪里不满意呢？”

“女人们之间互相体恤罢了。想到您的妻子有一个老是想着其他女人的丈夫，而且还面临着被出轨的危险，我实在是看不惯。”

“约瑟琳娜，我可提醒您，您在这里的身份，是为检察官工作的记录员。我付给您工资不是为了让您来审视我的良心。如果我需要找一个人来做这件事的话，您可不是合适的人选。您的尖酸刻薄也可谓是举世无双了。”

*

布赖滕巴赫，3月12日

勒克莱尔先生：

我不是个残酷的人，只是爱玩罢了。您不也一样吗？要是给您寄一张我的独照，可就太容易了。这么快就发现我的真面目，您肯定会失望的。这就跟复活节的时候在早餐桌上找到彩蛋一样无聊。让人感到兴奋的，永远是在矮树丛里找彩蛋的过程。比起巧克力的美味，让人觉得更加回味无穷的，是找到彩蛋时的惊喜……

给您的第一条线索：我的穿戴很普通。所以您现在可以排除那些与众不同的学生了。我第一个想到的就是瓦内莎，她永远从头到脚一身粉色。当时大家都叫她“斯帕丰”[1]。

至于如何保存我的信件，您只需要建一个“机密”文档，这样在您的单位里应该就没有人会察觉了。为了提防您的记录员，您可以在文档里放上一句威胁她的话，比如：“约瑟琳娜，您现在正在做的事情很可耻。您刚刚打开了一个机密文档，现在把它合上还来得及。您可以去洗手间为您所做的事情害臊脸红了。这个文档已经被我做过手脚，如果您打开了它，我马上就会知道是您干的。若是如此，我将会马上以犯严重错误为理由开除您。”

这个办法用来对付您的妻子也一样行得通。只需一个写上“赫维私人信件”的抽屉和一行短小的警告，比如：“亲爱的，你正在做一件很不光彩的事（您跟您的妻子之间是用‘你’来称呼对方的吗？希望我没有弄错吧），你刚刚打开的是藏着我的秘密花园的抽屉，现在把它合上还来得及。你可以去洗手间为你的所作所为而感到脸红了。”

1　一种粉红色的小药丸。

只是，还有一个问题让我百思不得其解：我们之间的事，在一个殷勤的记录员或是一个幸福的家庭主妇看来，有什么不堪入目的地方吗？我是一点儿也看不出来。

晾晒的折痕和穿出来的褶子有什么分别吗？我完全不知道。对我来说，一个褶皱就只是一个褶皱而已，这在生活里只是无关紧要的小事。不过，比起一个熨斗，更让我梦寐以求的，肯定是去山上跳一次伞。世上竟然还有为了衬衣上的折痕而心烦意乱的人？这世界可真古怪！

请您放心，我的心情很容易弄皱，但也很快就能抚平，我还是来回答一下您的问题吧。您的问题让我有一丝不快，是因为您刚好戳到了我的痛处。我至今还没能很好地消化这件事：我没能成为一名药剂师，因为我压根儿就没能完成学业。因为做不成药剂师，我只能在城里一名妇产科医生的诊所里做医务秘书。我还是很高兴能做这一行，这对我来说已经很不错了。

即便我没有及时回信，您还是在静静等候着回音，这真是让人开心的事啊！

献上我的友谊。

您残忍地弄皱又抚平了的安娜艾尔

附言一：为什么要在我头顶上画一个光环呢？我又不是天使。

附言二：八天以后，春天就到了。我也将迎来重生。

16 奇怪的残肢竞赛

3月19日，星期六

安娜艾尔在布赖滕巴赫的老房子前等了已经差不多半小时了。她坐在街边的木头长椅上，看着街对面那面低矮的围墙发呆。与街道一墙之隔的便是这座房子的小花园，如今都已荒废了，像是在诉说着老太太那深沉且无法挽回的衰老。还有那些紧闭着的蓝色百叶窗，在被雕刻出心形的镂空花纹中，阳光肆意地倾泻而入。这座房子像是在跟她说话，她几乎听到它在说："喂！快到我怀里来吧。我会保护你的。"真希望那些必不可少的修缮工程可以顺利进行。她正在犹豫要不要给木匠打电话，不知道他是忘了过来，还是在镇上迷了路。不过他最终还是出现了。车停在门口以后，他急急忙忙地下了车。

"真不好意思，我迟到了。工地上出了个小问题，我得先解决掉。"他一边说着，一边伸出手来向她问好。

"您最终还是来了，这才是最重要的。房产中介今天是破例才把钥匙借给了我，要是推迟会面，对我来说更麻烦。您每周六都有工作吗？"

"没办法啊。"

“您在我这儿看完之后，还有很多其他客户要见吗？”

“我没法儿待太久，您还是先跟我说一下您的计划吧。”

“我想买下这所房子，但前提是房子里的阁楼能改造成卧室。”她一边讲述她的计划，一边试着打开大门。

然而门却执意不肯敞开。一整个冬天没有被打开过，这扇门也养出了自己的脾气。她突然想起来，之前房产中介是用肩膀撞了一下，才把门打开的。这时木匠注意到了她的假肢，看到她艰难地支撑着自己，想要完成这项壮举。

“等等，我来吧，没有什么木头门是我打不开的，不然我也不用干这行了。不过您真要买下这所房子的话，这扇门也得修一修了。”

看到他把两只手放在木门上尝试去推开的时候，安娜艾尔才终于明白了刚刚跟他握手的时候，为什么有种异样的感觉。在她眼皮底下的两只手是不完整的：右手无名指和小指分别少了两个指关节，左手的大拇指和无名指分别少了第一个指关节。应该是某次圆锯转得过快引发的事故吧。

门很轻松就被推开了。他一边观察着屋子里的结构，一边听年轻的客户讲述着她的计划。她主要是想做一个方便去阁楼的楼梯，因为她想把那里改造成卧室。木匠拿起挂在墙边的一根长杆，旁边是一个正对着谷仓的活板门。他带动活板门上的一个钩子，用力拉了一下，一个折叠的楼梯就被放了下来。

“您已经上去过了吗？”踩上右边第一个台阶之前，他问了一句。

“没有，我装着假肢不好上去。但是我父亲上去过了，他跟我描述了一下上面的情况。只是他不确定活板门的空间够不够装一个结实的固定的楼梯。”

“我来看看，得量一下尺寸。您已经考虑过台阶具体的宽度和楼梯的倾斜度的问题了吗？什么尺寸和倾斜度比较适合您，您可以轻松地上去？”

“没有，我会自己想办法的。只要两侧有能让我支撑的栏杆就行，这样我不装假肢的时候也能上去。”

“您是怎么弄成这样的？”

“出了次车祸。那您呢？”她一边说一边晃动着手指。

“一次圆锯床事故。锯子转得太快，忘了礼让我了。”他一边说着，脸上还带着微笑。

“这样不会影响您工作吗？”

“跟您比起来影响要小得多吧。”

他上到谷仓里，在木地板上来回丈量，接着在一本老旧的活页本上记下那些尺寸，然后又下来，把身后的活板门利落地关上。

“装一个固定的楼梯是完全可行的，但是可能得在屋顶装一个老虎窗来借一点高度，这样上楼的时候才不会因为角度问题而撞到头。不过，这样的话装修成本就会大大增加。我还需要计算一下，看能否不做这个老虎窗，但我一时半会儿没法儿给您答复。”

“关于装修成本，我会提交材料去申请一些资助。我最想知道的是，这些从技术层面来说是不是可行的，另外需要多久能装完。”

“可行是可行的，时间的话，我觉得大概七月能做完，目前我还有很多工地要跑。您还有其他地方要整改吗？”

“我还想重新改造一下浴室，装一个意式花洒，然后……”

“啊，这就不是我的专业领域了。这得叫个暖气工来看看。”

“这我知道，但是我想在浴室里做一个可收纳的装置，我照镜子的时候可以把腿靠在上面，厨房里也想做一个。”

“这个可以之后再做。您只打算装修一个卧室吗？”

“我一个人住。”

“您以后也许会有孩子呢？”

安娜艾尔迅速转过脸，向后走了几步，不想让人看出她的纷乱。她从来都不喜欢向人展示内心的起伏，更加不愿意把自己的弱点暴露在外。然后，她转过身来，用一种不想显得高傲却又透出内心慌乱的语气对这个男人说道：

“我现在少了一条腿，还有谁愿意要我呢？”

“我还希望这残缺的手不会妨碍我找到自己的爱情呢！”他一边在她面前抖动着手指，一边反驳道，努力做出高兴的样子，想让这个年轻女孩不要那么悲观。

“您的状况比我的好多了。”

“您只有一条残腿，而我有四根残指。”

安娜艾尔先是被他说话的方式震惊到了，又忍不住地微笑起来。他也笑了起来。

“我从来没想过，有一天会参加一个残肢比赛。”安娜艾尔打趣道。

“残疾人之间讲话会简单许多，不需要考虑同情心或厌恶感，不是吗？”

“如果有一天我不顾一切成家了，那我也会搬离这里的，或者我会把房子扩大一些。所以我能签这个售房协议吗？”

“可以，装修我们到时可以看着来。再不济，还可以做个旋转楼梯，这个空间应该是有的。我会尽快把报价发给您的。”托马斯一边说，一边帮她把大门锁上，“不过，这屋子里可不只您一个人住。”

“什么意思？”

“谷仓里好像住着一只黄鼠狼。”

“您怎么知道的？”

“里面有它的粪便，一看就知道了。”

“啊，那我跟房产中介砍价的时候可有筹码了。这很严重吗？”

“不严重，房子您可以买的。这个我们之后再谈吧，我得走了。”

他上了车，忍不住看了一眼后视镜里的人，然后迅速驶远。他看着放在方向盘上的四根残指，突然之间觉得它们很可笑，跟少了一条腿相比，这又算得了什么呢？她应该过得很艰难吧。但是看起来，她已经重新站起来了，对生活也有了自己的规划。

想象着将在喜欢的小镇上拥有一个属于自己的小房子，且跟父母家就隔了几条街，年轻的姑娘感到无比幸福。她把钥匙还给了中介，并请他转告卖家可以准备售房协议了。回到家时，她发现信箱里有好几封信在等着她，其中有一封好像已经等急了。

*

斯特拉斯堡，3月17日，星期四

亲爱的安娜艾尔：

还有三天，春天就要到了。我也很喜欢这个日子。既然我们谈到了春天，我也想告诉您，您对我来说，就像是贫瘠灰暗的土地上开出的一朵鲜花。（我的生活就像这片土地！）我如此赞美您，您肯定觉得我是个满嘴花言巧语的人吧。

至于说光环，难道您没有听说过这样一个短语吗？“世界安静了，因为天使刚刚路过。”几天收不到您的信，我的世界就鸦雀无声，所以说您就是天使，为您画上一个光环也是理所当然的……现在您肯定会说，真是个油嘴滑舌的家伙。那我解释得更朴素一点吧，头上的光环可比胸前简单的十字架好看多了，不是吗？

所以我们现在是在玩“猜猜我是谁”吗？除了斯帕丰，也没有很多看起来很奇怪的学生了，要用排除法找到您也不是那么容易啊！

至于我们之间是否有不堪之事，我觉得，根据现行的社会道德标准，答案是肯定的。短短的几封书信之间，我们就已经讨论过您的样子，我还问您要了您的照片，您也跟我谈论过“在矮树丛里找彩蛋的过程”。可是仔细想想，我们只不过是在法医学课上有过一面之缘。必须得说，这并不是什么可以令人如此兴奋的交情。但是请您放心，我对您并无非分之想，我不是那种人。可是，我的确总在挂念您，总是会想到您，每天都等不及要去查看新来的信件。

另外，关于信件的保存，也要感谢您给出的建议。目前看来，我只能两害相权取其轻了：要么失去一个殷勤的记录员，要么失去一个幸福的伴侣。老实说，我不知该如何选择。她们当中不论哪一个，对我来说都有很大用处。

我觉得，我可能得学会接受您神秘的一面了。您告知了工作的地方，却没有向我解释为什么会改行。不过，我也不会再打破砂锅问到底，以免再惹您不快。

盼复。

赫维·勒克莱尔

您不靠谱的熨斗

附言：我跟我的太太以“你”相称！

17 爱情的残渣

3月21日，星期一

自从有了上次的教训，现在约瑟琳娜每次送信进来，总是会耸耸肩膀，装出一副事不关己的样子。然而，只要有一点蛛丝马迹，她都会格外关注，但在检察官面前，却要努力掩饰她的不满。约瑟琳娜的心地并不坏，她并不想害检察官，只想保护他，不想让这个女学生伤害他。在她眼里，检察官是有着完美人生的存在：长相英俊，娶了妻，生养了两个孩子，且在城里的高级社区有一所漂亮的房子，生活舒适且安逸。

约瑟琳娜是在五年前来到这里的，那时的她与检察官年龄相仿。多年单身使她显得有些冷酷，然而她遇到检察官以后，便立马拜倒在了他的魅力之下。只不过，她过于笔挺的半身裙、样式老套的衬衣、过时的发型以及缺失的幽默感让她明白，在检察官眼里，她没有任何机会。这深深地伤害了她。被人拒绝的滋味实在不好受。爱慕之情才刚刚开始萌芽，之前的种种遭遇就像一把插在伤口里的尖刀，残忍地折磨着她，令她疼痛难忍。如果说爱情是一个蛋糕，难道她连享用别人留下的残渣都不配吗？她要的不是蛋糕上那颗漂亮的樱桃，她只要一块小小的蛋糕就好了。然而，那些突然到来的信，那些让他泛起傻笑的字迹，把一切都夺走了，不管是樱桃还是残渣，她输得一无所有。

*

塞莱斯塔，3月19日，星期六

勒克莱尔先生：

您说得对，不该用花言巧语来赞美我，因为这会让我自高自大，脚踝高高肿起来[1]。这对一个女人来说，可不是什么好事儿。您想想，一双肿胀的脚踩在高跟鞋上，这画面简直太难看了。不过话又说回来，我从来都不穿高跟鞋。

原来您也是会说花言巧语的。这也无妨，那些听起来虚情假意的大话，放在我身上，就像水珠在鸭毛上滚过一样，不留任何痕迹。还是说，您跟那些木性温柔的男人一样，每次说温情的话时，都是假装在献殷勤，就为了让自己显得不那么可笑。这倒也是司空见惯的情形。

您在我的照片上画光环也好，画十字架也罢，您甚至可以把其他人都剪掉，只留下我的头像。但这样的话，我

1 脚踝肿起来，法文原文为“avoir les chevilles qui enflent”，在法语中比喻自高自大。

就没法向您保证这个故事有个圆满的结局——要是您的记录员或是您的太太不顾禁令，翻看了您的信件，情况就会变得不可收拾了。

再说您还得先找出哪个是我才行呢！

最新线索：我不在那个戴着圆眼镜、留着锅盖头的人旁边，因为我受不了这个家伙！

至于说，我们是不是在做一件不光彩的事呢？我明白您的尴尬，因为我可能没有您的那些困扰：我没有文件需要做手脚，更没有什么东西阻止我在脑海里想您。

我跟您说了吗，外科医生跟我说，我的下颌恢复得很好。我想，从某种程度上来说，这也要归功于您吧。

另外，最近我的小说手稿也有了很大进展，这也是托了您的福。这几个星期以来，我的灵感源源不断，有如神助。再次感谢您的帮助。

我还想跟您分享一件天大的喜事。从傍晚到现在，我都沉浸在这份巨大的喜悦当中。下午我叫了一个木匠过来，让他帮忙检查一下我看中的那所房子，看看装修计划是否可行，最终他给出了肯定的答复："是可行的。"所以说，如果一切顺利，我很快就要有自己的房子了。这件事让我兴奋不已，虽然我知道，在真正住进新房子前，还有很多准备工作需要完成。唯一让我担心的是，房子里面还住了一只黄鼠狼。但愿它不会给我带来太大的麻烦。当然了，我也不会因为这么一个微不足道的小动物而放弃购房计划。

盼复。

安娜艾尔·德慕兰

您春天里的花朵

附言：我从来不知道，原来人也可以为了有用而结婚。是我太年轻、太天真，还是太不谙世事了呢？

18
用尽全力的斗争

3月23日

安娜艾尔刚做完肌肉复健回来。她每周都要去几次，已经坚持了好几个月。这样的训练是艰苦卓绝的，令人疲惫，甚至绝望。巨大的投入换来的却只是微乎其微的效果。但还是有效果的，她的复健师娜塔莉经常骄傲地跟她重复这句话。还好娜塔莉是个很不错的人。在复健这件事上，安娜艾尔并没有太多选择，她必须不知疲倦地做着这些肌肉练习。不断重复着这些动作，不断地感受一样的疼痛，不断地发现还有新的疼痛在等着自己。有时她实在是受够了，但是她也明白，身体是否灵活会给她的日常生活带来多么大的影响，而且她还有很大的进步空间。她再也不能放任自己，再也不能。从此，她注定要用尽全身的每一块肌肉去斗争，来换取身体上的一些自如，而这样的自如是那么脆弱，却又那么不可或缺。

如今每次去打开信箱的时候，她总是带着一种无法掩饰的愉悦。她惊讶地发现，没有来信的时候，自己总是会很烦闷，尽管邮差们送信已经送得很勤快了。这个男人很有魅力、很幽默，也很善良，而且他也坦承，安娜艾尔给他带来了很多快乐。盼望他的来信是很自然的，可是如果对他过于依恋，那就不太正常了，毕竟他是个有妇之夫。与他的书信往来的确是让人开心的事情，可若要把这段关系深入发展下去，却又有点不堪设想。他是否也跟她有同样的想法呢？她不想误导他，不想让他对这件事抱有任何幻想，然而她又能怎么办呢？

每个人都有权利想其所想，而其后果也只能由自己承担。

*

斯特拉斯堡，3月22日，星期二

亲爱的安娜艾尔：

我不知道您是否太年轻（因为我依然没能从照片中把您找出来！！！）、太天真或是太不谙世事，以至于您不明白婚姻对于夫妻来说是如何有用。我也不知道您是否也有另一半（我猜想是没有——又或者，您有男朋友，只是他对您的购房计划不太上心），但是婚姻不总是像人们想象的那样幸福且充满魔力，至少它不会永远这样。只要双方的人生道路稍微偏离一点点，幸福的婚姻就会从此变了样。您可千万不要因此而觉得我婚姻不幸，我只是没有那么满意罢了。

在工作上，我并不感到无聊，甚至还有点应接不暇。可是每天填满我日子的都是些什么东西呢？谋杀、盗窃、家暴、或大或小的轻罪或是滔天大罪，真是太压抑了。但是世上的所有职业不都是这样吗？这世上有没有一个能让人成天快乐的职业呢？还是我错过了什么？您呢？您工作得开心吗？感觉您的工作应该挺适合您的，您满足于这样的生活吗？

您肯定会觉得我性格有些阴郁。我知道，您肯定会这么想，但其实我只是比较谨慎。您现在应该明白，为何我会是这种男人，本性很温柔，但是“每次说温情的话时，都假装是在献殷勤，就为了让自己显得不那么可笑”。这确是司空见惯的情形，您真的很会概括总结。您最好现在就做好脚踝高高肿起来的准备，因为我喜欢赞美您，您就像是贫瘠暗淡的土地上开出的一朵春花，就为这个，您也值得我在照片上为您画上一个天使的光环。（一旦我找出来哪个是您，我马上就画！）好了，我就说到这儿吧，不然就真变成可笑的人了……一个共和国检察官，嘴里成天都是春天啊花朵啊，您又该说我不正经了。

“猜猜我是谁”这个游戏也太不好玩了，您给的线索太少了，到现在我才排除了两个姑娘。照这样下去，我得等上一年才能给您画上光环。您能不能给一条满足至少 15 个姑娘的共同特征的线索呢？我喜欢大步流星般的进展，就像您的手稿那样。您应该是个懂得感恩的人吧，嘿嘿。

祝您写作愉快，盼复。

赫维·勒克莱尔

您停滞不前的汗马宝靴

（属于检察官的笑话！）

附言一：听说您的下颌恢复得很好，我真为您高兴。

附言二：关于接下来的房产交易和装修工程，您可一定要小心谨慎。我自己曾经历过这些，也认识很多买房、建房、装修房子的朋友，知道这不是轻松的事情。至于说黄鼠狼，如果您需要了解更多信息的话，我办公室隔壁就住着一只[1]，我得告诉您，应付她也不是件易事呢。

1 指约瑟琳娜，因为黄鼠狼是一种喜欢到处闻的动物，比喻喜欢到处打探消息的人。

19
嬉戏与欢笑

3月27日，星期天

“你还好吗？”托马斯问克洛蒂尔德。

他在家长等候室里发现了年轻的她，她独自坐在长桌子尽头的最后一个椅子上。从八楼的玻璃窗望出去，可以清晰地看到远处天边浮现出的孚日山[1]山脊。她的远眺在一天结束的时候停止了，明天不知道还会有什么命运等着她。

“只能这样坚持着，最要紧的是他。”

她蜷缩在椅子上，肩膀收起来，两只手夹在膝盖中间，几乎感受不到自己的呼吸。回答问题的时候，她并没有转过身来。托马斯搬了一把椅子在她身旁坐下，她才转过来对着他，那空洞的眼神，仿佛她刚刚从另一个世界中神游回来。当她舒展开身体，俯过身去跟他行贴面礼的时候，托马斯感受到了她全身的疲惫，她确实是太累了。

“日子一天天这样过去，我觉得他好像越来越开心了。这太奇怪了，不是吗？感觉他已经做好准备，这里几乎就是他的家一样了。他

1 位于法国东部、莱茵河谷西岸的山脉。

开始喜欢上这里的医护人员。他甚至在这里有了每天的日程、每天的游戏，以及所有他熟悉的东西。”

她又何尝不是呢。每天一刻不停地转，早起、梳妆打扮、开车来医院、在医院里煎熬、忍受着时好时坏的病情报告，还要在儿子面前强颜欢笑，努力不去想那些关于白血病致死率的惨不忍睹的数据——每两个孩子当中只有一个能活下来，也就是说另一个会死去。西蒙将会是其中的哪一个呢？

“你知道吗？现在他会教年轻的实习生听诊器应该放在哪里，每天的例行检查应该按什么顺序进行，这些东西他都了如指掌。他会自觉地把胳膊抬起来，因为他知道医生们会要求他这样做。检查一结束，他就马上回到他的游戏当中去，因为这才是让他感到开心的事。游戏、欢笑、学习，输掉然后重新来过，他如此乐在其中。”

克洛蒂尔德每天吃得少得可怜，但她依然屹立不倒，每天在路上奔波，还要去面对那些社区的居民，面对他们可笑的争执。有时她很想大声尖叫，想把那些文件都扔到他们脸上，告诉他们，那些等着签字的文件，不过是为了抱怨邻居没有好好修剪树枝，有个树枝伸到他们院子里超过了三十厘米，这跟一个8岁的小男孩每天为了活命而奋力抗争比起来，是多么不值一提。如果他们也患上这种一天天被病魔蚕食的病，就不会老想着这些烦人的枝叶，或是别的毫无意义的事情了。然而，她却不能这么做。生活就是如此，总有一些不公平的待遇，总有一些蠢货不明白生活的真谛，不懂为什么生活值得被珍惜。他们一味地在自己的生活中制造麻烦，好像嫌麻烦还不够多，或不够严重似的。

“我挺为他骄傲的。虽然他总是肚子疼、头疼、嘴巴里疼、尿尿的时候疼、抽血或抽骨髓的时候也疼，但是他该玩的时候还是玩，还会微笑、大笑，会跟我开玩笑。他还经常跟我说，让我去吃点东西，或者去旁边的扶手椅上睡一会儿。我真的为他感到骄傲，他都在这么顽强地坚持着，你让我怎能不坚持下去？你不也一样吗？你也在坚持，我知道，要把一切安排妥当对你来说也不容易。但你还是来了，为了我们，也为了他。你本来没有这个义务的。”

“他是我弟弟，我也爱他。”

“谢谢你，托马斯。没有你，日子会更加难熬。”

她冲着他静静地笑了一下，尽管这微笑里夹杂着疲惫、悲伤，却也透露着坚强、骄傲和希望。西蒙就在那里，鲜活的、高兴的、爱玩的、温柔的、搞笑的西蒙，他默默忍受着病痛，却从没放弃。他值得我们坚守，也值得我们用好心情去对待他。

她轻轻地叹了口气，然后走开，脚步轻得好像飘在空中，似乎这样就可以不用深深地扎入现实里，如同幽灵一般。

托马斯往走廊尽头走去，周围静得出奇。星期天没有小学老师，没有心理医生，没有体育老师，没有小丑，也没有那些会在工作日来造访西蒙的人。正是这些人，让西蒙觉得生活依然处于正轨，至少还能让他学到一些零零散散的东西。这一天，除非有紧急情况发生，否则不会有医生来查看。这是安逸的一天，跟平时不太一样，安静得仿佛病魔也在这一天休假了。然而现实并不如人所愿，病痛依然无时无刻不在侵蚀着他的身体，因此我们绝对不能卸下防备，这样无情的斗争每天都必须继续。只是偶尔，好像能得到一些若有若无的喘息的机会。

今天上午，托马斯完成了几个报价单和即将开工的工地图纸，煮了很多饭，分成几份冻在冰箱里。如今的他，每天都过得这样争分夺秒。接着，他又去林子里散步，好给自己充满电，再去冷冰冰的儿童病房里把这些能量释放出去，那里几乎就是个吸收能量的黑洞。今天没有见到松鼠，就是西蒙提到过的住在 A 字形大树上的松鼠。他想着也许下个星期能碰到吧。如果实在碰不到，他可以编一个故事讲给西蒙听。托马斯愿意用尽天下所有奇思妙想，只为了让弟弟一展笑颜，尽管这意味着时不时要撒撒谎。

今天，他选择用刺猬去逗弟弟开心。他知道，西蒙很喜欢刺猬。出院以后他或者西蒙肯定要在他们的收容所里收留一只。夏末时分，很容易发现那些在大白天里到处乱窜的刺猬，它们很虚弱，也许是走失了，也许是受伤了，再没有力气应付即将到来的冬天。

兄弟俩先是玩了一会儿游戏，又画了会儿画，这才准备上床，等着护士来查最后一次房，就可以开始讲床头故事了。一天就这样结束了，一切井然有序，该检查、该分析、该探测、该解释的都已结束，小小的疲惫的身躯已经准备好入睡，只剩下一颗跳动的心等着被安抚。

"你没看到松鼠吗？"

"这一次没看到。之前我散步的时候，偶然看见一个刺猬窝，就在离我们收容所不远的地方。那只刺猬躲在荆棘下面，就在那些树根中间。它应该是十月搭的窝，窝里是它一点一点耐心拿过来的树叶和干草，摆放得整整齐齐。"

"那是它晚上睡觉的床吗？"

"不是，那是它冬眠的地方。"

"跟熊一样吗？"

"对，但刺猬不是一整个冬天都在冬眠。它每周都会醒一次。为了挨过漫长的冬天，它在夏末的时候会变得很胖。不过不是所有刺猬都这么幸运，能吃得这么胖。昨天我碰到安娜贝拉了，她说下周末会过来帮我准备一些材料，用来照顾那些需要帮助的动物。她已经开始收集各种各样的盒子和抹布了。"

安娜贝拉是西蒙最好的朋友，也是他的小女朋友。西蒙发病的时候，他们还在一起上小学三年级，她不得不在一天之内接受了西蒙会长期不来学校的事实。托马斯没敢告诉西蒙，安娜贝拉很伤心，她很想念西蒙。他们俩就像一只手上的两根手指那样密不可分。她甚至都不能来看他，只能给他捎一些贴心话过来。托马斯把她写的信贴在他的素描画旁边，可是这显然不足以安慰小西蒙。他们俩以前在一起的时光是多么美好啊！托马斯发现，提起安娜贝拉的名字时，西蒙望着远处，眼里蒙上了一层悲伤的纱幔，于是他赶紧继续说道：

"你还记得怎样才能辨别出一只需要救助的刺猬吗？"

"不记得了。"

"如果它大白天在外面乱逛，一般来说就不是个好征兆了。我们就要把它放到一个纸盒子里，盒子里垫上一层毯子，给它保暖，然后要喂它吃的和喝的。"

"我们可以喂它吃什么呢？"

"把猫粮或者狗粮放在饭盒里，留在室外。"

"可是猫会来吃呀。"

"盖上一个盖子就行了。只有刺猬才知道怎么用它的尖嘴把盖子撬开。说到吃的，你妈跟我说你还是不想吃饭。"

"消毒食品好难吃啊！你吃过罐头薯条和比萨吗？"

"不好吃那是肯定的，可是你要吃才有力气痊愈啊。"

"力气可以从这些输液管里来，像这样，我就可以玩得更久。你看，这里面甚至还有橄榄油呢！"他指着印在输液瓶塑料袋上的长长的配方表，问道，"刺猬本来是吃什么的呢？"

"吃昆虫，蜗牛、鼻涕虫还有小虫子。"

"我更喜欢输液管！不过我还是很想做一只刺猬。"

"为什么？你全身都会长满刺呀！"

"这样我就可以蜷成一个球躲在我的窝里，谁也打扰不到我。"

“你想不想让我们给你做一个窝，你可以安全地躲在里面呀？”

“在这里吗？”

“当然啦，我们只需要在你床上支几条床单就行了。明天我们就跟护士说，你说好吗？”

“好呀！”

“现在，快把眼睛闭上，我给你讲一个想去月球的小刺猬的故事……”

20
当思念慢慢渗透

赫维很烦躁。所有的事情一件接着一件，让这一天的傍晚显得格外难熬。他不敢相信眼前一个显而易见的事实：思念让一切都变得难以忍受。多年来堆在他日常生活中让他不快的那些小事，突然之间都变成了灾难。思念会把一切都放大。他尝试着要把她从脑海里赶出去，然而没用，那些念头就在脑子里，确确实实地戳在那里。安娜艾尔侵占了他的思维。没有她的消息，这一整天就好像一片空白，被混浊的寂寞染得到处都是污点。真是可笑，真是不可理喻啊！在贫瘠暗淡的土地上开出一朵枯萎的花，并不会让这片土地变得更贫瘠暗淡，不是吗？难道……？

直到遇到这个女人，赫维才知道，原来一丁点儿的色彩就可以在黑色的底色中大放光彩。他已经在黑暗中生活了太久，再也受不了了。

坐在办公桌前，他把准备塞进信封的信又读了一遍。

*

斯特拉斯堡，4月1日，星期五

亲爱的安娜艾尔：

从早上开始我就一直在计算您给我回信的平均频率：根据我的计算，您的回信最早应该在上个周末，或至少应该在这周寄到。但是，我一直没能等到您的来信，也就是说，已经超过八天了。这还要算上约瑟琳娜今天跟我开的愚人节玩笑。给我送信件来的时候，她说："检察官先生，今天没有您学生的来信，因为她本人亲自来了，她正在接待处等您呢。"十五秒钟之后，我就抵达了现场，换来的却是记录员在身后同情地喊出"愚人节傻瓜"这几个字。您是不是也觉得她这样做犯了一个严重错误呢？竟然敢跟顶头上司开愚人节玩笑，要知道她的上司还是一名共和国检察官呢，更何况还是一个关于您的玩笑。我当时真想掐死她，然后把她就地开除，这简直名正言顺。可是这个女人会很伤心，也会因此而变坏，而这一切不过是因为她想幽默一把而已。话又说回来，她在工作上确实很高效，所以对我来说还是大有用处，我暂且就留着她吧。

我是不会跟您开愚人节玩笑的。我们似乎还没有熟到这个地步。您一直没有回信，真希望不是在捉弄我。不管怎么说，愚人节玩笑应该是让人感到开心才对。

盼望下周一能收到您的来信。

急切盼复。

赫维·勒克莱尔

耐不住性子的捕“愚”人

21
当巧合不再是巧合

4月3日，星期天

真是阴郁的一天。

不过这也没能阻止托马斯穿上跑鞋，跋山涉水去找松鼠。回来的路上他心里在想，一只松鼠的出现，到底是纯粹的巧合，还是有人在背后操纵着命运的绳索。几个月以来，他一直在思索，一个该死的巧合把它的意志随随便便扔在了一个8岁小孩的身上。曾经的西蒙多么喜欢在沙堆里玩耍，喜欢跟伙伴们一起踢球，喜欢去森林里散步，也多么喜欢游泳啊，而这几个月里，所有这些活动都让他感到筋疲力尽，这样的疲劳是不正常的。一个8岁的孩子，本应有着充沛的精力，而不是运动片刻就气喘吁吁，如同一条搁浅在岸上的鱼。当病痛的铡刀斩下来的时候，所有的活动都被斩绝：再也没有沙堆，没有足球，没有森林，没有泳池，没有电影，没有家庭聚餐，没有安娜贝拉，没有骄傲地独自一人去领回来的报纸，没有等着被抚摩的猫，没有海边度假。一切都没了。

就这样被一刀斩尽。

从此换了生活轨迹。

所有计划都被打乱，就像电视上那样，当有重大灾难发生的时候，所有的节目都会被打乱。不知道生活是否会重回正轨，甚至不知道这一天是不是真的会到来。当医生们宣布这个疾病的死亡率时，他们已经完全不知所措了。要从心底里相信这个孩子将跻身于那些好的数据当中，成为存活下来的人之一，这也需要无穷的力量。然而这股力量并不是一开始就有的，不是自然而然就生出来的。你得硬生生地让它在心底生根发芽，还得棍棒交加地赶走害怕失去的情绪。

然而有一天，你突然发现，生活只存在于当下，因为没有任何事情能告诉你，是否还有明天、后天，是否还有接下来的日子。于是，你只能尽力过好每一天，变得更加坚强、更加温柔，带着更多欢笑、更多疯狂。

托马斯忽然觉得那些松鼠是被派来让他珍惜当下的。

当所有惯例活动都进行完毕，西蒙躺到床上以后问的第一个问题，就是关于松鼠的。他现在已经明白了，林中漫步、素描画，还有跟他讲述森林里的故事的哥哥，总是会在每个星期天他临睡的时候到来。有的时候，他晚上会梦到这些事情，白天的时候，也会一遍又一遍地看着那一张又一张的素描画，这让他觉得，在这个与世隔绝的病房里，有了一个属于自己的小小天堂。

一个被安娜贝拉的温柔话语包围着的天堂。

西蒙已经很累了，但是今晚他又学到了好多东西。比如，松鼠的巢穴也叫背筐，就像圣诞老人的背筐一样。又比如，松鼠可以吃下毒鹅膏菌[1]却不会中毒而亡。可是他已经没有精力去记下松鼠们平常吃什么，它们采回来的坚果藏在哪里，以及它们的日常活动都是些什么。

那就下次再继续学吧……

1　一种有剧毒的蘑菇。

22
持续一周的愚人节玩笑

斯特拉斯堡，4月5日，星期二

亲爱的安娜艾尔：

您知道吗？最好的玩笑往往是最简短的。愚人节的玩笑应该在4月1日那一天终止，而不应该持续一整个星期[1]。所以说您不是在跟我开愚人节玩笑？还是说，您是在测试我的自尊还是我的耐受力？

我把之前给您寄的最后一封信读了又读，几乎可以背得滚瓜烂熟了（没错，寄给您的信件，我这里都会保存一份副本，这也许又是职业病的一种表现吧），生怕是自己又说了什么让您不开心的事情，但是我到现在也没找出个所以然来。我是不是又问了不该问的问题？是关于您工作的问题吗？您是为这件事而生气吗？

1　这个玩笑实际上持续了五天，此处为夸张用法。

为何在如此畅快的交流之后，您又如此斩钉截铁地断绝来往呢？决绝得像砍下玛丽·安托瓦内特王后[1]脖子的断头台。

哎呀，砍得好疼！

您会给我回信吗？

赫维·勒克莱尔

脖子隐隐作痛

1 法国国王路易十六的王后，在法国大革命中和路易十六一起被送上断头台。

23
回到正轨

4月10日，星期天

克里斯蒂安和克洛蒂尔德一言不发地坐在等候室的沙发上，两只手紧紧地握在一起。他们看起来并不悲伤，脸上透露的是疲倦，而不是悲伤。终于有一次，他们可以一起度过一些亲子时光了，西蒙也因此兴高采烈。来换班的托马斯问候完他们，在他们对面的椅子上坐了下来。他把今天画的素描画展示给他们看。他看到父亲的眼里写满了复杂，那眼神里满是感激和骄傲（能有像托马斯这样尽责的大儿子总是陪在他们身边，这让父亲感到十分骄傲），可分明又充满了无边的害怕和深深的无力感。

“他看起来状态很好，甚至不像个生病的人。”克洛蒂尔德说道。

“看到你们两个都在这儿，他肯定很开心。”

“你知道吗，他经常跟我们谈到你。你对他来说真的很重要，而且你扮演的是跟我们不一样的角色。因为你们有一样的默契，你给了他很多我们没有办法给予的东西。”

“他们已经找到骨髓移植的捐献者了，”克里斯蒂安插话道，“接下来的手术应该就快了，只是我们要做好迎接艰难时刻的准备。这对他的身体来说，是一次很大的动荡。化疗的力度会加大，他的身体会反抗，他要忍受很多痛苦，还会有一些新的症状出现。”

“也有一些风险要承担。”年轻的妈妈说话声低得几乎听不见，好像这样就能降低风险一样。

托马斯站起来，微笑着望向窗外。有一天，在世界上的某个角落，有一个人突然想到要去捐献骨髓。他心里在想，也许他做的这件事会很有意义，谁知道呢。而这样一个人，如今就进入了西蒙和其家人的生活中，他将帮助他们重新回到正轨。骨髓移植是西蒙痊愈的唯一希望，他们一直在期盼着这样一个人的出现，如今终于成了事实。从此，不管什么术后反应、什么疼痛、什么症状和风险，他们都会一一应对。如果需要托马斯更多的陪护，他也会毅然出现在西蒙身边，哪怕这意味着他要牺牲睡眠，甚至牺牲工作。为了弟弟，为了克里斯蒂安和克洛蒂尔德，他义不容辞。对他来说，这是必须要经历的，他没有办法想象还能有其他的路可走，他必须在这条道路上慢慢成长起来；慢慢去理解世界，包括自己的小世界和周围的大世界；慢慢去明白生活中真正重要的东西是什么；还要学会用新的角度去看待周围的一切。在这件事情上，西蒙就是最好的老师，他深深懂得如何让生活回到正轨上来。

托马斯亲吻了克洛蒂尔德和克里斯蒂安，与他们道别之后，向走廊深处走去，跟碰到的每一个人打招呼。长时间接触下来，家属和医院的工作人员都变得熟络了，因为住进来的孩子当中，几乎没有人能在短时间内出院。在漫长的封闭住院期间，所有人都会变得熟悉起来，有些是因为在咖啡机前简短的聊天，有些仅仅是因为在看到某个家长崩溃哭泣时，默默递过去了一张纸巾。他们要么是早已经历过这样泪如泉涌的时刻，要么是知道自己也终将会处于同样的境地。

托马斯准备换上医院的防护服，他要在这里待上好几个小时。在穿上蓝色防护服之前，他小心翼翼地把素描画贴在重症监护病房的窗户上。西蒙看到他的时候，从床上跳了起来。

是啊，不管情况有多糟糕，他依然这么开心。

的确还是个孩子。

他有着这样一种成年人不再拥有的活力。

“布谷！”托马斯连门都还没关好，西蒙已经雀跃着在跟哥哥打招呼。

“啊，原来这里也有一只布谷鸟啊。林子里已经有很多布谷鸟在欢唱了。”

“真的吗？你听到有布谷鸟在林子里唱歌了？”

“好几只呢，不过它们应该是为了争夺领地在打架，听起来很有攻击性。”

“也有可能是为了争夺雌鸟吧？”

“你可能不知道吧，跟大雁不一样，布谷鸟可不是专情的模范。一只雄鸟可以有好几只雌鸟，一只雌鸟也可以有好几只雄鸟。”

“大雁不会这样吗？”

“大雁一旦选择了自己的伴侣，就会终生保持忠诚，直到死去。如果其中一只死了，另一只绝不会再觅新伴。”

“那它们可得谨慎选择了。这么说来，爸爸上辈子应该不是只大雁。”

“可是他总是满世界到处飞！不管怎样，他可能也想变成一只鸟吧。你可以去问问他。我刚刚说到哪儿了？哦，对，我听到林子里有几只布谷鸟，肯定是雄鸟，因为雌鸟的叫声我们是永远听不到的。”

“啊？那妈妈上辈子肯定也不是只布谷鸟了。”

托马斯爆笑起来，旁边的一位年轻女护士也被逗笑了。这位护士每天晚上都会来给西蒙的输液瓶里输药。她长得瘦瘦小小的，留着一头金色短发，像个瑞典人。托马斯注意到，她笑起来时鼻子微翘，声音也很悦耳。

“您知道吗？您的弟弟教了我们不少东西呢。您跟他讲过的那些森林里的故事，他都跟我们说了。我们所有护士都快成为森林专家了。”

“森林里还有无穷无尽的秘密等待着我们去探索呢。”

“这些东西您都是从哪里学来的呀？”

“我经常去林子里散步，也看了很多关于自然的杂志和书籍。”

“不好意思，我刚刚打断您了，您刚刚说到林子里有好几只布谷鸟。”

“啊，对，不过我们还是先刷牙漱口吧。”托马斯对西蒙说道。

西蒙央求着，住院以来，他也变成了一个谈判专家。这些让人不快的时刻充斥着他束手束脚的每一天，无论是谁都会想无限推迟这些时刻。然而托马斯没有让步，因为他知道，讲完故事以后，就更加难劝服西蒙去刷牙了，可是牙是必须要刷的，更何况他还经常听着故事就睡着了。

刷完牙以后，护士法妮再一次检查了输液管。为了防止西蒙翻身的时候不小心把输液管拔掉，她用别针把它牢牢地固定在西蒙的睡衣上。本来她不需要做这些，因为通常来说，陪护的家属会注意好这些细节，这只不过是她为了在病房里多留一会儿故意找的借口。她也想知道更多关于布谷鸟的事情。对于医护人员来说，偶尔能从病痛当中抽离出来想想其他事情，也是一种莫大的慰藉。此刻整个住院部难得安静下来，她也想好好享受这片刻宁静。

“我留下来听您讲布谷鸟的故事，您会介意吗？”法妮小心翼翼地问道，脸都要红了。

“怎么会呢？不过您可能会感到有点失望。”

“啊？”

“布谷鸟是个残忍的小骗子。布谷鸟妈妈甚至都懒得搭巢。它总是在树林或沼泽里窥伺着那些正在产蛋的小鸟，一旦发现那些鸟都飞出巢了，它就会去鹩哥、红喉雀或是大苇莺的鸟巢里产下自己的蛋，然后还不会忘记在那些鸟儿刚刚产下的两三个蛋中带走一个，这样就可以做得神不知鬼不觉。”

“难道那些鸟会数数吗？”年轻的护士惊讶地问道。

“那些鸟虽然做不了乘除运算，但是它们也知道自己离开鸟巢时，里面有几个蛋，等它们回来的时候，能知道鸟巢里的蛋是不是一样的数目。就跟我们玩游戏掷骰子时，一眼就能看出掷出的是个三，还是个四或六。”

“那它们也会玩掷骰子游戏喽？”

“这就要另说了。”

托马斯和法妮会心地相视一笑。在这微妙的千分之一秒里，托马斯感受到了一种柔软的温度，一种说不出来的慰藉。

“产下鸟蛋以后，布谷鸟妈妈还是没有巢。不过这件事的好处在于，它可以不断地去别的鸟巢里产卵，就这样重复15～20次。这样的话，它要繁衍后代就很容易了，因为其他的鸟会代替它抚养后代。而这还不是最糟糕的。那些小布谷鸟会比其他鸟类早两天孵化出来。刚出生的布谷鸟很弱小，粉红的皮肤上没有羽毛，眼睛睁不开，体重也只有三克。尽管如此，它也会用自己的两只翅膀，把其他的鸟蛋背在背上，然后推出鸟巢。”

“它为什么要这样做呢？”西蒙焦急地问。

“因为它需要吃很多东西才能长大。成年布谷鸟的体形比‘收养’它、喂养它的鸟类大出三倍，要是跟其他鸟宝宝分享食物，那它自己就必死无疑了。”

“那小布谷鸟是怎么知道它应该做这件事的呢？”法妮惊讶地问。

“它的皮肤非常敏感，以至于它不能忍受任何东西的接触。所有在鸟巢里的东西都会被它扔出去。如果其他鸟宝宝在它之前出生，它也会做同样的事情。布谷鸟是没有任何同情心的动物。”

托马斯看着眼前的景象，感到很开心。这是第一次有护士在场听他讲故事，其他护士可能会对此毫不关心，也许是因为忙于工作，又或许是对大自然没有太大兴趣。但是此刻，这个年轻的护士却坐在输液架旁边的矮凳子上仔细地聆听。她不自觉地拉着西蒙的手，用拇指在他手腕内侧轻柔地为他按摩着。托马斯有点困惑为什么要按摩那个固定的点，但看到这位护士与弟弟那么自然地亲近，又感到很欣慰。他的两位听众翘首望着他，他赶紧继续讲起了故事。

“但是那些鸟爸爸、鸟妈妈没有任何反应吗？”西蒙继续问道。他觉得很奇怪，怎么会有父母心甘情愿地抛弃自己的孩子。

“它们就眼睁睁地看着，什么也不会做。最精彩的是，它们还会把这个‘入侵者’当成自己的孩子一样来抚养，一直到布谷鸟长大。冬天来临的时候，布谷鸟就会飞走，飞到南非去。”

“我们林子里的那些布谷鸟，也要飞到南非去过冬吗？”

“很少有人知道这个呢。”

“这真是敲诈啊！这就像是别的小孩闯进了我家，把我赶出门，然后妈妈和爸爸什么都不说，还给他东西吃一样。”

“就是啊！不过你放心，爸妈不会这样做的，他们那么爱你，不会丢下你不管的。”

“我知道，你也不会抛弃我。”

年轻的女护士谢过托马斯，感谢他这堂即兴发挥的鸟类学课，也谢谢他对西蒙的陪伴，然后轻轻地走出了病房。她心里明白，陪护家属对于孩子的病情会产生多么深远的影响。有些孩子的家属经常会在病床前缺席，每每看到这样的情景，她都觉得心碎。

半个小时之后，托马斯把身后的门轻轻关上，他在心里想：“不，西蒙，我永远都不会抛弃你的。”

24
火上浇油

斯特拉斯堡，4月11日，星期一

亲爱的安娜艾尔：

没有了春天里的小花，我的生活又变成了一片贫瘠暗淡的土地。

我刚刚才弄明白：您这是在试探我，想知道我是否看重我们之间的通信来往，还是说这对我来说无关紧要。

坦白告诉您，我在乎极了。没有您的来信，我的工作变得更加了无生趣，我的记录员更加伤心欲绝，我的婚姻也索然无味到了极点。

现在我的心里就挂念着一件事情：4月24日的那个礼拜天就要过复活节了。我迫不及待地盼望着复活节的巧克力兔，像孩子般地重新相信这个宗教节日。到时我会带着我的柳条筐去，如果运气好的话，您的信就会藏在某个矮树丛里，而我将会比找到巧克力兔的孩子们更加兴奋。只不过，我的孩子们早已不再去花园里找巧克力兔了。如果说，您的沉默是为了让寻找的兴奋感加倍的话，此时兴奋已经到达了顶峰，再往上走就要疼痛难忍了。

赫维·勒克莱尔

守株待兔者

附言一：至少，我的记录员这几天让我感觉很清静。

附言二：不过我宁愿她七弯八拐地跟我谈起您的信件。

附言三：求求您，给她的心火上再浇点油吧！

25
成束成束的花儿

写完回信以后，安娜艾尔心里琢磨着，赫维会不会还在期盼着她的来信呢？不知道他是不是失望了，生气了。之前忙于复健，她完全没有意识到时间的流逝。而且，她万万没想到，检察官竟会如此期望着她的回信。回到家，看到他接二连三的来信，她才明白过来。

*

塞莱斯塔，4月19日，星期二

亲爱的勒克莱尔先生：

您的来信让我很感动，也让我很内疚。我离家之前本应该通知您，要有好几个星期不能给您写回信了。

可是，从另一个角度来讲，我们之间并没有任何应尽的义务，尤其是我们的日程安排，并没有义务要通知对方。还是说，在信件的来来往往之间，我们已经养成了某种习惯，会因对方长久的沉默而感到痛苦?

请您相信，我真心感到十分抱歉，让您以为我不愿再与您通信，还让您因为这突然中断的联络而伤心难过。我这段时间一直不在家，正好我还利用这段时间好好地写了写我的小说。说到这儿，我又有了一些新问题，附在另一张纸上了。

您可千万别以为我是有求于您才给您写信的。这些日子收发邮件对我来说有点麻烦，而且当时我还有好多事情要处理。

身为共和国检察官，如果您连谈论春天里的花朵的权利都没有，那您的生活也确实是太暗淡无光了。要知道，本来您就已经连弄皱衬衫的权利都没有了。您别担心，在写给我的私密信件里，您想说什么都可以，成束成束的花儿都行。

我的工作是否让我感到幸福呢？这确实是个好问题。我的回答是否定的。写作让我感到幸福，听到好听的音乐让我感到幸福，跟朋友们度过一个美好的夜晚也很幸福。但我的工作只是为了糊口，人活着总得要吃饭吧。不过之前我也跟您提过，我的工作并不是令人绝望的那种。在工作上我没有很多热情，但这份工作还是令人舒服的（也许等哪天我下定决心钻研起女性优雅的社会学研究，这就另当别论了）。诊所的三位妇科医生从来没有对我做过什么越界的事（没错，这方面我有秘诀！），总体来说，他们对秘书都很和蔼。病人们大部分时候也很好，除了偶尔有一些尖酸刻薄的富婆，觉得什么事情都可以要求秘书做。要是没有得到穿白大褂的英俊医生的青睐，她们就会把怒气发泄在秘书身上，因为她们觉得看诊费里也包含了秘书的出气筒服务。还有一些病人会让我觉得感动，她们经常在结束会诊来付钱的时候，跟我倾诉她们的痛苦。看到医生已经在问诊下一个病人，她们才会跟我谈起无处倾诉这些私密问题的痛苦。所以说我这个医务秘书还身兼社会心理咨询师、出气筒等好几个角色。仔细想想，也挺有趣的，可能这也说明我是个无所不能的人呢。在工作上我从不觉得无聊。

好啦，好啦，您别急得跺脚啦，我给您一个新线索。上次您要求我给您一个可以一次性排除至少 15 个人的线索，您不觉得有点过分吗？这就好像所有复活节的巧克力都被藏在同一个地方，那还有什么意思呢？还记得我说过，享受寻找的快乐吗？

好了，请您记住，我的头发没有扎起来（没有盘成发髻，没有扎马尾，也没有用发夹束起来，等等）。这样您应该可以再排除 7 个人，我真是太慷慨了。您觉得这样行吗？

另外，在结束这封长信以前，我要向您申明一点：不要企图用数据来预测我的行为（我指的是回信的平均间隔时间），因为我从来不喜欢被关在数据的条条框框里。如果说根据“官方”数据我应该在四天之内回复您，那我很有可能会在这个期限上多加十天。

下次一定尽快回信，我向您保证……

安娜艾尔

您幸福的“仰慕者”

附言一：我还不知道您有几个孩子呢。

附言二：您的脖子还疼吗？

附言三：您办公室隔壁的黄鼠狼，是不是那个工作起来没日没夜的记录员？

26 配不上任何人

人类可能是唯一一种能够用思想来自我伤害的动物了，约瑟琳娜就是活生生的例证。

她独自站在卧室里，只有床头的一盏孤灯与她做伴，灰暗的老式灯罩里透出苍白的灯光。今天晚上她什么都没吃，因为她还没有完全消化早上的信件。她本以为这个年轻的女学生已经放弃了书信往来，以为自己从此摆脱了每次收到来信时心中升起的那股无声怒火。三个礼拜杳无音信以后，让她厌恶的信又回来了，检察官脸上那掩藏不住的喜悦也实在令她难以忍受。

约瑟琳娜看着她的穿衣镜发呆。这是她祖母的遗物，她的祖母也许是世界上唯一善待过她的人了。漂亮的穿衣镜上，木头支架已经被虫蛀出几处小孔，镜面却还一如既往地精致。小的时候，她常常对着镜子自顾自地上演白雪公主的桥段："魔镜魔镜，告诉我，世界上谁最美丽？"只可惜答案永远不是她。

她目不转睛地盯着自己的双眼，观察着自己梳得一丝不苟的发髻。今天早上梳头的时候，她又用足了力气，才把发卡紧紧地卡在头发上，紧到头发撕扯着头皮，疼痛感持续了一个小时。但她就是不能容忍有头发从发髻当中脱落出来，也不想因此让人觉得她是一个不修边幅的女人。她用手在后脑上摸索着，取下一个又一个弯曲的金属发卡。那些发卡用得久了，套在外面的塑料膜已经脱落，没有了这层膜，发卡不再光滑，变得很难取下来。

一共 27 个。

她幻想着有一天，有一个男人能为她温柔地取下这 27 个发卡，慢慢地，一个接着一个，让这被轻抚的快感无限延长。

她的头发垂了下来，落在肩膀上。这一头长发既不垂顺，也不卷曲，很难打理。约瑟琳娜好像无论在什么事情上都处在一个尴尬的中间地带，样貌如此，性格也一样。这样的处境就好像一个走在路上的人，出发之时并不知晓自己的目的地在哪里，于是注定要在路上流浪徘徊。

她开始慢慢解开灰色羊毛开衫上的一粒粒扣子。由于她的胸部过于丰满，那些扣子被一个个撑开，后背上被勒出来的赘肉勾勒出胸衣的形状。

她任凭开衫慢慢滑落在地上，露出白色打底衫，衣领和衣袖处是卷起来的装饰花边，棉质绒面的布料底下，透出肉色的胸衣。她从来不喜欢在内衣上大做文章，以此显露自己的性感。可又有谁会来与她共享这种快乐呢？有谁知道，在她的秘密花园里，在她的欲望殿堂里，长眠着一个诱人的珍宝，找到它的男人，将会流连缠绵，久久不愿离去。她一直没有学会如何变得性感动人。或许她从小就被教育，要成为一个性感不外露的女人。

既不能不修边幅，也不能性感外露。

她的打底衫也静静地滑落在脚边，跟羊毛开衫堆在了一起，声音静得就像一只在木地板上轻轻掠过的猫。她把宽大的胸衣从后背解开，胸衣上的金属部分撞上地板的时候，发出轻微的响声。她被吓了一跳，几乎跳了起来，还以为是幻觉。丰满的胸部如果不是因为下垂，应该会很好看。一对暗红色的乳头瘪瘪的，一点也引不起让人抓住的欲望。它们看起来如此暗淡无光，没有人会有兴趣用手或用嘴来爱抚它们。她的两只手伸向胸部，开始轻抚自己的乳头，想让它们因为兴奋而立起来。这需要花点时间，但最终它们还是开始慢慢变硬，给一对厚厚的乳房增加了一些触感。这对过大而又无用的乳房经常让她很烦恼。她知道，一旦她停下刺激，这对兴奋的乳头又会干瘪下去，变得毫无生气，令人同情。如果没有任何人来爱它们，那它们存在的意义又是什么呢？

她的右手开始往下，摸到她丰腴的肚子，然后一把抓起，迫使自己感受到那一团柔软的赘肉。不管穿什么样的衣服，她的小肚子总是在试图凸显出来。她的母亲以前总是会穿塑形衣，也许这的确是一个好的解决办法。掩人耳目的办法往往最行得通。

她把半身裙的拉链拉开，任裙子从打底裤上滑落，然后又快速地脱下打底裤，把它扔在地上一团乱糟糟的衣物当中。那些衣物无力地摊在地上，好像刚刚从一个无法忍受的身体上逃脱出来一样。

现在只剩下她的棉质内裤了。没有人会有兴趣来扒下这样一条内裤，更别说饶有兴致地把它慢慢脱下来。几个月以来她长胖了好几公斤，以至于内裤已经过于紧身，可她并没有心思去换掉它，于是她的胯部、大腿和肚子都被内裤勒得像要撑出来。她感觉自己像一棵树，钉在树上的指示牌经历过岁月，慢慢被树皮包裹起来，就好像要被这棵树吞噬消化，要被这棵树的皮肉完全覆盖。

内裤也落在了地上。私处浓密的毛发像是在嘲弄她一般，一直覆盖至大腿根部。她的私处就隐藏其后，像茂密的植被帘幕之后掩着一个洞穴的入口，也许应该用黑荆棘来形容这片茂盛的植被吧。仅有一次，一个男人穿过了这片茂密之地，在这里成其美事，却并没有好好地照料此地。当时他们才 17 岁，又笨拙又生涩，甚至都不是因为相爱才有了肌肤之亲，只是觉得在完成一件到了年纪应该完成的事情；只是为了可以跟人说，这件事已经做过了。

从那以后，这片植被长得更加茂盛，就好像在保护着洞穴的入口。此时，在肚子上揉捏着的手慢慢滑下来，停在了两条大腿的分岔处。她从来没敢在这里探索，也没敢仔细看过，更加没有爱抚过这里。也许是害怕了解自己的真面目，又或者是害怕了解之后不得不干出些什么事情。

只有一位医生真正地观察过她的私处，但那只是为了体检，十分冷淡，也没有任何温柔可言，而且那也是很久以前了。也许她已经太久没去做过检查了，但是约瑟琳娜从心底里觉得，没有什么需要检查的，不过是片荒芜之地，有什么可查的呢?

她静静看着镜子，昏黄的灯光下，没有任何防备地，被自己暴露无遗的身体伤到了。

看吧，你配不上任何人。

但很快，她又振作起来。她套上一件睡衣，关上灯，躺到了床上。她的眼睛在黑暗中睁得大大的，盯着天花板。她思考着应该怎样做才能不去想这些事情，思考着怎样才能让检察官明白，什么事情是一个女人可以做的，什么是身为女人不能做的。比如，用一些挑逗信件来勾引检察官，就很不应该。

她觉得自己只能再次单独行动了，但这一次她很有信心。

她总是知道如何伺机而动，而后一网打尽。

27
谜

4月23日，星期六

“我也不奢求些什么，只希望能够维持现状，只是现在我心里还是有些不太平衡。”

安娜艾尔又想起跟医生的谈话。离她说完这些话才两个月不到，她已经重新唤起了对生活的兴趣，开始有了很多小小的愿望，心理也慢慢平衡了。从此她的脑海里像是有了一段欢快的新旋律，带着她朝前走，拽着她走到信箱那里去。曾经，她不愿把自己束缚在数据的条条框框里，如今倒也开始计算起数字来。如果运气好的话，他应该会在周四晚上回信，会在当天离开办公室的时候把信寄出来。周五早上，信会离开斯特拉斯堡，如果一切顺利的话，今天应该会到达她的信箱里。

她一边悄悄用手指数着信件到来的日期，一边等着银行职员在计算器上敲出最终的月供款额度。幸运的是，这位职员人很不错，很善解人意，也很愿意助她一臂之力。毕竟，她也只是残疾了而已，虽然确实有点严重，但她正在慢慢地恢复过来。再说，她有一份工作，有定期收益，事故发生之后收到了不少赔款，还有她父母的保证金。

为了完成装修计划，也不需要向银行贷很多钱，所以她没有费多少力气就拿到了贷款。

这是她第一次购房，第一次即将拥有属于自己的家。带着轻快的心情，安娜艾尔从房屋中介处走出来，高兴得几乎想跳起来。跳还是算了吧，高兴的心情却是掩饰不住的，她满足地微笑起来，又是一次下颌复健训练呢。马上就要住到那个被群山环绕的安宁小镇上，马上就可以把那所小房子改造成属于自己的小窝，她觉得自己会过得很幸福。只不过，木匠的报价单迟迟没有发给她。

说不定他已经发过来了呢。满脑子想着这所小房子，她几乎忘记去期待检察官的来信了。而当她打开信箱的时候，却没有收到任何木匠的来信，只有一个包裹躺在里面……

安娜艾尔忍不住地嘴角上扬，但心里还是存着一丝疑问。她不想这么快就相信这是检察官寄来的。万一他不像她预想的那么好呢？

*

斯特拉斯堡，4月22日

亲爱的安娜艾尔：

您还活着！现在您回来了，我终于可以跟您说，我可为您担心坏了！我把所有可能的情况都想了一遍：交通事故、绑架、谋杀。不是因为我看电视看多了，而是因为我每天的工作都被这样的内容所包围。但是现在您回来了，而且比之前更有活力了，至少从您的信件来看是这样。您献给我的可不再是一朵花，而是整个花坛。这段时间，我的记录员应该很记恨您。因为连续三个星期没有您的消息，我在她面前变成了一个面目可憎的老板。以后再也不要这样难为她了！

就像您说的，在短短几封书信往来间，我已经觉得与您足够亲近，也会为了您的命运而担忧。我更后悔没有问您要电话号码，以便随时联系到您。所以我把我的名片放在了这个信封里，还写上了所有必要的号码和我的私人手机号。如果有需要的话，请尽管给我打电话。您看，我对您一无所知，连您的声音是什么样也不知道。但是您知道我最近总在想什么吗？倘若有一天，您真的有什么不幸的事情发生，没有人会来通知我。我将永远收不到您的任何消息，没法知道是您故意不回我，还是有什么悲剧发生了。我也不能确定到底是我的自尊心会受到伤害，还是命运跟我开了一个不可饶恕的玩笑。您这么会分析，能不能告诉我，这是一种什么样的反应？这是正常的吗？还是过激的？还能治好吗？

在照片的事情上，您可一点也没有帮到我。现在您对我来说，依然是一个谜。我仍然不知为何您会整整三个星期杳无音信。我能想出无数个理由，但是如果您愿意的话，还是请您跟我解释一下吧，不然我又将在对您一无所知的角落里苦苦等待。我已经接受了——您就是如此这般谜一样的花朵，什么也改变不了您。

您看，给您写信也会让我变得很快乐。我什么都可以跟您说，甚至是那些我不会在任何地方跟任何人说的事，因为我永远不用担心您会如何评价我。我花了太多时间扮演一个又一个角色，穿过了一件又一件正式的西装，要显得严肃正直，要做一个优秀的检察官、一个完美的丈夫，然而我多么想只谈一些无聊的琐事，只做有色彩的梦。我感觉自己像一只受伤的老熊，孤独地在一旁舔舐自己的伤口。自从收到您的信件后，我的孤独感变少了。也许您做的只有这些，但对我来说，这些信真是奢侈的享受。

您的工作听起来好像很有趣的样子。我对女性社会心理学还不太了解，不过这对我的工作应该大有益处，尤其是可以帮助我来对付我的记录员。如果有必要的话，我少不了要向您请教一些相关问题。啊，我突然想起来一个。"欲求不满尖酸刻薄的富婆"是什么意思？我必须得让我的太太远离这个标签，您要知道，男人都是很骄傲、自尊心很强的动物。

我有些惊讶，你们诊所的医生竟然从来没有对您做过什么越界的事。我还不知道您具体长什么样，但从您给我写的信可以看出来，您是一个很讨人喜欢的姑娘。我在想您有什么秘诀可以保持如此难得的安全距离。看似不经意间，我已经慢慢向真相靠近，有一天我定会把您从剩下的这 17 个女孩当中找出来，为您画上光环。我每天一遍遍地看您寄来的照片，想根据您的信件，猜测出您到底是哪一位。但是我又害怕自己会弄错，所以我还是耐心地等着您的线索，就像孩子们耐心地等着圣诞老人的到来一样。

希望您是喜欢巧克力的人，但也不要贪婪，不要一次吃太多哦。

以后请叫我赫维吧。

赫维

您的复活节兔子

附言一：我向您保证，以后再也不把您关在数据的条条框框里了。

附言二：所以说您的下颌的事情是真的？如果我冒犯您了，还请原谅。不过，如果您能不这么神秘就好了！

附言三：看来，我们的信是越写越长了……

28
印第安兔的绝招

复活节一到，到处都藏满了巧克力，医院里也不例外。生病的孩子们比任何人都更容易被巧克力吸引，想一次吃个痛快。西蒙却被关在无菌病房里，不能出去跟其他孩子一起寻找藏在各个角落里的巧克力蛋。不过他还是收到了一个小礼物：一个罐头巧克力。虽然也是无菌的，但好歹是甜的。看到托马斯走进病房的时候，他的嘴角咧到了耳朵根。

今天画的自然是一只兔子。托马斯把画挂在窗户上，紧挨着其他的素描画。

“你收到巧克力了吗？”

“对啊！复活节兔子也会到医院里来呢。但在医院里，我们也看不到它。”

“那当然啦。你想，它身上带着那么多糖，肯定得低调一点。这里有那么多贪吃的小孩，它要是不低调一点，早就被抢空了。不过它还有个躲开孩子们的绝招。”

“像印第安人的绝招一样吗？”

“差不多吧！如果它感觉有人在跟着它的话，它就会立马停下来，往回走个十几米，然后往旁边远远一跳，跳出三米开外。这样它再走另一条路，在它后面的人就再也跟不上它了。”

“像这样跳吗？”西蒙站到床尾，往旁边一跃，差点儿从床上摔下来。

“对，差不多！”

托马斯走到他面前，抓住了他的手。眼下正是让西蒙好好活动活动的时候，他不想让这个机会溜走。

“你再给我展示一下你的兔子跳怎么样？我扶着你，你可以跳得再高一点。”

就这样，兄弟俩嬉笑着打闹着，西蒙跳了十几分钟。可是他跳得一次比一次近，不一会儿就累了。长期缺乏锻炼的肌肉，已经变得十分懒惰。

“太棒了，兄弟！你太厉害了！”

西蒙向哥哥投去了如释重负的眼神，像一个已经用尽全力，却明白已经到达极限，再也没法继续下去的人。疾病的枷锁，把他捆得越来越紧。他分明感到自己被困在了这个枷锁里，脸上浮现出悲伤的神情。

不要以为能糊弄他，西蒙心里什么都明白。

29
沉迷于享乐

4月26日，星期二

“这可真是稀奇啊，检察官先生。这个信封跟前几次的都不一样，看起来薄了好多呀！是不是一封分手信呢？还是永别信？草草几句话就结束这段命不久矣的韵事？”约瑟琳娜话里行间满是讽刺和傲慢。

“这下您开心了是吧？莫非您已沦落至此，要通过观察我的信件的大小和重量来得出一些令人生疑的结论？约瑟琳娜，我认识一个很好的心理医生，他应该帮得上您。”

“我不需要任何人的帮忙。”

“那我也不需要您的评论，就像个尖酸刻薄欲……”

“欲什么？”

“没什么，我自己明白就行了。”他边微笑着，边沿着走廊朝自己的办公室走去。

*

塞莱斯塔，4月24日，复活节当天

亲爱的勒克莱尔先生：

没错，我们的信是越写越长了，不过我们也可以写简短的信呢。您瞧，这不是吗？

谢谢您的包裹，我真是太开心了。

您可要把我给宠坏了！您究竟是怎么知道我喜欢什么巧克力的？

您不会是剥削了孩子们的巧克力，偷偷挪用了藏在卧室衣橱里的复活节巧克力库存吧？

再次由衷感谢。

安娜艾尔

*

斯特拉斯堡，4月26日

亲爱的安娜艾尔：

我更喜欢长信……

赫维

附言一：不要回避我上封信里提出的问题，那对我来说很重要……

附言二：您真的不愿意称我为赫维吗?

*

塞莱斯塔，4月28日

亲爱的赫维：

（我这么称呼一位共和国检察官，没有人会因此而惩罚我吧？？？）

我向您保证，下次长时间不能回信的时候一定提前告知您。

您为发生在我身上的事情而担心，这让我很感动。我已经把您的号码给了我的父母，如果真有什么事情发生了，我的父母定会通知您，除非我的父母跟我一起或同时殒命了。

您说自己是一个骄傲的、自尊心很强的动物，我可一点儿也不信。您这是重拾了花言巧语的习性吗？不过，舔伤口这个说法，倒是很适合您。我只希望您的伤口旁边没有长太多毛。

至于说您提到的“欲求不满尖酸刻薄的富婆”，我真希望您家里的那位不是这种人。您也不会娶这样的人回家吧，还是我弄错了？

新线索一条：我穿着牛仔裤。（提前给您的圣诞礼物！）

我的下颌问题是真的，也许有一天我会跟您解释清楚。

好了，您赢了！我把我的电话号码写在了一张卡片上，放在信封里了。现在好了，我最后的面具也被您摘掉了！没错，我就是这么容易被几盒巧克力收买，真是个不坚定的女人呢。

但是，还是有必要向您澄清一下，虽然我向您打开了私人生活的大门，但还是有几条必须遵守的原则：

√只能在紧急情况下才能使用电话号码。

√使用语音通话前，必须先用短信的方式提前询问对方是否可以。如果拒绝语音通话，可以不提供任何解释（不管有没有合理或符合逻辑的原因）。

既然您这么喜欢计算数据，我也全身心地投入一个小小的计算当中来：我决定，每读您的一封信，我就会吃您送的一块巧克力（这样我读信时的快乐就加倍了）。鉴于我们通信的频率是大致每周一封，盒子里大概有四十多块巧克力，我应该可以坚持到圣诞节，这还算上了那些不开心的日子里的额外消耗。甜甜的巧克力吃到嘴里，再想起送巧克力的人，幸福感又加倍，这比最好的抗抑郁药还要有效。

您也一样，字里行间已经把自己暴露了。不管您有没有意识到，您应该受犹太天主教影响不浅吧，因为您跟我说，不要太沉迷于享乐。为什么不能呢？您不觉得，我们就应该沉迷于享乐吗？毕竟人生苦短，没有时间蹉跎。

盼望您早日回复。

安娜艾尔

您的无害花朵

附言：您是否也被我的一些问题冒犯到了？比如关于您孩子的问题？

30
简单的快乐

斯特拉斯堡，5月2日，星期一

我亲爱的安娜艾尔：

（没人会知道您对我直呼其名……就算知道了也没什么要紧！）

很高兴我的包裹让您感到开心。之前我去了我最喜欢的一家巧克力店，跟女老板稍微描述了一下我要送的是什么样的人，她就给我推荐了这些巧克力。应该说一个人对食物的品位与其本人的气质是很相近的，这位女老板很会根据人的性格判断他们在食物上的喜好。

不过，我不太确定，这些巧克力到圣诞前夜还能不能吃。我觉得我们的通信应该更加频繁一点，这样您就不会有食物中毒的危险。万一您中了毒，我也会因此而内疚。

另外，您有注意到吗？我的名片上面还写着我的电子邮箱地址，也许写邮件会是更简单的交流方式，更快、更环保，也更保密。因为除了我自己，没有任何人可以打开我的收件箱，我的密码只有我自己知道。现如今，你们这一代人都在使用电子邮箱，您应该也有一个吧。

您的父母知道我们通信的内容吗？如果发生什么不幸的事情，他们还得通知一位共和国检察官，他们没有对这件事感到很惊讶吗？

至于说我，如果娶了一个欲求不满尖酸刻薄的富婆，那我真的会很烦恼。可是您依然没有跟我解释清楚这个标签后面隐藏着什么样的细节，所以我也不能确定自己到底是不是娶了这样一个人。

我不知道自己是不是不由自主地受犹太天主教影响太深。这难道不应该归结于从小的教育和社会价值观的影响吗？不过您说得对，人是应该尽情享乐。所以今后收到您的来信，或是反复阅读之前的信件时，我再也不会有所顾忌了。

我注意到，在最近的这几封信里，您还是很神秘，不愿意透露更多有效的线索，不想让我在照片中辨认出您，给您在头顶上画上光环。这到底是为什么呢？您的下颌是有什么问题呢？为什么需要复健？

您并没有问什么让我生气的问题。我有一个快满 16 岁的大女儿和一个比她年纪小一点的儿子（14 岁多一点）。这也是我门口的草坪几乎寸草不生的原因（您就是这草坪上唯一的花朵）：我的一对儿女都处在叛逆的年龄，这简直就是一个强力除草剂。

所以说他们早就不再相信圣诞老人，不再相信复活节兔子，用小老鼠也吓唬不了他们了。他们也不再看重家庭聚餐，不再愿意跟他们的父母一起出去度假，更是对父母的权威不屑一顾。小儿子对于个人卫生满不在乎，大女儿穿着打扮也经常有失体面。换句话说，跟他们一起玩耍、互吐衷肠的美好温情时光早已成了模糊的久远记忆。老实说，有的时候我会故意在办公室加一会儿班，就为了确保等我晚上到家以后，所有人包括我的太太都已经吃完晚饭，各自干自己的事情去了。我会取上一个托盘，去冰箱里拿上一瓶冰镇啤酒、一些剩饭剩菜，然后坐在电视机前，随便换到某个频道的采访节目，享受这简简单单的快乐。

您呢？您也有孩子吗？

感谢您告知了手机号码。尽管这可能会显得我很愚蠢，但是我现在放心多了，也感觉与您更亲近了。我也知道自己不会去拨这个号码，因为我们之间本就没有什么紧急情况。

我拥抱您。

赫维

附言一：约瑟琳娜，也就是我的记录员，重新找到了生活的乐趣。因为现在每周一次，她又可以对我刻薄地评头论足了。

附言二：您真是个调皮鬼！17 个女生当中，只有一个没穿牛仔裤。让我快点猜出来吧，求您了，我快受不了了。

我们之间存在着一个巨大的不公平，您还没看出来吗？您知道我所有的一切，而我却对您知之甚少。要知道，我可是在法律部门工作，法律天平两边的砝码重量应该是均衡的。请再给我一些线索，给我这边的秤砣再加几个砝码，让天平重新回到平衡吧！

31
喧嚣中的叫喊

今天晚上，西蒙很快就睡着了。也许是一时难以适应新的治疗方法，也许是无端地被卷入与病魔的抗争中，又或许是意志力偶尔的松懈，他柔弱的身体被日渐消磨。倒不是说他过得多么悲惨，就好像他从来没有见过蓝天白云，从来没有经历过家的温暖和学校的快乐一样。他看起来还是开心的，可是毕竟不是在自己家里，不能跟父母在一起。虽然学校的小伙伴们会时不时给他写信，安娜贝拉也常给他写一些贴心话，但他毕竟不能跟朋友们在一起，不能见到面包店老板娘，不能跟邻居家的狗狗还有托马斯的猫一起玩耍，也没有摩比世界[1]的玩具可以玩。

面对这些念想，也难怪他有时宁愿早点睡着。

托马斯清楚地感觉到，今晚西蒙的声音中带着一种欢愉即将殆尽的疲惫。他迅速脱下了防护服，在去更衣室的途中，跟护士们一一打过招呼。医护人员们正围在一个蛋糕旁，互相分发着蛋糕，房间里弥漫着轻松甚至是愉悦的氛围。蛋糕上点了蜡烛，应该是在为谁庆祝生日。是啊，其他人也有他们正常的生活要过。也正是这样的时

1　一种起源于德国、畅销于世界各地的组装情景玩具。

刻，给了他们继续坚持的理由，让人们暂时忘记，住院部二十个病房的每一个房间里，病魔依然在肆虐。那个叫法妮的年轻护士，就是来听托马斯讲布谷鸟故事的女护士，正端坐在蛋糕后面。托马斯猜想，也许是在给她庆祝生日吧？她多大了呢？

要是在平时，托马斯应该会很乐意邀请她下班以后出去喝一杯。她今天上的是下午班，很快就要下班了，只需稍微等她一会儿就行。况且她还是个善良有趣、充满活力的女孩儿。听其他人说，她刚好恢复单身不久。可是，如今这种情形下，他要怎样开始一段恋情呢？毕竟他连最基本的生活需求都没有时间满足了：吃饭、喝水、洗澡、工作，每件事都在争分夺秒。爱情到底算不算最基本的需求呢？

回家的半小时路程，他一直在思考这个问题，一直到回家关上房门的时候还在想。他一点都不饿，当一个人在痛苦中煎熬时，饥饿感往往也会消减。

那么就放纵自己欢愉一次吧……

他已经有三年没有跟任何女人有过肌肤之亲了。经历过一次痛苦的分手后，他就得知了弟弟患上白血病的消息。他甚至说不上来是不是有点想念这样的欢愉。倘若他的身体会说话，肯定已经饥渴得大喊大叫了。然而病魔在弟弟的床头肆意喧嚣着，盖过了其他所有噪声。就好像在工地上戴上安全帽一样，所有其他声音都变得遥远，变得无关紧要甚至毫无用处。身边的一切就像是被消了音，只有跟西蒙在一起的时候，他的世界才重新有了声响。对女人的爱情就如同这喧嚣中的叫喊，被安全帽闷住了声音。

而且，他也明白，即便他重新开始追求女人，也得不到太多垂青了。很多女人只要一想到那几根断指在自己身上抚摩，就会浑身打冷战，甚至觉得恶心不已。她们不知道，正是由于这些残缺，剩下的这些断指才变得更加敏感，能更加温柔地感受每一寸肌肤，抚摩坚挺的乳头，轻描出脸颊的轮廓。

托马斯洗完澡，站在浴室的大镜子前，腰上只缠着一条浴巾。每天晚上他都要在莲蓬头下把医院里的气味冲洗掉。湿漉漉的头发乱糟糟地顶在头上，衬托出他方形的脸颊和炯炯有神的双眼。当他笑起来的时候（虽然他现在很难笑得出来），会露出一口雪白的牙齿，牙齿排列整齐，只有左边的一颗虎牙不太听话，但这也正好给他带来一些与众不同之处。浅色的胸毛分布在他的胸口，一对胸肌得益于他的工作而显得越发结实。还有他强健刚毅的手臂，把柔弱的女人揽入怀中时，又变得如此温柔。在他强壮结实、肌肉分明的身躯里，藏着一颗低调沉默的心，心里有着无尽的温柔等着对的人来分享。他并非豪门显贵，只是一个小小的木匠而已，可是他懂得如何尊重，知道如何取悦、如何吸引，也懂得创造，他知道如何去爱一个人，更懂得如何被爱；他会把这份爱意表达出来，说给那个愿意分享他世界的人听。尽管他的世界里什么都没有，只有森林、工作、家庭、侦探小说，或是比他年纪还大的乐队音乐，还有他的画。他希望两人的生活里只有美好，只有“执子之手，与子偕老”，当然也要有鱼水之欢。他甚至都不知道藏在浴巾下的那个玩意儿是否还活着。好吧，就算是邀请一个女人去喝一杯，如果合得来就继续交往，那如果合不来呢？

托马斯想起了法妮在蛋糕烛光里的脸，想起她笑起来时微微翘起的鼻尖。如果当时他邀请了她，他们会不会喜欢上彼此呢？会不会相拥入怀？她甜美的嘴唇迎上托马斯的吻，他们的身体会不会彼此交融？想着想着，他感觉到身体下面碰到了洗脸池，并因为这瞬间的快感而微微颤抖。这时他又有点儿放下心来。

欲望还在。

但是在这之前，他希望骨髓能够移植成功，西蒙的病能痊愈，然后回到家里。这样全家人都能放下心来。

然后，他再考虑是不是再打开心门，迎接新的感情。

迎接属于两个人的美好生活。

32
拼图碎片

赫维·勒克莱尔差点儿就要给安娜艾尔发短信了。已经差不多十天没有她的任何消息，不过他又劝住了自己：毕竟她没有义务每周给自己写信，而且也不该用数据来预测她的行为。显然她不是忘记回信了，至少他是这么希望的。那为何还没有回音呢？不过，其实也才晚了几天而已。更何况，他们之间的通信又没有什么要紧的事，只是一些轻松的话题和思想的深度交流而已。

真的仅限于此吗？

很显然不是，不然他也不会这么焦急地等待着邮递员；在众多信件当中发现她的来信时，他的心也不会如此幸福洋溢；他也不会把她的信件揣在怀里，一天读好几遍；更不会在闲暇之余，一刻不停地想着她。

显然还有别的东西。

但是还有什么呢？

今天收到的是一个包裹，上面依然是她娟秀的字迹。

是巧克力吗？

*

塞莱斯塔，5月9日，星期一

亲爱的赫维：

您真是不达目的不罢休呀。为了让我多写信，您连巧克力食物中毒这样的理由都搬出来了，脸皮可以说够厚了。您说得没错，电子邮件的确是更简单的交流方式，更迅速、反应更快、更环保，也更保密，但是在收信箱里收到一封贴着漂亮邮票的信，可比收到一封电子邮件有趣得多。（莫非是我太天真烂漫？）诚然，如果我们用电子邮件交流，您就不需要再去考虑信件如何保存的问题了。可是难道您不觉得，这样我们就会掉入即时通信的陷阱，从而丧失因等待而产生的兴奋感吗？纸质信件的优点就在于，它让时间变得不可压缩，运输和投递的时间都不能被抹去。正因如此，您会变得没有耐心。我要向您坦承，我也一样。我也会在邮差送信的固定时间点，三番两次地检查我的信箱，生怕因为没有听到邮差的声音而错过您的信件。而当我看到信箱里只有广告和发票的时候，又会因为沮丧和失望，挤出难看的脸色。所以说，我的确担心，网络的迅捷会直接影响我们的工作和生活，因为我们将会无时无刻不在检查电子邮件收件箱，从而无法专心工作和生活。而且，下笔之前我们也不会再精心雕琢语句，您觉得我说得对吗？

我跟我的父母解释过与您相识的经过。因为您是以前教过我的老师，我冒昧地向您提了几个问题，然后阴差阳错地保持了联系并熟络起来。所以您很关心我，生怕如果我出了什么事没有人通知到您。这也不算是胡说八道吧？如果您发生了什么要紧的事情，又有谁会来通知我呢？我能指望约瑟琳娜吗？

看来您确实对您的太太不太放心。好吧，我这就跟您解释一下“欲求不满尖酸刻薄的富婆”是什么意思：它指的是那种出生在富贵家庭的女人，从小养尊处优，以至于总觉得什么东西都可以用钱买到，什么东西都是理所当然。自然，她也没有任何知心朋友，因为真诚的友谊没法用钱买到。在自己的丈夫面前，她总是哼哼唧唧地抱怨个没完没了（这种行为会让人对她兴致全无），以至于她的丈夫宁愿在外面找个穷酸却令人开心的小情妇，因为这样的女人会毫不吝啬地给他带来肉体上的快感。小情妇令他如此春风得意，以至于他会时常带着她出入各种高档餐馆酒馆，当然他也会尽量避开正房太太时常光顾的那些地方。总而言之，这样的女人在物质上没有任何忧虑，但在精神上却是荒芜一片，也因此而变得喜怒无常，惹人生厌。没有人会想要这样的女人，不管她如何注意保持古铜色的皮肤，如何注意面部抗皱，不管她在美甲和节食上花多少时间，她永远是一个无趣的女人，因为她的精神已经荒芜太久了。如果说她还能跟谁滚滚床单，那也不是出于真挚的爱情，她的床伴并不是看中她这个人而只是看中了她的身体。可以说她过得很不快乐，与此同时又很惹人厌恶。但是谁又能责怪她呢……

您放心，我不是经常碰到这样的病人，只是有时候极个别的病人会有些过分。但我也学会了不任人欺负。不过，您真的怀疑您的太太是这种人吗？

至于说我，我没有孩子。我也很难想象餐桌上同时坐着两个青春期的孩子时，家里会是什么氛围。毕竟我们都经历过青春期，都叛逆过。

我现在没有孩子，而且我也不知道今后会不会有。事情就是这样，赫维。关于我的下颌出了什么问题以及为何这么久没给您回信，我想我确实欠您一些合理的解释。但是我又怕告诉您真相，会越过我们之间的安全距离。我在这个安全区域里面躲躲藏藏了好几个月，可是您却从另一个门口进入了我精神上的安全领域。我默默希望，但愿这对我来说是一件好事。

是的，我的下巴受伤了，因此我一年之内连续做了三次手术，外科医生需要对我的面部进行重新整形，因为我的半边脸被车体撞得塌陷下去，还被玻璃碴划出了很多口子。您现在应该明白了吧，为什么我不想那么着急地让您给我画上光环了。因为现在的我跟照片里的我已经不是同一个人了，至少不完全是了。不过，我的整形师很出色，变魔术般地几乎还原了我以前的样貌，只是脸上还留下了一些丑陋的伤疤，应该没法完全消失，但是随着时间的推移，也会慢慢变淡。每天路上都会发生一些愚蠢的车祸，我所经历的就是其中一起。前一秒钟还万事太平，后一秒钟我的人生就被搅了个底朝天。开车的人是我当时的男朋友，他闯了红灯，因此铸成大错。最终他安然无恙地脱身了，我却没有那么幸运。另一辆车从右边狠狠地冲过来，整个撞进了我这边的车门。

那三个礼拜的沉寂，就是因为我在医院里面接受髋骨手术，我已经记不清这是第几次了。在这个问题上，外科医生也几乎创造了奇迹，不过还是没有完全解决我的问题。我的骨盆也被车撞得塌陷，并被撕出了很多口子。

这也是我休了学并再也没有重拾学业的原因，因为我只能找一个整日坐着不用起身的工作。我应该再也无法行动自如了。现在我的身体就是一团糟，跟您送给我的巧克力一样，乱糟糟地躺在小纸盒里。就像是拼图游戏里的那些小碎片，仁慈的医生们试图把它们一块一块地、尽可能地拼到正确的位置。如果他们喜欢拼图游戏的话，那应该会大过手瘾吧。幸运的是，我的头部并没有受到任何损伤，我是说脑袋内部。您看，我在胡说些什么呢，我的头也受伤了，精神上受到了很大创伤，所以我也不再是以前那个我了。

我就说到这儿吧，现在提起这些还是会让我很痛苦。可是很奇怪，我竟然可以跟您聊起这些事情。因为我相信，您不会因为我现在的样子而感到害怕，也不会因此而逃走。

我拥抱您。

安娜艾尔

一台碰碰车

附言一：千万不要在我面前上演同情的戏码，我会因此觉得很受伤。同情我的人已经够多了……

附言二：哦，对了，关于这个包裹，里面装的不是巧克力。我可送不起这么大一盒巧克力，但又不想送您一些劣质品。里面装着的东西是想让您明白，写纸质的信件还有些什么不可多得的好处。

*

赫维把信收起来，开始了思考。他在心里问自己，是不是像安娜艾尔所担心的那样，现在他脑海中关于安娜艾尔的样子，会让他感到害怕。在他处理的一些案件当中，他也见过几起严重的交通事故。他明白被车撞到会带来什么样的后果，会造成什么样的精神创伤，需要经历多么漫长的治疗，而且很有可能会落下终身残疾。但他又回想起了每一封往来的信件，想起她写下的每一行字。于是他拿起手机，给安娜艾尔发去 通短信：

我感觉这件事十分紧急，所以选择用手机给您发过来了。请您放心，我不会逃走的。恰恰相反，我会一直在这里。我更加不会同情您，只是会心疼您，这是一种温柔的爱怜。剩下的话留在信里说吧……

赫维

33
乱糟糟的美妙

5月13日，星期五

安娜艾尔今天中午就可以下班了。下午她有半天假，可以去房产中介处查看一些最后的文件，顺便也可以再联络一下木匠，至今还没有收到他的任何反馈，她不禁感到一丝担忧。最后她再开车北上，去父母家过周末。她本可以直接走，包也早就准备好放在车里了。以往她也总是这么安排，因为这样就可以避免穿过整个城区回到自己家，然后再穿城而过，去父母家所在的山城。但此刻她还在盼着一封回信，她不想让这封信空留在信箱里，直到周日晚上才能拿到它。她宁愿在车上多花点时间，因为万一收到了回信，她会觉得很开心。不过她也做好了扑个空的准备，回来的路上免不了要嘟嘟囔囔一阵子。

在楼下停好车以后，安娜艾尔犹豫着要不要上楼回家一趟。她本可以去大厅拿了信件直接就走，但她还是决定上去把她的猫一起带走。她的猫好像很喜欢山里的生活，也正好让它去赶赶田鼠和壁虎。她把一切安排妥当后，又留出了一些时间给木匠打电话。

吃午饭的时间好像比较容易打通他的电话。

“对，不好意思，我没忘记您的事。只是我的工作实在是太多了。下个礼拜我做好给您发过去吧，或者我给您送过去。”他有点迷糊地回答道。

“我六月底到七月中有三个星期时间不在这里，在这之前我应该能拿到钥匙。您觉得，我不在的这三个星期内可以完成装修吗？因为我想七月底搬进来。”

“嗯，应该可以。我马上给您把报价单做出来吧。”

“那就拜托您了。”

挂电话的时候，安娜艾尔感觉到他是真诚地感到很抱歉，但愿他能按期完成装修吧。她不想重新换工匠了。这位木匠是别人推荐给她的，而且他们对他的评价都还不错，最好还是相信他吧。下楼的时候，她顺便去取信。打开信箱，拿出里面的东西，强忍住没有翻看，然后上了车，开到房产中介处。她在这里得到的全是好消息，很快她就可以签合同，六月初就能拿到新家的钥匙了。

接着，她开车去了父母家，急切地跟他们讲述完新家计划后，她迅速地冲进自己的房间。这个房间一点都没变，还保持着她少女时代的样子。年轻的女孩慢慢地筛查起那厚厚一沓信件。她很喜欢挑战自己的耐心，挑战自己的神经。虽然她面对过很多不小的挑战，可她却在这样的小小的挑战当中，体会到了耐心等待的乐趣。

赫维的信就在其中。

她躺到床上，把假肢取下来，让自己觉得更自在，然后把信展开来。

但愿谁都不要来打扰她……

安娜艾尔此刻全身心地跟他在一起，全神贯注仔仔细细地读着每一个词，每一个句子；时而宽慰，时而惊喜，时而又好笑。每读完一段，她心里已经知道该如何回复他。这是一封真诚而又热烈的长信。他祈求着她揭开这层神秘的面纱，不要再隐藏她的真实身份。信的结尾是“您总是能让我开怀大笑！请再接再厉”。

应该继续伪装下去吗？她开始产生了深深的怀疑。他们之间日渐浓厚的情感已经容不下这样的姿态。

她把信重新折起来，双眼放空地思考着，甚至没有听到她的父亲在敲门。敲门声轻轻地继续响着。

“我们要出去散个步，就在不远的地方，你要跟我们一起去吗？”

但是安娜艾尔更想利用这难得的宁静继续写她的小说。毕竟她是因为这件事才跟检察官有了联系，她不想让他失望，她想让他为自己感到骄傲。再说她也很想写，此刻她的心里有一个被重新温暖起来的小角落，塞满了乱糟糟的美妙，她很想把它创造出来，留在她的书里。

安娜艾尔坐在窗边的书桌前，桌上还写满了年少时的雄心壮志。窗外是广阔无垠的风景，她思索着，任凭想象翻飞。她想抓住读者的心，想感动他们，想让他们产生怀疑，就像刚刚在读信时她所感受到的那样。

34
他人的美好生活

在这件让她怒火中烧的事情中，约瑟琳娜能否有一丝胜算呢？

离开办公室之前，她往里面又看了一眼。办公椅被仔细地靠在办公桌前，每一份文档、每一支笔都整齐地摆放在自己的位置上。没有一丝零乱，没有任何不齐整。秩序和严格是事物正常运转的唯一保证。检察官平日里总是丢三落四，零乱到令人难以相信。他需要的就是像她这样的记录员。约瑟琳娜确信，如果没有她，检察官根本无法在工作中游刃有余。不过，她也注意到，这几个星期以来，那个年轻女人写来的信件，都被检察官小心翼翼地收藏了起来。这也证实了，在检察官心里，那个女人比其他任何人都重要，更说明了，当他有心的时候，是可以做到井然有序、有条不紊的。

她撑着伞，漫无目的地走在街上，避让着人行道上坑坑洼洼的水滩和狗屎。她讨厌那些对任何事情都不尊重的人，那些放任他们的狗随地大小便的人。回到家她又得清洗一下高跟鞋了。今晚她还得去采购一番。虽然她早就知道跟自己的母亲住在同一幢楼里不是个好主意，但是她母亲身患顽疾，行动不便，需要有人照顾，而且她也想做个随叫随到的好女儿。她没法像她的姐姐一样，为了避免忍受母亲的坏脾气，远远地跑到法国的另一头。没错，她们的母亲并不坏，只是脾气太差了。有的时候，约瑟琳娜觉得这两者之间并没有什么明显的界限。

“你来晚了！”

“我去给你买了点东西。”

“你又去逛超市，花我的钱了吗？”

“没有，我就买了些必需品。我帮你把吃的东西都放到冰箱吧。”

几分钟以后，约瑟琳娜站在她母亲面前，忍受着她的常规检查。从很小的时候起，她就必须每天面对这样的检查，以至于每次想起童年，她都难以联想起“温情”这个词。她的母亲像一个扫描仪一样从上到下、从下到上地打量着她，寻找着有没有任何一根落下来的头发，衬衣上有没有任何没烫平的褶子，打底裤上有没有任何抽丝，鞋是否都已经用鞋油擦亮。如果发现任何差池，人们会怎么看待她……

“你把你的上衣弄脏了。”

“是的，今天中午在食堂的时候，排在我前面的那个人没拿稳他的盘子，掉在托盘里了。我回去会清洗的。”

“今天早上来的护士头发都没好好梳，她给我穿裤袜的时候，头发落下来都遮住她的眼睛了。我要跟她的负责人说一下，你帮我打电话给她吧。”

“可是这又不妨碍她给您穿裤……”

“这碍我的眼！”老太太叫嚣着，容不得任何争议。

“我会打给她的。”

“你走之前，把我的汤从冰箱里拿出来，放到炉灶边上，盖上盖子。”

约瑟琳娜照做了。她拼命想着，只需爬几个台阶，她就可以逃回自己的公寓，把自己锁起来了。幸好，她在两层楼上还有一间属于自己的公寓。她简直无法想象，如果跟她的母亲住在一个公寓里，她将过着什么样的生活。她的父亲很早就想通了，逃离了这样的生活，但是约瑟琳娜却陷在了里面。“我走了，你自己好自为之吧”这样的话，她说不出口，如果连她也抛弃自己的母亲，那她将会在炼狱中煎熬。

回到自己朴素的单身公寓，她关上门，闭着眼睛靠在墙上，想象着检察官妻子的幸福生活。她应该也跟自己年纪相仿吧，住在美丽的房子里，生活舒适，有一个令人尊敬的丈夫，儿女肯定也很有教养。她的身材也很匀称——约瑟琳娜曾经碰到过她一次。此刻她的心里既有愤怒也有悲伤。即便没有办法成为检察官的妻子，那也要好好地保护她。检察官不能这么轻易就脱身。如果就这样对他给妻子带来的伤害视而不见，约瑟琳娜会觉得自己很可耻。

然而这样一个毫无羞耻心的男人，同时也是一个英俊的、有着深邃眼神和美好身材的男人。

这就是问题所在了。

35
一位老者的善意

“如果他绊倒了怎么办？如果他受伤了怎么办？”

“我会拉着他的手的。”

“他很快就会累的。”

“那我就背他。我把布带一起带上，到时可以把他绑在我背上。你知道，他很喜欢这样的。”

克洛蒂尔德既开心又担忧。如果他在家的时候发生什么意外怎么办？那样她会很自责的。可是，如果他能来自己的床前说晚安，能在早上被单温热的时候钻到自己的床上来，能远远看着他重新找回他的玩具、拼图和毛绒娃娃，那又该是多么幸福啊！

西蒙挺过了两次化疗。他的白细胞粒子数已经达到了最低正常标准，终于可以离开无菌病房，回家跟家人团聚了。当然，还是得为他做好严密的防护措施。

“万一你也摔倒了呢？”

“他在这里也会摔跤呀。”

“对，可是这里是干净的。”

为了让家里尽可能干净，她已经里里外外打扫整理过。现在托马斯却提议要带着小不点去林子里散步……她瘫坐在厨房的椅子上，两只手臂无力地晃动着。

“我会很小心的。带着他去闻闻树的味道，对他也很有好处的。”

“你别让他捡任何东西，好吗？”

“我会跟在病房一样小心的。”

看到哥哥在准备布条做的背包，西蒙高兴得跳了起来，因为他知道他们可以出去了。

托马斯带着西蒙去了那些以前他们常常走的路，从西蒙出生起，他们就经常徘徊在这些路上。可是才走了三十几米，西蒙就累了。这么长时间以来缺乏运动，他的肌肉几乎没有任何活力，肌腱也萎缩了，稍微动一动就会疼。让他欣慰的是，哥哥的背膀足够强壮，能轻松地把他背起来。由于长期不吃饭，他已经瘦弱得跟树枝一般了。

“至少我得带你去看看我们的收容所已经有了多大的变化。安娜贝拉已经把那里布置得很好了。”

“那我们可以在那里收养满满一屋子的动物了！”

“我们总不能希望那些动物为了被我们收养，自己伤害自己吧。”

“那肯定不能。不过如果我跟我的朋友们说这个计划，他们肯定能找到更多受伤的动物。”

托马斯往前跨了一大步。他想把每一秒钟都充分利用起来，一秒钟都不想浪费。西蒙趴在他耳边，一边用手指，一边轻声说着那一幕幕让他感到惊奇的事情，比从前还要激动。风中的绿叶，道路尽头的蚂蚁，值得收藏的奇形怪状的木块。阳光透过层层树叶，洒在弯弯曲曲的溪流上，在水上留下点点星状光斑。他们在河边停留了片刻。西蒙往水里扔了一些枯木碎片，看着它们随着水流漂远，然后又消失在水流分汊处的一棵松树后面。他转过脸看着哥哥微笑起来，看起来是那么幸福，好像从来没有比现在笑得更开心。曾经的他被剥夺了这些快乐，而现在的他，更懂得珍惜和品味了。

托马斯慈爱地看着他。西蒙知道等待着他的是什么东西吗？也许他从来不会去想吧。他只是在享受当下。这就是孩子的力量。

托马斯也很想像西蒙一样，当个小孩，什么都不用想，什么都不会怕，也不用担心工作会占用太多时间而不能陪伴在他身边。托马斯不是西蒙的父亲，只是哥哥而已，他本没有义务整天待在医院，可是他愿意这么做，他想尽可能地去弥补那些他可能会失去的时间和东西。医生们总是在谈论着存活率，总是在让他们做最坏的打算。这既是为了他们着想，同时也很残忍。难道说做好了心理准备，承担坏结果的时候就不会那么痛苦了吗？但至少，跟西蒙在一起的每一个时刻都会被好好珍惜。总之，看着他这样蹲在溪流边，任何数据都变得毫无意义。谁能想象得出，一个月或是一年以后，这样一个大活人就会不在人世了呢？

那些小木片漂在水上，你追我赶，磕磕碰碰，时而旋转着，时而沉浮着。它们没有生命，可又那样充满活力。

人类是否也一样呢？

托马斯回过神来，尽量不让自己去想这些。他在小溪上游坐下，身处在一片铃兰花丛中。西蒙问他可不可以摘几朵回去送给他妈妈，托马斯跟他解释说最好不要，因为他现在的免疫系统抵抗力很弱。有些植物可能会有毒性，也许只要几克就可以杀死一只猫。他重新背起西蒙，决定从橡树林那里绕一下。那是一片私人林地，他们总喜欢在那里停留片刻。橡树林稀疏的树叶能让足够的阳光渗透下来，所以林子里的地上能长出草、开出花，甚至还有矮灌木。这些年龄不一的橡树多么威严呀！其中有些还很矮小，被围在铁栅栏中，以防止野生动物来啃食它们鲜嫩的树皮；有一些已经处于青春期；还有一些已经成年，等待着被砍下来，做成家具、楼梯，或是高品质的地板。这片树林处在纳布瓦镇的高处，隶属于弗兰肯堡城堡林区，是一户有钱人家几个世纪以来世代相传的家产。得益于这家人明智的开采和管理，这片林子得以存留至今。托马斯他们经常会在林子里碰到颇具贵族风范的老主人，他朴实又善良。老人现在要爬上陡峭的山坡已经变得艰难，时常需要停下来倚靠在拐杖上，但他还是坚持每天都去那里走走。每次碰到老人，他都会和蔼地跟他们聊上几句，谈谈天气，或者是他的橡树。虽然膝下没有儿女，但他还是没有放弃这片树林，就好像在等着有人来继承他的百年家业，并把它发扬光大。

他们看到这位老主人此时正在山坡上，戴着羊毛盖帽，慢吞吞地走着。他正带着他的狗散步。这是一条胖胖的老猎犬，走在崎岖不平的路上，肚子时常会蹭到地面。幸好他的主人走得也不快。

"您好！"托马斯气喘吁吁地跟他打招呼，他背着西蒙从山脊上一路跑上来，赶上了这位老先生。

"啊，是你们！小不点儿也在啊？"

"对，他被允许出来了。"

"但愿他的苦役马上就要结束了。"

"什么苦役？"西蒙不解地问道。托马斯回答说一会儿再跟他解释。

"您的狗闻到了什么东西吗？"

"它可什么也闻不到了，你以为呢。它的嗅觉早就迟钝了，但是它依然陪伴着我。现在这是我交给它的唯一使命了。"

"您在巡看您的橡树吗？"

"对，我接了一笔大订单。客户需要一些超过 150 年树龄的树，所以过段时间，我得砍下一些来。而且，在它们脚下成长的小树也需要一些生长空间了。"

"我们怎么能知道哪些树已经有 150 岁了呢？"西蒙问道。

"一般来说，我们把树砍下来数它们的年轮就可以知道它们多少岁。不过，我有一本老账本，每棵树的树龄都在上面写得很清楚。"

“看到它们被砍下来，您应该会有很多感触吧。”

“这就跟人一样啊，我们既然生下来，就会有老去的一天，这就是生命的轮回。我想，这些树也会被做成杰出的作品，从此流传好几个世纪。不过，我还是会把最好的那几棵留下来。”老先生用手指着说，“比方说那一棵，就在稍微远一点的地方，那一棵已经350岁了。”

“一棵橡树最多能活多久呢？”西蒙问道。

“最古老的一棵橡树生长在丹麦，它已经活了1600年了，不过这并不常见。人们常说，‘百年生长，百年生存，百年死去’。一般来说，它们会活300～400年，直到有一天，它突然感到自己太老、太累了，一朵偶然路过的毒菌就可以让它慢慢消亡。有很多古树都见证了伟大时期的辉煌城堡，但是它们把这些秘密都深藏在了厚厚的树皮里。对了，你们这是要去哪儿呀？”

“我们要从林子这儿往下走一点，去村子的高处。我们正在那里建一个收容所，收养生病或者受伤的动物。”

“这真是件好事呢！”

于是，老先生祝他们散步愉快，也为接下来的治疗给他们打气。托马斯很少跟外人提起弟弟生病的事情，老先生是为数不多的知情者之一。前几个月，托马斯总是一个人来林子里散步，老先生觉得很惊讶，因为以前他总是会带着弟弟一起来弗兰肯堡附近，所以才谈到了西蒙的病情。老先生对此表达了很多关心。对托马斯来说，能跟旁人聊一聊这些事情，也很有好处，这样他会觉得自己没那么孤单了。尽管老人帮不了什么忙，也没有办法阻止这些事情的发生，可当托马斯把那些话说出口的时候，好像带走了一些这几个月以来的阴郁和慌张。

告别库恩老先生的时候，托马斯已经猜到，几个星期以后，他肯定又会来询问西蒙的近况。

36

活着，才是最重要的

5月18日，星期三

“您还记得吗，检察官先生，我这周五晚上开始就休假了。”

“怎么能忘得了？”

“一整个礼拜，您都会很清静。”约瑟琳娜继续坚持道。

“您说得没错。好好享受假期吧。您离开斯特拉斯堡去度假吗？”

“不，我没有这个经济条件。而且，我还得照顾我母亲。”

“您这样可找不到如意郎君。”

“我生命里不需要男人，现在这样已经很好了。”

“可是有个伴儿，对您来说也不是坏事。”

也许，这是赫维第一次对他的记录员流露出如此真挚的善意和关心。他一厢情愿地坚信，理想的爱情能让他的记录员变得不那么暴躁。然而他并不知道，一次幸福的邂逅几乎需要天大的运气。话虽如此，可是如果女人当中存在着像约瑟琳娜这样的人，男人当中必定也有类似的群体。就像人们说的，最终每只鞋都会找到适合自己的脚，尽管一开始免不了要磨出一些水泡。

想到这里，检察官不禁想，自己是否也找到了适合自己的鞋？因为一般来说，穿了好些年的鞋，不应该再给他的脚磨出水泡来。还是说，是这双脚变大了，再也穿不进那双鞋了？

*

塞莱斯塔，5月15日，星期天

亲爱的赫维：

这周末我在父母家读了您的信。我很喜欢这个小镇，而且很快我也要住到这里来了。这里群山环绕，天地空旷，风景宜人，自然环境很好，所有的一切都很简单，周围的人也都充满善意。

很抱歉让您震惊了，不过在我的印象中，您高大强壮，不像是容易被吓到的人呀。我很像一个受伤可怜的小女人吗？您的“花言巧语”模式是不是自动上线了？您可能得校准一下您的机器了！！！

好啦，我可怜可怜您吧。现在就来回答您那阴魂不散的问题：我到底是照片当中的哪一个？

假设我跟您说，我根本不在那张照片上，您肯定会怨恨我，再也不会想跟我说话，更加不想给我写信了吧。那天拍照我不在，因为当时我正躺在病床上，发着40℃高烧。

赫维！赫维！快回来！我开玩笑呢！……

我在第三排，从左边开始数第五个，穿着白色衬衫，留着短头发。

好了，我说完了。所以呢？现在我们的关系会发生什么变化吗？一切都变了，还是什么都没变？您赶快告诉我吧！如果要苦苦等待这个判决，我会受不了的。

在上封信中，您问了我一个重要的问题：这是不是我想过的生活？

从我的角度来说，我从来没有想过要过这样的生活。命运如同暴风雨般降临在我头上，我没有任何遮风挡雨的东西。我在事故当中一直系着安全带，却没有得到安全的保护。从此，我只剩下了两种选择：

一、哭光身体里所有的眼泪，从此一蹶不振，在几次自杀未遂之后，靠抗抑郁药活完下半辈子。

二、接受现实，用生活当中的乐趣来努力弥补残缺、减轻痛苦，然而天主教教义却劝诫人们不要沉迷于享乐。为了生活，我得去工作，但是我也试着在工作当中找到一些乐趣。至于剩下的时间，我学着去享受生活当中点点滴滴的简单的快乐，正是因为这些事情，我才得以坚持到现在。写作，就是这些快乐当中的一部分。给您写信，更是让我感到最开心的事。

我的状况比您的要简单得多。（这么说应该会让您目瞪口呆吧？）对于我来说，这两个选择显然很容易就能找出答案。而您的情况却不太一样，似乎有点模糊。您过着衣食无忧的生活，却觉得乏味。可是，为了找到更多人生乐趣而放弃一切，这样的选择又太艰难了。因为天平另一头的砝码意味着生活的拘束，它的分量远远不够使其成为一个显而易见的选择。

总而言之，为了追求生活乐趣而放弃一切，您会失去太多东西。但是如果待在这样的生活里，什么也不失去，您又觉得人生无聊。

我可能无法忍受这样无趣的生活。不过这也仅仅是我的看法。要知道，在车祸发生的前一天，我可能还说不出这样的话。而且那时的我，生活也过得乏善可陈。

我几乎在一瞬间失去了所有。命运把我扔在了一个十字路口，并没有热衷于给我提供两难的抉择。我瞬间就知道了，哪一条路才是我的光明大道。

我与您之间的交流，就好像人生新道路旁边的一条美丽的小路，我得以时常在此开心地散步。这也是我继续与您保持通信的原因，我很喜欢给您写信，也很乐意读您的信。这是排解烦闷的最好解药，尤其是当您跟我说起那些恐怖事件的时候。

您是故意把我比作一个炸弹，是我把您的笃定搅得天翻地覆吗？我刚刚才告诉过您，我的身体都快散了架，对外科医生来说，我的身体就像一些拼图碎片。好吧，我也不怨您了。我很高兴能把您的笃定搅个天翻地覆，也很开心您如此乐在其中。您下次再好好学习如何提高情商吧。我不是那么敏感容易生气的人，为此您应该感谢上苍，感谢所有看不见的超自然力量。

不用费力想什么完美借口了。当一个男人表现出笨拙的一面时，也会让女人们觉得他很可爱。您现在就是又笨拙又可爱。

我刚刚是承认了您很可爱吗？啊，不好意思，我想说的是您很笨拙而已。

我对您是不是不太友好？刚刚把一个坏消息扔给了毫无防备的您，接着又嘲笑您的反应！不过您看起来是有幽默细胞的人，这可真不简单！尤其您还是一位共和国检察官。话又说回来，我也不认识其他的检察官了。也许他们都很幽默，只是没有人知道罢了。

我拥抱您。

安娜艾尔

提供两种选择的拼图碎片

附言一：哎呀，我忘记跟您说我男朋友的事了！应该不是故意的吧？

附言二：您所笃信的东西又是什么呢？

附言三：您可以大胆地说出口！“我还活着！这才是最重要的！”

*

斯特拉斯堡，5月18日，星期三

我亲爱的安娜艾尔：

我羞得脸都红了（不管是在厕所里还是别的地方！）。我到底是哪根筋不对，会把您比作花园里的炸弹呢？这真是不可饶恕的笨拙。显然这跟您之前对我说的话根本沾不上边，我想说的明显不是这个。我就是个彻头彻尾的笨蛋。希望我能在您的眼里重新找回自己。您也开启了“花言巧语”模式吗？做了这等蠢事，我在您眼里依然可爱吗？

显然，还没读完您的信，我就已经把头埋在照片里了。如果我跟您说我早就猜出来哪个是您，您肯定不会相信我吧。一直以来我都希望那就是您。莫非是您所说的那股看不见的超自然力量偷偷把谜底吹进我耳朵里的？道德感不停暗示着我，想让我扔掉这张照片，叫我只能想着我的太太，我生命中的女人（原文如此！）。（没错，我办公桌上摆着一张她和孩子们的照片，就像所有值得尊敬的好父亲一样……）可是我已经在您的头上画上了光环，并把您的照片剪了下来。之前没有收到您的巧克力，只收到了一个金属盒子。我正好把您的照片珍藏在盒子里，以提防那些刻薄的黄鼠狼。

我希望那是您，原来那就是您。

这改变了些什么呢？

这改变了一切：

√当我想念您的时候，终于可以想象您的脸了。

√我现在可以确信您不是个长着大胡子的变态逃犯，假扮成一个女大学生，只为给一名共和国检察官设下圈套。

√照片里的您脸上挂着微笑，一直以来我在脑海里也是这么想象的……虽然照片是车祸前拍的，但我能感觉到，现在您还是会微笑的（尤其是您的医生也这么建议）。

√我很想见见您。

与此同时，这也没有改变任何东西：

√我依然期盼着读您的信，也乐于给您写信。

√我早就知道那就是您，可您还是不相信我。

√我依然会急不可耐地期待您的来信。

√我的记录员依然会含沙射影地谈起您的信，难听的评论依然不绝于耳。

√您还活着，这才是最重要的！！！

√我很想很想见见您。

不要连续两次忘记您男朋友的事，否则就很令人生疑了！……

我拥抱您。

赫维

您的小岔路

附言：我认识的那些检察官都无聊得要命。您可能不知道吧，您这是运气好，碰到了一个有幽默细胞的检察官！……

*

塞莱斯塔，5月20日，星期五

亲爱的赫维：

您问我当时的男朋友吗？这个故事三言两语就可以讲完了。他就是个孬种。车祸发生以后，他屁滚尿流地逃走了。我并没有马上意识到这件事，因为我在医院里昏迷了三个星期。等我醒过来的时候，第一件事就是问他在哪里。护士们甚至都不知道我说的是谁，因为他从来没有来医院看过我。我的父母试过电话联系他，却没有得到任何回音。有一天，我还躺在医院里，我的父亲去他家找到了他。您知道这个孬种跟我父亲说了什么吗？他说他没有办法跟一个残缺不全的女人过一辈子，也没有办法在自责中度过余生。您知道我的父亲做了什么吗？他把拳头挥到了这个孬种的脸上。

我太喜欢我的父亲了……

所以说这个家伙因为车祸而被打断了鼻子，从此像一个孬种般消失在我的生活里。

相对而言，我很快就从这件事中恢复过来了，我指的是他的离开，而不是车祸。我很快就看清了一切，在感情当中我一向如此。他对我的感情根本不是爱情。如果他对我有哪怕一丝真挚的感情的话，他就不会嫌弃我的身体状况。所以，也许这样也好，我认为这是经历过考验之后的自然选择。有些时候，一个人活在世上，或者应该说将就地活着的时候，总觉得一切都好，总觉得自己过着正常的生活，觉得身边的人都很真诚；然而，一场暴风雨过后，你才会看清他们的真实面目。就像战争一样，把人清楚地分为几个类别：英勇抵抗的人、胆小懦弱的人和保持中立的人。

这场车祸是命运对我的宣战。曾经跟我一起生活的人懦弱地逃走了，而我，从此负隅顽抗。

您真的觉得我们见面有什么意义吗？

我喜欢我们之间通信的这种慢节奏，这样安全的距离。我们可以只向对方展示我们想展示的那一面，这种不急不缓的关系，让我们可以花时间慢慢思考。我喜欢早上刚起床依然蓬头垢面的时候，或是晚上夜深人静的时候想给您写信就可以写。

真的有什么事情一定要面对面说吗？

我拥抱您。

安娜艾尔

您的花园里的小炸弹

附言一：关于您在照片上所展示出来的天赋，我当然不信了。一般来说，男人总是很实际、很理性，他们从来都感受不到这样的事情……

附言二：不要连续两次忘记解释您笃信的是什么，否则这就十分令人生疑了。

37
破土而出的生命力

这个星期天本应该和上个星期天一样安逸：一家人围在一起吃过午饭，然后去树林里散步，充分吸收绿色能量，为几个星期后的骨髓移植做好充足准备。

然而星期三，西蒙在房间里玩玩具的时候，不小心把手指擦破了。当时他跟安娜贝拉玩得太开心了。小女孩终于再次见到自己的伙伴，也玩得不亦乐乎。本来只是小小的擦伤，没什么要紧的，当天晚上就会忘记。但是对一个免疫力有缺陷的孩子来说，却很严重。克洛蒂尔德第二天早上就带着发烧的儿子去了医院。他手上从伤口处开始感染，沿着血管一直红到了手臂。她早就把所有东西都准备好了，因为她知道医院会让孩子留下来住院。在骨髓移植前，他可千万不能生病。在这样的移植协议里，所有的事情早就定下来，绝对不能再更改了。她所担心的事情没有发生在树林里，却在家里发生了，尽管她已经把家里打扫得很干净。

托马斯进到西蒙的病房时，看到他已经活蹦乱跳了。医生给他用了三倍剂量的抗生素，在几天之内，感染终于消下去了。西蒙又回到了曾经熟悉的环境里，住院部、护士、医生、体育老师还有小丑。他好像是知道自己别无选择，做出可怜兮兮的样子一点用处都没有。

他什么都知道。

托马斯料想到骨髓移植的那段时间应该会很艰难。对于西蒙来说，是身体上的艰难，而对于家里人来说，是心理上的。化疗将会完全摧毁他的骨髓，因为他的身体需要腾出一个完整的空间来接收新的健康的骨髓。这是一种冒着极大风险的行为。

万一捐献者去医院的时候出了什么意外，万一捐出来的骨髓在运输途中被损坏，万一新的骨髓在西蒙的骨骼里没有被激活，该怎么办呢？除了输液和隔绝在无菌病房，还能做些什么，才能让西蒙的身体重新运转，重新获得自御能力呢？

克洛蒂尔德假装不去想这些事，但是托马斯分明察觉到，在她微笑的面纱后面，在她绿松石般的眼睛里，隐藏着巨大的恐惧。好些时候，她眼里都空落落的。托马斯也在想着这些事，所有人都在想。也许西蒙是唯一没有在思考这件事的人，他还在用心地嬉戏玩耍，大声地笑，大声地唱，认真地画画，修修补补，拼拼凑凑，认真地听故事、讲故事。大家都应该像他一样才对。

今天晚上，他想听《小狼消防员》这张唱片。下午早些时候，他真切地听到了消防车的警报声。因为肿瘤血液科就在儿科急救科楼上。

托马斯也想用愉快的音乐，用这种欢快的方式来排解弟弟心中无声的焦虑。

两个小时后，他才从医院离开，在这一分一秒都被计算好的日子里，他已经筋疲力尽。但是，每次从无菌病房里走出来的时候，他都觉得自己更加充满活力。他仿佛能感觉到从弟弟身上散发出的愉快光芒和那浑身洋溢的生机与活力。他曾经找护士们了解过，不是所有人都愿意一直留在这里工作。这些病房里的孩子都病得不轻，有太多的孩子在这里死去。但大部分护士还是留了下来，因为这里的走廊里流淌着一种能量，一种顽强的生命力，这样的生命力值得我们铭记在心。在这些病房里，生命力能战胜一切，它能使青草从沥青地面上破土而出，能让阳光劈开冰层，能让燕子飞过千里万里。我们要为了这样的生命力而全力抗争。

托马斯离开的时候，心中装满了这些情绪。

他回到家，洗完澡，随便吃了几口水果和面包，就开始投入布赖滕巴赫那所房子的报价工作当中。他一边工作，一边想起那个车祸后被截肢的年轻女人。她选择了继续充满活力地走下去。

生命力可以战胜一切。

那是能让青草破土而出的力量。

38
寻找升华

5月25日，星期三

为了双方的便利，安娜艾尔把跟木匠的第二次会面约在了塞莱斯塔的家里。好不容易从最后一个病人手里脱身，安娜艾尔到家的时候已经超过了约定时间，她急急忙忙把车停好。木匠就在对面，靠在自己的车上，脸朝向太阳，闭着眼享受着这片刻的阳光。这样放松的时刻，对他来说太少了。

“对不起，今天换我迟到了。”安娜艾尔抱歉地说。

“我才来没多久。”

她发现木匠的目光停留在街边不远处的一辆车上。那辆车才刚刚靠边停好。

“好奇怪，我怎么觉得好像见过这辆车，开车的也是同一个女人。”

安娜艾尔转身看过去，想弄清楚他在说什么。那个女司机头上围着一条丝巾，戴着墨镜，正低头在她的手提包里面翻找什么。

“啊，我想起来了。是在布赖滕巴赫，您带我去看房子的时候。我当时没跟您说。没错，就是她！她怎么也在这里，好奇怪啊。这是在跟踪您还是在跟踪我？”

“不会是您的仰慕者吧？”

“我可没什么值得仰慕的！”年轻的男人答道。

“我也没有。”

“不过如果她确实是在监视某个人的话，她可真应该学着低调点儿。”

“您真的觉得她在监视我们吗？”

“要想知道，只有一个办法。一会儿走的时候，我们看看她会跟在谁后面。”

安娜艾尔把信放在餐桌上，然后问木匠要不要喝点什么。她此刻有点担忧，因为在电话里，木匠说要当面跟她谈谈装修计划。但愿那些施工计划是可行的，因为所有的手续都已经在进行中了。木匠很快就让她放下心来，他只是想知道两种可能的方案当中，她要选哪一个，到底要不要装老虎天窗。他计算了楼梯的角度，可以不去动屋顶的结构。这是最简单的方案，而且更便宜。只是这就需要她有一定的行动能力和身体力量，这样才能顺利爬上楼梯。

为了弥补身体残疾带来的不便，安娜艾尔锻炼出了异常发达的肌肉组织。她身体颀长，身轻如燕，更重要的是她很有力量。在复健中心，她的复健医生总是会把她逼到极限，做完该完成的训练。她之前觉得很痛苦，可是如今，她为自己感到十分骄傲。身体的力量对于她的日常生活有着重大意义，是必不可少的东西。她努力坚持锻炼，不想失去这份力量。所以她选择了最简单的工事，也是最便宜的。

“我需要支付定金吗？”

“您接受目前的报价？”

“对啊，怎么了？我应该再砍砍价吗？”

“不是，我是想说，我给您提供的是市场正常价格。也许您还想对比一下呢？”

“不用了，就这样吧，我相信您。所以说，定金的问题怎么办？”

“您先拿到房子的钥匙吧。等我开工了，我们再谈钱的事情。”

托马斯没敢说出口，他其实很需要这笔定金。但是他的父亲从小教育他做人要诚实。他的客户们没有赡养他的义务，也没有义务为一个毫不相干的孩子的疾病付出任何代价，毕竟他们与这场病没有关系。托马斯自己也没有义务对这场病负责，可是这件事却降临在他头上，他只能默默地承担。等安娜艾尔把钥匙交付给他的时候，他再要求支付那30%的定金吧。暂时来说，他只能自己再想想办法。实在不行，还有他父亲。虽然他每时每刻守在弟弟的床前，帮了他们很多，但是他的自尊心不允许自己把现状告诉他们。于是他只能靠积蓄勉强度日，就像西蒙腿上的肌肉一样，他的积蓄也在慢慢萎缩。

“我给您拿来了两期《猫头鹰》杂志，里面讲到了黄鼠狼。这样您就知道怎么应付它了。”

“《猫头鹰》？”

“就是讲自然的一本小杂志，每一期我都有。如果您对周围的自然环境感兴趣的话，这本杂志就是个宝藏。”

“这上面说了怎么摆脱它吗？”

“为什么要摆脱它呢？”

“黄鼠狼是有害动物，不是吗？”

“也不能这么说，它只是名声不太好。”

“黄鼠狼可以把整个鸡窝里的鸡都咬死，而且还不是为了吃它们，只是为了自己舒坦。”

“这是个很常见的误解。当黄鼠狼钻进一个鸡窝的时候，往往会被那些鸡的过激反应吓到。当它害怕的时候，它自然会主动排除危险。那些鸡看到自己的同伴们一个一个被干掉，它们就会叫得更凄惨了。”

“这么说确实也可以理解。”

“没错，但是这样黄鼠狼也更加害怕了，于是那些鸡就会被全部干掉，一只都不会留下。”

“这不正说明了它就是一个具有破坏性的动物吗？”

“这样的事情只是特例。每个村子每年发生一起黄鼠狼血洗鸡窝案，就已经算多了。而且只要它能填饱肚子，就不会发生这样的事情。如果家里有黄鼠狼，您就再也不必担心老鼠的问题了。不过，有时它可能会把隔绝层咬坏，身上的气味也不是那么好闻。在交配时节，或是幼崽们打闹的时候，可能还会发出一些噪声，但是……”

“幼崽？我怎么开始有些担心了呢！”

“到夏天结束的时候，那些小黄鼠狼就会离开了。您放心，黄鼠狼不是群居动物。况且，施工的噪声也会把它们吓跑的，至少会让它们逃到谷仓里去。谷仓也属于您，是吗？”

“对，谷仓也属于这所房子。”

托马斯看了看手表。如果他不想让西蒙等他的话，现在就得走了。这个点路上堵得厉害，况且他还得穿越整个城区才能到特护病房。

“您最好不要把车停在谷仓里，”他继续说道，“它们有的时候会咬车盖下面的胶皮管。但我们先施工，到时再看看它是不是还在这儿。您肯定不会因为一只黄鼠狼就放弃购房计划吧。”托马斯说完，伸出手跟她握手告别。

“不管怎样，谢谢您的杂志。我会尽快还给您。”

“您想什么时候还都行。您还是开车走吗？”他撩起窗帘，朝外面的街道看了一眼。

“我本来准备待在家里不出去了。她还在那儿吗？”

“还在。我建议，我们两个各走一条路，看看她到底在跟踪谁。”

“我们怎么才能知道呢？”

“您绕着这排房子转一圈，第一个路口往左转，然后左转再左转，最后再回到这条街，到时您就会发现了。如果她跟踪的人是我，我会自己想办法解决的。”

安娜艾尔上了车，把车开到路上。为了不引起怀疑，托马斯也把车启动并跟了上去。他从后视镜里看到，那个戴头巾的女人也跟了上来。三辆车在第一个路口齐齐左转，然后在第二个路口托马斯往右转，跟安娜艾尔分道扬镳。他看到第三辆车跟上了安娜艾尔。他把速度加上去，想按照之前跟安娜艾尔说的路线，在下一个路口与她们会合。遗憾的是，他前面的两辆车开得太慢，挡住了他的去路。

等他回到安娜艾尔的住处时，她已经在马路边道上，准备回家了。嫌疑人早已没了踪影。

托马斯在她面前停下，把副驾驶座的车窗摇下来，身体从驾驶座歪过来。

“所以呢？”

“她跟着我转了三个弯，但是最后又笔直朝前走了，并没有跟着我回到这里。”

“啊，那她肯定是察觉到了。不过，她跟踪的人肯定不是我，而是您。”

“可是为什么呢？”

“我也不知道，您还是当心点吧。”

安娜艾尔上楼回到家中，把报价单放到装修文件夹里收好，然后坐到沙发上开始查看信件。

您还是当心点吧！

谁会跟踪她呢？是跟工作有关吗？还是跟购房计划有关？她一点也不喜欢这些猜测。“牛轧糖”跑过来在她身上蹭来蹭去。它立刻就感觉到了主人的情绪，发出很大的咕噜声，并用头把主人的手抬起来，想得到她的爱抚。

*

斯特拉斯堡，5月23日，星期一

亲爱的安娜艾尔：

您问我笃信的是什么？我之前一直认为，人只需要一份好工作、一个妻子、一群儿女、一座漂亮房子、一些阳光假期和朋友聚会，只要拥有这些就会感到很幸福。

这些东西，我都有。

但是这当中没有一件事能让我感到无上的快乐。

可是，现在您来了，带着您优美的词句和色彩丰富的简单幽默。您让我打心底里开心，让我感动，也让我的心情跌宕起伏（我专门去查了一下权威词典，确认“跌宕起伏”几个字怎么写：由此可以看出，从来没有人能让我的心境如此跌宕起伏！！！）。您总是念着我，给我写信，总是记着我的好，先是称我为勒克莱尔先生，后来又叫我赫维，没有任何顾虑，也不会像那些有求于我的人或是那些马屁精一样，把“检察官先生”几个字挂在嘴边。您容忍我的笨拙，从不抱怨。您向我倾诉巨大的苦痛，我跟您抱怨生活中的小烦恼，而您却并没有觉得这有什么过分之处。

你我之间马上就开始了一个游戏，这是一种惺惺相惜的默契。这个复活节的寻宝游戏，虽然只是为了找到照片上的一张脸，可这后面却隐藏着一些珍贵的宝藏，隐藏在您的思想、您的无拘无束、您的深邃和您的真挚当中。

您跟其他人不一样，因为您让我的快乐得到了升华。

这是否回答了您的问题呢?

您当时的男朋友不仅仅是个孬种，他简直就是个浑蛋。但是，就像您说的，生活的困难是人的终极考验。我有一个朋友，热爱崇山峻岭，经常去极限徒步，征服了一座又一座大山。他只是想看看自己能不能做到，什么才是自己的最高极限。

倘若在战争年代，我不知道人们会把我归为哪一类人：反抗者、胆小鬼还是中立者？我只知道，我不会放弃与您通信，我会与我的记录员斗争到底，在关于您的战争里，我不会保持中立……（大笑！）

这也是为什么我想与您见面，想更多地认识您、了解您，想看看您立体的笑，想与您进行一次面对面的谈话，谈您写作的技术问题，或是一些更深层次的问题。我只是想与您一起共度一段愉快时光，因为我们在信里什么都可以分享，唯独没有办法分享时光。

31日星期二我们一起吃午饭吧。我可以来塞莱斯塔找您，就在邮局对面的小餐馆，12:15，您觉得如何?

我拥抱您。

赫维

寻找升华的男人

附言一：我得提前通知您，6月4日开始，我要出去度十五天假。届时我将无法收取信件，但是我可以上网。有点儿难以想象，收不到您消息的这段时间，我要如何度过。

附言二：一般来说，男人们都喜欢大一点的车，喜欢大胸，喜欢在周六的晚上看足球赛。而我开的是雷诺的微型车，我讨厌足球赛，我觉得小胸让人很兴奋。所以说，您不要太相信那些成见。

附言三：安娜艾尔，我害怕就这么将就地活下去……

*

塞莱斯塔，5月25日，星期三

亲爱的赫维：

我很感动，我让您的日常生活得到了升华。我也很抱歉（还是说应该开心？），我让您的笃定产生了动摇。如果意识到这些事让您的生活变得更复杂了，那么我感到十分抱歉。如果说这让您的生活变得更有趣了，我会感到十分高兴。

确实，一切都可能会在一瞬间发生天翻地覆的变化。只需要一场火、一个疯子、一场事故，或是一次中风。在我们渺小的生命里，有几百个红绿灯路口。问题在于，您并不知道在什么样的关口就把红灯给闯了。就算万幸还来得及抢救，醒过来时您也已经不再是完整的自己了。请相信，我很清楚自己在说什么。

我真的很犹豫下周二要不要跟您见面。我不确定自己是不是已经准备好了，是不是愿意这样做，也不知道对此该作何期待，是不是应该接受这次冒险，也许您会失望，又或许我也会失望。

然后呢？我们见了面，没错，我们可能会度过一段愉快时光，可是接下来又怎样呢？我们还跟之前一样通信吗？我们还会继续见面吗？见面又为了什么呢？

请让我再想想吧，不要这样强迫我。您还记得吗，我不喜欢被关在数据里面，我想从中跳出来，我不喜欢有人来催促我，只喜欢慢腾腾地一往无前……

我也不会因此而对您、对您的信件或您的陪伴减少一丝一毫的喜爱。

可是我们得慢慢来。

我拥抱您。

安娜艾尔

犹豫的化身

附言：我怀疑自己是不是被跟踪了。帮我装修的木匠提醒我，有一个女人经常开车出现在我家附近。我带木匠去布赖滕巴赫看房子的时候，她也曾在那里出现过。这让我很担忧。

39
杰奎琳·肯尼迪风格

5月28日，星期六

度假的时候，约瑟琳娜一点儿也不开心。对她来说，“度假”这两个字早已丧失了所有乐趣，尤其是现在她还没法外出度假。要知道，在她的母亲病情恶化以前，她常常会去别的地方游玩。

这段时间，她生怕有人会认出她来，所以总是戴着墨镜，头上围着丝巾。在这样的装扮下，谁还能猜得到她是谁呢？可她还是在想，是不是已经有人发现了她。当那个小贱人围着房子兜圈的时候，她就觉得很奇怪。她试着保持一定的距离，但是那些街道太短了，她担心跟得太紧会暴露自己的踪迹。当那个女人回到出发的那条街时，约瑟琳娜才幡然醒悟，自己已经犯了错，也许为时已晚了。

在这种事情上，她只是个新手。可为了搞清楚这个女人几个星期以来处心积虑的计划，这是她能想出的唯一办法了。这件事是师出有名的，她并没有做什么见不得人的事。事实与之恰恰相反。

她心急如焚地想把一切都告诉检察官，告诉他那个女的是重度残疾，好让他对此失望，就此放手，让他明白自己铸成大错，愿他重新找回理智。这个年轻女人在摆布他，约瑟琳娜对此深信不疑。然而她没对检察官和盘托出，不然他也不会依然这么兴高采烈。

有一天，他一定会感谢她为自己撑大了双眼，感谢她拯救了自己的婚姻，也保全了他的名声。约瑟琳娜对之如此确信，所以她甘于涉险。

但她还不知道，这件事会持续好几个星期、好几个月。为了解决这个问题，她还要绞尽脑汁，想尽其他解决办法。她更加不知道，以后会做出一些自己永远也无法想象的事情。

40
永远相信

法妮这周日下午正在值班。看到托马斯走进监护室时，她把戴着手套的食指放在口罩前，示意孩子正在睡觉。

最近这几天对西蒙来说异常艰难，因为他必须忍受一系列高强度的检查，而且又被重新隔离起来。之前几次化疗间歇，他得以短暂地逃离被禁闭的命运。而这一整个礼拜，他因为不能出去而哭光了所有的眼泪。他想回到住院部，跟那些光头小伙伴一起玩耍，想看看来来往往的人，想感受光线和宽敞的空间。护士心里明白，这个孩子是在大自然中长大的。托马斯去林子里散步，然后给他带回来的那些素描画也无法弥补这样的“氧分”。那些新鲜微小的分子进入你的肺部，会伴随着你每一次呼吸，让你充满新的能量。没有什么东西能够取代大自然的新鲜空气带给人的感受。任何东西都不能，即便是最美丽的图画也做不到。然而被亲近的人守护着，也是另一种形式上的“氧分”吧。法妮很钦佩托马斯的勇气，看着他日日夜夜地守护在弟弟的病床前，她相信，即便是要托马斯用自己的眼珠来换取弟弟一个安稳的未来，他也会毫不犹豫地签上自己的名字。但是，他们的基因大不相同，他也不能给弟弟捐献骨髓。

两天前，他向法妮透露，医生跟他说让他做好最坏的打算。听完这些话，他担心得五脏六腑都搅在了一起。法妮回答他说，一旦经历过炼狱，以后生活里的每一分每一秒都会过得像在天堂……您到时就知道了！

今天，托马斯带来的是一张照片，他准备把照片贴在窗户外面。用胶带贴住照片下角时，两人目光相遇，法妮向他眨了眨眼，然后调了调针筒仪器，又检查了好几遍输液流量。不仅是禁闭的问题，要让一个孩子孱弱的身体对器官移植做好准备，也是一件很残忍的事情。化疗会摧毁他的骨髓，也不会饶过他的肠子、他的皮肤，甚至他的眼睛。他会里里外外全身疼痛难忍，然而他别无选择。护士们竭尽全力去舒缓他的疼痛，去支援他，可是她们也没法创造奇迹。强力的治疗会带来一些无法避免的后果，医护人员有义务帮助病人缓解疼痛，但是他们没有办法保证每次都成功。

然而，昨天西蒙的眼里重新泛起了一些光亮。孩子们的适应能力总是让大人们自叹不如。

托马斯走进房间，已经做好了防护措施。为了不吵醒孩子，护士走过去，低声跟他说着话：

“他应该就要醒了，已经睡了至少一小时了。”

“他好点了吗？”托马斯问道。因为戴着口罩和护士帽，整张脸上只露出一双眼睛，法妮本就明亮的双眼更加引人注意。托马斯被这双眼睛深深吸引了。

“嗯，我感觉他好点了，精神状态好多了。您今天要跟他讲鼹鼠吗？真可惜，我不能留下来听了。今天住院部都住满了，实在太忙。”

“他会跟您转述的！”

“您为什么带了这张照片来？”

“这是我们的收容所收养的第一只动物。”

“你在哪儿找到的啊？”西蒙徐徐醒来后问道。

“安娜贝拉的邻居不太喜欢鼹鼠，不想让它们住在他的花园里。有一天，她发现有一只鼹鼠在门口的草丛里窜来窜去，爪子还受了伤。所有人都以为鼹鼠会吃菜园子里的蔬菜，但其实只有田鼠才吃菜。鼹鼠只是会把它挖出来的土堆成一堆，因为它们要打地洞去找吃的，挖出来的土自然得找个地方堆起来，其实它们吃的是小昆虫和蚯蚓。现在安娜贝拉一放学就会去找蚯蚓和小昆虫，要是你能看到她给我带来的那一罐罐虫子就好了。如果全喂给鼹鼠吃，它可就要胖得肥头大耳了。”

法妮打了个招呼，悄悄地走出病房。虽然嘴巴被口罩遮住了，但从眼睛里可以看出来她在微笑。她把防护服脱下，去医务室里跟她的同事们会合。

“我错过了鼹鼠讲座，可真是遗憾。”

“你是对小动物感兴趣，还是对讲故事的人感兴趣啊？”其他人打趣道。

“我喜欢了解新鲜事物，再说他确实也挺好的啊！”法妮辩解道，分明有些尴尬。

过了不久，她在走廊上碰到托马斯。西蒙已经睡着了，他一个人沮丧地准备回去。法妮停下来，问他为何如此悲伤。

“西蒙刚才跟我说，如果他死了，他也要像小鼹鼠一样被埋起来，但是他在土下面是不会动了。真让人难过。”

“我明白。孩子们有时候会说一些大人们不敢说出来的话，他们对事情的理解比我想象得要深得多。但是我们会尽一切可能，避免这件事发生的。”

“您相信吗？”

“相信什么？”

“相信他能痊愈。”

“如果我连这个信念都没有，那也不用在这里工作了。”

托马斯默默地看了她几秒钟。今晚，他实在没有心情邀请她出去。

你不会死的。你就像老橡树那样，比什么都强大。

他是这么回答弟弟的。然后，他又跟西蒙讲了睡前故事，关于一只总想知道谁在自己头顶上的小鼹鼠的故事。

走到走廊尽头，坐电梯下楼，穿过另一条走廊，走出自动门，到停车场。这条路线他已经谙熟于心，明天还要继续走一遍。

托马斯希望永远都不用埋葬西蒙。

他不想去考虑这些风险。

不想去思考那些数据。

什么都不想去想。

41
她答应了

5月30日，星期一

“检察官先生，除了刚刚来的那封信，我不在的这段时间没有错过太多吧？”

“约瑟琳娜，怎么您才刚回来，就已经让我这么厌倦了。”

他把自己关进办公室，安静地把信展开。

也许又是一封饶有趣味的信吧。为了确信自己看明白了，他读了两遍。应该不是他的脑子出了什么问题吧？

没有，不是的。她确实答应了。

这一天的忙碌，刻薄的记录员，还有太太因为一件鸡毛蒜皮的小事对他的责备，全都被抛诸脑后了。

31 日，星期二，12:15，邮局对面的小餐馆。必须格外注意对安娜艾尔的态度，因为既然她同意跟自己见面，肯定希望自己是宽厚善良的人。他难道不是这样的人吗？也许吧，他承认自己也会有不太和蔼的时候，所以他会格外小心，不想第一次见面就让她失望。不然，以后再见面的机会就会更加渺茫了。

42
切尔诺贝利的兔子

餐馆看起来并没有满座，赫维选了一个方便观察门口的桌子。他结束了在科尔马的工作后，12:00就到了餐馆，点了一杯啤酒，小口小口地喝着，眼睛时不时地瞟向门口。

12:30的时候，他开始担心起来。她在最后一封信里确实答应了与他见面的事啊。他决定再等一刻钟。也许她被工作缠住了，也许是路上塞车了，又或许她是走路来的。他试着想象她会穿什么样的衣服，是不是化了妆，会不会一眼就认出他，会不会微笑，他们会不会很快就进入话题，还是会在谈话中多次沉默。

12:45，赫维拿起手机，快速发过去一条短信：

“出什么事了吗？”

几秒钟后，手机在桌上振动起来：

“对不起。”

可是她之前明明答应了。她到底在耍什么花招？赫维既生气又失望。他起身片刻，准备离开，然而又重新坐下。无数的问题一个接一个在他脑海里疯狂打转，他像被钉在椅子上一样动弹不得。那些问题关乎她，关乎自己，也关乎他们俩。难道她是被逼迫的吗？难道她担心如果不接受见面的邀请，就再也不能指望自己了吗？他们两人之间已经建立起这样一种联系了吗？

好不容易遇见了一朵鲜花。

却在此刻瞬间凋零。

她明明答应了的。

肯定不是她，肯定不是安娜艾尔。她不会这样的。不会在这里做出这样的事。

他向服务员示意点菜，虽然此刻饥饿感已经不是他最大的感受了。他把记事本拿出来准备写信。一会儿他就到对面的邮局把信寄出。今天送出，明天就能送到，她应该住得离这里很近。

就在咫尺之遥。

*

塞莱斯塔，5月31日

邮局对面的餐馆

亲爱的安娜艾尔：

当我们谈论兔子的时候，说的应该是复活节兔子吧。我刚刚碰到了一只巨大的兔子[1]，我不知道是不是我们谈到的那只。一只巨大的兔子，保不齐是受了切尔诺贝利核辐射的变种兔子。又或者，它可能吃了太多巧克力，那些在灌木丛里剩下来的、缺心眼的小孩没找到的巧克力，全都被

1 法语中有“放兔子”的表达，用来表示放鸽子。这里指安娜艾尔没有赴约。

它吃掉了。这只肥兔子，在我的身体里植入了令人难受的东西，就在肋骨之间，使我感到呼吸都困难。我正在等一个永远不会来的人，一个已经给出承诺却不会出现的人。

您没来赴约，安娜艾尔。当我知道您要来见面的时候，我高兴得简直要疯了，然而您给我发来一句“对不起”作为解释的时候，我又很恼火。难道我就活该被如此对待吗？我一直相信您会来的。那朵小花已经消失了，大肥兔子践踏了它。

我很失望，安娜艾尔。又失望又难过。我想不通，那不是您，不可能是您。

但我还是会拥抱您。如果您感到一丝咸味，那是埋藏在我脸颊后面的源源不断流出来的脆弱的眼泪。身为共和国检察官，我必须保持端正的仪态，尤其是在公众场所。可是检察官又怎样呢，我也不是滴水不漏的人。

赫维

一个悲惨不幸的人

附言一：我周五晚上下班，周六一大早就出去度假了。现在我只剩下一个希望：您在我走之前给我写信。或者还有另一个希望：您可以上网，并且您愿意在我不在的时候跟我在网上打个招呼。

附言二：您没来，却派来了一只大兔八哥。您是有什么不得已的理由吗？

附言三：您是不是在厕所里羞红了脸？

43
嗯哼……

6月3日，星期五

早上赫维没有收到来信，在他走之前，邮差已经来过最后一趟了。赫维·勒克莱尔说不清心里的感受到底是失望还是愤怒，也许两者都有。她也不是什么都没说。如果是这样的话，他也许会为她担心，会在心里想：是不是发生什么事情了？但是，那短短的一句对不起，包含了太多意思。为什么故意不来赴约呢？在出发去度假之前，他真的很想弄清楚。至少他得知道他们之间的通信是否还会继续，他得确保这段关系并没有消亡，没有被埋葬。他不能带着这么一个巨大的心病出去度假。

记录员看出了他的心思，在他桌上摆了一杯咖啡来安慰他。她并没有意识到自己唐突的话语正好戳在了检察官的痛处：

“您看起来有些不开心，肯定是因为没收到信吧？也许您对这个姑娘有点异想天开了。谁知道她是不是在勾引您上贼船？谁知道她是不是在耍花招，对您隐瞒了很多东西？”

“为什么这么说？”

“因为我知道真相。”

“您怎么知道的？”

“我就是知道，没有为什么。”

“她能有什么好隐瞒的？”

“她也许并没有您想象得那么完美。”

“我什么都没想，而且我也不相信您。”

“到时候您就知道了……”

她说完这几个字，从喉咙里发出一声“嗯哼”，语气里夹杂着报复和讽刺。

这句多余的话，放肆地在他耳朵里蹦跶着，好像在敲打着耳膜，声音干脆又坚定：“你听到了吗？你听明白她刚刚说的话了吗？你听到她话里的自信、自满和讽刺了吗？”

不，他不愿相信她。但是，在这样一个恼人的情景下，面对着记录员的笃定，他也不由得心中生疑。为什么故意不来赴约？为什么要保持沉默？约瑟琳娜说的也许有点道理。

于是，下午上班上到一半的时候，他就借口有一个紧急的拜访，开车去塞莱斯塔了。在这个小镇上，妇科诊所只有那么多，用手指都能数得过来。

他想见到她。

想跟她说说话。

想弄明白。

半个小时之后，他把车停在了诊所楼下。现在他还可以改变主意。也许她会怨他就这么不打招呼地突然闯进去。毕竟，星期二她之所以没来，也许有自己的原因。

算了吧，他决定冒这个险。在他的心里，各种各样的情绪互相冲撞着。此刻是他的心在主宰，他的脑子什么也做不了，已经被排除在游戏之外了。赫维任凭自己被双腿带着走，这双遏制不住的腿急切地想知道真相。

走出电梯的时候，他瞥见了处在走廊尽头的诊所的门。一个女人正边说着再见，边从里面走出来。

安娜艾尔就坐在接待柜台后面。深灰色的柜台挡住了她的身体，只能看到她的脸。她正在写着什么。赫维走过去。她的皮肤像在发光，尽管一边脸上有一些疤痕，下巴上也有些肿块，应该是多次手术留下来的痕迹。她明亮的大眼睛抬起来看到了他。小巧的鼻子，薄薄的嘴唇，赫维仔仔细细地端详着她，尤其是她明亮的大眼睛，此刻正四处逃避。

他跟她问好，低沉的嗓音尽量平稳。他觉得很平静，也很感动。安娜艾尔显然很惊讶，惊讶中更多地透露出尴尬。两个人都没有微笑，心中涌动着太多情绪。可是没有丝毫的高兴，因为这不是一个预想中的会面，他们本来应该在餐馆见到对方的。她看向别处，又看着他，然后垂下眼帘试图躲开他的目光。赫维没有让步，他试着抓回从他身上逃走的目光。不过她终于说话了：

“您来了？”

“我得在离开之前见到您。从周二开始我就一直在反反复复地想这件事。”

“对不起，我没能去赴约。”

“您没能去还是您不想去？”

“我没能去。我本来想给您写信的，正准备写。”

电话铃响了起来。安娜艾尔抓起话筒，马上切换到微笑秘书模式，定下一个预约，然后挂掉。一位妇科医生从问诊室里出来，走到办公桌前递给她一份文件，然后交代了几句话。他惊讶地看着赫维，然后又忙不迭地跟等着他的病人打招呼去了。

“我走了，安娜艾尔。我来只是想看看您。”

离开的时候，赫维感到一种不适。没错，她当时正在忙，但是她确实感到尴尬了，他马上就能感觉出来。万一他弄错了呢？万一她是在跟他耍花招呢？他不知道是什么花招，他只是想见到她。

离开诊所时，他大大的眼里闪着泪光。

晚上十点，箱子都已经整理好了。他的太太把一切打点清楚了之后，准备去洗个澡。赫维在手机上查看邮件。收件箱里已经有很多邮件躺在那里，全都是工作邮件。他会筛选好，放到待读邮件里。然后，他发现了二十分钟前送达的最后一封邮件。

赫维，您为什么要过来？如果我当时并没有准备好要见您呢？您从来没想过这件事吗？您就这样毫无预兆地出现在我工作的地方，一点选择的余地都没有给我。我真的很生气。给我一些时间吧，我需要好好思考一下。

祝您假期愉快。安娜艾尔。

他快速打出一条回复：

对不起。

然后他退出了短信箱。他的太太躺下准备睡觉了。第二天一大早他们就得出发。他借口还有最后一个文件要处理，一个人跑到了客厅，给自己倒了一杯威士忌。

他不想一直想着这件蠢事。他更想弄明白自己为什么会如此依恋她，为什么在走之前必须见她一面，为什么周二他会感到如此失望，为什么下午坐电梯离开的时候，他的心里会如此苦涩，为什么他已经觉得自己没法儿好好享受假期了。

于是他编辑了一条新信息：

亲爱的安娜艾尔：

我不知道您在想些什么，我也不明白为什么这几天我们的交流变得那么不快，我不知道自己在这中间做错了什么。见个面真的如此严重吗？我们本来约好了，您也同意了，但是您却没来赴约。我来看您，您却生气了。到底是怎么回事？您害怕我吗？您担心我会对您身上的手术疤痕有什么不好的反应吗？安娜艾尔，我是个有妇之夫，是两个孩子的父亲，我们之间谈论的是美好的东西，我们不需要在样貌上取悦对方。

但我还是觉得您很迷人。外貌的美丽和精致并不是最吸引人的地方，您眼波中流转的深情、闪亮的双眼、甜美的微笑，还有所有那些在言谈举止中流露出来的高尚灵魂，这些才是让人神魂颠倒的东西。您让我经历了很多挫折，一般的男人经历过一两次这样的失败，几乎都会掉头就走。他们当中那些粗鄙不堪的人，甚至会对您恶语相向，让您滚蛋。

可我不是一般的男人。我会紧紧地抓住您，就像波涛汹涌的大海里，牡蛎紧紧地抓住岩石一样。不，我不会放手，也不愿意失去您。请您明白，我会永远在这里，不管您回不回答我。就算您在我眼皮底下失约，就算您需要时间思考（我已经开始想念您了）。

安娜艾尔，我想跟您继续走下去。

盼复。

我拥抱您。

赫维
暴风雨中的牡蛎

他的脑海里一遍又一遍重播着早上跟记录员的谈话，那些话从她嘴里说出来就像一把锋利的刀。那些笃定又傲慢的话一瞬间在他心里埋下了怀疑的种子。

“嗯哼。”

44
桑拿房里腾个座

6月4日，星期六

从上次在安娜艾尔家聚会开始，她们就一直在计划这一次出行，盼望已久的这一天终于来临了。她要跟几个闺密一起去区里的一个豪华酒店做水疗。周六人流量肯定会很大，但是她们几个各自都有工作要忙，没法找出其他空档。这是她们第一次一起外出去这样的场所。

戴上塑料手环，在换衣间换好衣服以后，她们在淋浴间会合。安娜艾尔把假肢留在了家里。带过来也没什么用，因为她知道，在潮湿温热的环境里泡一下午，她也没法再套上去。她只带了一对拐杖，将就着支撑一下。从狭窄的换衣间出来的时候，只能跳着走。她尽量避免使用残疾人专用通道，尽管这对她来说是一个小小的挑战，可是她也想跟其他普通人一样，或至少给自己这种感觉。

这不是她车祸之后第一次做水疗。温泉疗法对她很有疗效，尤其是对那些莫名的疼痛，所以她试着频繁地进行水疗。第一次不免有些难以适应旁人异样的眼光。但是慢慢地，她已经习以为常，现在她把这看作一个游戏，不去在乎人们好奇的眼光。像这样的人群，脑子里都有一个想法：身体残缺的人就应该把自己藏起来。

她的闺密们一开始提出这个想法的时候，还有些担忧。但她很快就让她们放下心来。车祸发生以后，她们一直陪在她身边，安慰她，陪着她，像往常一样大笑，一旦她有能力走动以后，还会带着她一起出去玩。她们甚至还想着办法在相亲网站上给她找男朋友，或是给她介绍朋友的单身朋友。但是对她来说，还太早了。当务之急，她得先找回身体的平衡，然后才能去想象一段稳定的感情，她甚至不知道还有没有这样的可能性。安娜艾尔才担负起恢复身体平衡的责任，对于感情上的平衡却没有任何把握。

上次她们在一起的那个晚上，她才刚刚与检察官联系上。当时什么事情都还没发生，至少还没有产生像现在这样的依恋之情。最近这个星期发生了很多事，让她心里七上八下，她在想当时是不是应该去赴约。她还在埋怨他没有打招呼就来了办公室，而且只是为了见她一面而已。

姑娘们在一个室外泳池安顿下来。水流按摩着她们的臀部、背部，春末美好的阳光晒着她们的肚皮。安娜艾尔跟她们讲述着与检察官的信件往来，他们互相说过的话，她在想的问题，以后的路该怎么走，那场未赴之约，以及赫维闯到妇科诊所的事。不时有人发表着自己的看法："你小心点啊，有妇之夫很危险的""好好享受这段关系！他知道自己在干什么""你要保护好自己啊，不然可能要等他一辈子"……

"那你为什么没去餐馆呢？"塔提亚娜问道。

"我跟他说了车祸的事，说了脸上的疤痕，但是我没跟他说截肢的事。"

"可是你在这里可以若无其事地走来走去，完全不在乎旁人的眼光，为什么在他面前就不行呢？"

“他不一样。我害怕让他失望，我担心他会认为我在撒谎，没有告诉他我真实的样子。我害怕他再也不要我了。”

“这正好可以考验他一下，如果他因为这个就不要你了，那也说明他根本不值得你这么留恋。”柯琳断言道。

“我可能也不想失去他。”

“如果他跟你想的一样善良的话，这根本就不该是个问题。”

“总之，我当时很担心。”

“你为什么不写信告诉他你截肢的事？这样，你可以看看他到时怎么说，他会有个心理准备。”

“嗯，就这么干吧。”安娜艾尔在心里下定决心，“我们去蒸桑拿吧？”

“那里的人肯定特别多。”乔安娜插话道。

“这不是个大问题。我会给你们腾出地方来的。我进去以后其他人会走的，我都已经习惯了。”

“你开玩笑的吧？”

“没开玩笑，你们看着吧。”安娜艾尔一边微笑着说，一边抓着泳池壁，沿着水下台阶爬出泳池。

六个姑娘一起下到地下一层，这里是男女公共空间。男男女女们裸露着身体在桑拿房、药浴房和淋浴间之间走来走去。有些人神态自若，完全不介意周围的环境，但是大部分人都在打量着，尤其是很多男人在偷偷地看异性。有些男人躺在桑拿间滚烫的木头长椅上，两腿张开，好让自己的身体自由呼吸，又或者是在乐此不疲地展示着自己的身体。

确实，桑拿房几乎都插不进脚了。

“你们先别动，我第一个进去。我给你们腾出地方以后，你们再进来找我。”

安娜艾尔拄着拐杖，带着她的残肢走进了这个令人窒息的空间，然后找到一张长椅，在角落里坐下。在场的人交换着尴尬的眼神，有的人在故意咳嗽，还有一个年轻女人朝她投来善意的微笑。一分钟不到，就有好几个人起身离开这里。他们看起来已经在这里待了好一会儿了。而另外三位也立马跟着他们走了出去，他们看起来明显才来没多久，汗都没怎么出。安娜艾尔的闺密们又忍不住笑起来，带着明朗的心情，可是也有些惊愕。

“原来这是个终极武器啊！那些人可真是蠢到家了！”玛丽惊叹道。

那个在安娜艾尔进来时对她微笑的女孩同情地说：

“这样的日子应该很不好过吧……”

“我不在乎，”安娜艾尔回答说，“现在这对我来说就是个游戏。我已经学会从中抽离出来。而且，这样我还能给我的朋友们腾出地方呢。”

整个疗养活动在愉快的氛围中结束了，尽管乔安娜和玛丽一想到要去公共淋浴间洗澡，赤身裸体地暴露在评头论足的陌生人面前，就担心不已。

晚些时候，她们一起吃晚饭，席间想起乔安娜在淋浴间的一件趣事，大家都忍不住大笑起来。乔安娜本来就觉得，在陌生人面前光着身子扭来扭去地洗澡是很尴尬的事，当她发现浴巾不在原来挂上去的地方时，一阵恐慌瞬间袭来。她赶紧转身站在水流下，好像这样就可以遮住身体，然后惊慌地大声求救：“我的浴巾不见了！我的浴巾去哪儿了？”

其实浴巾只是掉落在地上而已。然而对于这个纯情的少女来说，这已经是难以忍受的事了。她真希望自己也能像她的朋友安妮－卡特琳娜一样泰然自若，安然接受自己的身体，毫不介意地把赘肉展示给旁人，无视其他人的目光淡然地走来走去。

回到家的时候，安娜艾尔已经筋疲力尽，但是她觉得很平静。与闺密们的聚会总是让她受益良多。从来都是这样。在朋友们的建议下，她对如何继续这段关系，有了一些新的眉目。而且，她们还承诺了，等到她搬新家的时候，她们都会过来帮忙。她预约了下周去公证处签字。想到马上就可以搭建起一个属于自己的柔软小窝，这个年轻的姑娘觉得无比幸福。她将拥有一个像甲壳一样的栖息之地，用来取代原来那个随着截肢一起丢失的家。

可是那个家，她真的曾经拥有过吗?

45
向火烈鸟致敬

6月11日，星期六

19:30，电子邮件：

赫维·勒克莱尔发送至安娜艾尔·德慕兰：

我在西班牙的旅程很愉快。但是这里到处荒无人烟，因为我的脑海里只想着一个人。

我很想念您，安娜艾尔。

我拥抱您。

赫维，旅行者

两小时之后：

安娜艾尔·德慕兰发送至赫维·勒克莱尔：

我正在给您写一封长长的信。它会在信箱里等着您回来。好好享受假期吧，毕竟它眨眼间就会结束。

拥抱您。

安娜艾尔

我努力控制不去问自己，是不是也在思念您。

五分钟之后：

赫维·勒克莱尔发送至安娜艾尔·德慕兰：

这将是我第一次这么高兴地结束度假。

安娜艾尔关掉电脑，伸了个懒腰来缓解身上的酸痛，然后躺到床上，盯着天花板。她闭上双眼，发出一声长长的叹息。最近发生的这些事情在她的脑海里翻飞着。一个星期前的那次水疗，她表现得若无其事，假装自己很自然，其实她很想跑到某个隔间里把自己藏起来。她对桑拿房的事付诸一笑，跟朋友们打趣说多亏了她的残肢，她们才有地方坐，但其实这样的事情并不鲜见，她只能改变自己慢慢适应社会。人们习惯于对他人评头论足，厌恶他人，排斥异己，每个人都活在自己的世界里，而残疾人的世界处在所有世界的最底层，因为这样就不会碍别人的眼了。

安娜艾尔重新坐起来，在床头柜上拿起一管镇定药膏，取出一小点，开始按摩大腿残肢的横截面。好好地保养它，也就是接受它的意思。她的复健师无数次地跟她说出这句箴言。珍惜它，也许就是爱它的意思吧？即便是这样一个残缺不全的身体，只要是自己的，总是值得被爱的吧？安娜艾尔想起了木匠，他看起来已经完全接受了那几节残缺的手指，至少看起来是这样。几根残指和一条残肢有什么本质上的区别吗？当你别无选择的时候，这两者之间并没有任何不同。难道要从此一蹶不振，掩藏残缺，希望人家看不到，也希望自己看不到吗？这真是句废话。残缺的肢体就在那里，它永远都会在。安娜艾尔心里明白，只有自己接受了自己，才有可能让别人也接受自己。因为擦了药膏，她的手掌可以在腿上顺滑地按摩着。看着被自己的手指按摩到的地方，她突然感到一种莫名的心安。她还不敢想象一个男人的双手在那里停留，但是她身体的其他部位都在热烈欢迎着温柔的轻抚。她喜欢自己的胸部、腹部，喜欢自己的脸，甚至还有另外那条完整的腿。还是有那么宽广的地方可以让人温柔地抚摩，让自己感受无边的幸福。为什么要去排斥这些呢？

她又想起与检察官的通信，那些信让她重新燃起了与人类交往的欲望。不是所有人都像桑拿房里的某些人一样愚蠢。在这个地球上还有很多善良的人，她没有理由阻止自己和他们相遇。

她的心底里升起一股温柔的暖意，充满了信心和乐观。她甚至觉得，能这样纯粹地活着是一件多么值得高兴的事啊！尽管微不足道，尽管脆弱，这股小小的暖意让她的心变得异常安稳。她小心翼翼地守着这团火，但愿它不会熄灭，希望它可以慢慢壮大，变成燎原之火，希望它不要被一个愚蠢的火烈鸟[1]的故事给浇灭。

1　因火烈鸟喜欢独腿站立，这里比喻安娜艾尔被截肢，只能单腿站立的情况。

46
也许还能结出苹果来

托马斯正在贴画的时候，他的父亲从无菌病房里走了出来。今天托马斯画的是一棵美丽的苹果树，它长在一个被丛林环抱的果园里，就在一片废弃的林中空地上。由于长时间疏于打理，大自然开始夺回它的掌控权，那里已经杂草蔓延。克里斯蒂安把防护服脱下来，扔进垃圾桶里。他拥抱了一下大儿子，把手放在他的肩膀上，用意味深长的目光看着托马斯。其实，他在心里默默地依靠着儿子，却又不想表现得太明显。毕竟他是一家之主，是家里的顶梁柱，是掌控大局的人。可实际上，他什么都掌控不了。他希望，在坚强冷静的大儿子身上，能找到一块基石、一根支柱，好让自己不要动摇。为了确保骨髓移植的时候能陪在小儿子身边，这个星期他请了几天假。尽管这个手术看起来跟西蒙之前接受过的普通输液没什么两样。从捐献者的骨头中心取出来的这个东西，看起来只是一小包血液，可对西蒙来说，却是一剂救命的神药。捐献者先是被麻醉，然后骨头被穿刺，整个过程应该花了很长时间，而此刻，他应该正在忍受手术造成的疼痛，止痛剂可能也起不了很大作用。这样一个不计回报的好人，可能只是为了能拯救一个生命而感到骄傲，想到自己的一部分骨髓能让一个孩子存活下来，每天晚上都能亲吻他的父母，他因此而感到满足。由于要遵守匿名原则，他并不知道受益者是谁，只知道是个孩子。西蒙在这周进行了移植手术，白天父母陪在他身边，晚上托马斯来接力。西蒙和护士的脸上都看不出任何异样，但是输液的过程有医生全程陪同，也说明了事情的严肃性以及这次手术的风险之大。

接下来的那几天，高烧如期而至。这是正常现象，在预料之内。西蒙扛了过去，最终高烧退了下来。

“森林里面有苹果树吗？”

“这倒不是很常见！有时，在被遗弃的果园里那些杂草灌木丛生的地方能找到一两棵，但是很少见。”

“那你今天为什么要画苹果树？”

“因为我们不一定每次都要讲森林，而且这是一棵被嫁接过的苹果树。”

“嫁接？它也跟我一样，接受了移植吗？”

“差不多吧。有的时候，我们会选择不同品种的果树进行杂交。我们会砍掉某棵苹果树的所有枝叶，只剩下树干，因为它很适宜在这片土地上生长，或者因为它对某种疾病有抗体。然后我们会在它的树干上嫁接其他品种的树枝，因为这种品种可以产出颜色漂亮又多汁的果实。这样我们就把两个品种的优势结合在了一起，嫁接过的树就变成了一个新品种，变得更加强壮，抵抗力更强。”

“这就跟我一样嘛！现在我会变得更强壮，抵抗力更强！你说，我身上会不会结出苹果来？”西蒙笑着说道。

这个孩子总是会让大人们感到惊叹，他的家人、护士们、医生们，还有老师们无一不这么说。他总是那么开心，笑声爽朗，充满幽默感，还喜欢给大家制作各种各样的小礼物。他已经默认了自己目前的状态是正常情况，而且总是尝试着苦中作乐，尽管有时繁重的化疗会产生痛苦的副作用，像汽油弹焚烧越南的森林[1]一样，吞噬着他的身体。他之所以这么开心，也许是想让身边的人没有别的选择，只能跟他一样表现得开心。这种行为肯定是下意识的，却很有逻辑性。

“你就嘲笑我吧！我不过是想跟你讲讲与你这周的经历类似的事情。你知道吗，家里的后山上，在爸爸的果园里，肯定也有很多被嫁接过的果树。他的祖父曾经是这方面的专家。”

“它们也是通过管道输液吗？”

“不是，嫁接有好几种方式。需要记住的是，不管哪种方式，它们的树液都要融合在一起，就像你的血液和捐献者的血液一样。大自然的生灵是很神奇的，它会慢慢适应，带着两个物种的各自一部分，然后长成一棵新的树木。”

“每次都能成功吗？”

“不是，这并不是万无一失的。但是你肯定会成功的。”

“那你呢，为什么你没有嫁接手指？”

“他们已经试过了。事故发生后，我的老师把我的断指放在了冰块里，但是它们被损坏得太严重了，所以最后没有成功。不过也没关系，我已经学会不靠这些手指来生活了。就是套无菌手套的时候有点麻烦。”托马斯一边笑，一边晃动着他的手。有几个乳胶指套随着他的动作在奇怪地摆动。那几个应该被手指塞满的指套里，如今空空荡荡。

还能用戏谑的语气来谈论微不足道的小事，真好。

几根残指跟弟弟的病比起来，又算得了什么呢？

当人们为了不哭而强颜欢笑时，什么事情都能让他们笑出来吧。

西蒙所求的，也只有这一件事了。

只能笑，不能哭。

1　越南战争期间，美国在越南投下大量凝固汽油弹，烧毁了大量村庄、丛林和农田。

47
不落俗套的明信片

巴塞罗那，6月12日

亲爱的安娜艾尔：

“来自巴塞罗那的问候，我们正在此地度假”，“与这张卡片一起寄过来的，是我们正在尽情享受的当地的阳光”……我不愿让您忍受诸如此类的陈词滥调，我选择的明信片，既不是胸部丰满、裸露的年轻女性的沙滩照，也不是海上的永恒落日之类的风景照。不，我不想如此落入俗套。可是，一遍又一遍地跟您说，我有多么思念您，这件事应该也很俗气吧。这张卡片太小，没有办法写下我满溢的情感，没有办法向您倾诉我多么思念您的来信，多么想给您写信。假期还有整整一周。为什么您远在天边时，时间变得如此漫长？

我拥抱您。

赫维

48
旧长木椅

6月17日，星期五

这座小房子终于正式属于她了。去公证处签字的那天，她很感动。卖家们人都很好，中介也很开心能够促成他们的这笔交易，也许正是因为他十分明白这所房子的购入对于安娜艾尔来说，是人生中一个崭新的起点。他送了安娜艾尔一瓶香槟，作为乔迁之喜的贺礼。虽然离真正搬进去的日子还很远，需要完成的修缮工程还有很多，但她还是感到无比兴奋。

她跟木匠约好了晌午时见面，准备把备用钥匙交给他。这样在她去疗养的这段时间里，他就可以顺利开工。剩下的其他事务将由她的父亲和一个朋友来负责。在装修的最后工序完成之前，必须先解决楼梯入口的问题。

她坐在屋门口的旧长木椅上，闭着眼睛享受阳光。这条长椅如此之旧，好像从一开始就在这里，就好像它才是这座石头房子从始至终的住客。她听到有车在路边停下，然后是车门关闭的声音。等她睁开眼睛，木匠已经走到了跟前。

“需要我帮您把门打开吗？”他一上来就问。

“好的，谢谢您。”

“我会先把门修好的，这样以后您一个人也能打开。关于装修的一些细节，我们还得再一起看一下。”

没过多久，他们一起从房子里走出来。一切准备就绪，就等开工了。安娜艾尔浑身散发着幸福的光芒。她打开挎包，从里面拿出《猫头鹰》杂志，还给托马斯。

“我把这个还给您吧。这些杂志很有趣，我学到了很多东西。”

“您还想看其他的吗？我可以借给您。”

“怎么好意思总是麻烦您。”

“您要离开三个星期，不是吗？”

“对。”

“那我可以再借给您几本，您肯定会有时间看的。我会在这周内把它们放到您的信箱里。”

“您真是太客气了。对了，刚刚忘了说定金的事情，您想让我现在给您写支票吗？”

托马斯有些犹豫。他知道自己的工作有很多不确定的因素在里面。如果他收了钱，最后却不得不拖延工期，这会让他很后悔。但是，对于这位客户家里的工程，他还是有信心能在截止日期前完成的，尽管在客户不在的时候进行装修工作，对他来说有些束手束脚。而且他还跟她承诺过，七月底可以搬进去。安娜艾尔也已经通知公寓的房东不再续约了。托马斯没有太多的选择余地，他的经济情况太紧张了。本来他有一个大项目快要结束，应该会有一笔大数目进账，但是因为他拖延了一段时间，客户很不满意，嚷嚷着要起诉他，一直拖着不付钱。采取任何措施都没有用，在法律面前，他是理亏的，因为他早就在报价合同上写明了截止日期。这样的客户很难应付，他们意志坚决，不讲情面，更不会在乎托马斯是因为什么原因而拖延了工期。

于是，他收下了定金支票。

“是我出现幻觉了吗？街道那边停的又是那辆车吗？就是那天我去您家，停在您家门口附近的那辆车？”

“嗯，我觉得是。她把遮光板放下来也没用，我们可以通过她的头巾认出她来。”

“她就差没举张报纸，在报纸上戳两个眼睛洞了。您以前也经常见到她吗？还是只是在我们俩约好见面的时候，她才会出现？”

“我都没怎么注意到，不过我是那种连人行道上的雷达都注意不到的人。”

“您站在这儿别动，这一次，我让她把车窗摇下来。”

托马斯走到柏油马路上，目光如炬，步伐坚定。但是还没等到他走近车身，那个女司机已经火速把车开到主道上去了。同样的头巾，同样的墨镜，只是这一次她明显很慌张。托马斯回头朝房子走回来，抬起两只手臂，做出恼火的样子。

凶神恶煞的样子已经没了踪影。

刚刚那样只是装出来的吗？

“失败了！她应该被我吓到了。”

“是同一个人吗？”

“是的，同一个女人。您还是小心一点吧，她跟踪得更加频繁了。”

“可是，我能怎么办呢？您觉得她是个私家侦探吗？”

“哈哈，肯定不是啊！”托马斯放声大笑，“要是她都能做私家侦探，我还是妇科医生呢。”

“为什么您是妇科医生？”

“因为我的手都这样了，要是做得了妇科医生……”托马斯晃动着他的指关节，微笑着回答道。

“我就在塞莱斯塔的一间诊所上班，给三位妇科医生当秘书。”

“那可真是搞笑了，我之前都不知道这件事。您做了什么让人指摘的事情吗？有人要派间谍来监视您？”

“当然没有啊！”安娜艾尔大声叫道。

“那是跟这所房子有关吗？”

“不知道。我会给中介和以前的房主打电话询问一下。如果我不在的时候，工事上有什么问题，您也可以直接给我打电话。我到时再跟您说，到了康塔尔，她是不是还在跟踪我。”

木匠小心地把大门关上，跟安娜艾尔道别之后，迅速上了车。他要赶紧回去洗个澡，换上干净的衣服，然后再去医院。医院里的走廊极度干净，而城里却充满了热浪和污染。他觉得每次离开居住的山谷和群山时，呼吸功能都会受到限制。

更不要提他的弟弟了……

他没有看到，在村子里一条隐蔽的下坡路上，刚刚那台车赫然停在那里。车里的女人正在全身发抖，还没有从刚刚的害怕当中恢复过来。她当时以为那个男的准备过来跟她打架呢。

谁能说得清，在无边的恐惧和异常的决心之间，当时的她心里在进行着多么巨大的斗争？显然，跟踪不是个好办法。她对那个女人的了解已经足够多了。她在偶然间看到前一天的报纸头条，看到副驾驶座的乘客受伤的报道之后，才决定，从此要改变战略了。

49
“我们”的定义

6月20日，星期一

今天早晨，在法国的某个地方，一位检察官的办公桌上堆满了文件，而刚刚度假回来的他却根本无心处理公务。在这堆文件中，有一封厚厚的信，上面熟悉的字迹轻抚着他的双眼，就像有人在耳畔吟唱着诗篇。邮票上的火烈鸟头像并没有引起他的好奇心，他还以为这只是安娜艾尔心血来潮随意贴上去的，完全没有想到会有什么特殊含义。此刻，他正拿着裁纸刀，沿着折痕处小心翼翼地拆开信封，慢条斯理，只为美美地品味这一刻。快乐不仅源于巧克力本身，也源于对巧克力的期待。为了这个时刻，他已经等了不止 15 天。这些日子以来，他一直在脑海里想象着这封信，每次想起的时候几乎感觉它就在自己的手中。他也曾担忧过，因为安娜艾尔可能又会食言，就像上次没来赴约一样，不给任何解释就消失在人海。

但是，这封厚厚的信，现在就在他手里。她从来没有写过这样长的信，赫维也从来没有像现在这样高兴过。

*

亲爱的赫维：

您离开斯特拉斯堡去度假了。从今天开始，您不在的日子里，我会每天写一篇日志，以此延续我们的交流。

6月4日，星期六

昨天晚上给您发完邮件，我就去睡觉了。我其实是去埋头痛哭了，没去厕所，而是躺在枕头上哭。我羞得满脸通红，泪水浸湿了枕头。确实，我的态度很不好。

但是，见面对我来说，的确是很严重的事情。我害怕您见到车祸留下的累累伤痕时，会有不好的反应。我害怕您会不喜欢我，尽管我们不应该往这个方向发展，不需要在样貌上取悦对方。但是，我也是个女人，所有女人都希望得到别人的正面评价。况且我还是一个残缺不全的女人，一个随时随地想把自己隐藏起来的女人。约在餐馆见面的那一天，我在最后一刻选择了躲避，因为害怕远远占了理智的上风。您来看我的时候，我无处可匿，就像一只受伤的困兽，绝望地寻找逃生出口。我怨您让我如此措手不及。

车祸发生以后，我鼓足勇气重新站了起来，但是我没能勇敢地面对车祸带来的后果。我总是试着逃避，没有真正接受它，不愿承认它，甚至连谈都不能谈。这也是为什么我更愿意写信，写信可比面谈方便多了。

因为，赫维，我没有告诉您全部的真相。当我在您眼皮底下爽约的时候，您完全可以学那些粗鄙的男人，让我滚蛋，我也会心甘情愿地接受裁决。可是，偏偏您是如此锲而不舍的牡蛎，即便是岩石也会愿意敞开心扉……

（如果您的记录员只读到信里的一些零星片段，估计她看这些比喻就像在看天书一样……）

车祸发生时，我不只伤到了下颌。车门猛烈地轧进了我的右腿，以至于我的右腿整个被切断了，医生们也无力回天。被人为休眠几个星期后，我醒过来看到床单上只剩下一条腿的形状，当时我真的宁愿他们没有救我，让我就这么死去。

所以，现在的我，就像一只独腿站立的火烈鸟……

今天我跟朋友们一起去做水疗。您都不知道那些人是用什么样的眼神在看我的残肢。不过，至少，我还能用它来吓跑桑拿房的人，给我的朋友们腾出几个位置来。在这种时候，我们通常会付诸一笑，可其实，我还是很害怕周围的人会因为我而吓跑。

所以，我很担心您也会被吓跑。毕竟，我们还不够了解彼此，不知道您对这样或那样的情景，会做出什么样的反应。

做完桑拿后，我觉得身体很放松，可还是有些疲惫了，我明天再继续写吧。我不想给您发邮件，因为这样会让我产生正在跟您一起度假的错觉，而且还是跟您太太一起！

况且，有时候，保持适当的距离也是很有必要的。

6月5日，星期天

亲爱的赫维，现在是早上九点。我才醒来没多久，正坐在露台上，天气实在是太好了。刚刚我去花园里走了一圈，光脚踩在草地上的感觉太舒服了，即使只有一只脚也很美妙。

我现在正在父母家吃早饭，眼前是一望无际的广袤风景。要是您也能看到这壮阔的孚日山景色就好了。我的父母在很久之前买下了山上的这所小房子，所以我是在森林的怀抱中长大的，这里就是我的天堂。我品尝着新鲜的面包，欣赏着天边美丽的景色，然后便想到了您。您应该已经平安到达目的地了吧，会不会是在世界的另一端呢？我甚至都不知道您会在哪里停留。我试着猜过您的目的地，应该是有沙滩的地方吧，因为您的太太喜欢晒成古铜色。可是，世界各地都有沙滩。您去的是科西嘉岛吗？或者摩洛哥、突尼斯、泰国、马提尼克岛，还是美国？

我现在再也不想去沙滩了。一方面，是因为拄着拐杖在细腻的沙子中行走，比登天还难；另一方面，也是因为沙滩上的人们跟桑拿房里的人一样，除了观察和评价别人，就没有别的事情可以干了。

我一点儿也不想被别人评头论足。

就算是最后的审判[1]，我也不愿意。我已经承受了这么多苦难，难不成还要被送到炼狱去？如果是这样，那上帝也太不公平了。

也许上帝就是不公平的吧，只要看看我们周围发生的那些事就能明白。

所以我试着在地上创造出属于自己的小小天堂，先预支一些死后的天堂，就像一笔不能退的定金。

我该走了，中午我要去看房子。在那之前，我还得完成康复训练。

您是不是也在思念我，就像我在思念您一样呢？想到这个，我就高兴。

您已经原谅我爽约的事情了吗？

6月6日，星期一

今天周一，早上回来继续上班。现在我很开心，一天的工作终于结束了，真是艰难的一天啊！快到中午的时候，我想到了您，因为我差点儿被淹死在一个客户的无理要求和大声谩骂中，用“欲求不满尖酸刻薄的富婆”来形容她是再合适不过了。难道医生迟到45分钟是我的错吗？如果我告诉这个恶妇，排在她前面的病人上周末被强奸了，所

1　出自《圣经》，在世界末日之时真神耶稣基督会从天上降临，将死者复生并对他们进行审判，好人可以上天堂，恶人将会被丢入硫黄火湖中永远灭亡。

以问诊才持续了这么长时间，她会不会自惭形秽？不过，我还是持怀疑态度，就算知道了前因后果，她应该也不会有任何改观。有些人就是没有同情心。可是真遇到这样的人，我还是会被震惊到。

单方面给您写信的感觉太奇怪了，但这对我来说，也是一种填补空虚时间的办法，时间空虚得让人发慌。

6月9日，星期四

夜已经很深了。今天对我来说是意义非凡的一天，因为我去公证处签了最终合同，从此正式成了布赖滕巴赫那所房子的主人。对我来说，这是人生中的一大步，并且还是用一条腿走的一大步！

也许有一天，我会找个机会带您参观我的房子。

我想了很多，赫维。想到我们是如何开始的，又将如何结束，想到您把我的笃定也弄得一团糟。真是以牙还牙！

我笃信的是什么呢？我曾经以为，一个因车祸致残，又立马被男朋友抛弃的女人，将注定孤独一生，再也不可能遇见可以交心、可以分享情感和快乐的人。话又说回来，至今我还没有收到您对独腿火烈鸟的评价，也许您也会拔腿就跑，谁也说不准呢。

您瞧，一个人在特定的时机，在痛苦的境地里遭到背叛，这样的经历就会被深深地烙在灵魂深处。我愿意相信您不是这样的人，希望这不会改变任何事，希望我还能继续给您写信、继续收到您的来信，但是我做不到。那个浑蛋闯了红灯又逃离了现场，他毁了我的一条腿，也毁了我对自己的信心。我本该拥有一个美好的未来，现在一切都已化为乌有。

然而，您竟然那么殷勤地给我回信，字里行间透着幽默、亲切和善意。我告诉您我的脸惨不忍睹，您却毫不在意，依然想来看我。（我没有勇气猜测，这会不会是出于病态的好奇心，我知道，您不是这种人，您不是！）我把您一个人扔在餐馆里，而您依然愿意紧紧地抓住岩石。我怎么能再去质疑您的不离不弃呢？

只是，我不了解您，对您知之甚少。您的过去，您现在的生活，您对未来的计划，我都不知道。您的工作、家庭、朋友、日常生活以及在假期会干的事，我都一无所知。我不知道您有怎样的政治观点，怎样的价值观；不知道您是否抽烟、喝酒，是否喜欢独立电影、汽车杂志或是博物馆，是否喜欢去树林里散步，是喜欢动作片还是情感喜剧；不知道夏天您是把汗衫系在脖子上，还是把外套搭在一边肩膀上；不知道您喜欢大海还是大山，喜欢寒冷还是温暖的国家；不知道您是不是会好几种语言，喜欢运动还是宅在家里，喜欢看Arte还是TF1[1]，穿三角还是四角内裤，喜欢听莫扎特还是Lady Gaga。

1 Arte和TF1都是电视频道。前者比较倾向于文化内容，后者比较倾向于新闻、大众报道。

您向我展示了小小的一部分，可那都是些微不足道的细节。

我们并不了解彼此，赫维。

这既让人害怕又令人兴奋。我们以后还能对这些信件保持同样的热忱、同样的轻松和愉悦吗？天长日久，我们会不会习以为常，变得像老夫老妻一样厌倦彼此？

再说，异性之间（甚至是同性之间），可以做到不抱任何想法，一直保持这样的交流吗？您真的相信这样的感情是存在的吗？

您瞧，我的问题都快堆成山了，您该怎么回答呢？

今天就写到这儿吧，突然有些精力不支了。我跟您说了一些新秘密，却没法得知您会作何感想，在一片虚无中思念您真是件痛苦的事。

有的时候，我也会埋怨您让我产生了动摇。我本来可以与您保持通信，继续隐藏真实身份好些年。我本来可以惬意地躲在自己的鸟窝里，可是您非要把我拉出来。是要摔个粉身碎骨还是展翅翱翔，对一只弱小的雏鸟来说是个两难的抉择，尤其是展翅之时，还会带来彻骨的疼痛。

我就像一只在生命边缘徘徊的小鸟，一只少了翅膀的独臂鸟。

有时，我真羡慕您有一个正常而又端庄的家庭，有太太等着您回家，有孩子们等着您亲吻。

说实话，有时给您写信的时候，我会暂时忘记自己残缺的躯壳，忘记自己是如何在这行尸走肉般的身体里坚持下来的。因为写信的时候，我是用心、用思想、用肺腑在写，而不是用身体。

所以，在您回来之前，我要暂时忘记您，全身心地投入写作当中去了。您在度假的时候肯定也忘了我，全身心地跟您的太太在一起吧。每个人都有自己该做的事。我的小说已经快写完了，到搬家的时候，还得好好沉淀一下。好的作品就像美味的奶油蛋糕，面团揉完之后要留出醒面的时间，让它慢慢发酵。

况且，我还得勘察和设计我的新房子（那里还有之前的房主留下来的一些老家具和纪念品。他们人都很好，不过看起来不像是念旧的人）。

6月13日，星期一

如您所知，我是个脆弱的女人。说要暂时忘记您的话音才落，就收到了您的邮件，于是又燃起了下笔的欲望。原来科技进步带来的不总是好处呢，一名共和国检察官，即便远在西班牙度假，也能继续来扰乱我的心绪。您不应该只想着休息和放松，想着与世隔绝，与太太共度美好时光吗?

请您再检查一下，“花言巧语”模式是不是又被启动了。您还想骗我，西班牙难道是个荒无人烟的地方吗？您莫不是在只有棕熊出没的比利牛斯山上租了间小木屋?

您在信里提到了诗人拉马丁，我正好借这个机会，想问问您这位诗人问过的一个烦人问题，它在我的脑海里挥之不去：

“妒人的光阴啊！在这样酣醉的时刻，爱情为我们斟满幸福的美酒，你怎能就此飞逝，让人禁不住叹息，让幸福消逝得与苦难一样快？”

因为，从最初与您通信开始，我就处在这样酣醉的状态里。它使我的人生变得轻松，半梦半醒间，围绕在身边的苦痛也不再沉重（跟诗人拉马丁的诗一样，这句话也押韵！）。我害怕，这样幸福的时刻，会比过往那些痛苦的时候消失得更快。

我要再次向您证明，安娜艾尔是个多么倔强的人。这次我将重归沉寂，可惜，比利牛斯山那头的您也无从知晓。为了重拾勇气，我要吃一块您送的巧克力，每一块都太美味了。

6月16日，星期四

亲爱的赫维：

刚刚收到您寄来的明信片了。真是太感激您了，没给我寄那些丰胸肥乳的明信片。不过，为什么明信片上从来不印小胸呢？我觉得小胸也很迷人呀。

我也很高兴您没写那些客套话。通常来说，人们在度假时想到了某个人，想给他写明信片，却又发现无话可说的时候，才会写上那样的话。

对了，有个问题要问您。您太太知道您给我写明信片了吗？您跟她提过我吗？就算是迂回地提到过也算。

小半个星期已经过去了，我也成功地保持了缄默，可是我的巧克力库存遭受了沉重一击。

今天是星期四，下周一您就回办公室了。我得赶紧把这封长信寄出去，这样您回来的时候，马上就能看到它。我会在信封上面做点手脚，贴上强力胶带，要是您那刻薄的记录员胆敢偷看这封信，马上就会被您发现。这周一我好不容易在邮局找到了一些火烈鸟的邮票，当时我笑了半天。真是令人愉快的巧合。所以我买了好多囤起来。每一张邮票都代表了一封即将寄给你的信，到时您隔壁的黄鼠狼又有话可说了。

想到您下周就回来了，而且会一直在我身边，我就觉得开心。

如果事情不如我愿，好吧，那我也会重新站起来。

反正我已经成功站起来一次了。

至少我是这么认为的。

我拥抱您。

安娜艾尔

您的佩内洛普[1]，

1　佩内洛普是荷马史诗《奥德赛》中奥德修斯的妻子。奥德修斯参加特洛伊战争，一去二十年，有传言说他已经死了。此时许多男士跑来向漂亮的佩内洛普求婚，禁不起百般纠缠的佩内洛普就想了一个办法，她假装答应求婚者，等她给公公织完做寿衣的布料就再婚，但她白天织布晚上却悄悄地再拆掉。就这样日复一日，布料总也织不好，终于等到丈夫的归来。“佩内洛普”已经成为忠贞的代名词。

白天编织出确定的语言，晚上又全部拆掉

附言一：您现在是不是晒得跟澳大利亚的冲浪选手一样黑？

附言二：我得告诉您，6月24日开始，我要启程去康塔尔省疗养三周。不过在此期间我们依然可以通信。

赫维久久地望着远处，目光落在对面建筑物的正立面上。记录员好像来送过一个文件，然后又一言不发地离开了。显然，她也觉察到了，现在最好不要来打扰他。

他拿起信笺，马上写起了回信。今晚他会在办公室待到很晚。反正，他已经跟太太在一起待了整整十五天，晚饭可以再等一等。

50
装在行李箱里的检察官

已经周三了，安娜艾尔还没开始打点行李。不知为何，离开对她来说总是一件艰难的事情，总要等到最后一刻才会去考虑旅途需要的东西，总是害怕会落下什么，或是缺少什么。

今晚她得整理出大部分行李，因为明天诊所会异常忙碌，而且周五早上就要动身了。不过她早就料到，今晚收拾行李会困难重重。赫维的信今天到了，看完以后，她的脑海里不断循环播放着信件片段。

安娜艾尔的坦白，对他来说，不会改变任何东西。

此时此刻，她多么想给闺密们打电话，想马上告诉她们这个消息，与她们分享自己的宽慰。但是现在已经很晚了，所以她只好独自品尝这份欢欣。

对他来说，什么都没有改变。

什么都没有。

他说，什么都不会变。

他不在乎表象，只在乎安娜艾尔这个人，在乎她的灵魂和一个“重要的小细节”：她的眼睛。安娜艾尔一直希望别人能关注她的眼睛。而赫维，在不清楚她自恋情结的情况下，竟然正中下怀地说了这一番话。

她把所有的东西都摊在床上，思考着要出去待几天，康塔尔的天气怎样，到了那边她要做些什么。她会开车去，所以不用太限制行李的数量。这些东西乱糟糟地躺在床上，就像在上一封信里她向检察官提出的那些问题一样。他应该被吓到了吧，尤其当时他的办公桌上还有一大堆等着他处理的文件。已经不重要了，他一一回答了所有问题，没有任何过渡，也不在乎是否合乎顺序。她在想，整理行李的时候可千万不能这么干。

她把上衣和裤子都叠好，然后把它们分成三叠，放在大箱子的最底层。留下的那些空隙，会用小物件来填充。还要带上一些好看的贴身衣物，这对她来说是件再普通不过的事。除了去复健运动的时候，她一般只穿自己认为好看的内衣，这让她自我感觉良好。她喜欢带波点花纹或是小碎花的内衣。这种对内衣审美的追求来源于童年的经历。她小的时候，打开衣柜的抽屉时经常看到妈妈的漂亮内衣。再加上父母总是温情脉脉的样子，给人一种和谐幸福的直观感受，让人忍不住想去模仿。赫维原谅了她爽约的事，他只想着眼于未来，会对她不离不弃，也希望得到安娜艾尔的信任。他穿的是四角短裤。

然后她开始思考，除了平常那些东西，手提包里面还要放些什么：一把小刀、一个手电筒、一张国家地理地图、一面镜子和一些口香糖（为了下颌复健……）。赫维喜欢把外套搭在肩膀上，不喜欢背包。她又整理了几张 Dire Straits 乐队[1]和雅克·布雷尔[2]的 CD，放在她的皮质挎包里。她还带了五本小说以及维克多·雨果的诗集，心里想着肯定会有时间看的。赫维喜欢读普鲁斯特[3]和波德莱尔[4]。

1 英国摇滚乐队，中文译作“恐怖海峡”。

2 比利时歌手，活跃在20世纪50～70年代。

3 20世纪法国最伟大的小说家之一，意识流文学的先驱与大师。

4 19世纪法国著名现代派诗人，象征派诗歌先驱。

她坐在床上，回想有没有遗漏什么东西。赫维喜欢大山，喜欢寒冷的国家，喜欢定向越野赛，尤其是时间跨度长的那种。他在家里不喜欢穿鞋，患有雷诺氏综合征[1]，需要随时随地给手取暖。

安娜艾尔看了看自己的手。十指健全，一根不少，而且她的手总是很温暖。女性当中，她算是一个例外了吧。木匠的指根会常常感到寒冷吗？总之她的大腿经常冷冰冰的。

她突然想到要带上那卷强力胶带。多亏了它，她的信才成功躲过了记录员的侦查。“有一个角被稍微撕开了一点，她没敢继续撕下去。但愿您有充足的强力胶带库存。”

他想跟安娜艾尔约定下一次见面的时间，因为上一次的会面……

但是，他才刚回来，安娜艾尔就要走了。这样也好吧，给双方多一点喘息的时间，慢慢了解，不要跳过必要的步骤，因为每个步骤都是颗白色石子，日后将成为他们情感之路的路标。

安娜艾尔会在明天，或者是周五早上打包好行李。她总觉得自己肯定忘了什么。不过，可以肯定的是，她不会忘记检察官在这封长信里向她吐露的那些心声。每一条她都记得清清楚楚。

尤其是这一条：

少一条腿，对他来说，不会改变任何东西。

而对安娜艾尔来说，这改变了所有。

1　因血管神经功能紊乱而引起的手指痉挛，常为情绪激动或寒冷所诱发。

51
长着骨髓的树木

6月26日，星期天

今天阳光灿烂，天气炎热。傍晚托马斯走进病房的时候，看到西蒙正在看一档美食节目。这已经成了他的一大爱好。长期以来只能吃罐头、比萨和薯条，现在他几乎不怎么吃东西了。所以，他只能看看美食节目饱饱眼福，还可以提前列出以后的美食清单。出院以后，他就可以吃所有想吃的东西，可以品尝一切美食。而我们每日都能吃到的稀松平常之物，在他眼里都将是人间美味。

他还计划着要出去野餐，并为此迫切地要求父母和哥哥，把防护服上没有用过的方形擦手纸攒下来，供日后野餐时使用。到现在，他们应该已经攒下了三十多块。也许这就是孩子们的秘诀吧：在当下预支未来，紧紧抓住未来的希望，因为只有这样才能默默忍受现在的苦难。

“你说，树木也有骨髓吗？”西蒙在床上边跳边问。

“树跟人不太一样。不过它也有一个组织精良的系统，使得自己可以茁壮成长、自我防御并且繁衍后代。我们可以用血液系统来作为参照。”

“树木也会流血吗？”

“会，你还记得去年吗？那天，你在一截新砍的榉树桩上坐了一会儿，回家就被你妈骂了，因为你裤子后面都被树液染上颜色了。”

“啊，对！但是树液是怎么来的？树跟人不一样，它们又没有骨髓。”

现在的西蒙对人体的运行机制已经了如指掌，这应该要归结于强烈的好奇心：他总有问不完的问题。为什么你给我弄这个？这个管子，为什么要放在这里？这些问题他几乎从早问到晚。你永远也没法在生病的孩子们面前蒙混过关，因为他们总想知道一切。

移植的骨髓貌似已经稳定下来，并没有给西蒙的身体带来太大伤害。医生预先通知过，新的骨髓可能会遭到寄主身体的顽强反抗。他身体里的某些地方，还残存着一些老细胞，再怎么高强的化疗手段也没法完全消灭它们。这有可能会造成严重的后果，有时甚至会酿成悲剧。在西蒙身上，也存在这样的反应，只不过比较温和。

“一棵树就像一个奇妙的工厂！”托马斯兴高采烈地说道，“它会把地下的水抽上来，然后运到每一片树叶里，树叶会利用阳光和空气中的二氧化碳生产出树液，然后再排放出氧气。而人类呢，做的是完全相反的事。我们吸入氧气，呼出二氧化碳。”

“那我们跟植物是互补的喽？”

“从某种意义上来说，是的。但是，大自然不需要依靠人类，可以独立存活。没有人类，它甚至会活得更好。愚蠢的人类没有意识到，大自然是需要保护的，照这样下去，总有一天人们会毁灭它。反过来，从人类自身的角度来说，没有树木，我们就活不下去。多亏了它们释放出的氧气，我们才能进行呼吸。”

西蒙依然活着，依然在喘气，可是呼吸声比以往更加深重。他已经不再是不到一年前那个欢乐的神采飞扬的小男孩了。对于他的父母和哥哥来说，这些变化进行得如此悄无声息。他们甚至意识不到西蒙每个阶段的蜕变。但是，如果回头仔细想想……光亮的脑勺、一次严重的皮肤病后变得又红又肿的皮肤、因为肿胀而眯起来的小眼睛、被擦到红肿的屁股，这些都是他受苦的见证。尽管如此，他还是继续微笑或大笑着，歌唱着或玩耍着。

西蒙依然鲜活，因为身体里的那个他还跟从前一样，甚至更加成熟了。

“然后呢，树液会流到哪里去？”

“它会流到这棵树的各个部位，养育它茁壮成长，还可以帮它抵御寄生虫的侵害，就像你的血液系统也在保护你一样。这也是为什么你现在要待在无菌病房里，你的骨髓还没有运作，所以你不能接触任何细菌，因为你暂时没有办法防御病菌。”

“树也会得白血病吗？”

“不会，不过它们会得其他病。所以，它们才会有一整套保护体系，以此抵御各种各样的危害。而且，它们之间还会交流，有危险的时候，还会互相提醒！”

“树也会说话？”

“对呀，很令人吃惊吧？比如生长在美洲大草原的树，每当有长颈鹿来吃它们的时候，它们就会在树叶上产生一种物质，让树叶变得难以下咽！”

“就像我的罐头食品一样吗？”

“差不多吧。而且，它们还会在风里传递信息，通知周围的小伙伴们。”

“哇，好聪明呀！”西蒙总结道。

“是呀，比我们想象的要聪明多了。好了，现在我给你讲个故事吧，你要仔细听哦……”

托马斯看着西蒙闭上双眼，脸上洋溢着幸福的光彩。西蒙正在耐心地等着听一棵梦想成为云朵的小树苗的故事。那让他哭泣的可怕痛楚和被化疗损害的膀胱，貌似都被抛到了九霄云外。要是换作别人，可能会怨天尤人，消沉度日，可是西蒙没有这样做，他选择了开心地玩耍。病房里的玩具很少，所有玩具都必须在消毒水里洗过一遍才被允许带进无菌房间。他的妈妈给他找来了一些塑料珍珠，他用编织线把它们一个个串起来，做成项链或者手链，送给所有人。每次有新护士来值班的时候，他都会去询问她的喜好："你要什么颜色？"等到她下班的时候，便可以带走一串为她量身定制的项链。

托马斯的那串一直带在身上。只要看到指间的这串项链，他就能感受到弟弟的巨大勇气，然后重新振作起来，去面对那些赶不完的工期，面对埋怨他的客户，面对路上的奔波和疲惫，还有那令人透不过气的、永远压在他身上的压力。即便是去林子里散步，也是为了弟弟而去的。病魔无处不在，就像一只挥之不去的苍蝇，在耳边嗡嗡作响。

然而，未来已经渐渐明朗起来。再过几个星期，等新骨髓完全被身体接受，他们就可以脱掉防护服；再过一段时间，就可以摆脱口罩，可以吃东西；再等一段时间，他就可以出去玩，可以找回原来的生活了。虽然还需要密切观察，甚至一辈子都要小心注意，但是他可以回归正常生活了，可以回到学校，回到小伙伴、安娜贝拉和家人身边，回到树林里。

可以找回属于自己的未来。

52
保住面子

6月27日，星期一

检察官稳稳地坐在窗台上，开着窗户在吸烟。他面朝阳光，双眼紧闭，任凭肺泡贪婪地吸入这令人惬意的有害气体。他焦急地看着时间。尼古丁可以使他放松下来。一般来说，邮差要快到中午的时候才会来。他已经等不及了，心里在嘀咕着，快点来吧！约瑟琳娜一大早就惹得他很不开心。有一天，他忍不住劝她试试抽烟，兴许能缓和一下她僵硬刻板的性格，她的性格就像她梳得紧绷绷的发髻一样。然而，她当时的反应就好像在与魔鬼进行交易。于是，那一整天她都在喋喋不休地大声宣扬——吸烟有害健康，吸烟会得肺癌。

“您还没厌倦吗，检察官先生？”她走进办公室，轻描淡写地问道。

没有任何征兆，检察官突然爆发了。他的耐心就像消融的冰山，顷刻间突然崩塌。

“我有什么好感到厌倦的呢？厌倦每天早晨的这支烟吗？当然不会。厌倦您吗？我已经有这样的想法了，尤其是像今天这样的日子。”

“我说的是您那个仰慕者的信。”记录员反击道。

“不，我不会厌倦她的信，但是我已经十分厌倦您了。您有个特殊的癖好，总喜欢在人家的幸福里摆上一道，就好像看到别人幸福会让您更加不幸似的。我真可怜您，约瑟琳娜。您真的应该去看看心理医生，这对您只有好处没有坏处。也许医生能把您医好，让您变得好相处一点儿。”

“您说话也没必要这么难听吧！”她反抗道。

“您也一样，约瑟琳娜，您也没必要这么招人烦。”

“总之，自从这个女人开始给您写信，您就跟变了个人似的。我就不信这中间没有什么蹊跷！”

“就算有什么蹊跷，跟您又有什么关系呢？我想干什么就干什么，用不着向您交代。”

“可是您得对您的妻子交代。”

“管好您自己那一堆陈芝麻烂谷子的事吧，约瑟琳娜，那些事情已经够您喝一壶了。”他压住怒火，尽量使自己平静下来，想办法用恶毒的话去激怒她。

“啊！”记录员气得大叫起来。

她抬起下巴，毫不掩饰地愤然转身，迈着紧张匆忙的步子走了出去。到走廊里时，她突然被地毯的一角绊住，打了个趔趄。看到此景，赫维心底里突然升腾起一种罪恶的快感。她的两只手臂向前甩出去，努力地缓和着倒下的力度，最终却只是快速地跨了几步，就又找回了平衡。赫维看到她马上用手摸了摸发髻，仔细地检查，确保发型没有被方才的趔趄弄乱。

还好没乱。

至少面子是保住了。

*

塞莱斯塔，6月23日，星期四

亲爱的赫维：

如果我算得没错，且邮差没有过度热情提前送信的话，您读到这封信的时候，我已经走了。我周五早上动身去里昂，到我姨妈家去过周末，然后周日抵达康塔尔省，接受青春之水[1]的治疗。我准备自己开车去，这样到了那边会比较自由。还可以在当地游览一番，带点奶酪和特产回来。我很喜欢逛当地集市，喜欢去找当地农民，然后尽情享用他们农场里的产品。

确实，我们不需要在外表上取悦对方，可是……

我现在依然不太相信，有一天，一个男人会对我残缺不全的身体感兴趣。但是我想去相信，至少也得试一试。昨天，我逛了逛服装店，想添置一些可以在疗养的时候穿的衣物。在试衣间试衣服的时候，我想到了您。可是，您不在我身边，不在试衣间里，也不在外面等我，没法等我穿好以后给我评价（您是这种类型的男人吗？）。只有一位女售货员在说着一些客套话，想劝服我，那条裤子很适合我。可其实，对于我的假肢来说，它太小太紧了。最后，我买了一条长的半身裙。如果人们只注意我的眼睛的话（这

1 指温泉水疗。

样的人基本很少），他们甚至看不到从下面伸出来的那条奇怪的腿。因为，就像您说的那样，一切都是在脑子里发生的。

您让我感觉好多了，赫维。因为您总是试着在身后踹我一脚，让我产生动摇（别太用力，我本来就站得不太稳）。多一条腿或少一条腿，对您来说都不会改变什么，您会一直在我身边，只要想到这一点，我就感觉好多了。可是，我想您并没有意识到我忍受着多么大的疼痛。有的时候，止痛药也起不了什么作用。听说，随着时间的流逝，疼痛会慢慢减轻，疗养也会有很大帮助（但愿如此），但总有一些晚上，我会变得意志消沉，更何况，还得应付精神上的苦楚。有时在商店里，看到那些女人一边照镜子，一边抱怨自己身上微不足道的缺点，我便忍不住难过。她们绕着货架兜圈的时候撞见了我，都会盯着我空荡荡的裤管看，并自作主张地向我投来同情的目光，那些目光里流淌着满满的可怜之情。车祸发生之前，我对身材并没有太大的追求，并且我一直很喜欢自己的小胸部、宽大的胯部和粗壮的小腿。也许是有人看不惯我对自己的身体如此满意，觉得这是令人生疑的一件事，就好像只有那些对身材有这样或那样情结的女人才算是正常的女人。于是此人便对我下了狠手。

而现在，为了使我的出行和日常生活更加自在，我做了大量的运动，尤其是肌肉训练，并因此练就了魔鬼般的身材。虽然我的胸部还是很小，但是那些凹凸有致的身体线条却是我以前做梦也想不到的。谁叫我别无选择呢?

只是遗憾的是，这是一具残缺的身体。

至于说其他的，我的政治观点和人文价值观与您接近：我不抽烟，几乎不怎么喝酒（因为药物治疗，我必须禁酒）；喜欢结局美满、不吓人的电影；我总是老老实实地把手提包拎在手里（包太小了，没法儿当外套，不能像您一样搭在肩膀上！）；我跟您一样，也更喜欢去山里；虽然我不经常出去旅行，但是我梦想有一天能去瑞典；我会说英语、德语、西班牙语，懂药物学；暂时来说，我还不是很擅长运动。我以前喜欢晨跑，现在热衷游泳和肌肉训练；我有一只矫正假肢，用来维持骨架的平衡，所以白天我可以穿长筒袜，以满足我作为女人的爱美之心；我读很多很多的书；我喜欢温柔甜美的音乐，也喜欢真正的美式摇滚，因为那是令人充满活力的音乐；还有，我以前跳摇滚舞跳得很好。

您在信的末尾，让我对“我们”下一个定义。这让我感到为难，因为这个“我们”有些离经叛道，跟通常人们的理解都不一样。它混杂着一些友谊，对我产生一些医学疗效，又让人沉浸在爱情的微醺中。我们并不是普通朋友，更加不是医患关系，然而我们也不是情人。也许，为了让情况更加明朗，我们应该在这三种状态中任选一种，从而走上正途，落入寻常。友谊意味着我们应该忘记等待的兴奋，忘记在信中开始萌芽的、彼此之间不可否认的吸引力。而爱情意味着您将走上一条出轨的道路，剩下的那些路既不简单，也不被推荐。您会把自己和婚姻都置于险地。所以说，我们的未来会变成怎样呢？我们的关系还来得及挽救吗？

是的，现在还来得及。我可以放弃一切。放弃读信时的那片温情，放弃记忆中您的微笑、您安慰的话语、您让我产生的动摇，放弃您的幽默，那让我时时忍不住在家里放声大笑的幽默感。我会忘记有人时常思念着我，欢欣鼓舞地想要认识我，想与我见面，想更了解我，就算我只有一具残躯您也毫不在意。我知道，停止思念，将是一项漫长而又艰巨的任务，但是，就算思念您，我也不会再让您知道了。如果这对您，对您的现状和未来，是最好的解决办法的话，我会坚持下去。毕竟，是我来到了您荒芜一片的花园，把这里弄得一团糟。您并没有要求我做过什么。

我拥抱您。

安娜艾尔

您的冲浪板？

（您回来的时候肯定晒成古铜色了吧。）

附言：热针市蓬皮杜总统路 27 号公共楼 21 号温泉疗养中心，邮编 15110。

53
魔法世界的花园

6月28日，星期二

安娜艾尔坐在疗养中心的餐馆里，正在吃她在这里的第一顿午饭。这是一顿简单精致、搭配均衡的午餐。与她坐在同一桌的，是一位比她稍微年长一些的女人，她饱受着髋骨的疼痛。两个人之间进行着热情而又礼貌的谈话。

这时，疗养中心的一位员工走过来，递给了她一封信。

“您这么快就收到一封来信了，德慕兰女士。”

“在这里收取信件没有什么困难吧？”

“显然没有呀！”她脸上洋溢着微笑回答道，“您甚至可以每天都收到来信，或者包裹。”

碍于礼仪，安娜艾尔一直等到饭后咖啡都没拆信。她不想被人看出自己是多么迫不及待地想打开它。跟邻座的女人抱歉致意后，她只身去了露台。阳光倾泻下来，铺了满地。

*

斯特拉斯堡，6月27日

亲爱的安娜艾尔：

没错，您就是我的冲浪板，让我可以保持在水面之上，甚至在水面飞驰，让我得到巨大的感官享受。如果您消失了，我就会在惊涛骇浪中沉入水底，继而被鲨鱼吞没，因为我受伤的心会让它们闻到血腥味。我会沉到水下十米以下，身上沾满了贝类，随着洋流漫无目的地漂走。请您闭上双眼想象一下这个画面吧。这真是您想要的吗？

真是可笑的念头啊！不，这个想法一点儿也不好笑。我承认您在我的生活中占据了一席之地，我将之视为秘密妥善保管，但是我得承认您的存在。没错，我没有向任何人要求过任何东西，我总是习惯被牵着鼻子走，工作中如此，家庭中也一样，我从来都不假思索，也没有置身事外地看待过这些问题。然而，您就这样出现在我的生活里。一个从来不吃盐的人永远不会知道，一小撮盐能给菜肴带来多么丰富的风味。是的，您就是我的那一小撮盐，而现在，我再也吃不下寡淡无味的食物了。

我们真的有必要把自己归入常类，根据现行规范给我们的关系下一个定义吗？在一段普通朋友的关系里，我们可以这样做，不可以那样做；而在爱情关系里，可以那样做，又不可以这样做……如果我们能创新出一种新型的关系呢？一种介于两者之间的、只有我们知道的关系。在这样一段关系里，只要我们决定的事情，都会被允许。况且，谁能阻止我们呢？

您对我来说，不只是普通朋友。有没有可能在维持这种关系的前提下，不影响到我们各自的生活呢？我真的很想见见您，所以我焦急地盼着您回来。我并不是非要与您发展成亲密关系不可。只是，安娜艾尔，我们之间已经是很亲密的关系了。我向您倾诉那些不会告诉任何人的事，这难道还不能说明我们之间很亲密吗？

我注意到，您经常谈到我的太太。怎么说呢？我的太太是个讨人喜欢的人，她慷慨善良，乐于付出，很亲切也很迷人。她是我孩子们的母亲，是那个二十几年前我发誓要相守一生的结发妻子。我早上出门的时候她会在家里，等我回到家，她依然在家里等着我。尽管她也有自己的工作（她在一个大公司里做会计），但还是把家里的一切大小事务打理得井井有条：房子、孩子、各种文件等。对于那些想过上简单安逸、井然有序的生活的男人来说，她是个完美的伴侣。我想，这样的男人，在伴侣身上寻找的其实是一种母性的关怀。也许，二十年前我找寻的也是同样的东西，追求的也是同样简单安逸而又井然有序的生活。我确实也找到了。可是您带着您的纯真热烈、您的笑声和真情实感来到我的世界，把它弄得一团糟。

我的日子百无聊赖，安娜艾尔，您就是解救我的一剂良药。可这就像一把双刃剑，一方面我得到了与您通信的快乐，感受到其中的温暖；另一方面，我那时才恍然大悟，之前的生活是多么平庸。

可是，我还没有做好放弃一切的准备，没法把忧伤的土地重新翻过，再在里面种上其他种子。当花园里已经长出参天大树，开出满园子的花，长出完美的草坪，我们很难再去铲平一切，然后从零开始。

我想过这样一种安逸有序的生活，但我又希望在花园深处开一扇小门，可以时常逃到春天的原始森林里去。只不过，要小心谨慎避开猫才行。我对猫毛十分过敏，过敏时全身都会肿起来，这是很可怕的事情。

我拥抱您。

赫维

一个振动细胞体或膨胀细胞体，

这取决于是要铲平花园还是碰到了猫

*

热针，6月28日

亲爱的赫维：

我得承认，我对于您沉入海底十几米深、全身沾满贝壳的样子（除了手臂，因为您的手臂应该已经被鲨鱼吃掉了）还挺好奇的。至少，在茫茫大海里，您会有用不完的盐，您可以用它给生活添加一些滋味，让它不再如此寡淡无味。

但是，我不会离开的！这样您就可以继续搀扶着我，而我则会继续在您的生活里添加盐分。

对于我自己的生活，又应该作何评价呢？自从车祸以后，我每天起床的时候，心情都很糟糕，您可以想象一下我该有多么慌乱不安！

好了，现在我不再跟您玩这个敏感游戏了，不会再用一些不合时宜的词来指称我残缺不全修修补补的身体了。

另外，求求您让我也体验一下您的魔法世界吧，那里的一切都如此简单美好。有一个亲切讨喜的太太提供母性的关怀，还有一个“超越友谊”的朋友时不时温暖您。显然，您贤惠的太太十分开明，能够接受在花园里开一扇门，一直通到深林中去。而当您感到足够温暖以后，您的“超越友谊”也愿意看着您从门洞再穿回您的街区。您是得有多幸运，才能有这么多思想开明的女性围绕在身边！

您有没有考虑过第二种情况呢？您的太太会斜眼看待您去森林里散步的闲情逸致，而您的“超越友谊”也会在时间的流逝中，意识到自己永远也无法与您筑成一个安稳隽永的花园，并因此感到疲惫又厌倦。

回到现实世界中来吧，赫维。在这个世界里，已婚的男男女女是不会冒着被世俗道德和法律谴责的危险，偷偷在外与人来往的（这个道理应该不用我来教您）。在这里，超过友谊的情感将很快变成爱情，欲望以这样的速度增长，总有一天会发展成身体上的关系。

所以，您是在醒着做梦，还是说您真切地生活在一个魔法世界中？

我何尝不想给手取暖，何尝不喜欢小腹一紧、浑身颤抖的感觉，可是我更希望没有任何束缚地去做这些，不希望您的正房太太日夜看守着花园深处的门。我甚至希望这扇门没有存在的必要，因为这个花园不需要围墙。

赫维，我们之间确实很亲密。我对您如此依恋，可是我们终将去向何方呢？如果继续保持这份亲密，就算我们没有在身体上出轨（暂时还没有），可是我们要为此承担什么样的风险呢？这些您都想过吗？

我有些后悔，最初那些甜蜜的交流中，我们并没有想到这些现实的问题，我们的灵魂就像一阵轻率的风，把想说的话都吹落在信纸上，如同一口气就可以轻轻吹起的花粉一样。

您也对花粉过敏吗？

我拥抱您。

安娜艾尔

魔法粉碎机

54 如同渐行渐远的电波

托马斯的所有注意力都集中在圆锯上，他不想再失去残存的几根手指。因为戴着防噪声耳机，他没注意到正在向他用力招手的同事。同事都走到跟前了，他才抬起头，看到工作室门口站了一个高高瘦瘦的男人。这个男人穿着西装，脚上蹬着一双考究的鞋子，背着个小挎包，两只手抓在挎包的皮质把手上面。这只挎包就像一个屏障，谁都不能近身。

托马斯取下一只耳机，露出一只耳朵。

"法庭执达员，来找你的。"

"我马上来。"

早就知道会有这一天了。他知道人是谁派来的，也知道出于什么原因，更清楚后果是什么。他把机器关掉，过了好几分钟，圆锯才停止了旋转，噪声也跟着停下来。他在工作裤上随便擦了擦手，朝门口走去。门口的男人穿一身黑，可能也因为他是法庭执达员，显得十分严肃，气氛越发庄重。但是，他的眼里透露出柔和的目光，脸上挂着真诚的微笑。

"请问您是托马斯·凯勒先生吗？"

"是我。"

“我有一封信函要亲手交到您手上。请出示一下您的身份证件。”

“我去衣帽间找一下，是谁发出的信函？”

“布伦纳先生。”

托马斯的担心被证实了。他甚至不需要打开信封就知道，这是封督促他完成工程的勒令信。接下这个项目以后，他已经延迟了整整一个月还没完成工期。可是比起安娜艾尔家的工程来说，这个项目其实并不着急，不一定非得马上完成。安娜艾尔七月底就要搬进那所小房子里去了，而这位布伦纳先生，只是要做一个室外的围墙，即便不能按期完成，也不会造成太大影响。但是这位客户是个好争讼的人，他无法忍受别人不遵守承诺。几个月前，托马斯还碰到过一个类似的客户，那时西蒙刚住院，诊断结果才出来。那位客户给他寄来了一封挂号信，责令他按期完成工程。他也跟那个家伙解释过原因，然而得到的回答只有一句话：“每个人都有自己的困难，不能因为这样，就不信守承诺。”这种拒不接受的态度深深伤害了托马斯。他们一家人的天都塌下来了，而这位先生却还要在伤口上撒盐，没有任何顾忌，没有任何同情心，半点回旋的余地都没有。

从那以后，托马斯再也不向客户提起自己的个人困难，也不会以此解释工作上的延期。可是，日子还得过下去，活着总得吃饭睡觉。他还是得接项目，还是得在工地上干活。他已经在竭尽全力地赶工了，可是他的弟弟也很需要他。

这一次，送到他面前的不是一封挂号信，而是一位法院执达员。托马斯心里明白，这位客户比上次那位更加不好惹。

他把已经切割好的楼梯零件收进一只带有滑轮的巨大木箱里，然后在一张大纸上写上“布赖滕巴赫”。把木箱推到一个角落里后，又不情愿地拖出写着“布伦纳”的箱子。

为了赶工，他今晚会迟一点去医院，尽管他不想让西蒙一个人孤零零地等，就算只是一个小时也不想。他不想找借口跟西蒙说，医院白墙之外的世界并不会因为任何人而停住脚步。他已经知道，一会儿去医院见到西蒙，他肯定会很伤心。为了等哥哥，他肯定是在医院看了一个小时无聊的节目，他肯定会问“你刚刚去哪儿了”，他的眼睛肯定湿湿的，声音也在颤抖。如果有一件事能让他马上收敛住孩童般的笑容、让他眼里的火花立刻熄灭的话，那就是一个人孤单地待在这个装饰精美却又气氛严肃的病房里。在家里，他从来没有感到过孤独，因为他总是像被蚕茧包围起来一般精心呵护着。而在医院里，只要家里的成员一离开病房，家庭氛围马上就丧失殆尽。就像无线电波，一旦离得太远，就收不到信号。

最初的那几个晚上很是令人心酸。等诊断结果的时候，他们在急诊室待了几天，同时也在等着肿瘤血液科能腾出床位来。克洛蒂尔德、克里斯蒂安和托马斯三个人轮流守夜，困了就在病床边的椅子或是地上的折叠床垫上睡一觉。可是，自从转到住院部以后，他们就被告知不能在医院里过夜了。于是，他们只能轮流地守着西蒙，直到他睡着。早上又一大早来医院陪他，等他睁开眼。即便如此，也只能希望他半夜醒过来的时候，不会突然感到孤独。护士们再怎么好也无济于事，她们身上没有家庭的温暖。

病痛的创伤已经够折磨人了，不需要孤独再来雪上加霜。

很少有人能理解这种感受。社会上也没有任何解决办法可以提供这样的陪伴。在遭遇亲人重病时，你尤其不能丢掉工作，因为生活还得继续。一切都得自己想办法解决。

悬在西蒙头顶上的达摩克利斯之剑正在来回晃动，相形之下，一切都显得如此微不足道。

如此不值一提。

55
超越偏见

斯特拉斯堡，6月30日

我亲爱的安娜艾尔：

这一次我不再报以柔情，我怨您像一个沉迷于战争游戏的小孩，毫无缘由地摧毁了我的魔法世界。

我突然意识到，在花园里开一扇门，是一件多么不合时宜的事。您让我看清了这个悲惨的事实：人的一生中，必须要做出一些选择。为了符合社会规范，我们都必须做出一些令人痛苦却不得不做的选择。

您说得对，很有可能，我见到您之后，会想再次见面，继而想拥您入怀，再送您回家，然后一起喝杯小酒，等等。

您说得不错，相信我们可以坚定地维持朋友关系，这也是一种妄想。不要再逼我描述我的感受了，现在为时过早，我的感受还太模糊，我只知道我很快乐！这种感觉每天激励着我从床上爬起来，然后精神抖擞地离开家门。因为我总是在想，也许今天能在办公室得到一点您的消息。

因为我是有妇之夫，我就应该放弃这一切吗？我成天在想，到底要走哪一条路，到底应该做出什么样的选择，从不同的角度去看待的话，我们会失去什么，又得到什么。没错，趁现在还来得及，也许我们应该早点收手。这也许会是我这么多年来做出的最明智的决定。

可是您知道吗，安娜艾尔，这一次，我一点儿也不想用理智行事。我想变成一个做尽蠢事的孩子，因为这是一件令人刺激又兴奋的蠢事。如同一个蓬头垢面的小男孩儿，穿着破烂的百慕大短裤，穿过田野，翻过围墙，钻过铁丝网和荆棘，只为了找到属于自己的快乐小角落，因为这里就是他的天堂。我不想成为一个衣衫整齐、背着书包在学校门口乖乖等妈妈的小男孩。因为这么多年以来，我在别人眼里，一直就是这样的人。

我想热烈地生活，而不是苟且地将就！！！

所以，别再问我那些迂回曲折的问题了，我们重新找回之前的甜蜜感觉吧。您觉得怎么样？

我对花粉也有些过敏，不过没有对猫毛那么严重。我正在尝试一些脱敏治疗。

世上有没有针对安娜艾尔的脱敏治疗，用以预防人们在接触到安娜艾尔时产生不良反应呢？也许有一天我会用得上吧？

可是目前来说，我需要您。

蓬头垢面的赫维

附言一：您的疗养效果如何？

附言二：我太太没有进入花园深处的权限。假设我非要开一扇门的话，也只会开在那里。她什么也不知道，我也没想过让她知情。我太太并不了解我的所有，就像我也并不知道她的所有一样。双方之间完全了解，这种事难道是存在的吗？所有事情都要被对方知道吗？没有任何秘密，没有任何只为自己考虑的时候，也没有任何身体和情感上的自由？这难道就是一对恩爱夫妻的定义吗？这样的念头让我脊背发冷。您瞧，我总是需要温暖！！！

*

热针，7月5日

我亲爱的赫维：

这次疗养让我获益良多。首先是身体上的，我的疼痛感大大减轻了。一直以来，我要靠吃镇痛剂来缓解疼痛，而现在我可以减少剂量了。而且，我还利用在这里的时间，好好地游览了这个大区，这里的景色真是太美了！有了假肢，我便可以行动自如，这真是万幸的事。我常常会找一个风景优美的地方坐下来，一边欣赏风景，一边思考。

我在思考什么呢？可以给出一千种答案，我在想着您，想着我们，想着所有事。

我想知道您的更多事情，想更好地了解您，尽管我总有种奇怪的感觉，好像与您熟知已久。我害怕越是了解您，对您的感情就会越深厚。

有一个问题一直困扰着我，人真的能够选择自己的情感吗？真的能够任意决定自己的感觉，随意赋予它们意义，或是决定它们该走的方向吗？我们会不会都被蒙住了脸，正走向一条不可抗拒的道路？可是我们早已着了道，不知道这条路将通向何方。

难道您太太就没注意到您乱蓬蓬的头发和千疮百孔的百慕大短裤？难道她还没察觉到，比起几个月之前，现在您每天起床的时候都更有干劲了？还是说，您是一位演技了得的演员，每次从花园之外的天堂溜回来的时候懂得如何掩饰自己的情绪？

您太太也有一扇开在花园深处的门吗？您有时也会发现她蓬头垢面的吗？

我总觉得，如果你真心爱一个人，就得爱他的全部。我还没有足够的恋爱经验，不知道每一份爱情的变迁有着怎样的具体情景。毕竟我的感情经历结束在一个十字路口。可是我能想象到，每份感情里所要经历的变迁都不一样。

不管怎么说，这次疗养带给我的好处是全方位的。一开始陪着我的那位可爱复健师去度假了，没想来代班的这位更加讨人喜欢。每次我在他面前脱下外衣的时候，他总是会用善意的眼神看着我，用天使般的温柔指导我训练。当我达不到要求时，他总是耐心有加，结束训练时，总是对我报以和蔼的微笑。我有时都在想，要不要申请来这里做医学秘书了。

我拥抱您。

安娜艾尔

康塔尔省的岩石

56 剪刀和胶水

不知在空虚中煎熬了多久，以至于约瑟琳娜愿意不惜一切填补这份空虚，就算动用卑鄙伎俩也在所不惜。况且，她想不出谁会因此责备她，因为她一直认为，她所做的一切都是为了匡扶正义。

上次她在车里被人发现，不得不惊慌失措地逃离现场。从那以后，她就放弃了跟踪那个年轻的女人。但是这个女人的信却依然纷至沓来，一封比一封厚。他们显然都把这段关系当真了，两人携手在不法的道路上越走越远。检察官好像对他自己的行为装聋作哑，视而不见。作为一名法律从业者，一名本应该在社会上惩恶除奸的共和国公民，他的做法简直过分至极。

简直太过分了。

约瑟琳娜花了很长时间，慢慢地推敲，尝试着去理解他。这个问题时时萦绕心头，以至于她夜不能寐，满脑子想的只有这件事。

突然，她做了一个决定。然后她下楼走到母亲家里，在存放旧报纸的箱子里，翻出了所有报纸，还费心地跟母亲解释道，她正在找某一篇文章。接着她上楼回到自己的公寓，找来剪刀、胶水和白纸，在客厅的桌子前坐下，开始在这张报纸上剪下一个词，在那张报纸上剪下一个字母，偶尔还停下来，看看报纸上的社会杂闻。她并没有意识到，此刻自己的行为也很有可能成为报纸上的一篇奇人异事。

57
森林里的男人

斯特拉斯堡，7月8日

亲爱的安娜艾尔：

真是太好笑了，我又想起了花园深处的那扇小门，继而又想到，如果把女人比作森林，穿过花园里的后门，我会通向什么样的森林呢？

我的记录员吗？她应该是一片西伯利亚针叶林。

而您，我能想象到的是，您应该是一片布劳赛良德[1]的仙境森林，生长着超过300年的迂回曲折的橡树，林间住满了精灵，还流传着许多仙境传说。

我太太呢？我觉得她应该是一片典型的北欧阔叶林。是那种很适合去散步，却没什么神奇的地方，人们应该不会想在这样的地方流连。

1 布列塔尼地区的一片森林，在这里流传着魔法师和仙女的传说。

可是，我并不是一双毛呢拖鞋，并不满足于在羊毛的温暖和柔软中将就一生。我想，生活当中至少要有一些欢笑，才能算作幸福美满。然而在遇到您之前，我并不明白这个道理，是您让我的生活充满了欢笑。

我很高兴这次疗养让您受益良多，不管是在身体上还是在精神上都得到了治愈。康塔尔省也许真是个美丽的地方，复健师对您也是悉心照料。

如果您就此爱上了复健师，你们彼此心意相通，况且您还那么需要他的照顾，我本应该为您感到高兴才是。可是事实却相反。您可能会觉得我很自私，可是想到别人在布劳赛良德森林里散步，在这里轻抚魔法石，我就不太乐意。真的很自私也很可笑。您并不属于我，而且您也并不喜欢围墙，更加不想在花园里开一扇后门，您眼前还有大把的日子等着您去体会；而我呢，我的大半辈子都被刻在婚姻的大理石上了。您还问我，我们是否可以选择自己想要的感受。如果可以，我不想选择这样的感情。它只是我的个人感受，我不想把您也困在里面。我希望所有的一切都由我自己承担。我从来没想过，有朝一日还能体会到如此热烈的情感。我本以为自己行驶在规划好的正确轨道上，任何人都不能使我质疑列车前方的目的地。现在您知道我有多么心烦意乱了吧？您让我的火车走上了岔道，就好像在美国的西部片里，沙漠中即将到站的火车被人扭转了方向。

您是我一生当中不可多得的际遇。

我拥抱您，安娜艾尔。

赫维

混乱的火车

附言：如果把我的记录员介绍给您的复健师，他们之间有没有可能呢？

58
孤独的每一分钟都是永恒

派人来送法院传单的客户已经提前通知过了：就算工程最后做完了，他也会想尽办法拖延付款。抗议也没有用，他请了个出色的律师。

托马斯不在乎钱，不过，也不是完全不在乎。他的透支额度几乎快要支撑不住汽油开销了。但是他再也不想听到这位可憎的客户的消息。有更多更重要更严重的事情等着他操心。方才他刚把写着“布赖滕巴赫”的滑轮木箱拖出来，克洛蒂尔德就打来了求助电话。他的父亲正在捷克出差，这周末才能回来，而她却生病了。由于长期劳碌，她的免疫系统没有得到妥善保养，已经显出疲态。她得了重感冒，咳得也很厉害。这种时候，她绝对不能踏入无菌病房半步。不然，很有可能会把病菌带进去，而这对西蒙来说，将是致命的打击。医生已经给她开了一些抗生素，但是因为害怕病毒入侵，医生叮嘱她这个礼拜都待在家里不要出门。

她抱歉地说道：“西蒙早上可能要自己待一会儿了。你有重要的项目在赶工期，对吗？或者我问问朋友们，他们曾说过可以帮忙照看一下。”

“你也知道的，这对西蒙来说哪能一样呢。对于我来说，没有什么比他更重要的了，什么都不及他重要。算了，这些活儿，我等你恢复好了再干也行。”

“如果能帮上你的忙的话，我可以下班之后，晚上再去。实在是抱歉。”

“别担心，你先好好照顾自己吧。我会去的，我会一整天都待在那里。西蒙也会很高兴的。我晚上再联系你。你有什么需要的东西吗？”

克洛蒂尔德回答说，邻居会帮她去买东西，接着又不停地说着抱歉。托马斯觉得，她甚至会因为自己还活着而感到抱歉。有时，她会为西蒙的白血病感到自责：“我是不是什么地方没有做对？”托马斯在心里想，莫非只要患上产后抑郁症，就没法完全从中恢复过来？恐惧阴魂不散地缠着克洛蒂尔德，每当脆弱的时候，她总害怕自己无法胜任母亲的角色，内疚感把她重重地击倒在地，她只能终日以泪洗面，责怪自己无能，觉得自己总是犯错。

托马斯走出工作室，准备回家换身衣服，然后再出发去医院。西蒙应该已经在等他了。护士们应该已经告诉过他，他的妈妈生病了，哥哥在路上马上就到，可是等待的每一分钟，都像是永恒。

59
像化学分子般舞蹈

绍德艾格，7月11日

亲爱的赫维：

谢谢您的上一封信，信里的每一个字眼都让我感动。

也许这是我人生当中第一次对一个人产生了如此热烈的情感，如此掏心掏肺，相处的时候又感到如此平静和安宁。可是，在我的大脑里理智和情感无法和谐相处。它总在我悸动的心里添上一些酸涩的念头。所以，我才会问出关于你们夫妻的问题。如果你们的婚姻因此受到连累，那我简直无法想象我在其中扮演了什么样的角色。我会被视为不祥之鸟，所到之处，皆是不幸。

可是，换个角度来看，我并不能为您的行为负责，也不该因为我的言行而背上罪名。

我们正在对着不知何时到来的流星，许着困难重重的愿望，可是严格来说，我们连面都不曾见过。书信足以让我们了解彼此吗？假设暗中相会又会发生什么呢？我们会在见面的过程中产生化学反应吗？

车祸发生以后，我的情感就像被死死地卡住再也无法动弹，是您的回信让它重新找回了舞蹈的乐趣。而我，拄着我的拐杖和仅剩的一条腿，拼了命地想赶上这舞蹈的节奏。

那就这样吧。

让我们一起来跳舞吧。

也许我们会因此而受伤，又或者……

不要再往这个地址给我寄信了，他们到时也只能再转寄。因为我接下来会去瑞士的朋友家待几天，周一早上就能在家里收信了。

我拥抱您。

拄着拐杖跳舞的安娜艾尔

60
机械的探访

验完血确认一切正常后，克洛蒂尔德才被允许回到医院。她的身体并无大碍，只是有些疲惫，但最重要的是，她能见到自己的孩子了，这让她感到无比幸福。前段时间，她经常打电话给西蒙，一打就是好长时间，尤其是当托马斯正在路上，或者当他去吃饭、去外面透气、去清醒一下的时候。其他孩子经常会在医院里独自待上好几个小时，西蒙则很少经历这样的时刻。可即便如此，克洛蒂尔德还是觉得很心疼，就像心脏被人撕扯着一样。她没法想象那些孩子是怎么撑过来的，尤其是他们的父母，又是如何对此习以为常的。还是说，他们实在别无选择。人真的能够被逼到如此境地吗?

她工作的那个市政厅市长很善解人意。他们临时缩短了她的工作时间，每天可以少工作一小时，用来补偿她这段时间没能陪在儿子身边的遗憾。等西蒙好了，完全恢复了，回到学校去上学了，她再慢慢把落下的工作时间补回来。

托马斯很享受整天陪伴在西蒙身边的时光，尽管工程延期也给他带来了不少压力。在病房里全副武装的他，戴着口罩、手套，穿着防护服，一待就是好几个小时，憋得实在难受。然而能够分享西蒙的日常生活，看着他在医护团队的帮助下一点点好起来，也让托马斯感到很安心。西蒙在医院里可谓是如鱼得水了。他熟悉医院的一切日常活动，沉浸其中，不觉时光流逝。他就像已经融化在医院的模具里一样，完全习惯了医院的生活。托马斯这几天陆续见到了那些来探病的人。克洛蒂尔德曾经开心地向他转述过这些人来探病时的情景，但是等到自己亲眼所见时，他觉得这些场景更加具有喜剧性了。两个怯生生的犹豫不决的实习生，突然戴着听诊器出现在病房，帮西蒙做例行检查。他们蹑手蹑脚，显得过于礼貌。所有的项目都要检查，每次都要按照同样的顺序，以确保没有任何遗漏。西蒙对此已经麻木了，但又十分配合。看到他们进来的时候，他就停下手里的游戏或活动，坐到床沿上。他比那些实习生更清楚检查的所有程序，因为好几次，他把手抬起来，或者是转过身去对着他们的听诊器，或是张开嘴巴，像是在引导他们下一个该做的步骤。也许他只是在机械地做着这些动作吧。毕竟，早点结束检查，他就能早点重新投入他的游戏当中去。

剩下的就都是些日常活动了。早上起来洗漱，医生和护士来巡房，然后清洁工过来打扫卫生。晚点，还会有体育老师和文化课老师，有的时候还有小丑来访。当小丑们见到托马斯空荡荡的手指指套时，马上上演了一出即兴表演。他们装作吓得跳起来的样子，把西蒙逗得哈哈大笑，尿湿了裤子。他笑得如此真诚，如此愉悦，又如此大声，活力感染了所有听到笑声的人。这些小丑的存在，就像灰色诊断书里多出了一些彩色药丸。体育老师也是每天的关键人物。一个不能走出房门，甚至不能下床的孩子，他的肌肉会以惊人的速度萎缩下去，肌腱也会变得越来越短，活动变得非常困难。所有的医护人员都有责任让他们的病人们每天动一动，锻炼一下肌肉。如果可能的话，还得使用一些有趣的方法，给他们一些动力，让他们能积极地参与到活动当中来。

西蒙骄傲地向哥哥展示着所有活动，因为托马斯一般晚上才来医院，那时，大部分医护人员已经下班回家了。

这些人的陪伴也让托马斯感到宽慰，这样他才能有时间去咖啡厅放松一会儿，随便吃点什么，喝杯咖啡，再继续撑到晚上。因为他们，托马斯才有了喘口气的时间。他会去旁边的公园里，找棵树靠上去，祈求它把能量传送给楼上的那个孩子。这个孩子正在顽强地与病魔抗争，希望在明年开春时，长出新生命的枝叶。

西蒙的妈妈重回医院轮流照顾他以后，托马斯才开始认真着手布赖滕巴赫的项目。他知道房主很快就要回来了，而他却没法按时完成工作。他为此感到很内疚，可是又能怎么办呢？安娜艾尔看起来人不坏，甚至还很脆弱，正因如此，他感到更加自责了。而且他还不得不推迟她的项目，来推进一些没有那么紧急的项目，但是如果不先完成这些，又会给他带来巨大的麻烦。现如今，他最不需要的就是麻烦了。如今的世道，恶人往往占据了最后的发言权，他对此深恶痛绝，却又身不由己，不得不卷入其中。他也只是弱势群体中的一员，虽然脆弱的方式不一样，可依然是脆弱的。

晚上从医院回去以后，他又得加班加点地干活了。

61
另类信件

周日早上，安娜艾尔早早辞别了瑞士的朋友们。她离家已经三个星期，搬家也迫在眉睫，况且第二天一大早还得回去上班，所以她想赶在中午以前回到阿尔萨斯。其实，她已经迫不及待地想去看看装修的进展，顺便也得去施工现场盘点一下，毕竟还有十五天就要搬进去了。于是她计划先回布赖滕巴赫，父母此刻正等她一起吃午饭。傍晚，她再回自己的住处去。

木匠的小卡车就停在与房子相连的谷仓前。正门已经被重新修过了，此刻大门正敞开着，阳光恣意挥洒在门廊的地砖上。他应该正在忙着收尾工作吧。

然而，跨过门槛以后，眼前的一切让她目瞪口呆。楼梯确实已经装上去，但是除去楼梯主体，什么都没有，地上的石灰渣堆得到处都是。楼上传来施工的噪声，木匠想必是在上面干活。在灾难般的现场逛完一圈之后，她站到楼梯上，大声地唤了木匠一声。他马上出现在楼梯入口处，心里十分清楚等待着他的将是怎样的待遇。

“您最好有充分的理由来解释这一切。”她大声嚷道。

托马斯放下手里的工具，像是为了故意拖延时间似的，慢吞吞地从台阶上走下来，他不想这么快就面对辩解的时刻。走到楼下以后，他把手放在扶手上，感觉像是为了找到一些支撑。这也算是情有可原吧，此刻的他如同生活在一片沼泽，脚下已经越陷越深。安娜艾尔直勾勾地看着他，等待着他的回答。托马斯不敢迎上她刁难的眼神。

“可是，我不知道什么样的理由才算是充分的。”

“这话是什么意思？”

“也许这对我来说是一个充分的理由，在您看来却只是个借口。”

“那也说说看，到时再来评判也不迟。”她把话扔过去，随即在还未拆封的地砖上坐下来。

托马斯犹豫了，他不想再次被人拒绝。面对病痛已经够艰难的了，他不想再被人误解，徒增烦恼。可是，安娜艾尔看起来是很有同情心的人。经历了这么大的考验，她应该能够理解，人是没有办法掌控一切的，很多时候我们只能委身适应这个世界。她应该会赞同，一个孩子的生命比一段楼梯更重要。

他转过身去，在冷冻箱里拿了一瓶水。由于隔绝层还没有做好，吊顶还不能装上去，此时屋子里酷热难耐。他需要滋润一下燥热的喉咙，也为了冷却一下那些即将脱口而出的话。不是因为他要说些激烈或是挑衅的话，恰恰相反，是因为他知道这些话会让自己穿肠烂肚般难受，他得再次重历那些痛苦。而每次去医院之前，他要用尽全力才能把这些痛苦暂时抛诸脑后。

接下来，他简要地解释了整件事的来龙去脉：他的弟弟，他们之间的年龄差距，他对弟弟的深情，急性骨髓巨核细胞白血病，百分之五十的存活率，骨髓移植，治疗的烦琐和痛苦等。尽管如此，西蒙依然在无菌病房里快乐地生活着，可是每次独处的时候，他总是很难过。他们的父亲在欧盟委员会工作，经常出差，西蒙的妈妈也疲惫不堪，异常脆弱，而且还病了一个星期，所以他只能代替她去照看弟弟。他还说道，能保住他的工作已属不易，再加上高昂的汽油费，疯狂的生活节奏，他几乎没时间吃饭，没时间睡觉，很难去平衡这一切。另外还有好争讼的客户，不接受他的解释，认为弟弟生病也不能作为耽误工期的借口。

“对不起，”安娜艾尔叹了一口气，“原谅我，我不应该冲您发火的。”

“这很正常。您在期待一项工作成果，可是我却没有完成它。而且，您已经付了定金，也通知过公寓房东解约租房合同的事了。我能理解您为什么这么生气。”

“我也明白，现在对您来说，什么才是最重要的。我会想出解决办法的。我的父母就住在这个镇上。您只要先帮我把谷仓整理出来，我把家具先存在那里。装修完工以前，我会住在父母家，就跟小时候一样。”

“我可以帮您搬家，我的小卡车可以装下很多东西。而且，在您搬家之前，我会加速进展的。”

“但是您做完之后，还有其他地方要装修。”

“实在抱歉。”

“您是怎么熬过来的？”

“一个人别无选择的时候，只能兵来将挡，水来土掩。您不也一样吗？”

“那倒是。可我只是少了一条腿，不是失去一个孩子。”

“生活就是如此，永远肆无忌惮地残害着人们的幸福，无论是一条腿还是一个孩子，对于它来说都一样，它的态度不会有任何改观。我们每个人都只能忍痛把伤口包扎好，然后再勇敢地站起来。只能继续往前走，这个社会不会给你任何喘息的时间。”

“您没有拿到补助吗？”

“那些钱根本不够活啊！而且，工作也在精神上支撑着我。当我成天想着白血病的风险时，工作是很好的排解方式。”

“现在呢，他好点了吗？”

“好多了。移植过来的骨髓应该已经稳定下来了。他吃了不少苦，但是所有这一切都过去了。不过，因为医生再三跟我们强调，让我们做好最坏的打算，所以我们现在还没法安下心来。”

“我明白。我可以再等几个星期，您看着来办吧。不过，如果可以的话，我倒是很需要您的小卡车。我的家具不算多，有了您的车我就不用再去租车了。”

“我说过，会来帮您搬家的。”

安娜艾尔回到了父母家，留下托马斯继续工作。她有点惭愧，刚刚在不知道缘由的情况下，不分青红皂白地发了一通火。她的父母知道这一切后，当然同意她住过来，想住多久都可以。从医院康复中心出来的时候，他们就已经收留过她一段时间。可年轻的安娜艾尔觉得，只有独立自主地安排好自己的生活，她才有可能取得真正的，而且是神速的进步。只有主动在自己的道路上设置障碍，才能更好地学会如何克服它们。

当然，她也知道不可能越过所有障碍。生养孩子这个障碍对她来说似乎已经是不可逾越了。从前的她，梦想着能生四个孩子，而如今拄着拐杖的她，连站都站不稳，哪怕只生一个孩子，她也照顾不过来……

傍晚时分，安娜艾尔带上寄养在别处的猫，回到了自己的住处。她忙着整理行李，第二天一早还得回去上班。

她的邻居在餐桌上留了一大沓信件。其中有一封信看起来很不一样，不像是几个月以来每次收到都会让她开心的信。

这是一封谁都不想收到的信。

62

选择舞步

周一下班回来以后，安娜艾尔收到了赫维的来信。她这才意识到，因为装修的麻烦事和疗养回来收到的那封怪信，她有些无暇顾及对检察官的纯真思念。也许，她现在连思念的兴趣都没有，他们的关系像是被按下了暂停键。她也跟木匠说过，装修工程延期给了她当头一棒，所以她现在没有什么闲情逸致。还有那封古怪的信……她有些担心后续会发生什么，虽然目前写信的人只是在含沙射影地威胁她，可那也是威胁呀。然而，一拆开检察官的信，她的心意就一百八十度大转弯，刚按下的暂停键马上变成了继续播放。

*

斯特拉斯堡，7月14日，星期四

我亲爱的安娜艾尔：

今天真是清静的一天。我的妻儿们都去德国购物了。国界线另一边的商店今天仍在营业，不需要像我们这里一样庆祝攻占巴士底狱。我也正好利用这个时间，回味您给我写的所有信件。我把它们从铁盒子里拿出来透透气，虽然它们在里面很安全，可是金属盒子里面冷冰冰的，没有一丝温度。看着那些散落在身边的信纸，随着书房里流动的微风轻轻起舞，我仿佛听到了您喃喃细语的声音。

您不用为我的处境担心，也不要考虑我的行为会带来什么样的后果，我会对自己的行为全权负责。若是我们夫妻之间出现什么危机，也绝不会让您来背负这个罪名。

只是，我很想见见您。下周末，我太太会带着孩子们去格勒诺贝尔待一个星期。也许，22日周五晚上，或者周六晚上，我们可以一起去餐馆吃个饭？我向您保证我不会穿得太正经，我就穿一件T恤，甚至可以从烘干机里拿出来就直接套到身上，这样它还能保持皱皱巴巴的样子。况且我太太不在家，也没法儿检查我的仪态。您还可以把我的头发弄乱，或者扯烂我的百慕大短裤。(我开玩笑的。)

我希望，我们可以抱着单纯的心毫无芥蒂地见个面。就像您说的，一起来跳舞吧，跳舞又不会伤害到谁。不过如果您用灵活的拐杖戳到了我的脚，这件事就得另说了。

我会把选择舞步和节奏的权利交给您。

还有餐馆的选择权也一并给您。毕竟是您的地盘，您比我更熟悉。

紧紧拥抱您。

穿着皱T恤的赫维

*

塞莱斯塔，7月18日

我亲爱的赫维：

这几天，我的信箱真是幸福得要升天了。它终于重拾了为我们俩牵线搭桥的本职工作，您的来信从早到晚都可以躺在温暖的港湾里。信箱里想必十分温暖，倒不是因为阳光的特别眷顾，而是因为赫维，因为您的那些话……

我的猫见我回来也喜出望外。我读信时，它终于又可以在我的膝下发出愉快的咕噜声了。

现在我依然还能感受到这次疗养的巨大成效，我想我肯定还会再回去的。

我欣然接受您的晚餐邀请（22日周五晚上）。我们就在圣富瓦路的“蓝色线路”那家店见吧。那是个很漂亮的地方，同时兼做茶馆和画廊，您肯定会喜欢的。喝完茶以后，我们可以去别的地方吃饭。

我向您保证，这一次，一定会好好喂饱我的兔子，免得它再心血来潮地去您所在的餐馆觅食。

紧紧拥抱您。

给出肯定答复的安娜艾尔

附言一：周五晚上，您最好穿保险一点的鞋子来。我的拐杖受您的“花言巧语”模式影响至深，它们总喜欢冲动行事。

附言二：就在被人跟踪后不久，我收到了一封匿名信，我开始有点担心了。

63
没有骷髅头的T恤

斯特拉斯堡，7月20日，星期三

我亲爱的安娜艾尔：

得知您答应了晚餐邀请时，我的嘴角就这么一直止不住地上扬。

我理解那封匿名信给您带来的担忧。收到这样的信总是会让人不快。我想，这肯定是谁的恶作剧吧。等我们见面的时候，您可以给我看看吗？

想到终于要和您见面了，我就十分紧张。我们之间已经说了太多：那些向彼此吐露的心声、印象和情感。我们不再是两个素不相识的成年人，不再带着单纯的心慢慢认识彼此，因为我们已经从内到外、方方面面、深入地向彼此敞开心扉。而现在，我们就要见面了，还要一起跳一支别出心裁的舞。我平淡无奇的日子将变得多姿多彩。就像一个第一次邀请女孩共进晚餐的男孩一样，我会带着忐忑的心情来到餐馆。您不要笑，这可一点儿都不好笑。这是值得兴奋的事。不，应该是令人感动的事。感动是因为，年过四十的我，从来没想过有一天能重新找回这种忐忑不安、心跳不止的感觉。就像眼前突然出现了一片开阔的大海，什么事情都变得有可能；八十公斤重的身体变成了一个神经紧绷的肉球，只想躲进自己的鞋里。我穿45码的鞋，鞋里的空间倒是很充足，可也没法塞进整个身体……我就是一个两鬓灰白、眼角布满细纹的纯情少年，可是脑子里还认为自己只有15岁……或者17岁，这样好像显得更严肃一些。就像巴勃罗·毕加索说的那样，“我们要花很长时间才能变回年轻人”。而一旦重返青春，我们便会后悔这么多年来成了一个愚蠢的糟老头子。这句话是我自己添上去的！

请您放心，我的脸上没有重新长出青春痘，牙齿也好好地整齐排列着，不用戴牙套，更加没有什么鼻环、舌环之类的金属环状物，不说脏话，也会好好洗澡。请您再次放心，我会穿着T恤来，但是上面不会印着骷髅头或是切·格瓦拉的头像[1]，也不会是一个硬摇滚乐团。但是我会带着年轻的灵魂来见您，我要穿过危险的铁丝网和荆棘，去光顾生命中那个小小的天堂。

1 切·格瓦拉是古巴共产党、古巴共和国和古巴革命武装力量的主要缔造者和领导人之一，带领古巴人民进行反对帝国主义的游击战争。1967年切·格瓦拉被捕处决后，他的肖像成为反主流文化的象征和全球流行文化的标志。

星期五不见不散。

赫维

不戴牙套的纯情检察官

64
与天使进餐

7月22日，星期五

安娜艾尔费心打扮了一番。她先是回到家洗了个澡，化好妆，做好发型，然后试了一套又一套衣服，一会儿用发卡把头发盘起来，一会儿又拿掉。她拿出一双鞋，最后又放下其中一只。她恼火地咒骂自己为什么来例假了，这可真不是时候，可是过了一会儿，又慢慢平静下来，因为她知道，他们之间什么都不会发生。况且，能发生什么呢？

安娜艾尔走进来的时候，店家注意到她今天十分优雅。倒不是说她平时不怎么打扮，只是今晚的她，浑身散发出一种无以名状的气场。当一个女人怀着要变美的想法的时候，就会自然散发出这样的气场。每天在柜台后面观察来来往往的客人，他对细节变得十分敏感：这一桌的女客人正在低头翻包，对面的男人目光深情追随；那一桌的女客人很容易就被逗笑，而且笑得格外爽朗；门口准备离开的男人犹豫着要不要把手放在女人的后背上，最终又默默地抽了回来，只因女人不是他的正房太太。

现在还没到约定的时间，安娜艾尔找地方坐了下来。她想先读一会儿书，喝点儿茶，在他来之前让自己平静下来。而且，这样他就不会看见自己一瘸一拐走进来的样子了。可恶的脑子还在深思熟虑地算计这些。算了，反正她也想守在这里，想看到他推门进来，用目光搜索自己的样子。而且，她也很欣赏这家店的老板和老板娘，他们说话总是很和善，还带着幽默感，对工作抱着极大的热情。她很喜欢他们在各处的旧货店以及二手市场里搜集来的那些物件，它们让这家店有了不一样的生气。

日子久了，店家已经能够猜测出事情的大致走向。每次有女客人走进来，在店里坐下，说“我在等人”时，他会一边询问客人等的同时要不要点些饮料，一边已经开始在心里猜测她等的究竟是个什么样的人。闺密？还是一个浪漫约会？那个男人会是个绅士吗？穿着优雅就一定是绅士吗？他明确知道，答案是否定的。因为他见多了那些西装笔挺、穿着考究的男人。那些人吃苹果派的时候，根本不屑抬头看他们的太太一眼。

店家夫妻俩都很喜欢安娜艾尔，可是，他一直在琢磨，来赴约的究竟是个什么样的人？他甚至夸张地想先把这个男人细细盘问一番，然后再放他进店赴约，允许他在安娜艾尔对面坐下。他在心里盘问着那个男人：你会尊重她，保护她的脆弱和她的伤口吗？他可不想引狼入室。

赫维来得很准时。他身姿十分挺拔，在人群中快速扫了一眼之后，马上就瞥见了安娜艾尔，然后径直朝她走过来。

店主一边在店铺深处给几个物件清扫灰尘，一边仔细地打量着，观察着，分析着。刚刚进来的那个男人，举手投足间散发着自信和威严，但是他看安娜艾尔的眼神是温柔的。

好吧。

先等等看，如果这是头恶狼，一定会现形的。

“您好，安娜艾尔，您来了很久了吗？”

“我刚到。”

她在椅子上坐好，准备起身，而赫维已经靠过来与她行贴面礼了。

“真的吗？可是，我把车停在街角，等很久了。”

“好吧，您猜对了，我早就来了。我在家跟兔子打了一架，所以我要早点来，不然就得是它代替我来了。”

“就让它待在它该待的地方吧！”

“您还真穿着T恤来了！”

“我不是跟您承诺了吗？不过我还是忍不住把它熨平了。唉，每个人都有个心魔啊。”

他在茶几前的软扶手椅上坐下，店家已经候在身边。他一边点单，一边偷偷观察着客人，却又努力地掩饰，不想让人看出来。根据客人点的东西，他会给他们贴上一个性格标签。如果点的是咖啡，说明是个容易紧张的人；点红茶的，一般是个浪漫的人。

“请给我一杯大黄汁[1]。”

店主心里疑惑起来，刚刚并没有考虑到这个选项。他转过身，迈着犹豫不决的步子走回柜台，心里想着，以后可不要再乱分析了。

“我很高兴来到这儿。您应该也是吧……我是想说，您应该也很喜欢这个地方吧，不是喜欢在这里见我……呃，我当然也希望您也很高兴见到我，不管是在哪里见……”他被自己的话绊住，脱不开身来。

“我很高兴来到这儿，也很高兴见到您。”

“真是个奇特的地方啊！”他一边说，一边环顾四周，很高兴终于找到一个借口，把目光从安娜艾尔的眼睛上移开——那忐忑的样子，活脱脱一个青春期少年。

“是的，我每次来这里，都有新发现。”

“我们在这里吃饭吗？”

1 一种中药提取物，有清热解毒的功效。

“不，我在一家很小的薄饼屋预订了座位。您喜欢布列塔尼薄饼吗？”

“所有薄饼我都喜欢，布列塔尼的也很好吃。说说您房子的事吧。”

“本来，木匠应该在我去疗养的时候完成楼梯装修的。他有备用钥匙，也有足够的时间。可是他碰上了些麻烦。”

“您付定金了吗？报价单上规定了工程完成的期限吗？”

“定金已经付了，截止日期也是有的。”

店家肩上搭着一块抹布，过来给检察官送饮料，顺便问候客人。接着，他问他们需不需要点些吃的东西搭配饮料。转身离开的时候，他的直觉告诉他，这是头披着羊皮的狼，可却不知道如何解释。

“那您可以去告他，”赫维继续说道，“让法院给他发勒令函，催他尽快完工，不然就把定金退给您。”

“我知道，但我不会这么做的。他的麻烦已经够多了。”

“您真是太善良了。那些工匠说的话不能全部相信。为了赚取时间和金钱，他们最擅长坑蒙拐骗地暗算……”

“我不认为他弟弟的白血病，是在算计我。”

“啊。”赫维惭愧地感叹。

“为了能去医院里陪弟弟，他已经每晚、每个周末、每个节假日都在加班加点了。我总不能再给他发一封勒令函吧。”

“这倒是。那您怎么办呢？”

“我回父母家住。这样也挺好。”

“您的闺房还保留着吗？”

“我的房间保留了原样，就像我昨天才离开一样。我的父母也很开心有机会多宠宠我。”

“您被宠也会很开心吧？”

“那当然了。不过我不能在父母家住太久，我更喜欢过独立的生活。”

“不觉得孤单吗？”

“孤单也有很多好处。”

“我都已经记不起来了。我已经很长时间没有自己一个人过了。”

“不用一个人过也挺好的。”

赫维没有回答，只是静静地看着她，嘴角挂着一丝若有若无的微笑，手里攥着他的杯子。这次轮到安娜艾尔把视线移开了。她低头在包里翻找着。

“您要看看我收到的匿名信吗？”

“哦，对！给我看看吧！”

“一封名副其实的匿名信，那些字词都是从报纸上剪下来的。应该是从《阿尔萨斯新闻》这个报纸上剪的，那个‘新’字是从报纸头条剪的，我认得出这个字体和颜色。”

“那应该不是从远地方寄来的。”

“就是从本地寄出的。”

“本地？什么意思？”

“就是在塞莱斯塔寄的，邮戳显示的就是我家附近的邮局。”

“啊。”

赫维拆开信封，打开了信。

您的所作所为是不道德的。

您应该为此感到羞耻。

停手吧！这是您最后的机会了。

不然您将受到惩罚。

“这事情有点儿复杂了。有谁对您心怀不满吗？”

“您知道的，我的性格跟天使一样温和，不会跟别人结仇。”安娜艾尔严肃地回答。

“有没有可能是您的家人、邻居？这也不是没有可能，您要知道，什么样的案件我都见过。”

“可是，我实在不知道，谁会对我心生怨恨。”

接着，他们在畅谈中交换着眼神、微笑，不着痕迹地表达着对彼此的赞美，也不乏一些美妙的时刻。在一起的时光是如此简单愉悦，眨眼之间就过去了。

晚餐时光也是如此。他们之间似乎有一种和谐共振的能力，可以让身边的一切都静止凝固。

可是这样的和谐很快就要被打破了。

65
一只猫眼里的苦难

7月23日，星期六

安娜艾尔刚从集市上回来。正值盛夏的集市上人头攒动，安娜艾尔拖着买菜的小拖车，很难在人群当中开出一条道来。她经常光顾的摊点商贩都认识她，对她也十分慷慨。有的经常送她水果，有的送她一块肥皂，或者是结账的时候给她算便宜一些，直接把零头抹掉。也许因为她是残疾人，或者仅仅是因为她迷人的微笑，又或者是因为她总是愿意花时间与他们闲聊几句。她不想去细究得到这些馈赠的原因，只想好好地珍惜它们。

回来的路上，她才意识到，自己一瘸一拐走路的样子不再像从前那样引得路人阵阵侧目了。还是说，她已经不再去注意他们的目光了？她心里想，这就是成功的第一步了吧。这是不是说明我现在已经不在乎旁人的眼光了？还是说，她成功找回了一些自信？

把买回来的东西整理好以后，她便套上运动装，坐到肌肉训练器械上。对她的独立生活来说，这是一个必不可少的工具。没有肌肉，就没有力量；没有力量，就没有自主；没有自主，就没有独立。所以，肌肉训练器械是她生活里的另一个伴侣，比她的猫更安静，却远不及猫温柔。“牛轧糖”此刻正躺在沙发上看着她做运动，眼睛半睁着，有节奏地摆动着尾巴，活像一尊狮身人面像。它的陪伴对于安娜艾尔来说，是一个很大的鼓励。车祸之前，它就在身边，车祸之后，它依然不离不弃地陪伴着她。发生车祸后，父母收留了她的猫。当她出院回到父母家时，“牛轧糖”经常会走过来躺在她的截肢那里，好像是为了带走她的疼痛，把她的残缺补充完整，又或者是为了隐藏她的苦难。

她感到身上的肌肉开始燃烧起来。这时，手机响了起来，提示收到了一条短信：

我喜欢您，安娜艾尔。

他们度过了一个美妙的夜晚。她很喜欢这个微妙的游戏，时而缓慢，时而又湍急，还有一开始的那些美好想象，在他们的关系里添了一丝咸味，使味觉变得更加丰富。加入的有盐分，或者也有糖分吧。

这个消息有这么紧急吗？至于要动用特殊情况下才能使用的通信方式？

非常紧急！

我们现在进展得好快！

我有希望获得一席之地吗？

我建议您先把简历和动机信[1]发给我。

您太无情了！

就是这么无情！周日愉快。

周日愉快！动机信需要手写吗？

当然了。我是喜欢研究笔迹的笔迹学家……我拥抱您……

年轻的姑娘微笑着，她被深深地感动，内心洋溢着喜悦。也许这就是为什么她从集市上回来时心情会这么好。

她只是单纯地觉得自己很幸福。这就是原因。

1 动机信是指详细说明申请者专业技能和申请岗位原因的文件，多用于正式的求学或求职申请。

66
飓风中的大树

昨晚，安娜艾尔已经把所有东西都打包好了。今天早上，她在公寓里又仔细查看了一番。离搬家还有几天，她只留下了一些必不可少的生活用品，就像住酒店时一样。剩余的东西都被仔细地打包好，放在了二十几个散落一地的纸箱中。那些纸箱实在太沉了，她装着假肢很难移动它们，因为她的重心总是不听使唤。朋友们来帮忙搬家的时候，只能直接在封箱处原地搬走它们了。

“牛轧糖”明显感到有大事要发生了。它在纸箱之间游走，用胡须测量着间距，不安地叫唤着。这几个星期以来，它一直带着怀疑的眼神看着家具一件件被清空。可是安娜艾尔心里明白，它在新家一定会很快乐的。在这里，它几乎都没怎么出去过。住在城区公寓里的猫没有别的选择，只能不断缩小它们的活动范围。而到新家以后，它可以在旁边的谷仓，在周边的老房子或果园里愉快玩耍，布赖滕巴赫将成为它的天堂。它将可以出去闲逛、追逐、玩耍、四处嗅探、巡查，还可以把它的战利品展示在厨房的地砖上。今天，她就把它带到父母家去。她和猫会住在父母家，直到装修完工。

安娜艾尔开着车一路往山上走，顺便在自己的房子前停了下来。尽管还是早上，太阳已经很毒辣了，木匠来得也很早，谷仓里传来忙碌的声音，他应该是想尽快腾出地方，安置搬家的东西。

他没听到拐杖的声音，安娜艾尔跟他打招呼的时候，他吓了一跳。

“您什么时候才给自己一点休息时间呢？”

“等弟弟出了院，我赶完所有延期的工程，还有我的银行账户能周转过来的时候吧。”

“您不用为我担心，我没事的。如果您还有其他更紧急的项目，先做那些项目吧。”

“我不喜欢让别人为难，尤其是您。”

“我跟其他人也没什么两样啊。”

“不，您比他们善良得多。”

“我以为您说的是我的残疾。”

从第一次见面的时候起，托马斯就明白，这位年轻的姑娘不想让人们注意到她的残疾，更加不想以此来换取任何优待。他也绝对没有同情她的意思。但是他可以想象，搬家对安娜艾尔来说，是很紧急的事情，所以他会尽自己最大的努力。

“您的弟弟怎么样了？”

“我也不知该怎么说，医生们还在观望。原本以为移植的骨髓应该已经开始生成造血细胞了，然而并没有。”

“这种情况是有可能发生的吗？”

“对，如果骨髓没有被身体接受，会发生这样的情况。”

“那如果是这样，该怎么办？”

“那就只能希望再找到一个捐献者，然后从头开始。我们这个星期应该可以得到更多消息。”

“其实，搬家的事，我可以另外想办法。”

“我早上会过去的，您到时定个时间吧。”

安娜艾尔在房子里迅速转了一圈，她还没有上楼去看过，毕竟工地上还是比较危险。托马斯建议她上去看看。他把上面都清空了，只剩下地砖没贴。安娜艾尔把拐杖放在楼下，抓着楼梯两边的扶手，单脚跳着上去。到楼上的时候，她看到木匠也跟着上来了，手里还拿着她的拐杖。

“这样您在楼上走路会方便一些，”他边说着，边把拐杖递过来，“您没戴假肢吗？”

“这几天晚上太热了。早上起来的时候腿总是肿起来，塞不进假肢里。我更喜欢春天和秋天。”

“您觉得怎么样？喜欢吗？”

“嗯。有了这些新窗户，上面更加亮堂了。我也很喜欢这些木头的气味。”

“我在谷仓上稍微查看了一下。如果您打算成家，扩建房子的可能性还是很大的。”

“我还没到这一步呢。先把自己安顿下来，以后的事情以后再说吧。我得走了，不打扰您工作了。您去医院之前也得吃点东西，休息一下吧。”

托马斯明白，她说得对，人不该这么不疼惜自己。可他只想撑住，千万不能倒下，而且还得用尽全力支撑别人。在暴风雨中，人是没法思考的，只能紧紧抓住碰到的第一棵树，祈祷着它不要被连根拔起。每次托马斯走进病房的时候，他唯一能紧紧抓住的，是弟弟的微笑，是他愉快的脸庞，这才是在这场白血病的龙卷风中，他能抓住的最坚实的树枝。他可以不吃饭不睡觉，只要看到西蒙的笑，就浑身充满了力量。

再说，他也没有别的选择了。他还是很高兴安娜艾尔有个备用方案。如果害得她只能住在没有完工的工地上，托马斯心里会非常自责，毕竟安娜艾尔自己的生活也已经像个工地一样一团糟了。

67
憎恨所有人

7月25日，星期一

约瑟琳娜洗过澡，在腿上擦了一层厚厚的身体乳。剪完脚指甲以后，又仔细地磨平了它们。她看了看身上的体毛，不确定是不是要刮掉。因为她从来没去看过妇科医生，也没有朋友可以倾诉，更加不会向她的母亲咨询这方面的事情，所以她不太清楚，去看妇科医生应该要怎么做。她想了想，家里也没有刮毛或拔毛的工具，于是她决定就这么去了。她有些胆怯，可是为了接近骚扰检察官的女学生，这是她能找到的唯一办法。有一天，她一路走到了妇科诊所，想着一定会在那里见到那个女学生。她在走廊里一直等着，直到有人开门出来，她才远远地瞥见了坐在前台后面的那个人。

她不知道到时该怎么办，可是近距离接近那个女人，听听她的声音，看着她的眼睛，已经成了约瑟琳娜的一个执念。也许这样她就能发现她的另一个弱点？还是能找到另一种结束这一切的方式？

也许，最终她只会让自己受到伤害吧。

在诊所楼下停好车以后，她深深地吸了一口气。一想到要去看妇科医生，她心里一万个不愿意。可是也许这对她的身体来说是必要的，就当是用一件令人不快的事去交换一件好事吧。她把车锁好，慢慢走到大楼入口，把手指放在了门铃上。现在放弃还来得及，她可以忘了这个预约，若无其事地回家去。可是她又不甘心，都已经走到这一步了，不达目的，绝不能罢休。近距离地看她一眼就好。她的手指按下了门铃，几秒钟之后，大门打开了。电梯在诊所那层楼停下来的时候，她觉得自己的心脏就要从胸腔里跳出来了。这时，一位准备离开的病人正好从诊所里走出来。现在已经没有选择余地了，她只能走进诊所，径直朝前台走去。

“您好，女士，您有提前预约吗？”

约瑟琳娜犹豫了几秒钟，马上意识到，安娜艾尔·德慕兰的声音很好听。真是个小贱人！

“是的。”

“请出示一下您的医保卡。”

“我的卡没带在身上，我拿去社保局续费了。”

“那我给您拿一本病历本吧。您的姓名？”

“克罗迪娜·热尔曼。”

“您在我们这儿建过档案吗？”

“没有，我第一次来这里。”

“您之前的妇科医生是哪位啊？”

现在又要编个什么答案来应付呢？这问题问得如此轻松自然，得想出一个不那么可疑的答案。

“喔，您应该不认识。一直到去年，我都在德国生活。”

“好的。一会儿您可以跟马修医生详谈。您可以在等候室坐一会儿，他会来叫您的。”

约瑟琳娜面对着接待处坐了下来。她的眼神完全无法从秘书身上移开。她细细打量着安娜艾尔脸上的疤痕，观察着她的眼睛、线条优美的嘴唇，以及她右边脸上的酒窝。也许原来左边也有酒窝吧，只不过因为外科手术消失了。她发现自己竟然开始同情起这位姑娘，这让她有些震惊。这位姑娘肯定经历了一件十分痛苦的事吧，这样的日子肯定很艰难。约瑟琳娜现在开始有点理解了，为什么安娜艾尔会如此执着地用写信的方式与检察官沟通。确实，在这样的情形下，躲在纸张和信封后面对她来说要轻松得多。可是，即便如此，约瑟琳娜也不能原谅她与检察官通信的行为，更何况他们的往来还如此频繁。要是她跟其他男人写信也行，但就是不能来纠缠她的检察官。约瑟琳娜刚刚才找回满腔的怒火，妇科医生已经叫到了她的名字。

这是一位英俊的医生。他的白大褂半敞着，露出里面的蓝色翻领衫，看上去英气逼人。

“这是您第一次来我们诊所检查吗？”

“是的。”

“您之前是在哪位妇科医生那儿看的？”

继续撒谎吗？还是别对医生撒谎吧，这样不太好，约瑟琳娜。毕竟这是个穿着白大褂，学了十二年医学的人，况且还是个男的。

“我没有固定的妇科医生。”

“是您的家庭医生在帮您做妇科检查吗？”

“不是。”

“您从来没做过？”

“没有。”

“那您今天怎么过来了？”

“呃……我在报纸上看到，定期做妇科检查很有必要。”

接下来医生问了一串长长的问题，她都一一作答：月经初潮在何时，夫妻生活怎样，有几个性伴侣，是否受孕。回答这些问题时，约瑟琳娜才意识到，作为一个女人，她的生活是多么贫瘠。她的身体就像一片废弃之地，没有男人真正地爱过这个身体。就连她自己也嫌弃它，有谁曾爱过这个身体，哪怕只有一天呢？这个人绝对不是她的母亲。医生让她去指定的地方脱掉衣物，然后躺到检查台上去。她紧张得直打哆嗦。“我得好好检查一下，帮您做个涂片。”这句话一下又一下地撞击着她的大脑。检查固然重要，可是眼下她心里一万个抗拒。她想就这么狂奔出去，连看都不看秘书一眼。她只想逃走，赶紧回家，好把自己锁起来。可是她还是像一个小兵一样执行了医生的命令。她小心翼翼地把半身裙和内裤放在屏风后面的矮凳上，然后坐到检查台的边缘，两脚放在搁脚架上。她听到医生戴上了手套，然后看到他在自己眼前站定。他一边礼貌地微笑着，一边在下面踩着踏板把床抬高。

“女士，请把两只膝盖分开一点，您这样我没法儿看。放轻松一点。”

医生尝试着把两只手指塞进约瑟琳娜干涩的阴道中。她惊得整个身体跳动了一下，赶紧把身体离得更远了。

“您有多长时间没有性生活了？”

还是继续撒谎吧！什么白大褂，什么十二年学习经历她都不管了。她绝对不会向他坦承她已经有二十年没有性生活了。

“有一段时间了。”

“请您放轻松一点，把屁股放下来。我得好好检查一下一切是否正常。我帮您涂点润滑剂。”

她感觉到一股黏稠的液体大量地涌入手套所及之处，她的脸狰狞着，尽力想让收紧的私处放松下来。医生用力地按压着她的腹部，手指也伸到了最深处。约瑟琳娜的双手紧紧地抓在搁脚架上。此刻，她恨极了医生，恨极了检察官，恨世界上所有的男人，也恨那些爱上男人的女人，更直接地说，她恨所有女人，尤其是那些长得漂亮、招人喜爱的女人。她恨她的母亲把她生下来，却从不关心她会成长为什么样的人。对她来说，做女人是一件尤其讨厌的事情。

“我会把窥探镜放进去，您不用紧张。”

“还没结束吗？”

“没有。我需要做一个切片，观察一下您的宫颈。刚刚摸的时候，我感觉到有什么东西在那里，我得再确认一下那是什么东西。您从来没在非经期的时候流过血吗？”

“没有。呃，不对，有时确实会这样。”

一想到有个长柄状的东西要摩擦着她的身体，她就感觉很不舒服。她只能通过一次次的深呼吸强行忍住。医生自顾自地在抽屉里翻找着他的仪器，过了一会儿回来把仪器塞进了她的身体里。她突然感到一阵钻心的疼痛，但是医生的动作很快，马上就把它拿了出来。机器冰冷的温度好像是在提醒她，她身体的温度更低。

她像被冻着了一般，浑身抖动着。

然而，外面依然炎热。

她静静地穿好衣服，努力想弄懂医生跟她说的话是什么意思。医生说，她宫颈的情况令人不太放心。切片的结果很快就会出来。为了避免让她再次经历这不愉快的过程，他已经立马对切片做了活检。等结果出来以后，他会打电话通知她。他还建议约瑟琳娜应该常常来做妇检，然后把她送到了前台。那个有着好听声音的年轻秘书把病历递给了她，并向她说明应该支付的金额。

约瑟琳娜在离开诊所之前，又看了她一眼，这才离开了。

68
填字游戏

7月26日，星期二

塞莱斯塔，7月24日

亲爱的赫维：

显然，让您发简历和手写动机信来竞选，这都是些玩笑话。我可不是个无情的人，恰恰相反，我的情感很丰富，甚至到了泛滥的地步。当您走在我身边，温柔地望着我时，眼神如此的亲切，言谈中又带着幽默，所有这些都让我十分感动。我度过了一个非常愉快的夜晚。希望您已经从纯情少年般的紧张中恢复过来，因为实在是没有什么值得紧张的呀。您看，我们马上就找到了可以聊的话题，而且还聊了很久，整个谈话过程中几乎只有两三次简短的沉默。我故意避开了一些话题：车祸、残疾，还有我经历过的以及依然正在经历着的那些伤痛。可能是因为，面对面用真实的声音去诉说这些的时候，我没法掩饰闪着泪光的双眼和颤抖的声音。我也有自尊心，不喜欢展示我脆弱的那一面。让您看到我这个样子的话，您肯定会忍不住要握住我的手来安慰我。不过，反正您也已经牵过我的手了。

也许有一天，我会有勇气跟您当面谈论这些事……

您送我回家的时候，我也很老套地问了您要不要上楼喝一杯。当时，我并没有想起还有“牛轧糖”在家里。看到您眼睛浮肿，呼吸也变得困难时，我在心里想，看来今天晚上什么都喝不成了。您这么快就得走了，我觉得很难过。

我甚至在埋怨我的猫。它必然也感受到了，晚上我睡不着，在家里转来转去时，它不停地在我身上蹭来蹭去。您跟我说过您对猫毛过敏，可是我没想到会有这么大的过敏反应。

我得向您坦白，我没法就这么心安理得地装作什么事情都没发生过。我一直在担心您会不会有什么事。

我知道，您肯定会说，这不怪我，是您自己的问题。

您还说了，反正也不是什么大问题。可是，我还是觉得很过意不去。

如果您对猫毛不过敏，那天晚上会发生什么呢？

您看，我又重新启动了“提问”模式。

紧紧拥抱您。

过意不去的安娜艾尔

附言：您坐在沙发上的时候，有一支钢笔从口袋里掉下来了。我把它好好地收起来了。您是为了我们可以再次见面，故意这样做的吗？

赫维微笑着，把信折了起来。他想到了早上刚寄出去的那封信，在邮递员来派送之前就已经寄出去了。这是第一次，他们的信件在路上擦肩而过。他故意用了点儿小心思。至少，收到这封信时，她脸上是挂着微笑的吧。

69
男人永远是男人

7月30日　星期六

伟大的这一天终于到来了。这对安娜艾尔来说是一个全新的起点，尽管她原本希望今天就能住进焕然一新的房子里去。她又想起了木匠的弟弟，万幸自己没有处在像他们一样的困境中。装修上的烦心事只是物质上的，比起他们一家人正在烦恼的事情来说，这些简直不足挂齿。就在离这里不远的地方，在医院的某个病房里，他的弟弟依然躺在病床上。

安娜艾尔的朋友们开着两辆车过来了。她们都穿着“战斗服”，跟往常一样喜气洋洋。安妮－卡特琳娜第一个冲进了战斗现场，扛起一个纸箱就往楼下搬。乔安娜和塔提亚娜进去准备把床拆下来，柯琳和玛丽把家具都移到门口，然后准备去拆窗帘。

“你的木匠什么时候把卡车开过来呀？”

“应该很快就到了。”

“他人好吗？”

“挺好的。他还提出要帮我们搬家，不是所有人都会这样做的。”

“他到了！”一贯心直口快的安妮－卡特琳娜在楼梯下大叫了

一声。

托马斯跟在场的女孩们一一打招呼，努力尝试着记住她们的名字。他有些拘谨，感觉自己擅自闯入了女孩们的团体中。跟安娜艾尔一起快速浏览了一下公寓以后，他估摸着有多少件东西要搬，建议把重的和占地方的大件装到他的卡车上。女孩们一整天都有空，所以提出如果卡车没法装下全部东西的话，她们可以用自己的车再送一两趟。安妮－卡特琳娜是她们几个中力气最大的，于是她跟托马斯合力扛起了家具和洗衣机。俯身搬沙发时，她发现自己的背心领口敞得很低。朋友们没有提醒她，都在一旁看戏，她不时向她们抛着媚眼。托马斯专心忙碌着，装作什么都没看见。他不失礼貌地微笑着，在楼道里指导搬东西的技术细节。

他们花了差不多两个小时才把东西都装上卡车，还剩下几个纸箱，只需要朋友们再开车回来一趟就行了。回来的时候，她们顺便把公寓再打扫一遍。六个人一起干，清扫工作应该很快就能完成。

一队由一辆小卡车和三辆小车组成的车队在维莱山谷快速地行驶着。托马斯在前面开路，安娜艾尔在最后把关，以防中间的两辆车迷路。除了乔安娜，她的朋友们还没有去看过她的房子。有一天乔安娜在那附近出差，就顺便过来打了个招呼。

木匠把车倒进谷仓入口，路面狭窄，其他人只能把车停在了稍远的地方。安娜艾尔的父母也过来帮了他们一把。因为不用把箱子摆放到屋子里面去，卸货应该很快就能结束。

趁着她们兴高采烈地慢慢参观房子，托马斯开始把纸箱一个个往车外搬。他心想，安娜艾尔真幸运，有这么多亲近的朋友。仔细想想，自己身边只有两个童年时期就认识的朋友，而他们都去了远方，现在难得见上一面。也怪不得别人，是他自己更喜欢跟树木交流。他总觉得自己与周围的世界格格不入，跟不上世界的变化。他也曾经梦想着能有一个推心置腹的朋友，可以分享寂寞，倾诉森林里发生的事情，告诉他风在树叶中写出的诗句，还有他的害怕、疑惑，他的希望和痛苦，他的焦虑，以及时常让他在半夜惊醒的噩梦。

这些事情能跟谁诉说呢？跟他的父亲吗？绝对不行，这样只会让父亲肩上的重担更加沉重。他也想过去咨询心理医生，可是实在没有时间，他总是在到处跑。至少在外面忙着到处跑的时候，他可以忘记思考，也许这样也好。可是，听到她们六个姐妹在房子里叽叽喳喳时，他真的很羡慕安娜艾尔有这么多可以互诉衷肠的知己。

托马斯还年轻，等弟弟的病好了以后，他会花时间去结交一些朋友。像所有人一样，他会努力地去适应。

可是，他现在就需要朋友。就在当下，马上就需要。他需要有一个人能静静地听他说话，陪他喝上一杯，需要有个人能把宽大的手掌放在他的肩膀上，试着给他力量。

安妮－卡特琳娜没有经过任何人同意就挤走了安娜艾尔的父亲，自告奋勇地帮托马斯把留在车厢最里面的重物卸下来。没人知道她的举动到底是因为疼惜木匠的背，还是为了用低领背心来引诱木匠。她显然对他颇有好感。

最后几个纸箱也放好了，托马斯跟他们一起喝了一罐啤酒。安娜艾尔邀请他留下来吃她母亲准备的点心，晚上再一起去她父母家吃饭，他们就住在村子里往北边一点。他拒绝了点心，更加没有心思去吃晚饭。

“你的木匠不能留下吗？真是可惜。”

“你知道吗，他现在既没有时间也没有心思想这些。他的弟弟得了白血病，所以他才会在工程上延期。为了完成项目，也为了去医院陪他的弟弟，他没日没夜地到处赶工。”

“哎呀！他可什么都没说呢。”

“你们也没聊到这个呀。上次我因为他没有按期完工发了火，他才跟我说这些的。可是，在给我做报价单的时候，他已经处在这样的境地里了。”

“那你后悔当时选了他吗？”

“没有，我一点儿也不后悔。他需要工作，而且他做得也很好，只不过要久一点。其他客户的抱怨已经让他苦不堪言了，我怎么还能再责怪他呢？”

接着，她又跟她们讲述了西蒙的骨髓移植手术，现在他们正在等结果，害怕又要重新开始，也解释了他跟弟弟之间的年龄差距、他对弟弟的感情，以及从弟弟出生以来为他做的所有一切。

“看起来他是个单纯而正直的人，特别通人情。”安妮－卡特琳娜说道。她觉得自己刚刚故意用低领背心引诱他的行为有些愚蠢，但随后又认为，这对他来说也没什么坏处。“不管怎样，男人永远是男人嘛。”她自顾自地总结道。

“那你呢？你也永远是个喜欢引诱男人的女人。”玛丽边笑边接话道。笑声感染了所有人，大家都笑了起来。

70
第三种选择

塞莱斯塔，7月29日，星期五

我亲爱的赫维：

申请已经收到。您的简历很丰富，动机信也写得结构清晰，条理明确。只不过您的表达有些轻率，这有过于随便的嫌疑。要是换作其他人，肯定不会轻易原谅您。而且，您忘了说明是否已经辞掉上一份工作，如果还没有，请您申明，按照合同，什么时候才能恢复自由之身。

我很难想象，一个本该拥有光明未来的人突然发现自己可能没有明天，会是什么样子。我不能冒这个险，因为我害怕又将失去自己的一部分。少一条腿对我来说已经是举步维艰，要是心再缺了一块的话……

您说得对：只要来一阵风，蜡烛就会熄灭；只需要闯一次红灯，未来的那些美好愿景也会熄灭。

那是两年前的 8 月 15 日。我们在朋友家聚会，结束以后一起开车回家。我的男朋友喝了一点酒，但是他觉得自己还能开车，还自作聪明地违反了交通规则。他看到红灯没有停车反而选择了加速，我大声叫了起来。一切都发生得太迅速了。我只看到了从右边冲过来的车上的远光灯，然后听到一声巨响，之后就什么都不知道了。我醒过来时，周围到处都是灯光，我看到了警车上的旋闪灯。一个穿制服的男人正在跟我说话："别担心，我们会把您救出来的……"从哪里救出来？我想了一会儿，才想起来红灯、右边过来的车辆、远光灯，还有困在车身里的身体。我微微地把眼睛转向左边，想看看我男朋友怎么样了，但是他并不在我身边。只有一个消防员正在研究怎么处理陷下去的表盘，我整个人都被压在下面。我问他开车的人在哪里，他回答我说已经在救护车上，正往医院送。我的情况要复杂得多。我看到手臂正在接受输液，于是尝试着移动手臂，可是没有成功，又试了试动腿，也没用。当时我并没有感到特别疼痛。我身边那位善良的消防员说，所输液体里面有吗啡，又跟我解释说，我的右腿被困在了塌陷的车门下面。人的身体很难跟飞速行驶的车抗衡。没有外科医生的指导，他们不敢鲁莽地把我从车里拉出来。医生很快就会到了。这位消防员就是我的救生圈。他一直保持着冷静，对我微笑，还问我是做什么的，我以后的打算，喜欢什么样的音乐。我甚至有些感觉良好，觉得自己正被悉心照料，就像被包裹在一团柔软的棉花里面。当然，我也知道事情很严重，没法不害怕。但是，在吗啡的作用下，我感觉像喝醉了一样。在此期间，消防员一直紧紧握着我的手。每当回想起那一刻时，我依然能感觉到他的手就在我的手中。

然后，外科医生来了。他也十分和蔼亲切，看得出来，他很担忧，可是他并没有流露出同情之心，只有踏实工作的样子，脸上写满了事情的紧急性。他要负责把我从车里拯救出来。虽然绑着止血带，但还是会有失血过多的危险。他悄悄向我投来一个微笑，有些尴尬的样子。然后他分析了一下局势，跟我解释说，为了顺利救我出去，他们要对我进行人工催眠。接下来的事情，您已经断断续续都知道了。我在医院人为昏迷了三个星期，醒过来的时候，发现自己少了一条腿，被单绝望地从留下的左腿边滑落下去。我当时的求生欲就跟那条被单一样单薄。

为了接受皮肤移植手术，也为了让我的残肢能够完全愈合，我在医院继续住了两个月。我讨厌“残肢”这个词，这真的是个很可怕的词。残肢、残缺、残骸……都是残留下来的部位，断肢、截肢……这些字组合在一起，就没有好的意思，不是吗?

然后我就积极地开始了复健，在一个复健中心过了四个月。我的复健师真是个天使。不，如果算上为我做假肢的师傅的话，我有两个天使。为了使假肢材料跟残缺的身体完美融合，他可谓是拼尽了全力，就差两肋插刀了（用这个成语来形容一个为了截肢群体工作的人，真是有点过分！）。

这两位天使帮我装配了假肢，找到了最适合我的假体，教会了我重新走路，也教会我如何调整自己的体型。

因为假肢必须完全适应与之接合的大腿……如果体重发生变化，或是天气热的时候大腿膨胀，假肢就会装不上去。而且长期佩戴时，大腿也会因为重力而肿胀，假肢可能也会松动脱落。（所以说，不要送我太多巧克力！！！）这两位天使还帮助我度过了一段异常艰难的时光。我经常会莫名地疼痛，晚上经常被疼醒。有时感觉我的脚正在动或者痒得难受。然而，是哪一只脚呢？我的右腿下面已经什么都没有，连大腿都没有了。但是对于我的大脑来说，我的右脚还在抽筋，这简直令人抓狂。他们教我学会了给大腿按摩，因为截肢处的敏感神经转变成了神经瘤，所以才会造成这样莫须有的疼痛感。晚上躺在床上的时候，它们就会如幽灵一般出现。有时候也在早上，让你措手不及地掉入它们的陷阱。有时早上醒来，你会有一种双腿依然健全的错觉，只不过是刚醒过来，浑身还有些瘫软。于是你打起精神起床，充满活力地站起来，却忘记了另一边的腿下面已经空空荡荡，然后你会摔个狗啃屎，觉得自己愚蠢至极。因为截肢面直接着地会让人痛不欲生，而身体又一次骗过了大脑。

我的复健师是个名副其实的教练，他会根据情况，来决定到底是给我加油打气还是打击我。有时他会把我逼到绝境，一直逼到我疼痛难忍为止。然而这其实又间接地向我证明了，在我的身体深处，还有这样一股强大的力量。无论成功还是失败，他都与我同甘共苦，帮助我在一次次的失败中走向成功。当我看着镜子里的自己，无力地哭泣的时候，他一直劝我要抗争到底。所以我坚持了下来，身体恢复的情况甚至超过了所有医生的预想。对我来说，这是我以后唯一能走的路——要做就做最好的。我不仅要重新站起来，还要抬头挺胸地大步往前走。

离开他们对我来说异常艰难。因为这意味着我要离开蚕茧一样的保护壳，只身去抵挡外面的世界，忍受其他人异样的眼神。当我走在路上或超市里的时候，有些人会来搭讪，说上一句“可怜的人”。虽然我很想回一句“去死吧”，可是我的教养不允许我这样做。他们以为自己是谁？谁允许他们同情我的？他们以为这样的话会让我好过一些吗？在复健中心的时候，我身边很多人都是残疾人，所以我们之间不会互相评价，不用相互提防，我们也经常开玩笑。能够用这个事情开玩笑是很重要的事，这样我们就能做好准备去面对外面的人。

后来，我找到了这份医疗秘书的工作，还是通过一些关系走了后门才得到这个机会的。可是，这能怨我吗？要是一直待在家里，我更加无法想象生活会变成什么样子。每天戴着假肢转来转去吗？我必须去工作。成为药剂师的希望已然破灭，我也不再抱有这个幻想，只能把它埋藏在过去了。

然后，您又出现了。您让我重新唤起了取悦别人的欲望。您让我觉得，自己还能找到爱情，还能成为某个男人的女人。

现在，我对未来充满了希望。将来我可以装上仿生膝盖，它跟真的膝盖一样灵活，到时我就能自如地上下坡、上下楼梯，几乎能过上正常的生活，甚至还可以去远足。我已经申请了仿生膝盖，材料发出去了，目前一切进展顺利。

不仅仅是膝盖的问题，我也想在自己的心里重新构建一个未来。我不知道跟一个已婚男人会不会有未来。虽然他充满魅力，温柔体贴，睿智风趣，可是他毕竟是有妇之夫。

我已经住进自己的小房子里了。其实，应该说我马上就要住进自己的房子里了，因为实际上我现在暂时还住在父母家。到了我这个年纪，还依然住在父母家，这听起来有点奇怪，但我实在别无选择。我的身体状况已经没有办法忍受艰苦的环境。

我拥抱您。

即将变成仿生人的安娜艾尔

*

斯特拉斯堡，8月1日，星期一

我亲爱的仿生人安娜艾尔：

我早就知道您是一个十分可贵的女人。

感谢您的那些知心话。我开始慢慢地接近您的现实世界。可我不能大言不惭地说，我可以站在您的角度，完全理解您。怎么可能做得到这一点呢？

您有了取悦我的想法，我从心底里感到开心。如果这能让您重拾自信，我也由衷地为您高兴。

我并没有打算从您的心上挖走一块，也不会冒着吹灭蜡烛的风险，把风带进屋子里。

安娜艾尔，我们眼前有两种可能：第一种，我离开我的太太，从零开始，与您一起重建生活。但是我们从来没有尝试过一起生活，如果我们之间行不通，我会后悔做出了这样的选择，因为我对太太还是有感情的。第二种可能是继续这样过下去，尽可能地把您纳入我的生活当中来，也在您允许的范围之内，让这段关系维持得尽可能长久。我跟您说过，二十年的共同生活，不是拂袖就能轻易推翻的。虽然这不是我计划中的生活，虽然在这个家里，也有悲伤的时候，虽然家里的房间毫无温暖可言，可是，那毕竟是我的家，里面装满了挥之不去的共同回忆和孩子们的哭声笑声。安娜艾尔，我最近情绪很糟糕。我们之间那种最初的美好幻想和轻松自然已经消失了，取而代之的是更加认真的情感和复杂的问题。真可惜，我们已经失去了那份纯朴和天真。我也知道，这些只能在我的想象中存在。您做得很对，是您把我拉回了现实。但是，我希望在这个现实世界里，我的生活里依然有你，可我又不愿失去一切。

我真的感觉很糟糕，可是您的来信，依然让我无比幸福。我需要您的信，需要与您保持这样的关联。我需要您。

我拥抱您。

赫维

附言一：我得去给自己买点巧克力了。

附言二：“残”字虽然难听，换成同音的“蚕”字，是不是就可爱多了？

*

塞莱斯塔，8月3日，星期三

赫维：

我们还有第三种可能性，就是到此为止，结束这段关系。在铸成大错之前，不要让它变成日后插在伤口上的尖刀，不要让这个美丽的邂逅只留下苦涩的回忆，不要在空虚失望的灵魂和破碎的心中默默流泪（有时，为了从这样的困境当中脱身出来，我真愿意自己的心也是仿生的）。对不起，我不该在这么痛苦的时刻开玩笑的。一个女人流着泪讲述悲伤的故事时，男人们通常会故作潇洒地逗乐，不让自己的感情流露出来。

为了避免长痛，有时我们也必须忍受一些短痛，不是吗？

我又收到了一封匿名信。我真的很担心，这会不会是因为我们之间的往来？我一无所有，什么都不怕，可是您不一样。我不想您因为我而失去任何东西。所以，我建议，我们暂时不要通信了。这样，我们可以在各自的世界里好好地生活，也可以透透气，重新找回一些轻松的感觉。

这对我们双方都好。

我拥抱您。

您的安娜艾尔

71
抱怨琐事

托马斯从医院回来的时候，感到胸口郁结，呼吸困难。

他把车停在了院子里，准备直接走到树林里去。他要去那里汲取一些能量。那里有着熙熙攘攘的生命，在树冠，在树干，在草木的茎叶里，在土地上，随处都是生命的力量。森林里一小捧泥土里的生命体，比地球上所有的人类加起来还要多；在同一棵树上，我们可以找到 250 种不同的动物。他还记得西蒙听到这些事时的眼神：刚开始是怀疑——你在跟我开玩笑吧——继而是惊叹，想象着在这么小的一块地方，竟然如此欢腾，真是太神奇了。为了在这片欢腾中汲取一些能量，托马斯来到了后山上。他只是想来感受一下这里的沸腾、喧闹和骚动，感受森林的力量。

他加快了脚步，想一直爬到弗兰肯堡城堡，去那里欣赏日落。他希望能在落日中找到一丝安慰，告诉自己明天都会好起来的。很快，他就爬得上气不接下气。几个月以来他一直过着过度疲劳的生活。强壮的身体在这几个月里经历了巨大的考验，却没有任何垮下来的迹象，可是再强壮的身体也不是铁打的。他不管不顾地继续往上爬，把自己逼到极限。这有什么，只是爬一个坡而已，他的身体依然健康，他的细胞、血小板、红细胞、白细胞都是正常的。他还可以继续虐待身体里燃烧的肌肉，只为了证明这个家还在继续坚持战斗。

一个该死的白血病才不会把我们打倒。

他带着满腔的愤懑爬到了山顶。一路不停地攀爬早已让他气喘吁吁，他有些筋疲力尽，可是看到太阳还在天上，他又觉得很宽慰。层层叠叠的天边，风中遗忘的云朵被余晖染上了颜色。今晚的孚日山真美，只是托马斯没心思欣赏这一切。在脑海的某个角落里，在医院的那些画里面，存储着与弟弟的许多回忆。他拿出画本和画笔，坐在一堵宽厚的石头墙上面，一边喘着气，一边开始画起来。他准备回家以后再上色，然后明天带到医院去跟弟弟分享这个美妙的时刻。我们应该去分享世界的美好，即便在厄运面前，这样的美好也不会消失殆尽。对托马斯来说，大自然的美好是对弟弟最好的安慰剂，正因如此，这样的美好得到了升华。

托马斯几乎在黑暗中完成了素描，微弱的月光下，只能勉强辨认出自己的手和笔。他的眼睛已经完全适应了黑暗，就像西蒙已经适应了医院的生活一样。

他把画本收起来，背起书包，T恤早已被汗水湿透，现在已经变得冰凉。他小心地从石头墙上跳下来，踩进了一片荨麻草里，刺痛的感觉瞬间蔓延开来。可是他心想，这点事又算得了什么呢？经历过巨大的考验以后，他已经学会看淡一切。那些整天吹毛求疵讨人厌的人，那些动不动就去法院请派执达员，还蔑视别人的人，他们最缺少的就是看淡一切的胸襟。

看淡一切，会让生活变得更加轻松。可叹的是，只有经历过最坏的事，才能真正明白这个道理。沿着陡峭的坡道下山时，他突然想起安娜艾尔来。她肯定明白这个道理，而且她每天都要付诸实践，因为她也面临着严峻的考验，虽然经历不同，却并不妨碍她理解这些。此时此刻，他突然很想给她打电话，在黑暗里跟她倾诉西蒙的事，告诉她今天得到的坏消息，还有后续会发生的事情。也许，就像对她和盘托出的那天一样，他只是想听听她安慰的声音。他甚至想跟她抱怨刚刚被荨麻草蜇到的事，因为她肯定会理解，就算是小小的痛苦，也希望得到别人的安慰。她肯定会说，一切都会好起来的。她也讨厌被荨麻草蜇到，可是千万不要去抓伤口，要把腿放在冷的地方，或者擦点白醋，不要去想这件事。

那白血病呢？也可以暂时冷藏起来吗？

可是，安娜艾尔已经忍受着残疾带来的伤痛，他怎么好意思再用弟弟的白血病去烦扰她，毕竟他们只是萍水相逢的关系。

今天晚上，他只需要一个简单的微笑，就能感觉好一点。这也许是托马斯第一次感到孤独不可承受的重量。他好想蜷缩在某个善意的怀抱当中。可是现在他一个人在黑暗中，只有百年古树静静地看着他走过。他在树林中放声大喊，向它们控诉着命运的不公，想把心里的害怕都抛给它们。树林里的宁静被硬生生地打破，因为此刻，静默不语的树对他来说就像是挑衅。他的心正经历着一场战争。他觉得自己如此渺小，如此微不足道、一无是处，卑微得像大千世界里的一粒尘埃。他曾经以为自己很坚强，强壮得像一匹骏马，英勇得像一个战士。可是，现在他才明白，在这场战争里，他什么都不是。他大声地喊着，恨自己一无是处，声音回荡在整个树林里。听到他的喊声，林子里的野山羊们应该都会停下，竖起耳朵辨别危险来自何方。可是，今晚的危险不在树林里，而在西蒙的骨骼里。谁都无能为力。榉树帮不上忙，野猪也没有任何用处，整个森林都束手无策。

就连托马斯也只能袖手旁观。

这就是他们说的“做好最坏的打算”吗？医生通知他们，骨髓移植没有成功，一切又得重新来过。这意味着一切都要从头开始：那些为了移植手术而进行的化疗，痛苦的副作用，殷切的希望以及焦急的等待。西蒙还要继续被关在病房里，托马斯还要在工作和医院之间来回奔波，前面的苦日子一眼望不到头。可他还是要给自己打气，不能就此沉沦。他想起了那些赶不完的项目，想起已经开始抱怨他的银行职员，想起又要遭受这重击的克洛蒂尔德，本来就很脆弱的她将变得不堪一击。如果再这样持续下去，她弱小的身体就要被掏空了。本来就羸弱的她却总是想给予别人源源不断的力量。

可是，如果第一次尝试没有成功，谁能确保第二次就一定会成功呢？

不，不能有这样消极的想法。要着眼现在，一个一个问题去解决，工作上的问题、医院的问题、睡觉、吃饭、起床、离开、回来，什么都不要想，只需要想着西蒙，只需要好好照顾他。

第二个捐献者已经找到了，比之前那个的匹配度还要高。现在就只剩下等待，因为对于捐献者和西蒙来说，都需要一些最起码的准备时间。家人们已经都做好准备，带上装满希望的行囊去征服这座困难重重的山巅。如果在背包里装上悲伤的石子，只会让肩上越发沉重。他们都明白，已经无路可退，只能继续往前走。可是怎么走呢？没有人知道。走到哪里去？也无从知晓。只能前进，不能后退。

因为西蒙正在往前走，所有人都必须紧紧跟着他。

晚上，西蒙问托马斯："妈妈跟你说了吗？我又要做一次移植手术了。"

"还没有，但是我已经知道了。我又不傻，我听到医生们的谈话了。但是我很'强壮'。"他一边回答，一边摸着自己的肱二头肌，做出大力水手的样子。

接着托马斯给西蒙讲述了白杨树的故事。白杨树不怕野山羊，也不怕牛来吃它，因为白杨树地下的根系十分发达，可以源源不断地为自己输送能量。同时，它还会在周围不断地开枝散叶，形成一片矮树林，这样它就可以在一片低矮的白杨树幼苗当中安心地成长。

“在北美洲，有一棵占地四十多公顷的白杨树，它一共有四千多个树干，树龄已经有好几千年了。”

“这不就是一片森林了吗！”

“不是，是一棵单独的树长出来的。”

“哇，我永远活不到这么老吧！”

“人是没法战胜树木的。最古老的树在塔斯马尼亚岛，它已经生长了43000年[1]，在洞穴人的时代这棵树就已经存在了。它见证了整个人类的成长。”

“跟你一样呢，你也见证了我的整个成长。”

“对，可是你是一个有自主意识的人类，而且你还没长大呢。有一天，你会长得比我还高！我敢肯定，你一定会超过我的。”

“就算是得了白血病，也可以吗？”

我们必须要相信西蒙。一棵植物永远不会坐以待毙。只要还有存活的一线生机，它就会心怀希望。西蒙有这样的力量，他的根系、他健康的细胞，可以给他提供能量，他多么盼望着长大呀。等树液系统重新运转，他就会重新长出新叶。

因为他身上蕴藏着一棵树的灵魂……

1 关于世界上最古老的树和托马斯提到的这棵树的树龄，存在不同说法。

72
坚持到圣诞节

斯特拉斯堡，8月5日，星期五

我亲爱的安娜艾尔：

请不要期待我会用幽默来掩饰自己，假装一切都好。我不是喜欢表露感情的人，可是我也不会隐藏自己的情绪。

我有些难以相信，我们只是暂时停止通信而已。我想劝服自己，假装你只是去一个不知名的偏远的地方度假去了，那里连邮差都没有。可是我明白，在您的沉默背后，是想与我保持一定的距离，您需要透透气，或者是换个环境，因为自我催眠的办法已经不管用了。我可能会难过地觉得，我们一砖一瓦一起建立起来的大厦，它的墙面正在慢慢崩塌。我知道您会如何回答，您肯定会说，我们只是暂时停下了这些工程。可是，我见过很多路边正在修葺的房子，最终都成了烂尾楼。

然而，我会尊重您的沉默，也会趁此机会透透气，或者去折磨折磨约瑟琳娜，她活该得到这样的待遇。

我只想提醒您不要忘记，我会一直在这里。永永远远。

永远在您身边的赫维

附言：要我寄一些巧克力作为安慰吗？

*

塞莱斯塔，8月8日，星期一

亲爱的赫维：

我向您保证，我不会忘记您永远在这里。

可是在我找回信心、重新联系您之前，请给我一点时间。

我拥抱您。

安娜艾尔

附言一：关于巧克力的事，我很感激您的善意，可是请您为我的体型控制考虑一下吧！……我必须控制体重。况且，您上次送的巧克力还没吃完呢，我还在细细品尝。我跟您说过，会一直坚持到圣诞节的。

附言二：我把您的笔通过邮局寄给您。

*

斯特拉斯堡，8月10日

我亲爱的安娜艾尔：

千万不要把笔寄给我，如果笔丢了，那可就是您的责任了。而且，从某种意义上来说，这也是我们之间唯一的联系了。请不要把这层联系也切断。我可以用其他笔给您写信。如果我们再也没有机会见面，请您留下它，作为我们这段书信邂逅的一个纪念吧。

我拥抱您。

赫维

附言一：我知道，我们不应该再继续通信了，不然我们永远也没法腾出空间来透气。

附言二：希望很快我们就能继续联系。

附言三：为什么我写不下这封信的最后一个句号呢？

附言四：终于写下来了。

附言五：啊啊啊……

73
在冰天雪地的黑夜中

8月15日　星期一

托马斯隔着口罩，久久地亲吻他的弟弟。西蒙今晚的眼神，既像一位经历了人生种种的老者，又像一个仍然对一切充满好奇的天真孩童，眼神里透露出令人惊叹的祥和。像往常一样，小不点儿抱了抱哥哥，尽管很疲惫，但托马斯能感到他额外的能量。也许他感受到了西蒙的心意，他是在用双手诉说着对哥哥的爱意。

过去的一整个星期，他们都在为了第二次移植手术做准备。西蒙的父母向医院申请过，想带他回家待几天。可是因为第一次移植手术没有成功，西蒙的身体已经完全失去了免疫机制，他比任何时候都更需要待在无菌病房里。所以，最好是赶紧进入移植的程序当中来。可是，西蒙已经发烧好几天了，样本提取检测显示，他受到了严重的感染。医生已经开了三种抗生素，一点作用都没有。没人知道病原体是从哪里来的。从外面，还是从医院里面？也许它无处不在，也许本来就在他体内。可是现在去纠结它从何而来已经没有意义了，这并不会带来任何改变。

医生们再次让他们做好最坏的打算，这一次是真的了。西蒙的身体已经变得过于虚弱，没有办法去抵御败血症。医生的话已经说得很明确。一个毫无免疫能力的人得了败血症，其危险程度已经不能用越南森林里的凝固汽油来形容了，这是一场巨大的火灾，所到之处都会化为灰烬，什么都无法阻止它。

“你们总该有其他抗生素吧！”克洛蒂尔德去问过医生，“这只是一次感染而已。他走到这一步，已经经历了这么多，你们一定要坚持到底呀！”而医生只是低头看着病情报告，恨不得把自己藏在检查结果后面。问题的关键是西蒙还剩下多少抵抗力，而病菌又有多大的破坏力。所有人都在全力以赴。

可是真的要做好最坏的打算了。

托马斯跟一个护士一起坐在等候室里，有一搭没一搭地聊天。他们没怎么说话。几乎没话可说。能说什么呢？只需要有人在旁边陪伴，这就足够了。一会儿到车上，他又将变成独自一人。

“听过这么多次同样的字眼，我们已经不知道‘最坏的结果’是什么意思了。先是化疗会带来副作用，然后是病情可能会复发，那现在呢，最坏的结果是什么呢？是死亡吗？”

“没人能做好最坏的打算，”护士回答道，“我不相信有人能真正做到这一点。没有一个家长能做到。所有人都只是在默默地承受着一件又一件事。如果可能的话，什么都不要想。只需要想着一步步往前走，心里怀着爱意，脸上挂着微笑，要经常微笑。西蒙就是靠着微笑撑下来的。他是个心里洋溢着快乐的孩子。您也分享一点他的快乐吧，这会让您好过很多的。”

护士没有对他提出的问题给出直接答复。因为见多了这样的情况，她应该已经很擅长委婉地美化现实了。最终，托马斯决定不回去了。他会在家长等候室找个椅子稍微眯一会儿。此刻，他不能远离他的快乐之源，就像在北极圈里捕猎的人，不能在漆黑寒冷的夜里离开他们的营火一样，这样的行为完全说不通。他回到病房看着沉睡中的西蒙。即便是在睡梦中，西蒙的鼻子里还插着氧气管。即便呼吸很困难，面临着最坏的结果，他依然在微笑。

也许这就是他的力量吧，面对最坏的结果，还能在睡梦中笑得如此甜美。

托马斯给安娜艾尔发了一条短信，向她道歉说，因为弟弟的病情恶化，接下来的几天没有办法在装修项目上有很大进展了。

他正要关机的时候，收到了回信：

不要担心，慢慢来。我的心与您同在。请您加油，一定要挺住。

晚上他起来了好几次，去看沉睡中的西蒙，想在他安详的脸上找到片刻宁静，想不时跟查看病情的护士交换一下眼神。连医生都坚守在这里。托马斯心里明白，现在的情况已经十分危急。

他最终决定就在病床旁边的椅子上睡一会儿。

珍惜每一分每一秒。

好好利用弟弟给予的快乐。

在这片寒冷的冰雪和漆黑的深夜里，靠近温暖的营火。

74
想念西蒙

8月21日　星期天

托马斯只睡了几个小时，昨天晚上他开车送克洛蒂尔德和克里斯蒂安回了家。一路上他一直在与瞌睡做斗争。他们几个人之中，实在需要一个还能坚持的人。回家以后，他累得瘫倒在床。他本以为会不可避免地失眠，可是，睡眠快速袭来，也许是身体为了保护他，不让他胡思乱想。睡梦把他带到了远方，他和西蒙一起在树林里，一会儿是夏天，一会儿又是冬天，有时在山顶上，有时在城堡里，甚至是在丛林之上。他们在山谷上空盘旋着，西蒙孱弱的手紧紧地握在他残缺的手里。尽管少了几根手指，他依然可以紧紧抓住弟弟的手。西蒙开心地笑着，他指着脚下的树冠笑得多么开怀。

托马斯睁开眼睛，想到西蒙。

把床单掀开，坐在床上想西蒙。

套上T恤的时候，想着西蒙。

去上厕所，想把眼泪没有带走的悲伤排出去，用水洗脸的时候，还在想西蒙。

站在镜子前，四目相对地看着自己时，想西蒙。

穿裤子的时候，想西蒙。

看着咖啡机里流出来的咖啡时，想西蒙。

一刻不停地想着西蒙。

西蒙。

西蒙。

西蒙。

咖啡早已凉透。

他碰都没碰。

过了一会儿，托马斯马上起身准备去库恩先生的住处。他给皮埃尔－伊夫打了电话，作为一个守林人，皮埃尔总是很早起床，尤其是在周日的时候。他会跟皮埃尔在库恩先生的房子前会合。他们俩应该会同时到达。托马斯需要他的帮助，需要他替自己说话，或者帮他解决这一切。皮埃尔－伊夫觉得托马斯的想法很大胆也很美好，但是会很困难。

守林人跟他握了握手，然后把手久久地放在他的肩膀上，静静地看着他，一句话都没说。这样的时刻，任何言语都是多余的。一只健壮的手就可以带来莫大的安慰。

“你觉得他起来了吗？”守林人问道。

“库恩先生起得很早的。他可能已经去林子里了。”

“你想让我来说吗？”

“这事还是应该我来说。我试试看吧。”

托马斯成功地把话说出了口，心里涌起一种平静的力量。因为他知道，应该由他来通知这位老先生。库恩先生听他说完，眼睛看着别处，不想让托马斯徒增悲伤。他坐下来，缓了好一会儿才接受这件事。老先生年事已高，需要更多时间来找回勇气，不让自己崩溃。

关于砍树的事情，他当然同意。

“你什么时候要？”

“越快越好。”

“今天就要吗？”

“可是，今天是星期天。”

“星期天也没关系，”老先生跟守林人说道，“我们只需要找到一个伐木工就可以了。”

“雷米不在，帕特里克回家了。”皮埃尔－伊夫边想边说。

他们一起思考了半晌。本来他们两个人就可以胜任这个工作，可是他们没有工具，而且砍下来的木段有好几百公斤，从树林运到托马斯的工作室也是个问题。皮埃尔－伊夫走出院子，说去打个电话，一会儿就回来。

几分钟以后，他回来了。

“我找到了一个伐木工。他住在索尔巴克，就在莎邦霓另一边的山口。他叫扬·德尔沃，是个做零工的。他很乐意帮我们这个忙，也不在乎今天是休息日。所有工具他都有，下午四点能到这里，今天晚上可以将木头运到你的工作室去。”

“这样我还有时间去医院看看他。谢谢您，库恩先生，谢谢，皮埃尔－伊夫。我下午再过来，你们可以等我来了再砍吗？我想看着它倒下来。”

去医院之前，托马斯去拜见了安娜贝拉的父母。他很喜欢这个温柔亲切的小女孩，很不忍心提前把这个消息告诉她。按下门铃之后，他在门廊里说，有一个坏消息要告诉他们。安娜贝拉出现在楼梯口，身上穿着睡衣，脚上穿着拖鞋，头发乱糟糟的。还没等他说完，安娜贝拉就跑下楼梯，推开他，头也不回地往林子里跑。所有人都明白了这个坏消息是什么。她的爸爸远远地跟着，想安慰安慰她。

托马斯通知克里斯蒂安说他马上到。他们在地下室 B 通道的电梯口会合，这里是整个医院的腹地。太平间处在一个隐蔽的地方。这样也好，至少可以稍微掩藏一下真相，让它不那么显眼。也要给其他人留一些希望啊。医院里的病人们无时无刻不被这样的危险包围着，可是没有必要把这些直接展示在访客们的眼皮底下。况且，这里也很安静，处在医院最深处，除了太平间，什么也没有。没有人会偶然造访，除非是完全迷路了。

然而，他们三个人都彻底迷失了。

克洛蒂尔德勉强向他挤出一个微笑。她应该在丈夫的怀里抽泣了一整晚吧。现在的她就站在抑郁症无底洞的洞口，也许正想往里跳。

他们准备去喝杯咖啡，然后回家去。

托马斯让他们不要等他，他想待久一点。

75

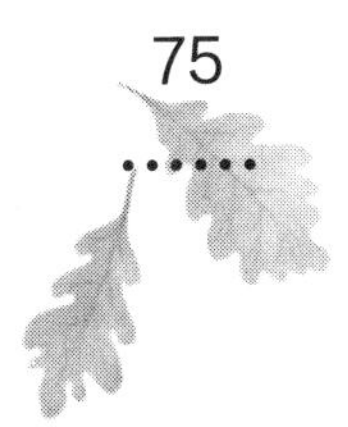

西蒙就在那里，那么瘦弱，孤身一人躺在宽敞寒冷的房间的正中央。停尸间的负责人知道，他的哥哥马上会过来。他简单地寒暄了一下，保持着庄重，没有多余的客套话，也没有微笑。他身上有一种陪伴者的高雅，因为他明白，面对难过的家属，他什么也做不了。他能做的，就是不要给他们徒增悲伤。他会给他们留足够的时间用来告别。

托马斯坐在小不点儿的旁边，拉着他的手。他深呼吸了好几次，才把心底里的话提到喉咙口。

“今天我想跟你讲蝴蝶的故事。这段时间，到处都是蝴蝶，田野里，花园里，路边，随处都能看到它们在飞舞。就像在我们身边散落的彩虹一样。我还没来得及告诉你蝴蝶的故事，你就已经飞走了。”

“……”

“你的身体就像蝴蝶的翅膀一样脆弱，可是你跟它们一样，有着不惧狂风的勇气。面对苦难，你一直很坚强，从来没有放弃过自己的尊严。也许是因为你的纯真，就像蝴蝶天真烂漫的舞蹈。它们如此之轻，一阵风就能把它们吹走或是使它们偏离方向，可是每次风停下来的时候，它们又会不计代价地继续前行。”

“……”

“每年你都会焦急地等着看到钩粉蝶的出现，它们是每年最早破茧成蝶的蝴蝶。两年前，我们在二月就发现了一只。传说中，仙女们会幻化成钩粉蝶去农场里面偷黄油，这也是为什么它们的颜色像黄油一样。英文中蝴蝶的说法就是‘butterfly’，应该也是出于这个原因。”

“你还记得吗？之前你学会了这个词，觉得这个说法很美。昨天晚上，你终于脱去了老旧的外壳，因为它再也保护不了你了。你的生命不再像挂在树枝上等待破茧而出的蝶蛹，不再悬在一根线上。你还记得吗？我们观察了很久，那些钩粉蝶的翅膀上好像画着一张人脸。每个翅膀上都画了一只眼睛，再加上一张微笑的嘴。你还跟我说过，它们背上都背着它们的守护天使，你描述得多么漂亮啊！”

“……”

“我把我的守护天使给你吧？作为交换，你的微笑和你的双眼可以一直陪伴着我吗？”

“……”

“每当我见到蝴蝶，我就会想起，这是你的一部分。黄色的、蓝色的，还有橙色的、绿色的，就像洒落下来的一条条彩虹。我心情灰暗的时候，它们会给我的世界带来丰富的色彩。”

“……”

“我向你保证，每次想起你的时候，心情都会是彩色的。我不会让黑暗把我吞没。”

“……”

“我知道这很难，但是我向你保证。”

“……”

“肯定会有沮丧的时候，但是我不能这么对你。你肯定会埋怨我的，你的生活是那么多姿多彩。护士说得对，你是一个满心洋溢着快乐的人。可是，如今我也不知道，去哪里才能找回这些快乐。你肯定给我留下了一些快乐的源泉吧？在哪里呢？在树里，在森林里，在溪水里，在城堡里，还是在石头缝里呢？”

“……”

“告诉我，你把你的那些快乐藏在哪儿了？”

“我们是在玩‘太热还是太冷’的游戏吗？你肯定会说当我离那些快乐源泉太近时，会烫到自己，当我离得太远时，又会感到寒冷。可是，现在我好冷。我等一下就去橡树林，到了那儿我就能暖和一点，就能找到一些快乐了。”

“……”

“我向你保证，西蒙，我会在心里留一个角落，用来存放你给我的快乐。你也要向我保证，如今变成蝴蝶的你，一定要回来看望我们，在我们周围的花丛中时时流连，给我们继续前行的勇气。我会好好地劝你爸妈，让他们继续好好生活。还有安娜贝拉，我会好好照顾她，我向你承诺。她也会好好的。跟你一样，她也是个充满快乐的女孩。正因为这样，你们才会这么喜欢彼此吧。”

“……”

“我也一样，我好爱你。”

“……”

“我爱你。”

“……”

“我爱你。”

“……”

“我爱你。”

托马斯亲吻了西蒙，久久地看着他，想把他的微笑和天使般的脸庞印在自己的脑海里，这样他就有了护身符，什么都不怕了。每当他感到炙热或是寒冷时，还可以跟脑海中的弟弟诉说。

西蒙的身体已经变得冰冷，可是他的温度继续存留在别处，在托马斯跳动的心中，也在所有爱他的人心中。

76
树木的叫喊

托马斯到的时候已经气喘吁吁。他是一路跑过来的，因为想逃离这寒冷，让自己身上暖和一点，也不想给空虚任何侵袭自己的机会，不想让悲伤的念头恣意折磨五脏六腑。他们已经在选定的橡树旁等他了。

皮埃尔－伊夫走过去迎他，像早晨那样，把手放在他的肩膀上。库恩先生轻轻地对他眨了一下眼睛，表示抚慰。然后守林人向他介绍了伐木工。

“谢谢您能过来，”托马斯说，“尤其今天还是星期天。”

“这没什么。我们开始吧，是棵很大的树呢。”

“一会儿跟我说一下您的时薪是多少吧。还有库恩先生，也请您告诉我木材的价钱。”

“这个你就别管了，托马斯。我是自愿来的，伐木工也是我请来的。而且剩下的木料也够支付他的工资了。如果我没弄错，你最近手头也很紧张，不是吗？”

“那也要说清楚，我也是有自尊的。”

“你的自尊吗？你现在所做的一切就足以证明你的自尊了。剩下的事，就跟自尊心无关了，这是人之常情。如果人与人之间没有这种患难之情，那还剩下什么？”

老先生把两只宽大的手掌扶在年轻的托马斯肩上，无声地前后摇晃着他。动作有些激烈，像是想把他刚刚讲的那些话刻在托马斯的脑子里：如果人与人之间不能互相帮助，那还剩下什么？然后他独自走到一棵橡树后去消化悲伤，因为他从小接受的教育不允许他在人前展示自己脆弱的一面。

伐木工戴上安全帽，启动了伐木机。他知道自己为什么会被叫过来，却没有表露出任何情感。不能让任何情绪影响到自己，要砍下这么粗壮的一棵树，感情用事是很危险的。等托马斯的时候，他们已经研究过地形，计算好大树倒下来的方向。他很清楚自己该怎么做，该从哪里开始砍，当树开始倒下时，他应该往哪个方向走才不会被反弹的树撞到。

其他三个人暂时退下，藏在山坡上面。伐木机的噪声只持续几分钟就停了，接下来是往下倒的树干发出的吱吱嘎嘎的断裂声。它倒下的速度如此之快，枝叶摩擦到周围的树枝以及空气，发出窸窣的呼啸声。然后是树倒在地上的一声沉闷巨响。最后终于重归寂静。

在这片沉寂里，托马斯突然泪如泉涌。抵挡一切的堤坝在此刻被这寂静击溃，终于决堤了。这是往生的寂静，所有一切都停止了，树液不再循环，血液也停止了流淌；树枝不会再发出新芽，头上也不会再长出头发；树皮不再老化，皮肤也不再衰老；树枝不再随风摆动，手臂也不再活动。

倒下的大树，好像在对托马斯大声喊着：“你看哪，西蒙已经死去了，就像我一样。”

伐木工开始继续处理树冠，只留下树干，然后找出他们想要的那一段木料。每分钟都显得那样漫长，这是一棵庞大的古树。他的神经依然紧绷着，依然保持着天下无双的工作效率，因为危险并没有完全排除。

托马斯感到眼皮上的泪痕慢慢干涸。库恩先生在托马斯耳边说道，一开始他觉得这个想法有些出乎意料，可是现在他知道自己做了一个多么正确的决定。老先生的一番话，更让托马斯觉得，接下来他要为弟弟做的事情是多么重要。

两小时之后，一段又长又宽的橡木料摆在了工作室的正中央。他的前任老板也来了。毕竟这是他的地方，他也想来看看能不能帮上什么忙。可是，托马斯需要自己一个人待着。

一切都会好起来的吧。

也许并不会。

在接下来的几天，他必须独自一人完成这项任务。

他想到了要通知安娜艾尔。他只是很想把这件事告诉她，却不知道为什么要这么做。也许是为了最后一次得到她的安慰吧，想听她说一句“加油，一定要挺住”。他不知道该怎么说，也怕自己说不出话来，只想编辑一条简短的信息。他一边哭着，一边寻找着她的号码。

发过去了。

她知道了。

托马斯瞬间觉得，自己好像没那么孤单了。

77
花丛中的蝴蝶

为了集中精力处理与病人和医生的工作，安娜艾尔做出了非人的努力。她一整天都在诊所里忙着为病人们定下预约时间，忙着传送医保卡信息和活检测试结果。可是，思想的缰绳一旦松懈，她就自然地想起木匠和他的弟弟。原来，人们也会因为一个素昧平生的人的离去而感伤。她与这个小男孩从未谋面，只是间接地从托马斯那里听来一些他的消息。作为哥哥，托马斯总是尽力独自承担一切。可西蒙还是个孩子啊！一个孩子的离去，总是会让人感到难过，因为这太不公平。死亡从来都是不公的。一个孩子的离世，才让人发觉，死神并不在意先来后到的问题。

让人类自己去想办法应付吧，这不是他的问题。

他只负责取人性命，把他们都带走。

如此不管不顾。

没有一丝同情。

可是，安娜艾尔做不到。

处理完最后一个病人的材料时，安娜艾尔觉得十分难过。显然，昨晚托马斯发来这个可怕的消息时，她也回了一条简讯安慰他。可是，她觉得在手机上发一条简讯并不足以抚慰他，还有必要给他更多的安慰。

回父母家的路上，她会顺便去托马斯的工作室，给他送点东西。可是，送什么好呢？巧克力吗？他应该不是很饿吧。送书吗？可是送什么书呢？要不送花吧？花并不是女人的特权。所有需要美好、需要色彩的人，都会希望收到鲜花。

走出花店的时候，她手里捧着一小束洋牡丹和康乃馨，加了一些白花和菘蓝作为点缀，让它看起来更柔美，可是这也许帮不上什么忙。花店的店主把花束包得很漂亮，还在中间加上了一只小小的布质蝴蝶。店主一边用订书机订着花束的塑料包装纸，一边跟她说道，蝴蝶是很有象征意义的东西，在很多文化里，它表示的是飞走的灵魂。

木工厂的门口没有设门铃。她犹豫着推开门，把头探进去，想看看有没有人在里面。天色已晚，工厂里的木匠一般都很早上班，现在应该没什么人在了。可是里面传出来一阵噪声，吸引了她的注意。托马斯就在最里面，背对着她在干活。他正在手工处理一件木工活。她慢慢地走近，一直到离他只有几步远的地方，才轻轻地咳了几声，让托马斯知道她来了。托马斯已经失去了几截手指，她不想再引起什么意外事故，尤其是她并不了解他正在使用什么工具。

托马斯转过身，先看到了花，然后才看到了安娜艾尔。他虽然眼里满是伤感，可还是努力地微笑，想缓解一下气氛。可是，他的笑十分勉强。

“我想过来跟您说……嗯……就是，我不知道该给您带点什么，但又不想两手空空地过来，所以我就想，也许花也不错。”安娜艾尔犹豫着把花递给他。

“您做得很好，这些花真美，谢谢。”

然后他瞥见了花瓣丛中的布蝴蝶，脸上闪过一丝酸楚的表情，只能强忍着哭泣。她不知道这会让他如此伤心，可是她的本意是善良的。

“您真是太好了，还特地过来看我。”

“因为我知道这很重要，人在艰难时，千万不能觉得自己是一个人。”

“嗯。”

“您在忙吗？这是……”安娜艾尔试探着问道，她有点儿担心自己的猜测。

“……他的棺材，没错。”

“您来给他做棺材吗？”

“是我自己要求的。”

“真是太有勇气了。”

“这对我来说，意义重大。因为这是西蒙生前最喜欢的橡树。他从出生起就熟识它。我觉得他们可以互相交流，生命真是太神奇了。昨天伐木工砍树的时候，林场主人跟我说，这棵树也生病了，它这些年来饱受树皮底下的寄生菌的侵蚀。既然它也免不了一死，那还不如让他们两个有个伴呢，不是吗？”

“是呀，真是个好主意。可是，对您来说，应该很艰难吧。”

“不管我做什么，都会很艰难。可是，至少，能为他做这些，对我来说有重大意义。对不起，我本应该把时间花在您的装修工程上的。”

“这怎么能怪您呢？葬礼什么时候举行？”

“这周四。”

“您到时能完成吗？”

“我会尽力的。葬礼之后，我就不会再有时间分给他了，所以我要好好利用剩下的这些时间。”

“如果您愿意的话，我会来参加葬礼的。”

“那样会让我好过很多的。”

这时，工作室的门再次被打开了，一个小女孩出现在门口。看到安娜艾尔以后，她不敢再向前走。

“过来吧，安娜贝拉。我给你介绍一下，这是安娜艾尔，你们两个人的名字差不多一样。”

小女孩走过来，眼睛低垂着。她的手里拿着一个盒子。

“这是你写的悄悄话吗？”

“对，这是今天写的。我明天还可以写吗？”

“你想写多少都可以。”

“好的，那我先把这些给你，然后我就回去。”

她走之前又瞥了一眼那根粗壮的树干，然后转过身来，弱小的身体摇摇晃晃，一脸的悲伤。她往回走了几步，回到托马斯身边，紧紧地抱住他，想寻求一些安慰。托马斯抱了她几秒钟，然后她又挣脱开来，跑出了工作室。

“这是他的小女朋友。他们是青梅竹马一起长大的。他们小的时候，我经常带着他们去树林里。西蒙走了，她跟我们一样伤心。她还这么小，却要承受这样的事情。”

“这个盒子里装的是什么？”

“是她写的一些悄悄话。她问我能不能给西蒙写一些悄悄话，放在他的棺材里。”

“这会让她好过一些吧。”

“每个人都在用自己的方式缅怀他。”

看到托马斯这么痛苦，安娜艾尔也觉得十分难过。她并不了解这个男人，可是他一直待她不薄。不像其他人，托马斯从不会因为她的身体残疾而同情她，反而流露出很多善意。真是个好人。她甚至想把他抱在怀里，可又不知道这样做是不是合适。于是，她把手放在了他的手臂上。他又高又壮，双腿也很结实。安娜艾尔马上就感觉到了他的力量，虽然很悲伤，可是他仍然稳稳地站在地上，就像一棵百年橡树，在暴风雨中不卑不亢。双脚像是深深扎入泥土里，身上散发出木头的味道，还混杂着工作了一整天的汗味。

“我现在这个样子应该很邋遢吧。”托马斯微微挺起上身说道。

“这种时候，谁又能苛求您呢？”

思绪万千中，安娜艾尔重新启动了汽车。生命真是个复杂的东西，有的人生如蜉蝣，转瞬即逝。然而那些能活到寿终正寝的人，却又常常虚度光阴而不自知。她又想起检察官，想起他们之间错综复杂的关系。

可是，她想要什么呢？总是对自己说，是时候考虑他们之间的事了，却迟迟没有行动。只有明确了目标，才能决定走哪条路。然而她的目标又是什么呢？

一些人的离去，会在你的脑子里翻江倒海，折磨你的灵魂，波及你的五脏六腑。你多么希望那些伤痛会过去，多么盼望能重新找回一丝希望。而所有这些思绪纷飞着，从模糊不清到慢慢具象，就像渐渐散去的大雾，让未来的日子清晰地展现在眼前，而你也终于明白，未来的日子里，要蔑视死亡，勇敢地对它说不。

只有充满能量地活下去，才不会被死神找到破绽。

比起那些受伤的或者悲伤的羚羊，精力充沛的羚羊有更多的求生能力，能够更快地逃离危险，避免沦落为捕猎者的食物。诚然，带着她的假肢，安娜艾尔谈不上真正的逃离，但是她可以用拐杖对死神还以重击，让它不敢近身，或至少和它周旋一阵子。

从今往后，她想要好好地珍惜。珍惜当下，好好过日子，重新振作起来，好好地去相爱，只去感受生活中的美好，只去思考自己能做什么有意义的事情。送一束花，提供一个安慰的肩膀和一些陪伴，或是写一些美好的信。

她的父母也会去参加西蒙的葬礼。即便他们并不认识逝者，只要他们能抽出时间来，山谷里的葬礼他们都会去参加，尤其这次去世的还是一个孩子。他们认为，葬礼就是要越热闹越好，因为这就表示有很多人来与逝者道别，也能让留在世上的家属们知道，他们其实并不孤单。这样的时刻，生者往往感到茕茕孑立，因为逝者留下的空虚，就像平静的海面上蔓延开来的石油，所及之处满眼疮痍，所有生物都会窒息而死。

比起这样的黑潮，她的残肢留下的空虚简直不值一提，就像碎石路上的一滴油渍，还闪着彩虹的耀眼光芒，因为，至少她还能对生活报以微笑。

这样微不足道的空虚，并不妨碍她成为一只充满活力的拄着拐杖的羚羊，在死神来临的时候，对他说上一句“去死吧”。

去死吧，死神！

78
一只雏鸟的叫声

8月27日星期六

葬礼过后第二天，托马斯就重新投入了工作。经过长时间的打磨，棺材的表面变得十分光滑，圆润得像西蒙的脸庞一样。盖棺之前，托马斯带着安娜贝拉把她的悄悄话放进了棺材。安娜贝拉惊讶地发现，西蒙被打扮得十分精致，但是她没有上前碰他。托马斯紧紧地拉着她的手，尽量阻止她产生这样的想法，因为他怕西蒙冰冷的皮肤会让安娜贝拉寒彻心扉。一大一小两个人，将会永远铭记这个共同经历的时刻。从现在开始，一切都将以另一种方式重新开始。对那些说着“不管怎样还是要继续生活”的人，托马斯终于可以说，他要重新开始生活了。就是一棵被雷劈过的树，尽管伤痕累累，也要带着这永不消逝的伤痕继续活下去。

他重启了安娜艾尔家的工程，完工之前绝不休息。然后，他会以最快的速度完成其他项目。一切归零后，他也会以一个新的节奏重新出发。为了果腹，他必须要工作，这是最基本的问题，可是在此之外，他还要有自己的生活。

安娜艾尔给他带来了一杯咖啡。这是一个星期六的早上，她不用去上班。他们一起坐在外面的长椅上。托马斯话不多，只是朝她淡淡地微笑。身处这样的境地，很多人会选择拒绝一切，躲进躯壳，把自己保护起来。可是他却任人靠近。

“您有好好照顾自己吗？”

“勉强吧。虽然还有很多落下的工作，但我还是会去树林里散步，这会让我好过一些。树木不会随意评判一个人，它们就地站在那里，如此安宁，让人神清气爽。它们散发出馥郁芳香，树叶婆娑作响，能让世间的一切都安静下来。这真是一种奇怪的感受。每次从树林里回来，我的内心都会变得非常平静，浑身充满了力量。而且，它们还很团结，会互相帮助，互相交流，一起保护它们的后代。没人能想到，这些树形成了一个真正的社会。我很享受这样的氛围，因为在人类社会里，人们有时会觉得孤单。别人传递过来的信息，经常是不满和愤怒。”

“世界上还是有很多好人存在的。”

托马斯喝了几口滚烫的咖啡，在安娜艾尔递过来的篮子里拿起一个羊角面包。她默默地照顾着他，可又不想张扬，只在一些细枝末节上体现出她的关怀。比如，偶尔的陪伴。她说得对，还是有很多好人存在的。

“我也很想能再去树林里走走，可是自从车祸以后，这就变成了一件困难的事。”

“在纳布瓦那边，有些林间小路还是非常平坦的。”

“如果一切顺利的话，很快我就能装上仿生腿，到时我就能在比较陡峭的路面上行走了。”

“如果您愿意的话，我可以陪您一起去。”

“那就太好了。”安娜艾尔边回答，边回过头往房子那边看过去，那里传来一阵叽叽喳喳的声音，“您应该比我更懂大自然，您看，那里是不是一只雏鸟！”

托马斯起身走向暗处的声源地。确实，那是一只小乌鸫，身上的毛还没长全，好几处还能看到粉红色的皮肤。它想飞却飞不起来，只能藏在爬墙蔷薇根部的草丛里。

“墙上的蔷薇花丛里有个鸟窝，它肯定是从鸟窝里摔下来了。我早上就看到好几次，有几只乌鸫在往那里飞。”

“这附近猫这么多，它肯定会被吃掉的。”

“我来把它放回鸟窝去。您有没有用来包它的碎布？”

托马斯从车库里找来了一个梯子，用一块布条把小鸟包起来。他的手一碰到那只小鸟，它就伸长了脖子，嘴张得大大的。托马斯爬到楼梯上，开始在蔷薇花枝叶中寻找鸟窝。

“我们已经尽力了，”托马斯在长椅上重新坐下，继续说道，“可是它的命运由不得我们做主，毕竟命运主宰一切。”他的声音里透出一些沮丧。

“没错。”

“我想问您一件事。”

托马斯动作娴熟地转动着杯子底部剩下的咖啡，沉默良久。他还在犹豫，因为如果安娜艾尔拒绝他的话，他会感到很失望。

安娜艾尔安静地等待着。她不是那种会打破砂锅问到底的人，很明显，托马斯正在做心理建设。有的时候，我们都需要一些时间。

“我想问，您能不能陪我去一个地方？”

“您说吧，什么地方？”

托马斯花了很长时间，跟她解释西蒙曾经梦想过的旅程。他生病以后，托马斯答应过要陪他一起去，即便他已经不在了，但托马斯还是想去完成这个未了的心愿，因为这对他来说有很多象征意义，让他觉得还能为弟弟做点什么，还能跟命运抗争。

“我希望到时您能陪在我身边。”

安娜艾尔想了一会儿。小鸟依然在蔷薇花丛中叫唤着。她觉得十分感动，不想理会心中的担心和害怕。她信任他，这是个稳重坚强的男人。

“我会去的。可是我的腿不会造成什么麻烦吗？”

“不会的。我会让我的朋友带我们过去。”

“什么时候呢？”

“越早越好，只要您有时间的话。九月初找一个合适的周末。天一亮我们赶早就出发。我们没法提前太早知道什么时候去，可能前一天晚上，最多提前几天才能知道。”

“我会去的。”

托马斯脸上依旧挂着淡淡的微笑，只是现在又多了一丝宽慰。他不敢想象自己一个人去会怎样。他的父亲容易头晕，克洛蒂尔德又太虚弱。而且，安娜艾尔是一个很内敛的人，不会让他觉得被打扰。

安娜艾尔把咖啡杯收到篮子里，托马斯一言不发地回去继续干活，喉咙的某个角落里，是隐忍着的哭泣，好像随时会无情地倾泻而出。

有时，离开是逃避敌人最好的方式吧。

这并不是懦弱。

只是暂时的休憩。

就像鸟窝里的雏鸟一样。

79
菲利伯特

8月29日　星期一

挂掉电话的时候，约瑟琳娜脸色铁青。她万万没有想到会有这样的事发生。虽然体检的时候医生提出过一些疑问，可鉴于她性经验如此之少，她没有料想过会有一丝一毫的危险，尤其是这个：“活检……癌症……手术……好的预兆……”。

妇科医生话说得飞快，她没有完全听懂，又或许是没有完全听到，因为大脑自动过滤了一些信息。此时的她，脑海里只剩下几个词，尤其是“癌症”。她的母亲该怎么办？还有，工作怎么办？她很想找人倾诉一下，却没有可以交心的人。

在她的生命里，没有任何可以交心的人。

一个都没有。

生活里只剩下了癌症。

她决定称它为菲利伯特，这是她祖父的名字。在他对约瑟琳娜做出苟且之事之后，她曾经多少次想目睹他死在自己眼皮底下。可是，几年前他却死在了睡梦中，一次自然死亡，甚至没有遭受太多痛苦。生活真的太不公平了！

她终于可以把他从脑海中赶出去了。一个等着被摧毁的菲利伯特！这让她有了更多的动力去面对手术和治疗。

她觉得，所有的事都在跟她作对。此刻，她更加怨恨跟检察官保持来往的那个女秘书了。要不是因为这个害人精认识了检察官，她也不至于沦落至此。可是，脑海中有个声音在告诉她，也许这个被命运诅咒的女人，一直在试图拯救她的生命，即便她并不是出于自愿。如果没有她的信，就不会有那些背后的调查；没有调查，就不会有毫无用处的预约检查；没有预约检查，她就不会去做活检。

原来那次检查并非毫无用处。她甚至应该感谢那个女人，谢谢她写来的那些所谓无害的信件。

没错。

还是算了吧。

感谢她吗？

也不至于。

每个人都有要受的苦。

突然之间，她好像没有那么恨她了。

可是，她还是恨检察官！正是因为有像他这样的男人，很多女人才会患上癌症，甚至要付出生命的代价。她已经查了一些信息，乳突瘤病毒，是通过性接触途径传播的。

所以一定是男人传给她的。

要么是她的祖父，要么是她的第一个男人。

都是些浑蛋！所有男人，尤其是检察官，他们都是浑蛋！

每个人都有自己要背负的十字架。

事到如今，她却背上了两个十字架，不得不承受双份的苦难。

她的苦难便是来自她的母亲和菲利伯特。

80
回心转意

9月7日　星期三

赫维艰难地下了决心。几个星期以来，他们被迫终止了信件往来，在此期间，他想了很多。他思考着他们所处的情况和形势，思考着如何去处理身边的女人们。太太、记录员，还有……该怎么称呼她呢？一个不是情人的情人，还是一个超越友谊的朋友？

他想把这一切都理清楚。他正准备离开法院回家去，可是这一天结束之前，他还有最后一件事情要做。

“约瑟琳娜？”

“怎么了，检察官先生。”

“您周五晚上有事吗？”

“没事。”

“我请您吃顿晚饭吧。”

“您是认真的吗？”

“我看起来像在开玩笑吗？之前误会您了，所以我想补偿一下。”

然后他把办公室的门关上，几乎没有说再见。

约瑟琳娜呆坐在椅子上，两只垂下来的手摇晃着，觉得全身都在颠簸。她不停地看着四周，想把眼睛定在某一个点上。剩下的一切好像都被遗忘了，她的母亲、菲利伯特、那个女学生，以及她一直维护的检察官的妻子。检察官邀请她一起共进晚餐了。她简直不敢相信，可是他看起来很严肃的样子。她还有两天的时间来挑选衣物。理发师明天也许会有空吧，得在下班前的最后几分钟赶紧预约。检察官说他误会她了，想补偿她？那么这段时间以来她所做的一切都有了意义。在她的不懈努力下，检察官终于看清了事情的真相，终于明白了他正在跟另一个女人误入歧途。

约瑟琳娜的脸上展现出难得的微笑。也许她久违地感受到了一种叫快乐的感觉。

81
尤其讨厌老鼠

激动人心的时刻终于来了。安娜艾尔到新家的时候，托马斯正在收拾现场。他已经把地方腾出来，因为安娜艾尔的父亲会过来简单组装一下家具，还有暖气工会过来整修浴室。剩下的这些工作应该很快就能完成，比起托马斯所承担的装修工作，这些只是小项目，不会花太长时间，也没有那么辛苦。

托马斯把卡车后门关上的那一刻，意味着安娜艾尔的新生活正式开始，她终于可以搬进来了。她急忙爬上去参观阁楼。托马斯走进来找她的时候，看到她十分满意的样子。

“真是太好了，非常感谢您。这里光线很好，很温暖，也很安静，我会在这里住得很舒服。”

“这里就像您一样明亮温暖。”

“我觉得更像您喜欢去散步的那片树林。”

“那您就像树林一样。”

“可我不想收留太多小生命呢。”

“您本身就充满了生命力，这才是最重要的。您知道吗，在有些国家，人们还提供森林疗法培训，好像日本就有。”

“森林疗法培训？”

“就是把人们带到森林里去放松，让他们在那里疗养，而且肯定价钱不菲。这真是太疯狂了，不是吗？只需要找一片树林，然后带他们去散步就行了。”

“有的人只需要抓紧他们的手，就可以带着他们一步一步走进生活的真谛，然而，有的人却需要花钱，才能获得心理安慰，只有花了钱，他们才相信这个办法有效。”

“也许我也应该向人们提供这样的服务。带人们去树林里散步，然后对他们收费。这可真是个肥差。”

“一个人去的话，感觉会更好。”

“这话不错。不过等您装上了仿生腿，可以去林子里随便走了，我可以带您一起去。”

“您的要价高吗？别忘了，就算变成了仿生人，我也只是个穷秘书。”

托马斯脸上露出一抹真诚的笑容，可以看出来，这不是为了隐藏痛苦而强颜欢笑，而是发自内心的笑，就像砍掉的树桩四周萌发出许多幼芽一样，他的心底里重新长出一些小小的快乐。只要根还在，生命就会继续。安娜艾尔十分欣慰自己给他带来了如此单纯的快乐。就像在漆黑的黑板上，用白色粉笔写下的鲜明的一笔，这让她很有成就感。

坦白讲，如果安娜艾尔愿意跟他一起去树林里散步，托马斯觉得他才是应该付钱的那一方。也许他可以跟守林人一起去，但是这又怎么能一样呢？即便他对她没有其他想法，一个女人的陪伴总是更温柔的。不过可能也要看是什么样的女人吧，但是安娜艾尔的温柔是毫无疑问的。

“我觉得，黄鼠狼好像还没走。”

“您说的是谷仓里的那只动物还是在车里跟踪我们的那个人？”

“我说的是谷仓里那只真的黄鼠狼，”托马斯回答道，“不过，您又看到她了吗？”

“谷仓里的那只吗？”

“不是，车里的那个女人！”

“没有，上次您应该把她吓跑了。”

“反正，如果她又来烦您的话，您尽管给我打电话。”

“黄鼠狼吗？”

“跟踪你的那个女人。不过，如果黄鼠狼打扰到您的话，我也可以帮您赶走。”

“我想我会把它留下来。比起黄鼠狼，我更讨厌老鼠。”

“您说的是谷仓里偷吃的老鼠还是偷东西的人？”

“老鼠！”

82
远远地嘲笑

9月9日

直到这天，约瑟琳娜依然对男人抱有一线希望。

她离开办公室的时间比往常早一点，幸好检察官也早早下班了。她不想让检察官误会，认为她为了晚餐而擅离职守。检察官应该也不知道，她会特意花很长时间悉心打扮。她想尽量显得自然一点，就像这是她下班后的一贯装扮。

她穿上一件稍微有些袒胸露肩的黑色上衣。虽然她从小就被教育着装要保守，可是男人们都一样，喜欢暴露一些的着装，检察官也不过是个男人。然后又配上一条白色蕾丝半身裙，这条裙子会显得她的髋部有些胖，但却足够精致。头上的发髻松松的，稍微弄乱一些，有一种零乱却不失精致的美感。她想让检察官明白，不同于平日里的严肃，偶尔她也可以很放松。她本想穿上高跟鞋，这样可以更好地凸显她的小腿，走路的时候也会更加优雅，可是她穿高跟鞋好似踩高跷，根本不会走路。

最麻烦的步骤是化妆。怎样才能更好地衬托脸色、眼神和嘴唇，又不会太像风尘女子？她试了两次，然后重新卸掉。因为怕卸妆时的用力擦拭会让她的脸泛红，最终她只在眼皮上画了两条简单的灰色眼线，涂了点睫毛膏。她很讨厌自己的嘴唇，觉得它们太过单薄，太紧绷。最好是能让这两瓣唇融入这张平淡无奇的脸上，让人忘记它们的存在。

走之前，她在镜子里看了不下七次，确认自己的打扮是否合适。正面、侧面、背面看过以后，又检查了正面，然后又是背面。在梳洗打扮之前，她已经提前去问候过她的母亲，却没有告诉她自己晚上还要出去。

约定的餐馆有些远，可她还是决定走过去。不想骑自行车，因为会弄乱她的发型，出租车又太贵，她承担不起。她已经计划好提早出发，不至于慌乱。毕竟，大汗淋漓地赶到餐馆也会让她感到后悔。

可她还是到早了。检察官说他已经订好了露台的餐桌，万一他迟到的话，她可以坐下来舒服地等他。

可是这次迟到实在有些夸张！半个小时过去了，约瑟琳娜一开始还很安心，因为她很了解检察官，他总是喜欢拖拖拉拉。可是等了一个小时以后，她都已经喝完了一小瓶气泡水，还是不见检察官的踪影，于是她开始产生了一些疑问。她本想去洗手间放松一下，顺便补一下妆，可又怕万一检察官刚好这时来了，以为自己没来赴约，然后掉头就走。想到这里，她只好忍住，打消了去洗手间的念头。

一个半小时以后，她开始在心里祈祷，可千万别是发生了什么意外。服务员来了三次，问她要不要点些吃的东西，她都拒绝了。虽然没有什么底气，服务员还是有些莽撞地劝她，也许点了吃的，他就会来了。可约瑟琳娜还是拒绝了，服务员只好戴着她的白色围裙嘟嘟囔囔地走开了。

两个小时以后，她在心里想，也许检察官是故意没来赴约，不为别的，就是为了伤害她而已，可是她不想相信。他不是这样的人！这样一个有着良好教养、魅力非凡的先生，怎么可能做出这种事呢?

她在心里一遍又一遍地问着这些问题，却没有注意到，有个男人正在远远地观察她，就在一百来米处的一家咖啡馆的餐桌前。他戴着墨镜和鸭舌帽，身上穿着他儿子洗旧的T恤，藏在露台前的一排桂花树后面。

终于，约瑟琳娜起身离开了餐馆，什么也没吃。

藏在鸭舌帽和墨镜里的脸上，泛起了一丝满意的微笑。

她现在应该明白了。

83
咔嚓

“您没等太久吧？”

“您是故意的吗？”

“亲爱的约瑟琳娜，您真以为我会愿意跟您共度良宵吗？我只是想证实一下我一直在怀疑的事情。您在吃醋！所有我身边的女人都让您嫉妒到发狂。所以，那些匿名信是您写的吧？您想破坏我们的关系，想让我和这个年轻姑娘停止往来。”

“您在说什么呢？”

“说的就是您害人的性格。您在吃醋，是因为您一直默默地爱着我，可您知道我不可能喜欢上您。所以，您不但没有放弃或忘记这一切，却在想着如何报复我，还打着女性之间互助的幌子。您声称为我太太打抱不平，可这只是您的借口。大礼拜五晚上的，您打扮得那么精致。这也是为了打抱不平吗？”

“您当时在那儿？您看到我了？”

“我只是要测试一下您的忍耐力。可真是惊人呢！等了两个小时，您才想明白。”

“您太卑鄙了。”

“我跟您好声好气说话的时候，您完全听不进去，所以我只能换换手段了。不要再对我进行道德说教了。我和我太太都没要求您为我们做什么事。如果您再对我的信件发表什么评论的话，我会马上开除您。我们手里还有那些匿名信，上面肯定到处都是您的DNA信息。作为检察官，如果我去告您在工作时骚扰我，法院肯定更愿意相信我，您怎么说都没用。”

“您真是个魔鬼。”

赫维回到办公室以后，记录员胃里翻腾着一股恶心的味道。

这个败类！她正在考虑要不要把她的癌症重新命名为赫维-菲利伯特，这样就可以一石二鸟。也许她会把手术的日期再提前一些，不用再等到她的正式假期，这样她也好早日解脱。只需咔嚓一下，所有问题都解决了！让癌症和那些看不起她的浑蛋都见鬼去吧！

真是人善被人欺，马善被人骑。况且，她完全可以请病假。这样的消息本来就不是件小事。几天前刚得知自己得了癌症，接着还被自己的上司骂得狗血淋头，她还有什么理由留下来呢？让他自己好自为之吧。既然他有时间跟一个年轻姑娘谈情说爱，那他也完全可以自己处理好工作文件。

她一言不发地离开了办公室，暴怒之下隐藏着巨大的悲伤。曾经的她，被一个她深信不疑的人狠狠伤害，事实证明，他根本就不值得信任。可是自从在检察官身上看到了理想男人的形象，她以为，他可以帮她治好这个经久未愈的伤口。没错，这是一位检察官，是公平正义的代表，他有这个艰巨的义务让约瑟琳娜重新相信，世上还存在着温柔善良的男人。

现在，她终于明白了，所有男人都一样。

她现在就去申请病假。

一直要等到下午走出办公室的时候，赫维才会意识到，他的记录员已经走了。他在办公室给安娜艾尔写了一封长长的信，因为他实在没能忍住。

他需要好好地整理一下与生命中的那些女人的关系。

*

斯特拉斯堡，9月12日

我亲爱的安娜艾尔：

几年前，因为几个人的疯狂，纽约的双子塔轰然倒下……对于那些失去亲人的人，我深表同情。

这让我想到，我的飞机也撞进了我们一同建立起来的大厦，可是这远远没有双子塔的倒下那么严重。因为您还活着，只要活着，就还有希望。

我的祖母就没有这么幸运。差不多一周以前，她永远地离开了。不，赶紧把您的吊唁收起来，我不是为了这个才给您写信的。也许她走了我应该很伤心，因为这样才是一个体面的人应该做的。可事实上，我只是觉得很宽慰。

我的祖母已经89岁了。两任丈夫先她而去，她的三个孩子因为她而神经紧绷，其中包括我的父亲。她甚至给她的一些孙辈也造成了心理阴影，其中也包括我。

我在祖母家度过了一段童年时光。她是个只在意外表的老太太。记忆里，每次我吃完中饭回学校，她一定会要求我梳好偏分的发型再出门。如果我的嘴边还留着没擦干净的巧克力，或是头上有一缕乱发，她会用手沾上唾沫帮我擦嘴或捋平头发。如果我的鞋擦得不够亮，遭殃的则是我的母亲，她会被我的祖母批评得体无完肤。吃完甜点以后，她会要求我脱下衬衣重新烫一遍。所以，我的脑海中没有一丝关于祖母的温馨记忆。我难过的时候，她从来不会张开双臂揽我入怀，从来不安慰我，也从来没有鼓励。对于我所做的一切，她永远都不满意。

家里有一两个这样难相处的人，会闹得整个家族都不得安宁。就像一个烂苹果，如果不及时拿出来，会让整箱苹果都腐烂。

夏天的一个早上，她死在了自己的床上，手里还拿着她的念珠。她的头发没梳好，睡衣也被弄脏了。她死的时候，没有一个人在床边。当上帝看到她以这番模样到达天堂的时候，会怎么看待她呢？他肯定会觉得，她这一辈子打了一场不明所以的仗。

葬礼结束，我从教堂里走出来的时候，感到自己终于从她的精神支配中解脱出来了。我想到了自己的生活，如此暗淡无光、愚蠢至极，生活里除了计划下次旅行和确定厨房装修日期之类的琐事，再无其他。没有起伏，也没有展望。我又想到了您，您是这样一朵色彩鲜明的花，在我贫瘠的土地上散发着清新的芳香。

安娜艾尔，我很想您。真的真的很想。

所以，我意识到自己应该改变，只是我不知道需要多长时间才能完成这样的变化。因为我想尽量保护我太太，她并不坏，我不想伤害她，但是我更怕自己再也无法满足于这样的生活。

走在墓碑林立的墓地里时，我的脑海里一直浮现出一种念头。我不停观察着墓碑上的出生日期和死亡日期，心里在计算着他们的年龄。这是个条件反射，每次去墓地的时候，我都会不自觉地开始这样做。这让我意识到，虽然大部分人都是寿终正寝，可是还有一些人夭折在最美的年纪里。那些夭折的人好好地享受了自己的一生吗？有没有做出正确的决定呢？他们生前有没有碰到对的那个人呢？

您就是罗伯特·金凯[1]，来到曼迪逊的道路上拍摄廊桥。可我不想成为留下来的弗朗西斯卡，不想放弃我的罗伯特，并因此悔恨一生，也不想出于内疚和对家庭的牺牲精神，把自己的感情全都尘封在心底。如果我们过得不快乐，余生都要这样勉强，这一切又有什么意义呢？

对不起，安娜艾尔，我没有信守承诺，没有把重新联系的权利留给您，可是我的心里就像被蚊子咬了一般，瘙痒难忍。所以，我只好随便抓起一支笔，在纸上挠痒。我想象着，您会握着我的钢笔，给我回信。

求求您，请不要责怪我……

一定要给我回信……

您想要巧克力吗？

1　美国小说和电影《廊桥遗梦》的男主人公，知名摄影师，在拍摄曼迪逊县的廊桥时，与有夫之妇弗朗西斯卡经历了一段刻骨铭心的爱情。

我拥抱您。

最美年纪里的赫维

附言：您的房子怎么样了？

*

塞莱斯塔，9月14日，星期三

我亲爱的赫维：

我怀疑您会读心术（不然我怎么会在最想读您的信时，就恰好收到了您的来信？），我一点儿也不喜欢您的这种超能力。因为您将会看到我心底的秘密，比如花园深处的门洞，或者更糟的情况是，我深藏在心底的感情会被您一览无余，而我只想把它们掩藏在心里，让它们慢慢沉淀，用自己的节奏去酝酿这些心意。

我不知该如何评论您祖母的事。比起接受别人的吊唁，向别人表达哀悼总是一件更棘手的事情。我觉得，对于您来说，这是一种重生。那么我能说什么呢？说“恭喜您”吗？显然不行，毕竟她是您的祖母，而现在她去世了。我总觉得，坏人们不是无缘无故变坏的。也许他们身上都有一个弱点，能解释他们变坏的原因。当然，我承认，这并不意味着我们就可以原谅他们。

您的祖母年事已高，她的离世也已经是预料之中的事了。而对于我来说，木匠弟弟的离世让我感触更深。几个星期以前，该死的白血病带走了这个年仅8岁的孩子。虽然我不认识他，可还是觉得很难过。生命有时竟然如此短暂，真是太不公平了。只要活在世上一天，我们就应该紧紧地抓住生命不放。车祸以后我就明白了这个道理，而这个孩子的离去，让我更加确信了这件事。

关于您说的曼迪逊附近的廊桥，弗朗西斯卡莫不是受到天主教教义影响，所以不敢追随罗伯特而去，反而选择了牺牲自己的爱情？这个故事并没有说明，如果当初他们选择了继续这段关系，结局会怎样。也许最终他们会厌恶对方，直到死去。我们永远无法预知自己的决定会产生什么样的后果，正因如此，选择才如此艰难。能怎么办呢？听从传统、文化、世俗标准吗？听信父母、朋友或是自身的焦虑和偏见？是顺从内心的刹车板，在前行的路上追求慢速的安稳，规避所有的风险，还是听从自己的内心？

我的父母、朋友以及世俗标准，我的孤独、焦虑以及内心的刹车板都在告诉我，不该跟一个有妇之夫来往……

我知道，赫维，我的话会让您困惑，您恐怕已经等不及想知道我的心在说什么……

可是，目前，我还在慎重地考虑。

安娜艾尔，和她的两个（小）罗伯特[1]（金凯）

（左边的叫“克林特”，右边的叫“伊斯特伍德”[2]）

附言：我终于搬进了属于自己的房子。虽然目前只是偶尔短住，但是很快就可以完全搬进来了。房子里已经有了家的样子，真是美妙的感觉。

1 罗伯特在法语当中有代指胸部的意思，这里是玩了一个文字游戏，想说明的是，她的心还在左右摇摆不定。

2 电影《廊桥遗梦》中扮演罗伯特·金凯的演员叫克林特·伊斯特伍德。

84
“就算是飞舞的蝴蝶，也需要整片天空的自由”[1]

9月17日，星期六

托马斯昨天早上通知安娜艾尔，今天会是个理想的天气。天空一片晴朗，虽然风很平，但还是有足够的风力帮助他们从基地起飞。他们可以按照之前的约定，从弗兰肯堡城堡上低空飞过。不过没有人能百分之百确定，天气预报还没有准确到这个地步，没法帮助人们制定热气球飞行的精确路线。托马斯坚持要开车去接安娜艾尔，尽管这样他会绕一点路。

把车停在她家门口时，托马斯看到一只黄鼠狼偷偷摸摸地钻进了谷仓下面的一个排水洞里。现在是早上五点钟，昨天晚上它肯定是出去偷吃了。如果换作其他女人，肯定让人把黄鼠狼赶走，不然就放弃这所房子。可是安娜艾尔看过了《猫头鹰》杂志，听懂了托马斯的解释。这是个与大自然十分亲近的女人。托马斯很高兴她能同意跟他一起去坐热气球。

1　出自法国著名诗人保罗·克洛岱尔。

“您要拄着拐杖去吗？”看到她坐上车，托马斯问道。

“对！这可能有点蠢，可是我从来没试过戴着假肢走崎岖不平的山路，不知道残肢会不会肿起来。如果是这样，就没法戴假肢了。我想在高空中，还是最好不要发生这样的意外。而且，如果降落的时候很颠簸，撞到拐杖总比撞到假肢好。”

“不会有事的。”托马斯的语气十分确定。

“您呢，也会没事吗？”

“会的吧。我很高兴您能来，也很开心终于能做成这件事。等做完我就可以松一口气了。似乎只有做完这件事，我才能真正放手让他离开。”

到列夫尔草地的路程不算太远，飞行团队已经在那里忙着做准备工作了。巨大的热气球侧躺在地面上，已经充好了一半的气体。他们要在这个巨大的空间里充入热空气。鼓风机飞速地转着，燃烧器也同时被打开了。气球是用尼龙布制成的，随着它逐渐展开，安娜艾尔也开始按捺不住地想登上吊篮。这是她第一次乘坐热气球，她从来没想过自己有一天能有这样的经历。这次的机缘也许有些特殊，可是托马斯能向她发出邀请，已经让她十分感动。下车之前，托马斯对她说：“我希望这会是一个幸福的时刻。幸福不一定要溢于言表，但是我希望这个时刻对您和我来说，都是美好的。希望这是一个美丽、平静、温柔的时刻，就像生命在这一刻静止了一样。”

安娜艾尔看到吊篮随着气球的膨胀站立起来，她想，他们已经做好准备要让生命静止了。接下来，他们要让那一刻变得幸福而美丽，平静又温柔。可是，恐惧开始在她身上蔓延。吊篮里既没有安全绳，也没有降落伞，如果在1000米的高空中发生什么事情，那就必死无疑了。不过，人们说热气球其实是最安全的飞行方式，她选择相信他们。那个叫盖尔坦的年轻飞行员，让人感到很舒服、很安心。他的动作十分娴熟，最后他又看了一次天气预报，看起来好像很满意。地面上有两辆车会一直跟着他们，仔细观察着他们在空中的行动，以便在最快的时间、最近的地方与他们会合。地上开车的司机反而面临着更加艰巨的任务，尤其还是在山上开车。可是，等到达一定高度以后，热气球会飘向平原地带，在峡谷风力的作用下，一路向东。

六点钟的时候，他们准备登上吊篮。托马斯带着他巨大的黄麻帆布包，里面装满了做西蒙棺木时剩下的碎木屑。他把包放在一个角落里，然后向安娜艾尔伸出手，拉着她登上了吊篮。

地面上的人解开了缆绳，吊篮里的三个人感到热气球快速而又优雅地升到空中。盖尔坦已经预先估算过，如果一切按照预想的进行，他们很快就会到达纳布瓦森林的上空。托马斯打开了帆布包，想在飞过纳布瓦森林时做好准备。

真是美妙的感觉啊！他们慢慢攀升着，周围一片寂静，只听得到飞行员不时点燃的燃烧器的声音。吊篮里的人也都默不作声，大家都知道托马斯要做的事情对他来说有很大的象征意义，此时任何话都是多余的。

起飞几分钟以后，弗兰肯堡城堡就映入眼帘。从山坡一直到城堡遗址，到处都是郁郁葱葱的树。盖尔坦把气球的高度降到最低，吊篮几乎擦着树冠，人好像在森林上行走，这种感觉太神奇了。西蒙生前最爱的那片橡树林在另一头，靠近西边的山坡。

时机到了。

当吊篮到达城堡上空时，托马斯开始把木屑往下倒。从上往下看，城堡美极了。年轻的托马斯熟知城堡的每一个地方，每一个隐蔽的角落，西蒙曾经多么喜欢在这里捉迷藏、攀爬、眺望远方。然后热气球开始往上升，把山峰抛在了身后。山谷里一阵往上吹的风也来助他们一臂之力。木屑在风中翻飞着，像千千万万只小小的蝴蝶，飞往橡树林，藏身于其中。晨光里的天空泛着红色霞光，身后的城堡留下远远的影子，眼前的景色真是太美了。

去吧，我的弟弟，化身为这翻飞的木屑，去栖身于那片森林，用你的快乐去浸染它。去落在黄杉的木刺上，落在岩石的青苔上，去橡树的枝叶间飞舞，去溪流上随波逐流。去属于小鹿的树林里，去洞穴的入口，去用另一种方式，在森林里继续你的生命吧。西蒙，你此刻在跟我们一起飞翔，这是你曾经多么梦寐以求的飞翔啊！生活把它从你身上剥夺了，现在，你可以飞了，这是属于你的飞翔。

自然，安娜艾尔看到了托马斯的眼泪，看到他强壮的身躯因为哭泣而抖动；自然，她也听到了他的抽泣，还有偶尔的呻吟，声音轻得像从肚子深处发出来的声声抱怨，没有任何东西能够平复他的心情。安娜艾尔明白，此时此刻，他的心该有多么痛，尽管他原本希望这是个幸福的时刻。可是这种时候怎么幸福得起来呢，它可以是庄重的、严肃的、强大的，唯独不能是幸福的。也许只有等他的心里不再有悲伤，只剩下忧郁时，再回想起这个时刻，才会觉得充满幸福吧。现在还为时过早，记忆还太鲜明。

托马斯在包里翻找了一阵，确定所有的木屑都已经倒出来了，然后看着它们渐渐消失在脚下的树丛里。对于森林来说，木屑只是微不足道的东西，可是等它们腐烂成土，每一片木屑都可以造福整片森林。就像人一样，每一个个体都可以造福整个人类。

托马斯微笑地看着安娜艾尔，双眼潮湿，肩膀耷拉。

盖尔坦把两个燃烧器都点着了，热气球开始迅速地往上升。这样才好，升到高处，就可以睥睨死亡，对之不屑。安娜艾尔走到托马斯身边，把手掌张开放在他的背上，尽可能地让他感到一只宽大的手正在支持着他。他转过身，用宽阔的臂膀把安娜艾尔抱在了怀里。这就是他所需要的安慰，悲伤就此埋在吊篮的某个角落里，尽管短暂，这个时刻还是让他感到了无比的幸福。他想好好庆祝这极具象征意义的旅程。那些木屑蝴蝶，就是弟弟的灵魂，飞回了属于他们的那片森林。从此，西蒙将永远栖身在那里。也许他会离开去别处，但是肯定会经常出现在森林里，出现在他喜欢的橡树和爱他的人们身边。

阳光开始轻抚最远处的山峰，热气球也升到了高空。他们眼前浮现出西边的孚日山脉和东边的黑森林全景。所有人一言不发。盖尔坦突然用手指向东南方的远处。燃烧器停了下来，风带着气球在继续前行，此时空中听不到任何声音，完全寂静。无边无际的天地和远处地平线上的圆弧，让人的内心也变得十分宁静。这样的情景让人觉得，浩瀚的宇宙里，人只是渺小的一粟，却又让人有一种归属感，觉得自己跟其他所有数不清的生命体一样，属于这个世界，属于这个宇宙。西蒙肯定也是他们当中的一员，他一定就在他们身边，或是在他们心中。

光阴啊，请停下你飞快的脚步吧……

“看那边，你们能看到的最远处，那是勃朗峰的山脉。要有很好的视力才能看到，不过今天天气特别晴朗。我们运气真不错。”

托马斯想到刚刚失去弟弟、内心正经历着巨大苦痛的自己，可是身处高空，在时间静止的这一刻，又觉得自己非常幸运。他向一个朋友提出热气球飞行的要求，朋友什么也没问，二话不说就答应了。还有这个陪伴他的年轻的姑娘，托马斯对她知之甚少，却能感觉到她有一个伟大的灵魂，让托马斯愿意与她分享这个意义重大的时刻，对此，他一点也不后悔。跟托马斯一样，她也喜欢安静。要是换作其他人，可能会在飞行的过程中说个没完，比如那些会把黄鼠狼赶走的人。

盖尔坦通知他们，马上要开始下降了。他会找一个汽车可以到达的平坦的地方，这样，安娜艾尔也不用在崎岖的道路上艰难行走。

托马斯发现了那两辆车，就在热气球的正下方，从上面看下去，两辆车比鹰嘴豆还小。他们已经驶入了阿尔萨斯平原地带，道路也变得多起来，所以汽车也更容易到达热气球的着陆点。着陆的过程通常都会有些动荡，因为要应付交锋的气流，而且还要注意，不能把热气球降落在灌木丛或者树林里，在这片区域实施起来有一定的难度。盖尔坦的注意力高度集中，现在不是去打扰他的时候。他看到了一片紫色的苜蓿地，希望运气好，不要降落到苜蓿地中去。苜蓿地的旁边紧挨着一条乡间道路。他重新加了汽油，飞过了一团树丛，然后猛地拉了一条绳子，把气球从顶部打开了。随着气球内部的热空气跑出去，他们也在快速地下降。可是气球移动的速度太快了，因为两个山丘之间的谷风正托着他们往前走。

"注意，马上要开始晃了！你们都抓紧了！"

托马斯几乎才刚刚抱住安娜艾尔，用手腕紧紧扣住吊篮，撞击就发生了。

"我没说松手之前，千万别松手啊！"飞行员大声叫着，动荡依然在持续。

热气球还没有完全停下来，吊篮已经在地面上倒向了一边，但是气球被这该死的风托着，依然竖立在空中，把吊篮往苜蓿地里拖行了十几米远。

然后一切又归于安静。

托马斯整个人趴在安娜艾尔身上。因为担心压坏了她，他马上手脚并用地爬起来，手里依然紧紧捏着安全皮带。

"还好吗，安娜艾尔？"

她呆呆地看了他一会儿，然后大笑起来，笑声里有一丝后怕，但更多的是松了一口气。笑是因为他们一起经历了这动荡颠簸的着陆，万幸大家都平安无恙。

“大家都还好吗？”盖尔坦问道，“我着陆很少会这么颠簸的，真是不好意思，今天着陆条件不太理想。不过这片田野还挺好的，不是吗？”

托马斯站起身来，把安娜艾尔也扶起来，然后把拐杖递给她。她的头发上沾满了苜蓿叶，托马斯赶紧帮着把叶子摘掉。一朵黄色的百脉根花钻进了她 T 恤的领口，托马斯没有去碰它。这朵花在她身上是那样好看。况且，他也不敢去把它摘下来。

他长长地舒了一口气，看着维莱山谷和山丘上的城堡。刚刚在高空中看到的一切，是那么美丽，那么宁静、温柔，一切都静止了。

刚刚的一切都是为了西蒙。

而此时此地，到处都充满了生机，苜蓿叶、花儿、活力和笑声。

生活即将在这里重新开始。

85
梅丽尔和罗伯特

斯特拉斯堡，9月16日，星期五

我亲爱的安娜艾尔：

哇！您给我回信了。

我这样是不是有点太孩子气了？那就再幼稚一点，我要把每个字母“i”上的小点都画成爱心。

您考虑得怎么样了？判决已经落地了吗？

我拥抱您。

徜徉在曼迪逊大道某处的赫维

附言：代我向“克林特”和“伊斯特伍德”问好。如果需要的话，我的双手已经做好准备，给他们无条件的支持。我的左手叫“梅丽尔”，右手叫“斯特里普”[1]。

---

1 梅丽尔·斯特里普，美国女演员，电影《廊桥遗梦》女主角扮演者。

86
山崖跳伞

塞莱斯塔，9月20日，星期二

我亲爱的赫维：

所以您是开始掌控局面了吗?

秋天已经到了。阳光变得宜人，树叶开始变红，秋水仙也在田野里露出了脸庞，而我们重新开始写信了。树叶都在翩翩飞舞着，其中有几片显得格外有生机。

我的“牛轧糖”去世了，您说说看，这是命运的征兆还是纯属巧合?它已经很老了，跟您的祖母一样，不过性格比您的祖母温和多了。它的离去让我很难过，我因此心情十分阴郁。

“牛轧糖”在我11岁那年进入了我的生活。当时我刚刚上初中，新的学校和生活让我无所适从，十分没有安全感。我的父母把它装在一个木盒子里送给了我，直到现在，我还一直保存着这个木盒子。这个毛茸茸的小球，可爱得就像邮局画报上的猫一样，我当时就知道，它一定会帮助我渡过生命中的一个又一个难关。事实也的确如此。它先是陪我度过了初一的艰难时光，接着是我的第一段爱情，然后是我离家独自生活和辛苦的求学时光，最后是车祸。“牛轧糖”是我的倾诉对象，是我的伴侣，它会在我下班回家以后用它的咕噜声给我安慰，在我运动的时候在沙发上充当教练。当我偷懒或是沮丧哭泣的时候，它会用嫌弃的眼神看着我，鼓励我再努力一点，一直撑到自己的极限。然后，作为奖赏，它又会过来蹭蹭我。

几个月前，“牛轧糖”得了癌症，背上的皮肤下长了一个肿瘤。兽医把肿瘤取下来了，可是它存活的时间也不长了，因为肿瘤实在是太大了。三天前，它被一辆车碾死了。面对车身的重量，一只猫显然比一个人更加脆弱。这样也好，与其被身体的病痛长期折磨，不如干脆利落地死去。我的邻居真是个好人，他帮我把“牛轧糖”捡起来，洗干净血渍，让它整洁地躺在一个垫着漂亮布料的木条箱里。我们一起把它埋在了花园深处。

六个月以后，我家就再也不会有“牛轧糖”带来的过敏原。

这件事会影响我的决定吗？显然不会。现在我很确定地想去您的魔法世界看一看。我害怕那里的道路太陡峭，地面太崎岖，我的假肢可能会不适应，可是至少我要试一试。我的仿生膝盖申请已经得到了肯定的答复，是的，您没有看错。有人喜欢参加巴黎的马拉松比赛，而我却不得不参加医疗部门给我定制的马拉松。走下十五度的斜坡，上下楼梯，还要以四千米的时速行走，想要得到补助我就必须完成这些运动。现在我已经把补助收入囊中了。这真是太棒了！我将可以去山里、去沙滩上、去雪地里行走，跟一个正常人没有两样。

在我的意识里，我已经重新变成正常人了。而这其中，也有您的一部分功劳。

可是，我害怕我们的关系会往不好的方向发展。害怕它会变得太复杂；害怕您必须梳到一边的发型；害怕我们之间行不通；害怕即使行得通，最终我们也会互相厌倦；害怕向您展示真正的自我；更害怕您会不喜欢我。

所有这些，我都害怕。

我拥抱您。

您的安娜艾尔，已经做好参加越野赛的准备了

附言：您能在山坡上赶上我吗？！

*

斯特拉斯堡，9月23日，星期五

我的安娜艾尔：

我想见见您。越快越好。我没法控制自己，想把您马上

揽入怀中……

告诉我时间和地点，我马上到。

我拥抱您。

站在山坡上的赫维

*

塞莱斯塔，9月26日，星期一

亲爱的赫维：

9月30日，星期五下午6点，我们在沃邦大坝的平台上见吧，隧道里太阴森，我需要一些光线。而且在那里，还可以看到属于我们的美丽的廊桥，那是斯特拉斯堡的桥。我会带上相机。“克林特”和“伊斯特伍德”也会无拘无束地跟我一起赴约。也许它们终于可以结识“梅丽尔”和“斯特里普”了。只要把肥兔子用安全绳牢牢捆住，我们便可相见。

安娜艾尔

87
让他们都付出代价

9月26日，星期一

约瑟琳娜现在只在逼不得已的时候才去看望她的母亲。只要她的母亲开始恶语相向，她就马上离开，而事实上，她们经常刚见面就开始吵。虽然身为女儿，可是她也生病了，她也需要有人照顾她、疼爱她、呵护她。也许，她要的只是倾听。

这天，她的脑子里冒出一个想法。她要离开这里，就在手术和治疗结束以后。她要把一切都抛在身后，离开那个吝于给她一席之地的混账检察官，还有这个不懂得爱她还爱管闲事的母亲。

这几乎是她所能抛弃的全部了。

她要到海边去，重新开始一切。找一个热情宁静的地方，也许在布列塔尼，也许是旺代，又或许在诺曼底，去那里陪伴一个可爱的老太太。她的孩子们离得太远，不能再照顾她——一定能找到这样的老太太的。约瑟琳娜也可以很善良，也可以变得温柔，可以悉心照料老人。她也可以做个讨人喜欢的人。

至少，她还相信自己是好人。这是支撑她走下去的最后一件事了。要不然，活着还有什么意义呢？她没有任何可以爱、可以珍惜的人，只有一具毫无吸引力的身体，还有这如同强盗般的癌症，偷走了她作为女性的一部分。她确实不怎么展示她的女性特征，可是也没有理由将之剥夺。那些深藏起来的女性魅力，她还能派得上用场呢，毕竟她还算不上人老珠黄。

所以，从现在开始，她要改变自己，一切从零开始。至于她的母亲，就让她去死吧。约瑟琳娜已经耗光了精力，再也没有面对她的力气。

她要逃离这一切。

但是，在这之前，她还有最后一件事情要完成。

她找来所有能找到的报刊，尤其是那些女性杂志。那些杂志上面的标题总是彩色字体，像是在告诫着所有女性，保持漂亮的外表有多么重要，只有变得漂亮，才有可能得人爱怜。她想说的话，也只有用彩色的字体来传达，才更具震撼力，更加显得他们多么恬不知耻。

剪刀、胶水、纸、信封。她已经成为写匿名信的高手，轻车熟路，这封信很快就能写好。况且，话也不需要写得太长。

想让一个女人明白自己的丈夫背叛了她，不需要长篇累牍，一句简单的话足矣。

她会精心雕琢这最后一封信，仔细体味其中的每一分钟。仔仔细细地贴好、展平，然后再贴下一个字母。她想让一切都保持完美，想让这句话极尽刻薄，让它一针见血。在这个过程中，她一直戴着塑料手套，直到把信送到信箱才脱下来。把信封塞进打印机，看到信封出来的时候印上了勒克莱尔夫人的地址时，她心里的愤怒和正义感互相交织着。

一定要让他付出代价。

要让那些伤害女人的男人都付出代价。还有跟那些男人在一起的女人，她们也脱不了干系。她们接受了男人的本来面目，抢走了所有风头，做出这样行为的女人就是男人的同谋。

88
最后一封信

9月29日，星期四

一个初秋的傍晚，斯特拉斯堡某个富人街区的一户人家里，传出一阵哭喊声，言辞间夹杂着威胁、痛苦、愤怒、悲伤。家里的女主人打开今天的信件后，就开始破口大骂。孩子们应该也在现场，因为现在正好是晚饭时间。这原本是一个令人羡慕的毫无破绽的模范家庭。现在看来，表象都是靠不住的……

区区几个彩色字写成的一句话，就把这对夫妇多年共同生活建立起来的平衡搅得一团糟。

89
只是个男人

9月30日，星期五

安娜艾尔准时到了约定的地点。如今，他们的关系发展到这一步，在安娜艾尔心里，那个总是劝她躲躲藏藏的刻薄声音也日渐微弱。因为无须躲藏，所以也不用到得太早。

她在一张长椅上坐下，沐浴在落日的余晖中，双眼望着环抱水面的城墙。她怀里抱着的，是小说的第一份手稿，她想把它交给赫维。多亏了他，小说才进展得如此顺利。

来这里游玩的旅客还没有完全散去，但是他们正慢慢离开。

她看了一眼手表，很惊讶赫维竟然会迟到，但又努力地不去想这件事。

赫维与她约会的时候迟到，这简直是不可能的事，尤其是在他写下那样一封回信以后。

可是，他确实迟到了。

而且，他本应该在半小时前就出现在这里了。安娜艾尔一分钟之内看了三次手机，确认手机没坏。她实在是不明白，心里开始升起一股焦虑。

难道是出了什么意外？

还是出现了一只肥到变态的兔子？

她正准备给他打电话，手机开始振动起来，屏幕显示收到一条短信：

对不起，安娜艾尔，对不起。我来不了了。我以后再跟您解释。对不起……

几秒钟之后，又收到了一条新的短信：

我就是个梳着偏分头的浑蛋。

或者说，我只是个男人。

安娜艾尔决定马上回到车上，尽快离开眼前这期待已久的廊桥景色。

她驶上了高速，然后又飞速下到山谷里。一路上畅通无阻，可是她全程都处在一种麻木的状态中。再转最后几个弯就到她住的村子了，她突然感到胃里一阵恶心，马上就要吐出来。

她赶紧把车停在前面的第一条道上，然后下车，把心里的愤怒全都吐在了路槽里。第一批秋叶已经落下了，红色、橘黄色以及黄色交叠在一起，落叶沾上了晚上潮湿的水汽，在灯光下闪着熠熠的光辉。

她感觉好了一些，至少胃好受多了。至于其他的，她后悔自己没有料到这一切，后悔被这甜美的信件牵着鼻子走，更后悔寄希望于赫维，把他当作自己重新振作起来的支点。

等她回过神来，听到不知哪里传来一声微弱的叫唤。她疑惑地寻着声音的源头。声源明明很近，可她却什么也没看见。又叫了好几次，原来是猫。这时她才看到，有一只小猫藏在荨麻草下面，就在离车轮两米远的地方。她找来一根棍子，将草丛拨开，救出了小猫。它就这么任人抱着，这么小的猫不可能自己从村子里出来走这么远，一定是被哪个没良心的人抛弃在这里的。

她马上想到了“牛轧糖”。难道是命运把这只猫送过来的？难道是命运想在她家里保留一些过敏原，阻止她跟猫毛过敏的男人在一起吗？

不管怎样，她不能把小猫抛弃在这里。一旦有车过来，它肯定会被轧死。她把小猫放在手提包里，小心翼翼地合上。这是把它安全带走的唯一方式，幸好家就在不远处了。

回到家以后，安娜艾尔找出剩下的猫砂和猫粮。小猫看起来又饿又渴。她就这么呆呆地看着它进食，脑子里什么都不想。吃完以后，小猫走过来依偎在她身边，想得到她安慰的爱抚。几秒钟之后，它开始发出满意的咕噜声，而安娜艾尔终于忍不住泪水滂沱。

这几个月经历的种种情绪在互相碰撞，让她泣不成声。

这只猫的出现，让她明白了这段关系将要走向何方。所以，还是放弃吧。会好起来的。

她要把这只猫命名为“蚊子”，因为它是在荨麻草[1]里被找到的。而且，她也想在家里布满过敏原。

1 荨麻草有止痒的效果。

90
简单三个字

昨晚回来的时候，她并没有发现这个东西。当时天色已晚，视线模糊不清，她因在廊桥没有见到赫维而满心失望，而且手里还抱着刚捡回来的猫，完全没有注意到这个东西的存在。就算是今天早上，她打开门去花园的时候，也没有发现。

上午都过去了一半，她肘弯里捧着几朵鲜花，手里提着一些沙拉准备进家门的时候，才发现门上挂了个东西。

她马上就反应过来是谁放在这里的。这是一个用圆木雕成的热气球，球上面还有用木刻刀雕出来的脉络，用来模仿尼龙布的褶皱。下面用细线吊着的，是一个用细柳条编成的吊篮，里面塞着一张折起来的纸条。也许写了句什么悄悄话呢？有生之年，能收到一些这样的悄悄话也是很幸福的事。

安娜艾尔迫不及待地拿上这个礼物。这是继小猫之后的又一个吉兆。

她不怨赫维，也不怨他的懦弱，只是觉得伤心也很失望；还有些生气，甚至是非常生气。她原本希望他们的美好关系能建立在互相尊重的基础上。可是，昨天晚上她觉得自己没有受到尊重。也许上次她没有去他们的第一次约会时，赫维也是同样的感受。可是，那已经是很久之前了。

这样的态度渐渐蚕食了她对赫维的信任感，也证明了他并不像信里展示的那般完美。可是，至少这个男人让她有了重新相信自己的能力，让她重新燃起迎接崭新未来的欲望。车祸以后，她本已万念俱灰，是他让安娜艾尔明白了，在她残缺的身体里，还有没烧尽的炭火，只要一阵风过，死灰也可以复燃。

有时，生活中的际遇很短暂，甚至会令人大失所望。可是，只有记住这些经历中好的地方，才能在往后的日子里迈出坚实的一步。而安娜艾尔，将带着她的仿生腿，迈出这重要的一步。

她把沙拉和花放在洗碗池里，拿起塞着纸条的编织吊篮，然后抽出纸条，小心翼翼地展开，发现上面只写了短短三个字。她叹了一口气，抬起头望着对面的群山。

他现在在哪儿呢?

91 最伟大的事

托马斯今天起了个大早，他想一个人静一静。

他先去小收容所看了一下。这里已经被他和安娜贝拉收拾得妥妥当当。之前收留的鼹鼠还在这里，它的爪子已经痊愈。很快，他们就可以放它走了。这里还收留了一只乌鸫。有一天，它猛地撞在西蒙父母家的玻璃窗上，弄伤了自己。现在它正在慢慢地恢复体力。

如果西蒙看到这个收容所已经正常运转起来，肯定会很开心。他曾经多么心心念念地想着这个计划啊，如今他不在了，托马斯无论如何也不能终止这项活动。安娜贝拉也付出着双倍的努力，她正在用自己的方式，接受爱人的离去，在自己的世界里寻找每一天的意义。救死扶伤就是她寻找的意义，或者至少也要去尝试一下。

他不知道安娜艾尔有没有收到他的字条“我们还会再见吗？[1]”，也不知道她会不会回复。可是，至少他试过了。他想，如果能挺过西蒙的离开，那么爱情的悲伤也一定能挺过去。既然如此，还不如冒一点风险，给自己的未来添加一些新的色彩。

1 法语原文“nous reverrons-nous? ”是三个单词，所以前文提到纸上写着三个字。

他又想到了前天收到的公证信，这是橡树林的老先生新立的遗嘱。库恩先生没有儿孙，也没有兄弟姐妹，比起把林场交给政府，他更愿意将之托付给托马斯。他希望托马斯能好好地经营、修整这片林场，更希望这能给这个年轻的男人一个新的奋斗目标。读完这封信的时候，托马斯忍不住哭了。他一会儿要去探望这位老先生，也想向他多了解一些关于林场的事情。

他平静地走到了一棵被砍掉的橡树前，这是属于西蒙的那棵树。

坐在树桩上，托马斯思念着西蒙。被砍掉的树在林中留出了一块小小的空地，不久就会盖满疯长的野草，来年春天还会开出几朵花来。他慢慢抬起头，凝视着周围。刚刚有一阵微风吹过，树枝在轻轻摇曳着。

从沙沙作响的树叶中，落下一只蝴蝶，朝他翩翩飞过来。

原来不是蝴蝶，而是一小片碎木屑，肯定是两个星期前他们在热气球上撒下来的。木屑是树的一小部分，也是西蒙的一部分。它应该是被困在旁边的某棵橡树上了，一阵风过，才将它解救下来。

托马斯深深地吸了一口气。

以前带着西蒙来这里探寻宝藏、发现神奇、遭遇惊险时，托马斯的视线从来不会离开他。因为他有责任，必须保护西蒙。

即便没能护他周全，托马斯也已经尽了自己最大的努力。他所做的最伟大的事，就是全心全意地爱着西蒙。

两只手平放在树桩上，托马斯闭上双眼。

从今往后，西蒙将永远活在他心中。

随风飞舞的落叶里，谁在低语，
那翩然的蝴蝶，仿佛也在轻吟，
谁惊叹的双眼里，充满了力量和勇气，
还有很多、很多的欢喜。

随风飞舞的落叶里，谁在低语，
风中的灵魂早已化作点点滴滴，
逝去的人儿啊，我再也无法拥你入怀。

参考书目

《猫头鹰》杂志（当地读者群最大的刊物）：如果您想了解大自然，这是本神奇的杂志（http://www.lahulotte.fr）。

《树木的奥秘》，彼得·渥雷本，Les Arènes出版社，2017年出版。

等等。

致谢

感谢让——阿尔萨斯一家复健中心的复健师兼门卫，谢谢天使般的他提供的宝贵的技术信息。

感谢伊夫——林场经理，谢谢他给我带来难忘的森林之旅，也谢谢他让我观看了橡树被砍下的时刻。亲身经历这些，对我来说十分重要。

感谢上石市医学医疗中心肿瘤血液科十几年前的大力支持，谢谢他们让我们的孩子在医院里快乐成长。

感谢阿尔班·米歇尔出版社团队的信任和无条件的支持。

感谢出现在我生命中的朋友们，原谅我无法详尽列举。尤其感谢湖边垂钓者纪尧姆，还有安妮和玛丽－皮埃尔，你们是我的灵魂姐妹、心灵智者。

感谢瓦莱丽，你如此多才又公允……

感谢埃马纽埃尔，谢谢他阅读我的第一份手稿，谢谢他永远陪在我身边。

感谢我的父亲，谢谢他读了第二遍手稿。

感谢奥利维尔，感谢他阅读我的手稿，像兄长般鼓励我，为我出谋划策。

感谢弗雷德里克，谢谢他展现惊人的才华，为我画出温柔的只语片言，也谢谢他对我的信任……

感谢本杰明，他是个好哥哥，尽管他那时也还是个小不点儿。感谢阿波琳，她也是个好妹妹，有如此宽广的胸怀。

感谢纳塔内尔，谢谢他给了我们活下去的力量，尽管他已不在人世。谢谢他告诉我们，不管“炙热还是寒冷”，都要寻找快乐的源泉。

谢谢你，我的孩子，谢谢你随风飞舞的灵魂……